韓國漢文學의 探究

이병혁

국학자료원

自 序

세상이 변한다고 하지만 요즘처럼 급변하는 시대는 일찍이 없었을 것이다. 어린 시절에 한문은 으레 붓으로 써 가며 공부하는 것으로 알았지만, 지금은 컴퓨터가 아니면 한문공부도 할 수 없는 시대가 되었다. 그러다 보니 한문학 연구도 방법론은 물론 문체까지 隔世之感을 느낄 정도로 많이 변했다.

필자는 1966년에 「國文學에 끼친 詩經의 影響」이란 논문을 처음 학계에 발표한 바 있다. 그 후 한문학으로 방향을 바꾸어 「圃隱의 詩文學과 三隱에 대한 試考」라는 논문을 1975년에 발표했다. 30년이 넘은 지금에 와서 보면 치졸하기 짝이 없다. 하지만 이는 개인의 사정뿐만 아니라 그 당시 학계 분위기도 마찬가지여서 한문학 연구는 황무지에 가까웠다고 할 수 있다. 1976년에 『韓國漢文學硏究』 제1집이 나왔으니 그 이전에는 한문학을 연구해도 발표할 전문지가 없었고, 기껏해야 국문학 연구지에 간혹 한두 편씩 끼어 있을 뿐이었다. 하나의 예로 1985년 『國語國文學硏究史』(閔丙秀 외 편)를 발간했는데, 1977년도의 국내 한문학연구 성과를 결산하는 자리에 필자의 석사논문인 「高麗末 漢文學 硏究」라는 논문 한 편만이 유일하게 들었을 정도였다. 당시 한문학 연구자나 연구 업적이 얼마나 적었는가를 알 수 있다.

하지만 이런 상황 속에서도 필자는 계속 고려말 한문학에 관심을 가지고 논문을 써 왔다. 결국 박사학위 논문도 이전까지 발표한 논문을 토대로 고려 말 한문학에 대하여 썼기 때문에, 이전에 쓴 논문은 모두 폐기한다는 심정으로 학위 논문에 약간 손질을 가해 『高麗末 性理學 受容期의 漢詩 硏究』(1989)라는 책을 출판했다. 큰 업적이라고 할 수는 없겠지만 내 나름대로 일단락을 지었다고 생각했다. 지금 출판하는 이 책은 몇 편을 제외하고는 위의 저서를 출판한 후에 발표한 논문들을 엮어서 만든 것이다. 단독 저서로서는 일관성이 다소 부족하겠지만, 대략 비슷한 부류끼리 모아 4부로 편집하였다.

제1부에서는 羅麗漢文學 一般論을 다룬 논문을 모았다. 먼저「韓國文學史에서 漢文學의 位相」은 한국문학사에서 한문학이 어떠한 위상을 차지하고 있는가 하는 것인데, 과거 국문학사에서 한문학의 처리 문제를 검토하고 앞으로 나아갈 방향을 모색한 논문이다. 다음으로「羅麗時代 嶺南漢文學에 나타난 憂國精神」은 신라시대에서 고려시대까지 한문학에 발현된 주요한 시대정신을 찾아보려 한 노력의 소산이다.「高麗末 性理學者의 系譜」는 고려말 문인과 성리학자의 학맥, 인맥을 두루 살펴 그 계보를 찾아 고려시대 한문학의 성격을 구명하는데 도움이 되고자 한 논문이고,「麗末鮮初의 文學理論 生成」은 그 당시 문인들의 성리학적인 문학 이론을 정리한 논문이다.

제2부에서는 신라시대에서 고려시대에 이르기까지의 한문학 작가와 작품론을 다룬 논문을 모았다. 구체적으로「崔致遠의 漢詩」,「李齊賢論」,「李穀의 竹夫人傳」,「田祿生의 文學」,「牧隱 李穡의 性理學的인 詩」,「牧隱詩의 後人評說考」,「性理學과 圃隱의 詩」 등이다. 이들 논문을 통해 나려시대 한문학을 이끌었던 주요한 작가와 그들의 독특한 문학세계를 부족하나마 가늠해 볼 수 있으리라 기대한다.

제3부에서는 韓國 科文에 대한 연구를 모았는데, 구체적으로는 科擧에 쓰이던 詩·賦·表·策文 등에 대한 연구이다. 우리 科文에 대해서는 예로부터 부정적인 견해를 가지고 눈길을 돌리지 않았다. 하지만 우리 한문학 작자 중에 科擧를 통하지 않은 사람은 거의 없다는 것을 감안할 때, 여기에 사용하던 글은 꼭 한번 정리해야 할 분야라고 생각한다. 이런 의미에서 여기에 실은 논문은 그 시작에 불과하지만, 계속 깊이 있게 연구되어야 할 과제임에 틀림없다.

제4부에서는 한문 懸吐를 중심으로 한 전통 한문교육론과 관련된 논문이다. 지금까지 吐에 대한 개념이 바로 잡혀 있지 않아 심지어 한문도 다른

외국어처럼 토를 달지 않아야 한다는 주장까지 있다. 하지만 토는 孤立語를 添加語化하는 過程이고, 그런 점에서 "吐대로 해석하고, 해석대로 吐를 다는 것"은 무척 중요하다. 결국 토는 우리 국어 문법과 한문 문법을 연계해서 파악하는 것이 중요한데, 여기서는 서당에서 가르치던 전통적인 방법을 현대 언어학에 접목시켜 파악해보려고 시도하였다.

막상 책으로 엮으려니 마음에 차지 않는 부분이 많다. 하지만 30여 년간 한문학을 연구해 온 결과물 중의 하나이고, 흩어져 있는 논문을 일단 정리하는 것도 의미가 있겠다고 여겨 한 책으로 묶는 용기를 내게 되었다. 이 책이 우리 나라 한문학 연구에 조금이라도 도움이 되었으면 한다. 그리고 이 책이 나오기까지 입력 교정을 도와준 부산대 한문학과 학생들과 선뜻 출판을 맡아준 국학자료원 정찬용 사장에게 고마움을 표한다.

西紀 2003年 3月 3日

含章室에서

李炳赫 識

·目 次·

第1部 羅麗漢文學 一般論

第2部 羅麗의 作家와 作品論

第 3 部 韓國科文

第4部 漢文教育

·第 1 部·
羅麗漢文學 一般論

韓國文學史에서 漢文學의 位相

I. 序言

오늘날 한국한문학은 한국문학사에 당연히 포함된다. 더 이상 이론이 있을 수 없다. 그러나 현 실정으로 볼 때 한국문학사 서술에 있어서 한문학은 만족할 정도가 못된다. 금년 한국한문학회 전국학술대회는 <한국문학에 있어서 국문학과 한문문학의 관련양상>이란 주제를 설정하고 '하나의 국문학'을 추구해야 할 것을 과제로 제시했다. 이는 결국 국문문학과 한문문학이 국문학사 안에서 충분히 통합적으로 기술되지 않고 있기 때문이다. 본인에게 주어진 주제 역시 <국문학사에서 논의된 한문학의 위상에 관한 문제점>이다. 모산학회에서 이 주제를 설정한 의도는 국문학사의 서술에 있어서 한문학의 위상과 연구 시각을 사적으로 고찰하여 문제점을 찾고, 또 그해결책을 모색해 보라는 것인 줄로 안다. 따라서 먼저 지금까지 국문학사 연구에서 한문학에 대한 시각과 견해를 역사적으로 개관하지 않을 수 없다.

국문학을 현대적인 방법론으로 연구한 지 이제 70년이 넘었다. 安自山(1886~1946)의『朝鮮文學史』가 1922년에 나왔고, 9년 뒤에 金台俊(1905~1949)의『朝鮮漢文學史』가 1931년에 나왔다. 연구의 출발 시기는 큰 차이가 없으나 국문학과 한문학을 서로 별개인 것처럼 처리해 왔다. 한때는 한문학은 국문학에 포함되지 않는다는 견해가 있었고, 한때는 한문학을 '準國文學'으로 취급했으며, 다시 국문학과 한문학을 동일한 자격으로 인정해야 한다는 견해도 있었다.

본고에서는 먼저 우리 국문학연구사에서 한문학을 어떻게 인식해 왔는지에 대하여 역사적으로 고찰하고 다시 국문학사 서술에서 한문학의 위상에 대해서 살펴본 다음 그 문제점과 보완점을 모색해 보기로 한다.

Ⅱ. 韓國漢文學에 대한 認識의 變遷 過程

한국 한문학에 대한 인식의 변천과정을 쉽게 알 수 있도록 3기로 나누어 보기로 한다. 3기로 나눈 것은 문제를 제기한 초창기에서부터 그 후 2차 3차에 걸쳐 수정을 겪는 과정을 보기 위해서이다.

1. 草創期 - 排他的 民族主義 視角에서의 認識

초창기란 국문학을 현대적인 방법론으로 연구하기 시작한, 주로 국문학 연구자의 제1세대들이 활동하던 시기를 말한다. 이들은 지상을 통하여 '국문학의 범위'에 대하여 의견을 발표했다. 연대는 대개 1920년대부터 시작한다. 이들은 대부분 抗倭期에 활동하면서 우리 민족 고유의 전통을 찾아보려고 국문학에 헌신한 분들이다. 따라서 이들의 견해는 순수 국문문학만이 국문학이요 한문학은 국문학이 아니라는 견해였다.

> ① 朝鮮文學을 爲해선 太學館은 이야기 책 보는 村家 舍廊만 못하고, 大提學 副提學은 巫女와 妓生만 못하였던 것이다. 朝鮮文學은 무엇이뇨? 朝鮮文으로 쓴 文學이다.[1]

이광수는 소설가이고 국문학자는 아니지만, 당시의 대표적인 작가요 지식인이었으니, 그의 발언은 영향력이 컸을 것으로 생각된다. 훗날 김사엽이 『조선문학사』와 『개고국문학사』에서 몇 번 이 글을 인용하고 있는 것을 보아도 알 수 있다.

---

[1] 李光洙, 「朝鮮文學의 槪念」, 『新生』, 1929.1 『李光洙全集』 10, 三中堂, 1971.

다음 文一平(1888~1939), 김태준의 견해를 들어보기로 한다.

② 朝鮮말은 朝鮮人과 함께 아득한 옛날에 發生하였겠으나 그 使用
은 朝鮮글의 發明을 기다려 비로소 完成의 域에 이르렀으며 朝鮮史는
朝鮮人과 함께 數千年동안 進步하여온 것이나 文化的으로 가장 異彩를
빛내인 것은 아무래도 朝鮮글을 創定하는 等 自我에 눈뜨든 그 時期가
될 것이며 朝鮮文學은 우리 先民들이 吏讀로 歌謠를 적기 시작하든 깜
안 古代에 벌써 濫觴하였으나 그것이 形式으로 內容으로 眞正한 朝鮮
文學이 됨에는 朝鮮말이 朝鮮글로 적히게 된 以後의 일이다.2)

③ 國民의 思想 感情을 表現하는 唯一한 道具인 國語를 떠나서는 到
底히 國文學이니 鄕土文學이니 하는 것이 完成할 수 없다. 그러므로 정
말 朝鮮文學은 한글 創定後로부터 出發하였다고 함이 可하다.3)

두 사람 모두 민족의 고유어와 고유한 文字로 표기된 文學만이 진정한
민족문학−국문학이라고 한 것이다. 김태준은 직접 한국한문학사를 쓴 사
람이다. 그러면서도 그는 '정말 조선문학'은 한글 창제 후의 것이라고 했다.
더욱이 그는 『조선한문학사』에서 "朝鮮文學이란 것이 純全히 조선문자인
'한글'로써 鄕土固有의 思想感情을 記錄한 것이라고 할진대 다만 朝鮮語로
쓴 小說・戱曲・歌謠 등이 이 範疇內에 들 것이요 漢文學은 스스로 區別될
것이다."4)라고 하여 국문학의 개념을 한국어와 '한글'로 쓰여진 문학이라고
재확인하고 있다. 하지만 위의 인용문에서 '참된 민족문학', '정말 조선문학'
이란 용어 속에는 한문학을 어느 정도 인정하고 있는 것을 알 수 있다.
그렇지만 김사엽의 경우는 전연 다른 견해를 보이고 있다.

④ 아무리 朝鮮人다운 感想의 表現이며 文脈이라도 漢文으로만 쓰
여진 것을 가지고, 우리 文學이라고 할 수는 없으니 오늘날 남아 있는
山積한 文集, 雜書 等 漢文으로 記錄된 것 따위는 우리 文學 울타리 너
머 쓰레기통에 버려야할 無用之物이다.5)

---

2) 文一平, 「朝鮮學의 意義」, 『湖岩全集』 第二卷, 朝光社, 1939, p.15.
3) 天台山人, 『增補朝鮮小說史』, 學藝社, 1939. p.62.
4) 김태준, 「朝鮮漢文學史의 範圍」, 『조선한문학사』, 1931, p.4.

이 글은 위에서 예시한 글들과 달리 한문으로 쓰여진 문학을 쓰레기통에 버려야 할 無用之物이라며 극단적으로 배제하고 있다. 이 글은 위의 이광수의 논리를 그대로 계승하고 있다고 할 수 있다. 이런 견해는 고정옥 역시 마찬가지다.

⑤ 朝鮮文學은 朝鮮民族의 生活이 朝鮮말로 朝鮮사람의 손에 의해서 記錄된 文學이다. 이 基本條件에 어그러진 爾餘의 모든 文學은 朝鮮文學의 外廓을 多彩롭게 裝飾하는 役割을 하고 朝鮮文學의 幅을 넓히는 使命을 걸머질지 모르나 嚴正한 意味의 朝鮮文學은 아니다.[6]

여기서도 역시 조선문학은 조선말로 기록된 문학이라고 정의했다.

다음으로 당시에 국문학도들의 많은 독자층을 확보했을 것으로 생각되는 『국문학개론』의 견해를 들어본다.

⑥ 國文學의 限界에 대해서 過去 우리 學者들이 論한 바가 적지 않다. 더구나 우리 문학과 같이 先祖들이 日常生活은 물론이고 文學作品도 漢文을 빌려서 지은 것이 우리 글로 된 것보다 훨씬 더 많은 古典文學을 論할 때 이것이 문제가 되는 것이다. 그러나, 朝鮮사람이 지은 英文이나 英詩가 우리 문학이 못되듯이 아무리 朝鮮사람의 作이라도 漢文이나 漢詩는 國文學이라고는 말할 수 없을 것이다. 이같이 國語로 表現된다는 것은 國文學에 있어서 必須의 條件이 된다.[7]

조선사람이 지은 영문 영시가 우리 나라 문학이 아니듯이 한문 한시가 국문학이 될 수 없다는 것이다. 국문학이 언어 예술인 점에 주목하여 국문학은 민족어, 곧 한국어로 쓰여진 것이어야 한다는 주장이다. 따라서 한국 한문학은 한국문학도 중국문학도 될 수 없다는 결론이 나온다.

이상에서 보았듯이 초창기의 한문학에 대한 인식은 한문학을 국문학이

---

5) 金思燁, 『朝鮮文學史』, 正音社, 1948. p.20.
6) 高晶玉, 「朝鮮文學과 民謠」, 『朝鮮民謠研究』, 首善社, 1949 pp.35~36.
7) 우리문학회, 「國語學과 國文學」, 『國文學槪論』, 一成堂書店, 1949, pp.40~41.

아닌 것으로 파악하여, 국문학의 범위에서 제외시키는 것이었다. 그 논거는 논자에 따라 약간의 편차는 있겠지만, 문학의 언어에 주목하여 결국 민족문학－국문학은 당연히 모국어로 쓰여지며, 동시에 고유의 文字－한글로 표기되어야 한다는 것이었다.

이러한 인식은 물론 한문이란 언어가 文人・지식층 사회에서 유일한 자기 표현의 수단이었던, 중세사회의 특수성을 인식하지 못한 소치이겠지만, 그렇다고 해서 그것의 역사적 의의를 과소평가할 수도 없는 것이다. 즉 위에서 언급한 여러 사람들은 그 사상적 바탕이 각각 다를 수 있겠으나[8], 일제의 민족문화를 말살하려는 책동에 저항하여 민족의 순수성을 모색하려 했던 것이니, 그것은 國文學史에 대한 인식에서 民族語와 民族文學을 지나칠 정도로 강조하여 예각화시키는 것으로 나타났던 것이다. 따라서 어떻게 보면, 한문학 유산이 역사적 실체로 엄연히 남아 있는 현실을 도외시 하는 편협한 국수주의로 보일지는 모르지만, 그것은 일제강점기란 특수한 시대적 상황 속에서 불가피하게 선택된 논리였던 것이다.

2. 第二期 - 反省과 部分的 受容

반성기란 앞시대의 민족주의 또는 국수주의적인 견해에 대하여 반성・수정하는 시기를 말한다. 앞에서 보았듯이 초창기의 한문학에 대한 인식은 대체로 한문학을 국문학의 범위에서 제외시키고자 하는 것이었다. 그러나 이 때에 와서는 1기의 학자들에 비하여 인식의 조정이 가해진다. 李秉岐(1892~1868)선생의 견해를 보기로 한다. 이병기, 조윤제는 제1기에 해당하는 인물이지만 한문학을 부분적으로 수용하는 쪽이므로 이 항에서 살펴보기로 한다.

---

8) 김태준・고정옥은 사회주의, 문일평・우리 어문학회는 민족주의 계열에 속함.

⑦ 나는 이렇게 생각한다.

朝鮮文學을 두 가지로 나누어 하나는 純粹한 朝鮮文學, 또 하나는 廣汎한 朝鮮文學이라고 한다. 그리고 純粹한 朝鮮文學은 朝鮮人이 朝鮮말과 글로 쓴 純粹한 文學作品(詩歌, 小說, 戱曲等)이고 廣汎한 朝鮮文學은 朝鮮人이 朝鮮말로 쓴 廣汎한 文學作品(日記, 紀行, 書簡, 傳記, 傳說, 說話, 雜錄等)이고 또는 다른 나라말로 쓴 純粹한 文學作品과 廣汎한 文學作品이다.

그러고 보면 『熱河日記』·『三國遺事』 등과 張氏 姜氏의 그 作品 등은 廣汎한 朝鮮文學이요, 中西伊之助의 作品은 朝鮮文學이 아니며, 『九雲夢』·『謝氏南征記』 等은 純粹한 朝鮮文學에 屬한다. 文學의 取材는 어느 것으로든지 상관없을 것이다.9)

⑧ 여기서 먼저 커다란 文學史的 資料로서 그 處理를 기다리는 것은 漢文文學의 問題이다. 우리 國文學史에 있어서 漢文文學 資料를 어떻게 處理하나? 우선 그 資料의 量에 있어서 壓倒的 示威를 하는 것이 漢文文學이기 때문이다. 그러나 漢文文學의 資料가 아무리 汗牛充棟의 것이라 하더라도 한번 위에서 決定한 國文學의 槪念을 標準할 때는 그것은 全體的으로 봐서 純粹한 國文學的 資料들이 아닌 것은 分明한 사실이다. 우선 여기서 커다란 意味에서 그러한 大義名分은 一次 明示하는 것이 必要한 일이다.10)

⑦의 논리는 다음과 같다. 이병기 선생의 순수한 조선문학은 한국어·한글로 표기된 시·소설·희곡 장르만을 가리킨다. 비록 한국어·한글로 표기된 것이라 할지라도 일기·기행문·서간 등 교술장르와 전설 등의 구비문학은 순수한 조선문학에 포함되지 않고, 광범한 조선문학에 속한다. 여기서 그 장르체계의 문제점은 군이 지적할 필요가 없을 것이다. 다만, 그가 주장하는 광범한 조선문학 속에 "다른 나라 말로 쓴 순수한 문학작품과 광범한 문학작품"이 포괄되어 있다는 것인데, 이것은 실제 한문학을 의미하

---

9) 白鐵·李秉岐, 『국문학전사』, 신구문화사, 1957(초판) p.3. 이글은 『三千里』誌.(1936)에
서 밝힌 견해라고 하지만 한문학을 부분적으로 수용했다는 점에서 2기에 넣었다.
10) 白鐵·李秉岐, 「國文學의 槪念」, 『國文學全史』, 新丘文化社, 1959(三版), pp.2~7.

는 것으로 보인다. ⑦은 본래 1936년에 쓰여진 것이며, 이병기 선생은 이때부터 한문학의 존재를 국문학의 범위 속에 포섭하려는 시도를 했던 셈이다. 그리고 그 시도는 1957년에 쓰여진 ⑧에서 불완전하게 이루어진다. ⑧은 한문학의 유산이 압도적으로 많은 사실에 당혹해 하는 모습이 역력하다. 그러나 이 객관적 실체를 있는 그대로 수용하는 데까지 인식의 전환이 일어났던 것은 아니었다. 따라서 한문학은 순수한 국문학이 아니라고 전제하고, 한문학 유산들은 純金의 鑛脈이 아니고 雜多한 不純物이 섞인 粗鑛脈이나 다름 없다고 하면서 국문학의 개념과 거리가 있는 것은 폐기해야 한다고 했다. 吏讀文學은 '國文學史를 위해서는 準國文學的 貴重한 資料'라고 하여 吏讀文學은 準國文學에 넣고 사상감정이 민족적 본질의 것이라면 국문학의 보충자료로 취한다고 했다. 그러므로 한문학 자료 중에서 국문학적인 가치가 있는 것만 취해서 『國漢文學史』라고 하여 附錄으로 편입시켰다. 이를 국문학사 속에 소화시켜 서술하느냐 別編으로 하느냐는 고심 끝에 결국 실험적 과정의 임시조치로 별편으로 했다고 한다. 이것은 김태준이 순수 국문학을 주장하면서도 『조선한문학사』를 따로 집필한 것과 큰 차이가 없다.

趙潤濟(1804~1976)선생은 국문학계의 제1세대에 해당하는 인물이지만 한문학에 대한 견해는 위의 사람들과 조금 달리 한다. 물론 때에 따라 표현상으로는 앞시대와 같은 점도 있다. 김태준이 "정말 朝鮮文學은 한글 創定 後로부터 出發하였다"고 했는데 조윤제박사 역시 그의 『國文學史』 중에 <訓民正音의 頒布>라는 節을 설정하고 "朝鮮의 眞正한 國文學은 여기서부터 始作하였다 하드라도 決코 過言이 아닐 것이다."[11]고 했다. 감격적인 한글창제 이후의 국문학을 강조하기 위한 표현이기는 하겠지마는 "정말 朝鮮文學"이나 "眞正한 國文學"은 같은 뜻이다. 그러나 다음의 글을 검토해 보면 앞에서 언급한 여러 견해와는 다르다.

---

11) 趙潤濟, 『國文學史』, 東國文化社, 1954(三版) p.91.

⑨ 그런데 그 文學이란 것은 形式上 비록 漢文으로 表記되었다 하지
마는 그 內容은 國文以上으로 잘 朝鮮사람의 思想·感情生活을 表現하
여 있어서 그냥 그것을 漢文學이라 하여서 國文學에서 떼어 버리기가
困難하기까지 되었다.

그러면 朝鮮에 있어서 朝鮮사람의 손에 발달한 漢文學은 作者 自身
뿐 아니라 당시 一般社會까지가 그것이 自國文學이라는 데에 一點 疑
心을 갖지 않았고, 또 朝鮮말로서 表記된 文學보다도 더 잘 朝鮮 사람
의 思想·感情生活을 表現하여 있다는 事實로 비추어 보면 적어도 古
代의 漢文學만은 全然 朝鮮文學과 關係없다고 할 수는 없을 듯하다. 그
러타하여 朝鮮의 固有文學이 定義되어 있는 以上 그것이 그대로 朝鮮
文學이 되어 버린다는 것도 異常한 일이니 나는 여기에 朝鮮의 漢文學
이 以上의 特殊한 事實을 가지고 있다는 것으로, 그것이 그대로 朝鮮文
學이 된다고는 하기 어렵지마는, 큰 朝鮮文學의 一部分은 될 수 있으리
라 생각한다. 即 朝鮮말로 된 朝鮮文學은 朝鮮의 固有文學으로서 이것
은 純朝鮮文學이라고 한다면 漢文學은 그것이 아닌 朝鮮文學이 되어서
前期 純朝鮮文學과 합해서 여기에 큰 朝鮮文學이 된다는 것이다.[12]

한문학도 국문학에 포함될 수 있다는 견해다. 조윤제박사는 국문학의 영
역을 규정하면서 우리 한문학의 표기는 한자로 되었지만 우리의 사상·감
정을 표현했기 때문에 이것을 국문학에서 떼어내기가 곤란하다는 것이다.
우리의 특수사정을 고려해서 국어로 표현한 것을 '순수 조선문학'과, 그것
에 한자로 표기된 문학을 포함하여 '큰 조선문학'이라고 했다. 전기의 논자
에 비하면 훨씬 포용적이라고 할 수 있다. 그러나 그는 朝鮮의 漢文學은
詩·賦·論·策·序·記·跋 등이라고 했고, 純朝鮮文學은 詩歌·小說 등
의 문예를 위주로 발달하였다고 하여 說話·小說 등은 漢文으로 표기되었
더라도 순조선문학 부문에 넣었다. 그러므로 '순조선문학'과 '큰 조선문학'
을 구분하는 기준은 자의적이고 애매모호한 부분이 적지 않다.

---

12) 趙潤濟, 「國文學의 領域」, 『國文學史』, 東國文化社, 1954, pp.5~7.

이병기와 조윤제는 한문학을 국문학에서 배제했을 때 생기는 현실적 문제를 많이 고려한 것 같다. 즉 국문학을 국문으로 쓰여진 것으로만 한정했을 때 국문학이 포괄할 수 있는 작품이 극히 소수여서 이로 인해 발생하는 국문학사의 양적 빈곤을 의식한 듯하다. 조윤제는 별다른 이론을 제시하지 않은 채 한국한문학은 우리의 사상・감정을 표현했기 때문에 국문학사에 넣어야 한다고 했다. 따라서 이 문제는 제1기의 문제와 상통하는 것으로, 결국 문학과 언어와의 문제에서 벗어나지 못한 것 같다. 즉 국문학은 한국어로 쓰여진 것이라야 한다는 모국어 중심주의의 틀에서 벗어나지 못함으로써 발생한 문제이다. 결국 세계사적인 현상으로 중세문화 내지는 중세문학의 특수한 성격을 도외시한 데서 온 현상이다.

3. 第三期 - 統合에의 摸索과 具體化

제3기에서는 두 시기로 나누어 볼 수 있다. 첫째는 국문학 연구의 제2세대에 해당한 분들의 통합에의 방향을 모색하는 시기이고, 둘째는 이들에게서 국문학을 전수받은 제3세대들이 이론적으로 정비하여 국문문학과 한문문학의 통합을 지향하는 시기이다. 먼저 첫째 단계에 해당하는 분들의 의견을 들어본다.

　　⑩ 첫째로 正音文學 즉 國語로 表記된 모든 文學的인 財庫

　　둘째로 借字文學 즉 訓民正音頒布 以前의 吏讀式 文字에 의하여 傳承되어 온 모든 文學的인 遺産

　　셋째로 漢文文學 즉 漢文을 通하여 이루어진 과거의 모든 文學的인 勞作의 三種으로 나눌 수 있겠다.[13]

　　⑪ '國文學'이란 '韓國文學'이다. '韓國文學'이란 ①韓國人이 ②韓國땅에서 ③韓國語로 ④韓國的인 思惟를 ⑤藝術的으로 形象化한 文學作

---

13) 鄭炳昱, 「國文學의 槪念規定을 위한 提言」, 『國文學散藁』, 신구문화사, 1959. 『自由世界』, 1952. 8月號, p.26.

品을 指稱한다. 이 다섯가지 要件을 具備한 것이면 韓國文學이다. 그리
고 原則的으로 이 다섯가지 要件을 모두 具備해야만 韓國文學의 範圍
에 넣을 수 있을 것이다. 이 中에서 ②의 要件은 그렇게 積極的인 것이
못된다고 보여진다. 어떤 이유에서건 外國에서 우리글로 作品을 발표
하는 경우를 상상할 수 있기 때문이다. 그것이 外國에서 出版되든 아니
면 우리나라에서 出版되든 간에 나머지 네 개의 要件을 갖춘 것이라면
韓國文學으로 보아서 무리가 없을 것이다. ①④⑤의 要件에 대해서도
韓國文學의 槪念 定義에 있어 큰 異論이 없을 줄 안다. 문제는 作品이
韓國語로 쓰여졌느냐 그렇지 않느냐 하는데 있다.[14]

⑩은 국문학을 表記의 관점에서 분류하여 正音·假借·漢文文學으로 나
누었다. 처리 방법이 객관적이어서 훨씬 편리하다. ⑪는 張德順 교수의 글이
다. 그는 이미 1960년에 출판한『國文學通論』에서 <한문학도 국문학이다>라
는 전제 아래에서 山積한 漢字로 된 글들이 모두 국문학이 될 수 없고,
문학정신과 국문학적인 가치가 있는 것만을 '보다 큰 국문학'의 범주에 넣
을 수 있다고 주장한 바 있다.[15] 그 후 1977년에 이 문제를 더 理論化시킨
것이 바로 위에서 인용한 글이다. 한문학 처리의 기술적인 표현은 다르지만
요지는 종전과 크게 다르지 않다. 결국 국문학은 국어로 쓰여졌느냐 그렇지
않느냐는 표기에 중점을 두었다. 그러면서도 그는 漢文과 韓國이라는 특수
조건으로 보아 불가분의 관계에 있음을 지적하고, 한문으로 기록되었더라
도 '한국적인 사유'가 담긴 것이라면 한국문학이 된다고 주장했다. 그리고
시대와 작품은 삼국시대와 고려시대의 작품을, 장르면에서는 향가, 민요,
한시, 수필, 소악부, 속요 등에 한정했다. 따라서 상당히 진전된 견해이긴
하지만 국한문학 통합 모색의 단계에서 크게 벗어나지 못하고 있다.

위에서 살펴본 바와 같이 초기에는 민족주의 내지 국수주의적인 편견에
서 '한문학은 국문학이 아니다'라고 했고, 제2기에 접어들면서 '한문학도

---

14) 張德順,「漢字文學의 國文學史的 處理試考」,『聖心語文論集』4. 1977, pp.71~72.
15) 張德順,「國文學의 槪念-主로 漢文學과의 관계-」,『國文學通史』, 신구문화사, 1960,
    p.20.

국문학이다'라는 주장이 나왔다. 하지만 한문학은 '정말 국문학'・'진정한 국문학'・'순국문학'이 아닌 '준국문학'・'더 큰 국문학'에서 국문학적 가치와 한국적 사유가 담긴 것만 '보다 큰 국문학'으로 처리하자고 했다. 한편 이와 달리 표기에 관점을 두고 '정음문학'・'가차문학'・'한문문학'으로 나누자는 주장이 나오면서 설 자리를 잃고 있었던 한문학은 차차 제자리를 찾기 시작한다. 이 부분은 후일 조동일 교수의 『한국문학통사』에도 많은 영향을 끼친 듯하다.

다음 국문학 연구의 제3세대에 와서는 그 이론의 방향이 아주 달라진다. 앞시기에서는 '한문학도 국문학'이라고 주장했는데 이 시기에 오면 더 확대되어 '한문학은 국문학'이다로 바뀌어 간다. 최신호 교수는 <국문학과 한문학의 연계성 문제>[16]를 논하면서 첫째 한문학을 국문학에 편입시켜야 한다고 주장하고, 둘째 국문학과 한문학은 떼어 낼 수 없이 밀착되어 있기 때문에 國字냐 아니냐를 떠나서 한문학을 어떻게 국문학과 합류시키느냐를 문제삼았다. 그리고 한문학은 장르가 복잡하기 때문에 그 중에 문학적인 것과 비문학적인 것을 분류하여 문학적인 것만 정리해서 국문학과 연계를 시도하자고 했다. 여기서 비문학적이란 문맥으로 보아 현재 국문학 장르에 맞지 않는 것을 말하는 듯하다. 이것은 지나친 국문학 장르 중심주의라고 말할 수 있다.

다음으로 한문은 19세기까지 동아시아의 공통문어로 사용했던 만큼 오늘날 중국어와 같이 볼 수 없다는 것이다. 이는 우리 나라 뿐만 아니라 중세 유럽에서 라틴어와 같다는 견해다. "유럽 각국에서는 그들의 문학사를 연구하면서 라틴어로 쓰여진 문학을 로마문학이나 이탈리아문학에 귀속시켜야 한다고는 보지 않는다."고 하면서 한문학은 국문학에 포함시켜야 한다고 주장했다.[17] 이런 사정은 고려하지 않은 채 근대적인 배타적 민족주의의

---

16) 崔信浩, 「國文學과 漢文學의 連繫性 問題」, 『論文集』, 聖心女大, 1980.
17) 金興圭, 「한국문학의 범위」, 『韓國文學硏究入門』, 知識産業社, 1982. 이는 그의 「國文

국수주의적 편견과 현대적인 정치문화와 결부시켜 한문학을 경시하는 것은
있을 수 없다. 이 문제에 대해서 필자가 전에 이미 견해를 피력한 적이
있다.

> 우리 문자 창제 이전의 한자는 단순히 중국 글자라기보다 동아문화
> 권의 공통문자로 쓰인 특수성도 고려하지 않을 수 없다. 여기서 자연히
> 한국한문학, 일본한문학이 성립될 수 있는 것이다. 그리고 중국에 구어
> 체와 문어체가 다르듯이 우리 나라에서도 구어체와 문어체가 달랐는
> 데, 한문은 우리 문자 창제 이전의 문어체로 써 온 글자이다. 따라서 오
> 늘날 우리 나라 글을 버리고 다른 나라 글자로 문자생활을 하는 것과
> 는 그 성질이 다르다. 더욱이 한문을 문어체로 장기간 사용하는 동안
> 차차 토착화되면서 중국과는 별개인 독특한 우리 한문학으로 발전해
> 왔다. 심지어 우리 나라 안에서도 畿湖學派의 한문학과 嶺南學派의 한
> 문학이 다르다고 할 정도로 변질되어 왔다. 그러므로 한국한문학은 국
> 문학 속에 포함시켜야 마땅하다.[18]

이 글은 필자가 『한국문학개론』 중에서 <한문학의 범위>라는 항을 설정
하여 쓴 것이다. 지금도 이 견해는 변하지 않고 있다. 그러므로 한국한문학
은 당연히 국문학에 포함되어야 한다. 이 시기에는 두 가지 문제점을 지적할
수 있다. 첫 번째로 어떻게 하면 한문학을 국문학 속에 넣을 수 있을까
하고 계속 노력해 왔다는 사실이고, 두 번째는 차차 국문문학에 대한 연구가
한계점에 봉착했다는 사실도 간과할 수 없다. 거기다가 1970년대부터 한국
한문학이 본격적으로 연구되면서 한문학에 대한 생각이 달라졌다. 그리고
국문학에 대한 전반적인 개념의 변화가 일어났다. 즉 '국문학사'에서 '한국
문학사'로 이름이 바뀌어 가는 것도 주목할 만하다. 국문학사라고 하면 그
어감으로 보아 '국문문학'으로 여기기 쉬우나 '한국문학사'로 바뀌었을 때
는 국문 중심에서 벗어나 '국문' 보다 '한국'이 더 중요한 뜻이 된다.

學의 領域」, 『한국문학의 이해』, 民音社, 1988에서 논의하고 있다.
18) 李炳赫, 「韓國漢文學·漢文學의 範圍」, 『韓國文學槪論』, 三英社, 1986.

Ⅲ. 國文學史 敍述에서의 漢文學의 位相

지금까지 國文學史에서 논의된 漢文學의 位相을 파악하기 위한 선행조건으로 국문학에서 한문학에 대한 인식의 변천과정을 중심하여 살펴보았다. 다음에서는 본 論考의 주제 쪽으로 한걸음 더 접근하여 역대 국문학사에서 다룬 한문학의 위상에 대해서 살펴보기로 한다.

1. 國文學史에서 漢文學 敍述의 樣相과 그 變遷 過程

본 논문은 연구사적인 성격을 벗어나기 어렵다. 그러므로 역대 국문학사에서 한문학을 어떻게 다루고 있는가 하는 것 역시 역사적인 변천과 그 실태를 중심으로 살펴 보기로 한다. 시기를 끊기가 어려우나 앞장에서처럼 3기로 끊어서 살펴보기로 한다. 이는 일제강점기에 나온 국문학사와 광복 이후, 그리고 1970년에 들어서면서 국문학사 서술이 달라지고 있는 과정을 보이기 위해서이다.

1) 日帝强占期 - 國文文學 中心의 敍述

우리 국문학은 1920・30年代부터 현대적인 방법론으로 연구하기 시작했다. 이 시기 현대문학에서는 '프로文學', '民族派文學', '海外派文學' 등이 활동하던 때이다.

우리 문학사 중에서 최초의 것은 1922년에 간행한 安自山의 『朝鮮文學史』로 알려져 있다.[19] 이는 우리 국문학사에서 고전적인 가치를 지닌 책이다. 이 책은 서술의 분량이 적을 뿐만 아니라, 국문학과 한문학의 관계를 논한 항이 없다. 그 체제는 1. 緒論, 2. 上古文學, 3. 中古文學, 4. 近古文學, 5. 近世文學,

---

19) 安自山, 『朝鮮文學史』, 韓一書店. 이보다 앞서 1920년에 『조선문학사개론』(이종천, 양산통도사)가 있다는 기록이 보이나 필자가 이 책을 직접 보지 못했기 때문에 정확한 것은 알 수 없다.

6. 最近文學 等 6章으로 나누어 서술하면서 한문학은 「中古文學」 편에서 다루었는데, 여기서 '詩仙 崔致遠'과 같은 章에서 '漢詩', '散文'에 대해서 약간 언급했고, 「近古文學」에서 '佛派의 文藝'라 하여 漢詩 몇 수를 소개했으며, 「儒派의 散文」에서 역시 한문학에 대해 약간 언급했을 뿐이다. 그는 고려시대의 문학을 '近古文學'이라고 하여 한글 창제 이전까지 한문학은 조금 언급하고 그 이후에는 제외시켰다. 그의 국문학사 연구가 민족적 주체의 확립이라는 객관적 요청에서 시작했고 그의 국학은 3·1운동의 정신을 회복하고 발전시키려 했으며, 『조선문학사』는 그 구체적인 실천이라는 지적이 있다.[20] 이는 우리 최초의 국문학사라는 점에서 의의가 크지만 한문학의 처리에 대한 고심은 보이지 않는다.

또 이 무렵에 權相老의 『조선문학사』가 나왔다. 이 책은 1947년에 프린트본으로 나온 것으로 알려져 있으나, 실은 1930년대 초부터 프린트를 하여 교재로 사용하다가 계속 수정하여 이 때 완성을 본 것이라고 한다. 그러므로 일제강점기 말에서 시작하여 光復 前後에 논의하는 것이 옳을 듯하다. 이 책에서 필자는 한문학과 국문학에 대한 견해를 밝히고 있다. 즉, 『訓民正音』 출현으로 "於是乎朝鮮文學界 主人公은 訓民正音의게로 도려보내지 아니치 못할지라. 다시말하면 文學界에 獨尊을 부르짖던 漢文을 一朝 그 庭下에 膝跪케하야 드디어 朝鮮文學史上에 兩截을 내어서 世宗 以前은 單純한 漢文文學으로 되었던 것이 世宗 以後로는 諺漢文文學 아니 諺文文學으로 되여야 마땅한 까닭이다."[21] 라고 했다. 이것을 보면 『훈민정음』 이전의 국문학을 漢文文學, 그 이후의 문학을 國漢文混用文學, 또는 國文文學으로 규정지은 것을 알 수 있다. 그러면서 그는 『조선문학사』를 서술함에 있어 『훈민정음』 창제 이전과 이후를 막론하고 한문학을 상당히 다루고 있다. 이 책은 총 59장으로 되어 있는데 한문학을 다룬 항은 다음과 같다.

20) 崔元植, 「安自山의 國學」, 『自山安廓國學論著集』 6, 여강출판사, 1994, pp.69~70.
21) 權相老, 『朝鮮文學史』, 東洋文化社, 프린트 1947. (영인본) p.146.

　이와 같이 한문문학, 국한문혼용문학, 국문문학으로 나눈 탁견이 보일
뿐만 아니라, 총 59장에서 한문학에 관한 기술을 28장이나 할애하고 있다.
權相老선생은 스님이며 漢學者이다. 그는 『朝鮮漢文學史』도 이 무렵에 저

술하여 강의했다.[22] 이와 같이 그는 한문학에 남다른 관심이 많았다. 金台俊
은『朝鮮漢文學史』를 쓰면서「序」에서 朝鮮文學 硏究는 "單純히 '骨董品'이
라고만 할 수 없으며 장차 新文學을 建設하고 世界文藝市場에 進出하는데
土臺가 되고 도움이 될 것이다."고 했다. 그리고는 같은 책「朝鮮漢文學史의
範圍」에서는 文言體의 詩文은 骨董品을 求景하는 정도밖에 되지 않는다고
하면서 이러한 연구는 "古代文化의 決算整理에서만 意味가 있다."라 했으
며, 또 "나의 漢文學史는 조선 한문학의 決算報告書가 된다."고 했다. 그는
국문학은 한글로 된 문학이라는 전제아래에서 漢文學은 한국인의 손으로
된 한문학과 중국인의 손으로 된 한문학을 구분하여 전자를 결산한 것이
그의 한문학사라고 하였다. 이와 달리 권상로선생은 한문학에 더 관심을
가져『朝鮮文學史』안에 한문학사를 함께 서술한 점이 특이하다. 따라서
그는 국문학사에서 한문학을 함께 다루는 초석을 마련한 셈이다. 그리고
그가 한문학을 국문학에 포함시킨 논거는 한문문학, 국한문혼용문학, 국문
문학으로 본 데서 온 것이며, 이렇게 나눈 방법은 후일 정병욱 교수의 正
音・假借・漢文文學으로 나누는 데 영향이 있었을 것으로 생각된다.

2) 光復 以後 - 漢文學의 部分的 受容

이 시기는 1940年代로 광복직후에 해당한다. 이 시기를 회상하는 金思燁
『朝鮮文學史』의「自序」에서 "이제 解放과 함께 새로이 民族文化에의 關心
과 硏究熱이 일찍기 보지 못하였으리 만치 旺盛해진 昨今의 現象은 반가운
일임에는 틀림이 없겠으나, 그러나 이것이 허삐 日帝의 民族 固有文化 抹殺
政策에 抑壓 當하고 踢縮해졌던 心理의 反撥的인 現象이며, 따라서 未久에

---

22) 權相老,『朝鮮漢文學史』, 菊版 油印本, 1947. 이 책은 1947년에 프린트 한 것으로 되어
  있으나 30년대부터 프린트본으로 강의해 오던 것을 이때에 와서 완성했다고 한다. 그
  리고 金台俊의『朝鮮文學史』도 권상로선생에게 많은 도움을 받아서 썼으며, 권상로선
  생의 "중국문학사"도 이 때에 나왔다고 한다.『조선문학사』,『조선한문학사』,『중국문
  학사』등에 관해서는 李丙疇교수님께 증언을 들었다.

이 熱氣는 그대로 冷却해질 것이고, 一般은 다시 民族文化로부터 '뒤로도랏'
을 하기 시작해질는지 모를 危險性을 內藏하고 있다면 이것은 큰 일이다.
아무러나 이때일수록 우리들은 이 機運을 용하게 捕捉해서 어떻게 해서라
도 이제는 참된 朝鮮文學을 樹立해야 하겠다."23)고 하여 민족주의적인 견해
를 피력하고 있다. 光復을 맞은 기쁨과 함께 국문학에 대한 열정을 보여주는
글이다. 이는 단순히 김사엽 개인의 감정이라기보다 그 시대 국학자들의
공통된 생각이라고 보아도 좋을 것이다. 이 시기에 나온 국문학사는 다음과
같다.

① 우리어문학회『國文學史』(秀路社, 1948)
② 金思燁『朝鮮文學史』(正音社, 1948)
③ 李明善『朝鮮文學史』(朝鮮文學社, 1948)
④ 趙潤濟『國文學史』(東國文化社, 1949)
　★ 權相老『朝鮮漢文學史』(菊版 油印本, 1947)

①의 짜임과 집필진은 다음과 같다. 序(方鍾鉉), 第一章 上古文學(鄭亨容),
第二章 中古文學(金亨奎), 第三章 中世文學(孫洛範), 第四章 近世文學(第一
節…第三節 鄭鶴謨. 第四節…第六節 高晶玉), 第五章 現代文學(具滋均) 등으
로 章을 나누어 서술하면서 중고문학에서 '漢文學', 중세문학에서 '固有文
學의 萎縮과 漢文學의 浸透'라 하여 한문학을 총괄적으로 설명하고, 근세문
학에서 朴趾源과 漢文小說만 약간 소개했을 뿐이다.

②에서는 그의「自序」첫줄에서 "그 언제 누구든가가 京城大學 朝鮮語文
學科에서 擔當 日人 敎授가 練習用 敎材로서『擊蒙要訣』을 使用하고 있음을
痛擊하여 이르기를 '朝鮮文學을 위해서는 太學館은 이야기책 보는 村家 舍
廊만 못하고, 大提學・副提學은 무당과 妓生만 못하였던 것이다. 朝鮮文學
이란 무엇이뇨? 朝鮮文으로 쓴 文學이다.'라고 빈정대던 것이 생각나거니
와, 나 역시 朝鮮文學科에 在籍하던 한 사람으로서 ……" 라고 하여 이광수

---

23) 金思燁,『朝鮮文學史』, 正音社, 1948, p.4.

의 견해를 적극 지지하는 견해를 보였다. 또 그는 이 책의「國文學의 意義와 限界」에서 "最近에도 或者가 말하길 '朝鮮文學을 爲해선 太學館은 이야기 책 보는 村家 舍廊만 못하고 大提學 副提學은 巫女와 妓生만 못하였던 것이 다. 朝鮮文學이란 무엇이뇨? 朝鮮文으로 쓴 文學이다' 그러므로 아무리 朝 鮮人다운 感想의 表現이며, 文脈이라도 漢文으로만 쓰혀진 것을 가지고 우 리 文學이라고 할 수는 없으니, 오늘날 남아있는 山積한 文集, 雜書 等 漢文 으로 記錄된 것 따위는 우리 文學 울타리 너머 쓰레기통에 버려야 할 無用之 物들이다."[24]고 하여 이광수의 말을 두 번이나 인용하면서 국문학에서 한문 학을 모두 제외시켰다. 이 때만 해도 그는 국문학에서 한문학을 배제해야 한다는 견해를 가지다가 후에 개정판을 내면서 대폭 수정했다.

③에서 第1章 古代의 原始文學에서 3節을 나누고, 第2章 中世紀 封建文學 에서 6節을 나누어 서술하면서 第6節의 小說 항에서 '漢文小說'만 취급했다.

④ 조윤제의『국문학사』에서 한문학을 다룬 항은 다음과 같다.

> 第二章 胎動時代 「漢文의 傳來」
> 第三章 形成時代 「漢文學의 擡頭」
> 第四章 萎縮時代 「漢文學의 爛熟」
> 第五章 蘇生時代 「漢文學의 淨化」
> 第六章 育成時代 「中國文藝의 東移」
> 　　　　　　　 「道學派와 詞章派의 分立」
> 第七章 發展時代 「漢文學의 隆盛」
> 第八章 反省時代 「僞學의 勝利」
> 第九章 運動時代 「漢文學의 衰滅」

조윤제는 민족사관에 입각하여[25] 한국고유의 언어문자와 문학의 순수성

---

24) 金思燁,『朝鮮文學史』, pp.19~20.
25) 金明昊,「陶南과 新民族主義史觀」,『陶南學報』제1집, 도남학회, 1978. 李佑成,「陶南 國文學」에 있어서「民族史觀」의 展開」,『陶南學報』제11집, 1988. 신현재,「陶南의 국문 학과 풍토고」,『청람어문학』제1집, 한국교원대학교, 1988 등에서 그의 국문학에 대한 연구가 있다.

과 독자성을 강조한 나머지 '순수 국문학'이니, '큰 국문학'이니 하는 말을 사용했으나 위 권상로의 『조선문학사』에 이어 한문학을 국문학 범주에 귀속시키는데 확고한 자신감을 심어 주었다. 그리고 그의 『한국문학사』에서는 第四章 萎縮時代「漢文學의 發展」, 第五章 潛動時代「漢文學의 爛熟」이라는 항목을 첨가하여 서술했다. 다만 각 시대의 문학에서 거론한 한문학은 내용과 관련된 實體를 究明하지 않았기 때문에 공소감을 불러 일으킬 소지가 있는 점은 지적당하고 있다.26) 여기서 권상로의 『조선한문학사』를 예시한 것은 한문학사와 국문학사의 연대를 비교해 보기 위해서다. 다음으로 1950・60 年代에 나온 중요한 국문학사는 다음과 같다.

① 金思燁, 『改稿國文學史』(正音社, 1953)
② 李秉岐・白鐵, 『國文學全史』(新丘文化社, 1959)
③ 趙潤濟, 『韓國文學史』(東國文化社, 1963)
④ 趙潤濟, 『國文學史槪說』(東國文化社, 1965)
⑤ 全圭泰, 『入門을 위한 國文學史』(새글社, 1967)
　　★ 崔海鍾, 『槿域漢文學史』, (靑丘大學刊, 1958)
　　　 文璇奎, 『韓國漢文學史』(正音社, 1961)
　　　 李家源, 『韓國漢文學史』(民衆書館, 1961)
　　　 徐首生, 『海東漢文學史(上卷)』(신생프린트사, 국판, 1962)
　　　 金春東, 『韓國漢文學史(上)』(騰寫本, 1950(?))

①의 김사엽 『개고국문학사』에서는 초판에서와 달리 한문학에 대한 관점를 완전히 수정하고 있다. 그는 「改稿에 즈음하여」라는 序文을 쓰면서 다섯 가지 유의점을 명기했는데 첫 번째의 것을 소개하면 다음과 같다.

　　舊稿를 草할 때는 解放의 感激에 겨워 一氣呵成으로 國文學에 對한 熱情을 吐露하였다. 그래서 漢文學의 우리 先人의 勞作이나, 過去 日人 學者들의 이 方面 見解 等을 一切 介意치 않았고, 되려 否認하는 態度

---

26) 洪瑀欽, 「陶南先生의 ＜韓國文學史＞에 나타난 漢文學觀」, 『陶南學報』 第15, 1996, pp.65〜76.

로 臨했다.

　이제 新稿에서는 從前의 觀點을 버리고, 國文學에 關한 材料이면 모
두 俎上에 놓고서 問題 삼으려고 하여 漢文學의 趨移, 日人學者 가령
小倉進平博士의 鄕歌 解釋 等을 採錄하여써 자칫하면 國文學이라고 해
서 國文記寫分만을 치켜들어 時代精神을 沒却하고 漢文學에서 根源을
둔 古典解讀에 原義와는 距離가 멀고 엉뚱한 新釋이 橫行하여 古典의
意義와 內容의 幅을 좁히며 따라서 獨斷 固陋의 嫌이 나타남을 막고자
함에서였다.27)

　고 하여 전번의 잘못을 반성하고 있다. 또 그의『개고국문학사』의「國文
學의 意義와 限界」에서는

　　近者에 와서 李光洙는 朝鮮文學의 範疇에 對한 見解를 다음과 같이
　언급하고 있다.
　　"朝鮮文學을 爲해선 太學舘은 이야기책 보는 村家 舍廊만 못하고,
　大提學 副提學은 巫女와 妓生만 못하였던 것이다. 朝鮮文學이란 무엇
　이뇨? 朝鮮文으로 쓴 文學이다.
　　우리 先人들이 남겨 논 山積한 漢詩 漢文集은 그러므로 純粹한 우리
　文學과는 峻別될 것이다. 그러나 우리들이 오늘날 遺産 받은 古典文學이
　란 첫째 그 量에 있어서 零星하며, 質에 있어서는 中國思想에 心醉하여
　漢文學에 골똘하던 人士들의 한 餘技로 創作하였던 것이 大部分이다.
　　앞으로 本論 展開에 있어서 우리文學을 理解 鑑賞하고 發展 過程을
　더듬는데 國文學과 不可分의 關係에 있는 漢學의 趨移를 槪觀치 않고
　서는 正鵠을 얻기 어려우므로 이를 아울러 鳥瞰하려고 함이다.28)

　고 하여 국문학사 서술 방향을 제시했다. 그리고 그의 국문학사 중에서
한문학에 관한 것을 들면 다음과 같다.

　　第一編　槪　說
　　　第二章　國文學의 成立

---

27) 金思燁,『改稿國文學史』, 正音社, 1954, p.5.
28) 金思燁,『改稿國文學史』, pp.53~54.

이와 같이 한문학에 많은 지면을 할애했다. 하지만 그는 한문문학은 국문
문학을 이해하는 보조자료로서 가치만 부여했다. ②에서는『국문학전사』라
는 이름아래 第一部「古典文學史」, 第二部「新文學史」, 附錄「國漢文學史」
라고 하여 한문학사를 부록으로 붙여 오히려 한문학을 격화시키고 있다.
③은 그의『국문학사』의 개정판이며, ④는 그의 凡例에서 밝힌 바와 같이

『한국문학사』를 간추려 大學 敎材로 사용하기 위해 편찬한 것이다. ⑤는 입문서이므로 논외로 한다. 이와 같이 이 시기에 나온 국문학사는 앞시대에 나온 것을 약간 수정・보완한데 불과하므로 크게 주목할 만한 것이 없다. 이 시기의 특이한 것은 한문학사가 다른 시기에 비하여 많이 나왔다는 점이다.

3) 1970年代 以後 - 漢文學의 正當한 位相 賦與

광복 이후부터 1970년대 이전까지의 한문학은 여전히 국문학사의 변두리 내지는 부분적 현상으로 불가피하게 삽입 서술되고 있는 정도에 불과했다. 이것은 조윤제 선생의 국문학사의 영향에서 크게 벗어나지 못하고 있는 실정이었다.

진정하게 국문학에서 한문학이 위상을 인정받은 때는 1970년대 이후부터이다. 전기의 반성 시대를 거쳐 한문학을 한국문학사 속에 유보사항 없이 실재한 대로 수용하여 서술하기 시작한 시기이다. '한국한문학연구회'(1976)도 이 무렵에 결성되어 본격적으로 한문학에 대한 논문과 저서가 나오기 시작한다.

① 金允植・김 현, 『韓國文學史』(民音社, 1973)
② 呂增東, 『韓國文學史』(螢雪出版社, 1973)
③ 金錫夏, 『韓國文學史』(新雅社, 1975)
④ 朴晟義, 『國文學通論國文學史』(선명문화사, 1974)
⑤ 金東旭, 『國文學史』(日新社, 1976)
⑥ 金俊榮, 『韓國古典文學史』(螢雪出版社, 1979)
★ 李家源, 『韓國漢文學小史』(三和出版社, 1973)

①은 주로 近代 以後 문학을 다루면서 「近代意識의 成長」이라고 하여 근대의 기점을 18세기에서 찾으려 하면서 한문학은 實學派를 중심한 그 이후의 것만을 논의의 대상으로 삼았다. ②는 국문학의 흐름을 설명하는 과정에서 한문학을 약간 언급했을 뿐이다. ③에서는 第一章 古代文學(7.漢

文의 傳來), 第二章 中世文學(2.漢文學의 發達), 第三章 近代前期의 文學(5. 雜記文學論, 6.小說文學의 形成, 7.三唐詩人). 第四章 近代後期의 文學(2.漢文四大家, 4.西浦 金萬重과 그의 文學, 5.近世後期의 漢文學, 8.中庶委巷人의 文學) 등으로 나누어 한문학을 다루고 있다. ⑤에서는 한문학을 다음과 같이 다루었다.

第一章 韓國文學과 比較文學의 視點
   2. 韓國 漢文學의 位置
第二章 上代文學
   5. 上代 漢文學의 成立
第三章 中世文學
   2. 高麗의 漢文學
第四章 近世文學
   2. 李朝의 漢文學
   7. 稗官小說
   8. 短篇小說
   12. 士大夫와 民衆―中期 以後의 漢文學

이 시기의 국문학사 역시 앞 시대와 마찬가지로 한문학에 대한 특이한 견해는 발견할 수 없다. 그러나 70년대에 발판을 굳혀가기 시작하여 80년대에 들어서면서 크게 달라진다. 1980 年代에 나온 중요한 국문학사는 다음과 같다.

① 張德順, 『韓國文學史』(同和文化社, 1982)
② 趙東一, 『한국문학통사』(지식산업사, 1982)
③ 金烈圭, 『韓國文學史』(探究堂, 1983)
④ 全圭泰, 『韓國古典文學史』(藝文社, 1986)
   ★ 文璇奎, 『韓國漢文學』(二友出版社, 1982)

①과 ③에서는 한문학을 거의 언급하지 않았으며, ④에서는 Ⅱ.上古時代의 文學(第5章 漢字의 傳來와 漢文學), Ⅲ. 中古時代의 文學(第5章 中古時代

漢文學), Ⅳ. 近古時代의 文學(第7章 麗末의 漢文學), Ⅴ. 한글 創製 草創期의 文學(第7章 漢文學의 健在), Ⅵ. 戰亂 前後의 文學(第5章 漢文學의 무르익음), Ⅶ. 近代的 自覺期의 文學(第7章 漢文學의 轉機) 등으로 나누어 시대별로 한문학사를 다루었다.

이 시기에 가장 주목해야 할 것은 조동일교수의 『한국문학통사』가 나온 것이다. 앞 시대부터 한문문학, 국문문학 등의 용어가 있었으나 이를 체계화하여 구비문학, 국문문학, 한문학을 아울러 기술하고 있다는 점에서 아주 탁견이며, 그 분량에 있어서도 지금까지 나온 국문학사에 비교가 안 될 만큼 방대하다. 다만 한문학 내부의 자체적인 발전논리보다 국문학과의 연관에 역점을 둔 점, 또 지나치게 시대구분과 장르체계에 적용시키려고 한 점, 한문학 관계의 서술의 불균형 – 장르면에서는 시가 많이 논의되었고, 시대별로는 조선 후기 문학의 경우 18세기만 주로 부각시키고 있다는 점 등은 보는 이에 따라 의견을 달리할 수도 있을 것이다. 끝으로 1990 年代에 나온 중요한 국문학사는 다음과 같다.

① 민족문학사연구소, 『민족문학사강좌(상 · 하)』(창작과비평사, 1995)
② 李家源, 『朝鮮文學史』(太學社, 1995)
  ★ 李丙疇(外), 『韓國漢文學史』(半島出版社, 1991)

여기서 가장 주목을 끄는 것은 이가원 교수의 『朝鮮文學史』이다. 이것은 지금까지 국문학사 서술과는 달리 민족사관에 입각하여 이유없이 한문문학을 국문문학과 함께 서술한 것이다. 즉 지금까지의 문학사에서 한문학의 축소 서술에 대한 반발로 이론을 초월하여 한문학 중심의 문학사를 서술한 듯하다.   필자가 이 저서를 논할 기회가 있어 글을 쓰면서 첫째 확고한 민족사관에서 쓰여진 점, 둘째 왕조나 연대기적이 아니라 문학양식 발전과 사조중심으로 서술한 점, 셋째 풍부한 자료의 보고라는 점 등을 들어 평했으므로 다시 논하지 않기로 한다.

2. 統合 國文學史의 期待

여기서 통합국문학사란 국문문학과 한문문학을 통합하여 하나의 문학사가 되게 하는 것을 의미한다. 위에서 살펴본 바와 같이 국문학에서 한문학을 보는 견해는 초기에는 배타적 민족주의, 또는 국수주의적인 관점에서 한문학은 순수한 국문학이 아니라고 했다. 그러나 다음 시기에서는 이를 수정하여 한문학을 '준 국문학', '큰 국문학' 안에 포함시켰고 그 다음 시대에 가서는 국문학과 한문학을 동등하게 보자는 의견이 나왔다.

그러나 우리 역대 국문학사에서는 한문학이 정당한 대우를 받지 못하고 있는 실정이다. 초기 抗倭期에 나온 安自山의『朝鮮文學史』에서는 한문학을 거의 언급하지 않았고, 權相老의『조선문학사』에서는 한문학을 상당부분 언급했으나 이 책은 인쇄로 된 것이 아니라 프린트본 교재였으므로 독자가 특수집단의 수강생에 한정되었다고 할 수 있다. 光復 후에는 우리 고유문화에 대한 관심의 고조와 함께 국문학에 대한 열정도 대단했으나 일부 국수주의적 편견으로 한문학은 소홀히 다루어졌다. 한문학이 제자리를 잡기 시작한 것은 조윤제의『국문학사』가 나오면서부터이다. 그 후 50~70년대 이전까지는 종전의 국문학사를 수정・계승한데 불과했으며, 70년대 이후 계속 고민해 오다가 80년대 조동일 교수의『한국문학통사』와 90년대 이가원 교수의『조선문학사』가 나오면서 한문학이 확고한 자리를 차지하게 된다.

한문학은 중세 공통문어문으로 쓰여졌다. 그렇기 때문에 문자가 국문이냐 한문이냐보다는 작자가 어느나라 사람이냐가 더 중요하였다. 예를 들면,「公無渡河歌」는 중국에서는 모두 자기들의 문학으로 취급하고 있지만 이는 작자가 조선인이므로 우리 문학이다.[29] 그리고 益齋 李齊賢은 李奎報에 이어 우리 나라 詞文學을 개척한 사람으로 알고 있지만 중국에서는 그의『巫

---

29) 李春祥編,『樂府詩鑑賞辭典』, 中國, 中州古籍出版社, 1990,. p.16에서 <公無渡河>라 하여 漢代의 民歌라고 했다. 內蒙古人民出版社編,『中國詩詞名句鑑賞辭典』上, 1994. p.257에서 역시 中國古歌謠에 들어 있다.

山一段雲』의「瀟湘八景・遠浦歸帆」을 高麗人作 중국문학으로 취급하고 있다.30) 이런 것을 수긍한다면 신라말 최치원을 비롯한 遺唐 유학생들의 작품을 비롯하여 고려 또는 조선조 문인들이 중국에 여행 또는 체류하면서 지은 작품들은 모두 중국문학이 될 것이며, 朴趾源의『熱河日記』도 모두 중국문학이 될 것이다. 그러나 아무도 이를 받아들이지 않을 것이다. 당시 한문은 동아시아의 공통문자로 우리의 문언으로 인식했으며, 우리의 문인들이 이를 사용하여 창작한 작품은 의심할 여지없이 우리 문학으로 여겼기 때문이다. 따라서 한문문학에 대하여 국문문학과 달리 보려는 태도는 더 이상 이론이 없어야 할 것이다.

또, 국문학사 기술에서 눈에 띄는 것은 한문학 자체의 연속성 문제이다. 국문문학과 한문학은 일정한 연계성을 가지고 있기는 하지만 그것은 일부의 교섭이지 전면적인 것은 아니다. 그 동안 우리는 한문문학을 너무 국문문학과 연관을 지으려다가 많은 부분을 놓쳐버렸다. 한문학은 자체적인 발전 과정과 논리를 갖고 있다. 그럼에도 불구하고 이가원 교수의『조선문학사』를 제외하고는 이에 대한 고려가 적은 것 같다. 한문학에서 문학이라고 하면, '문자로 이루어진 학문적인 행위' 모두를 의미했다. 이는 영문학에서도 처음에는 마찬가지였다. 영어에서 문학(Literature)이란 말도 본래 라틴어 리떼라(Littera)에서 온 것으로, '문자로 기록되거나 책으로 인쇄된 모든 것'을 의미했다. 이것이 19세기 경에 와서야 시, 소설, 희곡, 수필 등 심미적 예술적 가치가 있는 것만을 문학이라 하여 그 의미가 축소되었다. 그러나 오늘날에 와서는 오히려 여기에서 벗어나 일반 담론적인 의미까지를 확대하여 사용하려는 경향이 있는 것도 사실이다. 따라서 우리도 국문학과의 연계선상에서 한문학을 논하던 종전의 관행에서 벗어나 그 자체적인 발전

---

30) 兪長江 編,『中國歷代詩歌名篇鑒賞辭典』, 農村讀物出版社, 1989.

   pp.1260~1262에서 「李齊賢(1289~1367) 字仲思, 號益齋, 高麗人, 曾任西海道安廉使, 二十八歲時爲忠善王所賞, 侍從至大都(北京), 與鍾嗣成交善, 有散曲傳世, 詞亦健擧」라고 소개되어 있다.

과정과 논리에 관심을 기울여야 할 것이다. 이를 위해서는 다음의 세 가지 사실에 유의해야 할 것이다.

첫째, 한국문학은 중국문학과 긴밀한 관계를 맺고 있어 이를 배제할 수 없다. 이는 국문문학과 한문문학과의 연관성 못지않게 긴밀한 관계가 있다. 한국문학사의 모든 현상을 외부의 영향을 고려하지 않고 닫힌 채로 이해하려는 것은 한국한문학을 객관적으로, 즉 사실 그대로 이해하는 온당한 방법이라 할 수 없다. 한국한문학은 국문문학과의 상관성보다 중국문학과의 비교를 통해서 그 독자적인 성격이 잘 드러날 것이기 때문이다. 한문학이 중세의 공통문학이라고 한다면 한국한문학은 바로 그 보편성에 입각하여 창작된 것이다. 그러므로 한국한문학은 중국문학이라는 거울없이 존재할 수 없다. 특히 조선시대의 한문학은 중국문학과의 관계없이 이해하기 곤란할 것인데, 기존의 연구자들은 이 점을 거의 고려하지 않은 것 같다.

둘째, 장르체계에 지나치게 구속을 받고 있다는 것이다. 장르란 본래 작품을 가장 효과적으로, 그리고 올바로 해석하고 평가할 수 있게 하기 위하여 존재하는 것인데, 지금 우리 학계에 통용되고 있는 것은 대부분 서구 이론에 바탕을 두고 있다. 한문학은 그 나름대로 문체라는 이름으로 장르적 성격을 갖고 있다. 그런데 이러한 한문학을 그 태생적 성격이 다른 서구의 장르이론에 맞추려 한다면 도리어 작품을 왜곡시킬 수밖에 없다. 즉 문학이라고 하면 시, 소설, 수필, 희곡 등만 정통문학이라고 보아 한문학도 여기에 맞는 것에만 관심을 가지고 나머지의 것은 관심밖이었다. 이 결과 한문학의 정통은 '小說'이나 '稗官雜記'가 아닌 '大說'이요, '小品'이 아닌 '大品'이었는 데도 불구하고 옛날의 주류인 '大'에 대해서는 버리고 옛날의 잔 나부랑이인 '小'에 대해서만 귀중한 문학인 것처럼 여기는 기이한 현상이 나타났다. 한문학의 양식이 다양하다는 것은 누구나 짐작은 하고 있다. 대표적인 예로 明 徐師曾의 『文體明辨』에서는 121類이며, 中華 14년(1925)에 나온 王兆芳의 『文體通釋』에서는 142類나 된다. 이를 서정, 서사, 희곡 장르에 묶고 나머지

를 모두 교술 장르에 몰아 넣으려고 하니 정통한문학은 설 자리를 잃게
될 수밖에 없었다.

셋째, 국문문학에 대한 한국문학 관계 서술의 불균형이다. 한문학에 대한
그간의 연구는 日淺하다. 위에서 연대별로 간행된 국문학사를 예시하면서
그 밑에 참고로 한문학사도 함께 들었다. 비교가 안될 정도로 한문학사의
저술이 부진함을 알 수 있다. 거기다가 국문학사를 집필하는 학자는 대부분
한문학을 전공하는 사람이 아니다. 따라서 한문학 연구의 성과가 국문학사
의 서술에 그대로 반영되는 듯하다. 이에 따라 장르면에서는 시, 소설이
위주가 되고 시대면에서는 18세기의 한문학만 빛을 보고 있는 것도 이런
경향과 무관하지 않을 듯하다. 우리 한문학작품집인『韓國文集叢刊』의 권
수를 보더라도 국문문학 작품을 압도한다. 따라서 앞으로 국문학사 기술에
있어서 한문학의 비중이 대폭적으로 늘어나야 할 것은 필연적인 사실이다.
북한에서 나온『조선문학통사』(1959)에서는 시와 산문만을 양분하여 서술
하다가 15세기와 19세기에만 극문학을 다루었다. 우리의 4장르로 나누는
것보다 오히려 융통성이 있어 보인다.

끝으로 한문학 작품 평가에 대한 고려도 있어야 할 것이다. 문학은 각
시대에 따라 그 특징이 달리 나타나는 법인데도 지나치게 집필자의 취향에
만 치우치게 취사선택하는 것도 재고되어야 할 문제이다.

Ⅳ. 結語

국문문학에서 한문문학에 대한 견해와 국문학사에서 논의된 한문학의
위상에 관한 문제점을 살펴보았다. 이번 주제설정의 의도가 국문학사에서
한문학을 어떻게 다루고 있는가를 살펴서 그 잘못을 찾아 대책을 강구하고
자 하는 데 있었던 만큼 국문학사에 대한 연구사적인 고찰을 한 후에 그

문제점을 찾아보려고 했다. 따라서 우리 국문학자들의 한문학에 대한 견해를 통관하고, 다시 국문학사에서 한문학을 어떻게 다루고 있는가 하는 실태를 살폈으며, 끝으로 여기서 문제점을 찾아 앞으로 우리 국문학사에서 한문학을 어떻게 처리해야 할 것인가를 시도해 보려고 했다. 위에서 논의된 주요한 내용을 요약 제시함으로써 결론을 대신할까 한다.

국문학에서 한문학을 보는 견해는 시대에 따라 달라졌다. 초기에는 배타적 민족주의적인 사고에서 한문학은 국문학이 아니라는 견해가 지배적이었고, 다음 시대에는 국문문학은 '순수국문학', '정말국문학'이고, 한문문학은 '준국문학', '큰 국문학' 속에 넣는 구차스러운 과정을 밟았다. 그러나 국문학 연구의 제3세대로 넘어가면서 국문문학과 한문문학은 동등해야 한다는 견해가 나왔다. 그러면 이런 견해의 변천에 따라 국문학사에서 한문학은 어떤 대우를 받게 되었는가?

이에 대해서 3기로 나누어 살펴본 결과 우리 국문학사는 抗倭期인 1920・30년대에 나타나기 시작하는데, 1922년에 나온 안자산의 『조선문학사』에서는 한문학 부분이 거의 누락되었다. 권상로의 『조선문학사』는 한문학을 상당히 언급하고 있어 주목되나 교재용 프린트본이어서 널리 독자를 확보하지 못했을 것으로 생각된다. 1940년대에는 光復의 기쁨에 벅차 민족주의적 시각이 더욱 팽배하기도 했는데 김사엽은 한문으로 기록된 문학은 쓰레기통에 버려야 할 무용지물이라고 하는 극단적인 표현까지 하기도 했다. 그러나 조윤제의 『국문학사』에서 한문학은 비로소 제자리를 잡기 시작했다. 1950~70년대 이전까지는 눈에 띌만한 업적이 없었다. 70년대부터 이 문제에 대해 계속 고민해 오다가 80년대에는 조동일의 『한국문학통사』가 나와 구비문학・국문문학・한문문학으로 기술하면서 한문학이 확고한 자리를 잡았다. 그리고 90년대 이가원 교수의 『조선문학사』가 나옴으로 해서 국문문학이 주가 되고, 한문문학이 종이 되던 종래의 관념을 깨뜨리고 한문학이 주가 되고 국문문학이 종이 되게 서술했다. 그러면 우리는 과연 이것으로 완전한 국문학사라고 만족할 것인가 하는 문제가 남는다. 앞으로 보완되어야 할 부분은 무엇인가?

첫째, 국문학사에서 주로 국문문학과 한문문학의 연계성 문제에 집착하고 있는 듯한 인상을 주는데, 한문학 내부 자체적인 발전과정에도 관심을 가져야 할 것이다.

둘째, 한문학을 현대 서구의 장르이론에 너무 구속시킨 점이다. 다양한 양식을 가진 한문학을 서정, 서사, 희곡 등 소위 정통 장르에만 집중하는 근대 서구의 장르이론으로 잣대질함으로써 과거에는 '잔부스레기' 정도로만 취급받던 비정통적인 것들에만 관심을 집중하게 했다. 오늘날에는 서구에서조차 장르 3분법 또는 4분법 체계가 무너지고 있으며, 심지어는 장르 파괴론까지 대두되고 있는 실정이다. 이제 우리도 정통적인 것보다는 비정통적인 것에만 관심을 갖는 잘못된 연구 태도에서 벗어나 한문학의 다양한 양식에 모두 관심을 갖고 다루는 태도를 가져야 할 것이다.

셋째, 한국한문학은 중국문학과의 연관속에 파악해야 할 것이다. 우리 한문학을 외적인 영향 관계는 고려하지 않고 내재적인 발전론만 강조한다면 이것 역시 국수주의가 될 것이기 때문이다.

본 논문은 앞으로의 국문학사의 서술 방향을 직접 제시하기보다 우리 국문학사를 연구사적으로 고찰하여 여기에 대한 문제점과 보완 방향을 독자와 함께 모색하기로 했다.

<原題「韓國文學史에서 論議된 漢文學의 位相에 關한 問題點」:
『慕山學報』 제11집, 1999.>

羅麗時代 嶺南漢文學에 나타난 憂國精神

I. 序言

본 논문은 羅麗時代의 영남 한문학에 나타난 憂國精神을 고찰하는 것을 목적으로 한다. 시대적으로는 羅麗時代, 지역적으로는 嶺南地方, 내용적으로는 憂國精神을 연구 대상으로 삼고 있는 것이다. 이처럼 연구의 대상과 주제를 한정하고 있는 까닭에 논의를 전개하는 데 있어 자유롭지 못한 점이 없지 않다. 그럼에도 불구하고 羅麗時代 영남 한문학의 우국문학을 살피는 작업은 시대적으로나 지역적으로는 물론 주제적으로도 무척 중요한 의미를 갖는다.

먼저 시대적인 면과 지역적인 면이 갖는 의미를 살펴보자. 우리 역사상 찬란한 문화를 꽃피웠던 신라는 그 수도를 영남에 두고 있었다. 그리고 고려가 비록 수도를 개성으로 옮겼지만, 신라 문화를 계승하고 있다는 점에서 영남과는 불가분의 관계를 맺고 있었다. 한문학의 경우에 있어서도 이런 사정은 다르지 않다. 대체로 기원전 1세기 경 漢字가 우리나라에 전래된 이래 삼국을 통일한 신라는 唐과의 밀접한 외교관계를 유지하고 있었고, 특히 遣唐留學生을 통해 唐과 어깨를 견줄 정도의 한문학 수준에 도달해 있었다. 그리고 그같은 신라의 한문학을 고려가 고스란히 계승하였으니, 신라와 고려를 하나의 시기로 묶어 다룰 필요가 있는 것이다. 아마도 이런 사정과 조선조의 여러 가지 일들을 고려하여 星湖 李瀷은 영남을 두고 "이 지역은 인물의 창고라고 할 수 있으며, 결국 국가에서 의존할 수 있는 곳도 반드시 다른 데서 찾을 것이 없다."라 하였을 것이다.

하지만 영남이 갖는 중요성은 단순히 문화의 중심지였다는 데 그치는 것이 아니다. 성호 이익은 위의 말에 이어 "천만년의 역사가 지난 후에 국가가 위태로운 국면을 당할 경우 전략자가 이곳에서 나올 것이며, 忠節도 이곳에서 나올 것이니 이를 장담하고 기다려도 틀림없을 것이다."[1]라고 말하고 있다. 성호 이익에게 영남지방은 유구한 문화의 중심지로서만이 아니라 憂國的 정신과 그 실천에 있어서도 중심적 역할을 담당했던 지역으로 각인되어 있었던 것이다. 畿湖學派의 학자이면서도 나라에 危亂이 있으면 영남사람만이 이를 해결할 수 있을 것이라 했던 성호 이익의 확신, 그것은 임진왜란과 병자호란을 비롯한 국난의 시기마다 영남지방의 인물이 발휘했던 남다른 우국정신을 직·간접적으로 경험했기 때문일 터다. 그런 만큼 영남한문학에 나타난 우국정신을 고찰하는 작업, 더욱이 우리에게 비교적 널리 알려진 조선시대 이전 시기 우국문학의 맹아와 그 전개 과정을 通時的으로 고찰하는 작업은 충분한 의의를 갖는다 하겠다.[2]

다만, 이러한 우국문학의 면모를 본격적으로 살피기에 앞서 전제해야 할 점이 있다. 그것은 우국문학을 고찰함에 있어 당대의 역사적 배경을 파악하는 일은 필수적인 작업이라는 사실이다. 문학 전반에 해당되는 것이지만, 역사적 산물인 우국문학의 경우에는 특히 그 시대적 배경과 분리하여 생각하기 힘든다. 이런 점은 굳이 서구의 문학이론을 빌리지 않더라도 동양에서 매우 이른 시기부터 논의되어 온 문제라 할 수 있다. 예컨대, 「毛詩序」에

---

1) 李瀷, 『星湖僿說』 권1.
2) 지금까지 우국문학에 대한 논의는 주로 임병양란과 애국계몽기를 중심으로 이루어졌다 해도 과언이 아니다. 소재영, 『임병양란과 문학의식』(한국연구원, 1980); 김태준 외, 『임진왜란과 한국문학』(민음사, 1992); 민병수, 『개화기의 우국문학』(신구문화사, 1974)를 그 대표적인 성과로 꼽을 수 있겠는데, 아직 해명해야 할 과제가 많이 남아 있는 편이다. 그런 점에서 본고는 이 방면 연구의 기반을 다지는 한편 활발한 연구를 촉발시키고자 하는 의도를 담고 있다.

"治世의 노래는 안정되면서 즐거우니 그 정치가 평화롭기 때문이요, 亂世의 노래는 원망하면서 노여우니 그 정치가 어그러졌기 때문이요, 亡國의 노래는 슬프면서 생각에 잠기게 하니 그 백성이 곤궁하기 때문이다."[3]라 하고 있다. 이는 治世, 亂世, 그리고 亡國의 시기에 따라 문학의 내용이 달라진다는 점을 지적하고 있는 것임에 틀림없다. 이처럼 문학은 시대를 비추는 거울이라는 문학관에 근거할 때, 우국문학이란 治世에서가 아니라 체제 모순이 심화되거나 국난이 닥쳤을 경우 두드러지게 나타나는 현상이라 할 수 있다. 따라서 본고에서는 나려시대 가운데서도 난세와 말세의 문학에 집중적으로 나타나는 우국정신을 연구대상으로 할 것이다.

끝으로, 본고가 다루려는 자료에 대해 간단히 언급해 둘 필요가 있겠다. 신라시대 한문학은 거의 영남출신 문인의 창작물로 보아도 무방하지만, 고려시대 한문학의 경우에는 약간 복잡한 문제가 있다. 영남이란 지역을 기준으로 할 때, 다음과 같은 세 가지 경우가 있기 때문이다. 첫째 영남 출신 문인이 창작한 작품, 둘째 다른 지역 출신이 영남을 배경으로 창작한 작품, 셋째 출생지는 영남이지만 다른 지역에서 생활하던 문인이 창작한 작품이 그것이다. 문학이란 복잡한 감정의 표현물이고, 남아 있는 관련 자료도 충분하지 못하기 때문에 이러한 세 가지 경우를 확연하게 구분하기란 어렵다. 따라서 본고에서는 논의의 편의상 첫 번째 경우처럼 영남 출신 문인이 영남에서 창작한 작품을 중심으로 삼고, 그 나머지의 경우는 참고 자료로 활용하기로 한다.

---

3) 「毛詩序」"治世之音安以樂, 其政和, 亂世之音怨以怒, 其政乖, 亡國之音哀以思, 其民困."

Ⅱ. 新羅時代 漢文學에 나타난 憂國精神

1. 憂國文學의 濫觴

신라는 지리적으로 한반도 남단에 위치하고 있었기 때문에 고구려나 백제보다 한문화의 접촉이 늦을 수밖에 없었다. 그러나 지증왕 4년(503)에 국호를 新羅로 정하고, 진흥왕 16년(555) 강역을 북한산으로까지 넓힘에 따라 중국과의 문물교류가 빈번해지기 시작했다. 이에 따라 문화수준도 크게 향상되었으며, 한문학도 상당히 발전되었음은 물론이다. 비록 작품이 현전하지 않아 직접 확인할 수 없지만, 强首・帝文・守眞・良圖・風訓・骨沓 등과 같은 인물을 당대 문장가로 꼽고 있는 것을 보면 그 수준이 상당했음을 추측하기란 어렵지 않다.4) 뿐만 아니라 진덕여왕 4년(650)에 唐 高宗에게 보낸 「太平頌」에서 볼 수 있는 것처럼, 고구려・백제와 각축을 벌이면서 수준 높은 외교적인 목적의 작품이 산출되기도 했다. 李奎報와 같은 문인은 이 작품을 가리켜 당나라 초엽의 어느 명작에 견주더라도 우열을 가리기 어렵다고 했을 정도로 이 시기 신라의 한문학 수준은 이미 높은 경지에 도달해 있었던 것이다. 그리고 그런 과정에서 신라가 직면하고 있거나 장차 닥칠 國難을 근심하는 내용을 담고 있는 우국문학 작품이 적지 않게 창작되었을 것이다. 하지만 신라시대에 창작된 수많은 작품이 일실된 상황에서 우국적인 내용을 담은 작품도 그다지 많이 남아있지 않다.5)

---

4) 金富軾, 『三國史記』 권46, 「强首」 "新羅古記曰 文章則强首・帝文・守眞・良圖・風訓・骨沓. 帝文已下事逸 不得立傳." 김부식은 薛聰과 崔致遠에 앞서 强首를 입전하고 난 뒤, 『新羅古記』에 문장으로 强首, 帝文, 守眞, 良圖, 風訓, 骨沓이 있었다고 전하나 帝文 이하는 그 사적이 일실되어 전기를 만들 수 없다고 밝혀놓고 있다.

5) 하지만 위로는 임금을 비롯하여 아래로는 승려, 화랑 등에 의해 창작된 신라시대 우국문학이 적지 않았으리라는 점은 충분히 짐작할 수 있다. 예컨대, 眞平王代의 融天師가 향가인 「彗星歌」를 불러 하늘의 변괴와 함께 왜구의 침입을 물리쳤다는 附帶說話라든가 文武王이 동해 바다에 자신을 장사지내달라고 하여 護國龍이 되었다는 설화를

물론, 본고에서 사용하는 憂國이란 말은 나라의 일을 근심하고 염려하는 것이므로 유교이념에 젖은 문인이라면 우국의 정신과 무관할 수 없다. "신하는 憂國을 우선으로 여기는 것[人臣以憂國爲先]"이기 때문이다. 그런데 憂國이란 뜻을 보다 넓게 잡으면, 나라 일을 근심하여 임금에게 諫爭하는 것까지 포괄할 수 있다. 중세 봉건국가에서 君王이란 곧 國家에 해당하는 것이기도 했던 사정을 감안한다면 더욱 그러하다. 그런데 임금에 대한 諫爭은 크게 보아 바른 말로 기탄 없이 간하는 직설적인 '直諫'과 완곡하게 넌지시 간하는 우회적인 '諷諫'으로 나눌 수 있다. 우국의 정신은 직설적으로 문학에 나타나는 경우도 있지만, 직설적으로 표현하면 왕권에 도전하는 행위가 될 수도 있으므로 부득이 우회적인 방법으로 표현할 수밖에 없는 경우도 있는 것이다. 「毛詩序」에서는 그 점을 이렇게 밝히고 있다.

> 위에 있는 임금이 風詩로써 아래에 있는 백성을 교화하고, 아래에 있는 백성은 風詩로써 위에 있는 임금에게 諷諫하니, 문사에 중심하여 넌지시 풍간하면 말하는 사람도 죄가 없고 듣는 사람도 경계가 되기 때문에 風詩라고 한다. 王道가 쇠해지고 禮義가 폐해지며 政敎가 잃어지자 나라마다 정치가 달라지고 집집마다 풍속이 달라져서 變風과 變雅가 지어졌다. 왕실의 사관이 得失의 자취에 밝아 人倫이 폐해지는 것을 근심하고 刑政이 가혹한 것을 슬퍼하여 性情에 읊어 윗사람에게 풍간하는 것이니, 이는 일의 변화에 통달하여 옛 풍속을 그리워하는 것이다.[6]

이는 『詩經』의 六義, 곧 風・雅・頌・賦・比・興 가운데 風詩의 기능을 설명하고 있는 대목이다. 위에서 밝히고 있듯, 風詩란 임금이 백성을 교화하는 것과 백성이 임금을 풍자하는 두 가지의 측면을 갖는다. 人倫이 폐해지고

비롯하여 그가 죽기 직전 남긴 詔書에서 신라인들의 충만한 우국정신과 그 문학적 실천을 직접 확인할 수 있다. 문무왕의 遺詔는 『三國史記』 권7, 신라본기 문무왕(하)에 실려 전한다.

[6] 「毛詩序」, "上以風化下, 下以風刺上, 主文而譎諫, 言之者無罪, 聞之者足以戒, 故曰風. 至于王道衰, 禮義廢 政敎失, 國異政, 家殊俗, 而變風變雅作矣. 國史, 明乎得失之迹, 傷人倫之廢, 哀刑政之苛, 吟詠性情, 以風其上, 達於事變而懷其舊俗者也."

刑政이 가혹한 것을 슬퍼하면서 直諫하지 못하고 넌지시 諷諫하는 것이
風詩이니, 이른바 傷時病俗하는 우국문학이란 이를 일컬음이다.

이런 점을 염두에 두고, 신라 한문학에 나타난 우국문학을 살펴보기로
하자. 다음은 신라 26대 眞平王 때 智證王의 曾孫인 金后稷의 「諫田獵文」[7]
이다.

> 옛날 임금은 반드시 하루에도 만 가지 정무를 깊이 생각하고 멀리
> 염려했으며, 곁에 모시는 바른 선비들의 直諫을 받아들여 부지런히 하
> 고 힘써 감히 편안하지 못했으므로 어진 정치가 순수하고 아름다워 국
> 가를 보전할 수가 있었습니다. 그런데 지금 전하께서는 날마다 미친 사
> 내들과 사냥꾼들을 데리고 매나 개를 놓아 꿩과 토끼를 쫓아 산과 들
> 을 뛰어다니며 그치지 않고 계십니다. 老子는 "말을 달려 사냥을 하면
> 사람의 마음을 미치게 한다"고 했고, 『書經』에서도 "안으로 女色에 빠
> 지거나 밖으로 사냥에 빠지거나 이 중에 한 가지라도 하게 되면 망하
> 지 않는 자가 없다"고 했습니다. 이로 본다면 사냥은 안으로 마음을 방
> 탕하게 할 것이고 밖으로 나라를 망하게 할 것이니 살피지 않을 수 없
> 습니다. 전하께서는 이를 유념하시기 바랍니다.[8]

당시 兵部令으로 있던 김후직이 사냥에만 몰두해 있던 진평왕에게 직설
적으로 간쟁한 글이다. 그러나 진평왕은 이 말을 따르지 않았고, 김후직은
또 다시 간절히 간쟁했으나 왕은 역시 듣지 않았다. 그 뒤 김후직은 병이
들어 죽게 되자 그의 세 아들에게 이르기를 "내가 신하된 몸으로 임금의
나쁜 점을 바로잡지 못했으니 대왕께서 놀이를 즐겨 그치지 않다가 나라가
망할까 두려운바, 이것이 나의 근심이다."[9]라 하고는 왕이 사냥 다니는 길가

---

7) 「諫田獵文」이란 제목은 내용을 고려하여 편의상 명명한 것이다. 이 글은 『東文選』에
  도 실려 있는데, 그곳에는 「上眞平王書」라는 제목으로 되어 있다.
8) 『三國史記』 권45, 「列傳」 5, 金后稷. "古之王者, 必一日萬機, 深思遠慮, 左右正士, 容受直
  諫, 孳孳吃吃, 不敢逸豫, 然後德政醇美, 國家可保. 今殿下, 日與狂夫獵士, 放鷹犬逐雉兎,
  奔馳山野, 不能自止. 老子曰, 馳騁田獵, 令人心狂. 書曰, 內作色荒, 外作禽荒, 有一于此, 未
  或不亡. 由是觀之, 內則蕩心, 外則亡國, 不可不省也. 殿下其念之."
9) 『三國史記』 권45, 「列傳」 5, 金后稷. "吾爲人臣, 不能匡救君惡, 恐大王遊娛不已, 以至於亡

에 자신의 시신을 묻어 사냥을 못 가게 했다는 것이다. 김후직은 죽어서까지 임금에게 간하여 옳은 길로 돌아가게 했던 것이다. 이러한 내용을 전하는 『삼국사기』 열전 「金后稷條」에는 直諫·切諫·忠諫이란 용어들이 눈에 띄는데, 여기서 진평왕에게 보인 김후직의 간쟁은 直諫과 尸諫(屍諫)이라 할 수 있다. 그리고 임금의 그릇된 점을 바로 잡고자 한 것, 나라가 망하는 데로 이르는 것이 나의 근심이라고 한 말, 그리고 비록 죽더라도 반드시 임금을 깨닫도록 할 것이라는 다짐 등이 그의 절절한 우국정신에서 비롯된 것임은 두말할 나위가 없다. 이런 점에서 김후직의 「諫田獵文」은 直諫을 통한 우국문학의 효시라고 평가할 만하다.

다음으로 諷諫을 통한 우국문학 작품으로 薛聰의 「花王戒」[10]를 살펴보자. 설총은 널리 알려진 것처럼, 元曉와 瑤石公主 사이에서 태어났다고 전한다. 그는 천성이 총명하고 나면서부터 도리를 깨달았다고 하는데, 흔히 신라 三文章 곧 强首·薛聰·崔致遠 가운데 한 사람으로, 또는 신라 十賢 가운데 일인으로 꼽히기도 한다. 특히 吏讀를 집대성했으며 九經을 신라말로 풀어 읽어 후학을 지도한 것은 그런 명성을 뒷받침하는 사례라 할 수 있다. 이런 점으로 미루어 볼 때, 그는 많은 작품을 창작했으리라 짐작되지만 현재 우리가 접할 수 있는 것은 「화왕계」뿐이다. 설총이 神文王에게 풍간한 이 작품은 가전문학·의인문학의 효시로 평가받고 있기도 한데, 주요한 등장인물은 花中之王인 '모란', 그리고 아첨을 잘하는 '장미'와 백발을 휘날리며 허리가 구부정한 '할미꽃[白頭翁]'이다. 여기에서 대립적인 인물은 장미꽃과 할미꽃으로서, 장미꽃은 아첨 잘하고 간사한 신하에 비유되고 할미꽃은 정직하고 충직한 대장부에 비유되고 있다. 화왕이 처음에는 아리따운 여인인 장미

敗, 是吾所憂也."
10) 이 글은 金富軾, 『三國史記』 권46. 「列傳」 6, 薛聰條에 실려 있다. 「花王戒」란 제목은 후대의 학자가 내용을 고려하여 붙인 것인데, 『東文選』에는 같은 내용이 「諷王書」라는 제목으로 실려 있다. 여기서는 학계에서 널리 통용되고 있는 「화왕계」란 명칭을 따르기로 한다.

꽃에게 마음이 쏠렸다가, 끝내는 할미꽃의 말을 듣고서 요망한 무리를 멀리하고 정직한 도리를 숭상하게 되었다는 것이 주된 골자이다. 할미꽃이 화왕에게 했던 말을 직접 들어보자.

> 저는 왕께서 총명하여 도리를 알리라고 생각해서 왔던 것인데, 지금 보니 그게 아닙니다. 무릇 임금된 사람치고 간사하고 아첨하는 사람을 가까이 하고 정직한 사람을 멀리 하지 않는 이가 드뭅니다. 이 때문에 孟軻는 불우하게 일생을 마쳤고 馮唐은 郎官에 파묻혀 늙었습니다. 예로부터 이러했거늘 전들 어찌 하겠습니까.[11]

이 우화를 듣고 감명 받은 신문왕은 자신의 잘못을 깨닫고는 "그대의 우화에 실로 깊은 뜻이 있도다. 글로 써서 왕된 이들의 경계로 삼아야겠다."고 다짐했을 뿐만 아니라 실제로 설총을 높은 벼슬에 등용했다고 한다. 이 같은 후일담에서 보듯, 설총은 임금에게 우회적인 방법으로 諷諫하는 글을 통해 정치를 바로잡고자 했던 것이다.

우리는 위에서 諫爭의 두 가지 측면, 즉 直諫과 諷諫을 실제 작품을 통해 살펴보았다. 물론 이러한 諫爭의 문학을 과연 우국문학의 범주에 넣을 수 있을 것인가 하는 의문을 제기할 수도 있다. 그러나 앞서 간략히 지적했던 것처럼 다음과 같은 점이 고려되어야 한다고 본다. 즉, 군주 한 사람에게

---

11) 이 글은 金富軾, 『三國史記』 권46. 「列傳」 6, 薛聰. 『삼국사기』에 실려 있는 전문은 다음과 같다. "唯, 臣聞昔花王之始來也, 植之以香園, 護之以翠幕, 當三春而發艶, 凌百花而獨出. 於是, 自邇及遐, 艶艶之靈, 夭夭之英 無不奔走上謁, 唯恐不及. 忽有一佳人, 朱顔玉齒, 鮮粧靚服, 伶俜而來, 綽約而前, 曰妾履雪白之沙汀, 對鏡淸之海, 而沐春雨以去垢, 快淸風而自適, 其名曰薔薇. 聞王之令德, 期薦枕於香帷, 王其容我乎? 又有一丈夫, 布衣韋帶, 戴白持杖, 龍鍾而步, 傴僂而來, 曰僕在京城之外, 居大道之旁, 下臨蒼茫之野景, 上倚嵯峨之山色, 其名曰白頭翁. 竊謂左右供給雖足, 膏粱以充腸, 茶酒以淸神, 巾衍儲藏, 須有良藥以補氣, 惡石以蠲毒. 故曰雖有絲麻, 無棄菅蒯, 凡百君子無不代匱. 不識王亦有意乎? 或曰, 二者之來, 何取何捨? 花王曰, 丈夫之言, 亦有道理, 而佳人難得, 將如之何? 丈夫進而言曰, 吾謂王聰明識理義, 故來焉耳, 今則非也. 凡爲君者, 鮮不親近邪佞, 疏遠正直. 是以孟軻不遇以終身, 馮唐郎潛而皓首. 自古如此, 吾其奈何? 花王曰吾過矣 吾過矣."

모든 권력이 집중되어 있었던 중세 봉건적인 동양사회에서 군주와 국가는 종종 동일시되었으니, 군주에 대한 충성은 곧 국가와 체제에 대한 충성과 통하는 문제였던 것이다. 따라서 우국적인 情調는 국가에 대한 우려가 아니라 군주에 대한 우려로 종종 나타났던 것이다. 그런 점에서 君主에 대한 諫爭을 통해 체제의 안녕과 유지를 열망하는 문학은 우국문학의 범위에 마땅히 포함시켜야 된다. 이런 사례는 중국문학사에서도 발견된다. 중국 남방문학의 대표자인 屈原의 문학 정신을 忠君과 憂國으로 논하는 것이 그런 경우이다. 예로부터 신하가 임금에게 三諫을 해서 듣지 않으면 그 신하는 임금을 버리고 떠나도 되는데 굴원은 아무리 왕이 들어주지 않아도 떠날 수 없었다. 그의 우국정신 때문이었다. 그러므로 漢의 東方朔이 굴원을 불쌍히 여겨 「七諫」(初放, 沈江, 怨世, 怨思, 自悲, 哀命, 謬諫)을 지어 굴원의 忠信을 밝히고 정직하지 못한 朝臣을 바로 잡으려 했던 것이다. 그로 인해 楚辭에 「七諫」이 있게 되고, '七'이란 문체 이름까지 생기게 되었다. 이와 같은 동양의 오랜 문학적 전통에 의거해 볼 때, 김후직의 「諫田獵文」은 우국의 정신을 직설적으로, 설총의 「花王戒」는 우국의 정신을 간접적으로 표현한 우국문학에 포함시켜 다루는 것이 마땅하다. 나아가 현재 남아 있는 작품으로만 보건대, 신라시대 우국문학은 諫爭文에서 濫觴되었다고 추론할 수도 있다.

2. 六頭品文人의 憂國精神

우리는 앞서 신라시대 우국문학이 諫爭文에서 濫觴되고 있던 정황을 살펴보았다. 하지만, 신라시대 한문학의 우국정신을 살펴보기 위해서는 新羅下代 최고 지식인이었던 六頭品 文人의 동향에 주목하지 않을 수 없다. 혜공왕 때까지 계속된 무열왕계를 대신해서 내물왕계가 왕위를 차지하면서 신라는 하대 또는 말기로 접어들었는데, 이 시기 육두품 문인들에 의해 신라시대 우국문학은 보다 구체적인 모습으로 발전하였기 때문이다. 실제로 신라 하대는 체제 모순이 격화되어 우국문학의 출현 가능성이 높았던 시기이기도 하다. 널리 알려진 바와 같이, 신라 하대의 정치적 난맥상은 주로 고대적 신분체제인 骨品制의 변질 내지 모순에서 기인한다 하겠다. 즉, 진골귀족이 체제 유지의 능력을 상실하게 되자, 육두품 세력이 성장하여 골품제의 속박에서 벗어나려는 움직임을 보였다. 육두품은 본래 진골 다음가는 계급으로 귀족에 가까운 신분이지만 眞骨과 聖骨이 독점했던 정치권력의 핵심부로는 진입할 수 없었으니, 자연히 골품제에 대한 불만이 싹트게 되었던 것이다. 신라 말기 지식인들의 핵심세력이었던 渡唐留學生들은 대부분이 바로 육두품 출신들이었다. 이들은 당나라에서 능력 본위의 인재 등용인 科擧制度와 유교적인 정치이념을 배웠던 것이다. 그리하여 이들은 귀국 후 정치 참모, 행정 관료, 외교 문장을 작성하는 일 등을 담당하게 되었는데 그 과정에서 부패한 체제에 대한 불만과 비판의식을 키워나갔던 것으로 생각된다.

이런 육두품 지식인의 동향과 관련하여 가장 먼저 주목해야 할 인물은 王巨仁이다. 왕거인에 관련된 이야기는『삼국사기』「진성여왕조」에 상세하다. 그곳에 기록되어 있는 것처럼 진성여왕의 성적 문란과 향락적 생활은 자연 정치와 행정의 황폐화를 초래하였던 바, 角干 魏弘을 비롯하여 젊은 미남자들과 벌인 음란하고 난잡한 일화는 대표적 사례이다. 그로 말미암아 아첨으로 총애를 받는 자들이 멋대로 정치를 농단하며, 뇌물이 공공연하게 행해지고, 상벌이 공평하지 못하게 되었음은 당연한 일이었다. 이에 이러한 時政을 비방하는 익명의 글이 거리에 나붙기에 이르렀다. 진성여왕은 사람을 시켜 수색하게 했지만 잡지 못하자, 이 글을 지은 자로 '문인으로서 뜻을 펴지 못한 자' 가운데 大耶州(현재 합천)에 은거하고 있던 王巨仁이 지목되었다. 결국 투옥되어 장차 형벌을 받게 될 즈음, 왕거인은 울분을 견디지 못하여 감옥의 벽에 다음과 같은 시를 써 붙였다.

于公이 슬피 우니 3년 동안 가물었고	于公慟哭三年旱,
鄒衍이 슬픔 품으니 5월에도 서리 내렸네.	鄒衍含悲五月霜.
내 지금 답답한 근심 옛 일과 같은데	今我幽愁還似古,
하늘은 말이 없이 푸르기만 하구나.	皇天無語但蒼蒼.[12]

왕거인이 겪었던 사건은『삼국유사』에 보다 상세하고도 실감나게 묘사되어 있는데[13], 왕거인의 이같은 반체제적인 성향을 지닌 작품은 진성여왕의 失政을 비판하고자 한 우국정신에서 나온 것이다. 더욱이 왕거인은 6두품으로서 渡唐留學生 출신의 실의한 문인이었다.[14] 唐에 유학하면서 높은 문화 수준을 체험하고 돌아온 그로서는 진성여왕의 이와 같은 실정을 보고만 있을 수 없었다. 때문에 시정비판에 연루되어 투옥되자 그는 자신의 억울함을 하소연하는 시를 지었던 것이다.

이처럼 신라 말기에 뛰어난 활약을 보이던 문인 지식층 가운데 가장 뛰어난 인물은 崔致遠・崔承祐・崔彦撝(崔愼之・崔仁滾라고도 한다) 등 소위 三崔로 불리는 인물들이다. 이들 외에 최치원과 함께 新羅十賢으로 꼽히는 崔匡裕・朴仁範 등도 문학작품을 얼마간 남기고 있으나, 우리 문학사상 최

---

12) 金富軾,『三國史記』「新羅本紀」第 11, 眞聖王. "二年春二月. … 王素與角干魏弘通. 至是, 常入內用事, 仍命與大矩和, 尙修集鄕歌, 謂之三代目云. 及魏弘卒, 追諡爲惠成大王. 此後潛引少年美丈夫兩三人淫亂, 仍授其人以要職, 委以國政. 由是, 佞倖肆志, 貨賂公行, 賞罰不公, 紀綱壞弛. 時有無名子, 欺謗時政, 構辭榜於朝路. 王命人搜索, 不能得, 或告王曰, 此必文人不得志者所爲, 殆是大耶州隱者巨仁耶.' 王命拘巨仁京獄, 將刑之. 巨仁憤怨, 書於獄壁曰, 于公慟哭三年旱, 鄒衍含悲五月霜. 今我幽愁還似古, 皇天無語但蒼蒼.' 其夕忽雲霧震雷雨雹. 王懼出巨仁放歸."

13) 一然,『三國遺事』권2,「紀異篇」下, 眞聖女大王 居陁知. "第五十一, 眞聖女王, 臨朝有年, 乳母鳧好夫人, 與其夫魏弘匝干等三四寵臣, 擅權撓政, 盜賊蜂起, 國人患之. 乃作陁羅尼隱語, 書投路之上, 王與權臣等得之, 謂曰, 此非王巨仁, 誰作此文? 乃囚居仁於獄. 巨仁作詩訴于天, 天乃震其獄囚以免之. 詩曰, 燕丹泣血虹穿日, 鄒衍含悲夏落霜. 今我失途還似舊, 皇天何事不垂祥?"

14) 왕거인이 도당 유학생이란 것은 安鼎福,『東史綱目』5上, 眞聖女王 3年條와 全基雄,『羅末麗初의 政治社會와 文人知識層』, 혜안, 1996, p.30에서도 언급하고 있다.

초로 문집을 남긴 사람은 최치원이다. 그만큼 그는 남아 있는 작품도 많고, 다루고 있는 내용도 다채로운 인물이다. 그러므로 신라 말 영남 한문학에 나타난 우국정신은 최치원을 중심으로 살펴보지 않을 수 없다.

최치원은 9세기, 즉 신라 사회가 붕괴하는 조짐을 보이고 있던 憲康王 1년(857)에 신라 六部姓(崔・李・鄭・孫・裵・薛) 가운데 하나인 최씨 가문에서 출생하였다. 그의 출생지는 다소 엇갈리고 있는데『삼국사기』에는 沙梁部人으로 되어 있고,『삼국유사』에는 本彼部人으로 되어 있다.15) 이처럼 두 문헌간에 차이가 있지만, 최치원은 신라 6촌 중의 한 사람이라는 것만은 틀림없다. 현재 전해지는 최치원의 가족관계를 보건대, 여러 사람이 일찍이 唐에 건너가서 官界에 진출한 것으로 보아 최치원의 가문은 당시 대표적인 지식계급이었던 것으로 짐작된다. 최치원 역시 景文王 8년(868) 12살 어린 나이에 唐 유학의 길을 떠났다. 당시에 당은 세계제국으로서의 개방적인 면모를 보이고 있었고, 신라 역시 중국으로 유학생을 파견하는 데 적극적이었던 것은 널리 알려진 사실이다. 僖康王 2년(837)에 이미 당의 국학에 유학하고 있던 신라 유학생의 수가 216명에 달했고, 文聖王 2년(840)에는 당의 文宗이 鴻臚寺에 명령을 내려 質子와 수업 연한이 만료된 학생 105명을 한꺼번에 방환한 일이 있을 정도였다. 이러한 당나라 유학의 풍조는 성골이나 진골보다 주로 6두품 신분계층 사이에서 널리 조성되었는데, 그 까닭은 골품제도라는 신분적 제약에서 벗어나 당나라 賓貢科에 합격함으로써 활동무대를 넓힐 수 있었기 때문이다.

최치원도 예외가 아니었고, 누구보다 활발하게 작품 창작 활동을 펼쳤다.16) 현재 남아 있는 산문은 대개 공문의 성격을 띤 啓狀類인 반면, 시는 高騈의 덕을 칭송하여 올린 「七言紀德詩」 30수를 비롯하여 당나라 문인과

---

15) 金富軾,『三國史記』권46,「열전」, 崔致遠; 一然,『三國遺事』권2,「紀異篇」上, 新羅始祖 赫居世王.

16) 최치원에 관련지어 다룬 연구는 필자의 「崔孤雲 漢詩考」외 200여 편의 논문과 여러 저서가 있다.

주고받은 酬唱詩, 경물을 읊은 景物詩, 또는 이국인으로서의 향수를 읊은
시편 등 다채롭다. 그 가운데 우국정신이 확연하게 드러나는 작품이 그다지
많은 편은 아니지만, 전혀 없지는 않다. 예컨대 그의 『紀功詩』 가운데 「荊南」
이란 시에 楚나라의 충신으로 나라를 근심하여 임금에게 諫하다가 세 번이
나 쫓겨나 汨羅水에 빠져죽은 屈原과 그의 제자인 宋玉의 영혼을 떠올리는
詩句가 나온다. 물론 이것은 高騈의 武功을 찬양하는 대목에서 나온 것이지
만, 나라를 근심하는 유교적인 사유가 바탕에 깔려 있는 것만큼은 부정할
수 없다. 뿐만 아니라, 그의 詩語 중에는 대중을 구제해야 한다는 뜻으로
濟衆, 濟人, 濟川이란 말이 자주 보인다. 그의 「降寇」라는 시를 들어보기로
한다.

> 德으로만 戰亂을 막고자 하니 　　　　　　唯將德化欲鎮兵,
> 長平에서 함부로 항복한 군대 죽인 일 길이 웃노라. 長笑長平恣意坑.
> 太丘에서 작은 은혜 베푼 옛 일을 생각하니 　更想太丘行小惠,
> 어찌 한 마디 말로 衆生을 건진 것만 하겠는가? 何如言下濟群生[17)]

　이는 高騈이 德化로 적을 감화시키는 것을 찬양한 시이다. 때문에 전국
시대 秦나라 장수 白起가 長平에서 趙나라의 항복한 군사 40만 명을 구덩이
에 묻어 죽인 것과 다르다는 것이다. 또 陳寔이 太丘의 현령이 되어서 정치
를 잘 하므로 이웃 고을 백성들이 그에게 와서 의지하자 陳寔이 모두 타일러
되돌려보낸 故事가 있지만 이것 역시 高騈처럼 한 마디 말로써 중생을 제도
한 것만 못하다는 것이다. 이것은 중국의 일을 두고 읊은 것이지만, 최치원
사상을 알기에 충분하다. 최치원은 전쟁보다는 德化를 통한 중생 제도의
길을 희망했던 것이다.

　뿐만 아니라 최치원은 벌판에 붙은 불을 보고 지은 「野燒」라는 시에서는
"마소의 방목에 방해된다고 싫어하지 마오. 여우며 삵들의 소굴 잃음이 좋
네."라고 하여 惡을 제거하기 위해서는 善을 희생시켜도 좋다고 할 정도로

---

17) 崔致遠, 『桂苑筆耕集』 권17, 「降寇」.

악을 미워한다. 또한 지배층보다는 압박 받고 있는 피지배층의 입장에 서서 그들을 동정한다. 천한 곳에 태어나서 버림받고 있는 접시꽃의 한을 읊고 있는 「蜀葵花」란 시에서 그런 정신은 선명하게 드러난다.

거칠은 밭머리 쓸쓸한 곳에	寂寞荒田側,
만발한 꽃송이 가냘픈 가지 눌렀네.	繁花壓柔枝.
첫여름 비 갤 무렵 향기 가볍고	香輕梅雨歇,
보리 누름 바람결에 그림자 비꼈네.	影帶麥風欹.
수레 탄 높은 분네 그 누가 보아주랴	車馬誰見賞,
벌 나비만 부질없이 서로 와서 엿보네.	蜂蝶徒相窺.
천한 곳에 태어난 것 스스로 부끄러워	自慙生地賤,
사람들에게 버림받는 한을 어찌 참으랴.	堪恨人棄遺.[18]

여기에서 접시꽃은 육두품이란 계층적 한계 때문에 뛰어난 능력을 발휘할 수 없는 최치원 자신과 비슷한 처지에 놓인 인물들에 대한 시적 상징이라 할 수 있다. 그 점은 「杜鵑」이란 시도 마찬가지이다. 돌 틈에 박혀서 꽃을 피운 두견화는 아무도 부귀영화를 누리는 사람의 집 뜰에 옮겨 심어 주지 않아, 일반 초목들과 분명히 다른 면이 있는 데도 나무꾼들이 동일시할까 두렵다며 노래하고 있다. 「山頂危石」에서는 天成으로 이루어진 돌 속에 玉이 감추어져 있는 지도 모르는데 세상 사람들은 제 몸만 조심하고 이를 돌아도 보지 않는 것을 꼬집고 있다. 「石上矮松」도 돌 위에 난쟁이 소나무가 자라고 있지만 이 나무가 자라서 정승 집의 대들보가 될지 어찌 아느냐고 묻고 있다. 이들 모두 자신이 6두품 출신으로 신라에서도 빛을 보지 못했을 뿐 아니라 희망을 품고 찾아간 唐나라에서도 이국인으로 숱한 소외감과 외로움에 시달려야 했던 처지를 우국의 심정에 담아 노래하고 있는 작품이라는 점에서 공통된다. 하지만 그것이 신라사회의 제도적 모순에 의해 유발된 불만과 아쉬움을 토로한 것인 한, 언제든지 지배층에 의해 압박 받거나

---

18) 崔致遠, 『孤雲集』 권1, 「蜀葵花」.

희생당하고 있는 이들에 대한 연민의 감정으로 전환할 수 있는 것이다. 그리하여 「江南女」에서는 놀고 먹는 여인과 일만 열심히 하는 여인을 대비시켜 근로 여성에 대한 동정심을 보낼 수 있었던 것이다. 비록 이 작품은 중국의 일을 보고 지은 시이지만 놀고 먹는 遊民은 없어야 한다는 최치원의 일관된 사상이 돋보이는 작품이고, 그 바탕에는 진한 우국의 심정이 깔려 있다. 「古意」라는 시에서는 '여우가 둔갑하여 미인이 되고, 삵쾽이가 선비로 둔갑하여 사람을 홀리는 변화무쌍한 세태'19)를 직설적으로 풍자하고 있다. 양심과 진실을 저버리고 온갖 사악한 방식으로 자기의 안일과 영달만 추구하던 당대인들에 대한 혐오감을 그런 식으로 풍자했던 것이다. 여우와 삵쾽이라는 동물에 그들을 비유했다는 자체에서 그들에 대한 혐오감의 정도를 알 수 있다. 이러한 자세는 「강남녀」에서 놀고 먹는 자에 대한 비난과 같은 맥락에 놓이는 것으로, 그곳에서 당대 사회의 모순에 대한 최치원의 비판과 풍자의 정신을 엿볼 수 있다. 하지만 그 같은 비판과 풍자는 우국의 정서가 밑바탕에 깔려있지 않다면 가능하지 않을 터, 그러한 시 세계를 은밀하면서도 잘 보여주는 것은 다음 작품이다.

> 예로부터 錦衣還鄕 자랑하지만　　　　　自古雖誇畫錦行,
> 司馬相如와 朱買臣은 虛名만 차지했네.　長卿翁子占虛名.
> 國信을 전해 받고 家信까지 받았으니　　旣傳國信兼家信,
> 가문만의 영광이랴, 나라의 영광이네.　　不獨家榮亦國榮.
> 만리 타향 이제야 돌아가게 되었건만　　萬里始成歸去計,
> 마음 한 편엔 돌아올 길 먼저 생각나네.　一心先筆却來程.
> 멀리서 부모님 계신 곳 마음속에 그려보니　望中遙想深恩處,
> 세 봉우리 三神山이 눈앞에 어리네.　　　三朵仙山目畔橫.20)

최치원이 28세 되던 헌강왕 10년(884) 10월 당나라 僖宗은 최치원이 고국으로 돌아갈 뜻이 있음을 알고 唐의 國書를 주어 사신의 자격으로 환국하게

---

19) 崔致遠, 『孤雲集』 권1, 「古意」 "狐能化美女, 狸亦作書生. 誰知異類物, 幻惑同人形."
20) 崔致遠, 『桂苑筆耕集』 권20, 「行次山陽續蒙太尉 寄賜衣段令充歸覲續壽信物謹以詩謝」.

했다. 그리고 최치원의 從弟인 崔棲遠이 新羅國入淮南使錄事의 직명을 띠고
바다를 건너와서 집안의 서찰을 전하며 귀국을 마중할 때, 자신의 감회를
위의 시처럼 읊었다. 그는 그곳에서 금의환향을 자부하면서 자신의 귀국이
야말로 가문의 영광일 뿐만 아니라 나라의 영광이라고 했다. 그는 다른 글에
서도 이같은 사실에 대해 "영광스럽게 故國으로 돌아간다[榮歸故國]"[21]며
자부한 바 있다. 하지만 그같은 자부심 뒤편에 자리잡고 있는 고국에 대한
절절한 그리움, 곧 12살 어린 나이에 당나라로 유학을 가서 그곳에서 벼슬까
지 했지만 父母의 나라인 고국 신라를 꿈에도 잊지 못하고 있던 사실을
간과해서는 안 된다. 그같은 사실을 통해 최치원이 당에 있으면서도 憂國愛
民하던 자세의 일면을 엿볼 수 있기 때문이다.

다음은 최치원의 귀국후의 행적을 살펴보기로 하자. 그가 귀국하자 헌강
왕이 그에게 侍讀兼翰林學士守兵部侍郎知瑞書監의 작위를 내렸다. 그리하
여 30세 이후 그는 여러 관직을 맡지만, 육두품 출신이라는 한계와 진골
귀족의 忌疑 때문에 권력의 핵심에 접근하지 못하고 外職만을 전전하였다.
太山郡(현재 전북 泰仁) 태수, 天嶺郡(현재 경남 咸陽郡) 태수, 富城郡(현재
충남 瑞山) 태수 등으로 나돌았던 것이다. 그러다가 眞聖女王 8년(894) 2월
에 최치원은 38세의 나이로 「時務十餘條」를 올렸는데 왕은 이것을 嘉納하
고 그에게 阿湌의 벼슬을 주었다. 하지만 아찬 역시 권력이 있는 자리가
아니라, 행정 실무를 담당하는 벼슬일 뿐이었다.[22] 그는 당대 최고의 지식인
으로서 당나라에서 국제적 명성을 날리던 지식계급의 문인이었던 만큼, 정
책을 결정할 처지는 아니지만 우국충정에서 글을 올렸던 것이다. 더욱이
진성여왕 2년(888)에 왕거인 사건이 발생하여 6두품 지식인들이 여왕의 측
근에 대해 비판을 했었는데, 6년 뒤에 다시 6두품 출신의 지식인 문인이며
도당유학생인 최치원의 「時務十餘條」가 제시되었던 것이다. 지금은 그 글

---

21) 崔致遠, 『桂苑筆耕集』 권20, 「謝行裝錢狀」.
22) 全基雄, 『羅末麗初의 정치사회와 문인지식층』, 혜안, 1996, p.50.

이 전하지 않아 구체적인 내용은 알 수 없지만, 정치적·사회적인 개혁의 방안이 담겼을 것임은 분명하다 하겠다. 그렇다면 이 글은 최치원의 우국충정의 정신을 담은 신라시대 대표적인 우국산문으로 평가할 수 있다. 더욱이 그는 당나라 賓貢科에 합격하여 중국에서 지방관을 지냈던 경험을 갖고 있을 뿐만 아니라 귀국 후에도 지방관을 전전하면서 민생의 삶을 누구보다도 잘 알고 있었다. 그런 정황을 미루어 보건대, 그의 건의문은 당대의 실정을 낱낱이 파헤쳐 새로운 대안을 제시한 우국문학으로 포함시킬 수 있을 것임에 분명하다. 그리고 진성여왕 9년(895) 7월에 그가 지은 「海印寺妙吉祥塔誌」도 빼어 놓을 수 없는 귀중한 작품이다. 당시 해인사 부근에서 농민·천민들의 난과 격심한 흉년으로 악 중에 악이 없는 곳이 없어[惡中惡者無處無也] 굶어 죽고 전쟁에 죽은 해골들이 온 들판에 널려 있었다. 이들 영혼을 위로하기 위해 탑을 세우고 탑지를 지었는데 이것이 바로 위의 글이다. 여기서 한편으로는 사회악을 폭로하고 한편으로는 護國을 말했다. 역시 그의 애민 우국 정신을 엿볼 수 있다.[23]

이상으로 신라시대 한문학에 나타난 우국정신을 두 가지로 나누어 살펴보았다. 첫째는 諫爭文學에 나타난 우국문학이다. 이는 임금에게 直諫하는 金后稷의 「諫田獵文」과 같은 작품과 임금에게 넌지시 諷諫하는 薛聰의 「花王戒」와 같은 작품으로 나뉘는데, 현재 남아 있는 자료로만 보건대 우국문학의 濫觴이라 평가할 수 있다. 둘째는 골품제도의 모순으로 인한 신라 하대 귀족계급의 타락상에 대한 신랄한 비판과 상소문을 통한 개혁의지를 보인 우국문학이다. 이러한 우국문학은 주로 신라 육두품 문인들의 시와 산문들에서 확인할 수 있는데, 王居仁이나 崔致遠을 대표적인 인물로 꼽을 수 있

23) 崔致遠, 「海印寺妙吉祥塔記」, 黃壽永編, 『韓國金石遺文』 p.167. "海印寺妙吉祥塔記, 崔致遠撰, 唐十九帝, 中興之際, 兵凶二災, 西歇東來, 惡中惡者, 無處無也, 餓殍戰骸, 原野星排, 粤有海印寺別大德僧訓畫, 傷痛于是, 乃用施導師之力, 誘狂衆之心, 各捨茅實一科, 共成珉甃三級, 其願輪之戒道也. 大較以護國爲先, 就是中, 特用拯拔冤橫沈淪之魂識, 禴祭受福, 不朽在玆. 時乾寧二年, 申月, 旣望記."

다. 이들은 혼란한 사회상을 배경으로 하여 우국정신의 폭과 깊이를 한층 심화시킨 본격적인 우국문학 작품을 산출하였던 것이다.

III. 麗末 士大夫文學에 나타난 憂國精神

1. 體制의 矛盾과 憂國精神

앞서 지적했듯이 우국문학은 나라가 태평한 때보다 국운이 기울어 가는 위기 국면을 전제하므로, 고려 전기와 중기보다는 고려 말기에 주로 나타난다. 고려 말기는 대외적으로 원·명이 교체되는 동아시아 전체의 혼란기였고, 국내적으로는 고려왕조가 쇠망의 길로 접어들어 말기적 현상이 두드러지게 나타나는 시기였기 때문이다. 홍건적과 왜구의 침입, 권문세족의 수탈 등으로 민생문제가 극도로 어려워졌을 뿐만 아니라 고려체제는 큰 위기를 맞이하였던 것이다. 이에 신진사대부 문인들은 국제적 정세와 내부의 모순에 주목하지 않을 수 없었으며, 이러한 문제를 해결하려는 의지가 우국문학으로 나타나게 되었다. 그 가운데 益齋 李齊賢, 謹齋 安軸, 牧隱 李穡, 圃隱 鄭夢周는 이러한 우국문학의 창작 경향을 보인 영남 한문학의 대표적인 인물이었다.[24]

먼저 益齋 李齊賢(1287~1367)의 경우부터 살펴보기로 하자. 이제현은 평생 두 가지 과제에 유념하고 있었던 인물이다. 하나는 밖으로 元나라의 끊임없는 간섭에 맞서 고려의 국권을 유지하는 일이었고, 다른 하나는 안으로 파행적인 정치현실에 맞서 사대부의 위상을 바로 세워 民人을 안정시키

---

24) 이들의 우국충정과 애민의식은 주자학적인 세계관과 밀접한 관련이 있다. 본래 宋나라 朱子學의 우국의 경향은 遼·金·西夏 등의 침입으로 인한 나라의 어려움을 극복해 보고자 한 데서 기인한 바가 크다. 따라서 송나라와 비슷한 현실에 처해 있던 고려의 사대부 문신들이 국난 극복과 민생 안정이라는 우국정신을 가지는 것은 당연한 것이기도 했다.

는 일이었다.25) 이러한 두 가지 측면 모두 우국정신을 잘 보여주는 것인데, 전자는 다음 장에서 살피기로 하고 여기서는 후자의 측면을 고찰해 보기로 하자. 이제현의 출생지는 慶州라는 설26)과 開城이라는 설27)이 있다. 『慶州 邑誌』에서는 『高麗史·列傳』에 나타난 경주 출신 인물을 열거하면서 이제 현을 들었다. 그리고 이제현이 경주 출생이란 것은 그를 慶州人이라고 했기 때문이다. 이것은 본관이지만, 고려시대에는 실제 거주하는 곳이기도 하였 다. 따라서 이에 의하면 이제현은 경주 출생이 된다. 개성 출생이라는 것은 아버지 李瑱이 높은 벼슬자리에 있었으므로 가족들이 모두 개성에 살고 있을 때 출생했을 것이라는 추측이다. 그러나 이와 달리 경남 金海 출생이란 설이 있는데 이것이 설득력이 있다. 구한말 유학과 문장가로 널리 알려진 曹兢燮은 「駕洛懷古」 五首 중 제3수에서 다음과 같이 읊고 있다.

예로부터 人文은 地靈에서 나오나니　　　　人文從古地靈開,
許·宋·曺·盧氏들 인재가 끊이지 않네.　　許宋曺盧不乏才.
누가 알랴, 櫟翁같은 유명한 선비가　　　　誰識櫟翁千世士,
일찍이 이곳에서 태어난 것을.　　　　　　　也曾於此降生來.28)

위의 시를 보면 이제현은 분명히 김해에서 출생한 것이다. 그리고 그 근거로 시 아래에 주석까지 붙였다. "이제현의 『益齋年譜』에 그가 태어난 곳을 말하지 않고 다만 두 번 金海君으로 봉해진 것만 말했다. 그리고 『益齋集』 가운데 金海府使를 전송하는 시 가운데 '符節을 받아 우리 고을로 가게 되니' 라는 시 구절이 있는데 이에 근거해 보면 益齋가 김해 사람이란 것은

---

25) 이제현에 대한 작가론적 고찰은 단행본으로 나온 몇 권의 저서와 많은 참고 논문들
　　이 있다.
26) 張德順, 『韓國隨筆文學史』, 새문사, 1985. p.77. "충렬왕 13년에 경주에서 정승인 이진
　　의 아들로 태어났다"고 했다.
27) 高炳翊, 「李齊賢」, 『人物韓國史』, 博友社, 1965. p.341. 이후에 류풍연, 김시황, 김건곤
　　등이 이제현을 연구하면서 대부분 이 설을 따르고 있다.
28) 曹兢燮, 『深齋集』 권4, 「駕洛懷古」 五首.

의심할 여지가 없다."[29]고 했다. 이처럼 연보에 의거해 볼 때, 이제현은 39세(충숙왕 12년, 1325)에 金海君에, 76세(공민왕 11년, 1362)에 다시 鷄林府院君에 봉해졌다. 하지만 李穡이 지은 이제현의 「墓誌銘」에 의하면 50세(충숙왕 5년, 1336)에 金海君에, 70세(공민왕 5년, 1356) 金海侯에, 76세에 다시 鷄林府院君에 봉해진 것으로 되어 있어 약간 다르다.[30] 비록 두 자료간 연대 차이는 있지만 이제현이 金海君에 봉해진 것만은 틀림없는 사실이다. 그리고 '김해를 우리 고을[吾州]'이라고 표현한 것도 예사롭게 보아 넘길 수 없다. 이해를 돕기 위해 김해부사를 전송하면서 지은 이제현의 시 일부를 직접 보기로 하자.

> "책 읽으며 옛 사람 생각하여,   讀書思古人,
> 언제나 같은 시대에 태어나지 못함을
> 한탄했었지.   常恨不同時.
> 같은 시대에 태어나 옛 사람 보게 되니   同時見古人,
> 지극한 즐거움이 여기에 있다네."   至樂良在玆."
> 다행히도 지금 내가 그대를 만났으니   幸哉吾今得吾子,
> 어찌 옛 사람의 이 시에 감탄하지 않으리.   胡不感此前賢詩.
>   [……중략……]   [……중략……]
> 府使의 符節 받아 우리 고을로 가게 되니   魚書虎竹吾州去,
> 나는 우리 백성 위해 많이 축하하네.   吾爲吾民多賀之.
> 너희들의 해독을 어찌 제거하지 않으며   汝蠱豈不剔,
> 너희들의 질병을 어찌 치료하지 않으랴.   汝疾豈不醫.
> 훈훈한 입김으로 너희들 뼈를 따뜻하게 하고   噓以燠汝骨,
> 배불리 먹여서 너희를 살찌우리라.   哺以肥汝肌.
> 五袴의 부유함은 어찌 늦게 옴만 노래했으며   五袴何止歌來暮,
> 一錢만 받은 청렴함은 어찌 떠난 후의
> 생각 표했을 뿐이리오.   一錢何止表去思.

---

29) 曺兢燮,『深齋集』권4, 같은 곳.「益齋年譜」, "不言所生之地, 但稱其再封金海君. 而集中, 有送金海府使詩, 魚書虎竹吾州去一句. 據此, 則公之爲金海人無疑."

30) 李穡,『牧隱文稿』권16,「鷄林府院君諡文忠李公墓誌銘」.

<table>
<tr><td>누가 저승에서 崔拙翁을 살려내어</td><td>九原誰喚拙翁起,</td></tr>
<tr><td>붓 씻어 그대 위해 德政碑 짓게 할까?</td><td>滌筆爲作德政碑.[31]</td></tr>
</table>

이 시의 상당 부분은 崔瀣의 문집 간행에 관한 내용이고, 나머지는 鄭國俓이 우리 고을 金海府使로 가서 백성들의 고통을 덜어달라는 부탁을 담고 있다. 즉, 정국경이 일찍이 전라도 按廉使가 되었을 때 閔思平이 최해의 『東人之文四文』과 『拙藁千百』을 주었는데 그가 모두 板刻을 한 데 대해 칭찬하면서, 그를 현세에 살고 있는 古人이라 하고 있는 것이다. 그리고 이런 사람이 우리 고을 김해부사로 가게 되니 정치를 잘해 달라고 부탁한 것이다.[32] 당시 지방관으로 민속을 살펴 좋은 정치를 해야 한다는 것은 지방관을 보내는 사대부의 시들에 많이 나타난다. 이런 모습은 이제현의 다른 시에서도 나타난다.

<table>
<tr><td>田郎이 우리 鷄林에 按廉使 되었으니</td><td>田郎作倅吾鷄林,</td></tr>
<tr><td>父老들 지금까지 그 은덕 기리네.</td><td>父老至今懷德音.</td></tr>
<tr><td>봉하여 올린 간절한 정성 민원의 글에 있고</td><td>拜囊懇惻叫閶辭,</td></tr>
<tr><td>창을 베고 감개함은 從軍詩에 나타났네.</td><td>枕戈慷慨從軍詩.</td></tr>
<tr><td>晏嬰처럼 청렴한 절개는 伯夷 叔齊 무색한데</td><td>晏嬰高節凌首陽,</td></tr>
<tr><td>밥 먹고 키만 큰 曹交를 누가 귀히 여기리.</td><td>誰貴食粟曹交長.</td></tr>
<tr><td>수레 타고 고삐 잡고 세상을 밝히려 하니</td><td>登車攬轡志澄淸,</td></tr>
<tr><td>남쪽의 초목들도 그의 이름을 다 아네.</td><td>南方草木亦知名.</td></tr>
<tr><td>요즘 와서 남쪽 지방에 흉년이 자주 들어</td><td>南方近者頻年荒,</td></tr>
<tr><td>이따금 주린 백성 길가에 쓰러졌네.</td><td>捐瘠往往僵路傍.</td></tr>
<tr><td>글자 아는 수령은 백명에 두셋뿐</td><td>守令識字百二三,</td></tr>
<tr><td>법률 농간함을 소경같이 보고 있네.</td><td>坐視弄法猶盲暗.</td></tr>
<tr><td>농부를 몰아다가 왜적을 막게 하니</td><td>旋驅農夫防海倭,</td></tr>
</table>

---

31) 李齊賢, 『益齋亂稿』 권4, 「送金海府使鄭尙書國俓得時字」.

32) 이때 최해의 문집 간행을 부탁한 及菴 閔思平 역시 鄭府使를 전송하면서 지어준 시가 전한다. 여기에서 민사평은 이제현과 마찬가지로 정부사가 『東人之文四六』을 간행한 것을 칭찬하면서 觀風하러 나가는 것을 축하하고 있다. 閔思平, 『及菴詩集』 권1, 「送諫議之官金海得見字」 참조.

적의 칼날 닿기 전에 먼저 흩어지네.　　　　　　賊刃未接先奔波.

大將은 막사에 앉아 음악이나 듣고　　　　　　大將坐幕擁笙歌,

小將은 땀흘리며 무기를 나르네.　　　　　　小將汗馬輸弓戈.

세력가의 종들은 公田 것도 빼앗고　　　　　　豪奴聯騎攘公田,

밀린 세금 징수에는 흉년도 헤아리지 않네.　　官徵逋租不計年.

슬프다, 국민생활 이 지경이 되었으니　　　　嗚呼民生至此極,

뉘라서 우리 임금 政務를 덜어드릴까?　　　　誰與吾君寬旰食.

내 자신도 일찍이 조정에 있었지만　　　　　益齋也曾坫廊廟,

늙은 간신과 악소배에게 모욕을 당했었네.　　受侮老姦幷惡少.

사직하고 물러나와 화는 겨우 면했으나　　　　乞身自退僅免禍,

오늘날 생각하니 얼굴이 붉어지네.　　　　　此日尋思顏可赭.

田郞은 예로부터 君子儒되길 원했으니　　　　田郞夙慕君子儒,

어찌 말 못하는 늙은 나와 비교가 되랴.　　　豈比老我空囁嚅.

가거든 公平無私하게 백성 고통 덜어주고　　往哉問瘼公無私,

그 사실 보고 하여 임금님께 알리게나.　　　馳奏得令明主知.[33]

이 시는 전라도 안렴사로 부임하는 田祿生을 전송하면서 지은 작품으로, 도탄에 빠진 당시 백성들을 걱정하는 이제현의 애민정신을 잘 보여준다. 전녹생은 본래 전라도 潭陽府에 살았지만 鷄林判官, 慶尙道都巡問使을 지낸 경력이 있다. 영남과 깊은 관계가 있는 인물인 것이다. 전녹생이나 이제현 모두 지방행정의 문란을 걱정하면서 우국 애민의 심정을 토로하고 있다. 이제현은 특히 일생 동안 벼슬살이로 일관한 지배계층이었지만, 널리 알려진 바와 같이 남다른 우국 애민정신을 가지고 있었다. 그는 『益齋亂稿』「鄆城」에서 "성인이 원래 하는 일이란, 백성을 위해서이고 자신을 위해서는 아니라네."라고 유교적 민본사상에 바탕을 둔 애민의식을 보여주고 있다. 이러한 애민정신은 儒家의 王道政治를 구현하고 민본주의의 이상을 실현하려는 데 바탕을 두고 있다. 그리고 고려속요와 민요를 한역한 「小樂府」 11수도 민간의 풍속을 정확하게 파악하려는 애민정신에서 나온 것일 뿐만 아니

---

33) 李齊賢, 『益齋亂稿』 권4, 「送田祿生司諫按全羅道」.

라34), 정국경이나 전녹생을 전송하고 있는 위의 시들 역시 애민정신과 우국 의식을 밑바탕에 깔고 있는 것이다. 그는 파행적인 정치현실에서 사대부의 위상을 바로 세워 民人을 안정시키는 일을 급선무로 여기고 있었던 바, 그러한 자세야말로 우국애민의 정신에 기반하고 있다 하겠다.

한편 이제현과 거의 같은 시기에 활동한 謹齋 安軸(1287～1348) 역시 우국정신에 바탕한 작품을 다수 지었던 인물이다. 안축은 충렬왕 8년(1282) 安碩의 둘째 아들로 태어났는데, 그의 가문은 대대로 順興35)을 근거지로 하였다. 안축은 26세 되던 충렬왕 33년(1307) 성균시에 급제하여 처음으로 금주사록의 벼슬을 지냈으며, 1323년 원나라 과거에 급제하여 遼陽路盖州 判官에 임명되었다. 그 뒤 여러 관직을 역임하였는데, 안축의 우국문학적 면모를 살피는 이 자리에서 특히 중요한 시기는 江陵道를 다스리는 存撫使 가 되어 관동지방을 다녀왔던 만 1년 4개월의 기간이다.36) 이때 관동지방에 서 겪은 바를 기록한『關東瓦注』를 펴냈는데, 그곳에는 관동지방의 풍속을 살피고 백성의 삶을 돌보자는 절실한 뜻이 담긴 우국문학적 시편들이 담겨 있기 때문이다. 안축이 고려 충숙왕 17년(1330) 강릉도 존무사로 임명되어 개경을 떠난 날 시골 역에서 머물러 자면서 느낀 바를 적은 시를 우선 보기 로 하자. 시의 배경은 영남이 아니지만 영남출신의 문인으로 그의 사상의 일단을 엿볼 수 있는 작품들이다.

---

34) 李炳赫,『고려말 성리학 수용기의 한시 연구』, 태학사, 1989, pp.53～58 참조.

35) 순흥은 본시 고구려의 及伐山郡이었는데, 신라 경덕왕 때 岌山郡으로 고쳤다. 고려 초 興州로 고친 뒤 몇 차례 이름이 바뀌었다가 忠穆王의 胎를 안치하면서 順興府로 승격되었다. 안축의 가계 및 생애에 대한 자세한 사항에 대해서는 김동욱,『고려 후기 사대부 문학의 연구』, 상명여대출판부, 1991, pp.50～55 참조.

36) 安軸이 江陵道存撫使로 임명된 시기에 대해서는 1328년으로 보는 견해와 1330년으로 보는 두 가지 견해가 있으나 후자로 보아야 옳을 듯하다. 전자는 김창규,「근재시가고」, 『논문집』2집, 영주경상전문대, 1979, pp.37～38, 후자는 김동욱 앞의 논문 pp.44～56을 참조할 것.

글 읽어 도 구하려 했으나 끝내 이루지 못했으니　讀書求道竟無成,
밝은 시대에 이런 행차 스스로 부끄럽구나.　自愧明時有此行.
다만 우원한 재주 다해 실학에 힘쓸 일이지　但盡迂疎施實學,
어찌 괴이한 일로 헛된 명성을 도적질하랴.　敢將崖異盜虛名.
민생이 도탄에 빠져 구하기 어려운 줄 알겠고　民生塗炭知難求,
나라의 병도 고질이 되어 생각하니 놀라워라.　國病膏肓念可驚.
근심으로 지새는 베개 앞에 잠이 오지 않는데　耿耿枕前眠未穩,
누워서 듣노라니 산중의 비는 한밤에 퍼붓네.　臥聞山雨注深更.[37]

이 시는 두 부분으로 나뉘는데, 전반부(1～4구)에서는 지식인으로서의 고뇌를 토로하면서 새롭게 자세를 가다듬고 있다면, 후반부(5～8구)에서는 피폐할 대로 피폐한 고려의 현실을 고쳐야만 하는 통치자로서의 근심과 각오로 가득 차 있다. 도탄에 빠진 민생, 고질병이 된 나라를 생각하니 잠이 오지 않고, 한밤에 밤비 소리만 들린다는 데서 안축이 품고 있던 우국과 애민의 정신이 얼마나 깊었는가 짐작할 수 있다.

실제로 안축이 목도한 관동지방 민생의 삶이란 비참하기 짝이 없는 것이었다. 특히, 명승지를 끊임없이 찾아오는 벼슬아치들은 백성의 생업을 위태롭게 만들 정도였다. 벼슬아치들이 관동을 찾아올 때마다 백성들은 그들의 뒷바라지를 하느라 심각한 경제적 출혈은 물론 생업조차 뒤로 할 수밖에 없었던 것이다. 그같은 정황은 「國島詩」라든가 「穿島詩」를 비롯하여 「叢石亭宴使臣有作」과 같은 시에서 실감나게 묘사되고 있다.

　　　　　[…前略…]
좋다는 말이 사방에 두루 퍼져　　嘉言遍四方,
사신과 빈객들 다투어 찾아오네.　使賓競來訪.
인근 고을은 보내고 맞는 일에 익숙해　傍邑慣送迎,
분주하게 연회 자리를 옮겨 차리네.　奔走移供帳.
정자 아래 아전은 한숨을 쉬고　亭下吏呀呭,

---

37) 安軸, 『謹齋集』 卷1. <天曆三年五月受江陵道存撫使之命 是月三十日發松京宿白嶺驛 夜半雨作有懷>.

술동이 앞에 기생은 노래를 부르네.	樽前仙妓唱.
백성들 이제 농사 때를 놓쳐	民今失農業,
처자를 능히 기를 수 없네.	妻子不能養.
조금 모은 것을 이미 다 써버렸으니	斗蓄已殫空,
한번 잔치가 원수보다 더하네.	一宴勝仇餉.
누가 이 모습 그림으로 그려	何人寫作圖,
임금과 재상에게 갖다 바칠꼬.	持獻君與相.38)

이 시에서 특히 주목을 끄는 것은 『서경』과 『맹자』에 나오는 葛나라 伯의 故事를 시어로 사용한 점이다. 湯王이 亳邑에 거처할 때 葛伯이 방탕하여 제물이 없다며 제 조상의 제사도 지내지 않으므로 탕왕이 박읍의 백성들로 하여금 갈나라에 가서 대신 밭을 갈아주게 하니 그 곳의 노약자와 童子들까지 음식을 내와 일꾼들에게 대접을 했다. 갈백은 그 동자마저 죽이고 음식을 빼앗음으로 『서경』에 "갈백이 밥 대접하는 아이를 원수로 여겼다(葛伯 仇餉)"고 했다. 이 시에서 이것을 用事로 사용한 것은 고려말의 시대적인 상황을 마치 殷나라 湯王이 夏나라 桀王을 추방한[湯 放桀] 易姓革命의 시대와 같이 본 것이다. 관동지방에 구경오는 벼슬아치들을 맞이해 잔치를 벌이느라고 근근히 모은 것을 모두 다 탕진하고, 게다가 농사철까지 시기를 잃었으니 백성들의 막막한 앞날이 실감나게 그려져 있다. 하지만 백성들이 받는 고통은 여기에 그치는 것이 아니었다. 변경을 지키는 자들의 무능함에 의한 백성들의 고초, 租稅나 貢納으로 겪어야 하는 백성의 고초, 그리고 견디다 못해 고향을 등진 유망민들로 황폐화된 마을을 남아서 지키는 백성의 고초 등등이 관동지방에서 목도한 현실이었다. 안축은 그같은 모습을 보면서 때론 같이 아파하는 마음으로, 때론 분노하는 마음으로 시편에 담았다.39) 하지

---

38) 安軸, 앞의 책. 「叢石亭宴使臣有作」.

39) 『關東瓦注』에는 이런 백성의 고초를 고발하고 있는 시편이 적지 않은데, 「竹島詩」, 「過鐵嶺」, 「蔘歎」, 「鹽戶」, 「過桃源驛」, 「是日過孤山驛」 등이 그 대표적인 작품이다. 이처럼 백성의 고초를 담은 시편을 비롯하여 안축의 생애 및 『관동와주』에 대한 종합적 고찰은 김동욱, 「謹齋 安軸의 생애와 세계인식태도」, 『고려후기 사대부 문학의 연

만 안축 혼자만의 힘으로 그같은 모순에 찬 현실을 고치기란 불가능한 것이었다. 그리고 그같은 자신의 무력감에 괴로워했다. 강릉도 존무사의 직임을 마치고 돌아가는 길에 지은 다음 시에서 그같은 심경이 잘 드러나 있다.

> [⋯前略⋯]
>
> | | |
> |---|---|
> | 민간의 병을 구하지 못하고서 | 未救民間病, |
> | 어찌 나라를 튼튼하게 하리오. | 寧敎國體肥. |
> | 동해의 물을 기울인다 해도 | 縱傾東海水, |
> | 2년만에 잘못을 씻기는 어려우리. | 難洗二年非.[40] |

직임을 맡고 떠나던 날, 도탄에 빠진 백성을 구제하고 고질병이 된 나라를 건지겠노라고 각오를 다졌었다. 하지만 막상 직임을 마치고 서울로 돌아가는 길, 아무 것도 이룬 것 없다는 자괴감이 자신을 괴롭힌다. 이러한 반성적 자세에서 안축이 얼마나 백성을 사랑하고 나라의 장래를 걱정하고 있는 인물이었는가를 보다 절실하게 느낄 수 있다.

다음은 牧隱 李穡(1328~1396)의 경우를 보기로 한다. 이색은 고려 충숙왕 15년(1328) 5월 9일에 경상도 寧海(현재 영덕군) 槐市村(또는 濠池末)에서 출생했다. 목은이 별세한 지 7~80년 뒤 佔畢齋 金宗直은 慶州 · 盈德 · 迎日 등지를 지나다가 그의 탄생지에 들러 「寧海府懷牧隱」 3수를 짓고, 그 제목 아래에 "牧隱 선생이 살던 집터가 寧海府의 동쪽 2리쯤에 있는데 이곳이 그가 탄생한 곳이다. 그가 일찍이 집 뒤의 산기슭에 無稼亭이란 정자를 지었는데 遺墟趾가 남아 있다."[41]란 주석을 붙였다. 김종직은 이 작품에서 목은의 자질과 기상, 그리고 목은이 유학 발달에 開創의 공이 있음을 추념하고, 이런 인물을 같은 시대에 살면서 가까이 모시지 못하는 것을 한탄하고 있다.

구』, 상명여대출판부, 1991에 자세하다.

40) 安軸, 앞의 책. 「至順二年 九月十七日 罷任如京 過順忠關」.

41) 金宗直, 『佔畢齋詩集』 권3, 「寧海府懷牧隱」 三首. 김종직은 '無稼亭'이라 했지만 牧隱 후손들은 '務稼亭'이라고 한다.

그런데 이색은 두 살 때 父母가 충청도 韓山으로 돌아갔다고 한다. 이것은
「讀書處歌・幷序」에 근거한 것이다. 원문은 "韓山崇井山 予生二歲 父母歸
于鄕 八歲以後所居也…"[42]인바, 직역하면 "韓山 崇井山은 내 나이 두 살
때 부모님께서 고향으로 돌아가시고, 8세 이후에 거처하던 곳이다"가 되니
이색이 두 살 때 영해를 떠나 세 살 때부터 숭정산에 거처한 것인지, 그렇지
않으면 부모님께서 먼저 가고 이색은 그 후 8세 때부터 숭정산에 거처한
것인지 분명하지 않다. 그런데 이색의 후손은 두 살 때 영해에서 한산으로
돌아간 것으로 단정짓고 있다.[43] 그렇다면 원문 '父母歸于鄕'은 '隨父母歸
鄕'이라 해야 마땅하다. 그러나 몇 살까지 영해에 살았느냐는 것보다 목은과
영해와의 관계 그 자체가 중요하다. 그의 詩稿에 영해를 소재로 읊은 시가
20수 가까이 되며, 지금까지 稼亭牧隱兩先生遺墟碑, 槐亭, 景牧齋, 務稼亭
등의 유적이 남아 있어 목은은 영해의 정신적인 지주가 되고 있다.

뿐만 아니라 영남을 배경으로 한 우국문학도 적지 않게 남기고 있는데,
「梁州謠 寄梁州任使君」[44]이라는 시에는 그의 우국정신이 잘 나타나 있다.
여기서 말하는 梁州는 지금의 경남 梁山을 가리키는데[45], 梁州의 노래로
양주의 任使君에게 부친다는 이 시는 양산의 비참한 현실에 대한 사실적
묘사와 이를 해결하려는 고을 수령과 아전의 노력, 그리고 이러한 노력에도
불구하고 해결할 수 없는 데서 오는 안타까움 등의 세 부분으로 나누어져
있다. 작품의 첫 부분은 이렇게 시작된다.

---

42) 李穡, 『牧隱詩稿』 권17, 「讀書歌幷序」. 이병혁 역주, 『목은집』, 고려대학교 민족문화연
　　구소, 1995, p.206.
43) 이형구・이특구, 「牧隱의 史蹟」, 『목은 이색의 생애와 사상』, 일조각, 1996, p.464.
44) 李穡, 『牧隱詩稿』 권4.
45) 梁山郡은 新羅 文武王 때 歃良州, 景德王 때 良州, 高麗 太祖 때 梁州, 朝鮮 태종 때
　　梁山郡으로 되었으며 달리는 宜春, 順正으로 일컫는다. 『신증동국여지승람』 권22, 양
　　산군. 한편 梁州曲은 樂曲 이름이다. 梁州의 풍속이 음악을 좋아하여 新曲을 짓고 이
　　름을 梁州라고 했다. 본래는 涼州였으나 宋 이후에 잘못 梁州라했다. 그리고 梁州令이
　　라 하여 詞牌名, 曲牌名도 있다.

손님이 먼 남쪽에서 찾아와서   客來南天遙,
나에게 양주의 노래를 들려주네.   遺我梁州謠.
지난 해 여름 장마가 심하여   去年夏雨苦,
온 들판에 봄 새싹이 나지 않았네.   四野無春苗.
농부들 얼굴빛 매우 슬퍼하여   農夫色甚哀,
방에 들어가니 마음은 불꺼진 재 같네.   入室空寒灰.
관가 창고 곡식 예전에는 썩어났는데   官倉昔紅腐,
이젠 텅텅 비어 먼지만 풀썩이네.   今也生塵埃.
늙은이들은 슬하의 손자들을   老翁膝下孫,
금이야 옥이야 사랑했건만   愛重如千金.
하루아침에 재물인 양 여기고   一朝作貨視,
팔고 나서는 구슬피 흐느끼네.   既送長悲吟.46)

　　　　　[…下略…]

위의 시에서는 관가 창고가 텅 비어 먼지만 풀썩이는 상황, 굶주림에
지친 늙은이가 애지중지 사랑하던 손자를 팔고 있는 상황이 핍진하게 그려
지고 있다. 이런 상황의 심각성은 바로 다음 이어지는 "靑山은 성곽을 둘러
더욱 선명한데, 길거리는 쓸쓸하여 곡성소리조차 없네.[靑山繞郭倍鮮明, 門
巷蕭條無哭聲.]"라는 대구적 표현에서 더욱 고조되어 절망감마저 안겨준다.
'哭聲으로 가득 찼다'는 것이 일반적 표현인데 반하여 여기서는 그러한 곡
성마저도 들을 수 없다고 하여 어려운 현실에서 벗어날 수 있으리라는 기대
조차 갖지 못하게 하고 있다. 이런 점은 고을 아전과 신임 군수의 노력이
별다른 성과를 거두지 못하는 데 대한 안타까움으로 이어지고 있다. 어려운
현실의 극복을 위한 고을 아전과 신임 군수의 노력이 별다른 성과가 없었다
는 것은 신임 사또의 인물됨이 비범하다는 사실과 어우러져, 지방의 현실과
지방민의 처지가 얼마나 비참하고 절실한지를 말해주고 있다. 덧붙여, 당대
농민들의 심각한 생활 현실에 기여할 수 있는 사대부 관인의 역할이 분명한
한계를 갖고 있음을 알려준다. 사대부 관인의 이와 같은 한계는 당대 지방민

---

46) 李炳赫, 『牧隱集』, 고려대 민족문화연구소, 1995. pp.103~105.

의 비참한 현실이 일시적인 재앙의 심각성 때문이 아니라 고려사회 내부의 권문세족의 토지 독점과 같은 구조적인 모순에 기인하고 있음을 말해주는 것이기도 하다.

목은은 작품의 뒷부분에서 任郡守의 비범성을 칭송하고 그의 애민정신이 백성을 교화 감동시켜 고을 사람들이 그를 사랑하여 任氏 성을 따서 이름을 지을 것이라고 말하고 있다.47) 임군수에게 부탁 형식으로 하는 말이지만, 이는 목은 자신에게 하는 말이기도 했다. 목은은 백성의 삶에 깊은 관심을 가지고 그들의 현실을 동정적으로 보았던 것이다.48) 그가 고을 아전과 신임 군수로서 백성들의 구제에 애정 어린 모습을 길게 제시한 것은 그들에 대한 칭송임과 동시에 사대부 관인계급 상호간에 농민의 현실을 알도록 각성시키고 지방 수령으로서 어떻게 처신해야 하는가를 보여주고 있다고 하겠다. 통치자의 의무는 백성을 편히 살게 하는 것이며, 관리는 백성의 현실을 잘 살펴 그들을 위해 힘써야 한다고 본 것이다. 이처럼, 목은의 문학 작품에는 고려말의 혼란기에 백성의 삶을 생각하고 어떻게 하면 백성을 편히 살게 할 수 있을까로 고심하고 있는 사대부 문인의 우국 애민의 정신이 짙게 배어 있다.

또한, 쌀을 찧는 노래인 「용미가」 역시 고려말 경제구조의 모순에 대한 이색의 현실 인식이 잘 나타나 있다. 목은은 부잣집에서는 곡식이 썩어나는 데도 불구하고, 가난한 집에서는 하루 종일 일하고도 저녁 끼니를 기약하지 못하는 부익부 빈익빈의 잘못된 경제구조를 비판하고 있다. 그러나 여기에

---

47) 이처럼 어진 수령의 성을 따르는 전례에 대해서는 다음을 참조할 것. 丁若鏞,『牧民心書』권14. "愛之不諼 爰取 侯姓 以名其子者 所謂民情 大可見也. … 韓退之 爲山陽令 民生子 多以其姓 字之."

48) 목은의 민생현실에 대한 관심과 우국애민 정신은 그의 또 다른 작품들인 「紀事」,「蠶婦」,「農夫」,「流言」,「漁者」,「樵童」,「有感」 등에도 잘 나타나 있다. 이들 작품들은 모두 작품의 전반부에서 왜적의 침탈, 뜬소문(권문세족의 횡포이거나 폭압적 지배의 강화)으로 인한 백성들의 불안감, 바닷가 백성의 가난한 삶 등에 대한 사실적인 묘사를 통해서 당대 농민들의 비참한 현실을 제시하고 작품의 후반부에 목은의 우국적 애민정신을 보여주고 있다.

서 목은은 가난한 농민에 대한 애정에 그치는 것이 아니라, 자신의 배불리기에만 마음을 다하는 당대 관료의 행태를 비판하고 각성하도록 촉구하는 데까지 나아가고 있다. 예컨대 "심하도다 이제 벌써 늙었으니 / 하는 일없이 녹만 먹기 여러분께 부끄럽네 / 여러분들 따뜻이 입고 배부르면 / 충정을 다해 제 몸만을 돌보지 말아야지"[49]라는 대목에서처럼, 일없이 녹만 먹는 것을 부끄럽게 여기는 자신의 태도와 경제적 풍족에도 불구하고 백성을 돌보기보다는 자기 배 채우기에만 급급한 권문세족들을 대조시킴으로써 권문세족들에 대한 통렬한 비판의식을 보여주고 있는 것이다. 이처럼 무능하고 탐욕스러운 관리들에게 제 배 채우는 데만 신경 쓰지 말고 백성들을 위하라고 꾸짖는 단호한 태도에서 백성을 사랑하고 국가를 위하는 이색의 우국 애민정신의 정신을 발견할 수 있다.

2. 危機의 克復과 憂國精神

이제까지 통치체제의 모순에서 야기된 고려말 우국문학의 면모를 살펴보았다. 하지만 고려말이라는 시대가 직면하고 있던 체제 붕괴의 조짐은 단지 대내적인 모순과 부패에 국한된 것이 아니었다. 북방과 남방에서 밀려드는 외적의 침입으로 비롯된 대외적인 위기는 국가의 존망을 뒤흔들 정도로 심각했던 것이다. 때문에 국가의 위기와 그 극복을 염원하는 우국문학이 적지 않게 창작되었는데, 여기서는 李齊賢·李穡·鄭夢周를 중심으로 그 일단을 살펴보기로 한다.

益齋 李齊賢(1287~1367)은 留元學者이다. 그는 元나라의 문물을 받아들여 고려의 문풍을 쇄신하고자 했으면서도 주체의식이 남달리 강했던 인물이다. 그런 까닭에 그의 抗蒙意識을 연구한 논문도 나왔고[50], 필자 역시

---

49) 李炳赫, 앞의 책. pp.295~96. "甚矣今老矣 素餐愧諸公 諸公共溫飽 蹇蹇方匪躬"

50) 朴性奎, 「麗末 詩人의 現實認識－李齊賢의 抗蒙意識을 중심으로」, 『우리文學硏究』, 우리문학연구회, 1978.

그의 주체의식과 충절의식에 대해서 언급한 바 있다.[51] 이러한 그는 元나라에 6차례 가게 되었는데, 모두 忠宣王의 在元活動과 깊은 관계가 있다. 元나라 世祖가 죽고 다음 황제인 成宗이 또 사망하자 제위계승 분쟁에서 충선왕은 武宗을 도와 제위에 오르게 하였다. 또한 武宗의 아우 仁宗을 도와 內亂을 평정했기 때문에 兩朝에 寵遇가 비길 데 없이 컸다.[52] 그러나 인종이 사망하고, 英宗이 즉위한 후 충선왕은 고려 출신의 宦者 任伯顔禿古思(庇仁君)의 참소를 받게 된다.[53] 이때 이제현은 34세 장년의 나이로 3차(충숙왕 7년, 1320) 元나라에 가다가 黃土店에 이르러 이 사건을 알고 憂憤을 참지 못하여 시 3편과 「明夷行」 1편을 지었다. 다음 해 충선왕은 토번으로 귀양가고 이제현만 燕邸(萬卷堂)를 지키고 있으면서 시를 지어 柳淸臣, 吳潛에게 주어 울분을 토로했다. 이 모두 忠君愛國하는 그의 우국정신에서 나온 것이다.

또한 원나라가 고려에 征東省을 설치하려고 하자, 이제현은 4차(충숙왕 10년, 1323년)로 元나라에 가서 「在大都上中書都堂書」를 올려 "이 나라는 나라대로 이 국민은 국민대로[國其國 人其人]" 있게 해달라고 청하니 그 논의가 중지되어 고려의 社稷과 國號가 존속될 수 있었다. 이 때 충선왕이 토번에 있었으므로, 그는 「上伯住丞相書」 「同崔松坡贈元郎中書」를 올려 충선왕의 소환을 청했다. 승상 伯住의 주청으로 충숙왕 10년 2월 26일에 朶思麻로 옮기게 되었는데, 이 해에 이제현이 충선왕을 배알하기 위하여 4월 20일에 燕京을 출발하였다. 그리하여 鄴城, 長安 등을 거쳐 朶思麻까지 가면서 읊은 시들은 모두 忠憤에 가득 찬 憂國詩였다.[54]

---

51) 李炳赫, 「益齋思想과 文學」, 『인문논총』 제24집(부산대, 1981); 李炳赫, 『고려말 성리학 수용기의 한시 연구』, 태학사, 1989.

52) 그같은 활동에 대해서는 『益齋先生年譜』 28세조를 참조할 것.

53) 김광철, 「14세기 초 元의 政局 동향과 忠宣王의 吐蕃 유배」, 『한국중세사연구』 제3호, 한국중세사연구회, 1996를 참조할 것.

54) 이 때 지은 시들은 이제현, 『益齋亂稿』 권6에 실려 있는데, 이들에 대한 자세한 검토는 다음의 논문을 참조할 것. 이병혁, 『고려말 성리학 수용기의 한시 연구』, 태학사, 1989. pp.52~54; 이병혁, 「익재의 사상과 문학」, 『인문논총』 제24집, 부산대, 1983,

한편, 牧隱 李穡은 민생에 깊은 관심을 가져 일반 백성들의 비참한 현실을 구체적으로 형상화했을 뿐만 아니라 외세의 침략을 물리치고 민족을 수호하는 것이 무엇보다 중요한 일이라고 생각했다. 그는 「貞觀吟」에서 고려가 원나라의 지배를 벗어나 자주적인 노선을 택할 시기의 정신적 지표를 암시했으며, 「山中謠」에서는 왜구의 침략 때문에 빚어진 참상을 자기 체험과 함께 노래하면서 나라를 구하고 백성을 지켜야 한다는 간절한 소망을 나타냈다. 그는 25세(공민왕 원년, 1352)에 喪中에 있으면서 새로 왕이 된 恭愍王에게 時政改革에 대한 上書文을 올렸다. 첫째 전제개혁, 둘째 국방개혁, 셋째 교육진흥, 넷째 불교도 억제 등이었다.[55] 이 역시 그의 우국정신에서 나온 문학이라 하겠다.

圃隱 鄭夢周(1337～1392)는 충숙왕 복위 6년(1337) 12월 戊子日에 경북 永川郡 愚巷里에서 출생하여 오랫동안 영남에서 생활했으니, 순수한 영남 출신의 문인인 셈이다. 그는 19세(공민왕 6년, 1355) 되던 해 1월 아버지 喪事를 당해 永川郡 阿川里 道一洞에 장사하고 3년간 侍墓살이를 하였다. 21세 되던 해 3월 상복을 벗고 監試에 3등으로 합격하였으며, 이어 24세 10월 新京의 東堂及第試에 응시하여 乙科에 1등으로 뽑히고, 三場에서 연달아 모두 장원을 했다. 이어 여러 벼슬을 역임하던 중, 29세(공민왕 14년, 1365) 1월 어머니 상사를 당해서 또 다시 侍墓살이를 했다. 이처럼 부모의 상사에 6년 동안이나 시묘살이를 했으므로 30세 때 나라에서 孝子旌閭를 내렸다. 지금도 영천에 이 旌閭가 남아 있는데, 그만큼 정몽주는 고향에서 오랫동안 생활할 수 있었다. 그리고 38세(공민왕 23년, 1374) 때는 慶尙道安廉使를 지내기도 했다.

그렇다면 정몽주가 고려말 격변기를 보내면서 우국문학을 창작하게 된 동기는 무엇이었을까? 정몽주의 우국문학은 무엇보다 공민왕의 反元政策

---

pp.89～95.
55)『高麗史』列傳 28, 李穡.

및 개혁정치와 깊은 관계를 맺고 있다. 물론, 공민왕의 반원정책은 중국 대륙의 정세변화와 깊은 관련이 있다. 즉, 元나라 마지막 황제인 順帝의 재정 낭비로 민생이 도탄에 빠지게 되자 사방에서 漢族의 반란이 일어나게 되었다. 이때 고려는 강남 지방에 웅거하고 있던 군웅들과 빈번한 교빙이 있던 차, 朱元璋이 공민왕 17년 1월 국호를 明이라 하고 建元 稱帝하자 공민왕은 禮儀判書 張子溫을 明나라에 보내어 친선외교를 개시했다. 그리고 공민왕 18년(1369) 4월 明의 太祖 朱元璋이 사신 偰斯를 고려에 보내어 두 나라의 외교관계가 정식으로 성립되었다. 이처럼 공민왕이 적극적인 친명정책을 쓰게 되자 신진문인세력들도 이에 적극 동조하여 고려말 정치변화에 큰 영향을 미치게 되었던 것이다. 또한 고려는 우왕 즉위년 12월에 金潊를 北元에 보내어 공민왕의 상사를 알리고, 다음 해인 우왕 1년(1375) 1월에는 告喪·請諡·承襲의 일로 崔源을 明나라에 보냈다. 이 해 4월에 北元에서 사신을 보내 오자, 고려에서는 金義(胡人)가 호송하던 明나라 사신 蔡斌을 살해하고 北元으로 도망 간 사건을 明나라에서 문책하는 군사를 일으킬까 두려워하였다. 이에 李仁任과 池奫은 북원과 관계를 맺기 위해 북원의 사신을 영접하려 했으나 정몽주·박상충·김구용 등은 반대로 맞섰다. 이 때의 상소문이 정몽주의 36세 때 올린 유명한 「請勿迎元使疏」이다.

우왕 즉위 초에 명은 중원의 새로운 주인으로서 남북으로 영향력을 확대해 갔으며, 원은 북쪽으로 쫓겨 가 몰락의 길을 걷고 있었다. 고려 조정은 권문세족 중심의 親元派와 신진사대부 중심의 親明派로 나뉘어지게 되었는데, 포은은 親明·反元의 대표적인 인물이다. 「請勿迎元使疏」는 친명파로서의 정몽주의 성격을 뚜렷이 드러내고 있다. 몰락하는 원에 기대어 중원의 새로운 주인으로 떠오른 명에 대항한다는 것은 있을 수 없는 일이었던 것이다. 그는 "천하국가를 다스리는 사람은 반드시 큰 계책을 먼저 정해야 하는 것이니, 큰 계책을 정하지 못하면 인심이 의혹하게 되고, 인심이 의혹하게 되면 백 가지 일의 화근이 된다고 합니다."[56]라 했다. 이는 나라를 다스리기 위해서 통치자는 큰 틀과 방향을 정해야 하며, 그렇지 못할 경우 백성들은 국가 정책에 대해서 의혹을 품고 불안해하여 결국 나라를 파국으로 몰고 가는 화근이 될 수 있다는 말이다. 통치자는 나라를 다스릴 큰 방향과 틀을 가지고서 백성들이 안심하고 살아갈 수 있게 해야 한다고 하는 포은의 이 같은 말 속에서 애민의식과 우국충정을 엿볼 수 있다.

한편, 그는 원·명 교체기라는 일대 역사적 전환기에서 정확하고 냉정한 현실 판단으로 실리외교를 펼침으로써 국가를 보존하고 백성을 편안하게 살게 하려고 노력해야 한다고 주장한다. 여기서도 정몽주의 우국충정을 확인할 수 있다. 그런데 이 글은 내용이 개절한 데다가, 당시 臺諫으로서 재상 李仁任을 論劾한 것을 그냥 둘 수 없다고 하여 대간들을 모두 하옥시키고, 정몽주 역시 彦陽으로 유배가게 되었다.[57] 이때 유배지에서 지은 시가「彦陽九月有懷次柳宗元韻」인데, 그의 절절한 우국정신을 엿볼 수 있다.

나그네 마음 오늘 따라 더욱 처량하여   客心今日轉凄然,
물가에 임하고 산에 오르니 바다 기운 으시시.   臨水登山瘴海邊.
뱃속에 글 있으나 나랏일 그르쳤고   腹裡有書還誤國,
주머니 속에는 연명할 약이 없구나.   囊中無藥可延年.
저문 해 용의 수심 깊은 골에 감춰 있고   龍愁歲暮藏深壑,
개인 가을 학의 기쁨 푸른 하늘에 올라가네.   鶴喜秋晴上碧天.
손수 국화 꺾어 한 잔 술에 취하니   手折菊花聊一醉,
옥과 같은 그 임은 구름 저쪽 멀리 있네.   美人如玉隔雲煙.[58]

나그네의 마음은 오늘따라 더욱 처량하여 瘴氣 낀 바닷가에서 물가에도 가보고 산에도 올라 본다. 공부한 것이 도리어 나라를 망치고 주머니에는 연명할 약조차 없다고 한 것은 많은 독서를 했지만 나라를 바로잡을 방법이 없다는 것을 암시한다. 이 다음 구의 "저문 해 용의 수심 깊은 골에 감춰

---

56) 鄭夢周, 『圃隱集』「請勿迎元使疏」.
57)『高麗史』列傳 30, 鄭夢周.
58) 鄭夢周, 『圃隱集』권2.「彦陽九日有懷 -次柳宗元韻」.

있고, 개인 하늘 학의 기쁨 푸른 하늘에 올라가네"라는 데서 그의 우국정신을 보다 명확하게 읽어낼 수 있다. 한 해도 저물려고 하니 뜻을 펴지 못한 용은 근심스레 깊은 골짜기 속에 몸을 사리어 숨어 있고, 맑게 개인 가을 하늘을 기뻐하는 학은 푸른 하늘로 날아 올라간다고 했다. 여기에서 용과 학을 무엇을 암시하는가? 李睟光은 이를 "당시의 일을 비유한 것"[59]이라고 했다. 아마도 용은 암담한 시대에 살면서 나라 일을 근심하는 왕을 중심으로 한 자신들의 세력을 의미한 것이겠고, 학은 새 시대를 열어갈 이성계를 중심으로 한 신진세력을 의미하는 것으로 짐작된다. 아니면 정몽주 자신은 유배지에서 용이 깊은 골짜기에 움츠리고 있듯이 엎드려 있고, 權臣들은 조정에서 득실거린다는 뜻일 수도 있다. 하지만 이 가운데 어느 것이든지 간에 이 시는 암울한 현실 속에서 작자 자신의 우국정신을 표출한 것이라고 할 수 있다.

정몽주는 明나라에 6차례 使行을 다녀오는데 그의 나이 46세 되던 우왕 8년(1382)에 두 번, 51세 되던 우왕 13년(1387)에 한 번은 요동에서 되돌아오고, 36세 되던 공민왕 21년(1372), 48세 되던 우왕 10년(1384), 50세 되던 우왕 12년(1386)에는 각각 明京까지 다녀왔다.[60] 정몽주의 『圃隱集』에는 이 때 지은 「復州食櫻桃」, 「高郵城」, 「客中自遣」, 「揚州」 등의 시가 실려 있는데, 그 중 몇 수를 들어 그의 우국정신을 살펴보기로 한다.

> 오월이라 遼東 땅 더운 기운 미미할 때　　五月遼東暑氣微,
> 갓 익은 앵두는 낮은 가지 눌러 있네.　　　櫻桃初熟壓低枝.
> 새맛보는 나그네길 애가 끊어지니　　　　嘗新客路還腸斷,
> 우리 임금 사당에 올리지 못함일세.　　　不及吾君薦廟時.[61]

復州는 湖北省에도 있고 遼寧省에도 있는데, 이 시는 요녕성 복주에서

---

59) 李睟光, 『芝峰類說』 권13. "此論時事"
60) 李炳赫, 「性理學과 圃隱의 詩」, 『부산한문학연구』 제9집, 부산한문학회, 1995.
61) 鄭夢周, 『圃隱集』 권1, 「復州食櫻桃」.

지은 것이다. 여기에서 포은은 나그네길에서 보잘것없는 앵두를 먹으면서
도 임금님의 사당에 올리지 못하는 것을 애달파 한다. 나라 일로 이국 땅에
서 외로운 여행을 하고 있으면서도 잠시도 나라 걱정을 떨쳐버리지 못했던
것이다.

천지는 우리들을 용납하지만	天地容吾輩,
세월은 늙은 나를 저버리구나.	光陰負老夫.
비녀는 짧아진 머리터럭 부끄럽고	簪花羞短髮,
환약은 노쇠한 몸 기루어 주네.	丸藥養殘軀.
바람비에 돌아가는 배는 적고	風雨歸舟少,
강호에 나그네 베개 외로워라.	江湖客枕孤.
내내 君父를 위하느라고	終然爲君父,
처자의 생각은 할 수가 없네.	不得念妻孥.62)

위의 시 제목에 나오는 「高郵城」, 「揚州」의 지명들은 모두 지금의 江蘇省
에 있으며, 南京과 그리 멀지 않은 곳에 있다. 「客中自遣」도 이 지역을 지나
면서 지은 것이다. 정몽주가 남경까지 들어간 것은 36세(공민왕 21년,
1372), 48세(우왕 10년, 1384), 50세(우왕 12년, 1386) 때이다. 위의 시는
정몽주가 50세에 남경으로 사신 갔을 때 書狀官 韓尙質이 기록해 온 것이다.
그는 우왕 12년 2월에 출국하여 그 해 7월에 귀국했다. 이 사행에서 歲貢도
면제받고 明나라의 의복제도를 청했으며, 기행시도 남아 있다.63) 나이 50세
이지만 벌써 머리가 빠지고 몸은 노쇠했다고 '短髮', '殘躬'이란 시어를 썼
다. 먼 이국 땅에서 외로운 몸을 이끌고 나라 일에 열중할 뿐, 가정을 생각할
겨를이 없는 老臣의 마음을 읽을 수 있다. 소용돌이치는 국제정세의 격변
속에서 나라를 걱정하는 절절한 심정이 엿보인다. 더욱이 「高郵城」의 "우
러러 천자의 나라 걱정하는 심정을 이해하겠네[仰認聖人憂治世]"라는 구절에
서 볼 수 있는 것처럼, 그의 나라 걱정은 한 시도 떠난 적이 없다. 발해의

---

62) 鄭夢周, 『圃隱集』 권1, 「客中自遣」.
63) 李炳赫, 「성리학과 포은의 시」 p.202.

옛 터를 지나면서 우리의 유민들이 살고 있는 것을 읊은 「渤海古城」를 비롯하여 「太倉九月」이란 시에서도 마찬가지다. 가을 바람 서늘한데 잠을 이루지 못하고 만 리 밖의 고향 생각만 떠오른다. 돌이켜 보면 짧은 인생에 무엇 때문에 남의 나라에 이렇게 돌아다니게 되었는가? 자신에게 물어보지만 이것은 결국 나라를 위한 일이었던 것이다.

이제, 홍건적의 난과 관련된 정몽주의 우국문학을 살펴보기로 한다. 元나라는 成宗 이후 황족들의 왕위다툼과 권신의 전횡으로 재정 궁핍을 초래했고, 順帝 때 이르러서는 무절제한 궁중생활로 재정난이 가속화되었다. 이런 상황은 몽고의 통치 아래에서 저항을 느껴오던 漢族에게 자극을 주어 민족의식을 불러 일으켰다. 그 결과 元 順帝 즉위초(고려 충숙왕 복위 6년, 1337)부터 각 지방에서 요원의 불길처럼 반란이 일어났다. 이러한 소용돌이 속에서 河南 지방에서 일어난 무리들이 소위 紅巾賊이다. 즉, 공민왕 즉위년(1351)에 韓山童 · 劉福通 등이 군사를 일으켜 紅巾으로 표시하고 국호를 스스로 宋이라 했다.

그리하여 홍건적은 2차에 걸쳐 고려에 침입해 왔다. 1차는 공민왕 8년(1359) 12월에 시작되었다. 毛居敬이 4만 명의 군사를 거느리고 침입해 오자, 고려는 守門下侍中 李嵒 등으로 하여금 방어하게 하였다. 이때 安祐 · 金得培 등의 선전은 홍건적을 격퇴하는데 결정적인 구실을 하였다.[64] 그 과정에서 김득배가 죽게 되자 정몽주는 제문을 지어 그를 추모하였는데, 이 글에서 개인적인 정의를 넘어서서 애국 · 우국의 감정이 넘쳐흐르고 있음을 알 수 있다.

> 아, 하늘이여 이 어찌 된 일입니까?
> 듣건대 착한 사람에게 복을 주고 악한 사람에게 화를 내리는 것은
> 하늘의 이치요, 착한 사람에게 상을 주고 악한 사람에게 벌을 주는 것

---

64) 여기에 서술된 내용은 羅鍾宇, 「홍건적과 왜구」, 『한국사-고려후기의 사회와 대외관계-』 20, 국사편찬위원회, 1994에서 도움을 받았다.

은 사람이 하는 일입니다. 하늘과 사람이 비록 다르나 그 이치는 하나
입니다. 옛 사람이 말하기를 '하늘이 정한 것은 사람을 이기고, 사람이
많으면 하늘을 이긴다' 했는데 이것은 또 무슨 이치입니까?

지난 번 홍건적이 침입하여 임금님께서 피난을 떠나시고 국가의 운
명이 매달아 놓은 실오라기처럼 위태로운데 오로지 공께서 앞 나서서
대의를 주창하니 먼 곳 가까운 곳에서 상응하였고, 몸소 만 번 죽을 계
책을 내어 三韓의 왕업을 제자리에 돌려 놓았으니 대체 지금 사람들이
여기서 먹고 여기서 편히 살 수 있는 것은 누구의 공이겠습니까? 비록
죄가 있더라도 그 공로로 이것을 가리면 될 것이요, 설령 죄가 공보다
무겁더라도 그 죄를 승복한 후에 다스려도 좋을 것인데 어찌하여 전쟁
에서 싸우던 말의 땀도 아직 마르지 않고 개선의 노래도 아직 끝나지
않았는데 태산 같은 공로로 도리어 칼날의 피에 물들게 했습니까? 이
것이 내가 피눈물로 하늘에 묻는 까닭입니다. 그 충성스럽고 장한 혼백
이 千秋萬歲에 구천 아래에서 피를 마시며 비통해 할 것입니다.

아, 운명이로다. 어찌하며 또 어찌하겠습니까?[65]

이 제문의 우국정신을 정확히 읽어내기 위해서는 金得培(1312~1362)에
대하여 조금 더 살펴볼 필요가 있다. 공민왕 8년(1359) 홍건적의 제1차 침입
때 여러 고을을 빼앗겼지만 김득배는 끝까지 분전하여 잃었던 땅을 수복했
으며, 홍건적을 압록강 이북으로 몰아내고 政堂文學에까지 올랐다. 그리고
제2차(공민왕 11년, 1361) 침입 때 홍건적 20만 명이 또 압록강을 건너
朔州・泥城 등지를 침입하자 그는 西北面都兵馬使가 되어 이를 방어했으나
安州에서 크게 패해 開京까지 함락되기에 이르렀다.

이에 공민왕은 11월에 남쪽으로 피난을 떠나 12월에 福州(지금의 安東)에

---

65) 鄭夢周, 『圃隱集』 권3, 「祭金得培文」 "嗚呼皇天, 此何人哉! 蓋聞, 福善禍淫者, 天也, 賞
善罰惡者, 人也. 天人雖殊, 其理則一, 古人有言曰, '天定勝人, 人衆勝天', 亦何理也? 往者
紅寇闌入, 乘輿播越, 國家之命, 危如懸綫, 惟公, 首倡大義, 遠近響應, 身出萬死之計, 克復
三韓之業, 凡今之人, 食於斯, 寢於斯, 伊誰之功歟? 雖有其罪, 以功掩之可也, 罪重於功, 必
使歸服其罪然後, 討之可也, 奈何汗馬未乾, 凱歌未罷, 遽使泰山之功, 轉爲鋒刃之血歟? 此
吾所以泣血而問於天者也. 吾知其忠魂壯魄, 千秋萬歲, 必飲血於九泉之下. 嗚呼命也. 如之
何, 如之何?"

이르렀다. 이때 개성에 들어 온 홍건적은 약 2개월 동안 살상과 약탈을 자행했다. 다음 해 봄 鄭世雲이 摠兵官이 되어 安祐・李芳實・金得培・崔 瑩・李成桂 등과 함께 20만의 정예 대군을 거느리고 10만여 명의 적을 죽이고 開京을 수복했다. 이 때 정세운과 권력다툼을 하던 재상 金鏞은 정세운・안우 등이 홍건적을 격퇴하고 공을 세우자 이를 시기하여 위계를 썼다. 임금의 명령이 이렇다고 편지를 써서 조카 金琳으로 하여금 개성에 가서 안우 등을 꾀어 정세운을 죽이게 했던 것이다. 김득배는 이에 반대했으나 안우는 김용의 편지는 바로 공민왕의 명령이라고 주장하고 연회를 베풀어 그 자리에서 정세운을 죽였다. 이 소식을 들은 공민왕은 사람을 보내어 장군들을 복주로 오게 하니 안우도 명령대로 복주에 와서 임금의 처소로 들어가는 중, 中門에서 김용의 앞잡이한테 主將을 죽였다는 죄명으로 죽음을 당했다. 김용은 자신의 모략이 탄로날 것을 두려워하여 조카 김임마저도 죽이고, 이어서 이방실・김득배도 죽이려 하니 김득배는 上陽縣에 숨었다가 체포되어 尙州에서 梟首되기에 이른다.

이 때 정몽주의 나이 26세였고, 이 해 2월 공민왕은 복주에서 尙州로 옮겼다. 정몽주의『年譜』에는 "이 달에 金元帥得培가 안우・이방실 등과 홍건적을 크게 격파하고 개경을 수복했으나 도리어 賊臣 金鏞에게 살해당해 尙州에서 효수되었는데, 이를 보는 사람마다 탄식하고 슬퍼하지 않는 이가 없었다. 이에 선생(정몽주)은 스스로 김득배의 門生이라고 하여 공민왕에게 청해 시신을 거두어 장사하고 제문을 지어 제사지냈다."고 되어 있다. 당시에 권신들이 마음대로 공신을 죽여도 공민왕은 그 내용마저 상세히 알지도 못했던 것이다. 그런데 정몽주는 위험을 무릅쓰고 시신을 거두고 제사를 지냈다. 그런 만큼, 「제김득배문」에는 구구절절 우국충정이 가득 깃들어 있다. 또는 福善禍淫의 天道와 賞善罰惡의 사회정의에 대한 소박한 신뢰가 송두리째 흔들리는 모순 덩어리의 현실에 대한 젊은 포은의 울분이 그대로 드러나 있기도 하다. 司馬遷이『史記』「열전」에서 백이・숙제의 열

전을 첫머리에 두고, 선인인 백이·숙제가 결국 굶어 죽게 된 것에 대해
이른바 天道란 도대체 무엇인지를 심각하게 묻고 있듯이, 김득배의 억울한
죽음에 대해 포은도 피눈물로 하늘에 묻고 있다. 그러나 포은은 단순히 福善
禍淫의 천도에 대해 회의만 하고 있지는 않았다. 그는 사회 정의란 결국
현실과 역사를 통해 인간이 성취할 수밖에 없다는 자각을 하고 있다. 김득배
의 충혼 장백이 영원히 생생하게 살아서 그 정의의 실현을 기다릴 것이란
말은 현실과 역사 속에서 정의가 반드시 실현되어야 한다는 포은의 굳은
신념을 보여주고 있는 것임에 틀림없다.

한편 포은은 인재를 함부로 죽이는 것에 대해서도 신랄하게 비판하고
있다. '지난 번 홍건적이 침입하여 임금님께서 피난을 떠나시고 국가의 운명
이 매달아 놓은 실오라기처럼 위태로운데 오로지 공께서 앞 나서서 대의를
주창하니 먼 곳 가까운 곳에서 상응하였고 몸소 만 번 죽을 계책을 내어
三韓의 왕업을 제자리에 돌려놓았으니 대체 지금 사람들이 여기서 잘 먹고
여기서 편히 살 수 있는 것은 누구의 공이겠는가? 비록 죄가 있더라도 그
공로로 이것을 가리면 될 것이요, 설령 죄가 공보다 무겁더라도 그 죄를
승복한 후에 다스려도 좋을 것인데 어찌하여 전쟁에서 싸우던 말의 땀도
아직 마르지 않고 개선의 노래도 아직 끝나지 않았는데 태산 같은 공로로
도리어 칼날의 피에 물들게 했는가?'66)라는 대목이 그것이다. 국가의 운명
이 위급했을 때 나라를 위기에서 구한 인물을 너무나 쉽게 죽인데 대한
포은의 격렬한 분노가 터져 나오고 있다. 나라를 위하는 것이 무엇인가?
인재를 아껴 나라를 외세의 침략으로부터 보호하여 사직을 보존하고 백성
이 편안하게 살게 하는 것이 아닌가? 포은의 우국충정이 구절구절 맺혀
있는 것 같다.

다음은 왜구에 대한 대처에서 드러난 정몽주의 우국정신을 살펴보기로
한다. 정몽주는 41세(우왕 3년, 1377) 되던 해 3월에 彦陽 유배지에서 풀려

---

66) 鄭夢周, 『圃隱集』 권3, 「祭金得培文」.

나 開京으로 돌아왔고, 그 해 9월 일본으로 사행을 떠나게 되었다. 고려시대의 왜구침입은 고종 10년(1223) 5월에 金州(지금의 金海)를 침입한 것으로부터 시작하여, 이후 공양왕 4년(1392)까지 169년간 519회의 침입이 있었다. 더욱이 왜구가 창궐하기 시작한 충정왕 2년(1350)부터는 42년 동안 506회로 연 평균 12회나 되며, 왜구가 가장 많이 침입했던 우왕 연간에는 연평균 27회나 된다. 특히, 우왕 9년(1383)에는 50회로 월 평균 4회가 넘는다.[67] 왜구는 米穀을 노려 주로 곡창지대인 충청・전라・경상도 소위 三南地方에 집중하여 침입하였던 것이다.

고려는 우왕 1년(1375) 羅興儒를 九州 博多(覇家台)에 보내어 화친할 것을 제의했으나 도리어 島主에게 감금당하여 거의 굶어죽게 되었다가 겨우 생환하기도 했다. 이에 우왕 3년 정몽주는 왜구문제를 해결하기 위해 일본으로 가게 되었다. 그것도 「請勿迎元使疏」를 올린 일에 원한을 품은 李仁任, 池奫 등의 권신들이 정몽주를 고의로 보냈던 것이다. 사람들은 모두 위험한 길이라 염려했으나 정몽주는 난색을 표하지 않고 떠나 왜구문제의 외교적 해결에 전력하였다. 그 결과, 다음 해(1378년) 7월에 九州節度使 源了浚은 周孟仁을 시켜 정몽주와 함께 고려에 報聘토록 하고, 對馬・壹岐・松浦 등 三島에 명령을 내려 고려에 침략하지 말도록 하였으며 尹明・安遇世 등 수백 명을 돌려보냈다.

정몽주가 41세(우왕 3년, 1377) 되던 해에 일본에서 지은 「洪武丁巳奉使日本作」이란 시가 있다. 이 시의 제2수 끝에서 정몽주는 "나라에 보답한 공로는 없고 몸만 이미 병들었으니, 자연으로 돌아가 늙는 것만 못하리라.[報國無功身已病 不如歸去老烟波]"고 했다. 일본에 사신으로 가서도 언제나 나라에 보답할 것을 걱정한 것을 볼 수 있는 대목이다. 뿐만 아니라 제6수에서는 "눈에는 시절을 느껴 눈물이 쉬이 흐르고, 몸은 나라 위해 遠遊가 잦았구나.[眼爲感時垂泣易 身因許國遠遊頻]"라 읊고 있으며, 제10수에서는 "나

---

67) 羅鍾宇, 앞의 논문 참조.

라에 바친 〔마〕음 괴롭기만 하여, 시절을 느껴 두 눈에 눈물이 지네.[許國寸心苦 感時雙〔淚揮〕"[68] 라는 구절에 자신의 심경을 토로하기도 했다. 이국 땅의 외로움 속에서도 우국 일념으로 가득 찬 것을 알 수 있다. 특히, 정몽주는 '報國', 또는 '輔國'이란 시어를 자주 사용한다. 이런 우국정신은「金海山城記」[69]에서도 잘 나타난다. 김해성을 쌓은 朴葳는 우왕 때 김해 부사가 되었고, 경상도 都巡問使가 되어 戰艦 100여 척을 끌고 對馬島를 쳐서 크게 승리를 거둔 적이 있었다. 또 조선 초기에 參贊門下府事를 거쳐 楊廣道節度使가 되어 왜구를 물리친 적도 있다. 그는 왜구의 정세에 밝은 사람으로 김해성을 쌓은 것이다. 정몽주는 이 글을 통해, 왜구를 쳐서 멸망시키는 것보다는 사전에 성을 쌓아 미리 대비해야 한다고 역설했다. 그리고 북방의 契丹·金·元의 방비와 함께 남쪽의 왜구 대비의 중요성에 대해서도 역설하고 있다. 정몽주의「金海山城記」야말로 그의 국방정책과 우국정신을 담은 대표적인 산문문학이라고 할 수 있다.

Ⅳ. 結 語

영남은 한국문화의 발상지라 해도 과언이 아닐 정도로 중요한 비중을 갖는다. 삼국을 통일하고 신라문화를 꽃피운 곳도 영남이요, 고려 역시 신라를 계승하였기에 영남문화의 성격과 관계가 깊다. 또한 조선조 건국 초에는 '영남이 반조정'이라고 할 정도로 영남 출신의 중앙 관계 진출이 많았다. 그 후, 退溪와 南冥이 탄생한 관계로 영남을 鄒魯之鄕이라 일컫고, 학문의 갈래에서도 영남학파란 말이 쓰인다. 이는 우리 문화에서 영남이 차지하는 막중한 비중을 실감케 하는 사례임에 틀림없다. 그런 점에서 영남 한문학에

---

68)『圃隱集』권1.「洪武丁巳奉使日本作」. "報國無功身己病, 不如歸去老烟波. … 眼爲感時垂泣易, 身因許國遠 遊頻. … 許國寸心苦, 感時雙淚揮."

69) 鄭夢周,『圃隱集』권3.

서 우국정신을 찾아보는 작업은 큰 의의가 있다 하겠다.

　그러면, 이상에서 논의한 내용을 요약하여 결론을 대신하기로 한다. 먼저 신라 한문학에 나타난 우국문학의 濫觴과 육두품문인의 우국정신을 밝혔다. 물론 삼국시대 초기에는 문학작품이 거의 남아 있지 않아 그 사례를 찾기 어렵다. 그런 가운데 신라 眞平王 때 智證王의 曾孫인 金后稷의「諫田獵文」은 諫爭文인 동시에 우국문학의 남상으로 평가할 수 있다. 간쟁문에는 직설적으로 간쟁하는 直諫文과 우회적으로 간쟁하는 諷諫文이 있는데「간전렵문」은 전자에 해당한다. 이 글에는 죽어서까지도 나라를 걱정하는 김후직의 우국정신이 담겨 있다. 한편, 神文王代에 지어진「花王戒」역시 諷諫文學으로, 이 글 또한 나라를 걱정하는 薛聰의 우국정신에서 비롯된 작품이다. 간사한 자를 멀리하고 어진 자를 가까이해야 한다는 점을 꽃의 의인화를 통해 일깨우고 있는「화왕계」는「전간렵문」과 함께 우리 한문학사에서 우국문학의 효시가 될 것이다.

　다음으로 신라 육두품 문인과 渡唐留學生들의 우국문학을 살폈다. 신라 말기에 이르면 고대적인 신분체제인 骨品制가 붕괴하고 새로운 체제가 싹튼다. 이때 주목을 끄는 것이 바로 육두품 지식인의 동향과 도당유학생들의 활동이다. 육두품 지식인들은 주로 당나라에 유학을 갔는데, 이들은 골품제에 대해 강한 비판의식을 품고 있었다. 그같은 육두품 지식인들은 당나라에서 능력 본위의 科擧制度와 유교적인 정치이념을 배우고 돌아온 뒤, 국내의 제반 모순에 보다 눈길을 돌리게 되었다. 그러한 육두품 지식인의 현실 인식이 가시적으로 나타난 사례가 바로 王居仁의 時政 비판이라 할 수 있다. 옥에 갇혀 있을 때 지은 그의 시는 자신의 억울함에 대해서 호소하고 있는 것처럼 보이지만, 그같은 행위는 우국정신에서 나온 것이다. 하지만 육두품 지식인을 대변하는 최치원의 작품에서 보다 뚜렷한 우국문학의 모습을 찾을 수 있다. 최치원의 정치관은 기본적으로 유교적이기 때문에 우국정신이 담긴 내용이 곳곳에 산재해 있다.「江南女」와 같은 작품에서는 놀고먹는 여인과 노력하는 여인을 대비시켜 遊民이 없어야겠다는 견해를 보인다. 또 귀국하면서 지은 시 가운데서 "가문만의 영광이랴 나라의 영광이네"라 읊고 있듯, 열두 살 어린 나이에 유학을 떠났지만 지극한 애국심을 잠시도 잊지 않고 있었던 것이다. 한편 그는 진성여왕 8년(894)에 「時務十餘條」를 올렸는데, 현재는 전하지 않아 구체적인 내용은 알 수 없다. 하지만, 기울어가는 나라를 일으켜 세우기 위한 최치원의 개혁적인 정치적・사회적인 방안이 담겼을 것임에는 분명하다. 최치원의 이같은 건의는 진성여왕 2년(888) 왕거인 사건이 있은 지 6년 후의 일이다. 그리고 최치원의 우국정신을 이어받은 손자 崔承老는 고려 성종 1년(982)에 「時務 28條」를 올렸으니, 이는 모두 우국문학의 정신을 계승한 것이라 할 수 있다.

한편, 고려 한문학의 우국정신은 대륙의 정세변동과 고려 내부의 모순이 격화되었던 고려말기에 집중되어 있다. 李齊賢, 安軸, 李穡, 鄭夢周 등 신진사대부들은 체제모순의 근거였던 권문세족을 비판하면서 우국적인 정조를 문학작품 속에 형상화하였다. 이제현은 "글자를 아는 수령은 백 명에 두셋뿐, 법률 농간함을 소경 같이 보고 있네."라고 하면서 "누구라서 우리 임금 時務를 덜어드릴까?"하고 걱정한다. 또한 비슷한 시기에 활동하던 안축은 江陵道 存撫使의 직임을 맡아 관동지방에 머물면서 일련의 시를 지었는데, 그 가운데 고통받고 있는 백성의 참상과 이를 구제하지 못하는 자신의 처지를 안타까워하는 심경을 절절하게 담아내고 있는 작품이 상당수를 차지한다. 그 점은 이색 역시 다르지 않다. 경남 梁山의 수령으로 떠나는 任使君에게 주는 「梁州謠 寄梁州任使君」에서 백성들의 고난에 찬 삶의 모습과 아전들의 수탈상 등을 폭로하는 한편 任使君의 선정을 기대하고 있었다.

뿐만 아니라 대외적인 위기를 극복하는 과정 속에서도 우국문학을 찾을 수 있었다. 고려말은 몽고의 지배, 元・明의 교체, 홍건적과 왜구의 침입 등 國難의 연속이라 해도 과언이 아니다. 이제현의 경우, 충선왕이 귀양갔을 때 지은 일련의 시편과 征東省의 설치에 반대한 「在大都 上中書 都堂書」는 우국적 의식으로 가득 찬 작품으로 주목할 만하다. 또한 정몽주의 경우, 北元이 몰락해 가고 신흥국가인 明이 등장하자 「請勿迎元使疏」를 올렸다가 귀양을 가게 되었는가 하면 여기서 풀려나자 일본으로 사신을 가게 되었다. 또한 明나라에도 사신을 가게 되었는데, 두 나라의 사행길에서 남긴 시편들에 그의 우국정신이 절절하게 담겨 있다. 그런가 하면 홍건적을 물리친 金得培가 권신의 모함으로 죽임을 당하자 「祭金得培文」을 지어 정의가 행해지지 못하는 억울함을 토로하기도 했다. 뿐만 아니라 왜구의 침략을 미연에 방지해야 한다는 「金海山城記」를 짓기도 하였으니, 이 역시 우국정신을 표출한 문학이다.

지금까지 나려시대 영남 한문학에 나타난 우국정신을 살펴보았다. 신라 한문학의 우국정신은 諫爭文에서 濫觴하여 육두품 지식인 문인들에게서 크게 발전하였음을 보았다. 그리고 고려말 사대부의 우국문학은 대내적으로는 체제의 모순을 다루고 있는 것, 대외적으로는 외적의 침입으로 인한 위기극복을 다루고 있는 것으로 나누어 볼 수 있었다. 둘 모두 구국의 문학 정신에 바탕을 두고 창작된 것이기 때문이다. 본 연구는 자료의 빈곤으로 인해 지역문학으로서 갖는 가치보다는 영남지역 출신들의 문학에 나타난 우국정신을 중심으로 살폈다. 그리하여 타지역의 한문학에 나타난 우국정신과 변별되는 요인까지 구명하지 못했다. 이 점, 앞으로의 과제로 남겨둔다. 하지만 영남 지역 출신들에 초점을 맞추어 살핀 우국정신과 그 문학적 실천은 우리 민족의 정신적인 지주로서만이 아니라 어려운 현실을 타개해 나가는 삶에 지표가 될 것이다.

<『慕山學報』 제12집, 2000.>

高麗末 性理學者의 系譜에 대하여

I. 序言

　고려말 성리학에 대해서는 사상·역사·문학 등 각 방면에서 많은 연구 성과를 거두었다. 더욱이 고려말 조선초의 성리학 수용·전개와 학파의 형성에 대해서는 일찍부터 논의되어 왔고, 필자도 『고려말 성리학 수용기의 한시연구』를 비롯하여 다른 글에서도 누차 언급한 적이 있다.[1] 따라서 지금 와서 고려말의 성리학에 대한 논의는 진부한 것처럼 느껴지기도 한다.

　그러나 이에 대한 연구는 주로 安珦, 白頤正, 李齊賢 및 소위 麗末 三隱에만 집중된 감이 없지 않다. 이들을 중심으로 고려말 성리학자들이 한 그룹을 형성하고 있었지만 이 몇 사람의 연구만으로는 여말 선초의 문학사상 내지 문학을 연구하는 데는 한계가 있다. 당시에 성리학적인 문학사상이 널리 확산되지 못했다는 주장도 있기는 하지만, 이 시대를 주도해 가던 지식층의

---

1) 고려말 성리학 수용에 대하여 몇 가지 연구업적을 들면 다음과 같다.
　金忠烈, 「麗末 性理學의 輸入과 形成過程」, 『高麗儒學史』, 고려대학교 출판부, 1987.
　文暻鉉, 「麗末 性理學派의 形成」, 『韓國의 哲學』 제9호, 경북대학교 퇴계학연구소, 1980.
　李完栽, 「性理學派의 形成」, 『한국의 철학』 제10호, 경북대학교 퇴계학 연구소, 1982.
　朴天植, 「麗末·鮮初의 朱子學의 傳來와 受容」, 『群山敎育大學論文集』 제8집, 1975.
　李炳赫, 『高麗末 性理學 受容期의 漢詩 硏究』, 太學社, 1989.
　邊東明, 『高麗後期性理學受容硏究』, 一潮閣, 1995.
　李源明, 『高麗時代性理學受容硏究』, 國學資料院, 1997.
　申千湜, 『牧隱李穡의 學問과 學派』, 一潮閣, 1998.
　高惠玲, 『高麗後期士大夫와 性理學受容』, 一潮閣, 2001.

문학을 이해하려면 당시 사상계의 새로운 조류였던 성리학적인 분위기를
이해하지 않고는 불가능하다.

성리학을 받아들인 양대 산맥이 안향과 백이정이라는 것은 이미 알려진
바이다. 하지만 이들의 門人들의 활동에 대해서는 아직 완전히 밝혀내지
못하고 있는 실정이다. 본 논문에서는 안향과 백이정의 門徒 중에서 성리학
적인 행적만 간추려 그 계보를 살펴 이들의 그룹을 파악하고 다시 이들의
學緣과 交遊關係를 살펴보기로 한다.

Ⅱ. 麗末 性理學者의 師承과 系譜

1. 安珦의 門徒

權　溥(1262~1346) : 권부는『孝行錄』을 편찬한 朱子學者로 널리 알려
진 분이다. 그는 安東 權氏로 字는 齊萬이요, 號는 菊齋이며, 시호는 文正公
이다. 고려 忠烈王 5년에 18세의 나이로 급제하여 벼슬이 僉議政丞 永嘉府
院君이 되었다. 性品이 효성스러운 데다가 평소에 독서하기를 좋아했다.
일찍이『朱子四書集註』를 간행하기를 청했으므로 東方의 性理學이 權溥로
부터 시작되었다고 할 정도로 朱子學에 관심이 많았던 사람이다. 李穡은
그를 가리켜 文章과 道德이 한 시대에 우두머리가 되었다고 했다.[2] 그는
九封君이라는 좋은 문벌의 출신이며 당시에 영향력도 컸다. 權昍, 權溥, 權
準 등 三代로 연이어 知貢擧를 맡아, 온 나라 사람들이 우러러보는 집안이었
다. 그의 아버지인 權昍이 考試官으로 權漢功, 金元祥, 崔誠之, 蔡洪哲, 白頤
正과 같은 유명한 인물을 배출한 것도 권부의 활동에 영향이 적지 않았을
것이다.[3] 특히 성리학 전래자인 백이정이 그 아버지의 門生이라는 것은

---

2) 李穡,「重大匡玄福君權公墓誌銘」,『牧隱文稿』卷16. "僉議贊成事, 菊齋先生諱溥, 位冢宰,
　　文章道德, 冠一時."

의미가 크다. 權溥와 백이정과는 마치 형제간과 같은 서열이기 때문이다. 그의 門人으로 李穀(稼亭), 李仁復(樵隱), 白文寶(澹菴), 그리고 사위인 李齊賢(益齋) 등이 있다. 이와 같은 계보는 고려말 사상계의 맥을 파악하는 데 중요한 시사점이 된다.

　禹 倬(1263～1342) : 우탁은 특히 『易學』에 조예가 깊은 性理學者이다. 그는 丹山 禹氏로 字는 卓夫요, 號는 易東이며, 시호는 文僖公이다. 급제하여 벼슬이 成均祭酒가 되었다. 그는 經・史에 정통하고 특히 『易學』에 깊었으며, 卜筮에도 밝았다. 程頤의 『周易傳』이 처음으로 고려에 전해왔을 때, 아무도 그 뜻을 아는 사람이 없었는데 禹倬이 문을 닫고 한 달 남짓 연구하여 그것을 해독하여 생도들에게 가르치니 우리 나라 理學이 처음으로 행하게 되었다고 한다.[4]

　이는 正史에서 언급된 것이지만 『晦軒先生實記』에서는 超人的으로 설명되어 있다. 즉 그가 元나라에 들어가서 『周易』 보기를 청하니, 元帝가 "어찌 易理를 통할 수 있겠는가" 하면서 책을 꺼내어 주므로 玉河關에 이르러 三日만에 그 뜻을 환히 통했다. 元帝가 이것을 보고 "우리의 『周易』이 동쪽 고려로 갔다" 고 하면서 '易東'이란 호까지 지어주었다고 한다. 그가 고려로 돌아와서 그 『周易』을 외워 써서 간행했는데, 후일 『周易』原本과 대조해 보니 '而' 한 글자만 빠졌을 뿐이라고 한다.[5]

　이는 신빙성 여하를 떠나서 그의 『周易』에 대한 학문적인 깊이를 말해 준 것으로 볼 수 있다. 역시 이 글에서 申欽은 그를 가리켜 理學을 처음으로 창도하여 端確하고 精專함이 실로 圃隱보다 낫다고 했다는 말을 인용하고

---

3) 『高麗史列傳 第20・權咀』.
4) 『高麗史列傳 第22・禹倬』.
5) 『晦軒先生實記・門人錄 禹倬』 "入元國, 願見周易, 帝曰 '何達易理乎?' 因以出給, 至玉河關, 三日之間, 無不通知. 帝曰 '吾易東矣.' 因賜號易東, 返國, 誦易刊行, 後考易本, 則一而字見漏矣. 曰吾今日, 不負先生之遺敎矣. … 程頤初來, 人無知者, 閉門參究月餘乃解, 敎授生徒, 義理之學始行, 申象村欽, 謂首倡理學, 端確精專, 實優圃隱云."

있다.6) 또 '李太祖 褒典'에서는 '東方理學의 元祖'라고 했다는 표현까지 보인다.

白頤正(1247~1323) : 백이정의 성리학 전래는 너무나 널리 알려졌기 때문에 더 언급할 필요가 없다. 다만 그가 성리학을 전해왔을 때 제일 먼저 師受한 사람이 李齊賢, 朴忠佐였다는 점은 주목할 만한 사실이다.

李 瑱(1244~1321) : 이진은 이제현의 아버지이다. 그는 慶州 李氏로 字는 溫古요, 호는 東菴이며, 시호는 文定公이다. 어릴 때부터 學問을 좋아하여 百家를 널리 통하고 시를 잘 짓는다는 명성이 높았다. 忠烈王이 詩賦로 文臣을 시험하여 9명을 뽑았는데 이진이 여기에 2등으로 합격했다. 안향이 그를 經史敎授로 추천한 일이 있고, 그도 후일 안향을 추모한 시가 있다. 이를 보면 이진과 안향은 가까운 사제간이었던 것을 알 수 있다.

李兆年(1269~1343) : 이조년은 星山 李氏로 字는 元老이고, 호는 梅雲堂이며, 시호는 文烈公이다.『高麗史・李兆年 列傳』에 상당히 길게 서술되어 있으나 性理學에 대한 언급은 없다. 다만 堅確하고 敢言하기를 꺼리지 않았다는 사실만을 부각시키고 있다. 그가 宮中에 들어가서 임금을 알현할 때마다 임금은 그의 걸음걸이 소리만 듣고도 "이조년이 온다."하고 옆에 모시는 사람들을 물리치고 얼굴을 단정히 하고 그를 맞았다고 한다. 이는 그의 주자학적인 실천윤리를 강조한 것으로 짐작된다.

辛 蕆(? ~1339) : 신천에 대한 상세한 기록은 찾을 수 없고,『晦軒先生

6) 李象靖,「尙賢錄序文」"所以抽關啓秘, 以開東方理學之淵源者, 實肇於先生不可誣也."
　•『朝鮮王朝實錄・太祖實錄』,『禹倬先生의 思想과 易東書院의 歷史』, 安東大學校, 1992 에서 重引. "太祖朝敎曰, '祭酒禹倬, 道學精明, 爲東方理學之祖, 至孫玄寶, 能繼乃祖.'"
　•『朝鮮王朝實錄・太宗實錄』, 위의 책에서 重引. "太宗朝敎曰, '易傳, 斯文之祖宗, 而斯人, 講解易傳, 理學始倡, 館學儒道之最先, 而斯人, 議立館學, 道學始明, 不可無功."
　•『耕隱田祖生年譜』, 위의 책에서 重引. "忠穆王二年丙戌, 與李齊賢・李穀等, 撰定編年綱目, 是時從祭酒禹倬, 講明程朱性理之學."
　•『埜隱田貴生遺稿』, 위의 책에서 重引. "恭愍王十六年丁未, 圃隱公, 及惕若齋金公, 與太學儒生, 上疏以爲先生, 與禹祭酒, 皆講明程朱性理之學, 實爲東方士林之宗."

實記』에 그는 靈山 辛氏로 호는 德齋이며, 벼슬이 判密直司事라는 것만 기록되어 있다. 그러나 吉昌君 權準과 密直 朴遠이 知貢擧가 되고, 그가 監試가 되어 19세(1327) 되는 李仁復을 선발한 것을 보면[7] 그의 학문적인 위상을 알 수 있다.

李 晟(1251~1325) : 이성은 潭陽 李氏로 벼슬이 典書이다. 弱冠에 급제하였으나 벼슬길에 나가기를 힘쓰지 아니하고 聖賢의 책을 연구하면서 평생을 보내려는 것을 안향이 經史教授로 추천했다. 후에 벼슬을 버리고 시골로 돌아가서 손에 책을 놓지 않을 정도로 열심히 공부했다. 그가 간 곳마다 공부하는 사람이 구름처럼 모여들어 당시 사람들은 그를 가리켜 '五經 상자'라고 했다.[8]

尹宣佐(1265~1343) : 윤선좌 역시『高麗史・列傳』第22에 많은 행적이 서술되어 있다. 그는 坡平 尹氏로 자는 淳叟이다. 나면서부터 재주가 뛰어나서 7세에 글을 지을 수 있었다. 忠烈王朝에 장원급제하여 벼슬이 典書가 되었다. 忠肅王 때에 尹莘傑, 白元恒과 함께『資治通鑑』을 進講했다. 이 무렵에 瀋王 暠가 元나라 英宗에게 사랑을 받아 충숙왕을 무고하여 왕위를 빼앗으려 했다. 權漢功, 蔡洪哲 等이 驪興君 閔漬와 永陽君 趙瑚 등을 맞이하여 暠를 세울 것을 모의하여 百官을 慈雲寺에 모으고 元나라의 中書省에 올리는 文書에 署名하기를 독촉하니 윤선좌는 "나는 우리 임금의 잘못도 알지 못하고 신하로서 임금을 참소하는 것은 개・돼지도 하지 않는다."하고 침을 뱉고 나가자 다른 사람들도 서명하지 않았다고 한다.[9] 이 사실을『高麗

7) 李穡,「文忠公樵隱先生李公墓誌銘」,『牧隱文稿』卷15. "先生年十九, 判書辛蔵監試, 吉昌君權公準, 密直朴公遠, 知貢擧."
8)『高麗史・列傳 第22・李晟』.
9) 忠宣王이 元에 있을 때 瀋王에 봉해졌으나, 그의 조카 延安君 暠(忠烈王의 庶子인 江陽公 滋 의 아들)를 世子(養子)로 삼아 瀋王의 位를 그에게 傳하고 자신은 太尉王이라 자칭하고 元나라에 머물러 있었다. 한편 忠宣王의 둘째 아들 燾가 忠肅王이 되고, 충숙왕의 장자 禎이 忠惠王이 되었는데, 曹頔이 瀋王 暠를 王으로 옹립하려고 고려 사람의 서명을 받아 元의 中書省에 올려 충숙왕을 비난하고, 후일 또 충혜왕의 왕궁을 습격한

史』에서 길게 묘사한 것은 그의 朱子學的인 名分論을 강조한 것이라고 할 수 있다. 그가 歌舞戲謔을 하지 아니했다는 것, 일반 교유를 삼갔다는 것, 남에게 응락을 신중히 했다는 것, 한가히 거처할 때도 항상 손님을 대하듯이 조심했다는 것, 오직 經・史를 즐겼다는 것 등은 모두 주자학적인 사상 경향을 말한 것이라 할 수 있다.

尹安庇:『晦軒先生實記』에 坡平 尹氏로 장원급제하여 벼슬이 '代言'이 되었다고만 나와 있다.

徐 禋: 서인 역시『晦軒先生實記』에 利川 徐氏로 벼슬이 '執義'라고만 기록되어 있다.

許 冠: 허관은『晦軒先生實記』에 陽川 許氏로 中贊벼슬을 한 許珙의 손자로 급제하여 벼슬이 版圖佐郎이라고만 기록되어 있다. 그리고『고려사』에서는「許珙列傳」의 附傳으로 나와 있는데 허공의 아들로 기록되어 있고 성리학적인 행적은 보이지 않는다.

위에서 安珦의 門人錄을 중심으로 안향 문인의 11명을 대충 살펴보았다. 이들은 모두 이 시대를 대변하는 인물들이다.『安子年譜』의 安珦 62세조에 의히면 안향은 당시에 風俗이 불교를 숭상하고 선비들우 학문을 알지 못하는 것을 통탄하여 날마다 門人 權溥(菊齋), 禹倬(易東), 李瑱(東菴), 李兆年(梅雲堂), 白頤正(彝齋), 辛蔵(德齋) 諸賢 등과 義理를 강론하고 正學을 창도하여 밝히니 당시 사람들이 이들을 가리켜 '六君子'라 했다고 한다. 또 이 글에 주석을 붙여 안향이 태어난 해와 朱子가 별세한 해는 겨우 43년이고 이 때 우리나라 사람들은 중국에 朱子의 학문이 있다는 것도 알지 못했을 때인데도 안향이 원나라에서 이 책을 보고 이것이 공자의 正傳인 것을 알고 손수 써서 돌아왔다고 했다. 이로부터 우리 나라 사람들은 처음으로 주자의 학문을 알게 되었다. 이어 그 門人 權溥가『四書集註』를 간행하고, 禹倬이

사건이 있었다.

『周易傳義』를 전했으며, 그 후 30년에 圃隱이 이 글을 강론해 밝혀 조선조의
文治의 運을 열었고 학자들은 한결같이 朱子를 표준으로 삼았다고 한다.
더 나아가서는 益齋와 圃隱은 모두 그 餘波에 젖은 사람이라고 했다. 이
기록들은 모두 안향을 추존하기 위해서 만든 것이기 때문에 안향 중심으로
기록할 수밖에 없었겠지만, 그렇다고 이 기록을 전적으로 부인할 수도 없을
것이다. 안향 이후 성리학적인 분위기를 짐작하기에 충분하다.

2. 白頤正의 門徒

다음은 백이정의 문도를 살펴보기로 한다. 백이정은 안향보다 4세 아래이
다. 안향(1243~1306)은 64세까지 살았지만, 백이정(1247~1323)은 77세
까지 살았고[10], 보다 본격적으로 程朱學을 받아들였다. 그런데도 陸贄에
대한 논의는 高宗朝에서야 藍蒲鄕校에서 일어났고 그것도 실패로 끝났다.
여기에는 반드시 무슨 곡절이 있었을 것이나 알 길이 없다. 본고에서는『彝
齋實記』을 중심으로 그 門徒들의 활동 사항을 살펴보기로 한다.

朴忠佐(1287~1349) : 박충좌는 백이정이 程·朱學을 처음으로 배워서
돌아오자 제일 먼저 師受했다고 한다. 그래서 백이정의 門人錄에 첫 번째로
기록되어 있으며,『高麗史·列傳』에도 立傳되어 있다. 그는 어릴 때부터
학문을 좋아했으며 문과에 급제하여 全羅道按察使, 監察持平, 密直提學, 開
城尹, 贊成事 判三司事를 역임했고, 咸陽府院君이 되었으며, 시호는 文齊公
이다. 성품이 온후 검약했고, 특히 "『周易』읽기를 좋아하여 늙어서도 그치
지 않았다."고 한다.[11] 그가 별세 후 '易東書院'에 봉향한 것을 보면 禹倬과
같은 학맥인 것을 알 수 있다. 즉 禹倬을 모신 서원에 함께 봉향한다는
것은 학문의 경향이 유사하다는 것을 의미한다. 이는 철학서인『주역』과
성리학에 대한 깊은 관심 때문일 것이다.

---

10) 백이정의 생존 연대는 그의 행장에 근거한 것임.
11)『高麗史列傳 第22·朴忠佐』. "性溫厚儉約, 雖爲卿相, 居室衣服, 如布衣時, 好讀易, 老不輟."

李齊賢(1287~1367) : 이제현 역시 주자학에 관심이 깊은 분이다. 『高麗史 · 백이정 열전』에 백이정이 元나라에서 程 · 朱學을 배워서 돌아오자 박충좌와 함께 제일 먼저 師受했다는 인물이다. 그래서 심지어 우리 나라 성리학은 이제현이 전해왔다는 논문까지 나오고 있다. 그러나 정작 이제현 본인의 열전에는 이와 반대이다. "성리학을 즐기지 아니하여 定力이 없고, 孔 · 孟을 空談하고 心術이 단정하지 못하며, 하는 일이 매우 이치에 합당하지 못하여 식자들의 단점을 여기는 바가 되었다."고 기록되어 있다.12) 이는 그가 학자로서의 활동보다 정치인으로서의 활동이 많았기 때문에 후일 성리학적인 안목으로 그를 폄시하여 지나치게 표현한 것이라 생각된다. 그는 백이정의 문인일 뿐만 아니라, 그의 둘째 며느리가 백이정의 딸이므로 백이정과는 사제간이면서 사돈간이다. 따라서 서로의 학문적인 영향 관계도 컸을 것으로 생각된다.

李 穀(1298~1351) : 이곡은 이색의 아버지이다. 그는 이제현보다 12세 아래며, 그가 23세(충숙왕 7년, 1320) 되던 해의 가을에 이제현이 知貢擧가 되고 朴孝修가 同知貢擧가 되어 秀才科를 보는데 여기에 2등으로 합격했다.13) 이로 해서 이제현과는 座主와 門生 관계가 되었고 安軸에게도 수업했다. 그의 문학작품에 나타난 경향은 실천 유학적인 경향이 짙다. 그러나 백이정의 문인록에서는 "성리학에 깊고 薰炙한 덕이 많다"고 했다.14) 이 기록은 후대에 와서 이루어진 것이기 때문에 과장된 면도 있겠지만 그 시대의 분위기를 알기에 충분하다.

李仁復(1308~1374) : 이인복은 李兆年의 손자로, 자는 克禮요, 호는 樵隱이며, 시호는 文忠公이다. 그의 이름과 자만 보아도 짐작가는 바가 크다. 『논어』에 "자신의 사욕을 이겨 仁으로 돌아감이 仁을 행함이 된다."는

---

12) 『高麗史列傳 第23 · 李齊賢』. "然不樂性理之學, 無定力, 空談孔孟, 心術不端, 作事未甚合理, 爲識者所短."
13) 「稼亭先生年譜」, 『稼亭先生文集』 卷20.
14) 『彝齋先生實記 卷2 · 門人錄』. "深於性理之學, 多薰炙之德."

뜻을 취하여 이름이 '仁復'이요, 字를 '克禮'라고 한 것이다.[15] 그는 忠肅王 13년에 19세의 나이로 文科에 급제했다. 이 때 辛蕆이 監試였으며 吉昌君 權準과 密直 朴遠이 知貢擧였다. 34세 때는 征東鄕試에 2등으로 합격했고, 35세 때는 元나라의 制科에 합격했다. 이를 두고 李穡은 그의 墓誌銘에서 "여러 벼슬을 거쳐 大夫에까지 오른 사람은 오직 樵隱先生과 우리 父子뿐이다."고 했다.[16] 그는 세 번 知貢擧가 되어 政堂文學을 지낸 廉興邦 등 33명, 典校寺丞을 지낸 尹紹宗 등 28명, 左獻納을 지낸 柳伯濡 등 33명을 선발했는데, 두 번은 이색이 함께 副知貢擧를 했다. 이색은 15세에 그와 알게 되었는데 그는 이곡에게 자문도 구하고 이곡의 부인까지 배알했으며 이제현을 이어 문장으로 나라를 빛낸 분이다.[17] 이와 같이 이인복은 이제현, 이곡, 이색과 같은 留元學者이면서 學統이 서로 이어진다. 그래서 이색은 위의 墓誌銘에서 "사람들이 公을 일러 문장의 우두머리라 하고 나라만을 위하고 가정을 잊었으며, 專對에 능했다."고 했다.[18]

白文寶(1303~1374) : 백문보의 문집으로는 『淡庵逸稿』가 남아 있는데, 글의 양은 적지만 程·朱學的인 분위기가 많이 나타난다. 이 때문에 후대에 와서도 그를 주로 성리학적인 측면에서 평가한 것 같다. 그가 18세 때 (충숙왕 7년, 1320) 秀才科에 登科하였는데, 李齊賢이 34세로 知貢擧였으며, 同知貢擧에 朴孝修이고, 崔龍甲이 1등으로, 稼亭 李穀, 栗亭 尹澤, 文敬公 安輔 등이 모두 同年及第者이다.[19] 조선조 후기의 학자 金道和(1825~1912)는 「淡庵白公逸集序」에서 공이 일찍이 朴忠佐, 李齊賢, 李穀 등 제현들과 백이정의 문하에서 유학하면서 程·朱의 旨訣을 얻어 切磋琢磨하여 성인의 학

---

15) 『論語·顏淵 第12』. "克己復禮爲仁."
16) 李穡, 「文忠公樵隱先生李公墓誌銘」, 『牧隱文稿』卷15. "元興百餘年, 進士位宰相者, 甚鮮. 高麗士人一人, 累官至大夫者, 惟樵隱先生與吾父子而已."
17) 李穡, 「祭樵隱先生文」, 『牧隱文稿』卷13. "公昔對策, 天子之庭. 否決奧義, 于我稼亭. 歸拜我母, 于門之屛. 予年十五, 識公儀刑. 公繼益齋, 爲國丹靑."
18) 이색의 위의 글 (樵隱先生墓誌銘). "人言我公, 文章之宗. 國而忘家, 專對是工."
19) 『淡庵逸集·附錄 卷2·史傳搜輯』또 『益齋先生年譜』.

문이 동방에 밝게 되었다고 했다.[20]

그는 稷山 白氏로 字는 和仲이고, 호는 淡庵이며, 시호는 忠簡公이다. 『高麗史・列傳』에서는 성품이 廉潔하고 정직하며, 異端에 미혹되지 않고 글을 잘 지었다고 한다.[21] 뿐만 아니라 그는 性理學에 밝고 經濟에도 뛰어났다고 한다. 그는 15세(1317)에 權溥에게 受學하여 「易學說」을 짓고, 20세(1322)에 백이정의 문하에서 程・朱學을 강론하고 연구했다. 61세 때에 올린 「斥佛疏」에서 天・人・道德의 학설을 講究하여 성인의 학문을 밝혀야 한다는[22] 글에서도 그의 성리학적인 사상을 알 수가 있다.[23]

그는 백이정보다는 56세 아래로 그가 20세 때에 백이정의 문하에 들어갔고, 21세(1323)에 백이정이 별세했으니 수학기간은 1년 정도밖에 되지 않는다. 그러나 그가 백이정의 行狀까지 지은 것을 보면 두 사람의 학문적인 관계는 아주 깊었던 것 같다. 그리고 백이정의 문하에서 흔히 '五君子'라고 일컬을 때는 위에서 언급한 5명을 말한다.[24] 이는 이들이 학연으로 아주 가까웠음을 의미한다.

白弘正(？) : 백이정의 문인록에 백홍정부터는 상세한 기록이 보이지 않는다. 문인록에 의하면 그는 백이정의 셋째 아우로 字는 大容이요, 호는 雙溪이다. 문과에 급제하여 벼슬이 同正僉司에 이르렀다. 백이정이 元나라에 머물러 있을 때, 그가 조카들을 돌보고 가르쳤으나 백이정이 별세한 후로는 嶺南으로 자취를 감추었다고 한다. 특히 '性理學을 강론하고 연구하여 많은 제자들을 가르쳤고 儒學 발전에 공로가 많았다.'고 한다.

李達尊(1313~1340) : 이달존은 이제현의 둘째 아들이면서 백이정의 사

---

20) 金道和, 「淡庵白公逸集序」, 『拓菴先生文集』 卷11.

21) 『高麗史 第25・白文寶』. "諡忠簡, 性廉潔正直, 不惑異端, 善屬文."

22) 『淡庵先生逸集』 卷二 「斥佛疏」. "講究天人道德之說, 以明聖學."

23) 『淡庵逸集・附錄 卷2・編年』. "丁巳 先生年十五, 受學于菊齋權公溥, 著易學說. … 忠肅王二年壬戌, 先生年二十, 遊彝齋白公門, 時彝齋公入元, 始得程朱書而還, 先生與同門諸賢, 講明旨訣, 爲群儒倡."에서 '忠肅王' 2년은 9년의 잘못이다.

24) 『彝齋先生實記 卷2・門人錄』. "以上先生門, 稱五君子."

위이다. 字는 天覺이고, 호는 雲窩이다. 忠肅王朝에 과거에 급제하여 典理摠郎이 되었다. 학문을 좋아하고 道學을 강론하여 당대에 추앙을 받았다. 그러나 『高麗史‧列傳』에서는 '工文詞'라고만 기록되어 있다. 忠肅王이 元나라에 갈 때, 아버지 이제현과 함께 갔다가 돌아오던 도중에 28세의 나이로 별세했다.

閔宗儒(1245~1324) : 민종유에 대한 별다른 기록은 찾아볼 수 없다. 백이정의 문인록에 의하면 驪興 閔氏로 호는 草塢이고 시호는 忠順公이다. 11세에 王子始陽府學友가 되었고, 19세에 淸道監郡을 제수받았으며, 벼슬이 僉議贊成事가 되었다고 한다. 백이정보다 5세 아래이면서 그의 제자이다.

金永暾(?) : 백이정의 처남이다. 安東 金氏로 호는 筠軒 또는 龜峰이라고도 하며, 시호는 文肅公이다. 문과에 급제하여 左政丞이 되었고 曺頔의 亂에 왕을 시종한 공로가 있어 府院君이 되었다.

金永煦(?) : 金永暾의 아우이다. 호는 穩齋이며, 시호는 貞簡公이다. 벼슬이 右政丞이고 上洛侯에 봉해졌다. 공민왕이 그에게 명령을 내려 부모의 3년상을 입게끔 해주자 申君平은 만일 그렇게 한다면 李齊賢, 金永煦, 金光載, 洪彦博 등이 벼슬하려 나오지 않을 것을 염려한 기록이 있다. 그의 명성과 독실한 실천윤리를 알 수 있다.

安 牧(?~1360) : 안향의 손자이다. 호는 謙齋이며, 시호는 文淑公이다. 文科에 급제하여 政堂文學이 되고, 順興君에 봉해졌다. 그와 가장 오랜 친구인 이제현이 지은 「遺像贊」에 "행실에 매우 노력하고, 말은 매우 간결하며 文章은 醞藉하고 詩는 平淡하다"고 했다.25) 이 글에서 性理學的인 언급은 없지만, 家庭에서 닦은 학문이 옅지 않았음을 짐작할 수 있다.

白天藏(?) : 백이정의 族姪이다. 호는 默窩이고, 시호는 文翼公이다. 忠烈朝에 科擧에 급제하였다. 元나라에 가서 벼슬하여 翰林學士 右丞相이 되었고, 고려의 隋城伯이 되었다. 별세하자 忠宣王이 輟朝素饌하고 致祭했

---

25) 李齊賢, 『益齋亂稿 卷9 下‧安謙齋眞讚』.

으며, 禮에 따라 장사하게 했다. 이와 같이 원나라에서 벼슬했고 별세 후에 왕이 이처럼 예우한 것으로 보아 그의 학문이 매우 깊었던 것 같다.

吳孝冲(？) : 백이정의 문인록에 호가 戎齋라고만 기록되어 있고 그 외 다른 사실은 알 수 없다.야

金光轍(？) : 光州 金氏로 호는 純軒이고 시호는 文敏公이다. 文科에 급제하여 化平君이 되었다. 元皇后의 族弟인 奇三萬이 不法을 자행하였는데 그가 마침 整治都監이 되어 곤장으로 다스려 죽이니 元나라 임금이 이를 듣고 白文寶, 金光轍, 安軸, 田祿生, 王煦 (본래 權溥의 아들인데, 忠宣王이 養子로 삼아 王氏의 姓을 내렸다.) 등을 감옥에 가두어 추국한 일이 있다. 여기서 한편으로는 그의 강직한 성품을 볼 수 있지만 다른 한편으로는 그와 상종한 사람들을 알 수 있다.

金光載(？ ～1363) : 김광철의 아우이다. 字는 子輿이고 호는 松堂이며, 시호는 文簡公이다. 이색은 14세 되던 해에 成均館에서 한 번 보고 그의 문생이 되어 배운 적이 있다.[26] 그는 忠宣王朝에 과거에 급제하여 成均 學官에 補任되었고, 忠宣王을 따라 元나라에 다녀 온 적이 있으며, 忠定王은 그를 스승으로 삼아 僉議評理로 拜授했고, 효성이 지극하므로 旌閭를 내렸다. 그가 죽음에 임하여 부인에게 말하기를 "내 나이 70세이니, 지금 죽은들 무슨 한됨이 있겠는가. 남자가 부인의 손에서 죽는 것이 아니니, 여러 여종들과 함께 물러나 소란한 소리로 내 정신을 어지럽게 하지 말라."하고 잠시 후에 별세했다.[27] 이는 남녀유별을 엄격히 지키는 실천윤리와 죽음에 임해서까지 흐트러지지 않는 그의 수양의 한 단면을 보여주는 것이다.

張 純(？) : 장순에 대한 기록은 백이정의 문인록에 호가 冲庵이라는 것 밖에 나와 있지 않다.

---

26) 李穡, 「松堂先生金公 墓誌銘幷序」, 『牧隱文稿』 卷17. "至正辛己, 予年十四 赴成均館試, 在庭中, 望見先生. … 旣爲門生, 往來聽敎, 則溫言柔色."
27) 『高麗史·列傳 第23』에 金台鉉의 아들로 附傳되어 있다.

任子松(?) : 豊川 任氏로 호는 虛齋이다. 忠惠王朝에 曺頔을 誅戮한 공로로 元亮翊贊靖亂功臣을 내렸고, 侍中判三司로 西河府院君이 되었다.

任子順(?) : 任子松의 아우로 호는 和齋이며 벼슬은 民部典書를 지냈다.

이상에서 백이정의 문인 18명에 대해서 간략하게 살펴보았다. 하지만 이들 문인들은 거의 후대에 문중에서 이루어진 것이므로 신빙성에 문제가 없는 것도 아니다. 거기다가 문헌이 거의 인멸되어 이들의 구체적인 학문적 업적을 찾기는 어렵다. 그러나, 모두 官職도 높았을 뿐만 아니라, 대부분이 시호까지 받은 한 시대를 주도한 인물들이다. 그리고 서로 혼인관계가 아니면 동료관계 또는 학연관계로 한 그룹을 형성하고 있다. 그러므로 어느 특정인에게만 배운 것이 아니라, 여러 사람의 문하에 두루 다니면서 배웠다. 白文寶의 『淡庵逸稿』의 '同門錄'에 李齊賢, 朴忠佐, 李穀, 白文寶, 李仁復 등으로 되어 있고, '門人錄'에는 金九容, 李崇仁, 權思福, 李茂方, 尹紹宗 등으로 되어 있다.[28] 한편 「晦軒年譜」에서는 이와 달리 李穀, 李仁復, 白文寶, 李齊賢 등은 모두 權溥의 門人이라 하고, 李穀은 또 李齊賢의 門下에서 배우고, 李穡은 李穀에게서 배웠으며, 鄭夢周, 朴尙衷, 權近은 이색의 及門者라고 했다.[29] 여기서 보이는 바와 같이 이들은 서로 다른 문하에도 두루 다니면서 배워 한 流派를 형성하고 있다.

Ⅲ. 麗末 性理學者의 學緣과 交遊

지금까지 安珦의 門人 11명과 白頤正의 문인 18명의 계보와 학문적인 경향을 살펴보았다. 이들은 모두 科擧의 관문을 통과한 문인임에는 틀림없

---

28) 『淡庵逸稿 附錄 卷2・同門錄・門人錄』.
29) 『晦軒先生實記 卷6・門人錄』.

다. 그러나 詞章的인 면보다는 孝悌忠信의 실천 윤리를 이행하면서 性理學을 닦은 학문적 분위기를 느낄 수 있었다. 그러면 이들의 系譜를 더 깊이 있게 파악하기 위하여 그 血緣, 戚緣, 學緣, 交遊關係 등을 총괄적으로 살펴보기로 한다.

우리 나라 최초의 朱子學者인 安珦과 최초로 程朱學을 받아들였다는 白頤正의 관계부터 살펴보기로 한다. 백이정은 安珦보다 4살 아래이면서 그의 문인으로 되어 있다. 이는 백이정의 행장에 일찍이 권부, 우탁과 함께 "遊晦軒安先生門"[30]이라는 글이 있기 때문이다. 여기서 遊字의 뜻부터 파악할 필요가 있다. 遊字와 결합될 수 있는 단어는 '遊學', '從遊', '交遊' 등이다. '遊學'이란 오늘날 '留學'과는 달리 타향에 가서 공부하는 것이고, '從遊'는 학덕이 있는 사람과 交遊하는 것이며, 交遊는 단순히 서로 사귀어 노는 것이다. 『孟子』에 "遊於聖人之門"[31]이란 말이 있기 때문에 '遊…門'이라고 하면 으레 문하생처럼 보이지만 반드시 그렇지만은 않다.

백문보(1303~1374)는 백이정(1247~1323)이 57세 되던 해에 태어났고, 20세에 백이정의 문하에서 성리학을 배웠다.[32] 21세 때 백이정이 별세했고, 48년 후인 69세(공민왕 20년, 辛亥, 1371)에 백이정의 행장을 지었다. 이 때는 안향이 文廟에 從祀한 52년 후이다. 그러므로 백이정이 안향보다 4살 아래이지만, 큰 인물과 학맥을 잇기 위하여 문인이라 했겠지만, 일종의 從遊가 아닌가 한다. 그러나 여기서 백이정은 안향과 학맥을 같이 한 것만은 부인할 수 없으며, 백문보는 백이정의 "同七世族孫"이다.[33] 이에서 順興 安氏와 藍浦 白氏의 學緣을 알 수 있다. 더욱이 안향의 손자인 安牧은 白頤

---

30) 白文寶,「文憲公彝齋先生行狀」,『淡庵逸集 卷2・行狀』."淳祐七年, 九月日生公, 天資純厚, 有公輔器, 早與權文正溥・禹文僖倬, 遊晦軒安先門, 講劘訓誨, 自任以性理之學."

31)『孟子・盡心章句 上』"孟子曰, 孔子登東山而小魯, 登太山而小天下, 故觀於海者, 難爲水, 遊於聖人之門者, 難爲言."

32)『淡庵逸集 附錄 卷2・編年』"忠肅王二年壬戌, 先生年二十, 遊彝齋白公門, 時彝齋公入元, 始得程朱書而還, 先生與同門諸賢, 講明旨訣, 爲群儒倡."

33)『彝齋先生實記・門人錄』."白文寶, 字和仲, 號淡庵, 稷山人, 先生同七世族孫."

正의 門人이다.

다음으로 이제현의 글을 들어 안향과 이제현과의 관계를 보면 다음과
같다.

> 文成公 安珦은 일대의 儒宗이다. 내가 20세도 채 못되었을 때, 길에
> 서 한 번 뵙고 사랑을 받았으며, 이내 그의 손자인 謙齋(安牧)를 알게
> 되었다. 10년 후에 나의 아버지 東庵公(李瑱의 호)이 科擧의 考試官이
> 되었을 때 겸재는 策文으로 응시하여 과거에 합격했다. 이리하여 나와
> 의 교유가 가장 오래되었다. 至正 庚子年(1360)에 겸재가 별세했다. 다
> 음 해 가을에 남아 있는 그의 초상화를 보고 섭섭하여 그 옆에 이렇게
> 적는다.

> 검소하면서도 고루하지 않고 온화하면서도 지나치지 아니했으며 확
> 고히 법도를 지키고 엄연히 아름다움을 발휘했으니 文成公의 손자임에
> 부끄럽지 않고, 실행에 매우 노력하고 말은 매우 간결했으며 문장은 醞
> 藉하고 시는 平淡하였으니 東庵의 제자로서 부끄럽지 않구나.[34]

이 글에서 세 가지 사실을 알 수 있다. 安珦과 安牧은 祖孫間이라는 것,
安牧은 李瑱과 座主 門生間이라는 것, 이제현과 安牧과는 절친한 친구 사이
라는 것 등이다. 이는 개인적인 인연으로서의 의미보다 順興 安氏門中과
慶州 李氏門中과의 깊은 인연이기도 하다. 뿐만 아니라 이제현은 安軸이
尙州牧使로 부임하자 「送謙齋安大夫赴尙州牧序」를 지어 환송한 일도 있다.[35]

다음으로 韓山 李氏와도 因緣이 깊다. 安珦의 族子로 及第한 安碩이 있고,
이 분의 아들에 文貞公 安軸(1287~1348), 文敬公 安輔(1302~1357), 또
安輯 三兄弟가 있는데, 안축은 李穀의 스승이며, 安輔는 이곡의 同年 及第者

---

34) 李齊賢, 「安謙齋眞讚(有序)」, 『益齋亂稿 卷9 下·眞讚』. "安文成公, 爲世儒宗, 余未弱冠,
一拜於途, 遂蒙顧遇, 因識其孫謙齋, 後十年, 吾先君東庵公, 掌試春闈, 謙齋射策登科, 由是
予一人者, 交遊最久, 至正庚子, 謙齋歿, 明年秋觀遺像, 悵然書其側. 儉而不固, 和而不流.
確乎守度, 儼乎揚休. 稱其爲文成之孫兮, 克勤於行, 克簡於辭. 醞藉其文, 平淡其詩, 宜其遊
東庵之門兮…."
35) 李齊賢, 『益齋亂稿』卷5.

이다. 그러므로 이곡은 안보가 지은 안축의 행장을 보고 그의 墓誌銘을 지었다.[36] 또 안보는 이색이 鄕試 때 시험관이었으며, 안축의 아들 安宗源과는 同年進士이다. 그래서 安輔의 墓誌銘을 지으면서 元朝에 科擧가 있은 이래로 우리 나라 사람으로서 父子兄弟가 잇달아 科擧에 합격한 집안은 順興 安氏와 韓山 李氏 뿐이라고 했다.[37]

다음은 安東 權氏인 權溥에 대해서 살펴보기로 한다. 권부는 '九封君'으로 유명하다. 권부는 永嘉府院君, 그의 다섯 아들인 準(吉昌府院君)・煦(鷄林府院君: 후에 忠宣王이 養子로 삼고 王氏로 賜姓했음.)・謙(福安府院君)・皋(知都僉議事文化君)・宗頂(出家하여 兩街都摠攝 廣福君이 되었음.) 등이 모두 君이었다. 또 첫째 사위 安惟忠(代言)・둘째 사위 李齊賢(鷄林府院君)・셋째 사위 王璹(順正大君)・넷째 사위 王珣(淮安大君) 등 三君이다.[38] 이제현은 15세(1301)에 丙科에 급제했는데 이 때 권부가 試官이었고, 이를 계기로 그의 사위가 되었다. 이렇게 하여 이제현은 권부의 사위면서 좌주 문생간이 되어 47년간 그를 師事하였다. 安東 權氏와 慶州 李氏와 맺어진 인연이다.

더 복잡하게 얽힌 예를 보면 李瑱은 안향의 문인이며, 이제현의 아버지이

---

36) 李穀,「文貞安公墓誌銘」,『稼亭集』卷11. "其弟輔, 與余同年, 以公行狀, 來乞銘, 嗚呼, 余嘗受業於公, 而又親命之, 敢以辭爲."

37) 李穡,「文敬公安先生墓誌銘」,『牧隱文稿』卷19. "文成族子, 及第諱碩, 隱不仕, 謹齋先生之父也. 三子登科, 而謹齋之子, 今密直公之三子, 又登科, 謹齋伯仲, 皆登中國制科, 受朝命, 光耀一時. … 元朝科擧以來, 吾東人父子兄弟, 相繼而登科者, 順興安氏, 與吾韓山李氏而已. 稼亭先生, 受業於謹齋, 銘其墓, 稿之鄕試也, 先生又爲主文. … 謹齋先生之子, 今密直宰相宗源, 吾之同年進士也."

이 인용문 중 "先生又爲主文"에서 先生이 謹齋 安軸이냐, 文敬公 安輔냐에 따라 牧隱의 鄕試 때 시험관이 안축이 되기도 하고 안보가 되기도 한다. 필자도 전에 이 대목을 잘못 보아 오역을 하였다가 후에 다시 정정한 일이 있다. 이 글의 문면을 자세히 살펴보면 선생은 안축이 아니라 안보를 지칭한다. 따라서 이때의 시험관은 안보이다.

38) 李齊賢,「文正公權公墓誌銘」,『益齋亂稿 卷7・碑銘』.

李炳赫,「益齋思想과 文學」, 부산대『人文論叢』제24집, 1983, p.82.

다. 한편 권부의 딸이 이제현의 부인이므로 이진과 권부와는 同門人이면서 사돈간이다. 또 이제현은 백이정의 문인이면서 그와는 사돈간이다. 이제현의 둘째 아들인 李達尊의 부인이 백이정의 딸이기 때문이다.[39] 즉 이달존은 백이정의 사위이면서 문인이다. 이렇게 하여 이진과 이달존은 부자가 함께 백이정의 문인이 되었다. 학연과 혈연이 함께 얽힌 것이다.

다음에는 나이가 조금 떨어진 李穀에 대해서 보기로 한다. 그는 23세(忠肅王 7년, 1320) 되던 해의 가을에 이제현의 知貢擧와 朴孝修의 同知貢擧로 秀才科에 2등으로 합격했다. 이리하여 이곡은 이제현과 座主 門生間이 되었다. 李穀이 38세(1335) 때 元나라에 가는데 崔瀣가「送奉使李中父還朝序」를 짓고[40], 李齊賢, 權漢功, 安震, 安軸, 閔子夷, 鄭天濡, 李達尊, 白文寶, 鄭誧, 安輔 등이 送別詩를 지어 환송했다. 여기서 이곡과 최해가 交遊한 사람을 알 수 있다. 또 이제현과 이색은 최해를 두고 모두「後儒仙歌」를 지었고[41], 최해가 별세한 후에 이곡은 그의「墓誌」를 지었다.[42] 그리고 이곡의 아들이 바로 李穡인데, 이색이 14세(1341) 때 松堂 金光載가 관장하는 成均試에서「十韻詩」로 進士가 되었고[43], 역시 26세(恭愍王 2년, 1353) 되던 해의 5월에 知貢擧 이제현과 同知貢擧 洪彦博으로 初科에 응시하여 乙科에 1등으로 합격했다.[44] 이제현이 34세 때 아버지 이곡의 知貢擧가 되고, 67세 때 아들 이색의 지공거가 되었다. 이곡은 부자가 함께 이제현의 門生이 되었다.

---

39) 李炳赫,「益齋思想과 文學」, 부산대『人文論叢』제24집, 1983, pp.81~82에서 자세히 밝힌 적이 있다.

40) 崔瀣,「送奉使李中父還朝序」,『拙稿千百』卷2.

41) 李齊賢,「後儒歌 爲崔拙翁作 示及菴」,『益齋亂藁』卷4.
　　李穡,「後儒歌 歌拙翁次韻」,『牧隱詩稿』卷5.

42) 李穀,「大元故將仕郎 遼陽盖州判官 高麗國正順大夫檢校 成均館大司成 藝文館提學 同知春秋館事崔君墓誌」,『稼亭集』卷11.

43)『牧隱先生年譜』에는 "三司右使, 松堂金先生光載, 以判典校事, 掌成均試, 先生中其詩科." 라 하여 松堂이 시험관이었다고 했고, 이색의「十韻詩序」,『牧隱文稿』卷8에서는 "予年十四, 亦由是科, 得爲松亭門生."이라 하여 松亭으로 되었는데, 이는 松堂의 잘못인 듯하다.

44)『益齋先生年譜』67세조,『牧隱先生年譜』26세조.

　다음은 소위 三隱의 관계를 살펴보기로 한다. 이색(1328~1396)과 정몽주(1337~1392)는 나이가 10세 차이다. 공민왕 16년(1367)에 成均館을 창건하고, 이색을 大司成을 삼고 鄭夢周, 金九容, 朴宜中, 李崇仁을 學官으로 삼은 때부터 이들의 관계는 더욱 굳게 맺어진다. 그리고 4년 후(1370, 庚戌)에는 이색, 김구용, 정몽주, 박상충, 백의중, 이숭인 등의 추천으로 鄭道傳이 成均博士가 된다.45) 여기서 이색과 정몽주를 흔히 師弟間처럼 말하는 경우가 있으나 그런 기록은 찾을 수 없다. 더욱이 정몽주의 知貢擧는 金得培이다.46) 또 이색과 이숭인과의 관계는 애매하다. 이색의 글에 보면 "나는 子安氏(이숭인)와 南陽公의 門人으로 成均館의 동료로서 상종하기를 또한 오래했다."47)라고 한 것이 있는데 이것은 이색의 겸사이기는 하나 이숭인이 이색의 문인이라고 보기는 어렵다. 이와 반대로 이숭인쪽의 기록에는 '崇仁은 선생의 門客이다'라고 했다.48) 이 기록을 보아도 師弟間으로 단정짓기는 어렵다. 더구나 그의 座主는 思菴이다.49) 또 "崇仁이 서울에 있을 때 牧隱先生의 門下에 놀지 않은 날이 없었다."50)고 했지만, 이 글은 문맥상으로 보아 이색의 문하에 드나들었다는 정도로 해석할 수밖에 없다. 이와 같이 이들의 문헌을 검토해 볼 때, 이숭인은 이색과 師弟間으로 보기는 어려울 것 같다. 그러나 이숭인(1349~1392)은 이색(1328~1396)보다 22세 아래이므로 이색과는 동료로서 후배로서 학문적인 영향이 많았던 것만은 부정할 수 없다. 지금까지는 주로 고려말에 활동하던 문인들의 계보를 살펴 보았다.

　다음은 이들과 연계되어 조선 초기에 활동한 문인들의 계보를 보기로 한다. 여기에 대표적인 인물은 현실에 참여한 鄭道傳(1342~1398), 權近

45)『三峰集 14·附錄 事實』.

46)『圃隱文集』卷4,「年譜攷異」, "恭愍王九年, 先生二十四歲, 政堂文學金得培知貢擧, 樞密直學士韓邦信同知貢擧, 先生連魁三場, 擢第一."

47) 李穡,「陶隱齋記」,『牧隱文稿』卷4. "予與子安氏, 俱南陽公之門人也, 同寮成均, 相從又久."

48) 李崇仁,「題尙州風咏亭」,『陶隱集』卷2. "牧隱先生作記, 己十年, 而無詩之者, 崇仁先生客也."

49) 李崇仁,「座主思菴先生 乞退南歸 以詩奉呈」,『陶隱集』卷2.

50) 李崇仁,「上宋簽書詩·幷叙」,『陶隱集』卷2. "崇仁在京都, 無日不遊牧隱先生之門."

(1352∼1419)과 새 왕조에 굽히지 않고 절의를 지킨 吉再를 들 수 있다.

먼저 정도전은 공민왕 11년(1362) 10월 進士試에 朴實의 榜下51)에 登第
했는데, 이 때 洪彦博 柳淑이 掌試官이었다. 그러나 그는 주로 三隱과 가까
운 사이였다. "젊을 때부터 학문을 좋아하여 이색의 문하에 놀았다."는 기록
이 보인다. 그리고 從遊한 사람들은 鄭夢周, 李崇仁, 李存吾, 金九容, 金齊顔,
朴宜中, 尹紹宗 등을 들고 있다.52) 이 중에서 더욱 친한 사람은 圃隱과 陶隱
이다. 특히 정몽주에게는 처음으로 '心身을 닦는 학문'을 들었다고 한다.53)
정도전의 아버지인 鄭云敬은 이색의 아버지인 李穀과 學友 관계가 있었고
정도전 역시 이색과 학연이 깊었다. 그러나 후일 정치적인 노선을 달리하면
서 두 사람의 사이가 멀어진 것이다.

權近은 이색과 座主 門生間이다. 그가 「牧隱行狀」을 지으면서 성의를 다
한 흔적이 엿보인다. 그리고 그의 아우 權遇의 座主는 정몽주였다. 이를
보면 이색, 정몽주, 권근은 서로가 깊은 학연이 있다. 吉再는 처음 朴賁에게
공부했으나, 이어 이색, 정몽주, 권근의 문하에서 至論을 들었다.54)

IV. 結 語

전통사회에서는 어떠한 인물의 학문이나 문학을 이해하려면 그 사람의
學脈을 파악하는 것이 중요하다. 우리 나라에서도 어떤 사람을 논할 때 흔히
누구의 門人이냐는 淵源을 중요시하는 것도 이 때문이다. 중국에서는 일찍

---

51) 科擧에 합격자를 발표할 때 朴實의 이름을 대표자로 하고 그 아래에 연명으로 발표한 것.
52) 鄭道傳, 『三峰集 卷40 附錄·事實』, "公諱道傳, 字宗之, 奉化縣人, 檢校密直提學云敬之
子. 少好學, 遊李穡門, 與鄭夢周·李崇仁·李存吾·金九容·金齊顔·朴宜中·尹紹宗等,
相友善, 講論不輟, 聞見益廣."
53) 權近, 「鄭三峰道傳文集序」, 『陽村集』 卷16 "三峰, 與圃隱·陶隱, 尤相親善."
54) 李炳赫, 「性理學과 圃隱의 詩」, 『東洋漢文學研究』第9集, 1995, p.231에서 언급한 적이
있다.

이 『宋元學案』이 있어서 宋代 性理學의 계보를 파악하는 데 크게 도움을 주고 있다. 우리 나라에서도 일찍부터 개인의 '門人錄'이 있어서 개인적인 것을 이해하는 데는 도움이 많았으나, 총체적으로 계보를 정리한 것은 없었다. 舊韓末에 姜斅錫의 『典故大方』과 張志淵의 『儒敎淵源』 등의 책이 나왔으나 모두 소략하고 오류가 많아서 독자의 혼란을 일으켰다.

필자는 여말 선초 문인들의 계보를 여러 논문에서 단편적으로나마 언급한 적이 있다. 이 과정에서 이들 계보를 좀 더 체계적으로 파악해 보고 싶은 생각이 들었다. 이들 계보를 파악해야 당시의 문학을 연구하는 데 도움을 줄 수 있기 때문이다. 이런 관점에서 본 논문을 쓰게 되었는데, 지금까지 논의된 내용을 요약 결론 지으면 다음과 같다.

먼저 고려말 朱子學을 받아들일 무렵의 양대 산맥은 安珦과 白頤正이다. 안향의 문인은 그의 '門人錄'에 의하면 11명이라고 하나, 이 중에 그의 的傳을 받은 사람은 권부, 우탁, 이진, 이조년, 백이정, 신천 등이므로 이들을 가리켜 '六君子'라고 했다. 백이정의 문인 역시 그의 '門人錄'에 의하면 18명이라고 하나, 이 중에서 박충좌, 이곡, 이인복, 백문보 등을 백이정의 門下 '五君子'라고 했다.

여기서 다시 血緣과 戚緣, 座主와 門生, 學緣과 交遊 關係 등을 보면 여간 흥미롭지 않다. 안향의 문인인 이진과 백이정의 문인인 이제현은 부자간이다. 안향과 백이정, 이진과 이제현은 이처럼 學緣과 血緣으로 얽혀 있다. 백이정의 문인인 이곡과 權漢功의 孫壻인 이색 역시 부자간이다. 이곡과 같은 아버지가 있었기에 이색과 같은 아들이 있었겠지만 학연의 도움도 컸을 것이다. 역시 혈연으로 권부의 증손자가 권근이며, 안향의 손자가 안우기이다. 그리고 권부의 사위가 이제현이며, 백이정의 사위가 이제현의 둘째 아들인 이달존이다. 또 이곡은 1남 4녀를 두었는데, 1남이 위에서 언급한 이색이고, 첫째 사위가 朴尙衷이며, 둘째 사위가 朴寶生이다. 박상충은 후일 그의 장인 이곡의 문집을 간행했다.

　이상에서 밝힌 사실 중에서 중요한 것은 이들이 모두 혈연과 학연으로
한 그룹을 형성하고 있다는 사실이다. 어느 시대 인물들이라도 그 시대의
주도자라면 으레 그 시대를 대변하는 사람들끼리 인연을 맺은 것은 당연한
일이겠지만 여말 선초의 문인 학자들처럼 이렇게 얽히고 설킨 경우는 드물
것이다. 그러므로 이들은 학문적으로도 그 경향과 성격을 같이 한 점이 많
다. 더 구체적인 것은 더 두고 연구해야 할 과제이다.

<『東洋漢文學硏究』 제11집, 1997.>

麗末 鮮初의 文學理論

I. 序 言

麗末鮮初는 국문학사상 중요한 시기이다. 사상적으로는 儒·佛의 교체기, 정치적으로는 고려·조선조의 왕조교체이기도 하다. 대외적으로는 元·明이 교체되면서 그 파장이 국내 정치상황에 영향을 크게 끼쳤던 시기이다. 이 중에서도 특히 주목해야 할 점은 性理學의 수용과 唐·宋古文의 영향이다. 이로 해서 麗末鮮初는 국문학사상 큰 변화를 가져왔기 때문이다.

다음으로 고려말은 문학을 어떻게 쓸 것인가 하는 문제보다는 무엇을 쓸 것인가 하는 문제에 관심을 가지기 시작한 때이다. 즉, 앞 시대에는 新意論·用事論 등 창작상의 표현 기교에 주된 관심을 표명했으나, 이때에 와서는 인간의 삶의 지표를 제시하는 道를 표현하는 문제에 주된 관심을 보였다. 李齊賢이 古文을 창도한 것도 이와의 관계를 떠나서 생각할 수 없다. 곧 徐居正의,

> 忠烈王 이후 輯註가 처음으로 행해지니 학자들이 점점 성리학의 영역에 들어갔다. 益齋 이래로 稼亭, 牧隱, 圃隱, 三峰, 陽村 등 여러 선생들이 서로 이어 일어나서 道學을 창도하여 밝혀 文章의 氣習이 거의 고문에 가까워졌다.[1]

라는 말은 고려말 문학이 성리학 수용과 함께 문학도 고문의 성격을 띠게

---

1) 徐居正,「東人詩話」下. "忠烈以後, 輯註始行. 學者駸駸入性理之域, 益齋而下, 稼亭·牧隱·圃隱·三峰·陽村, 諸先生相繼而作, 倡明道學, 文章氣習, 庶幾近古."

되었음에 대한 지적이다. 이와 같이 고려말은 政治的·思想的인 전환과 함께 문학에 있어서도 일대 전환점이 된 것이다.

그러므로 본고에서는 지금까지 고려의 문학론에서 자주 거론된 技巧·修辭的인 면보다는 성리학의 수용과 함께 문학론의 주류를 이루게 된 效用論에 대해서 고찰하기로 한다. 먼저 이러한 문학론을 생성시켰던 사회적 원인과 배경을 살펴보고 다음으로 그 구체적인 양상을 고찰하기로 한다.

II. 文學理論의 生成 原因과 背景

문학은 사회의 산물이다. 문학은 사회상을 직접·간접으로 반영하고 때로는 사회의 변화를 예견하거나 주도하기도 한다. 문학의 효용성이 강조되는 시대에서는 더욱 그러하다. 이런 점에서 麗末鮮初 문학이론 생성의 사회적 배경은 중요한 의미를 가진다. 사회적 변동의 국면이나 국내외의 정치적인 면에서 급변하는 麗末鮮初에는 문학에 있어서도 현저한 변화가 나타났기 때문이다. 곧 사회상이 문학에 반영되면서 문학이 사회변화를 이끌었다고도 할 수 있을 것이다. 이 장에서는 麗末鮮初에 새로운 문학이론이 생성될 수 있었던 원인과 배경은 무엇이었던가를 살펴보기로 한다.

먼저 고려말에는 신흥사대부라는 새로운 사회계층이 등장했다. 충열왕 이후 武人執權이 끝나면서 최씨의 政房政治 아래에 있던 讀書士人들이 점차 등장하기 시작하여 이들이 정치적 세력을 형성해 신관료층으로 등장했다. 이들은 전기의 권문세족과는 달리 개인적으로 탁월한 지식인으로서의 자질을 갖추고 科擧를 통해서 정계로 진출한 문인이자 정치인이다. 이들은 권문세족들이 元과 결탁하여 대토지를 소유하고 권력을 독점한 데 대한 반감을 가지고 있었다. 그들은 지방의 중소지주라는 독자적인 경제적 기반을 갖추고 행정실무의 능력에다 학문적 소양을 겸비한 能文能吏의 관료적 학자요,

문인이다. 따라서 왕조에 기생하던 귀족 문신들과 달리 훨씬 진보적이고 주체적일 수 있었다. 恭愍王이 대륙의 정세변화를 이용하여 反元政策을 추진하자, 그를 도와 親元 권문세족을 제거하고 제도 개혁에 앞장섰던 자들도 바로 이 신흥 사대부들이었다. 이 진보적인 사회개혁의식이 문학이론으로 나타난 것이 바로 載道論이라고 할 수 있다.

둘째, 당시 국제정세의 소용돌이 속에서 이 시대의 주역인 신흥사대부들의 대외적인 활동에 대해서 살펴볼 필요가 있다. 즉 중국 대륙의 元·明이 교체되는 와중에서 고려 조정에서는 親元派와 親明派로 갈라져 심한 갈등에 놓이게 되었다.

忠烈王 이후 고려가 元의 駙馬國이 되면서 고려 조정은 그들에 의해 좌우되듯이 했다. 2차에 걸친 일본 정벌에 고려를 억지로 끌어들여 엄청난 인적, 물적 손실을 입혔을 뿐만 아니라, 征東行省이란 官府까지 설치하여 고려에 내정간섭을 해왔다. 이에 여말의 문신들은 元에 대한 저항의식을 가지게 되고 국가적인 자주성을 잃지 않으려고 몸부림치게 되었다. 그런데 이처럼 고려를 괴롭혀 오던 元이 새로 일어난 明에 의해 북쪽으로 쫓겨가게 되면서 다시 정세변화를 가져오게 되었다. 오랫동안 元과의 관계를 맺어온 고려로서는 섣불리 이들과의 인연을 끊을 수 없었고, 明의 눈치도 살피지 않을 수 없었다. 이런 상황에서 고려 조정에서는 자연히 친원파와 친명파가 생겨나게 되었는데 反元政策을 표방하던 공민왕이 죽은 직후, 이들 세력간의 알력이 더욱 표면화되었다. 이때 친원파에 속하는 인물은 주로 李仁任, 崔瑩 등과 같이 구세력을 대표하는 인물들이었고, 친명파에 속하는 인물은 鄭夢周, 李成桂, 鄭道傳, 金九容 등과 같은 신흥사대부들이었다. 그러나, 이들이 정치에 참여함에 따라 고려의 외교정책은 친명 쪽으로 기울어지기 시작한다. 하지만 明도 역시 무리한 요구를 하는 수가 있었다.

이와 같이 元·明이 잇달아 온갖 횡포와 간섭을 일삼는 데다가 倭寇들까지 발호하여 그 피해가 극심했다.[2] 왜구가 우리나라를 노략질하기 시작한 것은 오래 전부터이나 忠定王 이후로는 더욱 기승을 부려 고려가 망할 때까지 그들의 피해를 받지 아니한 해가 거의 없었다. 공민왕 15년(1366) 경에는 왜구들이 개경 근처에까지 침범하므로 趙浚은 "倭奴가 가득 차서 경상도가 적의 소굴이 되니 고을이 소란하여 백성들이 모두 산골짜기로 달아나 숨었다."[3]고 했다. 또 조준은 자신이 직접 體覈使가 되어 왜구를 격퇴시키기도 했다. 왜구의 노략질은 元·明의 횡포와 간섭에 비해 더 직접적이기 때문에 이를 격퇴시킨다는 것은 백성들의 여망에 부응하는 길이기도 하였다. 이성계는 왜구와의 싸움에서 승리를 거듭함으로써 백성들의 환심을 샀고 이 武功은 새 왕조 창건에 큰 힘이 되었다.

麗末鮮初 문학이론의 생성은 결코 우연이 아니다. 신흥사대부들은 고려를 괴롭혀온 元·明과 왜구들의 침략으로 인한 국가적인 어려움을 해결하기 위해서 온갖 힘을 기울였다. 원에서 고려에 立省할 움직임이 있자 李齊賢은 그 불가함을 알리는 글을 元朝에 올렸다. 또 元에 있는 忠宣王을 돌아오게 해 달라는 글을 元의 丞相에게 올렸고, 流配 간 충선왕을 찾아가서 忠憤의 詩를 남겼으며, 征東行省에 글을 올려 고려의 자주적인 국권을 주장했다. 李穀은 고려의 貢女를 파해달라는 「請罷童女書」를 元에 올려 민족적인 비극을 막았다. 정몽주는 明帝의 탄신축하사절로 가서 국교 재개의 일익을 담당했으며 일본에 사신으로 가서 그들을 감복시킨 일도 있다. 그의 「奉使明」시와 「奉使日本」시는 이 때 지어진 것이다. 이들은 때로는 사회적인 모순을 타개하고 때로는 외국에 사신으로 가서 국가의 위기를 수습하고, 혹은 싸움터에 뛰어들어 왜구를 무찌르기도 했다. 이때에 자신들이 직접 목도한 백성들의 참상과 사회적인 모순을 해결하려는 마음이 절실했을 것이다. 따라서 문학에 있어서도 구태의연하게 文章이나 다듬는 雕章刻句만을 일삼을 수는 없었을 것이다. 그래서 문학에 어떤 내용을 담아야 할 것인가 하는

---

2) 金成俊, 「高麗와 元·明 關係」, 『韓國史』 8, 국사편찬위원회, 1978. 참조.
3) 『高麗史·列傳 第31. 趙浚』 卷118. "倭奴充斥, 慶尙道, 陷爲賊藪, 州郡騷然, 民皆奔竄山谷."

데로 마음을 돌렸다.

셋째, 이상에서 논한 여러 요인들은 문학사상에도 큰 변화를 가져왔다. 고려말 신흥사대부들은 朱子學的인 사상의 소유자들이었다. 그런데 주자학이 성행하던 宋朝는 고려말과 유사한 상황이었다. 주자가 살았을 당시에 대외적으로는 異民族인 遼・金과 대결하고 있었고, 대내적으로는 정쟁이 끊어지지 않았다. 결국 이민족에 대한 대항논리로 華夷論이 더욱 강화되고 군신 상하간의 명분을 강화하는 명분론이 중시되었다. 당시 고려에서도 무신정권 하에서 하극상과 元의 지배로 인한 왕권의 실추에 의해 국가의 기강이 날로 해이되고 있었다. 따라서 이를 척결하기 위해서도 명분을 중시하는 주자학이 더욱 환영을 받았던 것이다.

신흥사대부들은 불교의 폐단에 대해서도 강한 비판의식을 가졌다. 당시 불교는 왕실과 권문세족의 정신적인 지주였을 뿐 아니라, 사찰은 대토지 소유자였던 것이니 신흥사대부들은 자신들의 경제적 이익과 재정의 위기를 타결하기 위해 斥佛의 노선을 택하지 않을 수 없었다. 또 이들이 볼 때 불교도들이 無爲徒食하면서 군왕과 부모의 인연마저 끊는다는 것은 용납될 수 없는 패륜의 행위이다. 元에서 주자학을 직접 전해온 安珦이 國子監에서 생도들에게 이르기를 "聖人의 道는 일상생활의 윤리에 지나지 않으니 지식은 효도해야 하고 신하는 충성해야 된다."고 하면서 "저 불교도들은 어버이를 버리고 출가하여 蔑倫悖義한다."[4]고 敎諭한 것도 같은 맥락에서 이해할 수 있다. 고려말 문학에서 유교윤리의 실천이 강조된 것도 이 때문이다.

끝으로 문학사적인 면에서 볼 때, 詞章 위주의 문학에서 道學 위주의 문학으로 바뀐다. 이는 사상적으로는 주자의 성리학 수용과 문학사적으로는 당송고문의 영향과도 밀접한 관계가 있다. 고려말 문풍의 변화를 지적한 조선조 문인들의 견해를 보면 다음과 같다.

---

4) 安珦, 「論國子諸生文」, 『晦軒先生實記』 卷2.

① 옛적 삼국 중엽 이후로 공용문서는 모두『文選』을 모방하였는데 任强首 崔致遠과 같은 이가 모두 두드러진 자이다. 고려초에 이르러서도 아직 그러했지만 名臣들의 章奏와 碑文 같은 데 왕왕 兩漢의 氣味가 있어 후세 사람들이 미칠 바가 아니었다. 그런데 말엽에 이르러서 益齋, 稼亭, 牧隱 등이 고문을 창도하여 세상에 크게 소리를 내었다. 이어서 陽村과 春亭이 완전히 騈儷의 구습을 벗었다. …… 고려말 여러 名賢들이 성리학을 숭상하여 글을 지음에 있어 학문의 근거가 없는 것은 사람들이 그 실상이 없다고 하여 취하지 않았다. 이 때문에 글을 짓는 사람들이 涵養硏索의 공부도 없으면서 입만 열면 곧 性命을 이야기하며 宋의 명현들의 편지까지 주워 모아 그들의 글을 윤색하니 이 역시 글의 한 병통이었다.[5]

② 우리나라 文章은 삼국과 고려 때는 오로지 六朝文을 배워 騈儷文에 뛰어났다. 그런데 고려 중엽에 金文烈公(富軾)이 특히 걸출하여 그가 찬술한『三國史記』는 풍부하고 樸古하여 충분히 西漢의 풍모가 있었다. 그 말세에 李益齋가 비로소 韓愈와 歐陽脩의 고문을 창도했다.[6]

위의 두 예문은 표현상 약간의 차이가 있으나, 고려말에 성리학 수용과 함께 문학도 고문으로 변화했음을 지적했다는 점에서는 동일하다.

唐에서 韓愈의 고문창도가 安·史의 난과 西域 지방 胡族으로 인한 정치적·사회적 혼란을 바로잡으려는 노력에 근거했음과[7] 宋末에 사회질서를 바로 잡기 위해 새로운 주자학이 등장한 것과 여말 선초에 신흥사대부들이 새로운 문학론을 내세운 것은 시대적 상황이 거의 동일하다. 元·明의 압력,

---

5) 金允植,『雲養續集』卷4,「答人論靑丘文章源流」. "在昔三國中葉以後, 公用文書, 皆倣文選, 如任强首·崔文昌, 其顯者也. 至麗初猶然, 而名臣章奏及碑版之作, 往往有兩漢氣味, 非後世所及. 及其季也, 益齋·稼亭·牧隱諸公倡爲古文辭, 大鳴於世. 繼以陽村·春亭 一變騈儷之舊 … 盖自麗末郡賢, 宗性理之學, 爲文而無學問根據者, 人病其無實而不取也. 是以操觚之士, 未嘗有涵養硏索之工, 而開口便談性命, 椓拾宋賢書牘, 以自潤其文, 此亦文之一病也."

6) 金澤榮,『韶濩堂集』卷8 雜言4. "吾邦之文, 三國高麗, 專學六朝文, 長於騈儷, 而高麗中世, 金文烈公, 特爲傑出, 其所撰三國史記, 豊厚樸古, 綽有西漢之風, 其末世, 李益齋, 始倡韓歐古文."

7) 李章佑,「韓愈의 古文 理論」,『東洋學』14, 단국대 동양학연구소, 1984. p. 123.

왜구의 침입 등 외우내환의 사회적 갈등에다 주자학을 수용함으로써 필연적으로 새로운 문학론의 형성을 요구하고 있었던 것이다. 이에 載道論이 등장하여 '文以貫道'와 '文以載道'가 문학론의 표면상으로 부상했던 것이다. 李穡이 '文章은 외적인 것이다'[8]란 '道本文末'의 이론이 바로 그것인 바, 이는 朱子의 문학이론 그대로이다.

이상에서 麗末鮮初에 새로운 문학이론이 필연적으로 생성하게 된 원인을 역사적・사상적・문학사적 배경 등으로 나누어 살폈다. 다음 장에서는 그 이론의 구체적인 양상을 고찰한다.

Ⅲ. 載道論의 展開

고려조의 문학이론에 대해서는 지금까지 많은 연구가 나왔으며, 그 중심은 用事論・新意論 등 주로 창작이론이었다. 이는 고려 중기까지의 문인들의 관심이 대개 이 방면에 집중되었기 때문이다. 그러나 고려말에 접어들면서 창작론보다는 문학의 내용에 관심이 쏠리기 시작했다. 이 장에서는 麗末鮮初 문학론의 주류를 이룬 載道論의 전개를 집중적으로 살피기로 한다.

1. 經術・文章의 一致

載道論이란 "문학은 道를 싣는 그릇이다."라는 주장이다. 여기서 道란 주자의 해석대로 하면 "인간이 살아가는 길이다.(道有路也)" 즉 일상생활에 마땅히 행해야 할 길이다.[9] 이 길을 形而上學으로 파악하면 도학이 된다.

---

8) 李穡, 「栗亭先生逸稿序」『牧隱文稿』 8. "文章外也."
9) 中庸 第一章註. "道猶路也, 人物各循其性之自然, 則其日用事物之間, 莫不各有當行之路, 是則所謂道也."
　　劉若愚著・李章佑譯, 『中國文學의 理論』, 同和出版公社, 1984. p.40의 形而上學的理論에서는 道를 형이상학적으로만 설명했다.

따라서 形而下學的인 길은 愚夫愚婦도 행할 수 있는 쉬운 길이지만 형이상 학적인 길은 聖人도 못다 행하는 어려운 길이다. 쉬운 길이건 어려운 길이건 이 길은 모두 옛 聖賢의 글에 밝게 담겨져 있다. 인간은 먼저 이 經書를 닦아야 바른 길을 알아 살아갈 수 있다. 문학도 따로 있는 것이 아니라 도를 싣고 있는 그릇이다. 문학이 바른 도를 싣기 위해서는 성현의 經書를 닦아 經術에 밝으면 문학은 저절로 된다. 따라서 經術과 文章은 일치해야 한다는 견해이다. 道는 本이요, 文은 末이기 때문이다. 이 本은 바로 經書에 실려 있고 문학은 이 經書에서 제시하고 있는 사상을 표현해야 한다는 견해 이다.

이는 고려말의 성리학 수용과 唐宋古文의 영향과도 무관하지 않다. 따라 서 이 문제와 관계가 깊은 중국문학에 대해 간단히 언급할 필요가 있다.

郭紹虞는『中國文學批評史』에서 '중국문학관념의 복고기'라는 항을 설 정하고 隋唐·五代의 문단에서는 浮靡華麗한 문학에 불만을 갖고 六朝文學 에 대해서 근본적인 회의를 품었다고 지적했다. 즉 형식적·수사적인 문학 에서 내용을 중심으로 하는 내실의 문학을 추구했던 것이다. 그런데 唐·宋 문학의 차이는 唐은 옛 성현의 文章을 표준으로 삼으면서 '文以貫道'를 내 세우고, 宋은 성현의 사상을 표준으로 삼으면서 '文以載道'를 주장했다고 한다. 唐에서 쓰던 '貫'字를 宋에서는 '載'字로 고침으로써 문학을 도학의 附庸으로 파악했다는 것이다.[10]

여기서 唐처럼 성현의 文章으로 복고하느냐, 宋처럼 성현의 사상으로 복 고하느냐는 문제에 주목해 볼 필요가 있다. 고려말 문인들은 文章에로의 복고보다는 옛 성현의 사상에로 복고하려는 의지가 강했다. 그래서 문학에 는 옛 성현의 사상이 담겨 있어야 했고, 그 전범은 성현의 사상이 담겨 있는 經書이어야 했다. 이러한 이론은 여말 선초의 문헌에 많이 나타난다.

충렬왕 이후 안향과 백이정을 통하여 성리학이 들어오고, 李齊賢·朴忠

---

10) 郭紹虞, 『中國文學批評史』上, 現代社 影印本, 1982. pp.3~7.

佐에 의해 師受되면서 고려의 사상계와 문학계에는 새로운 바람이 일기
시작했다는 것은 이미 지적한 바 있다. 그런데 성리학 전래 단계의 안향과
백이정은 문헌이 거의 남아 있지 않아 문학이론의 구체적인 변모는 알 수
없다. 그러나 그들의 사상과 문학세계는 거의 儒家思想的인 분위기를 띠고
있다. 한 시대를 내려가 이들에게서 성리학을 배운 사수 단계에 이르면 분명
히 경학에 대해서 관심을 보이고 있다.

먼저 李齊賢이 국왕의 교육에 대해 올린 글에서『孝經』,『論語』,『大學』,
『中庸』을 공부하여 '格物致知', '誠意正心'의 道를 배우고, 四書를 통하면
다음으로 六經을 차례로 강론하여 驕奢 · 淫佚 · 聲色 · 狗馬 등을 귀와 눈에
접하지 못하게 하여 습관이 성품으로 이루어질 수 있도록 해야 한다고 주장
했다.[11] 治者의 위치에 있는 국왕의 교육에 대한 견해이기는 하지만, '四書',
'六經'을 이처럼 강조한 것은 그의 문학관과 무관하지 않다.

다음으로 李齊賢보다 12세 아래이면서 그와 座主 · 門生관계인 李穀의
견해를 보면 이 점이 더욱 구체적으로 나타낸다.

> 載道之器는 經書라고 하는데　　　　　載道之器皆謂經,
> 釋氏의 말은 생각하기 어렵구나.[12]　　釋氏所說誠難思.

여기서 그가 문학을 '載道之器'로 파악한 것과 도를 담는 그릇을 '六經'이
라고 한 것을 알 수 있다. 더욱이 그의 문학은 다분히 목적문학에 가깝다.
백성의 고통과 민간 풍속을 문학으로 표현해 임금에게 알리려는 것이다.
이와 함께 문학의 내용을 중시하여 忠 · 孝 · 烈을 소재로 한 시가 많다.
앞 시대에 비해 그의 문학론은 훨씬 구체성을 띠고 있는 것이다.

---

11)『高麗史 · 列傳 第23 李齊賢』"上書都堂曰 … 今祭酒田叔蒙, 己名爲師, 更擇賢儒二人, 與
　　叔蒙講孝經 · 語 · 孟 · 大學 · 中庸 以習格物致知 · 誠意正心之道, 而選衣冠子弟正直謹厚
　　好學愛禮者十輩, 爲侍學, 左右輔翊, 四書旣熟, 六經以次講明, 驕奢 · 淫佚 · 聲色 · 狗馬,
　　不使接于耳目, 習與性成, 德造罔覺, 此當務之急者也."
12) 李穀,『稼亭集』14,「順菴新置大藏 李克禮州判作詩以讚 次其韻」.

李穀의 아들인 李穡에게도 같은 견해가 나타난다.

① 사업은 三傑을 바라고   事業希三傑,
　　文章은 六經을 본뜨리.   文章倣六經.13)
② 太學의 風物은 皇靈에 통하는데   胄庠風物暢皇靈,
　　세상을 빛낸 文章 六經과 같네.   照世文章似六經.14)

첫번째의 詩는 새벽에 일어나서 여러 가지로 떠오르는 감회를 읊은 것 중의 하나이다. 따라서 이 시의 내용은 바로 자신이 희구하는 소원이다. 두번째 시는 閔仲玉의 詩卷跋로 쓴 것이니, 그의 문학을 평가하는 기준으로 한 말이다. 위의 두 시구를 보면 그의 문학관을 이해할 수 있다. 또 徐居正의 '牧隱詩精選序'에서는 목은의 시를 이렇게 평가했다.

　　대개 선생의 글은 六經에 근본을 두고, 『史記』・『漢書』를 참고하고 諸子書로 윤색했다.15)

이색의 문학은 육경에 근본을 두고 여타의 것은 참고했다는 것이다. 이색 자신의 글과 徐居正의 말을 종합한다면 그의 문학은 經術・文章의 일치임을 알 수 있다.

이것은 이색보다 9세 아래인 鄭夢周에 있어서도 동일하다.

　　道傳이 16・7세 때 聲律을 익혀 댓구 맞추는 일을 했다. 어느날 驪江 閔子復이 道傳에게 말하기를, "내가 鄭達可선생을 만나니 그가 말하기를, '詞章은 末芸일 따름이요, 이른바 심신을 닦는 학문이 있는데, 그 학설이 『大學』과 『中庸』 두 책에 있다'고 했다. 지금 李順卿과 더불어 두 책을 가지고 三角山 절간으로 들어가서 講究하려고 하는데 그대는 알고 있는가?"라고 했다. 나는 그 말을 듣고, 두 책을 구해 읽어보니 비록 그 뜻은 다 이해할 수 없으나 마음 속에 매우 기쁜 바가 있었다.16)

---

13) 李穡, 『牧隱詩稿』 26, 「晨興」.
14) 李穡, 『牧隱詩稿』 18, 「跋閔仲玉 還學燕都 詩卷因成三首」.
15) 徐居正, 「牧隱集精選序」, "盖先生之文, 本之以六經, 參之以史漢, 潤色之以諸子."
16) 鄭道傳, 「圃隱奉使稿序」, "道傳十六七, 習聲律, 爲對偶語, 一日, 驪江閔子復, 謂道傳曰,

이 글은 정도전이 정몽주의 말을 민자복에게서 간접적으로 듣고서 그대
로 정몽주의 「圃隱奉使稿序」에 옮겨 쓴 것이다. 여기서는 六經을 더 줄여
『大學』과『中庸』만을 강조한 것으로, 성리학적인 경향으로 한 걸음 더 나아
갔다고 볼 수 있다. 李崇仁은 이를 더 구체화시켜『小學』과『大學』만을 강조
한다. 정치철학인『대학』에다가 생활규범서인『소학』까지 넣은 것이다. 이
렇게 하여 도덕이 안에서 쌓이면 文章이 저절로 발해 나온다는 것이다.

이상에서 고려말 문인들의 經術에 대한 견해를 살펴보았다. 이는 朝鮮朝
初의 문인들도 마찬가지다. 徐居正은「東文選序」에서 다음과 같이 말했다.

> 글이란 '貫道之器'이니 六經의 글은 文章에 뜻을 두지 않아도 저절
> 로 道에 합쳐지고, 후세의 글은 먼저 文章에 뜻을 두나 때로는 道에 순
> 수하지 못하다.[17]

여기서 글이란 貫道의 그릇이라는 것과 六經의 글은 저절로 道에 합치된
다는 것이다. 당시의 학자들에게 經書에 근본을 두고 諸子에는 따르지 않기
를 바랐다.

시대를 조금 더 내려가서 金宗直의 문학론도 이와 일치한다.

> 經術에 밝은 선비는 文章에 약하고 文章에 밝은 선비는 經術에 어둡
> 다는 세상 사람의 말이 있으나 내가 보기에는 그렇지 않다. 文章은 經
> 術에서 나오는 것이니 經術은 곧 文章의 뿌리다. 초목에 비유하면 어찌
> 뿌리가 없이 枝葉이 뻗어날 수 있으며, 꽃이 피고 열매를 맺게 할 수
> 있겠는가? 詩・書・六藝는 모두 經術이고, 詩・術・六芸의 글은 곧 文
> 章이다. 만약 그 글로 인해서 그 이치를 연구하여 정묘하게 살피고 조
> 용히 완미하여 이치와 글이 나의 가슴속에 融會하면 그것이 발하여 말
> 과 詞賦가 되어 공교함을 기약하지 않아도 공교하게 될 것이다. 예로부

吾見鄭先生達可, 曰, 詞章末芸耳, 有所謂身心之學, 其說具大學・中庸二書, 今與李順卿,
携二書, 往于三角山僧舍, 講之, 子知之乎? 予旣聞之, 求二書以讀, 雖未有得, 頗自喜."

17) 徐居正,「東文選序」. "文者貫道之器, 六經之文, 非有意於文, 而自然配乎道, 後世之文, 先
有意於文, 而未純於道."

터 文章으로 세상에 이름나고 후세에 전하는 자는 이와 같이 할 따름 이다. 그런데 사람들은 다만 지금의 이른바 經術이란 것은 句讀와 訓詁 의 습관에 지나지 않고, 지금의 이른바 文章이란 것은 文章을 꾸미고 글구를 다듬는 교묘함만 보았을 뿐이다. 구두와 훈고로 어찌 黼黻經緯 의 文章을 논할 수 있으며, 文章을 꾸미고 글구만 다듬는 잔재주로 성 리 도덕의 학문에 참여할 수 있겠는가? 이에 經術과 文章이 두 갈래로 나누어져 그것이 서로 작용하지 못하는 것으로 의심하니, 아 그 소견은 역시 천박하다.18)

　이와 같이 김종직도 經術과 文章은 두 갈래가 아니라고 하였다. 세상에서는 經術이라면 구두와 훈고인 줄 알고, 文章이라면 雕章刻句인 것으로 잘못 알고 있다고 했다. 결국 經術·文章一致를 주장한 것이다.

　위에서 살펴본 바와 같이 麗末鮮初의 문학론에 經術·文章일치론이 대두되었다. 또 고려말에 주자학이 수용되면서 문학은 道를 담아야 한다는 '貫道'와 '載道'라는 말도 나타나기 시작했다. 그러나 중국문학에서처럼 '貫道'라면 '文主道從'이 되고, '載道'라면 '道本文末'이 되는 것은 아니다. 모두 도를 중시하는 뜻으로 사용했다. 그런데 '貫道'이건 '載道'이건 도가 담겨 있는 곳은 옛 성인의 經書이다. 문학은 이 도를 구현해야 하기 때문에 문학을 하는 사람은 經書부터 닦아야 한다. 經書를 닦아 道가 胸中에 쌓이면 문학은 저절로 이루어진다. 따라서 經術이 따로 있고 文章이 따로 있는 것이 아니라 經術과 文章이 일치해야 한다는 것이다.

---

18) 金宗直, 「尹先生祥詩集序」, 『佔畢齋集文集』 1. "經術之士, 劣於文章, 文章之士, 闇於經術, 世之人有是言也, 以余觀之不然. 文章者, 出於經術, 經術乃文章之根柢也. 譬之草木焉, 安有無根柢, 而柯葉之條暢, 華實之穠秀者乎? 詩書六藝, 皆經術也, 詩書六芸之文, 卽其文章也. 苟能因其文, 而究其理, 精以察之, 優以游之 理之與文 融會於吾之胸中, 則其發而爲言語詞賦, 自不期於工, 而工矣. 自古以文章, 鳴於時, 而傳後者, 如斯而已. 人徒見夫今之所謂經術者, 不過句讀訓詁之習耳, 今之所謂文章者, 不過雕篆組織之巧耳, 句讀訓詁, 奚以議夫黼黻經緯之文, 雕篆組織, 豈能與乎性理道德之學? 於是乎, 遂岐經術文章 爲二致, 而疑其不相爲用, 嗚呼, 其見亦淺矣."

2. 實踐文學의 指向

여기서 실천문학이란 요즘 현대문학에서 쓰는 용어와는 개념상의 차이가 있다. 고려말에 주자학의 수용으로 윤리도덕이 강조되면서 문학에 있어서도 좁게는 개인적인 생활윤리의 실천을 강조하면서 넓게는 사회적 공리성까지 문제삼게 되었다. 유교란 본래 誠意・正心・修身・齊家・治國・平天下의 순서가 있기 때문에 개인의 윤리와 사회문제가 직접 연결된다. 따라서 누구는 개인윤리만 앞세우고 누구는 사회문제만을 주장하는 것은 아니다. 더욱이 당시 문학 담당층인 신흥사대부들은 가정에서 편히 생활하는 사람이 아니라, 대부분 현실에 뛰어들어 난국을 헤쳐 가는 현실참여자였기 때문에 어느 한쪽만을 주장하지 않았다. 주자학을 처음으로 가져온 安珦의 글을 보면 다음과 같다.

> 聖人의 道는 일용의 윤리에 지나지 않으니 자식된 자는 효성해야 하고 신하된 자는 충성해야 하며, 예로써 가정을 다스리고, 信으로써 벗을 사귀며, 몸을 닦음에 반드시 공경하며, 일을 시작함에 반드시 성취해야 할 것이다.[19]

이깃은 「諭國子諸生文」의 일부이다. 이 글의 끝 부분에서는 孔子를 알려면 朱子書부터 읽으라는 말이 나온다. 주자의 실천윤리를 강조한 말이기도 한 것이다. 꼭 문학이론이라기보다 생활면에 대해서 제자들에게 타이른 것이다. 그러나 그의 문학적 지향성과도 관계가 깊다. 排邪憂正의 내용을 담은 그의 시들이 이를 증명한다.

백이정이 程・朱學을 처음 전래했을 때 제일 먼저 이를 師受했다는 李齊賢도 같은 견해를 펴고 있다. 당시 忠宣王과 李齊賢이 문답한 글은 문학론을 이해하는 데 많은 도움을 준다.

---

19) 安珦, 「諭國子諸生文」, "聖人之道, 不過日用倫理, 爲子當孝, 爲臣當忠, 禮以制家, 信以交明, 修己必敬, 立事必成而已."

지금 殿下께서 학교를 넓히고, 학교를 삼가 돌보며, 六藝를 높이고 五敎를 밝혀 선왕의 道를 천명하면 누구가 眞儒를 배반하고 승려를 따르며, 實學을 버리고 章句나 익히는 자가 있겠습니까? 장차 雕蟲篆刻之徒가 모두 明經行修之士로 변할 것입니다.[20]

이 글은 본래 武臣亂 이후 經書의 뜻을 밝히고 행실을 닦는 선비는 없고 승려를 따라 章句나 익히는 풍조가 만연하자 그 원인과 치유책에 대한 의견을 피력한 것이다. 여기서 '實學'이란 조선조 후기 실학파의 '實學'과 동일한 개념으로 볼 수는 없겠지만, 현실적・실천적 학문이란 뜻은 동일할 것이다. 무인집권으로 인하여 문인들이 승려를 따라 章句나 익히는 것은 분명히 현실성이 없는 학문이다.

李齊賢의 이러한 주장은 실학파 丁茶山의 견해와도 상통하는 점이 있다. 다산은 詩의 본질을 父子・君臣・夫婦의 윤리에 있다고 하고, 시에는 '愛君憂國'・'傷時憤俗'・'刺美勸懲'의 뜻이 담겨 있어야 한다고 했다. 따라서 뜻을 세우지 못하고 학문이 순정하지 못하며 致君澤民할 마음이 없는 자는 시를 지을 수 없다고 했다.[21] 고려말처럼 시가 윤리적・사회적으로 공헌하지 못할 때는 문학은 존재 가치가 없다는 것이다. 이를 실학파라는 고정관념을 떠나서 李齊賢의 견해와 비교해 보면 너무나 흡사한 주장이다. 李齊賢 당시로 보아서는 아주 진보적인 문학론이다.

儒敎 자체가 본래 修己治人을 목표로 삼는 학문이기 때문에 문학에서 현실문제를 다루려는 것은 필연적인 일이다. 무인집권기에 허물어진 사회를 바로잡으려는 고려말 신흥사대부들과, 조선조의 壬・丙兩亂을 겪은 후 흐트러진 사회질서를 바로잡으려는 실학파 문인들은 시대정신면에서 다를 바가 없는 것이다. 丁茶山이 그의 문학론에서 주장한 것처럼 李齊賢의 시에

---

20) 李齊賢, 『櫟翁稗說』 前集 1, "今殿下, 誠能廣學校謹庠序, 尊六藝明五敎, 以闡先王之道, 孰有背眞儒, 而從釋子, 捨實學而習章句者哉? 將見雕蟲篆刻之道, 盡爲經明行修之士矣."
21) 丁若鏞, 「寄淵兒」, 『與猶堂全書』 第1, "不愛君憂國非詩也, 不傷時憤俗非詩也, 非美刺勸懲之義非詩也. 故志不立, 學不醇, 不聞大道, 不能有致君澤民之心者, 不能作詩, 汝其勉之."

는 忠憤誠孝를 내용으로 한 것이 많은 것도 같은 맥락에서 이해할 수 있다.
이는 李崇仁도 마찬가지이다.

> 나는 생각컨대 예전에 『小學』도 있고, 『大學』도 있었다. 사람이 태어
> 나서 8세부터 15세까지 灑掃應對에서 格物致知・誠意正心・修身齊
> 家・治國平天下에 이르기까지 차례가 있어 절대로 문란해서는 안 된
> 다.22)

이와 같이 그는 학문의 순서를 뛰어넘지 못하게 하면서 윤리의 실천을
강조했다. 단순히 개인의 생활윤리뿐만 아니라, 사회적 정치적인 것까지
문제삼은 것이다. 그는 성균관에서 생도들을 가르칠 때 꼭 師弟間에 예를
행한 후에 經書를 공부하게 했다. 이렇게 해서 도덕이 안에 쌓이면 文章은
저절로 발해 나온다고 보았다. 따라서 조장각구는 배격했다.

이런 견해는 왕조가 바뀐 후의 權近도 마찬가지다. 그의 글에는 實學이란
말이 더러 보이는데, 孔子의 제자를 두고 실학을 했다는 것도 있고, 윤리실
천을 실학이라고 한 곳도 있다.23) 한 예문만 보이면 다음과 같다.

> 나는 생각컨대 三代의 학교는 모두 인륜을 밝히던 곳이고, 六經의
> 글 역시 道를 밝힌 것이다. 이 학교에 거처하면서 이 글을 읽는 자는
> 마땅히 그 道를 구함이 있을 것을 생각해야 할 것이고, 또한 인륜을 두
> 터이 함이 있을 것을 생각해야 할 것이다. 신하가 되어서는 충성을 다
> 하고 자식이 되어서는 효성을 다하여 長幼 朋友에 이르기까지 처한 바
> 에 따라 각각 그 직분을 다해야 할 것이다. 이것이 儒者의 실학이다. 章
> 句에만 이끌려 身心을 다스리지 아니하고 文辭만 꾸며 이익만을 추구
> 한다면 孫公이 학교를 일으킨 본의가 아닐 것이다.24)

---

22) 李崇仁,「贈朴生詩序」『陶隱集』 4. "予惟古者, 惟小學焉, 惟大學焉, 人生自八歲而十有五,
　　其所以灑掃應對, 以至於格致誠正, 修齊治平之地, 截然不可紊."
23) 全秀燕,「權近의 客觀唯心主義的 世界觀과 詩世界」, 이화여대 박사논문, 1990. p.42.
24) 權近,「永興府學校記」,『陽村先生文集』 14, "予惟三代之學, 皆所以明人倫, 六籍之書, 亦
　　所以明斯道, 居是學而讀是書者, 當思有以求其道, 亦思以厚其倫, 爲臣盡忠, 爲子盡孝, 以
　　至長幼朋友, 隨所往而各盡其職, 此乃儒者之實學也. 徒泥章句, 不治身心, 華其文辭, 以徼

이 예문은 학교의 기문이기는 하나 윤리도덕을 실천하는 실학을 먼저하고 文辭는 뒤로 돌린 것이다. 麗末鮮初는 주자의 실천윤리를 강조한 나머지 시에 있어서도 忠・孝・烈을 소재로 한 것이 많다. 위의 몇 예문에서 보았듯이 개인윤리와 사회문제가 함께 제시되었기 때문에 이를 나누어서 서술하지 못했다. 그러나 당시 문인들은 외교관이면서 정치인이므로 사회문제도 많이 다루고 있다. 安珦의 排邪憂正의 詩, 李齊賢의 忠憤誠孝의 詩, 李穀의 觀風紀俗의 詩, 田祿生의 傷時憂國의 詩 등이 그 예이다. 특히 詩를 당시 민풍을 살피고 時變을 파악하는 ‘觀風’의 수단으로 파악한 것은 문학을 사회의 반영물로 보고 정치 반성의 자료로 삼으려 했기 때문이다. 따라서 가장 민속적이고, 가장 지방적인 특색을 문학의 소재로 삼는 경향이 있었다. 李齊賢이 고유의 노래를 漢譯한 ‘小樂府’와 李穡이 민속과 俚語에 눈을 돌린 것이 바로 그 증거이다.[25] 이는 자주적인 민족문학에로 관심을 돌리는 계기가 된다.

이상에서 麗末鮮初의 문학이론을 윤리도덕의 구현과 현실타개의 공리성, 정치반성의 효용성 등으로 나누어서 살펴보았다. 이와같이 麗末鮮初의 문학론은 현실성이 있는 문학에로 지향한다. 즉 躬行實踐의 문학이란 것이다.

3. 性情之正의 追求

여말 선초의 문학에서 ‘性情’에 대한 말이 자주 나온다. 그 중에 대표적인 것은 「陶隱集序」에서 明의 사신인 周倬이 ‘涵泳性情’했다고 하고, 역시 같은 서문에서 鄭道傳은 ‘吟詠性情’이란 말을 썼다.

그러면 ‘吟詠性情’이란 말의 출처는 어디이며, 중국문학에서는 어떤 의미로 쓰였고, 麗末鮮初에는 어떤 뜻으로 받아들였는가? 종전에는 이에 대해 너무 예사로 써온 감이 없지 않다. 더욱이 중국문학에서는 본래 ‘吟詠情性’

利達而已者, 非吾孫公, 興學之意也.”
25) 李炳赫, 『高麗末性理學 受容期의 漢詩研究』, 太學社, 1989. pp.160～179.

인데, 우리는 '吟詠性情'이라고 쓰기도 한다. 이는 朱子의 性情論에 이끌린 때문인 듯하다. 중국문학에서 '吟詠情性'이란 말이 처음 쓰인 곳은 「毛詩序」에서다.

> 나라의 史官은 人君 得失의 事蹟을 밝게 알아 人倫이 폐해진 것을 슬퍼하고, 刑政이 가혹한 것을 슬퍼하여 情性을 吟詠하여 왕에게 諷諫하고 事變에 달통하여 그 舊俗을 생각하는 것이다. 그러므로 變風은 情에서 발하여 禮儀에 그치는 것이다. 情에서 발하는 것은 백성의 性이요, 禮儀에 그치는 것은 先王의 遺澤이다.[26]

이 글의 전문에서 시는 위에서 아래를 교화하는 '化下'와 아래에서 위를 풍간하는 '刺上'도 함께 말하면서 '吟詠情性'이란 말을 썼다. 이를 축자로 해석하면 '吟'은 소리내어 읊는 것(動聲)이고, '詠'은 길게 읊는 것(長言)이다. '情'은 사물로 인해서 생각이 떠오르는 것이고, '性'은 자연히 느끼는 것(因物念慮謂之情 自然所感謂之性, 『禮記・樂記』)이다. 결국 情은 작용이고 性은 본체인데 '情性'이란 사람의 본성을 의미했다. 따라서 '吟詠情性'이란 사람의 본성을 읊어낸다는 뜻이 된다.

그러면 현재 중국에서는 이를 어떻게 파악하는가? 中國의 『中國古代文學理論辭典』에서는 다음과 같이 설명하고 있다.

> 吟詠情性 : 시가를 창작할 때에 인간의 사상 감정을 표현해야 하는 것을 지적한 것이다. …『毛詩序』에서는 '吟詠情性'의 특징을 지적한 것이다. 중국고대문학 비평사상 처음으로 전통적인 '詩言志說'과 서정성을 통일한 것이다. 이것은 곧 시가의 본질적인 특징을 더욱이 선명하게 밝힌 것이다.[27]

---

26) 「毛詩序」, "國史, 明乎得失之迹, 傷人倫之廢, 哀刑政之苛, 吟詠情性, 以風其上, 達於事變, 而懷其舊者也. 故變風發乎情, 止乎禮義, 發乎情, 民之性也, 止乎禮義, 先王之澤也."
27) 趙則誠, 『中國古代文學理論辭典』, 吉林文史出版社, 1985. p.397. "指詩歌創作要抒發人的思想感情 …『毛詩序』從理論上指出詩歌'吟詠情性'的特征, 在中國古代文學批評史上第一次把傳統的 '詩言志' 說與其抒情性質統一起來, 這就更淸楚的闡述了詩歌的本質特征."

여기서 '吟詠情性'이란 인간의 사상 감정을 표현하는 것으로만 해석했다. 또 중화민국의 鄭毓瑜는 시의 創作過程을 '詩緣情'과 '詩言志' 說로 兩大別하고 ①情動於中 形於言 ②吟詠情性 ③發乎情 止乎禮義 등을 '시연정'설에서 설명하고 있다. 그러면서 情은 인간의 七情(喜·怒·哀·懼·愛·惡·欲)으로 파악했다.[28] 이렇게 보면 '吟詠情性'이란 말은 性情論이나 철학적인 뜻은 없어 보인다.

따라서 이 장에서는 朱子가 쓰는 '性情之正'이란 말을 사용했다. '性情의 바름'이란 뜻이다. 이 부분에 해당되는 주자의 '詩經序'를 옮기면 다음과 같다.

> 「周南」과 「召南」은 친히 文王의 덕화를 입어서 덕을 이루어 사람마다 그 性情의 바름을 얻었기 때문에 말에 표현된 것이 즐거우나 지나치지 않고 슬프나 해치지 않는다. 이 때문에 이 두 편만이 風詩의 正經이 된다.[29]

여기서 '性情의 바름'(性情之正)이란 말이 사용되었다. 또 性은 순수 至善해서 萬理가 갖추어져 있는 본체로 보고, 情은 사물에 감응되어 선할 수도 있고 악할 수도 있는 작용이라고 했다. 즉 詩는 '性→情→詩'로 되는데 性은 至善이지만, 情은 善과 惡으로 나누어질 수 있다. 이 情을 잘 닦아 至善의 性으로 돌아가게 해야 한다.[30] 이렇게 하여 '性情의 바름'으로 돌아가게 하는 것이 그의 교화론적 시관이다. 즉 시는 性情을 바르게 하고 陶冶하는

---

28) 鄭毓瑜,「詩歌創作過程的兩種模式」,『中外文學』第十一券, 1983. 이 외에도 廖蔚卿,『漢代民歌的藝術分析』(上), 文學評論 第六集, 1980. 朱自清『詩言志變』, 台灣, 開明書店, 1981 등 참조.

29) 朱熹,「詩經序」. "唯周南召南, 親被文王之化, 以成德而人皆有以得其情性之正. 故其發於言者, 樂而不過於淫, 哀而不及於傷, 是以二篇, 獨爲風詩之正經."

30) 金興圭,『朝鮮後期의 詩經論과 詩意識』, 고려대 민족문화연구소, 1982. pp.26~27에서 朱熹,「詩傳大全·卷頭言」. "朱子曰, 其未感也, 純粹至善, 萬理具焉, 所謂性也. 感於物而動, 則性之欲, 出焉而善惡於是乎分矣, 性之欲, 卽所謂情也."을 들어 논의한 바 있다.

데 도움을 줄 수 있어야 한다. 이와 같이 性情論이 나오면서 '吟詠性情'도 철학적인 의미를 갖게 된다.

　그러면 麗末鮮初에서는 '性情'에 대한 문제가 어떻게 받아들여졌는가? 『牧隱集』에 나오는 예를 몇 개 보이면 다음과 같다.

① 훌륭하던 周南詩가　　　　　　　　　　　振振周南詩,
　　변해서 性情을 미혹하게 했네.　　　　　變矣迷性情.
　　　　　　　　　　　　　　　　　　　「古風三首」, 『牧隱詩稿』 6

② 性情을 도야한 후에 이루어지고,　　　　性情陶冶後,
　　雅俗이 변하는 처음에 갈라지네.　　　　雅俗變移初.
　　　　　　　　　　　　　　　　　　　「有感」, 『牧隱詩稿』 8

③ 性情을 도야하여 스스로 기를 만한데　　陶寫性情自堪養,
　　정치 교화 펼치는 것은 누가 그르다 하리.　敷陳政化有誰非.
　　　　　　　　　　　　　　　　　　　「偶題」, 『牧隱詩稿』 9

④ 詩道는 본래 性情을 그려내는 것,　　　　詩道由來寫性情,
　　누가 말로써 다투어 소리내게 했는가?　　誰教口吻却爭鳴?
　　　　　　　　　　　　　　　　　　　「卽事」, 『牧隱詩稿』 14

⑤ 지금 濂洛의 교화가 처음으로 행해지니,　如今濂洛教初行,
　　시 읊조리며 性情의 바름을 추구하고 싶어라.　謳吟直欲求性情.
　　　　　　　　　　　　　　　　　　　「昨至九齋」, 『牧隱詩稿』 18

⑥ 堯舜의 禮樂은 직책을 나누었고,　　　　唐虞禮樂分官守,
　　孔孟의 詩書는 性情을 통했네.　　　　　孔孟詩書達性情.
　　　　　　　　　　　　　　　　　　　「字詠」, 『牧隱詩稿』 20

⑦ 몇 사람의 時文이 風化와 性情에 관계되는 것 몇 편을 정리하여 몇 권의 책을 만들었다.
　　　　　　　　（凡若干家詩文, 有關於風化性情者若干篇, 釐爲若干卷.）
　　　　　　　　　　　　　　　　　　　「選粹文集序」, 『牧隱文稿』 9

위의 예문을 보면 ②는 性情의 陶冶에 대한 것이고, ③은 存心養性과 관계가 깊으며, ⑦은 교화적인 면이 강조된 듯하다. ②의 전문을 보이면 다음과 같다.

기이한 말은 文章의 병이요,	奇語文章病,
일상적인 말은 진부하기 짝이 없네.	常談腐爛餘.
性情을 陶冶한 후에 이루어지고,	性情陶冶後,
雅俗이 변이하는 처음에 갈라지네.	雅俗變移初.
창해에 뇌성이 울리고	蒼海雷聲振,
청천에 밝은 해 비치네.	靑天日色舒.
心緖의 어지러움 근심할 것 없이	莫愁心緖亂,
古人의 글이나 읽어야지.[31]	且讀古人書.

이 시는 '性情의 陶冶', '雅俗의 變移', '心緖의 어지러움' 등 心·性·情을 소재로 한 내면적인 시임을 알 수 있다.

다음 「陶隱集序」에 보이는 '涵泳性情'과 '吟詠性情'도 단순한 사상 감정의 표현을 의미하는 것이 아니다. 앞의 것은 明의 사신인 周倬이 禑王 11년(1385) 9월에 고려에 사신으로 왔다가 그 달 29일에 지은 서문이다. '涵泳'이란 '沈潤', '沈浸', '深入領會'의 뜻이다. 性情에 깊이 젖어 들어가서 그것을 詩로 표현했다는 말이다. 그는 李崇仁의 글을 '華而不浮', '質而不俚'하여 화평한 가운데서 奇麗를 발하고, 忠君·愛國·隆師·親友의 뜻이 말 밖에 나타나니 고려는 중국과 멀리 떨어져 있는데도 그 학문과 性情이 이와 같다고 감탄했다. 결국 이숭인의 문학은 '性情之正'에서 나온 것이라고 한 것이다.

이상에서 볼 때 고려말 문학론에 '吟詠性情', '涵泳性情'의 용어가 있으나, 모두 性情을 陶冶해서 나온 문학이란 뜻이다. 이는 조선조의 성리학자들의 문학론에 크게 영향을 끼치게 된다.

---

31) 李穡, 『有感·牧隱詩稿』 8.

Ⅳ. 結語

이상에서 麗末鮮初의 문학이론 생성에 대해서 살펴보았다. 종전에 고려
조의 문학이론이라면 주로 기교 수사론에 대해서 연구되어 왔다. 그러나
여기서는 문학의 내용에 道를 담아야 한다는 載道論을 중심으로 살펴보았
다. 주된 내용을 요약하여 결론지으면 다음과 같다.

먼저 麗末鮮初의 문학론이 생성된 원인과 배경에 대한 문제이다. 忠烈王
이후 무인집권이 끝나자 신흥사대부들이 등장하면서 문학담당층이 바뀌었
다. 또 대외적으로는 元・明이 교체되고, 대내적으로는 고려와 조선조의
왕조교체기이기도 하다. 사상계에서는 성리학의 전래로 인해 斥佛論이 팽
배된다. 이에 따라 문학에 있어서도 필연적으로 새로운 이론이 요망되었다.
그것이 곧 문학에는 道를 담아야 한다는 載道論이다. 이를 크게 세 가지로
나누어 살폈다.

첫째, 經術・文章의 일치관이다. 문학은 道를 표현해야 하고, 道는 옛
성현의 經書에 담겨 있다. 이 經書를 잘 닦아 도덕이 안에 쌓이면 文章은
저절로 된다는 견해이다. 이는 李齊賢, 李穀, 鄭夢周 등을 거쳐 조선의 徐居
正, 金宗直에 이어 지속적으로 나타난다.

둘째, 실천문학에의 지향이다. 실천문학이란 오늘날 널리 쓰이는 일반적
인 개념과는 다르지만, 좁게는 개인적인 생활윤리와 넓게는 사회적인 문제
까지 실행과 실천이 요망되었다. 이때 문인들은 외교관으로서, 정치인으로
서, 사회참여자로서 문학활동을 했기 때문이다. 이는 주로 安珦에서부터
나타나는데 李齊賢에 와서는 실학을 주장하고 '雕蟲篆刻之徒'의 배격론까
지 나온다. 이와 같이 문학을 인간의 윤리와 사회문제까지 결부시키는 것은
麗末鮮初에 두드러지게 나타난다.

셋째, 性情之正의 문학을 추구한 점이다. 고려말에 '吟詠性情', '涵泳性情'
등의 용어가 쓰이는데, 이는 모두 性情을 陶冶해서 '性情의 바름'을 얻어야

한다는 뜻이다. 이는 詩經序에서 주자의 교화론적인 문학관에서 영향 받은 바가 크다.

麗末鮮初는 모든 면에서 변혁기이기 때문에 문학에 있어서도 새로운 이론이 요망되었다. 여기서 효용론이 나타나게 되고, 더 구체화된 것이 經術・文章의 일치, 躬行實踐文學의 指向, 性情之正의 문학 추구 등으로 요약될 수 있다.

<原題 :「麗末鮮初의 文學理論生成」, 樹堂金錫夏先生古稀論文集,
『韓國文學史敍述의 諸問題』, 1993>

·第2部·
羅麗의 作家와 作品論

崔孤雲의 漢詩

I. 序言

우리 문학사에서 최고운은 '東國文宗'으로 널리 알려져 있다. 물론 그 이전에 문학작품이 없었던 것은 아니다. 「箜篌引」, 「黃鳥歌」, 「龜旨歌」 등과 같이 한자로 표기된 전통적인 시가형식의 문학작품들이 있었고, 乙支文德의 「與隋將于仲文」, 眞德女王의 「致唐太平頌」과 같은 五言古詩도 있었다. 그러나 단순히 한두 작품으로 그 시대의 문학 전반을 이해하기란 지극히 어려운 일이다. 許筠이 을지문덕 시에 眞僞與否의 의문을 제기한 것을 李家源 先生은 참으로 慧眼이라고 칭찬했고, 金萬重이 眞德女王 시에 眞僞與否의 의문을 제기한 것 역시 그의 詩話에 그대로 인용하고 있다.[1] 이와 같이 상고시대의 우리 문학작품은 이런 문제를 제기할 정도로 영성하다. 이에 반해 고운에 오면 질적으로나 양적으로 앞 시대와는 비교되지 않을 정도이다. 李奎報의 견해도 마찬가지이다. 우리 나라의 古代는 문헌이 없어서 문학에 대해서 알 도리가 없지만 隋・唐 이후부터 작자가 나타나기 시작하여 을지문덕・진덕여왕 등의 시가 있으나 적막함을 면할 수 없고 우리 나라 시로 중국에 명성을 떨친 사람은 최치원・박인범・박인량부터라고 했다.[2]

---

1) 李家源, 『玉留山莊詩話』, 乙酉文化社, 1972, p.6.
2) 李奎報, 『白雲小說』, 『詩話叢林』春. "三韓, 自夏時, 始通中國, 而文獻, 蔑蔑無聞, 隋唐以來, 方有作者, 如乙支之貽詩隋將, 羅王之獻頌唐帝, 雖在簡册, 未免寂寥. 至崔致遠, 入唐登第, 以文章名動海內……朴仁範……朴寅亮……我東之以詩, 鳴于中國, 自三子始, 文章之華國, 有如是夫."

이와 같은 李奎報의 의견을 보더라도 우리나라의 본격적인 문학은 고운에서 시작되었다고 할 것이다. 따라서 우리 문학사를 서술할 때 고운에 대해서는 가장 많은 지면을 활용해 첫 머리를 장식하고 있다. 고운 작품의 문체별 종류를 보면 고운 문학을 파악하는 데 큰 도움이 될 것이다.

1. 表 2. 狀 3. 奏狀 4. 堂狀 5. 別紙 6. 檄書 7. 書 8. 委曲
9. 擧牒(擧牒詞·勅牒詞) 10. 齋詞 11. 祭文 12. 疏 13. 記 14. 啓
15. 雜書 16. 詩(이상은『桂苑筆耕』소재) 17. 賦 18. 序 19. 碑銘
20. 讚 21. 願文 22. 傳 23. 雜錄(이상은『孤雲先生文集』소재)

이와 같이 고운의『桂苑筆耕』과『孤雲先生文集』을 통해서 그의 문체별 종류를 보면 23류이다. 이는 중국 後梁 蕭統(501~531)이 편찬한『文選』의 39류에 육박한다.『文選』은 이전부터 그 당시까지의 대표적인 문학작품을 집대성한 것인데 비하여 고운은 한 개인의 작품으로 여기에 육박한다는 것은 큰 발전이라고 할 수 있다. 그러므로 고운이 문학적인 면에서 뿐만 아니라, 사상적인 면에서도 크게 주목을 받게 된 것은 지극히 당연하다. 고려조에 와서 현종 11년(1020)에 孔子廟庭에 從祀케 하였고, 또 14년(1023)에 文昌侯로 追封했으며, 조선조에 들어와서도 文廟配享과 함께 전국 각 서원에 奉享하고 있으니, 이를 보아도 우리 역사상 고운이 얼마나 높이 평가받고 있었는가를 알 수 있다. 그러나 필자가 논하려는 것은 그의 문학이다. 그의 문학은 위에서 보았듯이 23종이나 되는데 이것을 크게 나누면 결국 운문과 산문이다. 이 중에서 필자는 그의 시만 다루려고 한다. 그런데 지금까지 고운에 관계되는 논문이 100편이 넘고 단행본으로 된 저서만도 5~6권이 된다. 범위를 좁혀서 시 연구에 관해서만 보아도 문학관, 주제, 용운, 시평 등에 이르기까지 다양하다.

본고에서는 기존의 연구 성과를 토대로 해서 먼저 고운이 살다 간 그 시대의 특성과 文風을 살펴보고, 그 위에서 이루어진 시를 살펴보기로 한다. 시에서는 고운 시의 예술적인 가치, 用事의 源流, 시의 특성, 풍격 등을 고찰하기로 한다.

Ⅱ. 孤雲의 時代와 文風

한 시대의 작가나 작품을 논할 때, 그 시대적인 상황부터 파악하는 것은 너무나 일반화된 방법이다. 그리고 지금까지 고운의 문학을 연구해 오면서 이 방면에 대해서 상당히 논의된 것도 사실이다.[3] 그렇다고 본고에서 이를 전연 도외시할 수도 없다. 따라서 지금까지의 연구 성과를 토대로 본고의 논지를 파악하는 데 도움이 될 수 있는 부분만 간략하게 서술하기로 한다.

시대가 인물을 탄생시키기도 하고 인물이 역사를 바꾸어 놓기도 하지만 고운의 경우는 그 시대가 그를 만들었다고 할 수 있다. 만약 고운이 신라 말과 같은 말세에 태어나지 않고 태평한 시대에 나서 호화스러운 생활을 하고 순조롭게 벼슬길에 나아가서 성공했다면 당대에 존경을 받았을지는 모르지만, 우리 민족이 영원히 우러르는 대사상가이자 대문인은 되지 못했을 것이다. 결국 고운은 불행한 시대에 태어나 그 인고를 작품으로써 승화시켰기 때문에, 우리 문학의 開祖로 추앙받게 된 것이다.

우리 문학사를 잠깐 돌아보면 우리나라에 한자가 전래된 후, 고구려·백제·신라 삼국에 지속적으로 한문학은 발전되어 왔다. 그 중에서도 신라는 지리적으로 대륙과 가장 멀리 떨어져 있으면서도 지속적으로 중국과 교류함으로써 한문학이 크게 활성화되었다. 眞興王 37년(576) 경에는 불교·유교·도교의 결정체인 화랑을 신봉했고, 眞平王 43년(621)에는 처음으로 唐과의 국교를 맺었으며, 善德女王 9년(640) 5월에 자제를 唐에 보내어 고구려·백제와 함께 그곳 국학에 입학시켰다. 眞德女王 4년(650)에는 唐의 高宗에게 보낸 「太平頌」이 남아 우리 문학사의 한 자리를 차지하고 있다.

통일신라 시대에 强首는 『孝經』·『曲禮』·『爾雅』·『文選』 등을 읽었다고 한다. 여기서 『문선』을 읽었다는 것은 단순히 강수라는 한 개인의 문제가

---

3) 金重烈, 「崔孤雲 文學의 時代的 背景」, 『漢城語文學』 第 2 집, 한성대학 국어국문학과, 1983, pp.13∼26.

아니라, 신라 한문학의 경향을 암시해 준다. 또 '讀書三品科'에서 읽은 책들을 보면 이 문제를 더욱 선명히 해 준다.

一品 : 『春秋左氏傳』·『禮記』·『文選』·『論語』·『孝經』
二品 : 『曲禮』·『論語』·『孝經』
三品 : 『曲禮』·『孝經』

이와 같이 여러 가지 교재를 사용했고 五經·三史·諸子百家를 널리 통하는 사람은 관등을 뛰어 올려 등용했다. 이를 보면 당시 신라 문인들이 어떤 책을 읽고 문학생활을 했는지 자명해진다.

이는 고운보다 조금 전시대의 일이라고 할 수 있는데, 그러면 고운이 살았던 신라 말은 어떠했던가? 신라를 上代(始祖~眞德王), 中代(武烈王~惠恭王), 下代(宣德王~敬順王) 三代로 나눌 때 고운이 활동한 시기는 분명히 下代에 속한다. 이 때는 대내적으로는 群盜의 발호, 호족의 대두, 농민의 봉기가 그치지 않았고 대외적으로는 晚唐文化의 대량 유입과 遣唐留學生의 대거 귀국으로 신라의 사회체제에 변화의 계기를 가져왔다.

이러한 시대에서 당시 새로운 지식계급인 유학생들에게 못마땅한 것은 개인의 능력보다 타고난 신분을 중시한 骨品制度라는 사회계급이었을 것이다. 골품이란 骨品과 頭品, 즉 聖骨·眞骨과 六頭品·五頭品·四頭品의 등급인데, 3·2·1 두품도 있었을 것이나 이는 평민에 속했을 것이므로 아예 기록이 없다. 성골은 양친이 모두 왕족으로 신라의 임금 중에 朴氏 8王, 昔氏 8王, 金氏 13王은 혈족간에 서로 결혼하여 순수한 혈통을 지켜 眞德王까지 왕위를 독점 세습하였다. 진골은 양친 중 어느 한 쪽이 왕족이고 한 쪽이 귀족인 자이므로 제2골이라고도 하는데 太宗武烈王에서부터 신라 마지막 왕까지 왕위를 세습하였다. 第1位官인 伊伐湌에서 제5위관인 大阿湌까지는 진골·성골에 한정되었으나, 28대 眞德女王에서 성골의 혈통이 끊어지자, 29대 태종무열왕 이후는 진골이 그 직을 맡게 되었다.

왕족 다음에 지배계급은 6·5·4두품이다. 제6위 阿湌에서 제9위 級伐

飡까지는 6두품에 한하고, 제10위 大奈麻에서 제11위 奈麻까지는 5두품에
한하였으며, 제12위 大舍에서 제17위 造位까지는 4두품에 한하였다. 따라
서 3・2・1두품이 있었다고 하더라도 이들은 관계에 나가지 못하는 평민이
었던 것이다. 이들은 골품에 따라 衣食住에 등급과 차이가 있었고 벼슬은
일대에 끝났으나 골품과 두품에 의한 신분만은 세습적이었다.

　여기서 중요한 것은 고운이 속한 계급인 6두품이다. 이것도 얻기 어렵다
고 '得難'이라고도 했다. 이는 王이 된다거나 王과 通婚할 수 없을 뿐, 당대
의 최고 지배계급이었다. 그러나 신라 사회의 주인은 진골 중심이었기 때문
에 고운은 최고 지식계급으로 태어나서 많은 갈등을 겪었다. 이것은 개인의
영달이라기보다, 이러한 여러 가지 개방되지 못한 사회모순의 개혁의지 때
문이었을 것이다.

　이런 국내 사정과 함께 唐末의 사정은 어떠했던가? 그는 12세의 나이로
유학을 떠나 청・장년 시절을 그곳에서 보냈기 때문에 당말의 역사적인
배경은 고운의 문학을 파악하는 데 중요한 의미를 가진다. 더욱이 신라가
당의 힘을 빌어 삼국통일을 성취했기 때문에 당과의 문화교류는 이전부터
활발했다.

　한 때 世界帝國으로 군림했던 당은 安史의 亂(755~763) 이후 그 권위가
상실되었고 번영은 쇠퇴의 길을 걷기 시작했다. 玄宗(712~756) 이후부터
중앙에서는 宦官의 專橫과 官紀의 문란으로 권력 질서가 무너지고 있었으
며, 지방에서도 흉년으로 도적떼가 일어나기도 했다. 고운이 檄文을 지어
당대에 명성을 떨치게 된 黃巢의 반란도 이 때 일어난 것이다. 이와 같이
정치적인 변화와 함께 科擧制度가 등장한다. 지도계층은 출신을 따지기보
다 시험을 통한 능력 위주로 개편되기 시작한 것이다. 따라서 종전의 귀족계
급은 몰락의 길을 걷게 되고 말았다.

　그리고 唐代의 사상계는 儒・佛・道 三敎의 혼합상태였다. 하지만 불교
와 도교는 비세속적이기 때문에 사회를 이끌어가는 정치적인 면에서는 어

디까지나 유교였다. 이를 감안하면 이 시기에 당나라에 유학했던 고운 역시 이 사상체계를 크게 벗어나기 어려웠을 것이다.

이와 함께 遣唐留學生의 실태는 어떠했는가? 신라는 神文王 2년(682)에 당에 사신을 보내 문학에 관계되는 자료를 수입한 일이 있고, 文聖王 2년 (840)에는 당에서 유학기간을 마친 유학생 105명이 귀국한 일이 있다. 憲德 王 13년(821)에 당이 외국인을 위해 실시한 賓貢科에 金雲卿이 처음으로 합격한 이후 孝恭王 11년(907)까지 58명의 합격자가 나왔다. 이들 중에서 널리 알려진 문인으로는 崔利貞, 金立之, 崔匡裕, 崔致遠, 崔愼之(彦撝), 金紹游, 朴仁範, 金渥, 崔承祐 등이 있다. 이들은 신라 말의 문단을 빛낸 분들이다.

중요한 것은 이들이 당에서 어떤 文風을 받아들였는가 하는 점이다. 唐詩는 위로 漢·魏 六朝의 餘風을 계승하고, 아래로 五代와 兩宋의 詩風을 열어준 중국 시가문학상의 황금기의 문학이다. 그런데 唐詩는 일반적으로 宋代 嚴羽가 『滄浪詩話』에서 시대를 나눈 初唐·盛唐·中唐·晚唐의 네 시기가 통용되고 있다. 이를 달리 春·夏·秋·冬에 맞추어 설명하기도 하는데, 이 시대의 특징을 보면 初唐은 六朝의 餘習이 남아 있어서 唯美的이면서도 艷麗하고, 盛唐은 百花가 무성히 핀 시기이며, 中唐은 抒寫와 情志가 극치에 달했던 때이다. 晚唐에는 다시 유미적인 풍이 불어 纖細하고 工巧함으로 흘렀다. 이 때 李商隱, 杜牧, 溫庭筠, 許渾, 羅隱, 韋莊 등이 주로 활약했는데 이들 시의 특징을 말할 때, 李商隱의 綺靡 및 戀·傷·麗, 杜牧의 豪健과 艷麗, 溫庭筠의 綺靡, 羅隱의 諷刺, 韋莊의 艷麗 등을 들 수 있다. 한 평생 창작한 문학을 이처럼 한 마디로 특징을 짓는 데는 무리가 있겠지만, 그렇다고 이러한 평이 그들의 작품과 전연 무관한 것은 아니다. 당말에는 앞 시대에 비해 기백은 자연히 줄어들고, 말기적인 시대 현상과 함께 柔靡輕佻에 흘렀다는 것만은 부인할 수 없다.

그러면 신라 말 유학생들은 과연 무엇을 보고 배웠겠는가? 이 당시 국내에서 문학 교본으로 사용했던 책은 위에서 지적했듯이 『文選』이었다. 『문

선』은 六朝時代의 모범이 되는 문장을 모은 것으로 39류가 실려 있다. 이것
을 우리의 太學에서 교재로 사용하고 科擧의 시험에도 출제하였으니 자연
히 그것을 본받지 않을 수 없었을 것이다. 이러한 국내 사정에 젖은 청년
유학생들이 唐에 가자 그곳 시풍 역시 綺麗한 방향으로 흐르고 있는 것을
접할 수 있었다.[4] 이에 신라 말 유학생들은 상당한 영향을 받지 않을 수
없었다.

　　① 우리 나라의 시를 읽어보면 그 格律이 무려 세 번이나 변했다. 신
　라말 고려 초에는 오로지 만당을 답습했고, 고려 중엽에는 오로지 東坡
　를 배웠으며, 말기에 이르러서 益齋 諸公이 옛 습속을 바꾸어 雅正으로
　다듬었는데 조선조에 이르러서도 그 궤도를 그대로 따랐다.[5]

　　② 옛날 삼국 중엽 이후 公文書는 모두 『文選』을 모방하였으니, 예
　를 들면 任强首 • 崔文昌 같은 분이 두드러진 자이다. 고려 초에 이르러
　서도 그러하였으나 名臣들의 章 • 奏와 碑文 같은 것은 가끔 兩漢의 氣
　味가 있어 후세의 미칠 바가 아니다. 고려 말에 이르러 益齋 • 稼亭 • 牧
　隱 諸公이 古文을 새로이 창도하여 크게 세상을 울렸다.[6]

　이 두 개의 인용문 중에서 ①은 주로 시에 대한 논평이고, ②는 산문에
대한 것이다. 신라 말 고려 초에 시는 綺麗한 六朝詩風의 경향이고, 산문은
『文選』을 모방했다는 것이다. 현재 남아 있는 당시의 산문 문장은 거의 공문
서의 성격을 띠고 있으며, 그 글들이 四六騈儷文인 것을 보아도 이는 쉽게
수긍이 간다.

---

4) 閔丙秀, 「羅末麗初詩의 晚唐의 影響에 대하여」, 『冠岳語文研究』, 서울대학교 국어국문
　학과, 1983, pp.57~82.
5) 金宗直, 「青丘風雅序」. "得吾東人詩以讀之, 其格律, 無慮三變. 羅季及麗初, 專襲晚唐, 麗
　之中葉, 專學東坡, 迨其叔世, 益齋諸公, 稍變舊習, 裁以雅正. 以迄于盛朝之文明, 猶循其軌
　轍焉." 민병수 위의 논문에서 重引(國立圖書館藏本).
6) 金允植, 「答人論青丘文章源流」, 『雲養續集』 卷4. "在昔, 三國中葉以後, 公用文書, 皆倣文
　選, 如任强首 • 崔文昌, 其顯者也. 至麗初猶然, 而名臣章奏及碑版之作, 往往有兩漢氣味,
　非後世所及, 及其季世, 益齋 • 稼亭 • 牧隱諸公, 倡爲古文新辭, 大鳴於世."

지금까지 고운의 시를 파악하기 위하여 대내적으로 신라 말의 시대적인 상황과 대외적으로 당말의 시대적 특성과 문풍을 살펴 보았다. 신라 말이나 당말은 모두 말기적인 어지러움이 있었고 文風은 시의 만당적인 綺麗함이 있었고, 문은 騈儷文의 성격을 띠고 있었다.

III. 孤雲의 詩

1. 藝術的 價値

고운을 평하여 '東國文宗', 또는 '開祖'라고 한 것을 보더라도 고운 시가 얼마나 높이 평가받고 있는가를 충분히 짐작할 수 있다. 그러나 후대의 평가 에는 긍정적인 견해와 부정적인 견해가 함께 나타난다. 이 문제에 대해서는 고운 연구에서 상당히 논의되어 왔다.[7] 여기서 간략하게 일부분만 절취하여 표로 보이면 다음과 같다.

[표 1]

	姓　名	評價內容	出　典	評價對象	時代
1	顧　雲 (？~894)	문장이 중국을 감동시켰네.(文章 感動中華國)	金富軾,『三國史 記·崔致遠傳』	詩와 文	唐末
2	羅　隱 (833~909)	나은은 자기 재주를 믿고 스스로 뽐내어 남을 인정하지 않았으나 최치원이 지은 시 5축을 보았다. (羅隱 負才 不輕許可人示致遠所製 詩歌五軸)	〃	詩	〃

---

7) 金重烈,「孤雲文學에 대한 諸家의 評價攷(1)－肯定的인 總評을 中心으로－」,『논문집』 제9집, 군산대학교, 1984.

―――「孤雲文學에 대한 諸家의 評價攷－否定的인 立場을 主로－」,『논문집』제11집, 군산대학교, 1985.

	姓　名	評價內容	出　典	評價對象	時代
3	金富軾 (1075~1151)	그 명성이 중국에 알려짐이　이와 같다.(其名聞上國如此)	〃	詩와文	高麗
4	鄭知常 (? ~1135)	문장이 중국을 진동시켰네…명성이 李白・杜甫와 같네. (文章動中土…齊名同李杜)	閔周冕, 『東京雜記』 제2,佛宇	詩와文	〃
5	李仁老 (1152~1220)	그 때 천하가 어지러웠는데 (고병의) 편지와 격서가 모두 그의 손에서 나왔다.(時天下雲援 簡檄皆出其手)	李仁老, 『破閑集』中 23	文	〃
6	李奎報 (1168~1241)	① 문장으로 명성이 천하를 진동시켰다.…문장의 나라를 빛냄이 이와 같은 것이다.(以文章 名動海內…文章之華國 有如是夫) ② 그러나 그의 시의 격이 그리 높지는 않으니 혹시 그가 중국에 들어간 것이 만당 후이기 때문이 아닌가.(然其詩不甚高 豈其入中國, 在於晚唐後故歟)	李奎報, 『白雲小說』 (『詩話叢林』春)	文 文 인정, 詩 불인정	〃
7	崔滋 (1188~1260)	남에게 지어준 시도 역시 절구가 많은데 맑고 아름다와 사랑할 만하다.(寄贈亦多絶句 淸婉可愛)	崔滋, 『補閑集』上 32	詩	〃
8	李承休 (1224~1300)	누가 문장으로서 중국에 떨쳤는가? 淸河의 崔致遠이 처음으로 칭찬 받았네.(文章何人動中華　淸河致遠方延譽)	李承休, 『帝王韻記』下	詩와文	〃
9	徐居正 (1420~1488)	① 우리나라 사람이 시로써 중국에 명성을 떨치는 이 세 분으로부터 시작되었으니 문장으로 나라를 빛내는 것이 이와같다.(吾東之 以詩鳴於中國 自三君子始 文章之足以華國如此) ② 최치원의 황소를 토벌하는 격문은 명성이 천하를 진동시켰다.(崔致遠 黃巢之檄 名震天下)	徐居正, 『東人詩話』2 徐居正, 「東文選序」	詩와文 文	朝鮮

	姓 名	評價內容	出 典	評價對象	時代
9	徐居正 (1420~1488)	③ 지금 『계원필경』에 이해하지 못할 곳이 많이 있으니 아마 당시의 기습이 이와 같은 것인지, 그렇지 않으면 동방의 문체가 아직 예와 같지 않아서일 것이다.(今桂苑筆耕 多有不解處 恐當時氣習如此 或東方文體 未能如古也) ④ 지금 『계원필경』을 보건대 최치원의 문장이 괴이하고 난삽하여 천하를 진동시킬 수 없다. (以今觀之 致遠文章 詭奇澁僻 不足動天)	徐居正, 『筆苑雜記』권 1 徐居正, 『筆苑雜記』권 2	詩와 文	朝鮮
10	成 俔 (1439~1594)	우리나라 문장은 최치원에게서 비로소 발휘되었다. 최치원이 당에 들어가 과거에 급제하여 문명을 크게 떨쳤고 지금에 와서 문묘에 배향되었다. 이제 그 저술을 보니 詩句에는 능하나 뜻이 정묘하지 못하고 四六文은 잘 하였으나 말이 정제되지 못했다.(我國文章 始發揮於崔致遠 致遠入唐登第 文名大振 至今配享文廟 今以所著觀之 雖能詩句 而意不精 雖工四六 而語不整)	成俔, 『慵齋叢話』권 1	詩와 文 불인정	〃
11	金馹孫 (1464~1498)	나라를 빛내는 문장을 펴고 태평세월을 아름답게 꾸몄을 것이다. (擒華國之文 賁飾太平)	金馹孫, 『濯纓集』제5 「續頭流錄」		〃
12	金 綵 (1488~1534)	최치원은 우리나라 문헌의 우두머리로 문묘에 배향되었으나 도학을 정묘하게 연구한 사람은 아니다. (崔致遠 以東方文獻之首 而從祀於廟庭 然非能精究道學者也)	『朝鮮朝王朝實錄』 中宗 卷21, 9년 11월 庚午		〃
13	周世鵬 (1495~1554)	① 최치원의 문장이 신이하고…선성묘에 배향하는데 이분이 아니고 누구이겠는가?(崔文昌之文藻神異…配享先聖 非斯人而誰歟)	周世鵬, 『武陵集』권 5, 「上李晦齋」	문장과 문묘 배향	〃

	姓　名	評價內容	出　典	評價對象	時代
13	周世鵬 (1495~1554)	② 황소에게 보낸 격문으로 명성이 천하를 진동시켜 우리 나라 문장의 개조가 되어 문묘에 배향되었으나 실은 우리 유교의 죄인이다.(檄黃巢 名動天下 遂爲東方文章之祖 至於配食文廟 然其實吾儒之罪人也)	『武陵集』권7,「遊淸凉山錄」	문장과 문묘 배향을 인정하나 유교의 죄인	〃
14	李　滉 (1501~1570)	① 崔孤雲과 같은 이는 한갓 문장만 숭상하고 부처에 아첨함이 또 심하였으니(如崔孤雲 徒尙文章 而諂佛又甚)	『退溪先生言行錄』권5, 崇正學	문묘 배향 불가	〃
		② 최고운은 전적으로 부처에 아첨한 사람인데 외람되이 배향의 예에 참여하였다.(崔孤雲以全身佞佛之人 濫側祀禮)	蓮潭有一,「四山碑銘序」		〃
15	李睟光 (1563~1629)	우리 나라 사람들이 문장을 말할 때는 반드시 최치원을 일컬어 마치 따라갈 수 없을 것 같이 했다.(我東人 言文章者 必稱致遠 如不可幾及者耳)	李睟光,『芝峰類說』권8, 文章部1, 文評	文章	〃
16	許　筠 (1569~1618)	① 우리 나라 문장이 천하에 알려진 것은 신라말에 와서 비로소 최치원을 일컫네.(吾東文章天下聞, 羅季始稱崔孤雲)	『許筠全書』시 2,「余以病…抒懷」		〃
		② 최고운의 시는 당말에 있어서 정곡・한악과 같은 유로 대개 경조 천박하여 중후하지 못하다. (崔孤雲學士之詩 在唐末 亦鄭谷韓偓之流 率佻淺不厚)	許筠,『惺叟詩話』(『詩話叢林』秋)	詩 불인정	
		③ 文은 얄팍하여 시들고 시는 엉성하여 박약하니 許渾과 鄭谷 사이에 놓아도 그 모습이 초라한데 어찌 성당의 시와 그 공교로움을 다툴 수 있겠는가?(文菲以萎 詩粗以弱 使在許鄭間 亦其形醜 乃欲使盛唐爭其工耶)	一,『惺所覆瓿』권10, 文部7,「答李生書」	詩	

	姓　名	評價內容	出　典	評價對象	時代
17	金錫胄 (1634~1684)	천 길이나 우뚝 선 절벽이요 만리의 끝없는 파도이다.(仟仭絶壁 萬里洪濤)	任璟,『玄湖瑣談』 (『詩話叢林』)	詩	
18	洪萬宗 (1637~　?　)	당의 시어사를 지낸 최치원에 이르러 문체가 크게 갖추어져 마침내 우리 나라 문학의 개조가 되었다.…「범해시」…'사어굉사', 「증지광상인시」…「구격정치」, 「제여지도」…뜻이 극히 호웅하다. 이분의 가슴 속에는 몇 개의 雲夢澤이 들어 있는지 상상할 수 있다.…「郵亭夜雨詩」…최치원의 시는 율격이 엄정하다. 이들은(최치원, 박인량) 가히 중국의 여러 시인과 활통을 메고 재주를 겨뤄 볼 만하다.(至于唐 侍御使崔致遠 文體大備 遂爲東方 文學之祖… 泛海詩 … 辭語宏肆 贈 智光上人詩 … 句格精緻 且如題輿 地圖 … 思意極其豪健 想此老胸中 藏得幾箇雲夢 其郵亭夜雨詩曰… 崔詩格律嚴正…可與中國諸子　櫜 鞭周旋)	洪萬宗, 『小華詩評』上	詩	〃
19	金萬重 (1637~1682)	최문창은 장실의 維摩로서 중국에 명성을 크게 떨쳤다.(崔文昌 以丈室之維摩 大鳴中華)	金萬重, 『西浦漫筆』	詩와 文	〃
20	申維翰 (1681~　?　)	唐末에 이르러 崔阿飡 한 사람이 북쪽으로 중국에 가서 공부하여 곧 初祖의 達摩가 되었다.(至唐末而始有 崔阿飡北學一人 便爲初祖達摩)	申維翰, 『青泉集』권3, 「與任正言璞論文序」	詩와 文	
21	朴趾源 (1737~1805)	고운의 이름이 드디어 해내에 떨쳤다.(孤雲名遂震海內)	朴趾源, 『燕巖集』권 1, 「咸陽郡學士樓記」		
22	徐有榘 (1764~1845)	이 책으로 開山始祖를 삼지 않을 수 없으니 이 또한 우리 나라 藝苑의 시조이다. (不得不以是集爲開 山鼻祖 是亦東方藝苑之本始也)	徐有榘, 「桂苑筆耕序」	詩와 文	

	姓　名	評價內容	出　典	評價對象	時代
23	申　緯 (1769~1847)	시야를 높혀 중국의 문물을 살폈으니 그 공은 개산 시조보다 높네.(放眼威儀覩漢官功高初祖始開山)	申緯, 「東人論詩絶句」 (『驚修堂集』 48)	詩와 文	〃
24	洪奭周 (1774~1842)	이 두 책은 우리 나라 문장의 시초이다.…황소에게 보낸 격문 한 편은 기운이 굳세고 뜻이 곧아 조금도 꾸민 흔적이 없고 그 시에 있어서는 평이하고 우아하여 더욱이 만당시인들이 미칠 바 아니다.(是二書者　亦吾東方文章之本始也…如檄黃巢一篇 氣勁意直 絶不以彫鏤爲工 至其詩 平易近雅 尤非晚唐人所可及)	洪奭周, 「桂苑筆耕集序」	詩와 文	〃

　위에서 인용한 24명의 견해 중에서 6번 이규보, 9번 서거정8), 10번 성현, 12번 김구, 13번 주세붕, 14번 퇴계, 16번 허균을 제외하고는 모두 찬사를 아끼지 않았다. 이 가운데 긍정적인 평가를 요약해 보면 첫째로 文名을 중국에 떨쳤다는 것인데 12세의 어린 나이로 唐에 유학하여 그렇게 명성을 떨친 사람은 유사 이래 없었다는 것이다. 둘째로 우리 문학의 개조라는 것이다. 물론 한자가 우리 나라에 전래한 이후 한문학이 없었던 것은 아니나, 질적・양적으로 보아 고운에 비교될 사람이 없었기 때문이다. 셋째로 고운 시의 예술성이 높다는 것이다. 아래에서 예를 들어 좀더 상세한 평을 보기로 한다.

　　우리나라에서 글을 잘 지어 책을 저술하여 후세에 전하는 것은 孤雲 崔公으로부터 시작하였고, 우리나라 선비로 북쪽 중국에 유학하여 글을 잘 짓는다는 명성을 천하에 떨친 분도 역시 崔公으로부터 시작하였다. 崔公의 글이 후세에 전하는 것은 다만 『桂苑筆耕集』과 『中山覆簣集』 두 책뿐인데 이 역시 우리나라 문장의 근본이요 시작이다.……세

---

8) 서거정은 『필원잡기』에서는 "문장이 괴이하고 난삽하여 천하를 진동시킬 수 없다"고 했으나, 「계원필경서」에서는 "이 문집을 개산의 비조로 삼지 않을 수 없으니 이것이 또한 동방예원의 시초이다"라고 했다.

상에 어떤 이는 '公의 글이 모두 騈儷四六文으로 거의 옛날 문장가의
글과 같지 않다'고 하니, 公이 중국에 들어간 것이 唐의 懿宗·僖宗 연
간이었으므로 그 때 중국의 글이 오로지 騈儷文을 숭상할 때이어서 그
풍조의 추세를 참으로 면할 수 없었던 것이다. 그러나 공이 지은 글을
보면 가끔 화려한 것이 많으나 부박하지 아니하다. 黃巢에게 보낸 격문
한 편은 기운이 군세고 뜻이 곧아서 조금도 꾸며 교묘하게 만들지 않
았다. 그의 시에 있어서는 평이하고 우아하여 더욱이 晚唐의 시인들이
미칠 바 아니다. 이는 맑은 물과 흰 베의 바탕에다가 술이며 단술과 문
장의 아름다움을 겸한 것이니 어찌 더욱 보배롭지 않겠는가?[9]

洪奭周는 고운의 시와 산문의 성격과 가치까지를 밝혔다. 여기서 주목할
것은 최고운이 최초로 문학작품집을 남겼을 뿐만 아니라, 그의 시는 만당
시인들이 미칠 바가 아니라는 높은 평가이다. 홍석주는 金澤榮이 뽑은 『麗
韓十家文鈔』에 든 한 사람이다. 30세 때에 書狀官으로 燕京을 다녀오고,
58세 때는 正使로 또 중국에 다녀왔다. 이런 古文家로서 고운의 산문과
시를 이처럼 높이 평가하고 있는 데는 큰 의의가 있다. 그리고 흔히 최고운
의 문장이 騈儷文이라는 것을 단점으로 지적하는 의견이 있자, 李睟光은
여기에 대해서도 반기를 들고 있다.

용재 성현이 말하기를 '최치원이 비록 詩句에 능하나 뜻이 정밀하지
못하고 四六文은 잘 하나 말이 정제되지 못했다.'고 하였으나 나의 생
각에는 이 말이 반드시 통론이라고 할 수 없다. 최치원의 시와 문이 어
찌 조그만 하자야 없겠는가마는, 다만 신라 때 문풍이 떨치지 못하였는
데도 최치원이 이를 창도해 내었다. 그러므로 우리나라 사람들이 문장
을 말할 때는 반드시 최치원을 일컬어 따라갈 수 없을 것 같이 했다.[10]

9) 洪奭周, 「桂苑筆耕序」. "吾東方之有文章而能著書傳後者, 自孤雲崔公始, 吾東方之士, 北學
于中國, 而以文聲天下者, 亦自崔公始. 崔公之書, 傳于後者, 唯桂苑筆耕與中山覆簣集二部.
是書者, 亦吾東方文章之本始也.……世或謂公文皆騈儷四六, 殊不類古作者, 公之入中國, 在
唐懿僖之際, 中國之文, 方事騈儷, 風會所趨, 固有不得而免者. 然觀公所爲辭, 往往多華
而不浮, 如檄黃巢一篇, 氣勁意直, 絶不以雕鏤爲工. 至其詩平易近雅, 尤非晚唐人所可及,
是蓋以明水疏布之質, 而兼有乎酒醴黼黻之美者, 豈不彌可珍哉."

李睟光의 견해도 신라라는 시대적인 상황을 고려할 때 아직 文風도 떨치지 못했는데 고운이 우리 문학을 창도해 내었다는 데 큰 의의를 두고 있다. 특히 고운의 시와 산문을 험잡는 것은 통론이 되지 못한다는 평은 주목을 끌게 한다.

위에서는 주로 문인이라 할 수 있는 사람들의 평을 보았다. 다음에는 이와 달리 儒學者는 고운을 어떤 시각에서 보고 있는가를 살펴보자.

① 우리나라가 箕子 이후에 聲聞이 있는 이가 적습니다. 三國時代에 는 오직 新羅를 최고로 일컬었는데 그 중에서 文章으로 유명한 사람은 強首를 꼽습니다. 그러나 그가 공부한 것이 周公·孔子의 道에서 나왔 다고 할 수 없습니다. 다만 薛弘儒侯의 박학 근면에 뛰어난 풍유와 崔 文昌의 문장의 신이함은 그 소견과 소행이 참으로 百世의 선비라고 할 만합니다. 誠正의 학설에 대해서는 거의 들어볼 수 없으나 한 구석진 나라에 태어나서 문학을 창도한 공로가 막대하므로 先聖에 配享하는 데 있어서 이분이 아니고 누구이겠습니까?[11]

② 나는 생각컨대 최고운이 당에 들어가서 黃巢에 격문을 보내어 명 성이 천하를 진동시켰다. 이리하여 우리 나라 문장의 개조가 되어 文廟 에 配享하게 되었다. 그러나 그는 실로 우리 유교의 죄인이다. 옛날 王 夷甫(王衍)가 淸談을 잘하여 천하의 창생을 그르쳐 중국을 五湖에 망하 게 하여 길이 中原 百代의 죄인이 되었다. 고운과 같은 분은 도리어 이 보다 더 심함이 있다. 그가 큰 명성을 싫어지고 동쪽으로 돌아와서 비 록 조정에 용납되지는 못했으나, 우리 나라 사람들이 마치 신선처럼 바 라보고 그가 평생에 지나간 물 하나 돌 하나도 지금까지 일컬어 마지 않는다. 참으로 고운이 우리 유교의 門戶를 대략 알아서 바른 말로 불 교를 배척했다면 5백년의 고려가 반드시 불교에 빠지기를 그처럼 심하 게 하지는 않았을 것이다.[12]

---

10) 李睟光,『芝峰類說』卷 8, 文章部一, 文評. "成惽齋倪曰, 崔致遠, 雖能詩句, 而意不精, 雖 工四六, 而語不整, 余謂此言, 未必通論. 而致遠詩文, 亦豈無小疵? 但新羅時, 文風未振, 而 致遠倡之, 故我東人, 言文章者, 必稱致遠, 如不可幾及者耳."

11) 周世鵬,「上李晦齋」,『武陵集』卷5. "吾邦, 自箕後, 鮮有聞, 三國時, 惟羅最稱. 而其以文章 鳴者, 推強首耳, 然其所學, 未能皆出於周公·仲尼之道, 獨薛弘儒之博勤善諷, 崔文昌之文 藻神異, 其所見所行, 眞可謂百世之士, 而至於誠正之說, 槩乎其未聞也. 然其生一隅, 倡文學, 功莫大焉, 則配享先聖, 非斯人而誰歟." 그는 시에서도「致遠臺」,「感崔孤雲」등이 있다.

위의 예문은 모두 주세붕의 글이다. 두 예문 중에서 첫번째의 글은 白雲洞書院에 安珦의 봉안 문제를 두고 晦齋의 의견을 듣고자 하여 올린 편지이다. 그러므로 신라시대의 强首, 薛聰과 고려시대의 金富軾, 安珦을 들어 그 공적과 단점을 지적하면서 고운은 문학을 창도한 공로가 막대하므로 당연히 文廟에 配享해야 한다는 것이다.

두번째의 글은 주세붕의 청량산 기행문인 「遊淸涼山錄」에서 나온 것인데 그곳에 유람 중 그곳 老宿이 金生窟, 致遠臺, 元曉寺, 義湘峰을 가리키며, 이 네 사람이 산중에서 道友가 되었다는 말을 듣고, 주세붕은 시대적으로 볼 때 이들은 같은 시대 사람이 아니므로 그렇게 될 수 없다고 반박하면서 고운에 대해 언급한 것이다. 이 글에서도 역시 孤雲을 우리 나라 文章의 開祖로 보면서 다만 斥佛을 하지 못한 것을 두고 우리 유교의 죄인이라고 했다. 여기서 홍미를 끄는 것은 ①의 글에서는 문묘에 종사하는 것은 당연하다고 하고, ②의 글에서는 문학적인 면에서는 우리 나라 문장의 개조인 것을 인정하지만 그 당시에 고운이 斥佛을 하지 않아서 고려 5백년 동안 불교의 나라가 되게 한 것은 고운의 죄라는 것이다. 고운이 하도 큰 인물이고 보니 우리 민족의 모든 짐을 그에게 지우려는 것이다. 그러나 신라 말이라는 시대적인 상황으로 볼 때 이는 도저히 있을 수 없는 일이다. 그런데도 고운에게 斥佛까지를 요망했으니 이는 그렇게 할 필요도 없을 뿐만 아니라, 또한 불가능한 요구이다. 위의 글을 보면 道學者의 계열인 周世鵬도 결국 고운의 문학을 높이 평가한 것을 알 수 있다. 후일 栗谷이 薛聰, 崔致遠, 安珦 등을 문묘에 종사하는 것을 못마땅하게 여긴 것도 결국 道學的 效用論적인 측면에서의 평가이지, 문학적인 평가는 아니다.

---

12) 周世鵬, 「游淸涼山錄」, 『武陵雜稿』 卷7. "余謂崔孤雲, 入大唐檄黃巢, 名動天下, 遂爲東方文章之祖, 至於配食文廟, 然實吾儒之罪人也. 昔王夷甫, 善淸談, 誤天下蒼生, 使神州, 陸沈於五胡, 永爲中原百代罪人, 若孤雲則反有甚焉. 彼其負大名東歸, 雖不爲朝廷所容, 東人望之若神仙中人, 其平生所歷, 一水一石, 至今猶稱道不衰, 誠使孤雲, 粗識吾儒之門戶, 而昌言排之, 則五百年高麗, 未必陸沈於佛, 若是之酷也."

이상에서 고운 시에 대하여 24명의 견해를 들어 보았다. 그에 대한 평가는 고운이 우리 문학의 개조라는 것, 최초로 중국에까지 명성을 떨쳤다는 것, 風格이 다양하다는 것 등 긍정적인 것이 대부분이었다. 다만 부정적인 견해는 시가 만당의 풍조라는 것과 文이 騈儷文이라는 것 등이 그것이다. 그러나 고운이 그 시대에 태어나서 당대에 맞는 글을 썼던 것이기에 조금도 폄하할 수 없는 것은 너무나 당연한 일이다.

2. 用事의 源流

문학에서 用事라는 말은 본래 梁鍾嶸의 「詩品序」에서 나왔다. 즉 "性情을 읊조리는 데 있어서 用事를 귀히 여길 것이 무엇이 있겠는가?"[13]라는 말에서 나온 것이다. 그러면 이 때 用事의 뜻은 무엇인가? 이를 『詩品全釋』에서 詩文中의 典故(詩文中的 典故)라고 했다. 그리고 『中國古代文學理論辭典』에서도 "창작 중에 典故 및 앞 시대 사람의 典籍 중 재료를 인용한 것을 말한다."[14]고 했다. 그러나 후일 用事의 기교가 발달되면서 비유의 뜻으로 쓰이는 경향도 있었다. 여기서 고운의 용사는 단순히 고사를 인용하는 정도로 과거의 모방에 머무는 것이 아니라, 과거의 것을 재구성함으로써 새로운 의미를 창출했다는 점에서 오늘날 문학 기법으로 소위 패러디(parody)라고 할 수 있다. 그러면 孤雲詩의 用事의 源流는 과연 어떠했던가?

> 하늘이 우리 선생을 내시어 三敎를 관통하였으니 더 할 수 없이 위대하구나. 傳記에 이르기를 '金鐸으로 武를 떨치고 木鐸으로 文을 떨친다'고 하였으니 선생은 바로 삼교의 목탁일 것이다. 그러나 선생은 儒冠을 쓰고 儒服을 입었으니 반드시 유교의 앞장이 되어 그 글로 말미암아 孔子·孟子를 법을 삼았을 것이다.[15]

---

13) 徐達, 『詩品全釋』, 貴州人民出版社, 1990, p.21. "至乎吟詠性情, 何貴於用事."
14) 趙則誠, 『中國古代文學理論辭典』, 吉林文史出版社, 1985, p.464. "用事 : 指創作中引用事故以及前人典籍中的材料."
15) 蓮潭 千有一, 「四山碑銘序」. "天生我先生, 統貫三敎, 大哉蔑以加矣己. 傳有之, 金鐸振武,

이 글은 승려가 쓴 것인데도 고운의 사상을 유교인으로서 佛·道 三敎를 관통했다고 했다. 곧 고운 사상의 정곡을 꿰뚫어 말했다고 할 수 있다. 그러므로 이 삼교를 통하여 고운 시의 용사를 고찰해 보기로 한다. 고운의 시에는 三敎 이외 引用故事도 있지만 그의 思想은 위에서 보았듯이 三敎가 중심이므로 이에 집중하여 살펴 보려는 것이다. 그런데 주의할 것은 고운의 작품이 어느 정도 되며, 어느 것을 연구 대상으로 삼을 것인가 하는 문제이다. 朴魯春은 「崔致遠作品數小考」라는 논문에서 고운의 시가 119首라고 하였다.[16] 그리고 이보다 10여 년 정도 후에 나온 金重烈의 논문에서는 126수로 밝혀졌다. 이 표를 보이면 다음과 같다.[17]

[표 2]

著書＼形式	五言古詩	五言絶句	七言絶句	五言律詩	七言律詩	七言聯句	計
桂苑筆耕			45		15		60
千載佳句			1			6	7
三國史記			5				5
白雲小說						1	1
東文選	4	2	10	4	6		26
海印寺古籍			6				6
新增東國輿地勝覽			1		1		2
芝峰類說		8					8
小華詩評				1			1
孤雲先生文集 A						2	2
孤雲先生文集 B		1					1
海雲先生略選		1					1
海雲先生銅像			1				1
崔文昌侯全集					5		5
計	4	12	69	5	27	9	126

木鐸振文, 先生其三敎之木鐸與. 然先生旣冠儒冠, 服儒服, 則必以儒敎爲前茅, 由其文于以憲章孔孟也."

16) 朴魯春, 「崔致遠詩作品數小考」, 『東洋學』 제5집, 단국대, 1975, p.244.
17) 金重烈, 「崔致遠文學研究」, 고려대학교 박사학위논문, 1984, p.78.

그런데 이보다 후에 나온 成樂喜의 저서에서는 여기에 1수가 더 추가되어 127수라고 했다.[18] 이와 같이 연구를 거듭함에 따라 작품수가 계속 늘어나고 있다. 필자는 이를 모두 연구 대상으로 하지 않고 성균관대학교 대동문화연구원에서 영인한『崔文昌侯全集』에 실린 것만을 연구 대상으로 했다.

이를 정리해 보면『孤雲先生文集』에 있는 것이 32題 37首,『孤雲先生續集』에 실려 있는 것이 7題 11首, 합해서 48首이다. 여기서 같은 시가 原集에서는 「暮春卽事和顧友使」로, 續集에서는 「和顧雲友使暮春卽事」로 제목만 달리하여 두 곳에 수록되어 있으므로 續集의 것은 계산하지 않았다. 그리고『桂苑筆耕集』卷17에 실려 있는 「七言紀德詩」30首는 金重烈의 「孤雲의 紀德詩研究」[19]에서 자세히 다루었고 내용도 모두 高騈의 업적을 칭송한 것이며 형식도 한 가지 업적에 七言絶句 1首씩 30가지의 일에 30수의 시로 되어 있다. 그리고『桂苑筆耕集』卷 20에 실려 있는 시는 27題 30首이다. 이렇게 하여『文昌侯全集』에 실려 있는 시는 총 108首이다. 이 시만 고찰해도 고운 시의 경향을 충분히 알 수 있다. 이 외의 것은 대부분 만년의 은거하기 전후에 지은 것이어서 내용이 비슷하기 때문이다.

그러면 구체적으로 그의 用事를 살펴 보기로 한다. 孤雲의 座主(裵瓚)가 피난하여 維陽을 시나나가 絶句三首를 지어 준 데 대하여 화답한 시를 들어 보기로 한다.

<table>
<tr><td>해마다 儒苑에 荊棘이 침범하고</td><td>年年荊棘侵儒苑,</td></tr>
<tr><td>곳곳의 전쟁 터엔 연기와 먼지 자욱하네.</td><td>處處烟塵滿戰場.</td></tr>
<tr><td>오늘 아침에 宣父 뵈올 줄을 어찌 알았으랴.</td><td>豈料今朝覲宣父,</td></tr>
<tr><td>凡眼을 활짝 열어 文章을 보게 하네.</td><td>豁開凡眼睹文章.</td></tr>
<tr><td></td><td></td></tr>
<tr><td>난리 때라 일마다 슬프지 않은 것이 없으니</td><td>亂時無事不悲傷,</td></tr>
<tr><td>鸞과 鳳이 놀라서 帝鄕을 떠나네.</td><td>鸞鳳驚飛出帝鄕.</td></tr>
</table>

---

18) 成樂喜,『崔致遠의 詩精神研究』, 關東出版社, 1990, p.61.
19) 金重烈, 「孤雲의 紀德詩研究」,『웅진어문학』창간호, 1993.

응당 생각하리, 沂水에 목욕하려던 제자들　　應念浴沂諸弟子,
새 봄이 올 때마다 이별의 간장 녹는 것을.　　每逢春色耿離腸.

왕을 도와 이 세상 건져주기 바랐더니　　濟川終望拯烟沈,
기쁘게 좋은 글 받들어 속된 마음 씻었네.　　喜捧淸詞浣俗襟.
한스럽게 시 읊으며 창해로 돌아가니　　唯恨吟歸滄海去,
눈물로 어찌 깊은 은혜 다 갚으리.　　泣珠何計報恩深.
　　　　「奉和座主尙書 避難過維陽 寵示絶句三首」

　첫 수의 시는 매년 儒苑에 荊棘이 침범하고 곳곳의 전쟁터엔 연기만 자욱
한 시대적인 상황을 배경으로 하고 있다. 이러한 때 그는 뜻밖에 宣父를
뵙게 되었다. 宣父는 唐의 貞觀11년(637)에 詔書를 내려 孔子를 추존한 명칭
인데 여기서는 스승을 의미한다. 結句에 가서는 그의 좋은 문장을 보게 되니
凡眼이 열리게 된다고 했다. 이 시의 起·承 兩句의 분위기는 마치 安珦의
「題學宮詩」를 연상하게 한다.

　둘째 수의 시는 더 유교적이다. 난리 때라 슬프지 않은 일이 없고 鸞鳥·
鳳凰과 같이 어진 사람들은 모두 서울을 떠나게 되었다. 갑자기 沂水에 목욕
하고 舞雩에 바람을 쐬고 노래하면서 돌아오고 싶다는 曾點의 일을 연상한
다.『論語·先進篇』의 이 글은 性理學者들도 한 점 物慾이 없는 灑落한 胸襟
이라고 하는데 이 시의 셋째 수에 역시 '浣俗襟'이라는 詩語를 쓰고 있다.
고운은 宋·明代 性理學者들과 같은 시각으로『論語』를 파악하고 있는 것
을 알 수 있다. 그리고 이 시에서는『書經』에서도 용사하였다. 즉 濟川이란
『書經·說命上』에서 나오는 말로 商의 高宗이 傳說에게 명령하기를 "아침
저녁으로 가르침을 들여 나의 덕을 도우라. 쇠를 갈 때는 너를 숫돌로 삼으
며, 큰 내를 건널 때는 너를 배와 노를 삼으며, 크게 가문 해에는 너를 장마비
로 삼으리라."[20]고 했다. 이 세 마디 말은 모두 제왕의 은택을 입는 것을

---

20)『書經·說命上』. "命之曰, 朝夕納誨, 以輔台德, 若金, 用汝作礪, 若濟巨川, 用汝作舟楫,
　若歲大旱, 用汝作霖雨."

비유한 말이다. 따라서 이 글에서는 배찬이 임금을 도와 창생을 구제하기를
바랐는데, 이런 사람이 마침 좋은 글을 고운에게 주어 기쁨을 감추지 못한다
는 것이다. 다음에는 '問津'에 관한 것이다.

나그네 수레 멈추고 나루터 물으니	遊子停車試問津,
隋煬帝의 쌓은 둑도 적막하구나.	隋堤寂寞沒遺塵.
人心은 언제나 태평 임금 따르는 법	人心自屬昇平主,
버들은 조금도 그 때의 봄빛 아니구나.	柳色全非大業春.
탁한 물결은 임금님 놀던 뱃길 남기지 않았고	濁浪不留龍舸迹,
지는 놀은 공연히 비단돛대 새로워라.	暮霞空認錦帆新.
수양제가 나라 망쳤다고 말하지 마오	莫言煬帝曾亡國,
사치란 언제나 자신을 망치나니.	今古奢華盡敗身.
	「汴河懷古」

여기서 "나루터 물으니(問津)"는 얼핏 보면 단순히 길손이 나루터를 묻는
것 같지만 그 이상의 깊은 뜻을 가지고 있다. 問津의 出處가 『논어』이기
때문이다. 즉 隱者인 長沮와 桀溺이 함께 밭을 갈고 있는데 공자께서 그
곳을 지나다가 제자인 子路를 시켜 나루터를 묻게 한 일이 있다.[21] 그러나
이들은 끝내 그 나루터를 알려 주지 않았다. 이들은 은자로서 어지러운 세상
에 공자가 뜻을 펴 보려고 다니는 것을 못마땅하게 여겼기 때문이다. 후세에
儒者들은 이들을 두고 潔身亂倫한 사람이라고 비방을 한다. 지금까지 중국
에 '問津處'의 遺跡를 표시해 두고 있으니 이는 단순한 고사가 아니다. 그러
므로 '問津'은 周나라 말기와 같이 어지러운 시대와 관련지어 생각할 수
있는 중요한 시어가 아닐 수 없다.

海內에서 누가 海外 사람 어여뻐하리	海內誰憐海外人,
나루터 묻노니 어디가 내 갈 곳인가.	問津何處是通津.
祿俸을 타려는 것이지, 名利를 구함이 아니며	本求食祿非求利,
부모님 영광 위해서요 나를 위함이 아니로다.	只爲榮親不爲身.

---

21) 『論語・微子』 제18. "長沮桀溺, 耦而耕, 孔子過之, 使子路問津焉."

나그네 길 근심 속에 강 위에 비 내리고　　　　客路離愁江上雨,
고국의 꿈 속에 햇볕 따뜻한 봄이네.　　　　　故園歸夢日邊春.
내를 건널 때 다행히도 은혜 물결 만나니　　　濟川幸遇恩波廣,
십년 묵은 속된 갓끈 씻고 싶어라.　　　　　願濯凡纓十載塵.

　　　　　　　　　　　　　　　　　　　　　　「陳情上太尉詩」

　이 시는 高駢에게 벼슬 한 자리 주기를 진정한 내용이다. 전편이 유교사상
으로 깔려 있다. 특히 '食祿'이란『史記·循吏列傳』에 "녹봉을 받고 사는
사람은 백성과 더불어 이익을 다투지 않는다(食祿者 不得與下民爭利)"는
데서 온 것이고, 榮親 역시 科擧에 급제하여 부모를 영광스럽게 한다는 뜻으
로 조선조에 와서도 선비들이 많이 사용했던 말이다. 이 시에서 '問津'이란
시어를 쓰게 된 것은 '通津'을 찾기 위해서이다. 통진이란 四通八達의 나루
터 또는 요직을 의미하기 때문이다. 그리고 '恩波'란 본래 제왕의 恩澤을
비유한 말인데 여기서는 고운이 高駢의 넓은 은혜를 입었다는 뜻이다. 海外,
問津, 通津, 濟川, 恩波 등 주로 물과 관계되는 시어를 함께 쓴 것이다. 역시
앞의 시들과 관계가 깊은 것이다. 뿐만 아니라 고운은 헛갈릴 때 '迷津(「辛
丑年寄進士吳瞻」)'이란 말도 쓰고 있다. 다음은 孔子의 節義精神이 孤雲詩
에 투영된 것을 보기로 한다.

돌틈에 박히어서 뿌리와 잎 쉬이 마르고　　　石罅根危葉易乾,
바람과 서리에도 유난히 꺾어지네.　　　　　風霜偏覺見摧殘.
들국화 가을에 곱다고 뽐냄에 맡겨두고　　　己饒野菊誇秋艷,
바위 위의 소나무 추위 이겨냄을 부러워하리.　應羨岩松保歲寒.
가엾어라, 고운 빛으로 바다 위에 섰건만　　　可惜含芳臨碧海,
뉘라서 부귀한 집 뜰앞에 옮겨 심으리.　　　誰能移植到朱欄.
범상한 초목들과는 아무래도 다르련만　　　與凡草木還殊品,
그런데도 나뭇꾼들은 같이 볼까 두렵네.　　　只恐樵夫一例看.

　　　　　　　　　　　　　　　　　　　　　　「杜鵑」

이 시의 표면상의 뜻은 杜鵑花가 바위 틈에 곱게 피어 있는 것을 나뭇꾼들이 일반 초목과 동일시할까 두렵다는 것이다. 그러나 속 뜻은 세상에서 알아주지 않는 고고한 자신의 감정을 이입시킨 것이다. 그런데 여기서 핵심을 이루는 단어는 '歲寒心'이다. 이는 『論語』에 "孔子께서 말하기를 추운 겨울을 지나 보아야 소나무와 잣나무가 뒤늦게 시드는 것을 알 수 있다."[22]는 데서 온 말이다. 태평 시절에는 小人과 君子가 다를 바 없지만 事變을 겪은 후에 군자의 志操를 알 수 있다는 것이다. 그래서 선비가 곤궁함을 겪은 후에 그 절의를 알 수 있고, 신하가 亂世를 당한 후에 忠節을 알 수 있다는 것이다. 두견화는 봄에 피었다가 지는 꽃이므로 응당 이를 부러워했으리라는 것은 바로 孤雲 자신의 고고한 선비정신을 보인 것이다. 그의 「野燒」라는 시에서도 들에 불이 붙어 玉石俱焚이 될까 염려하는 것은 모두 이와 같은 고고한 詩想에서 나온 것이다. 다음은 공자의 제자인 顔子와 공자를 사숙한 孟子에 관한 것이다.

남의 나라 나그네 신세 세월이 오래니	上國羈棲久,
만리 타국에 부끄럽기도 하네.	多慚萬里人.
顔子와 陋巷을 어찌 감당하랴.	那堪顔氏巷,
孟子처럼 좋은 이웃에 살게 되었네.	得接孟家隣.
道를 지켜 옛 학문만 닦을 뿐이요	守道惟稽古,
사귀는 우정은 어찌 가난하다 싫어하리.	交情豈憚貧.
타향에서 마음 통하는 사람이 적으니	他鄕少知己,
그대를 자주 방문한다고 싫어하지 마오.	莫厭訪君頻.

「長安旅舍與于愼微長官接隣」

여기서 유의할 것은 顔子의 陋巷과 孟子와의 이웃이다. "공자께서 顔回를 두고 어질구나 안회여, 한 그릇의 밥과 한 바가지의 물을 마시며 누추한 곳에서 살아가는 것은 딴 사람들은 그 근심을 견뎌내지 못하는데 안회는

---

22) 『論語 · 子罕』 제 9. "子曰歲寒然後 知松柏之後彫也."

그 즐거움을 고치지 않으니, 어질구나. 안회여!"[23]라는 글을 그대로 詩化한 것이다. 안회가 누추한 곳에 살면서도 安貧樂道를 추구했기 때문에 이 구절은 宋代의 周濂溪나 程子·朱子도 여기에 많은 관심을 보였고, 우리 선비들에게 본보기가 되어왔다.

孟子처럼 좋은 이웃이란 漢 劉向의『列女傳·鄒孟軻傳』에 나오는 孟子의 어머니가 세 번이나 이사하여 좋은 이웃을 가려 살게 된 '孟母三遷'을 말한다. 고운이 가난하기는 顔子의 陋巷과 같지만 于愼微처럼 좋은 이웃을 얻게 된 것을 孟子에 비유한 것이다. 이와 같이 顔子와 孟子를 用事한 것은 고운의 儒家思想의 일면을 보여 준다.

이상으로 孔子와 그의 제자에 관계되는 儒敎思想에서 나온 用事를 들어 보았다. 여기서 공자의 出處問題인 問津, 松栢後彫의 節義精神, 安貧樂道와 里仁까지 用事하고 있다. 다음은 佛敎에서 나온 것을 보기로 한다.

金剛地 위의 말씀 하나하나 깨치고　　　　　　步得金剛地上說,
鐵圍山 사이의 번뇌에서 구원했네.　　　　　扶薩鐵圍山間結.
比丘가 海印寺에 佛經을 강론하니　　　　　　芯蒭海印寺講經,
『華嚴經』이 이로부터 三絶을 이루리.　　　　雜花從此成三絶.

龍堂의 묘한 설법 龍宮에 들어가　　　　　　　龍堂妙說入龍宮,
龍樹菩薩이 그곳에서『華嚴經』전해왔네.　　　龍猛能傳龍種功.
龍國의 龍神도 정녕 기뻐하고　　　　　　　　　龍國龍神定歡喜,
龍山은 義龍의『화엄경』전해온 큰 공로 표창하리. 龍山益表義龍雄.

摩羯提城에 광명이 두루 비치고　　　　　　　　摩羯提城光遍照,
遮拘盤國에 불법이 더욱 빛나네.　　　　　　　遮拘盤國法增耀.
오늘 아침 지혜의 해가 동쪽에 떴으니　　　　　今朝慧日出扶桑,
文殊菩薩이 東廟에 강림했음을 알겠네.　　　　認得文殊降東廟.

---

23)『論語·雍也』제 6. "子曰, 賢哉回也, 一簞食一瓢飮, 在陋巷, 人不堪其憂, 回也, 不改其樂, 賢哉回也."

하늘이 말하길 秘敎는 하늘에서 내린다더니   天言秘敎從天授,
海印의 참된 법이 바다에서 나왔네.   海印眞詮出海來.
좋을시고 우리 나라 海印의 뜻 일어나니   好是海隅興海義,
아마도 하늘 뜻은 天才(希郞)에게 맡기나 보다. 只應天意委天才.

道樹의 높은 담론 龍樹가 해석하고   道樹高談龍樹釋,
東林의 고아한 뜻은 南林에서 번역했네.   東林雅志南林譯.
斌公이 彼岸(열반)에서 金聲을 떨쳤지만   斌公彼岸震金聲,
伽倻에서 佛跡 이은 希郞만 하랴.   何似伽倻繼佛跡.

많고 넓은 모임 그 수는 의심스러우나   三三廣會數堪疑,
현묘한 『화엄경』은 결함이 없네.   十十圓宗義不虧.
流通을 말하여 나타나는 증험을 미루어 보면   若說流通推現驗,
종래의 다하지 못한 말 유달리 기이하리.   經來未盡語偏奇.

　　　　　　　　　　　　　　　　　　「贈希朗和尙」

이 시를 읽으면 마치 불법 강론을 듣는 듯한 느낌을 준다. 고운의 불교사상을 찾아볼 수 있는 자료 중에서 散文으로는 「四山碑銘」을 비롯한 記・讚・願文 등을 들 수 있고, 시로는 僧侶에게 지어 준 「贈雲門蘭若智光上人」, 「寄顗源上人」, 「題金川寺主」, 「贈梓谷蘭若獨居僧」이 있으며, 본격적으로 佛敎的인 詩는 「贈希朗和尙」 시 6수가 있고, 절을 소재로 한 「題雲峰寺」, 절 앞의 버들을 읊은 「題海門蘭若柳」 등이 있다.

위에서 예로 든 希朗은 신라의 승려로 『華嚴經』에 정통했고, 海印寺에서 고운과는 詩文으로 사귀었다. 그리고 위의 시는 希朗이 『화엄경』에 정통한 것을 찬양한 시이다.

첫 수에서는 希朗이 『金剛般若波羅蜜經』에 정통했을 뿐만 아니라, 四大部洲 외에 鐵圍山間의 煩惱迷惑에서 斷結成佛도 도울 수 있는 사람이란 것을 말하고 있다. 이런 승려가 海印寺에서 『화엄경』을 강론하니 이 글이 세상에 많이 알려질 것이라는 사실을 用事로 표현한 것이다.

둘째 수에서는 龍字와 관계가 있는 말들을 주로 쓰고 있다. 龍堂, 龍宮,

龍猛, 龍國, 龍神, 龍山, 義龍 등 한 句에 龍字가 2字씩 七言絶句 1수에 龍字가 8字나 쓰였다. 여기서 龍字는 거의 상징적인 시어로 승화시켜 쓰고 있다. 그 핵심적인 龍樹는 龍猛이라고도 하는데 古代 印度의 高僧이다. 그는 釋迦가 入寂한 700년 후 南天竺에서 중이 되어 馬鳴菩薩의 제자인 迦毘摩羅尊者의 제자가 되었다. 저술이 많을 뿐만 아니라, 三論宗 眞言宗 등의 祖師가 되었다. 그의 어머니가 阿周陀那 나무 밑에서 그를 낳았기 때문에 字를 아주 타나라고 하고 龍으로 해서 그 道를 이루었기 때문에 龍字를 字와 연관시켜 호를 龍樹라고 한 것이다. 이 용수보살이 일찍이 龍宮에 들어가서『화엄경』을 가져와서 세상에 전했다고 한다. 이 훌륭한 공로를 나타내기 위해서 龍堂, 龍宮 등 龍字가 든 단어들을 사용한 것이다. 여기서 용수스님이『화엄경』을 전해 온 것처럼 希朗이『화엄경』을 강론한 공로를 상징적으로 표현했다.

셋째 수에서는 석가가 大道를 성취한 中印度의 摩羯提城에 광명이 두루 비치고 遮拘盤國에도 불법이 빛났는데, 오늘 아침에 希朗의『화엄경』강의로 지혜의 해가 동방에 뜨게 되어 제 1 의 지혜를 상징하는 문수보살이 강림할 것이라고 한다. 즉 희랑을 암시한다.

넷째 수에서는 秘敎는 하늘이 내린다고 하는데 마침 참된 불법이 바다의 龍宮에서 나왔고 바다의 한 모퉁이인 해인사에서 希朗이『화엄경』을 강론하여 해인의 뜻이 일어나게 되었으니 이는 아마 하늘의 뜻이 천재인 希朗에게 맡겼다는 것이다.

다섯째 수에서는 道樹, 즉 석가모니가 보리수 밑에서 成道한 높은 불법을 龍樹가 해석하고 東林寺에서 인도에까지 가서 가져온 불경을 西林寺에서 번역했다는 것이다. 그리하여 斌公은 彼岸의 열반에서 金聲 같은 智德을 떨쳤지만 결국『화엄경』을 강론하여 佛跡을 계승한 希朗和尙만 못하다는 것이다.

여섯째 수에서는 많은 사람이 모여『화엄경』을 강론하니 말들이 기이하다고 한 것이다.

위의 6수의 시를 볼 때 주로 『화엄경』에서 用事한 것을 알 수 있다. 더욱
이 海印寺는 우리 나라 華嚴十刹 중의 하나이며, 希朗和尙은 지금까지도
해인사에 希朗臺라는 암자가 남아 있다. 고운은 "최후에 가족을 거느리고
가야산 해인사에 숨어 살았는데 同腹 형인 중 賢俊 및 定玄스님과 道友를
맺어 은퇴하여 한가히 지내면서 여생을 다했다."24)고 했으니 希朗에게 지어
준 시도 이 무렵일 것이다. 고운의 42세 이후의 작품들이 거의 해인사 내지
불교관계가 많은 것도 주목할 만하다. 이 때 고운은 『화엄경』에 대한 이해가
깊었던 듯하다.

眞僞를 분별하고자 할 것 같으면　　　　　　欲辨眞與僞,
마음의 거울 닦고 보소서.　　　　　　　　　願磨心鏡看.

<古意>

'心鏡'이란 마음이 萬象을 비추는 것이 明鏡이 사물을 비추는 것과 같기
때문에 쓰여진 말이다. 『圓覺經』에 "지혜의 눈이 맑아 마음의 거울에 비친
다."(慧目肅淸 照耀心鏡)란 말이 있다. 性理學者들이 마음을 거울에 비기기
도 하는데 이는 불교와 깊은 관계가 있다. 거울에 먼지가 묻었을 때 이것을
닦는 일이 '磨鏡'이다. 중국의 설화에 徐孺子가 먼 곳에 있는 스승이 별세하
자 경비가 없어 거울 가는 도구를 가지고 가면서 돈을 마련하여 장사에
참여했다고 하고, 또 어떤 설화에는 거울 가는 少年이 집안에 들어오는데
그 집 딸이 그 사람과 결혼을 하려 하므로 그의 아버지가 하는 수 없이
그에게로 시집을 보내었으나, 그는 거울 가는 것 이외에는 한 가지도 하는
일이 없었다고 한다. 우리 나라 최고운 설화와 「崔孤雲傳」에 고운이 나정승
집의 거울을 깨뜨리고 破鏡奴가 되어 나정승집에서 종노릇을 하는 것도
이와 관계가 깊다고 할 수 있다.
　이 외에도 '安禪'(「贈雲門蘭若智光上人」), '眞如'(앞의 시), '定中僧'(「郵

24) 『三國史記・孤雲列傳』. "最後, 帶家隱伽倻山海印寺, 與兄浮圖賢俊及定玄師, 結爲道友,
棲遲偃仰, 以終老焉."

亭夜雨」), ‘世界空’(「題雲峰寺」) 등의 用事들이 있다. 그러나 지금까지 본
바와 같이 『화엄경』의 용사가 제일 많이 나타난다. 고운은 신라 화엄종의
개조인 義湘의 傳記『浮石尊者傳』1권과 역시 의상과 同學이었고 중국 화엄
종의 제 3 조인 賢首의 전기『賢首傳』1권을 지었다는 것을 보아도 화엄종과
가까웠음을 추측할 수 있다. 다음은 道家的인 用事를 보기로 한다.

봄 바람에 온갖 꽃 향내를 맡아왔지만	東風遍閲百盤香,
마음은 유달리도 버들가지에 끌리네.	意緒偏饒柳帶長.
蘇武의 편지는 먼 변방에서 돌아오고	蘇武書回深塞盡,
莊周의 꿈은 落花 따라 바쁘네.	莊周夢逐落花忙.
가는 봄에 의지하여 아침마다 취하긴 좋지만	好憑殘景朝朝醉,
이별의 마음은 마디마디 헤아리기 어려워라.	難把離心寸寸量.
때는 바로 沂水에서 목욕하던 시절이라	正是浴沂時節日,
옛 놀던 일을 생각하니 ‘白雲鄕’이 그립네.	舊遊魂斷白雲鄕.

「暮春卽事 和顧雲友使」

이 시에 쓰인 用事는 漢 武帝 때 匈奴에 사신으로 갔다가 北海에서 19년간
억류 생활을 한 蘇武의 고사, 『논어』에 나오는 曾點의 고사, 『莊子』에 나오
는 蝴蝶夢 · 白雲鄕의 고사 등으로 되어 있다. 이 중에서 『장자』의 고사는
두 번이나 나온다. 유명한 蝴蝶夢, 白雲鄕이 그것이다. 호접몽은 널리 알려
진 글이지만 다시 원문을 들어 본다.

　　莊周가 꿈속에 나비가 되니 너울너울 나는 나비였다. 나비가 된 것이
마음에 유쾌하고 즐겁기만 한지라, 자신이 장주인 것을 알지 못했다. 그
러자 곧 깨고 보니 틀림없이 장주였다. 장주가 꿈에 나비가 되었는지,
나비가 꿈에 장주가 되었는지를 알 수 없었다. 장주와 나비는 반드시 구
분이 있을 것이다. 그런데 이런 것은 만물의 변화를 의미한다.[25]

---

25) 『莊子 · 齊物』 제 2. "昔者, 莊周, 夢爲蝴蝶, 栩栩然蝴蝶也. 自喻適意與, 不知周也, 俄然
覺, 則蘧蘧然周也. 不知周之夢爲蝴蝶, 蝴蝶之夢爲周與, 周與胡蝶, 則必有分矣, 此爲物化."

이것은 사람이 홀연히 자아를 망각하고 物我無間이 되는 경지를 의미하는 것이다. 「齊物篇」의 제목이 암시하듯이 萬物齊同의 입장에서 보면 꿈도 현실이요, 현실도 꿈일 수 있다. 고운은 暮春이기 때문에 이런 꿈마저 바쁘다는 것이다. '忙'字의 韻字에 이렇게 표현한 것은 사상적인 면은 물론이거니와 기교적인 면에서도 극치에 달한 것이다. 이 蝴蝶夢은 「海鷗」라는 律詩의 尾聯에도 보인다.

장자의 나비로 변한 꿈을 생각하니　　　想得漆周蝴蝶夢,
응당 내가 그대를 마주보고 조는 것 같았으리.　只應知我對君眠.

이 시에서도 고운이 바다갈매기를 보고 졸면서 장자가 꿈속에 나비가 된 것을 연상한다. 물아일체로 바다갈매기와 화자가 하나가 된 것이다.

두 번째 白雲鄕 역시 『莊子・天地篇』에 나오는 말이다. "千歲 후에 세상이 싫으면 하늘로 올라가 흰 구름을 타고 帝鄕에 이르나니……"[26]라는 데서 온 말이다. 堯임금이 華라는 곳을 순행하는데 그곳 封人이 堯임금을 위하여 壽福多男子를 축원해 드리려고 하자, 堯임금은 이를 거절하면서 '아들이 많으면 걱정이 많고, 부자가 되면 일이 많고, 오래 살면 욕되는 일이 많다'고 했다. 그러자 封人은 '아들이 많으면 각기 직업을 나누어 주고, 부자가 되면 그것을 잘 분배시키면 되지 않느냐?'고 했다. 그리고 그는 이어 '천하에 道가 있으면 만물과 내가 잘 살고 천하에 道가 없으면 덕을 닦고 은거하여 조용히 살 것이요, 세상이 싫으면 흰 구름을 타고서 帝鄕에 이르러 少・壯・老의 세 가지 환난이 이르지 않아 자신에 재앙이 없을 것이니 무슨 욕됨이 있겠는가?'하고 가 버렸다. 堯임금이 그를 따라가 재차 물어볼 말이 있다고 했으나 그는 대답도 하지 않고 벌써 떠나 버렸다. 이것이 白雲鄕이란 말이 나온 전후 배경이다. 그렇고 보면 백운향은 인간세상이 아닌 신선세계이다.

---

26) 『莊子・天地』 제12. "千歲厭世, 去而上仙, 乘彼白雲, 至于帝鄕."

고운은 이 백운향을 그리워한 것이다. 이것은『장자』에서 나온 글을 用事한 것으로 고운의 사상을 잘 나타낸 말이라고도 할 수 있다. 고운은 현실에 좌절이 많았기 때문에 비현실적 초월적인 道家類의 신선세계에 대한 동경이 그의 시에 많이 나타난다. 이와 같이『장자』의 초월적인 사상과 함께 그의 시에도 道家的인 詩語를 자주 쓰고 있다. 고운은 또 高騈에게 지어 준「性箴」이란 시에서 고병이 性理에 대해서 깊이 연구했기 때문에 "어찌 다시 5천자의 노자『道德經』을 쓸 필요가 있겠느냐(何須更寫五千言)"고 하여『노자』에서도 용사하였다.

> 인간사는 성했다가 다시 쇠하니   人事盛還衰,
> 덧없는 인생 실로 슬프구나.   浮生實可悲.
>
> 　　　　　　　　　　　　　「旅遊唐城 贈先王樂官」

　이 시의 덧없는 인생, 즉 浮生이란 말 역시『장자』의 "삶이란 떠 있는 것처럼 덧없고 그 죽음은 쉬는 것과 같다."[27]라는 데서 나왔다. 이후 竹林七賢의 한 사람인 阮籍은「大人先生傳」에서 "逍遙浮世"라는 말을 쓰고 唐代道家思想의 시인이라고 하는 李白 역시「春夜宴桃李園序」에서 "浮生若夢"이란 말을 썼는데 고운 역시 같은 말을 그의 시에서 용사하고 있다.

> 동쪽으로 흐르는 물은 돌아올 줄 모르고   叵耐東流水不回,
> 봄빛만 사람의 심정을 괴롭혀 오네.   只催詩景惱人來.
> 애틋한 아침 비는 부슬거리고   含情朝雨細復細,
> 곱디 고운 좋은 꽃은 피고 맺구나.   弄艶好花開未開.
> 난리 때라 좋은 경치 주인이 없고   亂世風光無主者,
> 덧없는 세상 名利 더욱 쓸데 없네.   浮生名利轉悠哉.
> 생각하니 한스럽다, 劉伶의 부인   思量可恨劉伶婦,
> 구태여 남편에게 술잔 못들게 하다니.   强勸夫郎疎酒盃.
>
> 　　　　　　　　　　　　　　「春曉偶書」

---

27)『莊子・刻意』제15. "其生若浮 其死若休."

이 시에도 浮生이란 말과 劉伶의 故事를 잘 융합하여 詩語化했다. 劉伶은 竹林七賢의 한 사람으로 「酒德頌」이란 작품으로 더욱 유명하다. 부인이 그에게 술을 끊으라고 권하자 기념으로 술상을 차려놓고 하늘에 맹세하겠다고 하고는 그 술마저 다 먹어버렸다는 일화는 널리 알려진 이야기다. 위의 시에서 이 고사를 그대로 용사하고 있다. 그런데 竹林七賢의 집단은 대체로 道家的이면서 탈세속적이다. 고운은 유교적인 현실에 집착이 강하면서도 도가적이며 초월적이다. 비록 부모님의 영광을 위해서 그렇게 벼슬을 갈구했지만 덧없는 것은 세상의 명예와 이익이라는 것을 깨달았다. 「送吳進士巒歸江南」이란 시에서도 吳巒을 강남으로 전송하면서 "가다가 좋은 경치 만나면 새로 지은 시를 전해 주어 嵇康과 같은 게으름을 배우지 마오.(行行遇景傳新作 莫學嵇康盡放慵)"라고 했는데, 이 역시 竹林七賢의 한 사람인 혜강이 친구인 山濤에게 자신의 게으름을 말한 고사에서 나온 것이다. 그들끼리 왕복한 서찰에 쓰인 한 구절까지 用事한 것은 고운이 竹林七賢에 깊은 관심이 있었다는 것을 알 수 있다. 이와 같이 고운의 초월적인 경향은 결국 신선사상으로 연결된다. 고병에게 올린 「陳情」이란 시에서 '淮南王 劉安이 신선이 되는 약을 다려먹고 하늘로 올라갔다'는 고사를 쓰고 있는 것도 같은 맥락에서 파악할 수 있다. 여기서 고병이 바로 회남왕에 비유되고, 고병이 신선이 되어 승천 하는 날 고운 자신도 버리지 말라는 뜻을 말하고 있다. 이 시에서도 도가에서 나온 용사를 볼 수 있다.

> 언제나 진세에서 벼슬길의 액을 한탄했더니　　每恨塵中厄宦塗,
> 수년간 마고선인 안 후로 매우 기뻤네.　　數年深喜識麻姑.
> 떠나면서 진심을 털어놓고 말하자면　　臨行與爲眞心說,
> 저 바다는 어느 때나 다 마를가?　　海水何時得盡枯.
>
> 　　　　　　　　　　「留別女道士」

시 자체가 女道士를 남겨두고 떠나면서 지은 것이기 때문에 자연히 道家的인 신선사상과 관계가 깊다. 여기서 麻姑仙人은 晋 葛洪의 「神仙傳」에 나오는 고사이다. 마고선인이 修道를 하고 있을 때 仙人 王方平이 蔡經의 집에 강림하여 마고를 불러왔는데 나이가 18~19세로 얼굴이 고운데다가 손톱이 새와 같았다. 그는 말하기를 자기는 이미 滄海가 세 번이나 桑田으로 바뀌는 것을 보았고 지난 번에 蓬萊를 지날 때 바닷물이 또 얕아지는 것을 보았는데 아마 다시 육지로 변할 것이 아닌가 한다고 했다. 이 시에서 마고선인이란 女道士를 의미한다. 이 시를 통해서 보면 고운과 女道士는 아주 가깝게 지냈던 것 같다. 또 다른 도사들과도 교류가 있었을 것이고 그들을 통해서 사상적인 영향도 있었을 것으로 추측된다. 高騈이 만년에 道家에 기울어진 것도 고운에게 적지 않은 영향이 있었을 것이다. 매일 아침마다 옥황상제에게 참배하는 고병에게 지어 준 「朝上淸」이란 시를 보더라도 짐작이 간다. 또 봉래산에 대해서는 「石峰」이란 시에서도 "고요히 생각하니 蓬萊山도 이와 같이 달밤이면 응당 여러 신선이 모이리라.(靜想蓬萊只如此 應當月夜會群仙.)"고 했다. 봉래산이란 신선이 산다는 三神山 중에 하나이다. 이 산은 海中에 있다고 하므로, 고운의 고향과 가깝다고 할 수 있다. 그의 시에 이런 用事를 하게 된 것도 그의 道家的인 사상과 관계가 깊을 것이다. 특히 고운과 같은 해(874)에 進士에 급제한 顧雲이 孤雲의 귀국 때 지어준 送別詩를 「儒仙歌」라 한 것도 고운을 동쪽나라에서 간 신선으로 본 것이다.

　이상으로 최고운의 시에서 儒·佛·道 三敎의 중요한 의미를 가지는 말들을 用事한 것을 보았다. 유교에서는 孔子와 그의 제자들, 불교에서는 특히 『화엄경』, 道家에서는 신선사상과 관계 깊은 말들을 용사하였다. 신라시대에는 儒者가 佛·老를 겸했고, 佛者가 儒·老를 겸했던 것을 상기하면 고운이 유교를 주체로 하면서 불교와 도가사상을 겸했기 때문에 그의 시에 이렇게 반영된 것이라고 할 수 있다. 여기서는 논외로 했지만 「紀德詩」 30수는 高騈의 업적을 찬양한 서사적인 시이므로 역사적인 용사가 많다.

3. 內容的 特性

고운 시의 연구에서 그 내용과 주제에 대해서는 상당히 논의되어 왔다.
이는 석·박사학위 논문에서부터 단독 저서에 이르기까지 일일이 그 예를
들기가 어려울 정도로 많다. 대표적인 것 몇 개만 들어 보기로 한다. 宋寯鎬
의 「崔孤雲 詩의 位相」에서는 '孤雲 詩의 實相'이란 항에서 '孤雲詩의 情緖'
와 '詩構의 樣式'을 나누고 전자에 ①異邦人의 鄕愁 ②失意한 知性의 悲哀
를 들고, 후자에 ①感覺의 動員 ②청승맞은 哀訴調 ③二開七闔型의 詩想構
造 등을 들어 상세히 논했다.[28] 崔重烈의 「崔致遠 文學硏究」에서는 '孤雲詩
의 內容'이란 항에서 ①孤雲詩의 傾向 ②目的詩의 藝術性 ③詠物詩의 新境
地 ④離別의 情恨 ⑤人生의 悲哀 ⑥隱遁의 詩心 등을 들었다.[29] 이 글에서
고운시 내용의 전반적인 경향을 폭넓게 다루었다. 이보다 조금 후일에 나온
成樂喜의 『崔致遠의 詩精神 硏究』에서는 '崔致遠 詩의 世界'란 항에서 고운
의 시를 ①抒情詩 ②鑑戒詩 ③獻詩 ④描戱詩 등으로 나누고, 다시 서정시
안에서 나그네의 외로움, 삶의 몸부림, 騷人의 閑寂, 克己의 懊惱 등을 심도
있게 다루었다.[30] 끝으로 최근에 나온 李九義의 『崔孤雲의 삶과 文學』에서
는 고운의 '삶과 詩의 樣相'이란 항에서 ①社會化의 意志 ②理想과 現實의
葛藤 ③中觀과 彼岸의 世界로 압축하여 설명하였다. 이상의 글들을 살펴보
면 내용면이나 주제면에서는 더 이상 되풀이해서 언급할 필요가 없을 정도
이다. 다만 필자는 여기서 문제성이 있다든지, 또는 지금까지 논의에서 소홀
히 다루었던 부분만 보충하여 고운 시의 내용적인 특성을 살펴보려고 한다.
먼저 시의 특성을 쉽게 파악할 수 있게 『崔文昌侯全集』에 실려 있는 작품을
그 형식과 내용, 지은 장소 등을 들어보기로 한다.

---

28) 宋寯鎬, 「崔孤雲詩의 位相」, 『東方學志』 36·37합집, 연세대학교 국학연구원, 1983.
29) 金重烈, 「崔致遠의 文學硏究」, 고려대학교 박사학위논문, 1984, pp.86~108.
30) 成樂喜, 『崔致遠의 詩精神 硏究』, 關東出版社, 1990, pp.110~181.

[표 3]『孤雲先生文集』총 37首

	作 品 名	首	形 式	內 容	場 所
1	寓興	1	五言古詩	名利를 끊고 담박하게 살기를 염원함	在唐
2	蜀葵花	1	五言古詩	버려져 있는 자신의 처지를 읊음	在唐(?)
3	江南女	1	五言古詩	세태를 풍자함	在唐
4	古意	1	五言古詩	변화무쌍한 세태를 풍자함	在唐(?)
5	秋夜雨中	1	五言絶句	비오는 밤의 외로움	晩年
6	郵亭夜雨	1	五言絶句	비오는 밤 나그네의 시름	在唐
7	途中作	1	七言絶句	동서를 떠다니는 신세를 한탄함	在唐
8	饒州鄱陽亭	1	七言絶句	요주 번양정에서 자연을 읊음	在唐
9	山陽與鄕友話別	1	七言絶句	타향에서 고향 친구와 석별	在唐
10	題芋江驛亭	1	七言絶句	우강역정에서 이별의 서러움	在唐
11	春日邀知友不至	1	七言絶句	옛 친구가 만날 약속을 어긴 것의 서운함	귀국 후
12	留別西京金少尹峻	1	七言絶句	친구와 이별의 슬픔	귀국 후
13	贈金川寺主	1	七言絶句	현실을 초월한 스님을 흠모	在唐
14	贈梓谷蘭若獨居僧	1	七言絶句	한적한 절간의 경치를 읊음	在唐
15	黃山江臨鏡臺	1	七言絶句	영원한 자연 앞에서 순간적인 인간	양산의 임경대
16	題伽倻山讀書堂	1	七言絶句	세속을 단념하려는 심정	晩年.합천 가야산
17	長安旅舍與于愼微長官接隣	1	七言絶句	타국에서 지기를 만남	在唐
18	贈雲門蘭若知光上人	1	五言律詩	세속을 떠나서 진실하게 사는 스님을 흠모	청도의 운문사
19	題雲峰寺	1	五言律詩	세속과 인연을 끊지 못하는 갈등	문경의 금룡사
20	旅遊唐城贈先王樂官	1	五言律詩	이별하며 지어준 시	在唐
21	登潤州慈和寺上房	1	七言律詩	유구한 자연 앞에 인생무상	在唐
22	秋日再經旴胎縣寄長官	1	七言律詩	뜻을 이루지 못하고 타국에서 외로움	在唐
23	送吳進士巒歸江南	1	七言律詩	석별의 정	在唐
24	春曉偶書	1	七言律詩	명리의 무상함	在唐
25	暮春卽事和顧雲友使	1	七言律詩	친구의 시에 화답하면서 이별을 그리워함	在唐
26	和張進士喬村居病中見寄	1	七言律詩	장교의 시에 화답하면서 그를 칭찬함	在唐
27	泛海	1	五言律詩	귀국의 감격	귀국도중
28	題興地圖	1	七言聯句 2句	중국의 지도를 보고 지음	在唐
29	姑蘇臺	1	七言聯句 2句	고소대에서 흥망성쇠의 무상함을 읊음	在唐
30	碧松亭	1	七言聯句 2句	벽송정의 경치를 읊음	晩年
31	贈希朗和尙	6	七言絶句	희랑화상의 화엄경 강독을 칭송	해인사
32	寄顓源上人	1	七言律詩	자연속에서 수도하는 스님에게 준 시	쌍계사

[표 4] 『孤雲先生續集』 총 11首

	作 品 名	首	形 式	内　　容	場 所
1	和李展長官冬日遊山寺	1	七言律詩	산사에 놀면서 이전 장관 시에 화답함	在唐
2	汴河懷古	1	七言律詩	변하에서 수양제의 옛일을 회고함	在唐
3	友人以毬杖見惠以寶刀爲答	1	七言律詩	친구의 선물에 보답함	在唐
4	辛丑年寄進士吳瞻	1	七言律詩	지기인 오첨에게 부침	在唐
5	和友人春日遊野亭	1	七言律詩	이국의 봄날 친구를 만나 회포를 나눔	在唐
6	和顧雲友使暮春卽事			原集의 25의 시와 중복	
7	鄉樂雜詠五首	5	五言絶句	한국의 향악	晩年
8	馬上作	1	七言2句(缺)	말 위에서 본 경치	?

[표 5] 『桂苑筆耕集』 17, 七言紀德詩 30首[31]

순서	제 목	시 의 내 용	고 병 의 행 적	연대
1	兵 機	고병의 군사계략		
2	筆 法	고병의 글씨 쓰는 재능		
3	性 箴	고병이 성품을 경계함		
4	雪 詠	고병의 눈을 읊은 시를 찬미		
5	射 雕	고병의 활솜씨		
6	安 和	고병이 평정한 땅		
7	練 兵	고병이 군사를 훈련시킴		
8	磻 溪	고병이 시를 지어 돌에 새김		
9	射 虎	고병이 범을 쏨		860
10	秦 城	고병이 진주자사를 역임함	진주자사	866
11	生 祠	교지에서 고병을 숭모하여 생사당을 세움	교주수복	
12	射 鞭	고병이 채찍을 쏨		
13	安 南	고병이 안남도호를 역임함	안남도호	
14	天 威	바다와 산길을 열어 교통을 통함	안남도호	
15	崔口徑	안남을 평정시킴	안남도호	
16	收 城	성을 수복한 기념비를 세움	정해군절도사	
17	執 金	금오장군으로 남만을 평정함	금오대장군	
18	天 平	천평을 평정함	천평군절도사	867
19	釣 魚	고병의 조어정 시를 보고 읊음	천평군절도사	
20	相 印	고병이 정승의 인을 받음	檢校王部尙書	
21	西 川	고병이 서천절도사를 역임함	서천절도사	874

31) 金重烈, 「崔孤雲의 記德詩 研究」, 『웅진어문학』 창간호, 1993, p.127에 있는 것을 그대로 인용하였다. 한 제목 밑에 1수씩이고, 형식도 모두 칠언절구이며, 지은 장소도 당나라에서 지었기 때문에 다른 표처럼 세분하지 않았다.

순서	제 목	시 의 내 용	고 병 의 행 적	연대
22	平 蠻	남만을 평정하고 성을 쌓음	성도 수복	875
23	築 城	성도 나성의 위용	성도에 나성을 쌓음	876
24	荊 南	고병이 형남절도사를 역임함	형남절도사	877
25	漕 運	고병이 강회운전사를 역임함	진해군절도사	878
26	浙 西	고병이 절서를 평정함	절서관찰사	878
27	降 寇	적을 항복시킴	절서관찰사	
28	淮 南	고병이 회남절도사를 역임함	회남절도사	879
29	朝上淸	도교의 상청궁에 참배함	회남절도사	
30	陳 情	고운이 자신의 심정을 아룀	회남절도사, 檢校司徒	879

[표 6] 『桂苑筆耕集』20, 총 30首

	作 品 名	首	形 式	內 容	場 所
1	陳情上太尉詩	1	七言律詩	고병이 발탁해 준 데 대한 감사와 부탁	在唐
2	奉和座主尙書三首	3	七言絶句	좌주가 시를 지어 준 데 대한 감사	在唐
3	歸燕吟獻太尉	1	七言律詩	제비에 감정을 이입하여 고병에게 드림	在唐
4	酬楊瞻秀才送別	1	七言律詩	귀국할 때 양섬의 송별시에 답함	在唐
5	行次山陽謝太尉賜衣段	1	七言律詩	고병에게 선물을 받고 금의환향하는 기쁨	在唐
6	留別女道士	1	七言絶句	여도사를 이별하는 슬픔	在唐 (귀국때)
7	酬進士楊瞻送別	1	七言絶句	귀국할 때에 양섬의 송별 시에 답함	在唐
8	謝楚州張尙書相迎	1	七言絶句	장상서에 감사함	在唐
9	酬吳巒秀才惜別二絶句	2	七言絶句	오만의 이별시에 화답함	在唐
10	石峯	1	七言律詩	大珠山 石峯의 아름다운 仙境을 읊음	在唐(884)
11	潮浪	1	七言律詩	조수 물결을 읊음	在唐(〃)
12	沙汀	1	七言律詩	조수에 밀린 모래언덕을 읊음	在唐(〃)
13	野燒	1	七言律詩	들판에 불을 보고 읊음	在唐(〃)
14	杜鵑	1	七言律詩	바위에 핀 두견화를 자신에 비유해 읊음	在唐(〃)
15	海鷗	1	七言律詩	바다 갈매기의 탈속적 경지를 읊음	在唐(〃)
16	山頂危石	1	七言律詩	진실을 알아주지 못하는 세태를 슬퍼함	在唐(〃)
17	石上矮松	1	七言律詩	바위 위의 난쟁이 소나무를 읊음	在唐(〃)
18	紅葉樹	1	七言律詩	단풍나무를 보고 인간의 영고성쇠를 한탄	在唐(〃)
19	石上流泉	1	七言律詩	바위 틈에 흐르는 맑은 물을 읊음	在唐(〃)

	作 品 名	首	形 式	內　　　　容	場 所
20	和友人除夜見寄	1	七言絶句	제야에 사향시	在唐
21	東風	1	七言絶句	봄바람을 대하며 고향을 그리워함	在唐
22	海邊春望	1	七言絶句	해변의 봄경치를 보고 향수를 느낌	在唐
23	春曉閒望	1	七言絶句	봄날 한가한 아침의 외로움	在唐
24	海邊閒步	1	七言絶句	해변에 한가이 걸으며 고향 생각	在唐
25	將歸海東巉山春望	1	七言律詩	고국으로 돌아갈 기쁨	在唐
26	和金員外贈巉山淸上人	1	七言絶句	인생무상을 읊음	在唐
27	題海門蘭苦柳	1	七言絶句	이별의 슬픔	在唐

이 표를 보면 고운의 시를 파악하는 데 많은 도움이 된다. 특히 위의 작품 번호 10번 「石峰」부터 19번 「石上流泉」까지는 唐 僖宗 中和 甲辰年 (884) 10月에 使臣의 자격으로 배를 타고 동쪽으로 귀국하다가 大珠山 아래 정박하고 눈에 보이는 대로 제목을 붙여 風月을 읊어 10수가 되었는데 이것을 高員外에게 준 것이다.32) 고운이 憲安王 元年(丁丑, 857)에 태어났으니, 이는 그의 28세 되던 해의 귀국길에 지은 것이다. 고운의 唐에서의 작품은 12세에 入唐하여 28세에 귀국하기까지 唐나라 체류기간에 지은 것이다. 그리고 귀국 후에는 처음 관계에 생활하던 시기의 작품과 뜻을 펴지 못하고 방랑과 은거 생활을 하던 만년의 작품으로 나누어 볼 수 있다. 12세에 유학을 떠났기 때문에 그 이전의 국내 작품은 남아 있을 리 없고 국내에서 지은 작품이 있다면 정계 생활시기와 만년의 작품일 것이다.

唐에서 지은 시 중에 몇 가지 주목을 끄는 것은 첫째는 시대를 풍자한 「江南女」, 둘째로 당나라에서 이국 풍물을 보고 지은 경물시, 셋째는 高騈의 공덕을 찬양한 영웅서사시적인 성격을 띤 「紀德詩」이다. 그리고 귀국 후에는 만년의 고독 속에서 지은 것이다. 「紀德詩」는 단독의 연구33)가 있기 때문에 논외로 하고, 여기서 「江南女」와 경물시만 먼저 보기로 한다.

---

32) 「石峰」 詩의 註에 '中和, 甲辰年 冬十月, 奉使東泛, 泊舟於大珠山下, 凡所入目, 命爲篇 名, 嘯月吟風, 貯成十首, 寄高員外'라 했다.

33) 金重烈, 「崔孤雲의 記德詩 硏究」, 『웅진어문학』 창간호, 1993.

강남 땅은 풍속이 멋대로여서	江南蕩風俗,
딸을 키워 아리땁고 어여쁘구나.	養女嬌且憐.
성품은 요염하여 바느질 싫다하고	性冶恥針線,
분단장 마치고 管絃을 타네.	粧成調管絃.
배웠다는 곡조는 고상한 것 아니어서	所學非雅音,
방탕한 春心에 이끌림이 많네.	多被春心牽.
꽃답고 아름다운 그 얼굴이	自謂芳華色,
언제나 청춘일 것이라 뽐내는구나.	長占艶陽年.
도리어 비웃구나, 이웃집 여인은	却笑隣舍女,
아침 내내 베틀에서 북만 놀린다고.	終朝弄機杼.
베를 짜노라 몸은 고달프지만	機杼縱勞身,
비단 옷은 너에게 가지 않네그려.	羅衣不到汝.

<江南女>

이 시를 金宗直은 고운이 당나라에서 벼슬할 때 그곳 三吳 땅의 女兒를 보고 지은 것이 아니겠는가 하는 의문을 가졌지만 洪萬宗은 고운이 느껴 풍자하려는 뜻이 있어서 지은 것이지 꼭 삼오의 여아만을 읊은 것은 아니라고 했다.[34] 따라서 이를 신라의 현실이 아니라 당나라의 일을 읊은 것이라고 낮게 평가할 수 없다. 바로 사회적인 모순을 폭로한 풍자시이다. 언제나 청춘일 줄 알고 놀기만 하는 방탕한 상류층의 여인과 하루 종일 베짜기에 지친 하류층의 여인을 대비시켜 천대받는 여인에게 동정심을 보내고 있다. 이는 고운의 친구였던 羅隱이 諷刺的인 시문을 주로 쓰며 민중시의 경향이 강하였으니, 그의 영향도 생각해 볼 수 있다. 그리고 중국 고대 無名氏의 「蠶婦」라는 시에 "어제 도시에 나갔다가 돌아올 땐 눈물이 수건을 적셨네. 온 몸에 비단 옷 감고 있는 저 사람들은 누에 치는 사람이 아니로구나."[35]라는 시와 유사한 느낌을 준다. 우리 문학사에서 이 「江南女」와 같이 빈부대립

---

34) 洪萬宗, 『小華詩評』. "佔畢齋云, 公仕于唐, 此詩, 疑是見三吳女兒作. 余觀此詩, 盖有所感諷而作, 非但詠三吳女兒也."

35) 無名氏, 「蠶婦」. "昨日到城郭, 歸來淚滿巾. 遍身綺羅者, 不是養蠶人."

의 양상을 풍자한 후대의 작품은 李奎報의「望南家吟」,「新穀行」등과 李穡의 "땀 흘리며 아침 저녁 바쁘지만 내 몸에 두를 옷 아니구나.(流汗走朝夕 非緣身上衣)"라는「蠶婦」시를 들 수 있으니, 고운은 또한 농민의 참상과 고통을 읊은 풍자시의 길을 열었다고 할 수 있다.

孤雲은 자신의 호가 암시하듯이 항상 외로운 구름처럼 외롭고 고고하다. 혼탁한 현실과는 타협할 수가 없어 언제나 갈등을 느낀다. 그의「寓興」이란 시에서도 이익되는 일을 끊고 몸을 상하지 않아야 한다면서 몸이 영화스러우면 세상 풍진에 물들기 쉽고 마음에 때가 묻으면 씻기가 어려운데도 세상 사람들은 모두 그것을 즐기니 누구와 담박함을 논할까라고 했다. 이런 견해는 그의「古意」라는 작품에도 일관되게 나타난다. 여우가 미녀로 변신하고, 삵이 書生으로 변신한다. 이와 같이 동물이 인간으로 둔갑하는 세상에 眞僞를 판별해 가며 살아가는 데 고운의 고민이 있었다. 고운은 이상과 현실, 진실과 허위, 상류층의 방탕과 하류층의 고난의 대립 속에 항상 바른 길로 살아가려고 고민했다.

다음으로 주목되는 것은 그의 景物詩이다. 경물시는 표면상으로는 경치나 사물을 소재로 하고 있지만 이면에서는 모두 고운 자신의 正體性(identity) 문제나 인생 문제를 투영하고 있다. 한시에서 이를 흔히 '先景後情'이라고 하지만 고운은 이 경지를 넘어서고 있다. 곧 그의 경물시는 서정시와 그 궤를 같이 한다. 借景抒情의 시로 결국 그의 '자연을 인간화'하려는 인생관의 일단이다. 자질구레한, 또는 남이 잘 돌아보지 않는 버림받는 물건에 눈길을 돌려 소외당한 자신의 처지를 표현해내는 수법은 우리 시문학상에 누구도 따라갈 수 없을 정도이다.

거칠은 밭머리 쓸쓸한 곳에　　　　　　寂寞荒田側,
무성한 꽃송이 여린 가지 눌렀네.　　　繁花壓柔枝.
첫여름 비 갤 무렵 향기 가볍고　　　　香輕梅雨歇,
보리 누름 바람결에 그림자 비꼈네.　　影帶麥風欹.

수레 탄 높은 분네 누구가 보아주랴   車馬誰見賞,
벌 나비만 부질없이 서로 와서 엿보구나.   蜂蝶徒相窺.
천한 곳에 태어난 것 못내 부끄러워   自慙生地賤,
사람들에 버림받는 한을 참으랴.   堪恨人棄遺.

<蜀葵花>

「蜀葵花」는 접시꽃이다. 이 꽃이 거칠은 밭머리에 피어 있으니 수레 탄 지체 높은 사람들이 돌아볼 리가 없다. 잘못이 있다면 태어난 곳이 천한 것뿐이다. 그런데도 사람들은 거들떠보지도 않으려 하니 한스럽기 짝이 없다. 이는 다름아닌 고운이 당나라에서 겪은 설움일 것이다.

萬古의 천연한 모습 인공보다 나아   萬古天成勝琢磨,
높고 높은 꼭대기 푸른 소라처럼 섰구나.   高高頂上立靑螺.
날으는 폭포수도 침범할 수 없고   永無飛溜侵淩得,
한가로운 구름만이 자주 찾아드네.   唯有閒雲撥觸多.
높은 그림자는 뜨는 해 먼저 맞고   峻影每先迎海日,
위태로이 섰는 모습 潮水에 떨어질까 두렵구나.   危形長恐墜潮波.
이 속에 옥이 쌓였던들 그 누가 돌아볼까   縱饒蘊玉誰回顧,
온 세상 제몸 생각뿐 卞和를 비웃네.   舉世謀身笑卞和.

<山頂危石>

이 시도 표면상으로 보면 산 마루에 위태롭게 섰는 바위의 묘사에 불과하다. 首聯에서 頸聯에 이르기까지 산 마루에 위험하게 섰는 바위만 그려내고 있기 때문이다. 하지만 좀더 꼼꼼하게 읽어보면 이는 고고한 자신의 모습의 투사이다. 그런데 尾聯에 가서 갑자기 이 속에 옥이 쌓여 있은들 누가 알겠는가고 한다. 이와 같이 위에서 예시한 두 수의 시 모두 보잘 것 없는 소재 속에 버림받는 자신의 감정을 이입시키고 있는 것이다. 자아와 세계간의 동일성의 원리를 다시 한 번 확인할 수 있는 작품이다. 또 어떤 경우에는 순수와 비순수를 대립시켜 자신의 처지를 말하고 있다.

바라보자 갑자기 깃발처럼 펄럭이니   望中旌旆忽繽紛,
변방으로 싸우러 가는 군사인가 의심했네.   疑是橫行出塞軍.
불꽃이 하늘에 치솟으니 지는 해 무색하고   猛焰燎空欺落日,
미친 연기 벌판에 뻗어 구름 길 막네.   狂煙遮野截歸雲.
마소 방목에 방해된다고 싫어하지 마오   莫嫌牛馬皆妨牧,
여우며 삵들의 소굴 잃음이 좋네.   須喜狐狸盡喪群.
두려운 건 바람이 산 위까지 몰고 가서   只恐風驅上山去,
공연히 옥과 돌이 구분없이 타게 함이네.   虛敎玉石一時焚.

<野燒>

이 시는 벌판에 타고 있는 불길을 보고 지은 것이다. 首聯에서는 불길이 깃발처럼 펄럭이는 것이 마치 출정 나가는 군대와 같다고 시작한다. 承聯인 頷聯에서는 불길이 공중에 치솟을 때는 마치 지는 해로 착각하게 하고, 미친 듯이 들판에 가득찬 연기는 구름 길마저 막는다고 하여 걷잡을 수 없이 치닫는 불길을 묘사했다. 轉聯인 頸聯에서는 시상을 완전히 바꾸어 이 불길이 들풀을 모두 태워 마소의 방목에 방해가 된다고 싫어하지 말라는 것이다. 왜냐하면 여우며 삵들이 무리를 잃고 흩어져 도망가는 것이 그래도 좋기 때문이다. 선량한 백성들이 피해를 보더라도 사악한 무리들이 발붙일 수 없는 것이 더 낫다는 것이다. 마치 초가삼간이 모두 타도 빈대가 타서 죽는 것이 좋다는 우리 속담과도 같다. 더욱이 結聯인 尾聯에서는 다만 두려운 것은 '玉石俱焚'이 될까 하는 것이다. 이와 같이 고운은 선과 악은 엄연히 구분되어야 한다고 주장한다. 이는 「杜鵑(진달래)」이라는 시에서 바위 틈에 핀 꽃을 묘사해 가다가 갑자기 끝에 가서 "이 꽃나무는 보통 초목과는 다른데 나뭇꾼들은 그것도 모르고 같이 볼까 두렵다."고 한 데서도 나타난다. 이것 역시 고고한 고운 자신이 일반 범인들과 다르다는 것이다. 이것이 결국 고운을 더욱 외롭게 만든 요인인 셈이다.

만년의 작품 중에 대표적인 것으로는 「秋夜雨中」과 「題伽倻山讀書堂」 시를 들 수 있다. 그런데 문제는 「秋夜雨中」 시가 당나라에서 지은 것이냐

만년작이냐 하는 것이다. 이처럼 문제의 중요성을 감안하여 아래서 조금
더 서술하기로 한다.

쓸쓸히 가을 바람에 괴로이 읊조리니	秋風惟苦吟,
온세상에서 알아주는 사람 없네.	世路少知音.
창밖에 깊은 밤 비는 내리고	窓外三更雨,
등불 앞엔 만 리로 달리는 외로운 마음.36)	燈前萬里心.

<秋夜雨中>

첫째, 이 시를 당나라에서 지었다고 단정하는 것인데, 이는 朴鍾和에 거슬
러 올라간다. '燈前萬里心'을 "등불 앞엔 아득해라, 故鄕萬里의 생각뿐일
세."라고 하여 이 시를 당나라에서 지은 것으로 보는 의견이 그것이다.37)
이후로 이런 견해는 계속 나타나고 있다. "어린 나이에 고향을 떠나 오직
富貴를 위하여 최치원이 겪어야 했던 객고와 향수가 五言絶句 안에 함축되
어 있다."38)고 한 것도 최고운이 당나라에 있을 때 지었다는 것이다.

둘째, 만년에 지었다는 추측이다. 文璇奎는 "爲國大志를 품었으나, 小人
들이 날뛰는 세상이라 뜻을 펼 수가 없음을 恨歎한 이 시는 그의 晩年作인
듯하다."39)고 하여 만년의 작품으로 추측했다. 李九義는 "그가 어두운 마음
으로 표랑을 할 당시에 지은 것으로 추측되는 시를 들어 보면 다음과 같다.
……이 시는 그가 바로 외직에 나아갔을 때 지은 것으로 추측된다."40)고
하여 만년 작품으로 추측하고 있다.

셋째, 이 시가 만년의 작품이라고 단정을 내린 견해이다. "그는 歸國한
몇해 동안 仕宦에 從事하다가 「雞林黃葉」의 末運을 당하여 그의 抱負를
실현시키지 못하였으므로 그는 일찍이 「秋夜雨中詩」에……라 하여 世間에

---

36) 『孤雲先生集』에는 '擧世少知音', '燈前萬古心'으로 되어 있다.
37) 朴鍾和, 「孤雲崔致遠傳」, 『地方行政』 8권 11호, 통권 75호, 1959. 11. 1, p.244.
38) 成樂喜, 『崔致遠의 詩精神 研究』, 關東出版社, 1990, p.232.
39) 文璇奎, 『韓國漢文學』, 二友出版社, 1982, p.161.
40) 李九義, 『崔孤雲의 삶과 文學』, 國學資料院, 1995, p.75.

知音이 없음을 슬퍼했고"라 하여 만년의 작품으로 보았다.[41] 그리고 金重烈은 "그렇게 마음 설레며 안타깝게 고대하던 故國이었지만 막상 돌아와 보니 저물어가는 新羅의 狀況은 여러 가지로 孤雲의 뜻과는 어긋났고 자연 그는 고독할 수밖에 없었다."[42]하고는 이 「秋夜雨中」시를 예로 들었다.

그러나 위의 주장들은 모두 심증적인 유추에 불과하다. 아무리 시를 읽어보아도 장소를 나타내는 말이 없기 때문이다. 유일하게 추측할 수 있는 말은 '萬里心'이다. 그런데 이 '萬里心'을 어떻게 해석하느냐에 따라 在唐時의 작품이냐, 귀국 후 만년의 작품이냐가 판가름난다. '萬里心'이란 타향에서 고향을 그리워하는 마음이 고향 만 리로 달린다고 할 수도 있고, 국내에 있으면서도 외로운 마음이 만 리로 달린다고 해석할 수 있다. 더욱이 우리나라는 기껏해야 三千里疆土이기 때문에 시를 지을 때 '千里'라는 말은 써도 萬里라는 말은 잘 쓰지 않기 때문이다.[43]

그러나 이 시의 구조를 보면 起句에서는 "쓸쓸한 가을바람에 괴로이 읊조리니"라는 것은 承句의 "온 세상에서 알아주는 사람이 없기" 때문이다. 산문 방식으로 말하면 세상에 알아주는 사람이 없기 때문에 괴로이 읊조리는 것이다. 轉句에서는 창밖에 밤비 내리는 장면을 제시하여 한층 더 외로운 마음을 느끼게 한다. 마지막 結句에 가서는 능불 앞엔 만 리의 외로운 마음으로 표현했다. 쓸쓸한 가을바람과 창밖의 밤비는 고독과 외로운 상황을

---

41) 李家源, 『韓國漢文學史』, 民衆書舘, 1961, p.71.
42) 金重烈, 「崔致遠의 文學研究」, 고려대 박사학위논문, 1984, p.102에서는 위와 같이 만년의 작품으로 보았으나, 역시 그의 제 3 회 유교사상 연구원 학술회의 발표문 「고운 최치원의 문학사상 연구」에서는 "가을비 소슬한 한밤중에 희미한 등불만 마주 대하고 앉아서 고향을 그리는 시를 읊고 있는 나그네의 모습이 떠오른다. 만 리 밖의 흘러온 자기 신세의 한탄도 물론 들어있겠지만 아무리 애써도 세상에서 알아주지 않는 현실이 더욱 안타까웠으리라."고 하여 당나라에서 지은 것이라고 했다.
43) 이는 필자가 어린 시절 夏課 때 필자에게 작문을 가르쳐 주시던 靜軒 郭鍾千(1895~1970)선생과 선친(諱 纘九, 1905~1988)께서 이를 강조하시는 것을 들었으나 다른 문헌에서는 찾아보지 못했다.

고조시켜 주는 객관적 상관물이다. 따라서 '萬里心'은 물리적인 거리가 아니라 고독한 감정의 거리를 양적인 단위로 표현한 것으로, 결국 이 작품은 만년에 그의 고독한 심정을 읊은 것이라고 할 수 있다. 禁府都事 王邦衍이 기껏 서울에서 寧越에 귀양가는 端宗을 護送해놓고 "千萬里 머나먼 길에 고운님 여의옵고…"라고 읊은 시조와도 같은 기법이다. 마음을 數字로 표현한 것은 一寸에서 萬까지 있다.

① 누가 알리, 짧은 마음 속에　　　　誰知一寸心,
　　萬斛의 근심이 있는 것을.　　　　乃有萬斛愁.
　　　　　　　　　　　　　　　　　　「庾信賦」

② 서로의 그리움을 부칠 수 없으니　相思不可寄,
　　바로 이 짧은 마음 속에 있기 때문이네.　直在寸心中.
　　　　　　　　　　　　　　　　　　「何遜詩」

③ 한 치의 풀같은 마음을 가지고서　難將寸草心,
　　三春같은 어머니 사랑 보답하기 어렵네.　報得三春暉.
　　　　　　　　　　　　　　　　　　「孟郊：遊子吟」

여기서 一寸心, 寸心, 寸草心 등은 모두 마음의 가장 작은 것을 양으로 표현한 말이다. 그러면 이보다 조금 길고 먼 것을 들어 본다.

黃鶴이 西北으로 날아가니　　　　黃鶴西北去,
나에게 千里心을 품게 하네.　　　　銜我千里心.
　　　　　　　　　　　　　　　　　　「湯惠休詩」

여기서 '千里心'이란 꼭 고향 천리를 달리는 마음이라기보다 한 없이 그리운 마음으로 이해하는 것이 좋을 것이다. 이 '千里心'보다 더 먼 것이 '萬里心'이다.

① 그대의 萬里心을 보니　　　　　　見君萬里心,
　　바다에 뜬 달 가을 물에 비치네.　海月照秋水.
　　　　　　　　　　　　　　　　　　「李白詩」

② 숨어 있는 용은 三冬에 누웠는데   蟄龍三冬臥,
　늙은 학은 萬里로 날 마음이네.   老鶴萬里心.
　　　　　　　　　　　　　　　　　　　「杜甫：遺興五首」

　위의 예문은 모두 '萬里心'인데 특히 ②의 '萬里心'은 '遠飛之心'이다.
즉 起句에서 용은 어진 사람이 시대를 만나지 못하고 蟄藏한 것으로, 학은
늙었지만 멀리 날아갈 것이라는 비유적인 표현이다. 이런 예들을 참고해
볼 때 「秋夜雨中」은 唐에서 지은 것이 아니라, 만년에 그의 고독한 심정을
읊은 것이라고 할 수 있다. 더욱이 『崔文昌侯全集』에서처럼 '萬里心'을 아
예 '萬古心'으로 바꾸어 버리면 문제는 간단하다. 전자는 공간적인 의미이
지만 후자는 시간적인 의미이기 때문이다. 이는 문헌학적으로도 중요한 의
미를 가진다.
　끝으로 그의 은거를 결심한 시를 들어본다.

미친 듯 바위에 부딪치는 물 산을 울리니   狂噴疊石吼重巒,
사람 소리 지척간에도 구분하기 어려워라.   人語難分咫尺間.
언제나 시비의 소리 들려올까 봐   常恐是非聲到耳,
짐짓 흐르는 물로 산을 감싸게 했네.   故敎流水盡籠山.
　　　　　　　　　　　　　　　　　　「題伽倻山讀書堂」

　이 시는 孤雲詩 중에 가장 널리 알려진 작품으로 지금도 伽倻山 紅流洞
바위에 原文이 새겨져 있다.44) 만당 문인 중에 고운과 가까이 지냈던 顧雲,
羅隱, 張喬 등도 결국 자연에 은거한 것처럼 고운도 같은 길을 택했다. 전형
적인 先景後情의 형식을 취한 시이다. 起句에서는 홍류동 계곡의 폭포수가
미친 듯이 바위 위에 뿜어 대는 景이다. 承句에서는 이 폭포수 소리 때문에
지척간에도 사람의 소리를 구분할 수 없다고 했다. 轉과 結句에서는 혹시
인간 세상의 시비의 소리가 들려올까 염려되어 고의로 흐르는 물로 온 산을

---

44) 李家源, 『墨禪帖』, 友一出版社, 1980. "世之人, 多愛誦崔孤雲先生題伽倻山詩七言一絶……然
　愚意, 則此秋夜雨中五言一絶, 能壓此老全卷, 未知世之評家以爲如何也. 或曰 題伽倻詩 非
　孤雲之作."이라고 한 것을 보면 이 시가 고운 작품이 아니라는 견해도 있는 듯하다.

감싸게 했다는 것이다. 이는 일반 隱遁者처럼 潔身亂倫하지 못해 현실을 갑자기 끊지 못하는 고운의 몸부림이다. 마치 공자가 모국을 빨리 떠나지 못한 심정과 같다.[45] 그런데도 이 시를 近俗하다고 평하기도 한다. 河謙鎭은 李鍾祥의 "고운의 절구 한 수 도리어 일이 많구나. 절로 있는 맑은 물이요, 절로 있는 산인 것을."이라는 시와 역시 이종상의 "대개 고운의 이 시가 속됨에 가깝고 含蓄美가 없는 것은 고운의 다른 작품들과 같지 않기 때문이다."라는 말을 듣고 사람들은 반드시 이를 괴이하게 여겨 떠들썩하겠지만 나는 항상 그 確論에 승복했다고 했다.[46] 그러나 공자께서 모국을 빨리 떠나지 못하는 일이나, 潔身亂倫하지 못해 荷蕢者처럼 현실을 쉽게 단념하지 못하듯이 고운도 쉽게 단념하지 못하는 것은 그 궤를 같이 한 것이다.

　　지금까지 살펴 본 바와 같이 고운의 「江南女」는 우리 문학에서 풍자문학의 길을, 「紀德詩」에서는 서사시의 길을 열었으며, 경물시에서는 객관적 상관물을 통한 즉 借景抒情의 극적 효과와 만년의 시에서는 潔身亂倫하지 않으려는 고민을 보여 주고 있다. 그런데 우리 나라에서 고운에 대한 도가적인 신선사상의 설화가 많은 것을 徐有榘는 고운이 너무 뛰어난 인물이어서 일반 사람들이 쉽게 접할 수 없는 데다가 귀국 후 곧 산수간에 방랑하며 승려들과 교유했기 때문에 그들이 만들어 낸 것이고 실제 묘는 湖西의 鴻山에 있으며, 墓碑는 그 곳 極樂寺 뒤편에 있는데 崔興孝의 「碑陰記」에 별세와 장사한 연월이 명기되어 있다고 한다.[47] 이런 사실로 미루어 본다면 고운을 지나치게 佛・老의 측면에서 파악하려는 것도 고려할 문제이다.

---

45)『孟子・盡心』下. "孟子曰, 孔子之去魯曰, 遲遲吾行, 去父母國之道也."

46) 河謙鎭,『東詩話』卷 1. "崔文昌, 紅流洞詩……此非惟文人, 雖樵叟輩, 皆能誦習爲歌調, 而獨李定軒鍾祥, 次之云, 孤雲一節還多事, 自在靑溪自在山, 蓋以其詩近俗, 而無含蓄, 不似孤雲他作故耳. 二公之言, 衆必譁然以怪, 而余常服其確論."

47) 徐有榘,「與淵泉洪尙書論桂苑筆耕書」,「校印桂苑筆耕集序」,『金華知非集』卷제2. "世之言孤雲者, 多有異蹟, 或謂其尋眞度世者, 齊東之言也. 蓋早歲北學, 名振天下, 及其東歸, 人之望之, 有若祥麟瑞鳳之不可接, 而東還未幾, 斂跡塵鞅, 超然自放於山林藪澤之間, 與高僧名衲相追逐, 緇流之好爲荒唐悠謬之言, 固其習耳, 遂謂之羽化不死. 林石川億齡詩, 亦有深洞本無墳之語, 殊不知孤雲墓碑, 在今鴻山之極樂寺後, 崔興孝陰記, 明著其卒葬年月也. 拙序漫及此事, 今业呈, 政幸有以鑪錘之也, 幅竟神往."

4. 多樣한 風格

풍격이란 사람의 人格이나 人品을 한 마디로 평하듯이 작품의 외면에 풍기는 인상이나 분위기를 집약하여 평하는 것이다. 그러므로 이를 風神 品格의 略語로 규정하기도 한다. 그런데 이 풍격이 형성되는 것은 선천적인 情性을 바탕으로 한 才性과 氣質에다가 후천적인 학문과 習性을 통하여 형성된다고 한다. 그러면 고운시의 풍격 역시 고운의 선천적인 재성과 기질 에다가 중국 대륙에서 겪은 시적 체험이 크게 반영되었을 것이다. 그런데 고운 시의 풍격을 파악하는 데는 지금의 안목으로서보다 과거 한시를 창작 하고 향유하던 층의 견해를 살펴보는 것이 훨씬 효과적일 것이다.

宏肆 : 굉사란 '發揚光大' 또는 '宏大舒展'이란 뜻인데, 대개 '贍麗宏肆', '宏肆浩博'이라 연결하여 쓴다. 중국의『中國古代文學理論辭典』에서도 '豪 放'에 대해 설명하면서 徐師曾의『文體明辨』을 들고 "호방이란 그 기상이 恢宏하려고 하는 것이다."[48]고 하여 호방이나 恢宏을 같은 뜻으로 설명하고 있는 것을 보면 호방과 宏肆의 뜻도 서로 통하는 것이다. 이는 고운이 21세 때 溧水縣尉에서 물러나 宏詞科에 응시하기 위하여 終南山에 은거하면서 학문을 탁마한 것과도 유관한 것이다. 여기에 해당하는 예를 들어본다.

돛대 걸고 푸른 바다로 떠가니　　　掛席浮滄海,
긴 바람 만 리를 통하네.　　　　　長風萬里通.
뗏목 탔던 漢나라 사신 생각나고　　乘槎思漢使,
不死藥 캐러 간 秦나라 동자 기억나네.　採藥憶秦童.
해와 달은 허공 밖에서 뜨고　　　　日月無何外,
하늘과 땅은 太極 가운데 있구나.　　乾坤太極中.
蓬萊山을 지척에 볼 수 있으니　　　蓬萊看咫尺,
내 이제 신선을 만나보겠네.　　　　吾且訪仙翁.
　　　　　　　　　　　　　　　　「泛海」

---

48) 趙則誠,『中國古代文學理論辭典』, 吉林文史出版社, 1985, p.331. "豪放者, 欲其氣象恢宏."

바다에서 배를 타고 귀국하면서 지은 것이다. 이를 홍만종은 '辭語宏辭'라고 했다.[49] 滄海에서 배를 타고 長風萬里를 달리니 漢 武帝 때 黃河의 근원을 찾았다는 張騫의 故事, 秦始皇 때 童男童女를 蓬萊山에 보내어 不死藥을 캐게 한 고사들이 떠오른다. 특히 茫茫大海에 배를 타고 귀국의 환희 속에서 지었다는 점에서 宏肆한 風格은 쉽게 납득이 간다. 고운은 천재적인 기질에다가 중국 대륙을 횡행하면서 길러진 기상은 자연히 宏肆하기 때문이다.

精緻 : 정치란 精細周密, 精美工巧, 美好 등의 뜻을 갖고 있다. 여기에 해당하는 시를 홍만종은 다음과 같이 들었다.

구름 가에 精舍를 짓고	雲畔構精廬,
조용히 참선한 지 50년.	安禪四紀餘.
지팡이는 산 밖에 나간 적이 없고	笻無出山步,
붓은 서울 가는 편지 쓴 적이 없네.	筆絶入京書.
대 홈에는 샘물 소리 졸졸거리고	竹架泉聲緊,
소나무 창가엔 햇빛 성글게 비치네.	松櫳日影疏.
이 높은 경지를 다 읊지 못하여	境高吟不盡,
눈 감고 眞如를 깨닫네.	瞑目悟眞如.

「贈雲門蘭若 智光上人」

이 시를 洪萬宗은 精緻하다고 했다.[50] 智光스님은 구름 가의 언덕에 정사를 짓고 50년 가까이 참선을 했다. 걸음은 雲門山 밖에 나가본 적이 없고, 서울과의 소식도 끊은 지가 오래이다. 거기에 이 절의 분위기는 대로 만든 홈에 샘물이 흐르는 소리며, 소나무 창가에 성글게 비치는 햇빛이 더욱 고조시켜 준다. 이런 높은 경지를 다 읊기도 전에 眞如를 깨닫게 한다. 시의 짜임이 너무나 정교하다. 고운의 시는 이와 같이 정교한 면이 있기 때문에 때론 고운의 작품이냐, 귀신의 작품이냐 하는 설화까지 나온다. 다음과 같은 설화는 이를 단적으로 설명해 준다.

---

49) 洪萬宗, 『小華詩評』.
50) 洪萬宗, 위의 책.

가야산에 金進士와 음탕하고 사나운 중이 살고 있었는데, 두 사람의 시를 짓는 솜씨가 막상막하였다. 어느 날 이 중이 김진사에게 나는 재산이 많고 그대는 부인이 아름다우니, 이것을 걸고 내기를 하자는 것이었다. 김진사는 힘이 모자라서 이를 거절하지도 못하고 걱정을 하고 있는데 꿈에 한 노인이 나타나 말하기를 내일 내기하는 시를 지을 때 韻字는 '日', '月'字일 것이라면서 미리 다음과 같은 시를 지어 준다.

伽倻山의 全景을 물으니	伽倻全景問,
白衲의 늙은 스님 이렇게 말했다.	白衲老僧曰,
"江流洞 안엔 꽃피고	江流洞裡花,
黃金臺 위엔 달 떠 있다"고.	黃金臺上月.

이 시를 불러 주고 그 노인은 나갔다가 잠시 후에 다시 찾아와서 잘못하면 말썽을 일으킬지 모르니 黃金臺 대신에 翠滴臺라고 하는 것이 좋겠다고 했다. 귀신은 '靑'字와 '翠'字를 싫어하기 때문에 이런 글자가 없으면 귀신이 지은 것이요 사람이 지은 것이 아니라고 할 것이기 때문이다. 과연 약속 날이 되어서 그 중은 굳이 김진사에게 먼저 시를 부르라고 했다. 김진사가 앞의 두 句를 부르니 중은 손이 떨리기 시작하다가 뒤의 두 句를 다 부르자 붓을 놓고 내기는 끝났다고 하면서 앞의 세 句는 인간의 말씨가 아니라 귀신이 지은 것인데 끝 구절을 보면 분명히 귀신이 지은 것이 아니라고 하면서 약속을 이행했다. 세상에서는 이 시를 가야산 산신령이 지은 것이라고 하는데 이는 바로 최고운이란 것이다.[51] '日', '月'字와 같이 어려운 韻字로 가야산의 전경을 귀신 같이 압축하여 나타내었기 때문이다. 최고운이 가야산 산신령이라 할 정도로 그의 솜씨가 정교했던 것이다.

豪健 : 호건은 氣槪가 豪邁强健하다든지, 氣魄이 크고 强力하다든지, 또는 强健, 壯健하다는 뜻으로 쓰인다. 이런 風格에 해당하는 시로 홍만종은 「題輿地圖」를 들고 있다.

---

51) 李家源, 『玉溜山莊詩話』, 乙酉文化社, 1972, p.7.

崑崙山이 동쪽으로 뻗어 五嶽이 푸르고	崑崙東走五山碧,
星宿海는 북쪽으로 흘러 黃河가 누르네.	星宿北流一水黃.
	「題輿地圖」

'輿地圖'란 지도인데, 이 시는 중국의 산천지세를 읊은 것이다. 홍만종은 이 시를 意思가 豪健함을 다했다고 했다.[52] 곤륜산은 중국의 五嶽(泰山·華山·衡山·恒山·嵩山) 중에 祖宗이요, 黃河는 星宿海에서 發源한 사실을 詩化한 것이다. 고운의 머리 속에는 광대무변한 중국의 산천지세가 환히 들어 있기 때문에 호건한 풍격이 있다는 것이다.

嚴正 : 엄정은 엄숙하고 정직하다는 뜻이다.

여관에는 깊은 가을 비 내리고	旅館窮秋雨,
차가운 창가엔 고요한 밤 등불.	寒窓靜夜燈.
가엾어라 시름 속에 앉았노라니	自憐愁裡坐,
정녕 참선하는 중이로구나.	眞箇定中僧.
	「郵亭夜雨」

이는 고운이 22세 때 高騈의 기용으로 館驛巡官의 일을 하던 시절에 지은 듯하다. 홍만종은 이 시를 格律이 嚴正하다고 했다.[53] 여관에 늦가을 비는 내리고 차가운 창가의 고요한 밤에 등불만 가물거리는데 여러 가지 상념 속에 가만히 앉았으니 마치 禪定에 든 스님 같다는 것이다. 旅館, 窮秋, 靜夜, 寒窓에서 定禪에 이르기까지 수심을 느끼기보다 오히려 숙연함을 느끼게 한다. 따라서 이를 엄정이라고 한 것이다. 이 외에도 崔滋는 "남에게 지어준 시들도 절구가 많은데 淸婉하여 사랑할 만하다."[54]고 했다. 청완이란 淸新美好하다는 것이다. 李睟光은 智異山의 한 老僧이 山의 石窟 안에서 찾았다는 고운 시 16수 중 8수를 보고 '奇古'하다고 했다.[55] 그리고 홍만종

---

52) 洪萬宗, 위의 책.
53) 洪萬宗, 위의 책.
54) 崔滋, 『補閑集』上.
55) 李睟光, 『芝峰類說』卷13.

역시 위에 보인 「江南女」를 두고 '辭極古雅'라고 했다.56) 여기서 '奇古'나 '古雅'나 모두 옛스럽다는 뜻은 동일하다. 만당풍의 綺麗와는 완전히 대조가 된다. 또 任璟은 그의 『玄湖瑣談』에서 "천 길의 절벽이요 만리의 큰 물결(千仞絶壁 萬里洪濤)"이라고 했다.57) 격조가 너무 높기 때문이다. 임경은 여기에 해당하는 예문은 들지 않았지만 고운 시에서 이런 느낌을 주는 시는 쉽게 찾을 수 있다. 「登潤州慈和寺上房」이란 시도 여기에 해당할 것이다. 이 외에도 최고운과 박인범의 시가 '淸麗穩順'하여 晚唐風이 있는 것은 그 시대의 풍조에 젖었기 때문이라는 지적도 있다.58)

위에서 살펴본 바와 같이 고운 시의 풍격은 淸麗穩順하다는 만당풍 뿐만 아니라, 宏肆, 精緻, 豪健, 嚴正, 淸婉, 奇古, 古雅, 千仞絶壁・萬里洪濤 등 다양하게 나타난다. 이 외에도 홍석주는 '平易近雅'하다고 했고, 서유구는 고운의 시가 平易하면서 조금도 만당풍의 흔적이 없을 뿐만 아니라 귀국 후의 작품은 '新淸警絶'하며, 격조가 더욱 높다고 했다.59) 이런 것을 종합해 볼 때 지금까지 고운의 시를 만당풍이라고만 하는 것은 아주 잘못된 편견이라고 할 수 있다.

III. 結　語

최고운은 신라 말기에 태어나서 국내외적으로 온갖 어려운 여건 속에서 살다가 간 대문호요, 사상가이며, 역사가요, 외교관이었다. 당시에 공식문서

---

56) 洪萬宗, 『小華詩評』.

57) 任璟, 「玄湖瑣談」, 『詩話叢林』 卷4.

58) 任相元, 「蓀谷集序」, 『三唐集』. 崔孤雲・朴仁範之詩, 淸麗穩順, 宛然有晚唐人之風, 漸漬之縁化乎.

59) 徐有榘, 「與淵泉洪尙書論桂苑筆耕書」, 『金華知非集』 卷 제2. "詩尤平易, 絶不類晚唐遺響, 亦可異也. 伽倻山武陵溪石刻, 常恐是非聲到耳, 故敎流水盡籠山之句, 至今膾炙人口, 金剛山貝葉經背, 往往有孤雲題詩, 類皆新淸警絶, 視此集, 若出二手, 尤不可曉, 豈其東還之後, 年力富强, 學愈進, 而格愈高, 晚益瓌奇入化也歟."

는 거의 騈儷文이었는데 고운은 여기에 능숙하여 신라의 국제적 위상을 높였으며, 시는 주로 고체시였는데 고운이 당에서 완성된 근체시를 받아들여 예술적으로 승화시킴으로써 우리 문학의 개조라는 칭호를 받게 되었다. 따라서 그는 중국보다 뒤져 유행하던 우리 문학의 풍조를 앞당겨 발전시킨 분이라고도 할 수 있다.

그는 경주에서 태어나 12세의 나이로 문화적 세계주의로 가고 있는 당나라에 유학하여 18세에 裵瓚의 主試 아래 급제하였으며, 20세에 溧水縣尉가 되었다. 현위는 從九品의 말직이라고 하지만 20세의 외국인으로서 이런 직책을 맡은 것만도 큰 영광이 아닐 수 없다. 그가 28세 귀국할 때에 "집안의 영광일 뿐만 아니라 나라의 영광(不獨家榮亦國榮)"이라 한 시를 보아도 고운 자신이 얼만큼 금의환향으로 여겼던가 하는 것을 알 수 있다. 이와 같이 고운이 우리 문학을 당시의 보편적 세계화 차원으로 발전시킨 공로는 우리의 자랑거리가 아닐 수 없다. 이런 관점에서 그의 시문학은 어떠했는가를 고찰하려는 것이 본고의 목적이었다. 지금까지 논의된 내용을 요약 결론짓기로 한다.

첫째, 고운이 산 시대는 신라 말과 당나라 말기였다는 사실이다. 신라에서는 호족의 대두, 농민의 봉기 등으로 사회 체제에 대한 변화의 계기를 가져왔고, 그가 유학했던 당나라 역시 '安史의 亂' 후에 官紀의 문란 등으로 사회가 어지러운 한편, 과거제의 등장으로 출신 계층을 따지기보다 능력 위주로 개편되기 시작했다. 사상계에서는 유·불·선 삼교가 혼합된 상태였고, 文風은 四六騈儷文과 綺靡한 만당풍이 만연하고 있었다. 이러한 시대 속에서 꽃피운 고운의 시는 어떠했는가?

먼저 그의 시에 대하여 과거에 평가했던 예술적인 가치부터 살펴 보았다. 고운이 당나라에서 교분을 맺었던 顧雲, 羅隱 등의 평가는 『三國史記』에 그대로 실려 고운이 羅·唐間의 대문호임을 입증시키고 있다. 고려조의 문인들은 "명성이 중국에 알려짐이 이와 같다.", "문장이 중국을 진동시켰

다.", "고병의 편지와 격서가 모두 그의 손에서 나왔다.", "문장으로 나라를
빛냄이 이와 같다." 등 문학 자체에 대한 평가보다 중국과의 대립적인 관계
속에서 보려는 시각이었다. 이는 세계화 속에서 주체성을 상실하지 않으려
는 의지로 볼 수 있는데 「崔孤雲傳」 등에서도 지속적으로 나타났다. 이처럼
고운을 중국 문인들과 대립시키고 있는 것은 고운 시의 예술적인 가치를
인정한 위에서 이루어진 것이다.

조선조에서는 평가 기준이 달라져 고운이 우리 문학의 창시자라는 것과
문학의 우수성을 내세우지만 부정적인 면, 즉 佞佛, 騈儷文, 晚唐風 등의
평가도 보인다. 그러나 문학은 그 시대와 떼어서 생각하기 어렵다는 것을
고려할 때 이런 평가는 정당하다고 볼 수 없다.

둘째, 用事의 源流에 대한 문제이다. 고운의 사상은 유·불·선 삼교의
융합이기 때문에 용사의 원류도 먼저 여기에서 찾기로 했다. 유교에서의
용사는 孔子의 出處觀을 말한 問津, 吾與點이란 浴沂, 顔子의 安貧樂道 등에
서 나온 것을 보았다. 이는 조선조의 선비들도 가장 관심을 많이 갖는 대목
들이다. 다음 불교는 『華嚴經』에서의 用事가 제일 많았다. 고운이 만년에
해인사에 은거했는데 해인사는 華嚴十刹 중의 하나이며 그곳에서 『화엄경』
에 정통한 希朗和尙과 친분이 두터웠으므로 그에게서 영향받은 바도 많을
것으로 생각된다. 끝으로 道家類에서는 『老子』, 『莊子』에서 用事한 것이
보이며, 여도사에게 지어준 「留別女道士」, 고병에게 지어준 「朝上淸」 등은
道家와의 관계를 단적으로 보여 준다. 이는 자신을 추천해 준 고병과 친구인
顧雲이 모두 만년에 도교에 기울어지거나 은둔한 것과도 관계가 깊다. 그리
고 고운이 태어난 곳이 동해의 신선이 산다는 蓬萊山과 가깝다고 여겨 고운
을 동쪽에서 온 신선이란 뜻으로 儒仙이라고 한 것이라든지, 우리 나라 설화
에 고운이 만년에 신선이 되었다는 것은 고운을 도교적 초인적으로 여긴
증거이다.

셋째, 고운의 시는 국내에서의 작품과 당나라에서의 작품으로 나누어 볼

수 있는데 당에서는 그곳 인사들과 교유시, 서사시의 성격을 띤 獻詩, 여러 곳에 다니면서 지은 景物詩, 사회 모순을 들추어낸 풍자시 등이 주가 된다. 여기서 풍자시인 「江南女」는 고려조 이규보의 「望南家吟」, 李穡의 「蠶婦」 등 농민의 참상을 그린 시의 길을 열어주었다. 경물시도 일반 사람들이 보아 넘기기 쉬운, 또는 버림받은 소재를 선택해서 순수와 비순수, 허위와 진실을 대조시켜 여기서 일어나는 자신의 여러 가지 고민을 표출했다. 이는 景物 속에서 인간을 찾는 借景抒情의 시라고 할 수 있다. 귀국 후에는 정치생활을 한 시기와 만년 은둔기의 작품으로 나누어 볼 수 있는데 현존하는 작품은 거의 후자에 속한다. 따라서 외로운 심정이나 세상을 잊고 자연 속에 몰입하고자 하는 것이 대부분이다.

넷째, 風格 문제이다. 풍격이란 인격, 인품처럼 시에서 풍기는 인상을 집약해서 한 마디로 내리는 평인데 지금까지 고운의 시라면 으레히 만당풍이라는 편견을 갖고 있었다. 그러나 고운 시의 풍격은 '宏肆', '精緻', '豪健', '嚴正', '淸婉', '奇古', '古雅', '千仞絶壁·萬里洪濤', '淸麗穩順', '平易近雅', '新淸' 등 다양하게 나타나는 것을 밝혔다.

이상으로 고운 시의 예술적 가치, 용사의 원류, 내용적 특성, 풍격의 다양성 등을 통해서 볼 때 고운의 시는 당시 우리 나라의 시를 세계적 수준으로 끌어 올린 소중한 유산이며, 고운은 우리 문학을 열어준 개조임을 다시금 확인할 수 있었다. 그리고 이 글에서는 논외로 했지만, 고운의 「伽倻山十九名所詩」와 서정적·전원적인 시도 높은 가치를 지니고 있으며, 특히 「詠曉賦」는 우리 나라 賦文學의 최초라는 점에서도 문학사적 의의는 크다.

<『孤雲의 思想과 文學』, 1997>

李齊賢論

I. 序言

우리 나라 문인 중에서 李齊賢만큼 높이 평가받는 사람은 아마 드물 것이다. 李穡은 「도덕의 우두머리요, 문장의 宗이다.」[1]라고 했고, 金澤榮은 「3천년 이래 제일의 대가이다.」[2]라고 극찬했다. 뿐만 아니라, 『朝鮮王朝實錄』에 그에 대해 언급한 곳이 20회가 넘는다. 그 외 각종 詩話와 文集序跋類에도 일일이 예를 들 수 없을 정도로 많이 언급되어 있다. 그리고 현대에 와서 이루어진 이제현에 대한 연구논문도 1백 편이 넘는다.[3]

이 연구 경향을 종류별, 연대순으로 나누어서 연구사적으로 검토해 보면 다음과 같다.

첫째, 歷史的·政治的인 면에서의 연구이다. 金庠基의 「李齊賢의 在元先涯에 對하여」(1963), 金哲俊의 「益齋 李齊賢의 史學」(1967), 閔賢九의 「李齊賢의 史學」(1980), 鄭求福의 「李齊賢의 歷史意識」(1981), 민현구의 「益齋 李齊賢의 政治活動」(1981) 등이 그것인데, 그의 역사의식, 정치활동, 원나라와의 관계에 대해서 다각도로 연구했다.

둘째, 作家論的인 면에서의 연구이다. 李石來의 「李齊賢」(1964), 高炳翊

---

1) 李穡, 「文忠公墓誌銘」, "道德之首, 文章之宗."
2) 金澤榮, 『合刊韶濩堂集』8, "李齊賢之詩, 以工妙淸俊, 萬象具備, 爲朝鮮三千年之, 第一大家, 是爲正宗, 而雄者也."
3) 李炳赫, 『高麗末性理學受容期의 漢詩 研究』, 太學社, 1989, 부록 「高麗朝 漢文學研究 論著目錄」에 상세히 밝혔다.
   朴現圭, 「李齊賢關係論著目錄」, 『大東漢文學』6, 1994.

의 「李齊賢」(1965), 鄭炳昱의 「李齊賢」(1969), 徐鏡普의 「李齊賢論」(1979), 車溶柱의 「李齊賢論」(1982) 등의 논문이 있는데, 여기서는 작가의 생애와 활동, 작품 등을 중심으로 논의했다.

셋째, 思想的인 면에서의 연구이다. 鄭玉子의 「麗末 朱子性理學의 導入에 대한 試考」(1981), 張鴻在의 「李齊賢文學에 나타난 思想의 硏究」(1982), 洪瑀欽의 「益齋亂稿에 나타난 李齊賢의 新儒學思想」(1988), 李炳赫의 「李齊賢詩의 朱子學的인 傾向에 대하여」(1989) 등이 이러한 부류에 속하며, 주로 신유학사상을 중심으로 논의하였다.

넷째, 批評과 文學觀에 대한 연구이다. 이러한 연구로는 鄭炳昱의 「櫟翁稗說片考」(1968), 李相翊의 「麗朝散文學小考–益齋의 文學理論」(1975), 崔德休의 「櫟翁稗說硏究」(1975), 鄭炳昱의 「櫟翁稗說과 批評文學」(1979), 崔信浩의 「櫟翁稗說에 나타난 文學性」(1981), 「櫟翁稗說의 장르문제」(1981), 申用浩의 「益齋의 文學觀」(1984), 文炳郁의 「櫟翁稗說考」(1986), 張德哲의 「櫟翁稗說硏究」(1987) 등이 있는데, 그의 문학비평에 관한 이론과 문학에 대한 인식의 문제를 다루었다.

다섯째, 詩에 대한 연구이다. 이러한 부류에 속하는 연구로는 李鍾燦의 「益齋의 文學–主로 漢詩에서」(1969), 徐首生의 「詩界正宗 益齋文學」(1971), 朴性奎의 「益齋漢詩의 硏究」(1976), 金基卓의 「益齋의 瀟湘八景과 그 影響」(1981), 李達遠의 「益齋 李齊賢의 漢詩硏究」(1982), 兪睿根의 「益齋詩小考」(1982), 金利坤의 「李齊賢의 漢詩硏究」(1983), 李炳赫의 「益齋의 思想과 文學」(1983), 이화숙의 「益齋의 詠史詩硏究」(1983), 金利坤의 「益齋漢詩의 修辭에 대한 一考」(1984), 柳豐淵의 「益齋의 詩硏究」(1985), 「益齋時文에 對한 旣存論評」(1986), 「益齋詩語의 比較硏究의 試圖」(1986), 嚴明均의 「益齋漢詩의 韻律硏究」(1987), 池榮在의 「益齋 西蜀行詩의 硏究」(1987) 등이 있다. 시에 대한 연구는 비교적 활발하게 이루어져 시의 형식으로부터 내용, 운율에 이르기까지 많은 연구성과가 이루어졌다.

여섯째, 詞에 대한 연구이다. 徐鏡普의 「益齋詞小考」(1960), 蕭繼宗의 「李益齋와 그의 詞가 韓國文學에 끼친 貢獻을 論함」(1972), 池榮在의 「益齋長短句의 硏究」(1977), 「益齋長短句의 成立」(1979), 洪瑀欽의 「益齋詞의 風格에 관한 연구」(1981), 심경호의 「詩장르의 역사적 변화와 詞-益齋 李齊賢과 丁若鏞의 경우를 중심으로」(1983), 이병일의 「益齋詞硏究」(1986) 등이 있는데, 詞의 성립에서부터 풍격에 이르기까지 다각도로 연구되었다.

일곱째, 小樂府에 대한 연구이다. 이러한 부류에 속하는 것으로 徐首生의 「高麗歌謠의 硏究-益齋의 小樂府에 限하여」(1962), 「益齋小樂府와 高麗歌謠」(1984), 李佑成의 「高麗末期의 小樂府」(1976) 등이 있다. 이외에도 현실인식에 대해서는 朴性奎의 「麗末詩人의 現實認識-李齊賢의 抗蒙意識을 중심으로」(1978)가 있고, 古文에 대해서는 林熒澤의 「高麗末 益齋의 古文倡導」(1981), 金忠熙의 「麗末의 文風과 益齋의 古文」(1996)이 있으며, 산문연구는 鄭炳洪의 「益齋散文硏究」(1981)가 있다. 이밖에 단행본으로는 金時晃의 『益齋硏究』(1988), 김건곤의 『이제현의 삶과 문학』(1996), 柳豊淵의 『益齋詩硏究』(1996)를 들 수 있다.

이와 같이 역사적・정치적인 연구, 작가론, 사상연구, 비평과 문학관연구, 시연구, 詞연구, 소악부연구, 의식연구, 고문연구, 산문연구, 거기다가 종합적인 연구까지 시도되었다. 이렇게 볼 때 이제현에 대한 연구는 다른 문인에 비해 각 분야별로, 그리고 다각도로 연구가 이루어졌음을 알 수 있다.

본 논고에서는 그의 학문적인 연원과 문학활동, 그의 문학, 문학사적인 위치 등에 대해서 살펴보기로 한다.

II. 學問的인 淵源과 文學活動

이제현의 처음 이름은 之公이요, 자는 仲思, 호는 益齋, 시호는 文忠公이며, 본관은 경주이다. 고려 충렬왕 13년(1287)에 檢校政丞인 李瑱의 아들로 태어나 17세에서 71세까지 50여 년간 7왕조에 거쳐 관직생활을 하다가 81세(공민왕 16년, 1367)에 별세했다.

그의 학문적인 연원은 가정환경과 관계가 깊다. 그는 15세에 成均試에 장원했고, 이어 大科의 丙科에 합격했는데, 이때 知貢擧인 權溥가 그의 재질을 보고 사위로 삼았다. 권부는 安珦의 문인으로 한 집안에「九封君」이 있는 고려말 유명한 가문이다. 이때부터 권부는 그의 장인이면서 스승이 되었다. 따라서 이제현은 우리 나라 최초의 주자학 전래자인 안향의 학통에 이어지게 된 것이다.

그의 가족관계를 보면 이제현은 三妻 一妾에 자녀가 3남 7녀이다.

① 初娶 : 권부의 딸(吉昌國 부인), 2남 3녀
　　장남 瑞種
　　　　初娶, 洪侑의 딸, 1남(寶林)
　　　　2녀 (趙茂, 李元稿)
　　　　再娶, 金松株의 딸, 1남(乃獻)[4]
　　차남 達尊, 白頤正의 딸에게 장가들어 3남(德林·壽林·學林), 1녀
　　　　(奇仁傑)
　　　　3녀　任德壽·李係孫·金希祖

---

4) 본 가족관계에 대한 것은 이색이 지은 이제현의 墓地銘에 의한 것이다. 이 묘지명은 『동문선』, 『목은집』, 『익재난고』(부록) 등에 실려 있다. 『동문선』과 『목은집』에 의하면 이제현의 손자인「내유」는 조계종 廣通寺 주지가 되었다고 하나, 『익재난고』에 의하면 이런 사실이 없다. 남의 기록은 임의로 고치기 힘들지만 개인의 문집은 후손들의 편의에 따라 고치기가 용이하므로, 유교적인 입장에서 이제현과 불교와의 관계를 짓지 않으려는 고의적인 의도에서 행해진 일인 듯하다. 李炳赫,「益齋의 思想과 文學」, 『부산대 인문논총』제24집, 1983, pp.81~82 참조.

② 再娶 : 朴居實의 딸(壽春國 부인), 1남 3녀
   1남(彰路)
   3녀(朴東生, 宋懋, 惠妃=후일 비구니가 되었다)
③ 三娶 : 徐仲麟의 딸(瑞原君 부인) , 2녀(金南雨・李有芳)
④ 側室 : 2녀(林富陽 ○)

여기서 주목할 것은 이제현의 둘째며느리가 백이정의 딸이라는 점이다. 그에게 권부와 같은 장인과 백이정 같은 사돈이 있었다는 것은 그의 학문적인 연원을 파악하는 데 크게 도움이 된다.

$$安珦 \rightarrow \begin{bmatrix} 權溥 \\ 白頤正 \\ 李瑱 \end{bmatrix} \rightarrow 李齊賢 \rightarrow 李穀 \rightarrow 李穡^{5)}$$

위의 계보는 안향의 문인록을 참고하여 표로 보인 것이다. 이 문인록에 의하면 안향의 문인에는 권부・백이정・이진 등 11명이 있다. 이중에서 학연으로나 가정적인 면으로 보아 이제현과 가장 가까운 사람은 위의 도표 중 앞쪽의 세 사람이다.

첫째로, 권부는 장인이면서 知貢擧요, 또 스승이다. 특히 권부의 증손이 권근이라는 것도 주목할 만하다. 두번째로는 백이정과는 사돈이면서 사제지간이다. 이제현 연보의 28세 조에 의하면 백이정이 원나라에서 程・朱 성리학을 처음으로 가져왔을 때, 이제현이 제일 먼저 師受했다고 한다. 세번째로 이진은 그의 아버지이면서 스승이다. 결국 이제현은 이와 같은 혈연과 학연으로 해서 큰 문인으로 성장할 수 있었다고 할 수 있다.

다음 그의 교유문인과 활동에 대해서도 유의해 볼 필요가 있다. 그의 교유는 국내에서뿐만 아니라, 원나라 문인들과도 많았다. 그곳에서 교유할 수 있었던 곳은 「萬卷堂」이다. 충선왕이 충숙왕에게 왕위를 전하고 자신은

---

5) 李炳赫, 「稼亭의 思想과 文學」, 『釜山工專文集』 20, 1979, p.51. 「安珦과 麗末漢文學」, 『釜山工專論文集』 21, 1980, p.43 참조.

太慰로 원나라에 머물면서 만권당을 짓고 학문을 연구했다.

이때 충선왕이 "원나라의 서울에 있는 선비들은 모두 천하에서 선발된 사람들인데 나의 부중에는 아직 이런 사람이 없으니 이것은 나의 수치이다." 하고 이제현을 불러갔다.[6]

당시 원나라 학자로 만권당에 인연을 맺은 사람으로는 姚燧(1239~1314), 閻復(1236~1322), 趙孟頫(12584~1322), 張良浩(1269~1329), 元明善(1269~1322), 虞集(1272~1348), 蕭𣂏(1241~1318), 王構(1245~1308), 洪革(?) 등이 있었다.

이들은 대부분 나이가 이제현보다 40~50세 위였다. 다만 조맹부와는 34세, 장양호·원명선과는 19세, 우집과는 16세 차이가 있었다.[7] 그러므로 엄격한 의미에서 이들은 교유인이었다기보다는 스승이었다고 하는 편이 적절하다. 이들은 원나라의 성리학적인 분위기가 무르익어갈 때의 학자들이므로 사상적·문학적 영향이 컸으리라 짐작된다.

다음으로 그의 문학활동에 대해 살펴보기로 한다. 이를 살펴보는 데 있어 가장 도움이 되는 것은 원나라의 여행 도중에 지은 시문들이다.

그가 1차로 원나라에 간 것은 28세(충숙왕 1년, 1314) 되던 해이다. 충선왕이 만권당에 머물면서 그곳 문인들과 겨루기 위하여 불러간 것이다. 이곳에 머물다가 30세 때 西蜀 峨嵋山까지 여행을 하게 되었다. 燕京에서 서측으로 가는 도중에 지은 시가 21수이고, 그곳에서 연경으로 돌아오는 도중에 지은 시가 6수이다.[8] 2차로 원나라에 간 것은 31세(충숙왕 4년, 1317) 때이다. 33세 때에는 江南 여행을 떠나게 되었는데, 연경에서 강남까지 갔다가

---

6) 李穡, 「文忠李公墓誌銘」, "遂請傳國于忠肅, 以太慰留京師邸, 構萬卷堂, 考究以自娛, 因曰 京師文學之士, 皆天下之選, 吾府中, 未有其人, 是吾差也, 召至都, 實廷祐甲寅正月也."

7) 池英在, 「益齋長短句의 硏究」, 成均館大學 碩士學位論文, 1977, p.33에서 만권당은 1314년에 지었는데, 당시 문인들의 생·졸연대와 그 외 다른 기록들을 종합해 볼 때 이제현과 교유한 원나라의 문사는 조맹부, 원명선, 장양호, 우집 등이라고 밝혔다.

8) 작품의 제작연대, 지점에 대해서는 서경보의 「익재사소고」, 박성규의 「익재한시연구」, 이병혁의 「익재의 사상과 문학」, 김시황의 「익재연구」 참조.

오는 도중에 지은 시가 13수이다. 3차로 원나라에 간 것은 34세(충숙왕
7년, 1320) 때인데, 이때에도 시 3편과 「明夷行」 1편을 지었다. 4차로 원나
라에 간 것은 37세(충숙왕 10년, 1323) 때이다. 이때 충선왕을 배알하기
위하여 臨洮 부근의 朶思麻에까지 가게 되었는데, 연경에서 출발하여 타사
마까지 갔다오는 도중에서 지은 시가 26수에 이른다. 5차로 원나라에 간
것은 53세(1339) 때이고, 6차는 62세(1348) 때이다.

이와 같이 그는 중국의 동서남북 각 지방을 다니면서 고적지와 명승지마
다 시를 남겼다. 그의 시 중에서 회고시와 기행시가 많은 것도 이와 관련이
깊다.

그는 50여 년간 관직생활을 하는 동안 7왕을 거쳤고, 네번이나 재상을
지냈다.[9] 따라서 문인으로서의 활동보다는 관인으로서의 비중이 크다. 그러
므로 그는 학교 교육을 강화하여 六藝・五教를 밝힘으로써 불교보다는 眞
儒가 되고, 글구와 문장이나 다듬는 「雕蟲篆刻之徒」보다는 경서에 밝고 행
실을 닦는 실학인이 되기를 추구했다. 그는 불교를 수용하면서도 이러한
태도를 취했고, 원제국을 인정하면서도 고려의 자주성을 강조했다.[10] 비록
완전히 원제국을 부정하지는 못했으나 이는 정치인으로서 당시의 시대적인
상황에 한계점이 있었기 때문이다. 이러한 속에서도 그는 성리학적인 학문
의 연원으로 고려와 원나라에 명성을 떨친 문인이다.

---

9) 李穡, 『益齋亂稿』序. '相五朝 四爲家宰'라 했으나, 충렬・충선・충숙・충혜・충목・충
   정・공민 등 7왕을 거쳤다.
10) 『元史』 列傳 61, 「姚燧」. 요수가 고려를 '彼藩邦小國'이라고 얕잡아 본 기록이 보인다.
    그러나 이런 상황에서 이제현의 자주의식은 더욱 강화되었다. 이병혁, 「익재의 사상
    과 문학」 참조.

Ⅲ. 表現의 特徵과 文學精神

위에서 본 것처럼 실학이란 문장이나 다듬는 공허한 사장적인 학문이
아니라, 경서에 밝고 행실을 닦는 실상이 있는 학문이란 뜻이다. 그의 문학
은 바로 실학인의 문학이다.

조선조의 문인들이 그의 문학에 대해서 논평한 것을 요약해 보면 다음과
같다.11)

① 우리 나라 시문의 正宗이다.
② 악부문학을 개척했다.
③『역옹패설』을 지어서 우리 시학의 精粹를 알게 했다.
④ 고문의 창도자이다.
⑤ 도학자요, 문장가이다.
⑥ 新意를 잘 구사했다.
⑦ 기교·수사론에 해당하는 用字·句法·用事·表現·點化 등의 기
   법이 뛰어났다.
⑧ 원대한 기상이 있다.
⑨ 品格이 清麗雕潤·爾雅陶鎔·精深典雅·舒閑容與·沈痛豪壯·雄奇·
   洪亮·精緻·淸曠·華艷韶
   雅·沈玩 등 다양하다.
⑩ 문학에 충의사상이 잘 나타나 있다.

위에 인용한 글을 요약해 보면, 그는 시의 정종으로 기교·기상·품격이
뛰어난 작품을 쓰고, 악부를 개척했으며, 충의사상을 많이 나타내었던 뛰어
난 문인이자 시평가이며 도학자였다. 이것이 어느 정도 객관성이 있는 평가
인지를 판단하기 위해서는 작품을 일일이 들어 분석해 보는 것이 옳겠지만
지금까지 연구된 것을 비추어 보아도 이에서 크게 벗어나지 않는다. 따라서
새로이 그의 문학에 대해 논한다 해도 크게 달라질 것이 없다.12) 여기서는

---

11) 李炳赫,「益齋의 思想과 文學」,『부산대 인문논총』제24집, 1983, 柳豊淵,「益齋詩에 對
   한 既存論評」,『김일근박사회갑기념논총』, 1986 참조.

그의 문학이론과 작품이 일치하는 시를 몇 수 들어 그 시의 특징적인 일면을
살펴보기로 한다.

그의 문학이론의 요체는 눈앞의 경물을 묘사함에 있어 「意在言外」와 「言
盡味不盡」이다.13) 즉 시의 뜻이 말 밖에 있어야 하고, 말은 다되었으나 맛은
끝이 없어야 한다는 것이다. 그렇지 않으면 산문이 되는 것이다. 「廬山三笑」
란 시를 들어본다.

불・도・유의 이치는 본래 같은데 　　　　釋道於儒理本齊,
억지로 분별하려면 미혹하게 되리다. 　　强將分別自相迷.
세 사람의 웃은 뜻 아는 이 없네. 　　　三賢用意無人識,
한번 웃은 것은 호계를 지나서가 아니라네. 一笑非關過虎溪.
　　　　　　　　　　　　　　　　　　　「廬山三笑」14)

이는 중국 江西省 九江縣에 있는 여산에서 세 사람이 함께 웃었다는 고사
를 소재로 지은 시이다. 그의 사상과 기법을 함께 알 수 있는 시이다. 시를
파악하기 위하여 관련된 이야기부터 살펴보기로 한다. 여산에는 東林寺란
절이 있고, 그 아래에는 虎溪라는 물이 흘렀다. 이 절에 惠遠法師가 있었는
데 손님을 전송할 때는 호계를 넘지 않았다. 만일 호계를 지나면 범이 나와
소리를 치고 울부짖었기 때문에 호계라고 했다.

어느 날 법사가 선비인 陶淵明과 도사인 陸修靜을 전송하면서 이야기를
나누다가 자신들도 모르는 사이에 이 호계를 지나게 되었다. 범이 소리를
치고 울부짖었다. 그때서야 세 사람은 호계를 지난 것을 알고 함께 크게

---

12) 이제현은 평소에 자신이 지은 시문을 모아 두지 않았다고 하나, 그의 작품이 실려
　　있는 곳은 주로 『익재난고』 10권과 그가 56세 때 편찬한 『역옹패설』이다. 지금까지
　　주로 이를 대상으로 한 기존연구가 많기 때문에 여기서는 기교・내용상 특징이 될 만
　　한 것만 언급한다.

13) 『櫟翁稗說』 後集一, '古人之詩 目前寫景 意在言外 言可盡而未不可盡'이라는 말이 있다.
　　이는 鍾嶸, 『詩品』 '文己盡而意有餘'라는 말과 상통되나, 이제현이 이 말에 관심을 가
　　진 자체에 유의해야 한다.

14) 『익재난고』 3, 『동문선』 제21권.

웃었다. 이 장면을 그린 것이 「여산삼소」이다.[15] 그리고 후일 이곳에 三笑亭을 세웠다고 한다.

이 시에서 세 사람이 왜 함께 웃었는가에 대한 답이 바로 시의 주제이다. 이 시를 면밀히 분석해 보면 문제가 해결된다. 起句에서 불교·도교·유교는 본래 동일하다고 문제를 제기했다. 따라서 承句에서는 이 三敎를 억지로 분별하려면 저절로 미혹하게 된다고 했다. 이와 같이 起·承句 에서는 삼교가 본래 동일하기 때문에 억지로 분별할 수 없다고 한 것이다. 그러기 때문에 유·불·도의 세 사람이 흉금을 털어놓고 이야기하다가 미처 호계를 지나는 줄도 몰랐다. 그런데 轉句에서는 시상이 비약전환되어 세 사람이 웃은 뜻을 세상사람들은 알지 못했다고 했다.

그러면 세 사람이 함께 웃은 眞意는 무엇인가? 이것이 바로 結句에 나오는 답이다. 즉 그 뜻은 호계를 지나서가 아니라는 것이다. 그래도 독자는 참뜻을 찾기 힘들다. 답이 바로 나오면 참다운 시가 아니다. 참다운 뜻은 말 밖에 있어야 한다. 이제현의 말은 빌면 意在言外이다. 이 시의 말 밖의 뜻은 세 사람이 이심전심으로 뜻이 서로 통했기 때문이다. 이것이 바로 의재 언외의 기법이다.

그런데 起句에 "불·도·유의 이치가 본래 같다.(理本齊)"를 후대에 오면서 이제현이 불교를 인정했다는 폄론을 꺼려서인지 "불·도·유의 이치는 본래 같지 않다.(理不齊)"로 고쳤다.[16] 그러면 이 시의 효과는 완전히 상실되고 만다.

---

15) 李晉吾, 「朝鮮後期 佛家漢文學의 儒佛敎交涉樣相硏究」, 精文究 박사학위논문, 1989, p.88. 실은 세 사람은 동시대에 살지 않았으므로 서로 만날 수 없었으나, 유불 상교의 이상적인 사례를 삼고자 이런 이야기를 만들어 냈다고 한다.

16) 이 문제에 대해서는 앞의 논문 이병혁의 「익재의 사상과 문학」에서 1차 언급한 적이 있고 두 번째로는 제 1회 全國漢文學大會에서 주제 발표한 「高麗時代 漢文學硏究의 問題」, 『韓國漢文學硏究』 제8집, 1985, pp.333~334에서 原典批評과 解讀問題라는 항을 설정하여 상세히 고찰한 바가 있다.

다음은 회화적인 시인 「山中雪夜」를 들어 본다.

　종이 이불 차갑고 등불은 가물가물　　　　紙被生寒佛燈暗,
　사미승은 밤새도록 종칠 줄을 모르는구나.　沙彌一夜不鳴鐘.
　자는 손님이 일찍 문 열었다고 화내겠지만　應嗔宿客開門早,
　암자 앞 눈에 눌린 소나무 보려 함일세.　　要看庵前雪壓松.
　　　　　　　　　　　　　　　　　　　「山中雪夜」17)

깊은 산중 눈 오는 밤 산사의 신비한 설경을 회화적으로 묘사한 시이다.
起句는 눈 오는 밤 산사의 차가운 분위기이다. 눈이 내리기 때문에 종이로
만든 이불이 차갑고 불등도 침침하게 가물거린다. 그러므로 承句에서 사미
승은 추위에 오들오들 떨면서 밤새도록 종칠 줄 모르고 웅크리고 누웠다.
起・承句는 인적이 끊어진 산사에 밤새도록 눈이 내려 쌓였다는 것을 의미
한다. 그런데 轉句에서는 시상이 급전환하여 이 정적을 깨고 일찍 방문을
열고 있다. 사미승은 늦잠을 자지 못하게 방문을 일찍 열었다고 화를 낼지
모르겠지만 화자는 그럴 만한 이유가 있다. 바로 結句의 것이다. 즉 암자
앞에 눈에 눌려져 있는 소나무를 구경하기 위해서이다.

徐居正은 "이는 山家 雪夜의 기이한 정취를 묘사했는데, 이 시를 읽으면
어금니 사이에 군침이 생긴다."고 했다. 또 이 글에서 최해의 말을 인용하여
이제현의 반평생의 시법이 모두 여기에 있다고 했다.18) 물론 이제현은 이외
에도 좋은 시가 많지만19) 이렇게 높이 평가하는 이유가 어디에 있을까?
서거정의 말대로 하면 기이한 정취를 잘 묘사했기 때문이다.

산중 눈 오는 밤의 시이지만 기・승・전구까지는 독자가 눈이 왔다는
것을 감지하지 못하게 했다. 결구의 "눈에 눌린 소나무를 보기 위해서 방문

---

17) 『익재난고』 3.
18) 徐居正, 『東人詩話』下. "能寫出山家雪夜奇趣, 讀之令人沆瀣生牙頰間, 崔拙翁嘗曰, 益老
　　半生詩法, 盡在此詩."
19) 許筠, 『惺叟詩話』. "人言, 崔猊山, 悉抹益齋詩卷, 只留山中雪夜, 益齋大服, 以爲知音, 此
　　過辭也, 益齋詩, 好者甚多."

을 열었다."는 데 가서야 비로소 산사의 신비한 설경을 연상하게끔 한다. 다만 한시에서는 제목에 쓰인 글자는 시의 본 내용에 다시 쓰지 않는 것이 상례이다. 이를 다시 쓰면 제목을 침범했다고 「犯題」라고 하여 시의 병으로 여기기도 한다. 제목에 쓰인 글자를 내용에 그대로 쓰면 너무 직설적이어서 주제가 노출되기 때문이다. 이 시 제목의 「山中雪夜」의 「雪」자가 다시 결구 의 「……雪壓松」이라는 데에 쓰였다. 따라서 독자는 눈이 온 것을 어느 정도 암시받을 수 있다. 이와 같이 범제를 하지 않았다면 시의 효과는 더 컸을지 모른다. 그러나 설경의 신비를 직접적으로 표현하지 않고 독자로 하여금 연상하게 하는 효과가 意在言外요, 言盡味不盡의 경지이다. 그가 원나라에서 고국으로 돌아가고 싶어하는 심정을 그린 「思歸」라는 시구에서 "깊은 가을 쓸쓸한 비는 청신의 숲에 자욱하고, 석양에 저문 구름 백제성에 가로질렀네."[20]라고 하여 객관적인 상관물을 통해서 뼈에 사무치도록 고향으로 돌아가고 싶어하는 심경을 잘 나타내고 있다. 이것도 위와 같은 수법이다.

위에서 그의 문학이론을 실제 작품에 원용한 예를 살펴보았다. 그러나 그는 어디까지나 관직생활을 하는 현실참여자이기 때문에 문학의 외형적인 것보다는 내용이 더 문제가 된다.

위에서 보았듯이 그는 공허한 학문이 아니라 실학을 주장했다. 이 실학은 성리학 내지 수신·제가·치국의 도학적인 학문이다. 그를 가리켜 입으로 만 성리학을 말했다고 한 것은 지나친 표현이다.[21] 실학을 내세우는 문인인 만큼 문학관 역시 효용론적인 경향이 짙다. 따라서 가정에서는 효도하고 나가면 충성을 해야 함을 말한다. 그에게 충효사상을 담은 시가 많은 것도 이 때문이다. 그리고 민간풍속을 보살피고 민속을 기록하는 觀風紀俗의 시도 많이 남기고 있다. 그가 소악부를 지은 것도 이러한 시정신에서이다.

---

20) 『益齋亂稿』 I, 「思歸」, "扁舟漂泊若爲情, 四海誰云盡弟兄. 一聽征鴻思遠信, 每看歸鳥嘆
    勞生. 窮秋雨鏁靑神樹, 落日雲橫白帝城. 認得葠羹勝羊酪, 行藏不用問君平."

21) 『高麗史』 「列傳」 23 「李齊賢」. "不樂性理之學, 無定力, 空談孔孟, 心述不端, 作事未甚合
    理, 爲識者所短."

또「送田錄生司諫按全羅道」라는 시에서는 갖가지 사회악을 들추어 고발하고 있다.[22] 원나라에 오랫동안 머물러 있은 사람이면서도 사해 안의 사람이 모두 형제[23]라는 말을 거부하는 자주적인 입장을 취한 것도 모두 관인으로서의 문학정신을 드러낸 것이다.

Ⅳ. 文學史的 位置

이제현 문학의 문학사적 위치에 대해서는 시와 산문을 나누어서 파악하는 것이 좋을 것이다. 시는 3천 년 이래 정종이라 평을 받고, 산문은 우리나라 고문의 창도자란 평을 받고 있기 때문이다.

우리 나라 한시는 고려시대에 가장 빛나게 발전했다. 특히 고려 말 신흥사대부들에 와서 우리의 시문학사는 더욱 빛나게 되었다. 이 중에서 이제현은 주자학을 사수받아 실학을 강조하면서 문장이나 다듬는 조충전각지도를 배척했다. 즉 형식을 다듬는 사장적인 문학보다는 내용을 담은 문학이어야 한다는 것이다. 그러면서도 문학의 형식과 내용이 조화를 이루었다. 그러기에 '도덕의 우두머리요 문장의 소종'이라는 평을 받는 높은 위치를 점할수 있었다.

다음, 산문인 고문 창도에 대해서이다. 滄江 金澤榮의 글을 옮겨보면 다음과 같다.

> 우리 나라의 문장은 삼국시대와 고려시대에는 오로지 六朝의 문장을
> 배워 변려문에 뛰어났다. 고려 중기에 金文烈公이 특히 걸출하여 그가
> 편찬한 『三國史記』는 豊厚樸古하여 넉넉히 西漢의 풍이 있다. 그 말기
> 에 이익재가 비로소 한유와 구양수의 고문을 창도했다.[24]

22) 이병혁, 「익재의 사상과 문학」 p.96과 이병혁, 「야은 전록생의 문학」, 『학산조종업박
　　사 회갑기념논총』, 1990 참조.
23) 앞의 「思歸」 詩 참조.

이 글을 통해서 보면 우리 나라의 고문창도자는 이제현이다. 그러나 金黃元도 고문을 힘써 배워 海東에서 제일이다라고 했고[25], 김부식이 고문을 창도하고 이제현이 이를 이었다고 했으며[26], 고문의 걸작은 「온달전」이라는 기록이 있다.[27] 이를 보면 이제현 이전에 고문 창도가 있었다는 뜻이 된다.

그런데 고려 전기의 문풍을 보면 서거정의 말처럼 광종·현종 이후에 과거제도가 실시되자 4·6변려문과 科文에 힘쓰게 되었다.[28] 시 역시 만당풍이었다. 그리하여 중국문학사의 六朝時代처럼 화미한 문풍이 만연되었다. 이와는 달리 주자학을 받아들이면서 六經으로 되돌아가자는 것이 이제현의 주장이다. 따라서 중국문학사의 육조시대 이후 唐宋時代의 고문부흥운동이 일어난 것처럼 고려에도 고문부흥운동이 일어났던 것이다.

이제현은 안향과 백이정이 주자학을 받아들였을 때 첫 번째의 師受者이다. 그러므로 그는 시대적 요청에 따라 고문창도자가 된 것이다. 그러면 이제현 이전의 고문운동과는 어떠한 성격의 차이가 있는가 하는 문제가 남는다. 김부식의 문장이 司馬遷의 『史記』를 전범으로 삼은 고문이라면 이제현의 고문 창도는 六經에 바탕을 두는 고문이다. 따라서 진정한 도학적인 의미에서의 고문 창도자는 이제현이다. 그를 당나라의 한유와 구양수에 비긴 것도 이 때문이다. 이와 같이 그에 의해 고문이 창도된 후 이곡·이색·정몽주·정도전·권근에 이르면서 점차 문장기습이 바뀌어지게 되었다.[29]

---

24) 金澤榮, 『韶濩堂集』 卷8 雜言. "吾邦之文, 三國高麗, 專學六朝文, 長於騈儷, 而高麗中世, 金文烈公特爲傑出, 其所撰三國史記, 豊厚橫古, 綽有西漢之風, 其末世, 李益齋, 始唱韓歐古文."

25) 『高麗史』 「列傳」 第10 「金黃元」. "金黃元……少登第, 力學古文, 號海東第一."

26) 王性淳, 「麗韓十家文鈔序」. "滄江金先生 … 嘗以爲 本邦古文之學, 金公富軾, 倡之於高麗, 而李公齊賢, 繼之."

27) 金澤榮, 앞의 책, "高麗文之傑作, 當以文烈公, 溫達傳, 爲第一."

28) 徐居正, 『東人詩話』 下. "高麗光顯以後文士輩出, 詞賦四六, 穠織富麗, 非後人所及 … 高麗光宗始設科, 用詞賦."

29) 徐居正, 앞의 책, "忠烈以後, 輯註始行, 學者駸駸入性理之域, 益齋而下, 稼亭·牧隱·圖

결론적으로 말하면 이제현은 시에 있어서는 기교와 내용을 조화시키고, 산문에 있어서는 고문을 창도하여 문학의 경향을 바꾸어 놓은 사람이라 하겠다.

V. 結語

이제현에 대한 연구논문이 1백편도 넘는 실정인데 짧은 지면에서 그의 문학의 진수를 파악하기는 어렵다. 그래서 연구사적인 면에서 그 연구 경향을 살펴보고, 다시 학문적인 연원과 문학활동, 그의 문학, 문학사적인 위치 등에 한정하여 재조명해 보고자 했다.

먼저 연구사적인 면에서 제시된 바와 같이 그의 문학에 대한 연구는 내재적인 연구보다 외재적인 연구가 많았다. 외재적인 연구와 내재적인 연구가 함께 이루어지고, 여기에 다시 종합적인 연구가 있을 때 이제현 문학의 진수를 찾을 수 있을 것이다.

그의 학문적인 연원은 우리나라 최초의 주자학자인 안향과 장인이면서 스승인 권부, 사돈이면서 스승인 백이정에 이어진다. 뿐만 아니라 원나라의 만권당에서 종유한 학자들에게서 받은 학문적인 영향도 컸을 것으로 추정된다.

그는 정치인이자 실학을 주장한 문인이기 때문에 ‘彫蟲篆刻之徒’보다 ‘經明行修之士’를 높이 보았다. 따라서 그의 문학에는 화미한 외형미보다는 절실한 삶을 추구하는 문학정신이 투영되어 있다.

그러므로 그의 시는 형식과 내용의 조화를 이루면서도 修己治人과 관계되는 충효사상, 관풍기속, 현실고발적인 경향을 띠고 있다. 산문 역시 앞시대의 형식 위주의 부화한 문학을 배격하고 내용을 위조로 한 載道的인 문학

隱 · 三峰 · 陽村諸先生, 相繼而作, 倡明道學, 文章氣習, 庶幾近古, 而詩賦四六, 亦自有優劣矣.”

을 추구했다. 이것이 그의 고문으로 승화되어 그가 바로 우리 나라 고문의 창도자라는 추앙을 받게 된 것이다.

<『한국문학작가론』, 2000>

李穀의「竹夫人傳」

Ⅰ. 序言

필자는「稼亭의 思想과 그 文學」[1]이라는 論文에서 稼亭 李穀의 생애, 사상, 문학관, 문학 등에 대해 전반적인 고찰을 한 적이 있다. 그러나「竹夫人傳」은 그의 사상을 언급하면서 잠깐 인용했을 뿐이었다. 필자는 번역된「죽부인전」몇 종류를 검토해 보니 誤譯으로 인해 竹夫人이 篔의 딸이 되었다가 篔의 딸이 되었다가 한 것이 있었다. 그리고 이런 오역을 보고 쓴 논문도 이런 오류를 그대로 범하고 있었다.[2] 또한 竹夫人의 擬人化 대상이 '대'인가, '죽제구'인가 하는 것도 논쟁의 대상으로 남아 있는 실정이다. 뿐만 아니라 假傳의 내용과 형식에 있어서도 미흡한 점이 많았다. 假傳은 列傳과 같은 형식이다. 형식에 있어서 史評 부분은『春秋左傳』에는 '君子'로,『公羊傳』·『穀羊傳』에는 '公羊子'·'穀羊子'로, 史記에는 '太史公'으로, 班固는 '贊'으로, 荀悅은 '論'으로, 東觀은 '叙'로, 謝承은 '詮'으로, 陳壽는 '評'으로, 王隱은 '議'로, 何法盛은 '述'로, 楊雄은 '譔'으로 쓰고 있다. 그 외에도 史官이 썼을 경우에는 '史臣曰'로 많이 쓰고 있다. 이러한 史評 부분은 글자는 비록 달리 표현되고 있지만, 내용은 評으로 그 속에 史家의 褒貶

---

1) 李炳赫,「稼亭의 思想과 그 文學」,『釜山工專 論文集』20, 부산공전, 1979.
2)『국역 동문선』Ⅷ, (민족문화 추진위원회, 1971), p. 67~68, "부인의 성은 죽이요, 이름은 빙이니 위빈사람 운(篔)의 딸이다. … 당(簹)이 익모(益母)의 딸과 결혼하여 한 딸을 낳으니 부인이 바로 그이다."고 하여 죽부인의 아버지가 둘이다. 이 외 두 가지 역서도 마찬가지이고, 두 편의 논문에서도 이런 오류가 보인다.

이 담겨 있다는 점만큼은 같은 것이다. 그러므로 일반 列傳은 교훈적인 면이 배제되어 있는데, 假傳만이 교훈이 담겨 있다고 생각할 수 없는 것이다. 『文體通釋』에서 史傳을 「穆天子傳」에서 시작하여 漢 司馬遷의 『史記·列傳』과 연결시키고, 假傳인 唐 韓愈의 「毛穎傳」까지 포함시키고 있는 것은 列傳과 假傳을 같은 성질로 파악했기 때문이다.[3] 이와 같은 사례를 미루어 볼 때, 假傳은 특별한 형식의 문학처럼 파악할 것이 아니라 列傳의 형식 가운데 변형된 하나로 파악해야 할 것이다.

필자는 위에서 열거한 몇 가지 문제들의 해결에 조금이라도 도움이 되고 자 하여 이 글을 쓴다. 먼저 죽부인전의 내용분석을 통해서 「죽부인전」을 바로 파악하고, 여기에 인용된 고사를 통하여 「竹夫人傳」의 源泉과 전개를 탐색하며, 끝으로 의인화 대상에 대해 살펴보기로 한다.

II. 「竹夫人傳」의 內容分析

1. 「竹夫人傳」의 內容과 構成

「죽부인전」의 내용과 구성을 정확히 파악하기 위하여 원문의 對譯을 하고, 내용의 흐름에 따라 문단을 나누어 살펴볼 필요가 있다. 먼저, 대역을 해 보기로 한다.

> ① 부인의 성은 '竹'이요, 이름은 '憑'이니 위빈 사람 '竇'의 딸이다. (夫人, 姓竹, 名憑, 渭濱人竇之女也.)
> ② 系譜는 '蒼筤'씨에서 나왔다. (系出蒼筤氏.)
> ③ 그 선조가 音律을 잘 알았기 때문에 黃帝가 채용하여 음악의 일을 맡아보게 했으니, 虞나라의 '簫' 도 역시 그 후손이다. (其先識音律, 黃帝采擢而典樂焉, 虞之簫, 亦其後也.)

---

3) 王兆芳, 『文體通釋』, 北京; 中華印刷局, 1925, 十張 史傳.

④ 蒼筤이 崑崙山 북쪽으로부터 震方으로 옮겨 伏羲 때 '韋氏'와 文籍을 주관해서 크게 공로가 있어 자손들이 모두 세업을 지켜 史官이 되었다. (蒼筤, 自崑崙之陰, 徙震方, 伏羲時, 與韋氏, 主文籍, 大有功, 子孫皆守業, 爲史官.)

⑤ 秦始皇의 虐政 때 李斯의 계책을 써서 책을 불사르고 선비들을 구덩이에 묻어 죽이니, 蒼筤의 후손들은 점점 쇠미하게 되었다. (秦之虐也, 用李斯計, 焚書坑儒, 蒼筤之後, 寢微.)

⑥ 漢나라 때에 이르러 '蔡倫'의 문객 楮生이란 자가 자못 글을 배워 붓을 가지고 때로 '竹氏'와 함께 놀았다. 그러나 그 사람은 경박하고 차차 젖어서 번지는 것과 같이 조금씩 오랫동안 두고 하는 참소를 좋아하여, '竹氏'의 강직함을 시기하여 몰래 해쳐 헐뜯어 결국 '竹氏'의 직임을 빼앗았다. (至漢, 蔡倫家客楮生者, 頗學文載筆, 時與竹氏游, 然其人輕薄, 且好浸潤之譖, 疾竹氏剛直, 陰蠹而毁之, 遂奪其任.)

⑦ 周나라 때 '竿'이라는 이가 있으니, 역시 '竹'씨의 후손이다. 太公望과 함께 '渭濱'에서 낚시질을 하는데 태공이 낚시의 갈퀴를 만들려 하였다. '竿'은 이것을 보고 말하기를 '나는 들으니 큰 낚시는 갈퀴가 없다고 합니다. 낚시의 크고 작음이 굽고 곧은 데 달려 있으니, 곧은 낚시는 나라를 낚을 수 있고, 굽은 낚시는 고기를 낚는 데 불과합니다'고 했다. 태공은 그 말에 따라 후에 과연 문왕의 스승이 되어 齊나라에 책봉을 받았다. 이에 '竿'의 어짊을 천거하여 渭濱으로 食邑을 삼게 하니, 이것이 '竹氏'가 위빈에서 가문을 일으키게 된 유래이다. (周有竿, 亦竹氏後, 與太公望, 釣渭濱, 太公作鉤, 竿曰, 吾聞大釣無鉤, 釣之大小, 在曲直, 直者, 可以釣國, 曲者, 不過得魚也. 太公從之, 後果爲文王師, 封於齊, 擧竿賢, 以渭濱爲食邑, 此竹氏渭濱之所起也.)

⑧ 지금도 자손들이 아직 많으니 篠・篨・篰・筵이 그것이다. (今子孫尙多, 若篠篨篰筵是己.)

⑨ 揚州로 옮겨 사는 이는 篠・簜이라 하고, 胡中으로 들어간 이는 篷이라 한다. (徙揚州者, 稱篠簜, 入胡中者, 稱篷.)

⑩ '죽씨'는 대개 文・賦 두 재능이 있어 대대로 籩・簋・笙・竽와 같이 禮樂에 소용되는 것으로부터 활 쏘고 고기 잡는 데 쓰는 작은 도구에 이르기까지 典籍에 실려 있어 환히 볼 수 있다. (竹氏. 大槪有文武幹, 世爲籩簋笙竽, 禮樂之用, 以至射漁之微, 載在典籍, 班班可見.)

⑪ 다만 ‘筍’은 성품이 지극히 둔하여 속이 막혀 배우지 못하고 죽었다. (唯筍, 性至鈍, 心塞不學而終.)

⑫ ‘篔’에 이르러 은거하여 살면서 벼슬하지 않았다. (至篔, 隱而不仕.)

⑬ 그에게 아우가 한 명 있으니 이름은 ‘篔’으로 형과 명성이 비슷했다. (有一弟, 曰篔, 與兄齊名.)

⑭ (이 형제는) 속은 텅 비고 겉으로 몸가짐은 곧았는데, 王子猷와 친했다. 왕자유가 말하기를 “하루도 이가 [此君] 없이는 살 수 없다”고 하였으므로, 그로 인해 ’此君‘으로 호를 삼았다. 대저 왕자유는 단정한 사람이므로, 벗을 택함에 있어서도 반드시 단정한 사람을 택했을 것이니, 篔 · 篔의 사람됨을 가히 알 수 있다. (虛中直己, 善王子猷, 子猷曰, 一日不可無此君, 因號此君, 夫子猷, 端人也, 取友必端, 則其人可知.)

⑮ (篔은) 盆母의 딸에게 장가들어 딸 한 명을 낳으니, 夫人이 바로 그이다. (娶盆母女,生一女, 夫人是也.)

⑯ 부인은 처녀 때 정숙한 자태가 있었다. (總角, 有貞淑姿.)

⑰ 이웃에 ‘宜男’이란 자가 있어 음탕한 노래를 지어 떠보았다. 그러자 부인이 노하여 말하기를 “남녀가 비록 다르나, 그 절개를 지킴은 같은 것이다. 그런데 한 번 남에게 절개를 꺾인 바 되면 어찌 다시 세상에 살아 갈 수 있겠는가?”하니, 宜生은 부끄러워 달아나 버렸다. 그러니 어찌 소나 끄는 무리 [牽牛子]가 엿볼 수 있는 바이겠는가? (隣有宜男者, 作淫詞挑之, 夫人怒曰, 男女雖殊, 其抱節一也, 一爲人所折, 豈可復立於世? 宜生慚而去, 豈牽牛子之輩, 所可覬覦也?)

⑱ 이미 자라매 松大夫가 예로써 請婚하니, 부모가 말하기를 “松公은 군자이다. 그 평소의 조행이 우리 집안과 서로 짝이 된다”하고 드디어 그에게 시집보내었다. (旣長, 松大夫, 以禮聘之, 父母曰, 松公君子人也, 其雅操與吾家相侔, 遂妻之.)

⑲ 이후로 부인의 성품이 더욱 堅厚하여 때로 일을 당하여 처리함에 있어서 민첩하기가 칼로 쪼개는 것과 같았다. (夫人性, 日益堅厚, 或臨事分辨, 捷疾若迎刃而解.)

⑳ 비록 梅仙의 신의 있음과 李氏의 말없는 덕으로도 일찍이 돌아보지 않았는데 하물며 늙은 귤[橘老]과 살구[杏子]따위랴? (雖以梅仙之有信, 李氏之無言, 曾且不顧, 而況橘老杏子乎?)

㉑ 때로 안개 낀 아침이나 달 밝은 저녁을 만나 바람을 읊고 비를

읊조림에 말쑥한 태도는 무엇으로도 형용할 수 없었다. (或値烟朝月夕, 吟風嘯雨, 蕭洒態度, 無得而狀.)

㉒ 일을 좋아하는 사람들이 슬그머니 그 얼굴을 그려 전하여 보배로 삼으니, 文與可와 蘇子瞻 같은 이가 더욱 그것을 좋아했다. (好事者, 窃寫其眞, 傳之爲寶, 若文與可, 蘇子瞻, 尤好焉.)

㉓ 松公은 부인보다 나이 18세 위인데 말년에 神仙術을 배워 穀城山에 노닐다가, 돌로 화하여 돌아오지 않았다. (松公, 長夫人十八歲, 晩學仙, 遊穀城山, 石化不返.)

㉔ 부인이 홀로 살면서 가끔 『詩經』의 衛風을 노래하매 그 마음이 흔들려 걷잡을 수 없었다. (夫人獨居, 往往歌衛風, 其心搖搖, 不能自持.)

㉕ 그리하여 성품이 술 마시기를 좋아했다. 역사에 그 해는 잊었으나 5월 13일 靑盆山으로 집을 옮겨 醉함으로 인해 고갈병을 얻어 결국 고치지 못했다. 병을 얻은 후로 남에게 의지해 살았는데 만년의 절개가 더욱 굳어 鄕里의 추앙하는 바가 되었다. (然性好飮, 史失其年, 五月十三日, 移家靑盆山, 因醉得枯渴之疾, 遂不理, 自得疾, 依人而居, 晩節益堅, 爲鄕里所推.)

㉖ 三邦節度使 惟蔼은 夫人과 同姓이므로 부인의 행장으로 나라에 아뢰니 '節婦'라는 명칭을 주었다. (三邦節度使, 惟菌, 與夫人同姓, 以行狀聞, 贈節婦.)

㉗ 史氏가 말하기를 죽씨의 조상이 上古에 공로가 있었고, 그 후예들이 모두 재능이 있고 절개를 굽히지 않으므로 세상에 칭찬을 받으니 부인의 어짊이 마땅하다. 아! 군자의 짝이 되고 남에게 의지되었으나 마침내 後嗣가 없으니 '天道가 앎이 없다'는 말이 어찌 거짓말이겠는가? (史氏曰, 竹氏之先, 有大功于上世, 其苗裔, 皆有材抗節, 見稱於世, 夫人之賢宜矣. 噫, 旣配君子, 爲人所依而卒無嗣, 天道無知, 豈虛語哉?)

위의 내용을 크게 나누어 보면 다음과 같이 네 부분으로 나눌 수 있다.

① 竹夫人의 姓名(①번)
② 竹夫人의 祖先(②~⑭번)
③ 竹夫人의 行狀(⑮~㉖번)
④ 史評(㉗번)

내용을 보다 올바르게 파악하기 위해 이를 더욱 세분하여 살펴보기로
한다.

① 竹夫人의 성명-竹憑
② 始祖-蒼筤氏의 後孫이 史官이 되었다.(蒼筤氏가 崑崙山에서 震
方으로 이사하고, 伏羲 때 葦氏와 文籍을 주관한 공로가 있어 자손이
대대로 史官이 되었다.)

  1) 簫-皇帝 때 音樂을 관장했다.
  2) 史官 ┌ 秦-焚書坑儒 이후 자손이 쇠미해 졌다.
        └ 漢-蔡倫의 門客 楮生에게 직임을 빼앗겼다.
  3) 周代에 姜太公을 도와 渭濱을 食邑으로 받았다.
  4) 거주지(産地)　　渭濱-篠·篨·箸·筵
              揚州-篠·簜
              湖中-篷
  5) 재능(쓰임) 文(禮樂에 쓰임)-籩·簋·笙·竽
           武(활 쏘고 고기 잡는 데 쓰임)
  6) 簀 ┐
        ├ 형제 (名聲이 같음)-王子猷가 '此君'이라고 호를 주었다.
    篙 ┘

③ 簀과 筤母의 딸 사이에서 竹夫人이 태어났는데 성품이 정숙했다.
  1) 宜男의 꾐에도 거절했다. (牽牛子輩은 엿볼 수 없음)
  2) 松大夫와 결혼한 후 성품이 더욱 堅厚했다. 梅仙 李氏, 橘老
    杏子는 돌아보지 않았다. 부인의 말끔한 태도와 뛰어난 얼굴
    을 그려 보배로 삼았는데 文與可와 蘇東坡가 더욱 그것을 좋
    아했다.
  3) 松大夫-穀城山에서 化石이 되었다. 그래서 부인의 마음이 흔
    들리기 시작했고, 술을 마셨다.
  4) 5월 13일(竹醉日)-靑盆山으로 옮겨, 취해서 고갈병을 얻는다.
    이후로 남에게 의지해서 살았다.

④ 史評
  1) 조상이 상고에 공로가 있었다.
  2) 후손이 재능이 있고 절개가 굳었다.

3) 죽부인이 어질었다.

4) 君子인 松大夫와 짝이 되었다.

5) 남에게 의지해 살았다.

6) 이런 일로 보아 後嗣가 있을 것인데 그렇지 않으니 하늘도 무
심하다.

이상과 같은 구성으로 되어있는데 故事 위주로 전개해 나가자니 서술상
무리가 있는 곳이 다소 있다. 우선, 서술 순서에서 드러난 약간의 혼선을
들 수 있다. ②에서 '대'의 시조가 蒼箎氏라 하고 ③에서는 黃帝 때 簫를
설명했으며 ④에 가서 다시 蒼箎氏에 대한 설명이 나온다. 蒼箎이 崑崙山에
서 震方으로 옮겨 伏羲 때 韋氏와 文籍을 맡아 공로가 있으므로 후손들이
史官이 되어 秦漢까지 내려갔다는 것이다. ②에서 ④로 바로 서술해야 할
것이나, 그렇게 되면 簫에 대한 故事가 누락되므로 黃帝 때 簫를 삽입시킨
것이다. 결국 역사상 伏羲 때 文籍을 주관한 일이 뒤에 서술된 셈이다. 그래
서 '簫 역시 그 후손이다'라고 '역시'라는 말을 썼다.

또한 '대'의 후손이 史官이 되어 秦·漢으로 내려갔다고 서술하니 姜太公
의 낚시질하던 故事가 빠졌다. 이에 秦·漢까지 서술해 놓고는 다시 시대를
거슬러 周代까지 올라가서 '竿'에 대해 설명하고 있다. 순차적인 시간에
맞지 않으므로 周나라 때 竿이라는 이가 있으니 역시 '죽씨'의 후손이라는
식으로 처리하고 있다. 이와 같이 '대'에 대한 고사를 있는 대로 모두 쓰려고
하다보니 서술상 무리가 발생하게 된 것이다.

이처럼 「죽부인전」은 서술상의 무리를 범해가면서까지 '대'와 관련된 고
사를 총망라하려는 서술 태도를 보이고 있다. 「죽부인전」에서 차지하는 고
사의 비중은 그만큼 절대적인 것이다. 물론 고사의 중요성은 「죽부인전」이
란 작품에 한정되는 것이 아니라 假傳 전반에 걸쳐 공통된다고 할 수 있다.
그런 까닭에 「죽부인전」을 포함한 가전 작품을 올바르게 이해하기 위해서
는 고사에 대한 정확한 이해가 필수적이다. 이에, 작품에 인용된 고사의
원천을 탐구해 보기로 한다.

2. 引用故事를 통한 源泉 探求

「竹夫人傳」은 '대'에 대한 故事가 총동원되고 있는데, 이들 고사를 올바르게 이해해야 작품의 성격을 정확하게 파악할 수 있다. 앞서 제시한 원문 내용의 번호순으로 인용된 고사를 살펴보기로 한다.

① 「죽부인전」의 첫 머리에서 죽부인은 渭濱 사람 篔의 딸이라고 한 것부터 흥미 있는 일이다. 위빈 사람이라 한 것은, 그곳이 본래 '대'가 많은 데서 연유한 것으로 보인다. '渭川의 천 이랑[畝]의 대를 기르는 사람은 천 戶의 封侯와 같다.'4)는 기록을 보더라도 위빈에는 본래 '대'가 많았던 곳임을 알 수 있다. 張文潛의 「竹夫人傳」 첫 머리도 "竹夫人의 성은 竹氏요, 그 씨족은 본래 渭上에서 나왔는데 왕왕 남산 중에 散居한다."5)고 하여 위빈의 '대'로 시작하고 있다. 뿐만아니라 이 '대'는 姜太公의 낚시질하는 고사와도 연결된다.

그리고 죽부인을 篔의 딸이라고 하였는데, 篔簹은 『竹譜』에 의하면 "竹最大薄肌而長節"이라는 말과 같이 '왕대'를 가리키는데, 이는 주로 湘湖間에 많이 난다고 한다. 篔簹은 한 단어로 쓰이기 때문에 篔과 簹을 형제로 의인화하고 있는 것이다.

② '대'의 시조를 蒼筤이라고 하였는데, 蒼筤은 어린 '대'이므로 東方과 연결된다.

③ 簫는 黃帝의 고사이다. 황제가 "隸首로 算數를 만들게 하고 伶倫으로 律呂를 만들었다."6)는 고사에서 온 것이다. 이 때 律呂는 '대'로 만든 音樂이요 퉁소이다. 이와 같이 음악을 처음 만든 사람은 黃帝이므로 '죽씨'의 선조가 음률을 알아 황제에게 발탁되었다고 한 것이다.

④ 蒼筤이 崑崙에서 震方으로 옮겼다고 한 것은 무엇을 의미했을까? 곤륜

---

4) 『事文類聚・竹部』, "渭川千畝竹, 其人與千戶侯等."
5) 張文潛, 「竹夫人傳」. "夫人竹氏, 其本出於渭上, 往往散居南山中."
6) 『史略』. "隸首, 作算數, 伶倫, 造律呂."

산은 西·中·東 三部로 나뉘는데, 중국 역사에서 일반적으로 말하는 곤륜
산은 中崑崙의 南部를 지칭한다. 중곤륜에서 가닥이 나뉘어져 東北으로 뻗
어 祁連 賀蘭의 諸山이 되고, 綏遠 察合爾의 접경에 와서 陰山이 되고, 또
東으로 內興安嶺에 붙어 滿洲와 朝鮮에 분포되었는데 長白山이 그 알려진
것이라고 한다. 「죽부인전」에서는 "崑崙之陰"이라 한 것도 곤륜산의 支脈
인 '陰山'을 염두에 두고 쓴 것인지도 모를 일이다. 그러나 '陰'字는 '岱陰',
'華陰'처럼 山 밑에 쓰일 때는 '대산의 북쪽', '화산의 북쪽'과 같이 북쪽을
의미하고, '江陰', '淮陰'과 같이 河川 밑에 쓰일 때는 '楊子江의 남쪽', '淮水
의 남쪽'처럼 남쪽을 의미한다.

그런데, 여기서 震方으로 옮겼다는 것은 『周易·震卦』와 관계지은 내용
이다. 『周易·說卦』에 "만물은 震方에서 생겨나는데 震方은 東方이다."[7]라
고 했고, 또 "震은 蒼筤한 대가 된다"[8]라고 했다. 즉, 蒼이란 深靑色이요
筤은 美色의 대인데, 대가 처음 날 때 색깔의 아름다움을 의미한다. 震은
東方이요, 生命의 근원지이며 시초인 것이다. 『竹譜』에 "좋은 '대'는 곤륜산
에서 나온다."고 했으니 곤륜산의 어린 '대'가 생명의 근원지인 震方으로
옮겼다는 것이다.

다음에 伏羲氏는 "처음으로 八卦를 긋고 書契를 만들어 結繩文字를 대신
했다."[9]는 太昊伏羲氏를 가리킨다. 종이를 쓰기 이전에는 '대'의 조각을 가
죽으로 엮어서 사용하던 竹簡이 등장한다. 복희씨는 木德으로 王을 했으므
로, 東方의 밝은 해를 상징해서 '太昊'라고 한 것이다. 그렇기 때문에 예로부
터 "帝出於震"이라는 말이 있는 것이다. '대'가 문자를 처음으로 창제한
태호복희씨 때 韋氏와 함께 史官이 되었다는 것은, 이때 처음으로 竹簡이
생기고 文字가 창제되었다는 것을 뜻한다.

⑤ 秦始皇 때 李斯의 꾀로 焚書坑儒를 하자 '대'의 후예가 점점 쇠미하게

---

7) 『周易說卦』 五章. "萬物出乎震, 震東方也."
8) 『周易說卦』 十一章. "震…爲蒼筤竹."
9) 『史略』. "代燧人氏以王, 始畵八卦, 造書契, 以代結繩之政."

되었다는 것은, 이때 儒敎가 탄압을 받았다는 것을 뜻한다. 이것은 假傳의 최초의 작품이라 일컬어지는 韓愈의 「毛穎傳」에서 '毛穎(붓)'은 秦나라를 위하여 한 일에 대해, 베푼 은혜가 적음을 말한 것과도 같은 것이다.

⑥ 漢나라 蔡倫의 門客 楮生에 와서 대의 직임을 빼앗겼다는 말은 竹簡 대신에 종이가 생긴 것을 의미한다. 여기서 쓰인 '浸潤之譖'이라는 말도 『論語』에서 나온 것이다. 蔡倫의 字는 敬仲으로 漢나라 和帝 때 中常侍를 지낸 사람이다. 옛날 書契는 '대'를 엮어서 사용했고, 또 비단을 쓰기도 했다. 그러나 漢나라 蔡倫이 종이를 처음으로 만들었기 때문에 종이를 '蔡侯 紙'라고도 한다. 또한 萊陽縣 북쪽에 채륜의 집이 있었는데, 그 곳이 종이를 만든 곳이라고 한다. 닥나무로 종이를 만들었기 때문에 종이를 의인화하여 '楮生'이라고 한 것이다. 「毛穎傳」에는 唐代에 會稽에서 종이를 조공했으므로 종이를 '會稽楮先生'이라고 했다. 漢代에 와서 竹簡과 비단을 쓰던 시대가 지나가고 종이를 쓰던 시대가 왔다는 것이다.

⑦ 秦·漢에서 다시 周代로 시대를 거슬러 올라간다. 대는 竹簡으로서뿐만 아니라, 낚싯대로서의 '대'도 간과할 수 없었기 때문이다. 따라서 渭濱과 姜太公의 낚싯대가 나오게 된 것이다. 姜太公은 呂尙이다. 본래의 姓은 姜이요, 이름은 尙이다. 그 先祖가 '呂'라는 곳에 책봉되었기 때문에 呂尙이라 한 것이다. 즉 '姜姓呂氏'이다. 우리나라 습관으로 말하면 姜은 姓이요, 呂는 本貫이다. 그가 渭濱에서 고기를 낚고 있는데 文王이 만나보고 "우리 先王 太公이 그대를 바란 지가 오래이다"고 했으므로 '太公望'이라 했고, 다시 앞에 성을 붙이고 뒤에 한 자를 빼어 '姜太公'이라고 했다. 또한 王의 스승이 되었으므로 '師尙父'라고도 한다. 그는 武王을 도와 殷을 쳐서 周를 세우는 데 공로가 컸으므로 齊나라에 책봉되었다.[10]

⑧ '대'의 종류를 『竹譜』에 나오는 것은 거의 나열한 것이다.

⑨ '대'의 産地를 말한 것이다. 이것은 거의 『書經』을 인용하고 있다.

---

10) 『史記』卷三十二, 齊太公世家 第二.

『書經・禹貢』은 중국 九州 土地의 등급, 河川, 특산물 등 貢物에 대해서 기록한 것이다. 九州는 禹貢(夏制), 爾雅(商制), 周禮(周制) 등 세 가지가 있는데, 禹貢의 九州는 冀州, 兗州, 靑州, 徐州, 揚州, 荊州, 豫州, 雄州 등이다. 여기서 다섯 번째인 揚州의 특산물은 "篠・簜이 무성하다."고 하여 篠와 簜을 朝貢으로 바쳤다는 기록이 보인다. 여섯 번째인 荊州에서는 다만 箘・簵・楛는 三邦에서 조공 바쳤다고 하고, 마지막 雄州의 崑崙에서는 織皮를 조공 바쳤다고 했다.[11] 이것을 「죽부인전」에서 그대로 인용 묘사한 것이다. 다만 胡中에 옮겨 사는 '대'를 篷이라고 한 것은 아직 故事를 찾지 못했다. 그러나 簀簹은 湘・湖間에서 많이 나는 것이고 湖와 胡는 同音이다. 그리고 篷은 '대'가 아니라 '대'를 엮어서 햇볕을 가리는 '배뜸'이다. 그러니 湖와 篷은 직결되는 셈이지만, 너무 직설적인 묘사를 피하기 위해서 湖中이라 하지 않고 胡中이라 하지 않았는가 한다.

⑩ 여기서는 '대'의 용도에 관해 서술하고 있다. 劉岩夫의 「植竹記」에 의하면 '대'는 勁本堅節로 霜雪을 받지 않는 것은 剛이요, 綠葉이 萋萋하고 翠筠이 浮浮한 것은 柔요, 孤根으로 서지 않고 서로 의지해서 林秀한 것은 義요, 陽春에 衆木과 영화를 다투지 않는 것은 謙이요, 四時로 일관해서 영고성쇠가 다르지 않는 것은 常이요, 많은 열매가 열어 봉황을 깃들게 하는 것은 賢이요, 죽순이 커서 가지가 뻗어나는 것은 德이요, 활촉을 만들어 '대'를 꽂고 깃을 달아 날아가게 하여 전쟁에도 쓰고 民害도 제거하니 이는 文武 겸용이요, 대자리를 만들어 宗廟에 펴고 簫・笙 등 악기를 만들어 神人을 和悅하게 하니 이는 禮樂並行이라고 했다. 이 외에도 '대'는 竹簡에 글을 써서 百代 후에 전하는 것을 높이 평가했다. 「죽부인전」에서 '대'를 文武의 쓰임으로 나누어 서술한 것은 결국 「植竹記」의 내용을 좀더 발전시킨 것에 다름 아니다.

⑪ 筒은 '속이 비지 않고 찬 대(實中大竹)'이다. 中空外直, 또는 虛中直已

---

11) 『書經・禹貢』.

가 군자의 바람직한 태도라면 이와 반대의 입장이 筍인 것이다. 그러니 지극히 둔하고 속이 막혀 배우지도 못하고 죽순으로 올라 가다가 죽은 '대'이다.

⑫ 죽부인의 아버지를 筫이라고 한 것은, 筫이 왕대이기 때문이다. 筫은 은거하여 벼슬하지 않았다는 것은 '대'의 군자연한 태도를 의미하는 것이지만 시대성과도 무관하지 않을 것이다. 李穀이 살던 고려 말은 사회가 어지러워지자 文人들의 호에 '隱'字가 많이 나타난다. '대'를 난세에 지조를 지키는 군자로 표현하여 '隱德不仕'라고 한 것인 듯하다.

⑬ 여기서 갑자기 아우인 簹을 설명하면서 형과 명성이 비슷하다고 한 것은 '筫簹'이라는 단어가 있기 때문에 앞은 형이요, 뒤는 아우로 표현한 것이다. 朱子의 「宿筫簹鋪」(『朱子大全』卷一)의 詩가 유명한데 여기서도 筫簹이란 단어를 쓰고 있다.

⑭ 위의 簹을 설명한 다음의 연속된 문장이므로 아우인 簹을 설명하는 것처럼 번역한 글도 있으나 이것은 형제인 筫簹을 함께 묘사한 것으로 보아야 한다. 즉, ⑬에서 아우가 있다는 것을 설명하고, ⑭에서는 형제의 성품을 함께 설명한 것이다. 여기에 인용된 고사는 王子猷가 대를 좋아하여 호를 '此君'이라 했다는 것이다.

⑮ 먼저 益母의 딸에게 장가 간 주체가 누구냐 하는 것이다. 지금까지의 몇몇 번역서와 연구논문에서는 簹이 益母의 딸과 결혼한 것으로 보았다. 이것은 ⑬에서 簹에 대해 설명했기 때문에 이 문장에서도 그 주체를 簹이라 잘못 파악한 까닭이다. ⑬에서 簹의 설명이 끝나고, ⑭에서 筫簹의 형제를 함께 설명했으며, ⑮에서는 다시 筫만을 묘사한 것이다. 그렇게 되어야 「죽부인전」의 첫머리에서 제시한 것처럼 죽부인은 筫의 딸이 된다. 만약 簹을 주체로 보면 죽부인의 아버지는 둘이 되어 통일성이 없어진다.

여기서 문제는 益母이다. 益母에 대한 고사는 찾지 못했으나, 益母草는 본래 産婦에게 좋은 약이다. '明目益精'하여 婦人에 좋기 때문에 '益母'라고 한 것이다. 생산한다는 의미로 筫이 益母의 딸과 결혼하여 죽부인을 낳은 것으로 전개한 것이 아닌가 한다. 그렇지 않으면 益母는 '더욱 없다'는 뜻으로, 가공적인 인물로 파악하는 것도 가능할 듯하다. 母와 無는 옛날에 통용했기 때문에 益母는 益無로 해석하는 것도 가능하기 때문이다. 죽부인의 이름이 憑이니 더욱 그러할 가능성이 짙다.

⑯ 여기서는 죽부인의 어릴 때의 자태를 묘사한 것이니 특별히 인용된 고사가 없다.

⑰ 宜男은 '사내아이를 많이 낳는 여자' 또는 '원추리(忘憂草)'를 말한다. 文王을 羑里의 獄中에서 구출해 낸 散宜生이란 사람이 있었는데, 이 글에서도 姜太公의 고사와 함께 관계가 있는 듯 하다.[12] 그러나 여기에서 쓰인 단어의 뜻만으로는 미남자란 뜻이다. 죽부인은 이런 미남자의 청혼도 거절했는데 '소를 끄는 미천한 사람'〔牽牛子〕은 마음이나 내어 보았겠냐는 것이다. 견우자는 나팔꽃의 씨이기도 하다.

⑱ 죽부인이 松大夫와 결혼했다는 것은 松竹은 한 단어이기 때문이다. 또 松竹梅를 일러 歲寒三友라고 하고, 절개를 말할 때는 松竹같은 절개라고 한다. 이에 松은 남자요, 竹은 夫人이 되는 것이다. 松을 大夫라고 한 것은 秦始皇이 泰山에 올라갔다가 갑자기 비를 만나 소나무 밑에서 비를 피한 후 그 소나무를 大夫로 봉한 고사에서 온 것이다. 여기서 竹夫人 松大夫로 함께 의인화된 것이다.

⑲ 竹夫人의 성품이 굳다는 것은 松竹이 인연을 맺었으니 그 성품이 매울 수밖에 없다.

⑳ 梅·李·橘·杏이 왜 죽부인과 가까이 하지 못했다고 했을까? 죽부인이 소나무와 결혼했으니 梅는 제외된 것이다. 매화의 신의 있음이란 매화꽃이 피기 시작하는 소식, 또는 봄소식을 梅信이라 하니 이를 암시적으로 표현한 것이다. 李氏의 말 없음이란 복숭아와 오얏은 말하지 않더라도 아름다운 꽃과 맛있는 열매가 열리므로, 부르지 않아도 사람들이 다투어 모여들어

12)『史記』卷三十二, 齊太公世家 第二.

그 밑에 저절로 길이 생긴다. 이와 같이 덕행이 있는 사람은 아무 말 않더라도 자연히 심복하게 된다는 것이다. 그리하여 '桃李不言 下自成蹊'(史記)란 말이 있다. 이런 李氏이지만 春色을 다투는 점은 凡人과 같으므로 松竹의 절개인 죽부인이 돌아볼 리가 없다.

㉑ ㉒를 말하기 위한 서언과 같은 성질이므로 특별히 문제삼을 고사가 없다.

㉒ 竹은 본래 梅·蘭·菊·竹으로 四君子 중의 하나이다. 따라서 竹은 언제나 동양화의 소재가 된다. 거기다가 文與可와 蘇東坡는 대의 그림으로 유명하다. 「죽부인전」에서는 이 고사를 그대로 인용해 쓰고 있는 것이다.

㉓ 松公이 죽부인보다 18세 위란 것은 松의 破字가 '十八公'이기 때문에 18세 위라고 한 것이다. 松公이 穀城山 밑에서 化石이 되어 돌아오지 않았다는 것은 張良과 黃石公의 고사에서 온 것이다. 張良이 坯下에서 어떤 노인을 만나 太公의 兵法을 전해 받고 떠날 때 그 노인은 "후일 穀城山 밑에서 누른 돌을 보거든 나인 줄 알라." 하고 사라졌다. 그 후 과연 張良은 그곳에 가서 누른 돌을 보고 모셔다가 제사를 지냈다. 그리고 장량은 晩年에 인간의 일을 버리고 赤松子를 따라 신선이 되었다고 한다.[13] 「죽부인전」에서 松公이 만년에 신선술을 배웠다는 것, 穀城山에서 돌로 변했다는 것은 모두 위의 고사와 관계가 있는 듯하다. 이렇게 남편을 잃은 죽부인은 마음의 흔들릴 수밖에 없다.

㉔ 마음이 흔들림에 「衛風」을 노래하는데, 이는 『詩經』 중에 음탕한 노래를 말할 때 '鄭衛之風'이라 하여 淫風의 대명사처럼 쓰인다. 鄭나라와 衛나라의 노래에 남녀간의 戀情을 담은 노래가 많기 때문이다.

㉕ 혼자 살게 된 죽부인은 술을 마시기 시작한다. 이것은 사건의 전개보다도 竹醉日이란 고사를 쓰기 위한 것이다. 즉 5월 13일은 '竹醉日'이라 하여 이 날 '대'를 옮겨 심으면 '대'가 잘 산다고 한다. 아마 '대'를 옮겨

---

13) 『漢書』 卷四十, 張良傳.

심은 후 그 '대'가 시들시들한 것을 '대가 醉했다'고 한 데서 나온 말인 듯하다. 문제는 '靑盆山'이다. 청분산은 본래 중국에 있는 산인데, 여기서는 '대'를 베어 놓은 대무더기로 보기도 한다. 그러나 이는 가상적인 산으로 보아야 할 것 같다. 즉 靑盆山은 盆竹을 의미한다. '대'를 표현할 때 靑이나 蒼을 많이 쓴다. 여기에 그냥 盆이라고 하면 너무 직설적이어서 靑盆山이라 한 것이다. 결국 '대'를 화분에 옮겨 심었다는 것이다. '대'를 화분에 옮겨 심었으니 시들어 醉하게 되고, 취했으니 고갈증이 있을 수밖에 없다. 또는 옮겨 심었으니 물이 바짝 마를 수도 있다. 이렇게 화분에 옮겨 심는 '대'는 남에게 가까이 또는 의지해서 살게 되었다.

㉖ 三邦은 위에서도 말했던 것처럼 『書經・禹貢』의 荊州에 나오는 지명인데, 그 註釋에 의하면 '그 지역은 알 수 없다'고 한다. 그곳에서 조공하는 것은 '다만 菌과 簵과 楛이다'고 했다. 여기서 三邦節度使라 官名을 붙이고 '다만 대(惟菌)'를 의인화해서 惟菌이라고 했다. 절도사는 지방관으로 忠・孝・烈의 숨은 미덕을 표창해야 하는 책임이 있다. 惟菌은 역시 죽부인과 동족이니 더욱이 이것은 자신의 책임이다.

㉗ 鄧伯道의 고사를 사용하고 있다. 등백도는 피난가면서 자기의 자식을 버리고 조카를 데리고 가서 피난한 미덕을 가진 사람이지만 후사가 없었다. 이를 두고 '天道無知'라 했다.[14] '대'는 군자인 松大夫의 짝이 되었다. 그것을 '旣配君子'라 했다. 劉寬夫의 「剝竹論」에서 "대의 굳은 절개는 松柏의 짝이 된다(堅可以配松柏)"고 했고, 劉岩夫의 「植竹記」에서는 '대'의 "몇 가지 미덕은 군자의 짝이 된다(夫此數德 可以配君子)"고 했다. '대'는 본래 군자의 짝이 되는 것이다. 이 '대'를 다시 화분에 심어 남에게 의지해 살았으나 후사가 없는 것은 '天道無知'라는 것이다.

지금까지 보아 온 바와 같이 「죽부인전」은 하나의 사건을 전개해 가는데 있어서 고사들의 연결로 성립된 작품이다. 때로는 사건 전개 자체가 그 고사

---

14) 『小學』卷六.

를 쓰기 위해 고사에 끌려가고 있다. 假傳의 최초의 작품인 韓愈의 「毛穎傳」
은 그의 30세 때 작품이라고 한다. 그는 문학에 대한 해박한 지식을 활용하
여 문장의 수법을 구사해 본 것이다. 이런 정황으로 미루어볼 때, 稼亭의
「죽부인전」도 그가 문학공부를 하던 젊은 시절에 썼을 것으로 보인다. 그리
하여 '대'와 관계되는 고사를 총동원하여 「죽부인전」을 쓰게 된 것이다.
그는 고려말 朱子學의 수입으로 정착되기 시작한 忠・孝・烈의 儒敎思想을
소유한 인물이었기 때문에 「죽부인전」의 끝을 '贈節婦'라고 마무리짓고 있
다. 그러나 위에서 살펴본 인용고사를 통해 보더라도 「죽부인전」은 어떤
특별한 주제의식을 내세우기보다는 해박한 지식으로 자신의 문장을 시험해
보려는 문예의식이 앞섰던 것으로 생각된다.

3. 擬人化 對象

「竹夫人傳」의 擬人化 대상에 대하여 먼저 旣往의 여러 學說부터 살펴보
기로 한다. 「죽부인전」의 의인화 대상에 대해서는 크게 두 가지가 있다.
하나는 漢 武帝가 대로 만든 斥暑具인 竹夫人의 故事를 의미하는 竹製具라
는 것이요, 다른 하나는 '대(竹)'를 의인화해서 죽부인이라 했다는 것이다.
먼저 竹製具인 竹夫人의 學說부터 살펴보기로 한다. 이 說은 李家源이
『韓國漢文學史』에서 "「竹夫人傳」은 李穀의 作으로서 漢 武帝 劉徹의 '대'로
만든 斥暑具의 하나인 '竹夫人'의 故事를 쓴 것이다."라고 밝힌 데서 비롯했
다.15) 또한 그의 『漢文學小史』에서도 이런 주장을 그대로 하고 있다. 다음
黃在國은 「李穀의 思想과 竹夫人傳」이란 논문에서 "현재까지 우리 학계에
서 「竹夫人傳」의 擬人化 대상물을 '대(竹)'에 두고 있는 것이 거의 定說로
되어 가고 있으나 필자는 本考에서 「竹夫人傳」속에 큰 비중을 차지하고
있는 故事와 事件展開의 內容 修辭 敍述 등으로 보아 「竹夫人傳」의 擬人化

---

15) 李家源, 『韓國漢文學史』, 民衆書館, 1961, p.156. 『韓國漢文學小史』, 三和出版社, 1973, p.94.

대상물은 竹製具인 '竹夫人(几)'임을 피력했다"고 하여 竹夫人의 의인화 대상을 竹製具인 竹夫人으로 결론짓고 있다.16) 그리고 高敬植도 「高麗後期 假傳文學의 硏究」라는 論文에서 "竹製具를 의인화하여 當時의 理想的인 女人像으로 竹夫人을 부각시키려는 作者의 의도를 가히 짐작할 수 있겠다."라고 하여 竹夫人을 竹製具인 竹夫人을 의인화 대상으로 삼은 것이라 주장하고 있다.17)

이상의 견해와 반대로 '대(竹)'를 擬人化 對象으로 삼았다고 주장한 사람은 申基享, 曺壽鶴, 金光淳, 閔丙秀, 趙東一, 文璇奎, 張德順, 安秉卨 등이다.18) 특히 李相翊은 「假傳體文學論에 대한 批判」에서 '竹夫人傳의 作者 및 擬人化 對象問題'라는 항목을 따로 설정하여, "작품 내용으로 보아 分明히 뿌리를 땅에 박고 있는 대나무라 하겠다. … 竹夫人(製具)의 擬人化說의 共感을 찾지 못해 一旦 그 說을 否定하며 本稿를 마친다."고 하여 의인화 대상을 '대'라고 결론짓고 있다.19)

위의 두 주장을 검토해 보면, 숫적으로는 '대'의 의인화를 지지하는 쪽이 많지만 竹製具인 竹夫人 擬人化說은 최근까지 지속적으로 주장해 온 것임을 알 수 있다. 그러면 먼저 죽제구인 죽부인을 의인화했다는 전제 아래 「죽부인전」을 살펴보기로 한다.

첫째, 작품의 명칭이 「죽부인전」이다. 張文潛의 「죽부인전」도 竹製具를

---

16) 黃在國, 「李穀의 思想과 竹夫人傳」, 『韓國文學論』, 1981, p.82.
17) 高敬植, 「高麗後期假傳文學의 硏究」, 『慶熙語文學』 第5, 1985, p.80.
18) 申基享, 「假傳文學論攷」, 『국어국문학』 15, 1956, p.107.
　　曺壽鶴, 「釋息影庵文學研究」, 『高麗時代의 言語와 文學』, 1975, p.396.
　　金光淳, 「高麗後期 擬人文學의 形成과 文學史的 意義」, 『高麗時代의 言語와 文學』, 1975, p.37.
　　閔丙秀, 「小說發達史」 下, 『한국문화사대계』, 1967, p.999.
　　趙東一, 「假傳의 장르 規定」, 『藏庵池憲英先生華甲紀念論叢』, p.335.
　　文璇奎, 「韓國漢文學」, 二友出版社, 1982, p.207.
　　張德順, 「韓國文學史」, 同和出版社. 1977, p.153.
　　安秉卨, 「韓國假傳文學硏究」, 明知大學院, 1974, p.184.
19) 李相翊, 「假傳體文學에 대한 批判」, 『국어교육』 14, 1968, p.97.

의인화해서 썼으니 李稼亭의 「죽부인전」도 죽제구를 암시했을 가능성이 많다.

둘째, 죽부인의 이름이 '憑'이란 것이다. '憑'은 의지한다는 뜻으로 죽부인전의 끝부분에 남에게 의지하여 살았다는 내용과 일치한다. 이것을 보더라도 죽제구인 죽부인과 같은 인상을 준다.

셋째, 죽부인의 아버지인 質이 益母의 딸과 결혼하여 죽부인을 낳았다는 것이다. 죽부인 출생 이전의 글이 모두 죽부인의 조상인 '대'에 대한 묘사이지만, 죽부인의 출생부터는 죽제구인 죽부인을 암시할 수 있기 때문이다.

넷째, 「죽부인전」의 끝부분에 죽부인이 남에게 의지해서 살았다는 것은 죽제구인 죽부인을 암시한다고 볼 수 있다.

다섯째, 評結에 가서 죽부인은 후손이 없다고 한 것이다. 만약 죽부인이 '대'에 대한 묘사라면 '대'는 얼마든지 후손이 있을 수 있다. 그러나 죽부인이 죽제구을 의인화한 것이기 때문에 후손이 없다고 한 것으로 보인다.

그러면 다음은 이와 반대로 '대'를 의인화했다는 견지에서 위의 다섯 가지를 비판적으로 검토해 보자.

첫째, 「죽부인전」의 명칭에 대한 문제이다. 이 명칭은 죽제구 죽부인이 아닌 '대'를 의인화해도 얼마든지 붙일 수 있는 이름이니 이것만으로는 죽제구냐 아니냐를 판단할 수 없다.

둘째, 죽부인의 이름이 '憑'이라는 데 대한 문제이다. 이것은 작품의 끝부분에서 죽부인이 남에게 의지해서 살았다는 내용과 결부시켜 보면 죽제구 죽부인에 가까워질 수 있을 것 같다. 하지만 그대로 수긍되지 않는 점이 있다. 끝부분의 '依人而居' 자체가 보는 견해에 따라 달라지기 때문이다. 청분산에 옮긴 후 '依人而居'했다고 하는데 청분산이 무엇을 의미하느냐가 문제인 것이다. 청분산을 핵심으로 보아 죽부인이 죽제구라는 견해는 이러하다.

問題는 '靑盆山'이 매우 큰 핵심이 되고 있다고 하겠다. '靑盆山'의 '靑'이라 함은 베어진 대나무가 枯渴病에 들리기 前에 아직 푸르니 靑字를 붙였을 것이다. … 盆山은 周나라 文王의 舊都로서 陝西省 長安縣에 있는 땅이다. 盆山은 盆을 뒤집어 놓은 모양의 산으로 대나무를 많이 베어서 크게 묶어 단으로 만들어 세워 놓은 모양을 盆山에 比喻했을 것으로 밖에 볼 수 없다. 19年間 中國 땅에서 生活한 李穀에게는 中國의 地理에 밝아 盆山으로 實感있게 比喻하여 표현했을 것이다. 곧 枯渴病이 들었다 하니 이는 푸른 대나무 잎과 줄기가 말라간다는 뜻으로 해석된다. 아마도 대나무가 다 마른 후에야 竹製具를 만드는 것은 常識이라 할 수 있겠다. 다음 '依人而居'라 하여 벌써 竹夫人이 만들어졌다. '依人而居'라는 말이 더욱 竹製具를 立傳했음이 명확한 根據가 된다."[20]

여기서 靑盆山은 '대'의 단을 묶어 놓은 모양이 盆山이요, 이것으로 죽제구인 죽부인을 만들었다는 것이다. 하지만 이것은 그대로 받아들이기 어렵다. 「죽부인전」의 전개상 죽부인은 벌써 箽과 益母의 딸 사이에서 출생되었다. 그러므로 여기에 와서 또 '대'를 베어 죽부인을 만들었다는 것은 있을 수 없다. 5월 13일 竹醉日은 '대'를 옮겨 심는 날이니 靑盆山으로 옮겼다는 말은 '대'를 '盆竹'으로 만들었다는 것이다. 그러면 '依人而居'도 죽제구인 죽부인이 남에게 의지하는 것이 아니라 盆竹이 되어서 남의 애호를 받으며 가까이 지내는 것으로 해석될 수 있다. 그러므로, 죽부인의 이름이 '憑'이란 것과 '依人而居'에 주목하여 죽제구인 죽부인이라고 단정지을 근거는 희박하다.

셋째, 箽과 益母의 딸 사이에서 죽부인을 낳았으니 이것은 죽제구를 의미하는 것이 아니냐는 것이다. 이것도 문제점이 있다. 죽부인의 祖上은 모두 '대'로 표현되어 나온다. 물론 죽부인이 되기 이전의 조상은 '대'이니 그럴 수밖에 없다. 그리하여 '대'에 얽힌 故事, '대'의 産地, '대'의 용도, 기타 '대'를 소재로 한 문학작품의 용어를 모두 동원하였고, '대'와 관계지을 수

---

20) 黃在國, 위의 논문, pp.78~80.

있는 다른 식물들까지도 모두 연결시키고 있다. 그러니 「죽부인전」은 '대'의 故事集이요, 竹譜인 셈이다. 그러면 죽부인이 출생한 후의 죽부인의 행장은 어떠한가. 여기서도 죽제구인 죽부인에 대한 묘사는 한 구절도 없다. 죽부인의 말끔한 자태를 그려서 세상에 보배를 삼는 것도 죽제구인 죽부인이 아니라 '대'의 그림이다. 이것은 문맥을 보아도 쉽게 알 수 있는 일이다. 文與可와 蘇東坡는 서로 친구이면서 墨竹으로 유명한 인물이다. 이처럼 죽부인의 행장 묘사마저도 죽제구가 아니라, '대'라는 것을 알 수 있다.

넷째, 죽부인이 '依人而居'했다는 것으로 죽제구라 단정할 수 없음은 위에서 언급했다. 즉 5월 13일에 '대'가 盆竹이 되어 남에게 의지하게 된 것이다. 林椿의 「麴醇傳」에는 麴醇이 "집에 돌아와 갑자기 소갈병이 들어 하루 저녁에 죽었다(旣歸 暴病渴 一夕卒)"고 했고, 李奎報의 「麴先生傳」에서는 "지금 臣이 소갈병을 만나(今臣 遇痟渴之病)"라고 하여 모두 목 마르는 병과 관계를 짓고 있다. 5월 13일에 '대'를 베어서 죽제구를 만든 것이 아니라, '대'를 옮겨 심었기 때문에 취한 것이고, 취했기 때문에 고갈병이 든 것으로 이해해야 한다.

다섯째, 史評에서 죽부인이 군자의 짝이 되었다는 것은 松大夫와 짝이 된 것을 의미하고 남에게 의지했다는 것은 盆竹이 되어 남에게 의지했다는 것이다. 그런데 後嗣가 없다는 것도 꼭 죽제구이기 때문에 후사가 없다고 하기도 어렵다. 「麴醇傳」에서도 국순이 죽자 '無子'라고 말하고, 族弟淸이 있다고 했다. 그러므로, 후사의 유무로 죽제구냐 아니냐를 따지기 어렵다. 다만 史評에서는 죽부인이 죽제구라는 것을 어느 정도 암시하고 있는 듯도 하다. 그러나 본래 史評은 본문과 분리해서 생각해야 한다. 史評부터는 죽부인의 행장이 아니라, 史家의 史評이기 때문이다. 史家의 주관으로 선악을 비평한 것이다. 죽부인의 행장은 끝까지 '대'를 묘사해 두고, 끝의 史評에서만 후사가 없다고 하여 죽제구처럼 말한 것이다. 그러므로 「죽부인전」의 작자는 죽제구 죽부인을 암시하려고 했으나, 묘사 자체는 '대'로 끝난 것이

다. 고사 위주로 글을 전개하려니 '대'에 대한 고사는 있어도 죽부인에 대한
고사는 없었기 때문에 빚어진 결과이다. 결국 작자는 '대'와 관련된 고사에
이끌린 까닭에, 죽제구를 의식하고 썼음에도 불구하고 작품 전체의 묘사는
'대'로 된 것으로 보인다.

Ⅲ. 結語

지금까지 「竹夫人傳」에 대해 몇몇 번역서와 研究論文은 「죽부인전」을
정확하게 파악하지 못한 대목이 적지 않았다. 이에 이들에 대한 의문을 해결
하기 위해 새롭게 논의를 펼쳐보았는데, 본문에서 전개한 주요한 내용을
간추리는 것으로 결론을 대신하기로 한다.

첫째, 죽부인전의 구성에 있어서 앞 부분은 「죽부인전」의 일대기를 쓴
것이고, 끝 부분은 작자의 주관으로 쓴 史評이다. 이것은 『史記·列傳』의
형식을 그대로 따른 것이다. 그리고 지금까지 「竹夫人傳」의 文脈을 잘못
파악한 결과 「죽부인전」의 첫 머리에는 죽부인을 贇의 딸이라 하고, 중간에
가서는 簹이 益母의 띨과 결혼하여 죽부인을 낳았다고 하어 簹의 딸로 기술
되어 있는 것으로 이해하곤 했다. 이렇게 되면 죽부인의 아버지가 둘이 되므
로 있을 수 없다. 하지만, 이런 이해는 文面을 잘못 파악한 데서 생긴 오류였
다. 益母와 결혼한 것은 簹이 아니라 贇인 것이다.

둘째, 「죽부인전」에 얽힌 고사를 밝혀 「죽부인전」의 源泉을 탐색했다.
'대'의 원산지, '대'의 분포, '대'의 용도, 기타 '대'에 대한 고사를 밝혀 본
바, 「죽부인전」은 바로 竹譜요, '대'의 故事集에 가깝다는 것을 확인할 수
있었다. 심지어 고사를 쓰기 위해 내용의 전개에까지 영향을 준 경우도 있었
다. 이처럼 고사를 많이 사용한 것은 假傳이 허구적인 작품이라는 점과 旣有
지식으로 독자에게 흥미를 유발시키기 위해 창작했으리라는 점을 시사한다
고 하겠다.

셋째, 「죽부인전」의 의인화 대상이 죽제구인 죽부인의 의인화냐 '대'의 의인화냐 하는 것이다. 작품에 인용된 고사와 묘사 자체를 살펴보는 것을 통해 모두 '대'의 의인화였음을 알 수 있었다. 죽부인의 조상도 '대'로 묘사되었고, 죽부인이 태어난 후에도 '대'로 묘사되었다. 그 예로 文與可와 蘇東坡가 그림으로 그린 것도 '대'를 그린 것이지, 죽부인을 그린 것이 아니었다. 또 靑盆山으로 이사해 남에게 의지해서 살았다는 것에 주목하여 죽제구로 보기도 하지만 이것도 수긍하기 어려운 점이 있다. 죽부인은 簀과 盆母의 딸 사이에서 출생했다고 하고, 청분산으로 이사한 것으로 죽제구를 만든 것으로 보면 죽부인이 두 번 출생하는 것이 된다. 이것은 전개상 있을 수 없는 일이다. 따라서 청분산으로 이사한 것은 盆竹을 의미하고, '依人而居'는 盆竹이 사람에게 의지함을 의미하는 것으로 이해해야 옳을 듯하다.

여기서 문제점으로 남는 점은 「죽부인전」에 나오는 모든 '대'는 구체적으로 故事가 있는 '대'이나 죽부인 자체는 고사를 갖지 않은 추상적인 '대'이다. 그리고, 史評에서 후사가 없다고 한 것은 '대'보다는 죽제구의 죽부인에 가까운 표현이다. 이것을 보면 작자는 죽제구의 죽부인을 의식하고 「죽부인전」을 썼으나 죽제구인 죽부인은 故事가 없기 때문에 '대'의 묘사로 끝난 것이 아닌가 한다. 史評에서는 무엇이라고 했건 이것은 죽부인의 행장이 아니다. 죽부인의 행장은 끝나고 史家의 주관으로 쓴 論評이기 때문이다. 결국 '대'를 의인화하여 내용과 주제는 죽제구의 죽부인으로 끝맺은 것이다.

假傳은 본래 『史記・列傳』의 형식을 빌린 것이다. 假傳의 내용이 교훈적이라는 것을 가전만의 특색처럼 생각하기도 하지마는, 列傳도 사실을 정확히 기록하고 끝에 史評을 붙여 褒貶을 가함으로써 후대에 교훈을 주기 위한 것이다. 이 점은 가전과 列傳이 동일하다. 다만 가전은 허구를 통하여 교훈을 주는 것이고, 열전은 사실을 통하여 교훈을 주는 것이다. 『奸臣列傳』을 보면 이점은 더욱 명확해질 것이다. 따라서 열전은 사실을 객관적으로 기술하는 서사에 중점을 두는 것이라면, 가전은 허구를 토대로 하는 문예 의식이 앞선 문학이라 하겠다. 가전이 고사를 많이 구사하는 것도 이런 각도에서 해석될 수 있을 것이다. 가전은 문예의식이 앞섰기 때문에 때론 교훈보다는 흥미를 주기도 한다. 張文潛의 「竹夫人傳」처럼 失寵을 주제로 한 것이 그런 예이다. 다만 시대적 배경과 작자의 사상에 따라 주제는 달라질 수 있는 것이니, 「죽부인전」의 주제가 烈로 끝맺고 있는 것은 작자 稼亭이 지니고 있던 유교사상의 발로일 터이다.

<『語文教育論集』, 1984>

坥隱 田祿生의 文學

Ⅰ. 序言

필자는 고려조 한문학의 연구 경향을 살펴보기 위하여 두 차례에 걸쳐 그 연구성과를 정리한 적이 있다. 첫번은 「제1회 전국한문학대회」에서이 고[21], 다음은 필자의 저서에서이다.[22] 이 책에서 필자는 지금까지 발표된 13권의 저서와 517편의 논문을 연대순으로 정리하여 연구 성과와 경향을 살펴보았다. 그리고 연구 대상이 된 문인이 26명이었다는 것을 밝혔다.

이와 같은 작업을 통해서 고려조의 한문학이 많이 연구되고 있는 것을 알 수 있었다. 그러나 이 중에서 田祿生의 문학에 대한 논문은 찾지 못했다. 지금까지 그에 대해 관심을 가지지 않은 것은 그의 작품 편수가 적기 때문일 것으로 생각된다. 작품 수가 많은 작자를 연구 대상으로 삼는 것도 의의가 있겠으나, 고려시대 작자들 중에는 그 작품이 유실된 경우가 많으므로 비록 편수는 적을지라도 이들 작품을 발굴하여 연구함으로써 문학연구의 영역을 확대하는 것도 큰 의의가 있으리라 생각된다.

전녹생(1318~1375)은 고려 忠肅王 5년에 출생하여 禑王 1년까지 58세를 살았다. 田氏 三隱이라 하여 坥隱(祿生) · 耒隱(貴生) · 耕隱(祖生) 등 3형제를 일컫는데, 이들은 모두 文明公, 文惠公, 文元公이라는 '文'字諡號를 받은 그 시대의 대표적인 官人이며 文人이다.

---

21) 李炳赫, 「高麗時代 漢文學研究의 問題」, 『韓國漢文學研究』 第8, 1985.
22) 李炳赫, 『高麗末 性理學受容期의 漢詩研究』, 太學社, 1989.

전녹생의 작품이 실려 있는 곳은 『埜隱先生逸稿』이다. 아직까지 그에 대한 연구 논문이 없기 때문에 먼저 그의 생애를 간략하게 살펴보고 다음으로 그의 문학을 살펴보기로 한다.

Ⅱ. 官歷과 生涯

그의 생애를 알 수 있는 문헌은 많지 않다. 『高麗史』와 王德淸, 馬融, 王勳 등이 지은 「畵像贊」과 李齊賢, 李穡, 李岡, 鄭樞, 李達衷, 李崇仁 등이 지은 시, 「遺事」, 「家狀」 등이 있을 뿐이다. 그러므로 이 자료를 중심으로 年代紀的인 官歷을 통해서 그 생애를 살펴보기로 한다.

그의 모습은 高逸한 儒者의 기상으로 묘사되어 있다. 王德淸의 「화상찬」에서는 軒然한 威儀에 粹然한 용모, 冷然히 淸風이 蘭雪에 뿌리는 듯하고 飄然히 孤鶴이 雪松에 노니는 듯하며, 衣冠의 澹雅, 意氣의 從容 등을 들었다.23) 馬融의 「화상찬」에서는 '사람을 접하는 데는 禮로써 하고, 자신을 處하기는 寬으로써 하며, 陶淵明의 隱逸한 풍취가 있다.'고 했다.24) 끝으로 王勳의 「화상찬」에서는 '기운이 니그리우나 굳게 지키고, 모습은 淸婉하나 정신은 기름지고, 행적은 일상적이나 뜻은 멀고 용모는 沖淡하나 뜻은 조용하다.'고 했다.25) 실제 인물에 비해 어느 정도 美化되었을지 알 수 없지만 비범한 인물이었던 것만은 틀림없었던 것 같다.

그의 字는 孟耕이요, 호는 야은이며, 본관은 潭陽이다. 系譜는 다음과 같다.

---

23) 王德淸, 「畵像贊」. "軒然其儀, 粹然其容. 冷然若淸風之灑蘭雪, 飄然若孤鶴之翔雲松. 豈逍遙於栗里, 抑嘯傲於隆中. 不然是何衣冠之澹雅, 而意氣之從容耶?"
24) 馬融, 「畵像贊」. "接人以禮, 處己以寬. 齊侯流裔, 晉代衣冠. 昔淸隱於彭澤, 今復見於三韓."
25) 王勳, 「畵像贊」. "氣寬緩而守固, 形淸婉而神腴. 蹟平常而志遠, 容沖淡而意舒. 閑不以鏡而眞閑, 心何必在於夫余."

田得時(始祖) → 子存 → 勝允 → 公逸 → 永 → 希慶 ┌ 祿生
　　　　　　　　　　　　　　　　　　　　　├ 貴生
　　　　　　　　　　　　　　　　　　　　　└ 祖生

이와 같이 그는 僉議舍人 知榮州事 贈奉翊大夫 密直副使인 아버지 希慶
과 어머니 熊神 徐氏 사이에서 고려 忠肅王 5년(1318)에 출생하였다. 그는
5세에 글을 읽을 줄 알았고, 8세 때에 시를 지을 정도로 뛰어났다. 忠惠王朝
에 급제했으나 정확한 연대는 알 수 없다. 그후에 濟州司錄이 되었다가 다시
내직으로 들어와서 典校校勘이 되었다.

29세(忠穆王 3년, 1347)되던 해의 봄에 整治都監官이 되었다. 이때 安軸
등은 判整治都監事가 된 것을 보면 그와도 交分이 두터웠으리라 짐작된다.
이해의 3월에 그는 權豪를 다스리면서 奇皇后의 族弟인 奇三萬을 杖殺함으
로써 下獄당하고, 그 죄로 10월에는 白文寶 등 10여명이 杖刑을 당했다.

33세(忠定王 2년, 1350)되던 해의 9월에는 征東鄕試에 합격했으나, 앞서
권호를 다스렸기 때문에 앙심을 품은 자들의 저지로 元나라의 制科에 응시
하지 못했다. 공민왕 때에 御史를 제수받았다.

40세(공민왕 6년, 1357)되던 해의 9월에 그는 起居舍人으로, 諫議 李穡,
司諫 李寶林, 鄭樞 등과 함께 鹽鐵別監의 폐단을 極論하였다. 이 무렵에
殿中侍御史가 되고, 鷄林判官을 제수받았다. 또 민정을 잘 보살폈기 때문에
李齊賢은 '田郎이 우리 鷄林의 원이 되었는데 父老들이 지금까지 德音을
그리워하네.'[26]라고 하여 그의 治積을 찬양했다. 이색은 「寄鷄林田判官」이
란 詩에서 '公務의 여가에 좋은 山水를 만날 때마다 詩句를 남겼는데, 모두
淸奇하다.'[27]라고 한 것도 주로 이 무렵의 시를 두고 한 말인 듯하다. 이때
金海 妓生 玉纖纖에게 지어준 시와 「鷄林東亭」이란 시가 남아 있다.

44세(恭愍王 10년, 1361)되던 해의 봄에 司諫으로 全羅道 按廉使가 되었

---

26) 李齊賢, 「送田祿生司諫按全羅道」. "田郎作倅吾鷄林, 父老能今懷德音."
27) 李穡, 「寄鷄林田判官」. "公餘佳山水, 有句皆淸奇."

다. 5월에 倭寇 방어의 폐단을 지적하여 아뢰었는데, 이 글은 지금『高麗史』
에 전한다. 이 무렵에 郎中을 제수받았다. 11월에 王이 紅巾賊의 난으로
南巡하게 되었는데, 그는 侍御史로 洪彦博, 李嵒, 柳淑, 元松壽, 李穡 등과
왕을 호종했다. 이때 安東 映湖樓에까지 가게 되었다. 또 이무렵에 中書舍人
知制誥를 제수받았는데, 이색의 左代言 辭免을 允許해 주지 않는 批答을
왕을 대신해서 지었다.

45세(공민왕 11년, 1362)되던 해의 2월에 공민왕이 안동을 출발하여 尙州
에 머물었는데 그의 映湖樓 次韻詩는 이때 지은 것이다. 이해에 官制가 바뀌
어져 中書舍人을 內書舍人으로 고쳤기 때문에 그도 內書舍人으로 관직의
명칭이 바뀌어진다. 여름 동안 그는 공민왕을 호종하며 상주에 머물렀다.
6월에 그는 諫官으로 상소하여 知密直司事인 睦仁吉을 파면할 것을 청했는
데, 이 글은 지금『고려사』에 전한다. 9월 19일에 淸州의 拱北樓에서 공민왕
을 시종하였는데 왕이 權漢功의 옛 시를 보고 이에 次韻하라고 하므로 시를
지어 올렸다.

46세(공민왕 12년, 1363)되던 해의 3월에 典理摠郎으로, 辛丑년(1361)의
호종 2등공신이 되었다. 벼슬을 여러번 옮겨 左常侍가 되었다. 이 해에 浙東
의 方國珍에게 사신으로 갔다.

47세(공민왕 13년, 1364)되던 해의 浙東에서 돌아왔다. 明州 司徒인 방국
진이 照磨 胡若海를 함께 보내어 와서『沈香弓矢』와『玉海通志』등의 책을
바쳤다. 11월에는 監察大夫를 제수받았다.[28]

48세(공민왕 14년, 1365)되던 해의 2월에 尹祥의 참소가 있었으나 魯國公
主가 임신하여 해산할 달이 되었으므로 그와 李茂方을 사면했다. 4월에 감
찰대부로 元나라에 가서 皇太子와 廓擴帖木兒 및 藩王에게 예물을 드렸다.

---

28) 忠宣王 이후에 司憲府를 監察司로 고치고, 大司憲을 大夫라고 고쳤다. 恭愍王 5년에는
監察司를 御史台로 고치고, 大夫는 종전과 같이 사용했다. 공민왕 11년에는 다시 御史
台를 監察司로 고쳤다.

또 密直指學이 되었으며, 7월에는 鷄林尹을 제수받았다.

49세(공민왕 15년, 1366)되던 해의 3월에 또 密直提學으로, 河南王 廓擴帖木兒에게 사신갔다. 6월에 燕京에서 돌아왔다.

50세(공민왕 16년, 1367)되던 해의 7월에 慶尙道 都巡問使가 되어 合浦(馬山)에 出鎭하였다. 이때 오래동안 교체를 하지 않고 그곳에 머무르게 한 것은 백성들의 여망에 따른 것이었다고 한다. 「題合浦營」의 詩도 이 무렵에 지었고, 金海 妓生 玉纖纖과의 인연도 더욱 깊어졌다. 이 기간동안 그가 남긴 가장 큰 업적은 그가 元나라에서 가져온 『古文眞寶』를 처음으로 增刪하여 간행한 일이다. 물론 『고문진보』의 간행에 대해서는 是非가 없는 것은 아니다.29) 그러나, 世宗 2년 庚子(1420) 10월 下澣에 姜淮仲이 지은 「古文眞寶誌」에 의하면 당시에 전녹생이 軍務의 여가에 工人을 모집하여 『古文眞寶』를 간행하니 이로써 모두 이 책이 학자들에게 유익함이 있다는 것을 알게 되었다고 한다.30) 또 조선조 成宗 3년(成化 8년) 庚子(1472) 4월 上澣에 金宗直이 지은 「古文眞寶大全跋」에 '埜隱 田先生이 처음으로 合浦에서 『古文眞寶』를 간행했다.'고 했다.31)

우리 나라는 삼국시대부터 蕭統의 『文選』을 교본으로 써 왔는데 『고문진보』가 간행됨에 따라 이를 문장 교본으로 바꾸어 쓰게 된 것은 우리 문학사상 중요한 의미를 가진다. 김종직도 "이 책을 집집마다 갖추고 사람마다 외워서 모범을 삼는다면 조선조의 문장법도가 晋·唐·宋을 능가하여 周·漢과 짝이 될 수 있을 것이다."고 했다.32) 그만큼 田祿生은 우리 문학계에 큰 영향을 끼쳤다고 할 것이다. 이 무렵에 그는 政堂文學을 제수받았다.

---

29) 『古文眞寶』 간행 연대에 대해서 孫寶基는 高麗 中期 1160년경 金屬活字本이라 하고, 李謙魯는 1472년으로 보며, 李家源은 이 合浦本을 처음 간행된 것으로 보았다.

30) 姜淮仲, 「古文眞寶誌」. "前祖時埜隱田先生祿生, 出鎭合浦, 董戎之暇, 募工刊行, 由是皆知是編, 有益於學者."

31) 金宗直 『古文眞寶大全跋』. "埜隱田先生, 首刊于合浦"

32) 金宗直, 위의 글. "家儲而人誦, 競爲之則, 盛朝之文章法度, 可以凌晋唐宋而媲美周漢矣."

54세(공민왕 20년, 1371)되던 해의 3월에 李穡이 知貢擧, 전녹생이 同知
貢擧가 되어 金潛 등 31명을 선발했고, 7월에는 司憲府 大司憲을 제수받았
다. 이때 辛旽이 죽음을 당하고, 孫湧이 유배되자 그가 대신 이를 맡게 된
것이다.

56세(공민왕 22년, 1373)되던 해의 7월에 다시 政堂文學이 되고, 이 달에
本職으로 江寧府院大君의 師傅가 되었다. 이때 공민왕이 문신들을 李穡의
집에 모이게 하고 논의하여 牟尼奴의 이름을 禑라 고치고 江寧府院大君으
로 봉했다. 그리고 정당문학 白文寶, 田祿生, 大司成 鄭樞 등을 사부로 삼았
다. 이 해에 西北面 都巡問使 兼平壤尹이 되었다. 12월에 승려인 釋器를
목베어 죽인 일이 있는데 이는 그의 강직한 성품을 말해 주는 좋은 예이다.

57세(공민왕 23년, 1374)되던 해의 4월에 開城府事로, 두번째로 慶尙道
都巡問使가 되어 合浦에 出鎭했다. 처음에 崔瑩이 가게 된 것을 台諫의 추천
에 따라 그를 대신 보낸 것을 보면 그의 인망을 알 수 있다. 이때 李集을
불러 幕府로 삼았다. 그리고 東狩西征으로 固城에까지 들렀다. 또 推化贊化
輔理功臣의 號를 받았고, 藝文館 大提學, 知春秋館事를 제수받았으며, 匡靖
大夫를 받고, 司憲府 大司憲을 겸했다.

58세(禑王 원년, 1375)되던 해의 정월에 書筵師傅가 되었다. 여름에는
門下評理로 諫官인 李詹 등과 함께 李仁任을 목벨 것을 청했다. 이는 親元이
냐, 親明이냐 하는 문제와 관련이 있다. 즉 공민왕 18년(1369)에 明나라
태조가 사신을 보내어 와서 천하를 평정한 사실을 알리고 고려에서는 다음
해부터 처음으로 명나라의 洪武 年號를 사용하게 되었다. 공민왕 23년
(1374)에 공민왕이 피살되었을 때 侍中인 이인임이 국권을 남용했는데 이인
임은 明帝의 問罪가 두려워서 몰래 金義를 보내어 명나라 사신을 죽이고,
池奫과 함께 원나라 사신을 맞이하려고 했다. 이에 大司成인 鄭夢周, 典校令
인 朴尙衷 등이 글을 올려 그렇게 하지 못하도록 간쟁했다. 전녹생은 獻納인
李詹, 正言인 全伯英과 이들을 목베어 죽일 것을 청했다. 이 때문에 7월에

박상충과 함께 杖刑을 당하고, 다시 유배가다가 도중에서 별세했다.

이상으로 그의 생애를 연대기적으로 살펴보았다. 그의 후손인 田萬英은 家狀에서 그의 생애를 요약하기를, 여러 王朝를 섬기면서 들어오면 宰輔(宰相)·館閣으로, 나가면 專對(使臣)·藩鎭(地方官)으로 지낸 지가 30년이 넘었으며, 마지막엔 殺身成仁하여 사업과 공덕이 한이 없이 크다고 했다.[33] 이것은 관인으로서 문인인 그의 생애를 단적으로 표현한 말이다. 그러면 다음 항에서 실제 작품을 살펴보기로 한다.

III. 館閣人으로서 文學

1. 傷時憂國의 詩世界

田祿生의 문학작품은 詩 10수, 批答(왕을 위해서 대신 지은 글) 1편, 奏 1편, 疏 2편이 있다. 그는 국내에서는 內職과 外職을 거쳤고, 國外로는 元나라에 사신을 가는 등 많은 활동을 했기 때문에 문학작품도 많았을 듯하나 현재까지 남아 전하는 것은 이와 같이 얼마 되지 않는다. 그러면 그의 작품을 살펴보기로 한다.

그는 문학에 아주 뛰어난 재능이 있었다. 이는 그의 「咏盆松」 시에서 알 수 있다.

산중에 삼척되는 추위 견디는 소나무   山中三尺歲寒姿,
화분에 옮겨심으니 기이하구나.   移託盆心亦一奇.
파도 소리 실어와서 베개머리에 살랑거리고   風送濤聲來枕細.
성긴 달그림자 창가에 서서히 더디어라.   月牽疎影上牕遲.
얽힌 가지는 재배의 힘을 얻었고   枝盤更得栽培力,

---

33) 田萬英, 「埜隱先生家狀」. "先生旣歷事累朝, 入則宰輔館閣, 出則專對藩鎭, 餘三十年, 其晚節成仁之外, 大事業大功德 何限?"

우거진 잎은 우로의 은혜 입었구나.	葉密曾沾雨露私.
후일 동량이 될 것은 기약할 수 없지만	他日棟樑雖未必,
초당에 마주 대하니 좋은 벗이로구나.	草堂相對好禁期.[34]

이 시는 그가 8세 때 화분에 심은 소나무를 보고 지은 것이다. 소나무의 묘사가 뛰어날 뿐만 아니라, 시의 내용도 8세되는 아이의 시로서는 너무나 노련하다. '우일 동량지재는 기약할 수 없지만'이라고 한 것은 자신의 앞길을 예기한 것일 듯하다. 이로써 그의 시재를 충분히 알 수 있다.

아래에서 그의 시세계를 구체적으로 살펴보기로 한다.

그대는 「種樹郭駝傳」을 보지 못했나	君看種樹槖駝傳,
이 방법으로 정치하면 백성을 잘 다스리리라.	移之吏理可養人.
백성을 편안하게 하는 것이 無事에 있다 함은	解道安民在無事,
牧隱의 詩語가 순수하고 참되구나	牧隱詩語醇且眞.
옛 사람과 지금 사람의 뜻은 크게	
다르지 않건마는	古人今人意不遠,
세상에 새 법 많이 만드니 상심할 일이로구나.	盖傷世法多立新.
하물며 지금 형편이 실올을 가리는 것과 같아서	況今時勢如理絲,
서둘수록 도리어 헝클어지리라.	欲速還自成紛繽.
원하노라, 일을 함에는 簡易함을 따를지니	願言爲事務從簡,
털끝만큼도 백성에게 해치지 말지어다.	勿使一毫加諸民.
그대는 누구나 慷慨士라 일컬으니	鄭君共稱慷慨士,
세상에 그대 없으면 누구와 친하리오?	世微鄭君吾誰親.
이 슬픔 그 어찌 이별에만 있겠는가?	傷心豈獨惜離別,
남쪽을 바라보니 눈물만 흐르네.	南望不覺沾衣巾.[35]

이는 「送鄭副令寓按于慶尙」 시로 贈別詩이다. 그가 50세 되던 해의 봄에 鄭寓를 慶尙道 按廉使로 보내면서 지어준 것이다. 증별시는 그 내용이 대개 이별의 슬픔을 담는 것이 상례이다. 그러나 이 시는 처음부터 끝까지 傷時憂

---

34) 『牧隱先生逸稿』.
35) 위의 책.

國으로 가득차 있다. 첫 句부터 柳子厚의 「種樹郭槖駝傳」의 養人戒官하는
법을 인용하여 起句를 시작한다. 따라서 백성을 다스리는 방법도 나무를
심듯이 그 나무를 못살게 굴지 말고 자연의 순리를 좇아서 본성을 손상하지
말아야 한다는 것이다. 옛 사람이나 지금 사람이나 생각은 비슷한 것인데도
세상에서는 새 법을 만들어 백성을 괴롭히는 것은 슬픈 일이다. 더우기 세상
일은 헝클어진 실올을 정리하는 것과 같아서 빨리 서둘러 처리할수록 도리
어 어지럽혀진다. 따라서 정치를 할 때는 번잡하게 하지 말고 털끝만큼도
백성에게 해를 주는 일을 해서는 안 된다. 이 시의 전편에 깔려 있는 뜻은
모두 나라 걱정이다. 특히 結句에서 떠나는 이를 보내면서 남쪽 하늘을 바라
보니 눈물이 흘러 옷깃을 적시는데, 이를 어찌 이별의 슬픔으로 인해서만이
겠는가 하고 여운을 남겼다.

또 「送江陵道 按廉使 金先生」 시도 이와 같은 내용이다.

백로에 가을기운 드높으니	白露秋氣高,
바람소리에 나뭇잎 떨어지네.	風聲葉辭木.
그대 말고삐 잡고 按廉使로 떠나가니	値子按轡行,
산천도 이로해서 엄숙해지는구나.	山川爲之肅.
늠름히 氷雪같은 그대의 모습	凜然冰雪姿,
보는 사람 머리 먼저 숙여지네.	觀者首先縮.
그러나 마음만은 저절로 화평하여	○○却自怡,
명승지 간 곳마다 詩軸이 가득하네.	勝處詩盈軸.
갔다가 새봄되어 돌아올 때에는	行入新春歸,
우리는 마땅히 刮目相對하리라.	吾儕當刮目.[36]

이는 그가 45세 되던 해(공민왕 20년 辛亥, 1371)의 7월에 金九容을 江陵
道 按廉使로 보내면서 지어준 贈別詩이다. 이별의 시란 점과 안렴사로 보내
면서 지었다는 점에서 위의 시와 동일한 성격을 띠고 있다. 다만 위의 시보
다 서정적인 묘사가 많다. 그러나 '攬轡澄淸之志', 즉 수레에 올라 말고삐를

---

36) 위의 책.

잡고 떠나면서 세상을 한 번 맑혀보려는 뜻이 깔려 있는 시이다. 그도 떠날 때 李齊賢이 「送田祿生司諫接全羅道」라는 詩를 지어 전녹생을 송별했는데, 이 시에서도 역시 '攬轡澄淸'이란 시어가 쓰이고 있다. 이제현은 이 시에서 당시 守令, 大將, 小將, 豪奴, 官家할 것 없이 民弊가 심하니 君子儒를 지향하는 전녹생에게 이런 백성의 고통을 제거해 주기를 기대했다. 이제현과 전녹생, 전녹생과 김구용은 모두 세상을 澄淸할 사명감이 있었다는 것을 알 수가 있다.

이와 같이 증별시에서도 이별의 슬픔보다 나라 걱정이 앞선다. 다음으로 樓亭詩를 살펴보기로 한다.

관아는 산밑에 높이 서 있고　　　　　　廨宇崇岡底,
樓는 산머리를 누르고 섰네.　　　　　　危樓壓上頭.
반공중에 평지가 떠 있으니　　　　　　半空有平地,
무더운 여름에도 서늘한 가을과 같네.　炎夏似凉秋.
민폐없이 지은 이 淸德樓는　　　　　　民力元無借,
淸德이란 이름 헛되지 않네.　　　　　　樓名果不浮.
사시의 좋은 경치만 어찌 논하랴.　　　何須論四景,
淸德이란 이름 崔侯의 뜻 말해 주는구나.　淸德說崔侯.[37]

이는 「題淸德樓」란 시이다. 겉으로 보기에는 단순히 淸德樓의 경치를 읊은 것 같다. 그러나 樓의 이름이 보여주듯이 맑은 덕을 상징하는 뜻이 있다. 본래 집을 지을 때부터 백성의 힘을 빌리지 않았기 때문에 명실상부한 집이다. 이는 군수인 崔安乙이 처음 지은 것인데 주위의 경치만 아름다울 뿐만 아니라, 淸德이란 이름 자체가 崔侯의 뜻을 말해준다는 것이다. 이것은 田祿生 자신의 염원이기도 하다.

다음으로 「映湖樓·次韻」 詩를 보기로 한다.

---

37) 위의 책.

서울을 바라보니 산은 첩첩 둘렸는데	北望京華疊嶂多,
樓는 높아 나그네의 한을 더하기만 하네.	樓高客恨轉來加.
仲宣의 「登樓賦」는 고향 떠난 시름이요	仲宣作賦非吾土,
江淹의 돌아가려는 생각 松菊主는 되지 못했네.	江令思歸未到家.
버들은 시름 속에 실가지 흔들리고	楊柳自搖愁裡線,
白木蓮은 난리 속에 꽃피기 시작하네.	辛夷初發亂餘花.
흐르는 저 강물 봄술로 변한다면	若爲江水變春酒,
가슴 속에 더러운 찌꺼기 씻어 없애리.	一洗胸中滓與査.38)

공민왕 10년 11월에 紅巾賊의 난으로 王이 南巡하게 되었다. 12월 壬申日에 공민왕은 안동에 도착하여 4일 후인 乙未日에 映湖樓에 遊賞하였고, 다음 해 2월 辛丑日에 안동을 출발하여 3일 후인 癸卯日에 상주에 도착했다. 이러한 일정을 보아 영호루의 시는 안동에 머무를 때 지은 것임을 알 수 있다. 그의 「扈從錄」에 보면 당시에 대표적인 문인은 거의 왕을 시종했다. 그러나 피난길에서 지은 시이기 때문에 일반 樓亭詩와는 다르다. 고향을 그리워하는 王餐의 「登樓賦」와 松菊主가 되고 싶어하는 江淹의 고사를 인용하여 자신의 일처럼 표현했다. 누정의 홍취보다 나라를 위한 근심이다.

같은 누정시인 「拱北樓應製」 시를 보기로 한다.

임금님께서 樓에 올라 조망하는 날	一人登眺日,
만물이 기뻐서 우러르는구나.	萬物喜瞻初.
아름다운 이 경치 누가 묘사하랴	美景誰能賦,
나의 거친 말로 표현하지 못하겠네.	荒詞不用書.
임금님 얼굴 매우 가까이 뵈니	面南顔甚邇,
공북이란 임금 향한 뜻 헛되지 않네.	拱北意無虛.
바라보니 山河는 수려하구나	寓目山河秀,
雲烟도 나에게 아양부리는 듯.	雲烟亦媚予.39)

그의 「應製錄」에 의하면 공민왕 11년 9월 辛酉日에 왕이 淸州 拱北樓에

---

38) 위의 책.
39) 위의 책.

올라가서 權漢功의 옛 시를 보고 문신들에게 次韻하게 했다. 이때 많은 문신
들과 함께 전녹생이 화답한 것이 바로 이 시이다. 樓의 이름이 모든 별들이
북극성을 바라보며 경의를 표한다는 '拱北'이다. 따라서 모든 신하들이 임
금을 받든다는 뜻이다. 지극히 임금 가까이에서 왕명에 의해 시를 지었기
때문에 頌祝의 뜻을 담고 있다. 그러므로 이 시는 위에서 보아온 것과는
조금 다르다. 다음으로 亭에 관계되는 「鷄林東亭」 시를 살펴보기로 한다.

종일토록 문서 속에 정신이 흐렸는데	終日昏昏簿領間,
우연히 손님 맞으려 교외로 나갔다가	偶因迎客出郊關.
흐르는 물 굽어보며 세월을 탄식하고	俯看逝水歎流景,
靑山을 대하니 얼굴이 부끄럽구나.	坐對靑山多厚顔.
반월성 비었는데 달빛만 밝아 있고	半月城空江月白,
崔孤雲 떠난 후에 들 구름만 한가롭네.	孤雲僊去野雲間.
陶淵明의 「歸去來辭」 깊은 뜻 찾으려니	更尋陶令歸來賦,
천년 전의 높은 풍도 엿보기 어렵구나.	千載高風未易攀.40)

이 시는 전녹생이 鷄林判官으로 있을 때 지은 것이다. 사업을 성취하지
못한 것을 탄식하면서 한편으로는 도연명을 경모하는 그의 심경을 알 수
있다. 李穡이 「陶隱齋記」에서 고려말 문인들이 현실을 도피하고 싶은 심정
에서 '隱'字를 넣어서 號를 많이 짓는 경향을 예를 들면서 전녹생도 함께
들었다. 이와 같이 전녹생은 한편으로는 나라를 근심하면서 한편으로는 현
실을 도피하고 싶은 심정이 있었던 것이다. 王德淸의 「畵像贊」에서 "어찌
다만 도연명의 栗里에만 逍遙했을 뿐이랴. 諸葛亮의 隆中에도 嘯傲했도다
(豈逍遙於栗里 抑嘯傲於隆中)"는 말과 같이 일면으로는 도연명과 같은 逸趣
가 있으면서 일면으로는 제갈량과 같은 경륜이 있었던 것이다. 馬融의 「화
상찬」에서도 '晉代衣冠'이란 말을 썼는데, 이 역시 전녹생이 도연명과 통하
는 점이 있음을 보여주는 예이다.

---

40) 위의 책.

　지금까지 樓亭詩를 살펴보았는데 역시 충정 어린 시라는 것을 알 수 있었다. 그런데 전녹생은 山水詩도 많았던 것 같다. 이색의 「寄鷄林田判官」 시에 "그대의 시 담담하여 물과 같으니 가는 바람에 잔 물결치는 듯. 공무의 여가에 아름다운 山水마다 詩句 있어 모두 淸奇하구나."라고 했다.[41]

　이는 전녹생이 慶州에 있을 때 부쳐준 시인 듯하다. 이를 보면 전녹생은 당시에 많은 산수시를 남겼던 듯하다. 그러나 이와 같이 산수 자연을 소재로 한 시가 지금까지 남아 전하는 것은 많지 않다. 다만 이와 유사한 시를 들어보기로 한다.

이곳에 와서 논 지 10년이 가까왔는데
오늘날 鎭撫 올 줄 어찌 알았으랴?
벽 사이에 있는 글씨 나를 알아보는지
지난 적에 이 글 쓴 사람 바로 나로세.

此地前遊僅十春,
豈圖來鎭有今晨.
壁間拙字知予否,
曾是當年下筆人.[42]

　이 시는 공민왕 16년에 전녹생이 合浦에 出鎭하여 지은 것이다. 10년 전에 이곳에 한 번 다녀가면서 벽에 써 둔 자신의 글씨를 보고 감회에 젖어 지은 懷古의 시이다. 徐居正은 이 시와 金得培의 「題金海客館」 시를 함께 들고는 '모두 文章巨手'라고 하면서 鎭撫를 총괄하며 창을 빗겨 잡고 시를 읊었기 때문에 시의 기상이 글귀나 다듬고 감정이 메마른 사람의 작품과는 크게 다르다고 했다.[43] 그만큼 문학적으로 성공한 작품이라고 할 수 있다. 다음은 김해 기생에게 지어준 「贈金海妓玉纖纖」이란 시를 보기로 한다.

바다 위에 떠 있는 七點仙山 푸르렀고
거문고 소리에 밝은 달은 떠있구나.
이 세상에 옥섬섬의 거문고 솜씨 없었다면
누구가 太古의 情을 타낼 수 있으랴?

海上儂山七點靑,
琴中素月一輪明.
世間不有纖纖手,
誰肯能彈太古情.[44]

---

41) 李穡, 「寄鷄林田判官」. "君詩淡如水, 微風生淪漪. 公餘佳山水, 有句皆淸奇."
42) 위의 책. 「題合浦營」.
43) 徐居正, 『東人詩話』下. "兩公, 皆文號鉅手兼總戎兵, 其橫槊峨詩, 氣象大異於彫篆酸寒者之所爲也."

이는 그가 鷄林判官으로 있을 때 지어준 시이다. 10년이 지난 후 다시 합포에 출진하니 그 기생은 벌써 늙었다. 가까이 그를 불러 거문고를 타게 하고 琴中 旨趣를 깨쳤다. 때문에 기생에게 지어준 시이면서도 격조가 높다. 그러기에 鄭夢周는 이 시에 次韻하여 태고의 遺音을 노래했던 것이다. 이는 우국의 시 외에도 풍류적인 면이 있음을 엿볼 수 있게 해주는 것이다.

끝으로 그가 숙직하면서 지은 「直夜」 시를 보기로 한다.

玉漏는 방울방울 밤은 깊지 않았는데	玉漏丁東夜未央,
베개 밀치고 일어나려니 탄식이 먼저 나네.	推枕欲起先歎息.
함께 자는 사람들은 우뢰같이 코 고는데	同舍人人鼾如雷,
어찌하여 耿耿히 잠을 이루지 못하는가?	奈何耿耿眠不得.
시대 근심 나라 걱정 눈물이 쏟아지니	傷詩憂國淚盈升,
감개한 이 근심 얼마나 되는지?	感慨閑愁復幾尺.
아, 나의 不才로 녹봉만 받고 있으니	嗟余不才久尸素,
누우면 이불에 부끄러운데 자리인들 편할소냐.	獨臥愧衾那安席.
河海같은 君恩은 갚을 길 없어	君恩如海報無門,
햇볕이며 미나리 바치는 일 헛말이로다.	暖日香芹徒謾說.
흐르는 세월은 늙음을 재촉하니	荏苒光陰催老大,
엊그제 소년이 오늘 와서 백발이라.	昨日少年今白髮.
문에 나면 세상 일 귀신의 야유같아	出門剩見鬼揶揄,
애태워도 소용없어 지붕만 쳐다보네.	萬事腐心空仰屋.
밤새도록 한 편의 시 억지로 지어서	通宵强綴一篇詩,
등불 켜고 썼다가 다시 읽어보네.	呼燈自寫還自讀.[45]

이는 숙직하면서 지은 시이다. 옆에 사람은 우뢰같이 코를 골며 자는데 자신만은 잠을 이루지 못하고 傷時憂國으로 눈물만 흘린다. 임금의 은혜는 갚지 못하고 세월만 흘러 백발이 되니 근심은 한층 더한다. 이 상시우국이 그의 전 작품에 일관된 흐름이다.

---

44) 『牧隱先生逸稿』.
45) 위의 책.

이상으로 田祿生의 시세계를 살펴보았다. 그의 시는 贈別詩, 樓亭詩에서
도 대부분 상시우국의 내용을 담고 있는 것을 알 수 있었다. 그리고 일부시
에서는 隱逸적인 도연명의 정취가 있는 것도 알았다. 고려말은 대외적으로
元·明의 交替, 대내적으로 여러 가지 말기적인 현상이 많이 나타났다. 이러
한 시대적 고민이 그대로 그의 시에 반영된 것이라고 할 수 있다.

2. 民弊除去의 奏·疏

전녹생은 官人이면서 文人이었기 때문에 館閣에서 생활하면서 지은 작품
이 많았을 것이다. 그러나 현재 남아 있는 글이 몇 편에 지나지 않으므로
이를 토대로 살펴보기로 한다.

첫째, 임금을 대신해서 지은 批答이다. 비답이란 임금이 大臣의 上奏文에
의견을 써서 회답하는 글이다. 李穡이 左代言을 사직했을 때 이를 윤허해
주지 않았는데, 전녹생이 왕을 대신해서 지은 「李穡辭免左代言不允批答」이
그것이다. 이는 현재 『東文選』에 전하고 있다. 이 글의 내용은 이색의 사임
을 허락해주지 않는다는 것이다.

> 王은 이렇게 말씀하셨다. 萬機가 지극히 번잡하여 혼자의 지혜로는
> 처리하기 어렵다. 承宣이란 관직을 둔 것은 실로 王命의 出納을 맡은
> 요직이니 그 관계되는 바가 가볍지 않다. 그러므로 그 적임자를 구하기
> 어렵게 여기며 반드시 重視한다. 그대는 성품과 식견이 明敏하고 뛰어
> 나 일찍이 그대 아버지의 풍도를 이어 중국에까지 이름을 날렸고, 현재
> 많은 선비들의 여망을 얻어 우리나라의 표준이 되었으며 학문이 이미
> 해박하고 계책이 또한 흉금을 털어놓고 임금을 바른 길로 인도할 만 하
> 다. 이에 내가 그대를 가상히 여겨 낮은 관직에서 발탁하여 높은 직위
> 에 올려 나의 측근에서 代言을 맡겨 원근에 좋은 일을 알리고 무릇 文
> 詞에 관계되는 일은 모두 위임하였는데 어찌 갑자기 辭免의 뜻을 표하
> 는지, 참으로 그 사정을 알 수 없구나. 혹시 나의 애중히 여기는 뜻이
> 미덥지 못해서인가, 그렇지 않으면 그대의 進言을 잘 받아들이지 않았

기 때문인가? 그러나 윗사람과 아랫사람 사이에는 마땅히 숨기는 바가
없는 것이니 어찌 마음이 통하지 않을 것을 걱정하겠는가? 또 臣子가
만약 자신만 편안하고자 한다면 어찌 大義라고 할 수 있겠는가? 하물며
내가 그대에게 무엇을 져버렸기에 그대가 나에게 의심을 하는가? 마땅
히 나의 마음을 알아서 힘써 그대의 직책에 충실하라. 辭職하려는 것은
꼭 允許하지 않을 것이다. 그러므로 敎示하니 상세히 알기를 바란다.[46]

　이 글은 『東文選』에서 앞뒤를 빼고 중간 부분만 실어 놓았다. 이는 문학적
인 면에서나 역사적인 면에서 그만큼 가치를 부여했다는 뜻이다. 문장이
전아하면서 간곡한 글이다.

　둘째, 上奏이다. 신하로서 임금에게 아뢰기 때문에 그의 『埜隱先生逸稿』
에서는 「全羅道按廉使時 陳倭寇防禦之弊啓辭」로 되어 있다. 즉 그가 전라
도의 안렴사로 있을 대, 왜구를 방어한다면서 생겨나는 폐단을 아뢴 글이다.
이 글의 전문은 다음과 같다.

　　倭寇가 있은 이래로 한 道에 수자리를 둔 곳이 많은 곳은 18개소에
이르는 곳이 있으니, 장수들이 州郡에 포학한 짓을 하여 위엄을 세우고
戍卒을 사역하여 사욕을 채워 드디어 피폐하여 도망하며 흩어지게 되
었습니다. 그러다가 왜구가 이르러 오면 다시 새로 州郡의 군사를 징집
하여 이를 '煙戶軍'이라 이름하니 왜구를 방어함은 보지 못하고 다만
백성만 해롭게 할 뿐이니 모든 수자리는 파하고 州郡을 시켜서 烽火를
삼가며 斥候를 엄하게 하여서 禍變에 대응하는 것만 못합니다. 만약
부득이하면 마땅히 그 要害한 곳을 가려서 그 수자리할 곳을 줄이면
백성들의 힘이 펴지고 군량이 절감될 것입니다.[47]

---

46) 위의 책, 「李穡辭免左代言不允批答」. "王若曰, 余惟萬機至繁, 獨智難治, 日有承宣之任,
實爲出納所由, 蓋以所係者非輕, 故難其人而必重, 卿, 性識明敏, 文才瞻優, 夙承乃父之風,
有名中夏, 時得衆儒之望, 爲準東韓, 學旣有以博諧, 謀亦堪爲啓沃, 玆予不穀, 惟爾是嘉, 擢
自卑聯, 承陞于大職, 遂使代言於左右, 庶克顯美於退邇, 凡係文詞, 悉令委任, 何遽形於引
退, 固難料其情辭, 豈眷懷之未孚, 抑聽納之或失, 然, 上下所當無隱, 何患情之不通, 且臣子
苟欲自便, 豈其義之爲大, 矧予何負於爾, 而爾有疑於予, 當體予懷, 勉安乃職, 所乞宜不允,
故玆敎示, 想宜知悉."

이것은『高麗史·田祿生列傳』중에서 '奏曰…'로 된 부분의 전문이다.
또『東國通鑑·恭愍王紀』에도 역시 이 글이 실려 있는데 大義는 동일하나
字句上의 차이가 있다. 이것은 역사를 편찬할 때 史料를 임의로 취사선택했
기 때문일 것이다. 당시에 왜구를 방어한다는 명목 아래 군장들이 州郡을
괴롭히고 戍卒을 혹사하여 그들을 도망하게 하고는, 막상 왜구가 침입했을
때에는 다시 주군의 군사를 징집하여 적을 막게 하니 차라리 모든 수자리를
파하자는 것이다.『고려사』에 '出按全羅道奏曰…'이라 한 것을 보면 이 글
은 전라도 안렴사로 있을 때 그 곳의 실정을 파악하여 아뢴 것이다.

세째, 上疏文이다. 그가 起居舍人으로 있을 때 鹽鐵別監의 폐단을 논한
상소문이다. 공민왕 6년(1357) 9월에 諸道에 염철별감을 나누어 파견하니
右諫議 李穡, 起居舍人 田祿生, 右司諫 李寶林, 左司諫 鄭樞 등이 글을 올려
이 폐해를 논한 것이다. 이 글은 여러 사람이 공동으로 올렸기 때문에 작자
에 대해서 의문을 가질 수 있다. 그러나 왕이 이 글을 접하고 臺諫과 宰相을
불러 염철의 이해에 대해서 물었을 때 이색과 이보림은 병을 핑계하고 이에
응하지 않았고 전녹생과 정추는 끝까지 議論을 굽히지 않았다고 한다.[48]
이로 보아 이 글은 전녹생이 지은 것이라고 할 수가 있다.『高麗史·食貨志』
에 실려 있는 이 글의 전문을 보면 다음과 같다.

> 지금 특별히 別監을 보내어 염철별감이라고 이름하니 백성들이 들으
> 면 반드시 놀랄 것입니다. 하나의 새로운 명령을 내리면 관리들이 이해
> 로써 간악한 짓을 하여 백 가지의 폐단이 생기는 것입니다. 별감이 반드
> 시 稅布를 많이 받아 윗사람의 총애를 받으려 할 것이니 백성들이 소금

---

47) 田祿生,「全羅道按廉使時 陳倭寇防禦之弊 啓辭」. "自有倭寇以來. 一道置戍, 多至十八所,
軍將虐郡以立威, 役戍卒以濟私, 遂使凋弊逃散, 及寇至, 更徵州郡兵, 謂之煙戶軍, 未見
禦寇, 秪以害民, 不若罷諸戍, 令州郡, 謹烽燧嚴斥候以應變, 如不得已, 當審其要害, 省其戍
所, 則民力舒而軍餉節矣."

48)『高麗史·列傳』25 田祿生. "王召臺諫·宰相·問利害, 穡·寶林稱病, 祿生·樞, 固執前
議不變."

을 받지 못함은 전일과 다름이 없을 것이고, 稅布를 헌납하는 괴로움은
더욱 심할 것입니다. 만약 存撫 按廉으로 하여금 이를 행하게 하면 백성
들이 常例로 여겨 놀라지 않을 것이요, 특히 세월을 두고 그 공적을 考
課하면 백성들이 감히 어기지 못하여 반드시 그 성과가 있을 것입니다.
하물며 永陵 때에 모든 聚斂을 하지 않은 것이 없었는데도 염철별감만
은 한 번 시험해 보고는 다시 논의하지 않았습니다. 하물며 지금 와서는
한결 같이 祖宗의 법을 따라 청명한 정치를 하려 하면서도 이런 염철별
감을 둔다는 의논이 있으니 盛代의 累가 될까 두려워합니다.[49]

상소문의 전문을 들었기 때문에 내용을 쉽게 알 수가 있다. 그는 민폐가
되는 일은 철저히 제거하려 했다. 이 글 외에도 그가 諫官으로 있을 때
知密直司事인 睦仁吉을 劾罷한 상소문이 있다. 공민왕의 은총을 받고 있는
목인길을 "전하의 은총을 믿고 전하의 耳目을 가리려 합니다."라고 한 것을
보면 그가 얼마나 강직하였는가를 알 수가 있다.

지금까지 전녹생의 奏・疏文을 통해서 그의 民弊除去의 집념과 강직성을
살펴보았다. 이는 그의 詩가 거의 傷時憂國이라는 것과 맥락을 같이한다고
할 수 있다.

Ⅳ. 結語

고려말에는 성리학을 받아들여 문학을 心性陶冶의 효용론적인 면을 강조
하는 한편 일면에서는 시대의 아픔을 고민하고 민중의 삶의 모습을 그려

49)『高麗史・志』33, 食貨 2. "恭愍王六年九月, 分遣諸道鹽鐵別監, 右諫議李穡・起居舍人田
祿生, 右司諫李寶林・左司諫鄭樞等, 上書論鹽鐵別監之弊曰, 今特遣別監, 以鹽鐵爲名, 民
聽必駭, 下一新令, 吏緣爲奸, 弊生百端, 別監, 必欲多得稅布, 因而要寵, 民不受鹽, 無異平
日, 納布之苦, 今益甚矣. 若令存撫・按廉行之, 民以爲常, 不至驚駭, 特以歲月, 課其功績,
民不敢違, 必有成效, 況永陵之時, 凡所聚斂, 無所不爲, 獨於鹽鐵別監, 一試之而不復議, 況
今一遵祖宗之法, 以淸明爲治, 而議及於此, 恐爲盛代之累."

왕에게 알리고자 하는 觀風紀俗的인 문학이 있었다. 이는 특히 李齊賢, 安軸, 李穀 등의 문학에서 잘 나타난다. 본 논고에서 논의된 田祿生도 이 계열의 문인이다. 그는 館閣人으로, 地方官으로, 때로는 외국 사신으로서 고려말을 빛낸 문인이다. 그런데도 그의 문학에 대해서 연구된 것을 찾지 못했으므로 본 논고를 시도한 것이다. 위에서 논의된 주요 내용을 요약해서 결론지으면 다음과 같다.

그는 고려 忠惠王 때 급제하여 濟州司錄 典校校勘을 거쳐, 안으로는 大提學, 大司憲, 正堂文學, 門下評理를 제수 받았고 밖으로는 鷄林判官, 全羅道 按廉使, 慶尙道 巡問使등 많은 관직을 역임했다. 또 국내에서는 공민왕을 시종하여 남순했고, 밖으로는 元나라에 두 번이나 사신으로 다녀왔다. 8세에 詩를 지을 정도로 詩才가 뛰어난 그는 征東鄕試에도 합격했고 후일 同知貢擧가 되어 고려말의 인재를 선발했다. 무엇보다도 문학계에 큰 파문을 던진 것은 『古文眞寶』를 간행하여 당시까지 『文選』을 문학교본으로 써 오던 것을 이로 바꾸게 한 것이다.

그의 문학작품으로는 詩 10수, 批答 1편, 奏 1편, 疏 2편이 있다. 시는 贈別詩, 樓亭詩, 기타 題詠詩가 남아 있는데, 이는 거의 傷時憂國의 시이다. 그는 친구와 이별을 하면서도 이별의 슬픔보다는 나라를 근심했고, 樓亭에 올라가서도, 또는 숙직을 하면서 지은 시들도 시대의 고민으로 가득 차 있다.

그의 奏·疏는 문장이 뛰어나고 내용이 간곡하면서 民弊除去를 주장하는 것들이다. 그는 전라도와 경상도 등지로 다니면서 누구보다도 지방의 실정을 잘 알고 있었기 때문이다. 고려말은 밖으로 元·明이 교체되고 안으로는 여러 가지 말기적인 현상이 많이 나타나는데, 전녹생은 이런 시대에 살면서 그 시대정신을 자신의 문학에 담고 있다고 할 수 있다.

따라서 그의 문학은 心性陶冶의 修己的인 면보다는 濟世安民하려는 治人的인 면이 강하게 나타난다.

<『鶴山趙鍾業博士華甲紀念論叢』, 1990>

牧隱 李穡의 性理學的인 詩

I. 序言

牧隱은 우리 문학사에 큰 빛을 남긴 위대한 문인이다. 그는 詩稿가 35卷, 文稿가 20卷으로 합해서 55卷의 방대한 작품을 남겼다. 그의 문학은 이처럼 浩澣하기 때문에 조선조에 와서 그에 대한 평가도 상반되게 나타난다. 즉 그의 문학을 긍정적으로 높이 평가하는 사람이 있는가 하면, 반대로 그의 병폐를 지적하기도 했다. 병폐란 정통한문학의 규범적인 문장의 틀에서 벗어났다는 것이다. 그러나 문학을 꼭 어떤 틀에 맞느냐 맞지 않느냐, 古文이냐 非古文이냐로 평가하는 것보다 자신의 감정을 숨김없이 표현한 데서 더 가치를 찾을 수 있다.

목은은 시만 6천수나 되기 때문에 어떤 형식에 집착할 수 없었던 것은 당연하다. 元·明 交替期의 對外政勢, 麗末 鮮初의 政治的·思想的 변화의 소용돌이 속에서 눈 앞에 보는 대로 마음속에 느낀 대로 숨김없이 써 내려간 것이 그의 시이다. 그러므로 고려 문인 중에서 당시 지식인의 삶을 잘 반영하여 가장 연구할 만한 가치가 있다고 할 수 있다.

목은 시의 연구는 필자가 조사한 바로는 36편의 논문이 있다. 이 중에는 목은의 총체적인 연구에서부터 佛敎觀, 自然觀, 風俗詩, 四君子詩, 題畵詩, 世界認識 등 특수 분야의 연구도 있다. 필자가 목은에 대한 연구를 처음 시도한 것은 「高麗末期의 漢文學 硏究─三隱을 中心으로─」라는 논문인데 1), 여기서 목은의 생애, 사상, 문학을 함께 고찰한 적이 있다. 이는 지금으로

부터 약 20년 전의 일로 이 때만 해도 국문학계에서는 한문학에 대한 관심이 그리 높지 않아서 그에 관계되는 논문이 몇 편 되지 않았다. 그러므로 이 때 필자가 쓴 논문에서도 어느 특수한 분야의 연구보다는 총체적인 연구에 그치고 말았다. 그러나, 위에서 지적했듯이 목은의 문학세계는 너무나 폭이 넓기 때문에 총체적인 연구보다는 어느 특수한 부분부터 연구하고, 이를 종합적으로 검토하는 일은 그 이후에 하는 것이 바람직하다고 생각하였다. 이런 면에서 필자는 먼저 목은 시의 성리학적인 경향을 고찰하기로 했는데, 이것이『高麗末 性理學 受容期의 漢詩 研究』에서이다.[2] 하지만 이 글에서도 목은의 성리학적인 시를 깊이 있게 다루지는 못했다.

그래서 본 논문에서는 지금까지 목은 시의 성리학적인 경향의 연구에서 미진했던 부분을 보완하여 고찰하기로 한다. 전개과정은 목은의 道에 대한 의식과 여기서 형성된 그의 성리학적인 문학세계를 살펴보기로 한다.

II. 牧隱의 道統意識과 性理學的 傾向

목은의 道統意識을 살펴보기에 앞서 宋明理學이 발생한 과정부터 살펴볼 필요가 있다. 그의 性理學的인 문학세계도 모두 宋明理學과 관계가 깊기 때문이다. 그리고 중국에서 宋明理學이 발생한 역사적인 배경이 우리 고려 말에 성리학을 수용할 때와 흡사하다.

중국의 사상사에서 큰 흐름을 말할 때 先秦諸子, 兩漢經學, 魏晋玄學(道家之學), 隋唐佛學, 宋明理學이라고 한다. 그러므로 이 理學은 중국 사상사에서 빼어 놓을 수 없는 중요한 의미를 가지고 있다. 이는 우리 나라의 사상사

---

1) 이병혁,『大學院論文集』第1輯, 東亞大學校 大學院, 1977.
2) 李炳赫,『高麗末 性理學 受容期의 漢詩 研究』, 태학사, 1989. 이 중에서 일부분은「李穡 詩의 性理學的인 경향에 대하여」라 하여『于海李炳銑博士華甲紀念論叢』, 1987에 게재 하였다.

에서도 마찬가지다.

그러면 왜 중국에서 理學이 생겨나게 되었을까? 北宋 이후 중국에서는 여러 이민족의 정권이 난립했다. 西北에서 遼·夏·吐蕃 등이 있었고, 그 후 동북쪽의 국경에서는 金나라가 있었는데, 宋과 金은 北宋에서 南宋까지 계속 대립되다가 南宋말엽에 가서 蒙古가 일어나 후일 元朝를 건립하였다. 明代에 가서 북쪽에는 몽고가 있고 동북쪽에는 만주족이 도발을 계속하다가 결국 淸朝가 건국되었다. 이와 같이 宋明代에는 이민족과의 대립속에서 국가의 존망에 관심을 기울이지 않을 수 없었다. 뿐만 아니라, 사상면에서는 불교와 도교의 침투로 宋明理學의 발달을 가속화시켰다. 理學에서 연구되어온 '太極', '先天' 등의 『易學』 문제도 모두 도교사상의 영향에서라고 한다.[3]

그런데 宋明理學의 주된 연구는 '性', '天道' 등이었다. 性이란 주로 人性을 의미하지만 物性에 대해서도 논의하였다. 그리고 天道란 '理' 또는 '天理'를 말한 것이다. 이는 바로 『中庸』의 "天命之謂性 率性之謂道 修道之謂敎"에서 性·道·敎의 세 가지 문제를 제시했기 때문에 자연히 『중용』을 중요시하게 되었다. 또 『周易』 乾卦의 彖辭에 "乾道가 변함에 따라 모든 만물이 性命을 바로잡나니…"라고[4] 한데서 '天生之質'인 性과 '人所稟受'인 命, 즉 '性命'에 대하여 언급했다. 때문에 자연히 『周易』을 중요시하게 되었다. 예를 들면 周敦頤의 『太極圖·易說』, 張載의 『橫渠易說』, 程頤의 『伊川易說』, 朱熹의 『易本義』·『易學啓蒙』 등이 그것이다. 그리고 朱熹의 『四書集註』에서 二程子와 그의 제자들의 학설을 많이 인용하여 주해한 것도 理學家의 학설과 사상이 주로 반영된 것이다. 당시 宋代의 이러한 분위기는 시대적인 상황이 宋代와 유사한 고려에 그대로 영향을 미치게 되었는데 목은도 여기서 예외가 아니었다.

理學의 초기 단계에 활동한 인물은 周敦頤, 張載, 邵雍, 程顥, 程頤이고,

---

3) 候外廬 저, 박완식 옮김, 『송명이학사Ⅰ』, 이론과 실천, 1993, p.17.
4) 『周易』卷1, 乾卦 彖辭. "乾道變化, 各正性命, 保合大和, 乃利貞."

다음 南宋時代에 朱熹가 二程子의 뒤를 이어 理學을 집대성했다. 이들이
이 시대를 대표했기 때문에 '程朱學'이란 이름이 붙여지게 되었다.

목은은 폭넓은 사상가이기 때문에 성리학에 깊었을 뿐만 아니라, 불교까
지도 포용했다. 그러나 본 논문은 목은의 성리학적인 문학세계만을 연구하
는 것이 목적이다. 따라서 이에 대한 선행단계로 목은의 道統意識에 대하여
살펴보기로 한다.

고려말에 정치적인 혼란을 극복하기 위해서 목은은 道學을 갈구했다. 먼
저 그의 詩語에 唐虞란 말이 자주 나타난다. 이는 帝堯 陶唐氏와 帝舜 有虞
氏이다. 즉 陶唐이란 堯임금이 처음에 陶란 곳에서 살다가 후에 唐이란 땅으
로 옮겼기 때문에 붙여진 이름이요, 有虞란 舜임금의 禪讓을 받기 전에 虞에
나라를 세웠기 때문에 붙여진 이름이다. 唐虞란 결국 堯舜이란 말과 뜻은
같지만 옛스러운 멋이 있다. 목은은 堯舜時代의 至治를 말할 때 唐虞之治라
하고, 그 德化를 말할 때는 唐虞之化라고 했다. 그의 시 몇 구절을 예로
들어보기로 한다.

① 물은 바다로 흘러가서 돌아올 줄 모르는데   水流入海去不返,
　세상은 언제나 唐虞 시절로 돌아갈까?5)   世道何日回唐虞.

② 淸談은 魏晋에 사양하고   淸談辭魏晋,
　옛 뜻은 唐虞를 상상하겠네.6)   古意想唐虞.

③ 澹然히 老境을 잊으니   澹然忘老境,
　아득히 唐虞를 상상하겠네.7)   渺渺想唐虞.

이와 같이 목은이 唐虞時代를 그리워하고 상상하는 것은 상당히 많이
보인다. 이 외에도 태평시대를 구가할 때는 舜琴, 五絃琴 등을 들고, 堯임금

5) 『牧隱詩藁』 卷12, 「復禮吟」.
6) 『牧隱詩藁』 卷19, 「夜詠」.
7) 『牧隱詩藁』 卷16, 「靜坐」.

의 禪讓과 湯임금의 征伐을 동일시한 禪讓과 革命觀의 시도 있다.[8] 다음은
堯舜 傳授의 心法을 소재로 한 시를 보기로 한다.

꿈깨어 근심스레 앉아 탄식하니   夢回悄然坐歎息,
아득히 옛 뜻은 唐虞 시절 생각하네.   古意渺渺追唐虞.
평생에 16字를 잊지 않으니   平生服膺十六字,
넘어지고 낭패되나 무엇을 슬퍼하랴.[9]   顚頓狼狽痛何傷.

이 시에서 중요한 것은 16字란 말이다. 이는 『書經·大禹謨』의 "人心惟危
道心惟微 惟精惟一 允執厥中(人心은 위태롭고, 道心은 은미하니 오직 정순
하고 전일해야 진실로 그 中道를 잡을 수 있다.)"의 16字를 말한다. 이것은
본래 『書經』에서 舜임금이 禹임금에서 禪讓할 때 한 말이지만, 朱子가 「中
庸序」에서 이 말을 인용하여 유교의 道統을 밝히면서 썼다. 堯임금이 舜임
금에게 禪讓할 때는 "允執厥中(진실로 그 中道를 잡아라.)"이라는 말뿐이었
는데, 舜임금이 禹임금에게 선양할 때에는 글자를 더 보태어 16字가 된
것이다. 후일 性理學者들이 '人心', '道心'을 논하게 되는 것도 여기서 나온
것이다. 또 朱子는 「중용서」에서 堯·舜·禹·湯·文武·周公·孔子로 道
統을 설명하였다. 그리고 다음에 顏子·曾子·子思·孟子를 거쳐 다시 二
程으로 내려가서 자신이 『中庸』을 정리한 것으로 서술하였다. 따라서 목은
이 이 16字를 마음속에 간직했다는 것은 道學의 갈구를 의미한다. 또 다른
시를 더 들어보기로 한다.

堯임금의 禪讓, 湯임금의 征伐 시대를 안 일인데   堯禪湯征只識時,
구구하게 孔子·孟子는 쇠퇴한 세상을 붙들려 했네. 區區孔孟要扶衰.
적막한 秦과 漢은 儒風이 누추했는데   寂寥秦漢儒風陋,
마침 濂溪가 있어 萬世의 스승이 되었네.[10]   會有濂溪萬世師.

---

8) 『牧隱詩藁』卷15, 「赤子吟」. "堯禪湯伐同其歸"
9) 『牧隱詩藁』卷15, 「半夜歌」.
10) 『牧隱詩藁』卷16, 「自詠三首」.

위의 시는 「自詠三首」 중에서 제3수째의 것이다. 시의 내용은 堯舜과 孔孟을 거쳐 秦漢代에 와서 儒風이 누추하게 되었는데 마침 宋의 周敦頤가 나와서 萬世의 師表가 되었다고 했다. 이렇게 시대를 개탄한 것을 보면, 아마 그의 晩年에 시대를 걱정하면서 道가 전해지기를 바라면서 지은 것 같다. 그의 글 중에 「巢父操」·「伯益操」·「伊尹操」·「太公操」·「周公操」· 「宣尼操」 등 「琴操六篇」을 들고, "정치가 잘 되기를 바라는 심정에서 지은 것이다."[11]라고 했는데, 이것도 위의 시와 같은 맥락에서 파악할 수 있다. "평생에 道를 근심했지, 가난을 근심하지 않았다."[12]는 말을 보더라도 그의 道에 대하여 갈구한 심정을 알 수 있다.

또 목은의 시어 중에는 道와 관계되는 시어가 자주 나온다. 그 유형을 대충 보면 道, 道情, 道學, 吾道, 古道, 聖道, 道體, 道根, 道心, 道味, 憂道, 道德, 天道, 道衰, 學道 등 道에 대한 관심이 많았던 것을 알 수 있다. 심지어 그의 시중에는 宋의 寧宗 때 朱子를 위시한 성리학자들을 僞學이라고 해서 이를 공부하지 말도록 禁令이 엄해지자 학자들은 흩어졌을 뿐만 아니라 宋나라도 망하고 大義마저 허물어졌으며 世道는 날로 변해가고 자신은 백발만 느는 것을 탄식하고 있다.[13] 道統과 관계되는 시를 한 수 더 들어보면 다음과 같다.

일찍이 孔子의 풍도 흠모했더니	早年遠歆洙泗風,
출발하자 孟子를 따르게 되었네.	發軔便從鄒國公.
깨끗하고 더러움은 螺髻王에서 나누어지고	淨穢初分螺髻王,
신선에도 역시나 鹿皮翁이 있다네.	神仙亦有鹿皮翁.
그를 막아서 나의 청에 오르지 못하게 하라	絶之不使登我堂,
우리의 道가 뜻깊으니 음미만 하랴.	我道有味非徒嘗.
나의 상위에는 진귀한 음식 가득하고	我有珍飱滿我案,

---

11) 『牧隱詩藁』 卷1. "右琴操六篇, 思治之情也, 卒以春秋何其悲哉, 讀者無忽."
12) 『牧隱詩藁』 卷3, 「殿試後自詠二首」. "平生憂道不憂貧, 出處應須似古人."
13) 『牧隱詩藁』 卷24, 「自歎」.

나의 술잔에는 좋은 술 가득하네.	我有美酒崇我觴.
차조로 술빚으며 기장을 사용않음과 같이	如酒用秫不用黍,
佛·老가 그 어찌 서로 함께 말하랴.	二氏豈可交相語.
「原道」는 본래부터 근거가 있는데	原道本論有所據,
韓愈와 歐陽修 이후 누가 다시 거론할까?	韓歐以來誰再擧.
濂溪先生은 특이한 사람이라	濂溪夫子是異人,
「太極圖說」을 처음으로 만들었네.	描出太極元無因.
발휘함이 많은데도 본받지 않았으니	發揮益多益不效,
어느 때나 깨끗이 씻어 세상을 새롭게 할까.14)	何時淨洗乾坤新.

목은이 말했듯이 道統은 孔子와 孟子를 거쳐 唐의 韓愈(768~824)에게로 이어간다. 한유가 道學者는 아니지만 그의 「原道」에서 道의 개념과 道統을 밝히고 佛·老를 배척했기 때문에 儒敎에서는 唐代의 대표자로 되어 왔다. 그리고 한유는 구양수와 함께 古文復興運動을 했기 때문에 이 시에서 두 사람을 동일하게 본 것이다. 唐을 거쳐 宋에 이르러 周濂溪가 「太極圖說」을 처음으로 지었기 때문에 道統을 그에게로 연결시켰다. 더욱이 이 다음 시의 제목에 "前篇에서는 우리의 道를 일으키는데 뜻이 컸으나 이를 기필할 수가 없다.(前篇意在興吾道大也 不可必也)"라고 했듯이 그는 유교를 진흥시키는 데 뜻을 두었다. 심지어 산을 소재로 한 「山中辭」라는 글에서도 "千年 동안 끊어진 道統을 이었으니 그 시내를 '濂溪'라고 했네."15)라는 구절과 "마음의 근원 맑게 열어 태극의 이치에 깊이 젖으리."16)라고 했다. 산과 물, 즉 자연을 자연 그대로 보지 않고 성리학과 결부시켜 본 것이다. 그리하여 모든 經書를 性理學的인 입장에서 이해하려고 한 것은 宋明 理學者와 마찬가지다. 그는 「直說三篇」을 제외하고는 性理學에 대해 전문적으로 저술한 글은 없지만 다른 산문과 시의 곳곳에서 성리학에 대한 언급이 나온다. 뿐만 아니

---

14) 『牧隱詩藁』卷21,「近承佳作 唱和多矣 皆浮言戲語 不可示人 後二篇 志於功名 自傷之甚 也 嗟夫士生於世功名而已乎 直術所懷 爲圓齋誦之」.
15) 『牧隱詩藁』卷1,「山中辭」. "續道緖於千載兮, 乃命其溪曰濂."
16) 『牧隱詩藁』卷1,「山中辭」. "開心源之瑩淨兮, 惟太極之泳涵."

라 조선초의 문인들은 모두 그를 성리학자로 추앙했고, 특히 權近은 그의 行狀에서 목은이 性理學에 깊었고 그로 인해서 東方 性理學이 크게 일어나게 되었다고 높이 평가했다. 그는 理氣說에 관계되는 시도 남겼다.

천지는 조물주의 용광로	天地帝洪爐,
녹여서 만드는 일 어찌 그리 수고로운가.	鼓鑄一何勞.
理로써 만물의 主를 삼고	理以爲之主,
氣로써 무리를 나누네.	氣以分其曺.
작은 것은 기린의 뿔 같고	少或似麟角,
많은 것은 쇠털보다 더 하네.	多奚啻牛毛.
仁義는 膏粱이 되고	仁義是膏粱,
禮法은 笏과 도포가 되었네.	禮法爲笏袍.
찬란하게 온 천하에 두루 입혔으니	燦然被天下,
우리가 어찌 여기서 벗어나리.[17]	吾生安所逃.

이 시에서는 宇宙 만물의 생성과 造化에 대해서 논한 것이다. 짧은 시이지만 시사하는 바가 크다. 宇宙 만물의 생성과 造化에 대해 언급했기 때문이다. 朱子가 太極을 '造化의 樞紐, 品彙의 根柢'[18]라고 했는데, 牧隱은 天地를 天帝 造化의 용광로라고 했다. 이 시에서 용광로는 造化 곧 太極이라고 할 수 있다. 그리고 太極은 곧 理이다. 따라서 理가 主가 되고 氣가 分派한 것이다. 이는 朱子의 '理爲氣主'[19], '理先氣後'(理是本)[20] 등과 같은 견해이다. 이것이 바로 목은의 성리학적인 세계관이다.[21]

---

17) 『牧隱詩藁』卷22,「有感」.
18) 『性理大全』卷1.「太極圖」.
19) 『朱子語類』94,『朱子全書』太極圖 陳淳錄. "此有理爲氣之主, 氣便能如此否曰, 是也."
20) 『朱子語類』1, 理氣上 太極天地上 陳淳錄. "自形而上下言, 豈無先後."
21) 필자는 『高麗末 性理學 受容期의 漢詩 硏究』(太學社, 1989)에서 牧隱의 思想이 主理라 하고 그 예로 위에 인용한 시와 다른 글들을 들었다. 그런데 김경수는 「李穡의 文學思想」(『韓國文學思想史』, 啓明文化社, 1991. 이 논문을 『漢文學論文集』, 단국대 한문학회, 1991에도 전재했음.) p.242에서 필자의 논문을 "주리적인 어떤 성향도 분석하지 않고 더욱 안이하게 처리…"라 하였으나, 이는 남의 논문을 자세히 이해하지 못한 데서 온

지금까지 牧隱의 道統意識과 성리학적인 세계관을 살펴보았다. 이를 바탕으로 그의 성리학적인 시세계를 고찰하기로 한다.

Ⅲ. 牧隱의 詩世界

1. 周敦頤 '愛蓮說'의 影響과 연꽃 素材의 詩

周敦頤(1017～1073)는 宋 理學의 개척자이다. 그러나 본 논문은 그의 理學을 연구할 목적이 아니기 때문에 목은의 시에 대한 이해를 돕는데 필요한 부분만을 살펴보기로 한다.

그의 字는 茂叔이요, 호는 濂溪이며, 시호는 元公이다. 본래의 이름은 敦實인데 宋 英宗의 옛 이름을 피하여 敦頤로 고쳤다. 그는 道州 營道 사람으로 마을에 濂溪라는 시내가 흐르고 있어 어릴 때부터 이곳에서 '吟風詠月'했다. 렴계 서쪽 십리쯤에 崖洞이란 곳이 있으며, 동서 입구의 문이 마치 上弦 下弦과 같고 가운데는 보름달처럼 둥글었기 때문에 다른 이름은 '月崖'라고 했다. 주돈이는 어릴 때부터 이런 것을 보면서 자랐기 때문에 太極의 이치를 깨달았다고 한다. 여기에서 닦은 그의 人品을 黃山谷은 "胸中이 灑落하여 光風霽月과 같다."고 평했기 때문에 이 말은 우리 나라 性理學者들이 즐겨 사용하였다.

45세에 虔州의 通判이 되어 임지로 가다가 마침 江州를 지나게 되었는데 그곳 廬山의 경치를 사랑하여 그 산록에 書堂을 지었다. 마침 서당 앞에는 蓮花峰 아래서 발원한 시내가 흘렀다. 주돈이는 이것을 보고 그가 어린 시절 고향 마을 앞에 흐르던 내의 이름을 따서 '濂溪'라고 이름을 붙였다. 그리고 이 시내의 가운데 연꽃이 자생했으므로 서당 이름을 '愛蓮書堂', 또는 '濂溪書堂'이라고 했다. 47세 되던 해의 5월에 유명한 「愛蓮說」을 짓고, 51세에

것이다.

「拙賦」를 지었다.

　　그의 저술 중에서 우리 나라에 가장 널리 알려진 것은 성리학적인 작품인 「太極圖說」과 「拙賦」, 淨·染의 性論問題를 제기한 「愛蓮說」 등을 들 수가 있다. 여기서 「애련설」에 나오는 연꽃은 불교와 관계가 깊다. 慧遠이 蓮社를 蓮字로 쓴 것도 연꽃이 불교의 꽃이기 때문이다. 그리고 「애련설」과 「華嚴探玄記」의 내용은 일치하는 점이 많고, 불교의 불성과 인간의 본성이 일치하는 점과 理學家와 華嚴宗의 관점이 일치하는 점을 보더라도 「애련설」은 불교의 영향이 많다고 한다.

　　고려말 목은을 비롯한 많은 문인들은 분명히 斥佛論者로 알려져 있다. 그러면서도 어찌해서 이 「애련설」에 관심을 기울였을까? 이들은 당시의 불교의 폐단과 윤리적인 측면을 지적했을 뿐, 불교 자체를 부정한 것은 아니었다. 때문에 고려말 문인들은 「虎溪三笑圖」와 같은 儒·佛·仙의 교섭에 관심이 많았다. 그래서 연꽃만 보면 周濂溪의 「愛蓮說」을 떠올렸다. 이와 관계되는 시를 한 수 들어보기로 한다.

예로부터 호걸들은 분주하나니	古來豪傑共奔波,
술속에서 세상 피하는 사람 그 몇이랴.	避世醉鄉知幾家.
생각하니 인간세상에 竹葉酒 없는데	自分於人無竹葉,
누구가 ‘濂溪’에게 연꽃이 있게 했나.	誰教博士有蓮花.
남쪽 연못 연잎의 이슬엔 밝은 달 반짝이고	南池荷露瀉明月,
북쪽 고개 솔바람은 붉은 기운 불어오네.	北嶺松風吹紫霞.
옛 친구 적적하여 외로이 읊조리니	獨詠群遊俱寂寂,
꿈 깨고 종 울리자 까마귀 우네.	夢回鍾動又啼雅.
벼슬길에 풍파 많음을 일찍부터 알았으니	早知宦海足風波,
남산을 마주보고 뒤늦게 집 지으려네.	肯向南山晚始家.
거울속에 흐르는 세월 머리는 흰 눈 같고	鏡裡光陰頭似雪,
술취한 세상은 눈 앞이 어른거리네.	酒中天地眼生花.
가련하다, 우산 잡고 이슬비 맞으며	自憐持傘乘微雨,
다시는 누각에 올라 지는 놀 읊지 않으려네.	無復登樓詠落霞.

누구가 濂溪의 「愛蓮說」을 가지고서　　　　　　　　誰把濂溪愛蓮說,
새벽창을 마주 대해 해지기까지 읽으리.[22]　　　　曉窓相對到昏雅.

이 시의 제목이 「又賦」이니 앞 시의 내용을 언급할 필요가 있다. 그 내용
을 요약하면 연못속에 부평초를 제거하다가 보니 연꽃빛이 물속에 비쳐
그 아름다운 경치를 시로 읊은 것이다. 그리고 이어서 지은 것이 이 시이다.
이 시에서 博士란 周敦頤가 國子博士를 역임했기 때문에 그를 이른 말이다.
그리고 새벽부터 늦게까지 「애련설」을 읽고 싶다고 한 것은 그의 「애련설」
에 대한 관심을 짐작할 수 있게 한다. 또 이와 유사한 시가 있다.

연꽃이 나를 보자 본래부터 아는 듯　　　　　　蓮花見我如素識,
저는 말 못하고 나를 대신 말하라네.　　　　　　花不能言請代臆.
동방은 오래 사는 군자의 나라　　　　　　　　　東方二壽君子國,
풍속이 바뀌어서 聲色이 흐려졌네.　　　　　　　移風易俗迷聲色.
나는 오염속에서도 더렵혀지지 않았으니　　　　我處汚泥亦不染,
속 비우고 겉 곧음만 칭찬하리오.　　　　　　　豈獨中通仍外直.
우리 집안 苦心함은 하늘이 내린 바라　　　　　吾家苦心天所賦,
비루하다, 가람나무 지조도 너무 없네.　　　　　鄙哉橄欖多反側.
선생은 비 개인 후에 바람과 달 같아서　　　　　先生霽月光風如,
周濂溪의 「愛蓮說」에서 나를 사랑하기 시작했네.　愛我始自濂溪書.
아무리 오랜 병 후에 정력이 쇠했다지만　　　　雖然久病精力衰,
글구가 뛰어나서 그래도 여유가 있네.　　　　　有句卓犖還紆餘.
丹靑하는 좋은 솜씨로 진실을 그린다해도　　　丹靑巧手寫眞耳,
그 어찌 나의 뜻을 유사하겐들 전하리오.　　　何曾髣髴傳吾志.
구름 사이 지는 해에 비는 부슬부슬　　　　　漏雲殘照雨絲絲,
猊山隱君子를 나는 사랑하노라.　　　　　　　我愛猊山隱君子.
公께서 잠깐 머물러 나의 마음 위로하니　　　公其少留慰吾心,
公의 厚意 입어 서로 자주 찾았네.　　　　　荷公厚意頻相尋.
오늘 아침에 우연히 만난 일 만 번 다행이니　今朝邂逅實萬幸,
넓은 그 風味 누구가 더 깊으랴.　　　　　　廣濟風味誰爲深.

───────────────

22) 『牧隱詩藁』卷18,「又賦」.

청 머리에 懶殘子는 나의 판사이니	堂頭懶殘我判事,
나의 글 묘한 곳 말하자 모두들 경탄하네.	談我妙處皆驚異.
靈鷲山의 네 가지 꽃 중에 참여하지 못했지만	靈山雖不參四花,
그래도 뒷 사람 위해 記文을 전했네.	却爲後來親授記.
지금 와서 이 글이 시인들에게 알려져서	如今流入詩家中,
換骨奪胎하여 자연스러운 기교 다투네.	奪胎換骨爭天工.
동서산에 흰 비가 멀리 비치는데	白雨遠暎東西山,
늙은 나는 너울너울 그 속에 노니네.	婆娑老牧遊其間.
淨土世界를 또 다시 어디에서 찾을까	華藏世界更何處,
한결같이 淸淨하여 心身이 한가롭네.23)	一味淸淨身心閑.

이 시의 제목에서 말해 주듯이 목은이 연꽃의 말을 대신해서 지은 것이다.
따라서 표면상으로는 목은의 말 같지만 실제로는 연꽃의 말이다. 먼저 연꽃
의 내력을 말하고 다시 목은과의 관계를 말한 것도 이 때문이다. 그리고
周敦頤의 人品을 평한 '光風霽月'이란 말을 그대로 詩語로 사용하고 있다.
보다 눈길을 끄는 것은 연꽃과 불교, 또는 연꽃과 주렴계의 「애련설」과의
관계이다. 목은은 연꽃만 보면 「애련설」을 연상하는데, 이는 그의 시에서
흔히 볼 수 있는 현상이다. 그 대표적인 것 몇 개만 들어보면 다음과 같다.

① 元公 周茂叔은 우리의 道를 밝혔고	元公茂叔明吾道,
智者 禪師는 佛書를 연역하네.24)	智者禪師演佛書.
② 우리 유교에 본래부터 주렴계가 있었으니	吾家自有濂溪老,
깨끗한 향기 천지에 가득하네.25)	淨植淸香天地寬.
③ 평생에 하는 일마다 前賢에 부끄러운데	平生事事愧前賢,
濂溪의 연꽃 사랑에 몰래 비교해 보네.26)	竊比濂溪獨愛蓮.

---

23) 『牧隱詩藁』卷18,「賞蓮花坐久 兒子輩取米城中設食 午後雨暎東西山 而不至坐上 甚可樂
也 僮僕猶懼其或至也 邀入寺中 飮啖夜歸 代蓮花語作」.
24) 『牧隱詩藁』卷18.「再賦廣濟蓮池」.
25) 『牧隱詩藁』卷17.「雨中忽有賞蓮之興 難於上馬 吟得三首」.
26) 『牧隱詩藁』卷32.「寄呈西隣孟雲先生」.

④ 우리를 알아주는 이는 周濂溪인데　　　　我家知己是濂溪,
　　목은선생도 그와 같이 되고 싶어라.[27]　　牧隱先生欲與齊.

⑤ 바람결에 濂溪의 「애련설」을 암송하니　　臨風暗誦濂溪辭,
　　悚然히 공경심이 일어나 사악한 마음 없어지네.[28] 悚然起敬無邪思.

　　이와 같이 목은은 연꽃만 보면 주렴계의 「애련설」을 연상하게 되고 이어
道學을 떠올린다. 「애련설」이 불교와 관계가 있었듯이 목은이 연꽃을 두고
지은 시에서도 禪師와 연관을 시키고 있다.

　　그런데 위에서 지적했듯이 주렴계의 대표적인 작품은 「애련설」, 「태극도
설」, 「졸부」인데, 목은 시에는 「애련설」과 관계되는 작품이 가장 많다. 태극
을 소재로 한 시도 많이 있으나 이는 후일 따로 논문을 쓸 예정이다. 「拙賦」
는 '拙翁', '拙齋' 등 호에는 나타나지만 시로 지은 것은 보이지 않는다.
그리고 목은은 20세에 元에 遊學했는데 이 때 아버지와 同年인 宇文 子貞先
生에게 『周易』을 배웠고 「易義」 한 편을 지어 바쳐 비평을 받은 일이 있다.[29]
그만큼 철학서인 『주역』에 일찍 뜻을 두면서 周敦頤의 「愛蓮說」의 영향을
크게 받아 이와 관련한 많은 작품을 남기고 있다.

2. 邵雍 '安樂窩'의 憧憬과 觀物精神

　　목은의 시에는 邵雍의 분위기를 느낄 수 있는 작품이 많다. 그 중에 가장
두드러지게 나타나는 것이 '安樂窩'와 '觀物'이다.

　　그러면 이와 관계되는 소용의 행적에 대해서 살펴보기로 한다. 邵雍(101
1~1077)의 字는 堯夫요, 시호는 康節이다. 先世는 河北 范陽人이었으나
후일 河南 洛陽으로 옮겼는데, 사는 곳이 伊川에 임했기 때문에 自號를 伊川
翁이라고 했다. 이 때 王拱宸이 郭崇韜 古家의 재목으로 天津橋 근처 長生洞

---

27) 『牧隱詩藁』 卷32. 「藕田庄 吉昌君樓上 對蓮語二首」.
28) 『牧隱詩藁』 卷34. 「蒙西隣再邀賞蓮 阻雨有感 吟成一首錄呈」.
29) 『牧隱文稿』 卷4. 「朴子虛貞齋記」.

에 집을 지어주었는데, 이 집 이름을 安樂窩라 하고 자신의 호를 安樂先生이라 했다. 이 집은 지금까지도 洛陽에 남아 있으며 觀光名所가 되고 있다. 邵雍은 여러 사람들이 힘을 모아 집을 지어준데 감사드리는 시를 지었는데 이 중의 일부분을 소개하면 다음과 같다.

집을 사 준 여러분들에게 감사드리니	重謝諸公爲買園,
성안에 사 준 집 그윽한 곳 차지했네.	買園城里占林泉.
[⋯중략⋯]	[⋯중략⋯]
동네 이름 '長生'이라 의당 주인 있을 터이니	洞號長生宜有主,
집 이름 安樂이라 할 권리 어찌 없으랴.30)	窩名安樂豈無權.
[⋯하략⋯]	[⋯하략⋯]

이 집을 중심으로 한 명칭들을 우리 성리학자들이 즐겨 쓰게 되었다. 伊川, 天津橋, 長生洞, 安樂窩 등이 그것이다.

그의 저서로 우주의 起源論으로부터 社會政治理論을 포괄하는 『皇極經世書』와 시문집인 『伊川擊壤集』을 들 수 있다. 『皇極經世書』란 至大·至中·至正·至變의 글이란 뜻이다. 따라서 주요 내용은 日·月·星·辰·飛·走·動·植物의 數를 연구하여 天理 만물의 이치를 究明하고 皇·帝·王·覇의 일을 서술하여 至中·至正의 道를 밝힌 것이다.

그의 학문은 특징적으로 말할 때 象數學이라고 한다. 상수란 『周易』의 卦에 나타나는 形象과 數의 변화를 의미한다. 그는 道教的 象數家인 北海 李之才로부터 先天象數學을 전해 받고 학문의 기초를 굳혔다. 伏羲의 先天, 神農의 中天, 黃帝의 後天易에서 그는 伏羲의 圖象을 전수 받았다. 11세기 중국에서는 자연계 사물에 대한 연구현상이 나타나자 소옹은 天文, 數學의 영향 밑에서 『황극경세서』를 만들었다.

그의 사상은 『周易』과 『中庸』에 근본으로 하고 도교의 영향을 받았다. 그런데 목은 문학에 가장 영향을 많이 준 것은 觀物思想이다. '觀物'이란

---

30) 『擊壤集』 卷21. 「天津蔽居蒙諸公共爲成買 作詩以謝」.

사물을 어떻게 보느냐는 것이다. 이는 소옹의 「觀物內篇」과 「觀物外篇」을 보면 알 수 있다.

> 대저 이른바 觀物이란 눈으로 관찰하는 것이 아니다. 눈으로 관찰하는 것이 아니라, 마음으로 관찰하는 것이며, 마음으로 관찰하는 것이 아니라, 이치를 관찰하는 것이다. 聖人이 만물의 情을 꿰뚫을 수 있는 것은 능히 그것을 돌이켜 관찰할 수 있기 때문이다. 이른바 돌이켜 관찰한다는 것은 나로써 사물을 관찰하지 않는 것이다. 나로써 사물을 관찰하지 않는 것은 사물로써 사물을 관찰하는 것을 이른다. 이미 사물로써 사물을 관찰하니 어찌 그 사이에 나를 개입시키겠는가?[31]

여기서 보듯이 '觀物'이란 객관적인 사물을 관찰할 때 주관적인 나를 개입시키지 않는다는 것이다. 이를 더 구체적으로 설명한 것이 「觀物外篇」이다.

> 사물로써 사물을 관찰하는 것은 性이고 나로써 사물을 관찰하는 것은 情이다. 性은 공평하고 밝으며 情은 편벽되고 어둡다.[32]

이와 같이 사물을 관찰하려면 자아로써 관찰하는 것이 아니라, 理로써 관찰해야 한다는 것이다. 이로 보면 觀物이라기보다 觀理인 것이다. 더 나아가서 無思 無爲로 洗心하는 것과 內心自省으로 頓悟하는 방법을 주장하는 것도 그의 철학적인 사고의 한 단면이다. 이것이 詩로 표현될 때 철학적인 시가 되는 것이다. 따라서 邵雍 시는 자연히 性理學的이다.

> 그의 시의 근원이 白居易에서 나와서 마음속에 하고 싶은 말이 있으면 스스로 자신의 마음을 펴어 깨끗이 詩法 밖에 벗어났다. 대개 論理로써 근본을 삼고 修詞로 末로 삼았다. 그러므로 괴롭게 읊조려 공교함을 추구하지 않았다. 그러나 까닭없이 鄙俚한 것으로써 고상하게 여기지도 않았다.[33]

---

31) 『宋元學案』卷8. 「邵康節先生雍 觀物內篇」. "夫所以謂之觀物者, 非以目觀之也. 非觀之以目, 而觀之以心也, 非觀之以心, 而觀之以理也. 聖人之所以能一萬物之情者, 謂其能觀也, 所以謂之反觀者, 不以我觀物也, 不以我觀物者, 以物觀物之謂也. 旣能以物觀. 又安能有我於其間哉?"
32) 『宋元學案』卷8. 「邵康節先生雍・觀物外篇」. "以物觀物性也, 以我觀物情也, 性公而明, 情偏而暗."

소옹시의 특색 중의 하나가 平易性이다. 그리고 白居易의 시 역시 평이한 것이 특징이다. 소옹시의 원류가 백거이에서 나왔다는 것도 이와 有關한 것이다. 또 安樂窩라는 집이름이 암시하듯이 그의 시세계는 '自樂', '樂時', '與物自得'이다. 그의 정신세계는 堯舜時代에 노니면서 태평을 도도히 즐기며 「擊壤歌」를 불렀다는 것은 문집 이름을 『擊壤集』이라한 데서도 잘 말해 준다. 그러므로 어떤 면에서 陶淵明의 사상과도 유사한 점이 있다.

그러면 목은은 소옹과 어떤 관계가 있는가? 먼저 목은의 시에 邵雍의 安樂窩가 나타나는 부분만 따서 보기로 한다.

① 누가 알리, 吟風詠月하는 곳
　　바로 세상의 安樂窩인 것을.34)

　　誰知風月謳歌處,
　　自是乾坤安樂窩.

② 지척의 눈앞 安樂窩인데
　　산 넘고 물 건너 무얼 하려나.35)

　　咫尺眼前安樂窩,
　　遊山涉海欲何如.

③ 安樂窩 있는 곳으로 돌아서
　　牧隱은 지금 시만 짓노라.36)

　　句迴安樂窩中地,
　　牧隱如今只有詩.

④ 번화한 세상에서 고생하다가
　　安樂窩로 돌아왔다네.37)

　　辛苦紛華戰,
　　歸來安樂窩.

⑤ 邵雍의 觀梅術 占이 天機를 빼앗으니
　　安樂窩 안에서 是非를 다 잊었네.
　　天津橋 위에서 두견새 우는 뜻 알았으니
　　이 사람이 없었다면 누구와 함께 가리.38)

　　觀梅有術奪天機,
　　安樂窩中忘是非.
　　天津橋上啼杜鵑,
　　不有斯人誰與歸.

---

33) 中文大辭典. 『擊壤集』. "其詩源出白居易, 意所欲言, 自抒胸臆, 脫然於詩法之外, 蓋以論理爲本, 修詞爲末, 故不苦吟以求工, 然亦非故欲以鄙俚爲高也."
34) 『牧隱詩藁』 卷13. 「明日又賦」.
35) 『牧隱詩藁』 卷3. 「自詠」.
36) 『牧隱詩』 卷7. 「自詠」.
37) 『牧隱詩藁』 卷11. 「卽事」.
38) 『牧隱詩藁』 卷15. 「雀影行」.

⑥ 天根과 月窟을 누구에게 물을까 　　　天根月窟從誰問,
　 安樂窩 안에 化工이 있구나.39) 　　　　安樂窩中有化工.

⑦ 떼지어 나르니 뜻을 얻은 듯 　　　　群飛政得意,
　 제 각기 安樂窩라 이르네.40) 　　　　　各謂安樂窩.

⑧ 떠돌다가 돌아옴을 잊은 것 슬퍼하여 自悲流蕩猶忘返,
　 安樂窩로 돌아왔구나.41) 　　　　　　歸去來兮安樂窩.

⑨ 필경에 큰 욕심 있으니 　　　　　　畢竟有大欲,
　 한 구역 安樂窩로세.42) 　　　　　　　一區安樂窩.

⑩ 病後에 安樂窩를 찾아서 거처하니 　病後卜居安樂窩,
　 기운이 쇠진하여 기르기 어려운 것을 어쩌랴.43) 氣衰難養欲如何.

⑪ 추위 더위 없애는 것은 방법이 없지 않으니 掃除寒熱非無術,
　 더욱이 邵雍의 安樂窩 있음에랴.44) 　況在邵公安樂窩.

　邵雍의 安樂窩에 관계되는 시를 그 부분만 따서 들었다. 이 안락와는 두 가지 뜻이 있다. 하나는 소옹이 거처하던 집이름의 고유명사요, 다른 하나는 安樂하게 거처하는 집이란 뜻이다. 그러나 후자도 邵雍과 무관하다고 볼 수 없다. 이 안락와는 邵雍이 富弼, 司馬光, 呂公著 등 宋의 제현들과 놀던 곳이다. 그리고 위의 시 중에 나오는 '月窟', '天根'은 理學家들이 즐겨 쓰는 詩語들이다. 또 목은이 道統과 邵雍을 관계지어서 지은 시를 들어보면 다음 과 같다.

---

39) 『牧隱詩藁』 卷17. 「早興」.
40) 『牧隱詩藁』 卷34. 「群雀」.
41) 『牧隱詩藁』 卷27. 「曉吟」.
42) 『牧隱詩藁』 卷28. 「誰歟」.
43) 『牧隱詩藁』 卷33. 「卽事二首」.
44) 『牧隱詩藁』 卷32. 「遣興」.

말하고 싶지만 그 누가 들어주며	欲語誰與聆,
행하고 싶지만 그 누가 따라주랴.	欲行誰與從.
홀로 서서 또 읊조려 보니	獨立且吟嘯,
만리 밖에서 슬픈 바람 불어오네.	萬里來悲風.
하늘 가로 흰 새 날아가고	天涯去白鳥,
강가엔 푸른 산 봉우리 가로 누웠네.	江上橫靑峰.
담담한 이 마음속에서	淡然方寸間,
擊壤翁을 생각하겠네.	緬憶擊壤翁.
쇠하고 성함은 같은 이치인데	消長只一物,
어찌 우리의 도가 궁함을 슬퍼하리.45)	何嗟吾道窮.

이 시는 제목이 암시하듯이 말하고 싶어도 들어 줄 사람이 없는 고독 속에서 邵雍을 생각하게 된 것이다. 그는 더 나아가서 "그대는 참 陶淵明인데 나는 바로 邵康節이네."46)라고 했다. 이런 몇 가지 용례만 보아도 목은은 邵雍의 영향이 많았던 것을 것을 알 수 있다.

지금까지 牧隱이 邵康節의 安樂窩에 대해 가졌던 관심을 살펴보았다. 이 것은 철학적인 뜻과 함께 안락한 속에서 고요히 인생의 내면을 탐구하는 태도이다. 이는 그의 '觀物'과도 유관하다. 예를 들면 다음과 같다.

① 사물을 관찰하고 다시 나를 관찰하니	觀物復觀我,
이 마음 유유하구나.47)	悠悠方寸間.

② 觀物로 유유히 九圍를 어루만지니	觀物悠悠撫九圍,
해와 달 밝게 떠 빛나네.48)	日月晃朗揚光輝.

③ 사물을 관찰하고 또 나를 관찰하니	觀物亦觀我,
늦은 해에 그래도 優遊自適하네.49)	歲晚聊優游.

---

45) 『牧隱詩藁』 卷35. 「欲語」.
46) 『牧隱詩藁』 卷19. 「明日聞韓柳巷 數遣人候僕還家 盖欲相携登高也 平時幅巾往來 無有少阻 九日之會 胡爲而暌乎 吟成一首 錄呈座下 以資一笑」. "公眞陶淵明, 我卽邵康節."
47) 『牧隱詩藁』 卷26. 「黃埃」.
48) 『牧隱詩藁』 卷9. 「偶吟」.

④ 위대하구나, 사물의 이치 관찰하는 곳   大哉觀物處,
　　형세에 따라 그 형체 달리 나타나네.50)   固勢自相形.

⑤ 위대하구나, 사물을 관찰하는 곳   大哉觀物處,
　　商量하여 누구를 따를까?51)   商確欲從誰.

이 시의 제목들이 「黃埃」, 「去莎草」와 같이 하잘 것 없는 사물인데도 이를 관찰하고, 자신마저도 관찰한다. 그리고 제목 자체를 아예 「大哉」라고 감탄사를 쓰면서 사물을 관찰하기도 했다.

이상으로 목은의 시에 나타난 邵雍의 영향관계를 살펴보았다. 邵雍의 사상을 말할 때 安樂 觀物 등을 대표적으로 드는데 이는 邵雍이 안정 속에서 사물을 관찰하는 데서 온 것으로 생각된다. 목은 역시 安樂을 희구한 것은 철학적인 觀物을 하기 위해서이다. 목은은 소옹의 안락와를 동경하면서 그의 관물정신을 시적으로 형상화시켜 내었다.

3. 二程子의 欽慕와 載道文學論

二程子는 程顥와 程頤이다. 程顥(1032~1085)의 字는 伯淳이며, 세칭 明道先生이요, 아우 程頤(1033~1107)의 字는 正叔이며, 세칭 伊川先生이다. 위에서 논의한 邵雍과 여기서 언급하는 程頤가 모두 河南 洛陽의 伊川 근처에 살았기 때문에 두 사람 다 伊川先生이라고 한다. 그러나 邵雍은 自號를 伊川이라 했기 때문에 주로 伊川翁이라고 쓰고 그의 문집을 『伊川擊壤集』이라고 했지만, 程頤의 호인 伊川과는 별개의 것이다.

程顥 程頤 형제는 함께 周敦頤에게 수학했다. 太中大夫를 역임한 그의 부친 程珦이 두 아들을 周敦頤에게 보내여 그를 師事토록 했다. 이 때가 宋의 仁宗 慶歷 6년(1046)으로 周敦頤의 나이 30세, 程顥의 나이 15세, 程頤의

---

49) 『牧隱詩藁』 卷9. 「去莎草」.
50) 『牧隱詩藁』 卷16. 「觀物」.
51) 『牧隱詩藁』 卷18. 「大哉」.

나이 14세였다. 여기서 학문을 닦아 후일 형제가 남긴『二程全書』는 성리학자들의 古典이 되었다.

二程은 비록 형제간이지만 그의 학문의 경향은 다르다. 형인 明道는 54세에 별세했고, 아우인 伊川은 형보다 22년을 더 살면서 학문을 연구하고 제자를 교육시켰다. 두 분의 기상을 논할 때 明道는 寬和하고 원대하여 혼연일체적이며, 伊川은 謹嚴하고 세밀하여 분석과 窮理的이라고 한다. 그리하여 明道의 학문은 陸王心學의 연원이 되고, 伊川의 학문은 程朱理學의 연원이 되었다. 특히 程頤의 '理一分殊'의 체계적인 이론은 理學家들의 주목을 끄는 대목이다. 즉 一本萬殊, 萬殊一本은 周敦頤에서 시작되어 程朱에 이르러 체계화되면서 '理一分殊'가 된 것이다.

北宋時代 학문의 일반적인 경향으로『주역』,『춘추』,『주례』등의 經書를 많이 연구했으니『주역』에서는 인생관과 세계관을,『춘추』에서는 尊王攘夷를,『주례』에서는 오랜 폐단을 개혁하기 위해서다. 二程 역시『주역』에 밝았다. 특히 程頤는 일찍이 周敦頤에게서『주역』을 수업했고 후일 유명한『伊川易傳』을 남겼다. 또『대학』,『중용』,『논어』,『맹자』를 지표로 삼아『六經』에 이르게 했는데 후일 朱子가 '四子(四書)'를『六經』의 階梯로 삼은 것도 사실은 이와 같은 견해다. 程顥 문학관은 다음과 같은 글이 있다.

> 詩書는 道를 싣는 글이요,『春秋』는 聖人이 道를 사용한 것이다.[52]

라는 견해는 周敦頤의 '文以載道'를 계승한 것이다. 그리고 그의 성리학적으로 대표되는 작품으로 율시는 「秋日偶成」, 절구는 「偶成」을 드는데, 「우성」시 한 수를 들어본다.

맑은 구름 가벼운 바람 한나절 가까워서	雲淡風輕近午天,
꽃 찾고 바람 따라 앞내를 지나네.	傍花隨柳過前天.
내 마음 즐거움을 옆사람은 모르고서	時人不識予心樂,
애들처럼 한가로움 틈타 봄놀이 하련다네.[53]	將謂偸閑學少年.

---

52)『二程全書』卷2. 上. "詩書載道之文, 春秋聖人之用."

이는 程顥가 鄠縣主簿로 있을 때인 그의 28세(1059)에 지은 것이다. 이 시가 우리 나라 성리학자들 사이에 많이 읽혀지는 까닭은 물아일체의 和氣와 대자연에 가득찬 春意 때문이다. 또 앞의 제1구는 陽明이 승하여 陰濁이 소멸할 때이고, 제2구는 生意 春融이 자기와 일체인 것을 말하였다. 이는 곧 사물을 빌어서 陽이 승하고 陰이 소멸하며 그 속에서 봄이 무르녹듯이 생명력이 넘치는 것을 읊은 것이다. 이와 관계되는 목은의 시는 다음과 같다.

놀 속 蒼梧山을 머리 돌려 바라보니	回首蒼梧杳靄中,
五絃琴으로 그 옛날 南風操를 듣는 듯.	五絃曾記聽南風.
처음 科擧볼 땐 호걸스런 마음 앞서더니	初科偶爾先豪傑,
늙으막에 슬프게도 액운도 많네.	末路哀哉多阨窮.
봄거리에 홀로 가니 이끼 더욱 푸르고	春巷獨行苔更碧,
새벽 창가에 읊조리니 해는 붉게 솟아오르네.	曉窓高詠日初紅.
함께 科擧한 친구 지금와서 찾으려니	從今欲訪同年友,
33명 중에 몇 노인이나 남았는가.	三十三人幾老翁.
천지 안에 태어난 내 신세 한탄하니	自歎吾生天地中,
그리도 빠른 세월 狂風에 병든 듯.	胡然却似病狂風.
入道에는 曾子의 三省 못지켜 부끄럽지만	雖慙入道迷三省,
글없이도 五窮 쫓은 것은 그래도 기쁘구나.	祇喜無文送五窮.
담장머리 산봉우리엔 푸른 기운 떨어지고	墻角峰巒遙滴翠,
나무 끝의 꽃봉우리엔 붉은 기운 머금었네.	樹頭蓓蕾乍含紅.
꽃 찾고 버들 따를 여가 응당 없으니	傍花隨柳應無日,
그 옛날 擊壤翁을 배우고 싶구나.	欲學當年擊壤翁.
飮中 八仙人을 멀리 사모하니	遠慕八仙游飮中,
醉鄕 天地에 遺風이 남아 있네.	醉鄕天地有遺風.
마음에 맞는 글 읽자 가려운 곳 긁는 듯하고	書當快意如爬癢,

---

53) 위의 시는 『二程全書』에 제목은 「偶成」이고 내용도 여기서 예시한 대로이다. 그러나 『濂洛風雅』에는 제목도 「春日偶成」이고, '傍花'는 '訪花'로, '時人'은 '傍人'으로 되어 있다.

길게 읊조리자 시가 사람을 곤궁하게 하는 듯.	詩自長吟政坐窮.
옛날 廟堂에선 머리 아직 검었더니	憶在廟堂頭尙黑,
河洛에 붉은 피 흘린 일 차마 들으랴.	忍聞河洛血流紅.
병들어 누워서 참된 일 깨닫기 어려우니	邇來臥病眞難得,
조물주가 아마도 목은을 불쌍히 여기리.	造物應憐牧隱翁.
形象을 이루는 것은 속으로 부터이니	成象成形自一中,
靜으로 산을 보고 動으로 바람 보네.	靜觀山岳動觀風.
人文이 어찌 禮樂 三千에만 그치랴	人文豈向三千止,
天數는 아무리해도 60에서 끝나리.	天數應從六十窮.
예로부터 白面書生이라 기롱받는데	自古書生譏白面,
당시의 院長은 나이 젊다고 헐뜯었네.	當時院長詆顏紅.
마음 씻고 곧바로 소 타고 떠나려니	洗心直欲騎牛去,
得과 失을 유유히 塞翁에 맡기리라.[54]	得失悠然付塞翁.

시의 분위기를 파악하기 위해 전문을 다 들었다. 그러나 여기서 중요한 것은 程顥의 시와 관계되는 부분이다. 牧隱은 程顥처럼 '꽃을 찾고 버들을 따다 봄놀이를 하고 싶으나 여가가 없을 것 같아' 邵雍을 배우고 싶다고 했다. 그러나 그의 시구를 그대로 사용하고 있는 것을 보더라도 정호와 무관한 것은 아니다. 그리고 이 시의 4연에 가서 '靜觀山岳'은 程顥의 「春日偶成」 시에 '萬物靜觀皆自得'과 같은 시상이다. 이를 보아 이 시는 邵雍, 程顥, 周敦頤 등의 사상이 혼합되어 나타난 예라고 할 수 있다.

다음으로 程頤는 시가 3수밖에 없다. 그 중에 성리학자들에게 많이 읽혀지는 것은 다음의 시이다.

至人은 造化를 통하고 약은 신명을 통하니	至人通化藥通神,
노쇠한 나에게 멀리 부쳐 병든 몸을 낮게 하네.	遠寄衰翁濟病身.
나 역시 丹藥이 있으니 그대는 아는가?	我亦有丹君知否,
쓰일 땐 온 백성을 구제해 낼 것이네.[55]	用時還解壽欺民.

---

54) 『牧隱詩藁』 卷15. 「自和」.
55) 여기서는 『濂洛』卷4에서 「謝王佺期贈丹」을 그대로 인용한 것이다. 그러나 『二程全

이 시가 道學者의 시라는 것은 제3구의 丹藥의 의미 때문이다. 王倧期가 보낸 단약은 나의 병만 치료하지만 나의 단약은 온세상을 구제할 것이라는 대목이다. 따라서 이 때의 단약은 '吾道'를 의미한다. 달리 말하면 그대의 약은 長生術로 일신만 구제하여 潔己獨善에 그친다.[56] 그러나 程頤의 포부와 경륜은 兼濟天下의 꿈을 갖고 있다.

이는 그의 문학관과 비교해 보면 극명하게 드러난다. 그의 문학관은 '作文害道',요 '玩物喪志'이다. 이에 대한 견해는『二程全書』에서 세 번을 묻고 세 번을 답한 형식으로 서술되어 있다. 첫 번째는 글을 짓는 것이 道를 해치느냐는 물음에 대한 답이다. 물론 답은 道를 해친다는 것이다. 그 이유는 글을 지으려면 거기에 전일하지 않으면 글이 교묘하지 못하고 전일하는데 힘쓰다가 보면 거기에 빠지게 되는 것이다. 따라서『서경』에 '玩物喪志'라고 했듯이 글을 짓는 것도 이와 마찬가지라는 것이다. 때문에 옛 사람은 性情을 기르는데 힘쓰고 여타의 것은 배우지 않았는데 지금 학문하는 사람은 문장이나 다듬어 남의 耳目만 즐겁게 하니 이는 俳優에 지나지 않는다는 것이다. 두 번째는 옛날에도 작문공부를 했느냐에 대한 답변이다. 사람들은 옛날의『六經』을 보고 聖人도 작문공부를 했다고 여기지만, 聖人은 가슴속에 온축되어 있는 것을 털어내어 저절로 문장이 된다는 깃이다. 세 번째는『論語』의 四科 十哲에 '文學에는 子游와 子夏가 있다'고 했으니, 옛날 사람도 문학을 따로 공부한 것이 아니냐에 대한 답변이다. 이천은 이 때 문학이란 '詞章'을 의미하는 것이 아니라, 天文을 관찰하여 天下를 化成시키는 뜻이라고 했다. 즉 이 때의 '文'은 '현상'이란 뜻이지, 詞章의 뜻이 아니라는 것이다.

그러면 목은의 시에는 어떻게 나타나는가? 먼저 '玩物喪志'와 관계되는 시이다.

書』43권에서는「謝倧期寄藥」이라 되어 있고, 첫구에도 '至誠通聖藥通神'이라고 되어 있다.

56)『二程全書』卷18.

　　　내가 하루는 우연히 '藝에 노닐어야한다'는 교훈을 생각하고 사물을
　　　관찰함이 매우 얕은 것을 자책했다. 이는 아마 '玩物喪志'를 두려워하
　　　여 이렇게 된 것 같다.[57]

　이는 '자벌레(尺蠖)'를 두고 지은 시 제목의 일부분이다. 여기서 '玩物喪
志'할까 두려워서 '觀物'을 제대로 하지 못했다는 것이다. 여기서 '觀物'은
周敦頤의 태도이고, '玩物喪志'는 '程頤'의 태도이다. '觀物'을 하기 위해서
'자벌레'라는 미물을 두고 시를 지었다고 한다. 그러나 주목되는 것은 종전
에 '玩物喪志'할까 두려워 觀物을 못했다는 점이다. 그러고 보면 목은은
일찍이 程頤의 文學觀에서 많은 영향이 있었다는 것을 알 수 있다. 이는
다음의 시구에서도 충분히 증명된다.

　　　濂溪와 洛陽에 참선비 나서　　　　　　　濂洛出眞儒,
　　　처음으로 聖賢되기를 바랄 줄 알았네.[58]　　始知希聖賢.

　여기서 濂溪의 周敦頤와 洛陽의 二程子가 세상에 태어나서 처음으로 聖
賢이 되기를 바랐다고 한다. 그만큼 二程을 경모하고 있었다. 심지어 시
제목을「伊川歌」(『牧隱詩稿』卷15)라고 한 것도 있다. 그리고 牧隱은『周易』
에 대해서 '나는 程子를 통하여 孔子를 추구했다.'[59]라는 글에서도 程子의
학문에 심취했던 것을 짐작케 한다.
　또 牧隱은 '萬殊一本'을 소재로 한 시도 보인다.

　　　흐렸다가 맑았다가 변덕도 많아　　　　　陰晴變化在須臾,
　　　홀로 앉아 시 읊으며 수염 꼬누나.　　　　獨坐吟詩撚斷鬚.
　　　들으니 萬殊가 一本이라고 하는데　　　　見說萬殊由一本,
　　　吾道가 하늘까지 크게 행했으면.[60]　　　　大行吾道望天衢.

---

57)『牧隱詩藁』卷9.「予一日 偶思游藝之訓 自責觀物甚淺 蓋由玩物喪志是懼而致此耳…」.
58)『牧隱詩藁』卷23.「古風」.
59)『牧隱詩藁』卷21.「…予沿程而求孔者也…」.
60)『牧隱詩藁』卷26.「又」.

이 앞 시의 제목은 「天陰」이고, 이 시는 반대로 「天晴」인데 절구 두 수를 연이어 지으면서 「又」라고 했다. 이 「天晴」 시에서 '吾道', '方寸 淸明' 등이 나오고 있으며 위의 「又」라는 시에서 '萬殊一本' 등이 나오는데 이는 모두 성리학적인 용어들이다. 그리고 "程朱는 道를 싣는 그릇이다."(『牧隱詩稿』 卷6)라는 것도 목은의 程朱에 대한 관심을 짐작케 하는 시이다.

이상에서 程顥 程頤와 牧隱의 시를 살펴보았다. 목은은 二程의 학문과 문학관에 영향 받은 바가 많고 시에서도 그런 예가 있는 것을 알 수 있다.

4. 朱子 性理學詩에의 傾倒

위에서 宋 理學家의 대표적인 인물을 들어 목은과의 관계를 살펴보았다. 후세에 이 性理學者들을 평하여 邵雍은 『皇極經世書』와 『觀物篇』을 지은 '象數之學'이요, 程子는 『易傳』을 지은 義理之學이며, 朱子는 『本義』와 『啓蒙』을 지어 義理와 象數를 통합했다고 한다. 때문에 朱子로 해서 易道도 크게 갖추어졌다. 한편 그는 二程에서 발상한 理哲學과 張載의 氣哲學을 계승하고 통합하였다. 또 理先氣後의 理氣철학과 心統性情의 人性論을 체계화시켰다.

문학론에서는 宋의 道學家의 문학비평이 朱子에 이르러 집대성되었다. 周敦頤의 '文以載道'설이 朱子에 와서 '文從道出'이 되고, 伊川의 '作文害道'설이 朱子에 와서 '逐末之弊'로 지적되었다. 그런데 朱子의 시는 우리 나라에서 많이 읽혀졌고 朝鮮朝에 와서 正祖 때 朱子의 시를 뽑아서 「御制序文」을 붙여 『雅頌』이란 이름으로 간행했다. 이 중에 특히 성리학자들이 많이 읽는 것은 「觀書有感」이다.

반 이랑 네모진 연못 거울같이 열렸으니　　　半畝方塘一鑑開,
하늘빛 구름 그림자 함께 와서 비치네.　　　天光雲影共徘徊.
너에게 묻노니 어찌 그리 맑은가.　　　　　　問渠那得淸如許,
근원에 흐르는 물이 있기 때문이네.[61]　　　爲有源頭活水來.

이 시는 표면상으로는 단순히 고여 있는 물을 보고 읊은 것 같지만 실제는 그렇지 않다. 제1구는 마음의 전체가 湛然 虛明한 기상을 말한 것이고, 제2구에서는 寂然한 가운데서도 감각이 있어서 사물이 와서 닿으면 모두 비친다는 것이다. 제3구에서는 시의 뜻이 전환되어, 어떻게 이런 虛明한 바탕이 있게 되었는가라고 의문을 던지고, 末句에서는 이는 天命의 本然이라고 해답을 밝혔다. 그래서 끝없이 콸콸 흐르는 물로써 사람의 마음이 生生하여 끝이 없는 것을 표현한 것으로 이는 日新之功을 의미한 것이다. 正祖大王은 그의 「雅頌序」에서 "「觀書有感」 시는 크게는 道體의 全體를 다 포괄했고, 작게는 理窟의 은미한 것까지 다 분석했다."[62]라고 했다. 이와 같이 그의 시는 물을 보고도 거기서 철학적인 의미를 찾았다.

목은 시의 朱子學的 경향에 대해서는 필자가 종전에 논문을 쓴 적이 있고 그 후에도 이 방면에 대해서는 단편적으로나마 계속 논의가 되고 있다. 그러므로 여기서는 전에 논의되지 못했던 것만을 살펴보기로 한다

| 程朱의 道學이 천지에 짝이 되니 | 程朱道學配天地, |
| 日月처럼 높이 떠서 천천히 행하네.[63] | 直揭日月行徐徐. |

이 한 구절만 끊어서 보면 별다른 의미가 없어 보이지만 이 시의 전편을 보면 뜻이 깊다. 이는 본래 金敬叔에게 지어준 시로 유교의 道統을 소재로 한 것이다. 漢의 董仲舒, 唐의 韓愈를 거쳐 程子와 朱子는 천지에 짝이 된다는 것이다. 그 중에서도 朱子는 精微함을 통했다고 극찬한 시도 있다.[64] 그리고 목은의 시 중에는 더욱 구체적으로 주자 「관서유감」의 詩句가 나온다.

---

61) 『朱子全書』 卷2.
62) 『弘齋全書』 卷10. 「雅頌序」 己未(1799). "觀書有感者, 大而極乎道體之全, 而細而析夫理窟之微也."
63) 『牧隱詩藁』 卷10. 「寄贈金敬叔少監」.
64) 『牧隱詩藁』 卷9. 「偶吟」. "禮書厖雜純粹多, 考亭往往通精微."

부질없이 나의 마음 우물처럼 고요하여　　　　謾擬吾心井不波,
하늘빛 해그림자 함께 와 비치리라 여겼네.　　天光日影共森羅.
三生의 연분을 말할 수 있으랴.　　　　　　　多生三業那能免,
周顒의 장가들고 何胤의 肉味 먹는 것 같네.[65]　宛似周妻與肉何.

　어기서 '마음이 고인 우물처럼 물결이 일지 않는다'는 것과 '하늘빛과 해그림자가 와서 비친다'는 것은 朱子의「觀書有感」시와 다름이 없다. 뒤의 2구와 연결시켜 보면 더욱 선명해진다. 南齊의 周顒은 淸貧寡慾하여 종일토록 蔬食만 하고 혼자 산속에 살았으나 妻子가 있는 사람이고, 梁의 何胤은 佛法을 독실히 믿으면서 妻妾은 없었으나 肉味를 먹었다. 두 사람 모두 佛法 修行에 구애되는 바가 있었다. 여기서 후일 '周妻何肉'이란 말이 생겨 食慾과 性慾을 의미하는 말이 되었다. 목은의 시는 마음은 우물처럼 고요하지만 세속적인 구속은 벗어나기 어렵다는 것이다. 목은은 성리학에 잠심하면서도 그의 정치적 일상적인 인간생활을 벗어나기 어려웠던 것이다.

　그런데 여기서 주목되는 것은 朱子의 性情論과 牧隱詩이다. 朱子는 問答 形式으로 쓴 그의「詩經序」에서 몇 가지 문제에 대해서 해답을 했다. 첫째 시의 창작과정, 둘째 시의 기능, 즉 詩敎, 셋째 詩体를 논했다. 이 중에서 風詩를 논하면서「周南」・「召南」은 친히 文王의 敎化를 입어 德을 이루어서 사람들이 모두 性情의 바름을 얻을 수가 있었다고 했다. 文王의 敎化와 性情之正은 문왕시대는 이상적인 治世이기 때문에 이와 같이 이상적인 노래가 나올 수 있다는 견해다. 필자는 牧隱詩에 나타나는 목은의 문학관에 대하여 ①載道的인 문학관 ②시는 性情의 바름을 얻어야 한다는 것 ③시는 思無邪어야 한다는 것 ④시를 觀風의 수단으로 파악한 것 ⑤문장은『六經』에 근본을 두어야 한다는 것 등을 밝힌 적이 있다.[66] 여기서 필자는 상당수의 시를 예증하면서 논술하였다. 그리고「麗末鮮初의 문학이론 생성」중

---

65)『牧隱詩藁』卷15.「偶題」.
66) 李炳赫,『高麗末 性理學 受容期의 漢詩研究』, 太學社, 1989.

'載道論의 展開'67)에서도 '性情之正의 追求'라는 항을 따로 설정하여 중국에서 그 용례를 밝히고, 여말선초에 이 말의 쓰임을 논하면서 牧隱에 중점을 두고 서술했다. 따라서 거기서 논의 되었던 것을 제외하고 그 외의 문제점만을 들어보겠다. 첫째 性情이 바르지 못한 것에 대해 개탄한 시이다.

기린은 알 수 없는 동물	麟也不可知,
나타나면 천하가 태평하다네.	出則天下平.
聖人이 王位에 있지도 않은데	聖人不在位,
무엇하려 가벼이 나타났는가?	乃何輒自輕.
훌륭했던 周南의 시가	振振周南詩,
변하여 性情을 흐리게 했네.	變矣迷性情.
기린이 혹시 수풀속에 있었다해도	使麟或在藪,
누가 다시 『春秋』를 지었을까.	誰復繼聖經.
마땅히 깊은 마음속에	當令方寸地,
길이 물욕의 싹을 끊어야지.	永絶物欲萌.
이 역시 기린의 무리이니	是亦麟之徒,
천지의 큰 德을 生이라 이르네.68)	大德名曰生

이는 「古風」 3수 중에서 마지막 시이다. 周나라 말엽에 세상이 衰頹해서 사람들의 性情이 바르지 못하게 된 것을 개탄한 것이다. 즉 衰世之歎을 읊은 시이다. 기린이 나타나면 성인이 나오는 법인데, 나타나지 않아야 할 때 나타났다가 포획되었고, 이를 보고 孔子도 『春秋』를 쓰다가 중단했다. 이는 표현상으로는 중국의 역사를 소재로 한 것같지만 사실은 고려말의 사회를 개탄한 시이다. 따라서 무슨 일이 있어도 性情을 흐리게 해서는 안된다는 것이다.

두 번째는 과거만을 개탄하는 것이 아니라 앞으로도 문학은 性情之正을 추구해야 한다는 것이다.

---

67) 이병혁, 「麗末鮮初의 文學理論生成」, 『韓國文學史敍述의 諸問題』, 檀國大出版部, 1993.
68) 『牧隱詩藁』 卷6. 「古風三首」.

濂洛의 교화가 처음으로 행해지니	如今濂洛敎初行,
시 읊조리며 性情之正을 추구하고 싶어라.	謳吟直欲求性情.
바람・꽃・달・이슬은 도외시했거늘	風花月露置度外,
어찌 다시 산으로 내달리고 바다로 뛰어가리?	肯復馳山兼走海.
글귀 다듬고 뜻을 다듬는 것은 누가 알랴?	煉句煉意知者誰,
用事와 用語는 본받을 것 없네.[69]	用事用語無所師.

긴 시이기 때문에 필요한 부분만 끊어서 인용하였다. 九齋에 가서 학생들
이 공부하는 것을 보고 지은 것이다. 당시의 文風을 비판한 시로, 달・바람
과 같이 자질구레한 자연을 소재로 하거나 山水를 소재로 하는 것보다는
性情之正을 추구하고 싶다는 것이다. 바로 그의 성리학적인 문학관의 발로
이다.

IV. 結論

목은의 문학세계는 너무나 폭넓고 다양하기 때문에 쉽게 논의할 수 없다.
그가 산 시대도 對內的으로는 王朝의 交替, 對外的으로는 元・明의 교체기
였다. 들어오면 정치인이자 문인이요, 나가면 외교관이다. 이와 같이 복잡한
생활 속에서 그 때마다 느낀 대로 쓴 시가 6천수 가량이다. 이를 두고 바다처
럼 汪洋하다고 했다. 따라서 유교적인 면에서 보면 모두 유교적인 시 같아
보이고, 불교적인 면에서 보면 모두가 불교적인 시 같아 보인다. 보는 시각
에 따라 다양하게 보이기 때문이다. 그러나 본 논문은 性理學的인 면에서만
집중적으로 고찰하였다. 부분적인 연구가 선행되고 그 바탕 위에서 총체적
인 연구가 이루어져야 그의 문학을 올바로 파악할 수 있기 때문이다. 위에서
논의된 내용을 요약 결론짓기로 한다.

먼저 목은의 시문학을 파악하기 위하여 그의 道統意識과 성리학적인 경

---

69) 『牧隱詩藁』 卷18. 「昨至九齋…」.

향을 살펴보았다. 목은의 도통의식은 많은 작품에서 나타나는데 堯·舜·禹·湯·文·武·周公·孔子와 唐代의 韓愈를 거쳐 宋代 理學家로 이어지는 시들이 많았다.

다음으로 性理學的인 그의 시세계를 고찰했다. 여기서는 범위가 너무 넓기 때문에 宋의 성리학자 중에 몇 사람에 한정하여 목은의 시와 관계를 고찰하였다.

첫째, 周敦頤의 「愛蓮說」의 영향을 들 수 있었다. 주돈이의 작품 중에서 성리학적인 것은 「太極圖說」과 「拙賦」이고, 淨·染의 性論 문제를 제기한 것이 「愛蓮說」이다. 이것은 불교의 영향을 받아서 이루어졌기 때문에 목은과 같이 불교에 이해가 깊은 문인에게 더욱 관심을 끌게 할 수 있었다. 그리고 그는 元에 遊學했을 때 宇文 子貞先生에게서 『周易』을 배우고, 그 후에 계속해서 「주역」의 이치를 깊이 연구하면서 「太極圖說」의 영향을 많이 받았다. 그리하여 목은은 蓮을 소재로 한 많은 작품을 써서 주돈이의 연꽃에 대한 사랑을 이어받았다.

둘째, 邵雍의 '安樂窩'에 대한 동경이다. '安樂窩'란 두 가지 뜻이 있다. 하나는 邵雍의 집이름으로 고유명사이고, 다른 하나는 안락하게 사는 집이란 뜻이다. 그러나 양자는 결국 상호 연관성이 있다. 邵雍의 호인 '安樂先生'과 그 文集 이름인 『擊壤集』은 안락하게 살면서 '擊壤歌'를 부른다는 뜻이기 때문이다. 邵雍은 친구들이 田園과 安樂窩를 주선해 주자 여기에서 안락하게 거처했는데 목은도 도연명과 같이 전원생활과 '安樂窩'를 동경했다. 나아가서 이 安樂窩 속에서 고요히 사색한 것이 '觀物' 시이다.

셋째, 二程子의 載道的인 경향을 밝혔다. 程顥의 나이 15세, 程頤의 나이 14세 때 周敦頤에게 師事했다. 그러므로 兄弟의 학문이 동일할 것 같으나, 程顥는 寬和하여 陸王 心學의 연원이 되고, 程頤는 謹嚴하여 程朱學의 연원이 되었다. 이들 역시 철학서인 『周易』에 정통했고 文學보다 道를 중요시하는 文以載道說 내지 作文害道를 주장한 사람이다. 목은의 많은 시들에서 이러한 사상이 그대로 나타나고 있다.

넷째, 朱子의 性情論에의 경도다. 朱子는 宋 理學을 집대성했으며 因文入道한 사람이고, 목은 역시 因文入道한 사람이다. 朱子의 문학관 중에서 대표적인 것이 性情論인데 목은도 이를 많이 수용했다. 세상이 쇠퇴해서 性情이 흐려진 것을 개탄하고 濂洛의 가르침에 따라 性情之正을 추구하는 작품들을 남겼다.

이상으로 목은의 성리학적인 시세계를 밝히면서 周敦頤의 「愛蓮說」, 邵雍의 '安樂窩'·'觀物', 二程子의 載道論, 朱子의 性情論을 중심으로 목은과의 관계를 고찰했다.

<『東洋漢文學研究』 제10집, 1996>

牧隱詩의 後人 評說考

I. 序 言

牧隱 李穡은 歷史的 大轉換期인 14세기의 政治人이며 文人이다. 그는 高麗末 忠肅王 15年(1328)에 出生하여 朝鮮朝 太祖 5年(1396)에 69歲로 別世했다. 당시 大陸에서는 元・明이 交替되고 國內에서는 高麗王朝가 기울어지고 새 王朝가 登場하는 激變의 時期였다.

牧隱은 이런 時代를 살면서 政治的 學問的 業績을 남겼을 뿐만 아니라 文學에도 劃期的인 業績을 남겼다. 이에 따라 牧隱에 대한 研究 成果도 매우 풍성하다. 본 論文에서는 지금까지의 研究 傾向과는 달리 韓國 歷代詩話에 나타난 牧隱에 대한 評價를 綜合的으로 考察하기로 한다. 韓國의 古典文學을 研究할 때 現代的인 視覺에서 考察하는 것도 重要하겠지만 一次的으로 그 文學을 創作하고 享有하던 當時 文人들의 見解를 들어보는 것이 중요하기 때문이다.

研究의 方法은 一切의 先入觀을 排除하고 客觀的으로 歷代詩話에서 牧隱에 대한 評을 수집하여 그것을 분석하는 형식을 취했다.

Ⅱ. 歷代詩話에 나타난 牧隱詩評의 樣相

1. 內容에 對한 評

1) 現實과의 葛藤

牧隱 詩는 現實과의 葛藤을 表出한 作品이 많다. 그가 남긴 시조에서도 그의 生涯를 端的으로 表現한 것이 있다. 그러면 시화를 통해서 현실과의 갈등을 살펴보기로 하겠다. 그는 洪武 己巳年(1389) 12월에 長湍에 귀양가서 살았고, 庚午年(1390)에는 또 咸昌에 머물러 있게 되었는데, 8월에 함창에 도착하여 三峰 鄭道傳에게 시를 부쳤다.

詩話에서 언급된 것을 좀 더 자세히 말하면 62세인 恭讓王 元年에 明에 가서 昌王의 入朝와 明의 監國을 청하여 李成桂 일파의 세력을 억제하려다가 그들이 도리어 세력을 잡게 되자, 이 해 12월에 長湍으로 유배되었다. 그리고 다음 해, 즉 그의 63세 되던 해의 4월에는 咸昌으로 移配되었으며, 다시 淸州獄에 갇혔다가 水災로 풀려 나오고, 8월에 다시 함창에 유배되었다가, 12월에 석방되었다. 이 해 8월에 정도전에게 자신의 심정을 읊은 지은 시가 남아 있다.

> 세상 이익은 추호처럼 여기고
> 사귀는 우정은 죽처럼 끈끈하네.
> 거기에 잘못되는 대로 맡겨 두더라도
> 백 번 꺾는 물 결국 동쪽으로 흐르리라.

원시의 제목은 「寄三峰」이다. 이 시의 앞부분에 "유학을 공부하며 일찍 천명을 알았고, 불교를 배워 또 자신을 잊었네. 머리를 도미원으로 돌리니 三峰이 사람을 보내는 것 같구나."라는 구절이 더 있다. 交分이 두터웠던 정도전이 구원해 주기를 바라는 심정이다.

그는 64세 되던 해의 6월에 또 咸昌에 流配되었다가, 11월에 석방되었고,

65세 되던 해의 4월에 衿川으로 유배되었으며, 6월에 驪興으로 옮기고, 다시 7월 長興으로 갔다가, 1월에 석방되어 이후 몇 해 동안 杜門不出했다.

이 중 壬申年(1392), 목은이 65세 되던 해 4월에 衿川에서 시를 지어 이성계에게 보내었다. 그 시의 일절에

> 혹시 산중의 고을 원 자리라도 주시면
> 안심하고 노년을 보내겠습니다.

고 한 것은 늙으막에 고을 원이라도 얻어 여생을 보내겠다는 뜻이다. 또 그 해의 6월에 驪州의 神勒寺에 귀양가 살면서 「泛舟至鷗鷺嚴」 등의 시를 지었다. 하지만 「寄省郎諸兄」 十二絶 中에

> 들으니 三郎이 탄핵을 입었다 하니
> 이것은 천명이니 어쩌리?……
> 늙은 이내 신세 長端에 부쳐 사네……
>
> 벼슬길은 예나 지금이나 위태로운 것
> 늙어서 시비 일으킨 것 어찌 괴이하랴?
> 천지 같은 임금 은혜 두 번 절하며
> 온 산 잔설 속에 사립문 닫고 있네……
>
> 공민왕 때의 책문은 甲寅年(1374)인데
> 우왕 때 급제하여 관직에 등용했네.
> 지금 먼 시골로 간 사람 앉아서 헤아리니
> 뜰에 가득하던 고관들 아무도 없네.

甲寅年은 공민왕이 죽은 해이고, 다음 해인 乙卯年(1375)은 禑王 1년이다. 이는 甲寅年에 策文을 올렸는데 다음 해인 우왕 때 급제자 발표를 하여 벼슬길에 올랐으나 지금은 모두 귀양 보내고 남아 있지 않다는 것이다.

> 늙은 나를 해치려는 글은 다만 넉 자 인데
> 쫓겨난 중이 도리어 王輪 같을까 두렵네……

이성계가 나라를 맡자 나는 떠돌이 신세
꿈속엔들 누가 이런 일 생각했으랴?

탄핵하는 글은 죽이고자 하여 용서함이 없었는데도
아직껏 다행히도 천지간에 함께 사네.

라고 한 것은 三峰을 가르킨 듯하다는 것이다. 더욱이 이성계가 일찍이 이색에게 찾아가 그의 居室 이름을 청하자 李成桂의 皎潔한 계수나무의 이미지를 취하여 字를 仲潔이라 하고, 또 계수나무와 소나무가 짝이 된다고 하여 거실 이름을 松軒이라고 지어주었다. 그가 만년에 비방을 받아 어려움에 처하면서도 생명을 보전할 수 있었던 것은 이처럼 이성계와 평소에 친분이 두터운 관계가 있었기 때문에 아니겠느냐는 것이다. 그런데 이 때 지은 시마저도 도리어 禍根이 되었다는 것이다. 또 『芝峰類說』에서

요즘 물가가 모두 뛰었으나
나의 문장만은 값이 오르지 않네……
시서만 읽었다고 군자 되는 것은 아니고
예로부터 공경·재상도 필부에서 나오네.

이는 白丁이 갑자기 卿相이 되고 노예가 함부로 조정의 벼슬자리를 차지하는 것을 풍자했다는 것이다. 이를 두고 그 시대상을 슬퍼해서 지은 것이라고 했다.

시평에서 보듯이 그는 고려왕조를 위해 충절을 지키면서 이성계가 보살펴 준 것을 감사드리고, 또 이 시로 인하여 화를 당한다. 그리고 고려말에 물가는 다 뛰어도 자신의 문장 값은 값이 오르지 않다는 갈등을 표현했다.

2) 中國文人들의 評價

牧隱은 韓國文人 中에서 어느 누구보다도 中國 文人과의 交遊가 많은 사람이다. 그가 지은 安輔의 墓地銘에서 "元나라의 科擧 제도가 생긴 이후

高麗 사람으로 父子와 兄弟가 연이어서 登科한 사람은 順興安氏와 자신의 家門인 韓山李氏뿐이라고 했다. 여기서 父子란 그의 아버지 稼亭 李穀과 牧隱 자신을 말한다. 李穀은 29세(1326)때 元나라의 征東鄕試에 합격했고, 다음 해에 元都 會試에 合格하여 그 곳 文人들과 많은 交遊가 있었으며, 또 1343년에는 中瑞司典籍에 任命도 되었다. 그 자세한 것은 筆者가 이미「稼亭의 思想과 그 文學」이란 글에서 밝혔다.

牧隱은 이런 좋은 家門에서 出生했기 때문에 그가 20세(1347)때 아버지를 뵈러 元나라에 갔다가 이듬해에 元의 朝官의 子弟인 관계로 元의 國子監 生員이 되었다. 3년간 在學하면서 淵源 깊은 학문을 배우고 절차탁마하여 더욱 성리학을 연구했는데 이때 月課에서 賦를 지어 吳伯尙에게 칭찬도 받았다. 그리고 宇文子貞에게서『周易』을 배웠다. 이 무렵에 중국의 文人·學者들과 많이 交遊할 수 있었다. 24세 때 아버지 喪事를 당하여 歸國하여서『朱子家禮』의 절차를 따라 3년의 終喪을 했다.

26세에 科擧에 응시하여 乙科 第一人으로 급제했는데 知貢擧는 李齊賢이고 同知貢擧는 洪彦博이었다. 이 해 가을 征東省 鄕試에 장원하고, 元나라 皇太子의 책봉식에 書狀官으로 임명되었다.

27세 되던 해의 2월에 殿試에 응시했는데 讀卷官인 參知政事 杜秉彝와 韓林承旨 歐陽玄은 牧隱의 對策文을 보고 크게 침탄하여 第二甲, 第二名으로 발탁하고 "나의 학문의 嫡統이 海外로 나가서 그대에게 전한다"고 했다. 그리고 元의 應奉翰林文字承事郎 同知製誥 兼國史院編修官에 임명되었다. 이 해 3월에 귀국했다가, 28세 되던 해의 5월에 다시 書狀官으로 燕京에 가서 8월에 翰林院에 들어갔다. 29세 되던 해의 1월에 어머니 봉양 때문에 벼슬을 버리고 韓國으로 돌아왔다.

위의 詩話들은 그가 중국에서 활동할 때의 시들을 평한 것들이다. 이때 일들을 시화를 통해서 생생하게 알 수 있는데 모두 元의 文人들에게 높이 평가받았다는 것이다. 그 중에「浮碧樓」詩를 가장 높이 평가한 것으로 나타난다.

3) 詩眼과 傾向

詩話의 內容은 당시의 정치적 갈등과도 관계가 깊다고 할 수 있겠지만 牧隱의 시 보는 眼目을 알 수 있는 대목이다. 陶隱 李崇仁과 三峰 鄭道傳은 모두 牧隱 李穡과 學緣이 깊으면서 서로가 政治的인 路線을 달리하는 政敵이었다. 그런데 牧隱이 李崇仁의「嗚呼島」詩는 中國에서도 쉽게 볼 수 없는 작품이라고 極口 稱讚하자 鄭道傳은 자신도 시를 지어 中國詩인 것처럼 꾸며서 보였으나 목은이 이것은 "자네들 수준이면 능히 지을 수 있는 作品이다"고 했다. 이 일 때문에 陶隱은 陰竹縣으로 귀양가게 되고, 鄭道傳은 그 곳 方伯을 시켜 棍杖 七十대를 쳐서 죽게 했다는 것이다. 이것은 사실의 眞僞 與否를 떠나서 牧隱의 詩를 보는 眼目과 그의 詩評이 얼마나 무게를 차지했는가를 볼 수 있는 것이다.

그리고 陶隱이 古畵에 畵題로 쓴 詩를 牧隱이 보고 '唐詩와 같다'고 칭찬하자 그의 詩名이 널리 알려졌다고 하는데 이것 역시 牧隱 詩評의 正確性과 그의 重名을 말해주는 대목이다.

그러면 牧隱의 文學傾向은 어떠했던가? 結論부터 말하면 宋詩的인 경향이라고 할 수 있다. 宋詩라고 해서 간단히 말할 수는 없지만 크게 나누어 東坡 蘇軾의 경향과 性理學的인 경향으로 나누어 볼 수 있다.

高麗末에는 李奎報 以後 特히 東坡에 관심이 높았으나 留元 文人을 중심으로 性理學的인 면에 관심이 더 많았다. 이런 경향은 安珦, 白頤正, 李齊賢을 이어 李穀, 李穡 父子에 이어지면서 더욱 두드러지게 나타나는 현상이다. 이런 文學史的인 사실이 詩話에서 더욱 極明하게 나타나는 것을 볼 수 있다.

2. 技巧·修辭에 對한 評

1) 用事의 精切

牧隱은 詩作에 있어서 對句가 공교롭고 精緻하며 用事가 精切하다고 한다. 먼저 대구의 예를 보면 다음과 같다. ① 天只(하늘 또는 어머니) : 日諸(날또는 세월), ② 黃嬭(책, 또는 낮잠) : 玄夫(거북), ③ 黃甲(科擧 甲科의 及第者) : 白丁(官爵이 없는 사람), ④ 地忍 : 天然, ⑤ 黃間(활 이름) : 白下(지명)등의 對句를 들 수 있는데, 이들이 왜 공교롭다고 하는지 설명을 덧붙일필요가 있다. 위의 예 ①에서는 '天'과 '地'와 對도 좋거니와 그 다음의 只와諸도 語助詞로서의 對가 정치하다. ②번은 黃과 玄에다가 嬭(女)와 夫(男)도기묘한 對이다. ③번 역시 黃과 白의 색깔 대조에다가, 甲과 丁의 天干을사용한 對이다. ④번 역시 地와 天에다가, 人爲와 自然이란 뜻의 對이다.⑤번은 黃과 白의 색깔 대조에다가, 사이(間)와 아래(下)라는 공간을 표현하는 글자로 對句를 만들었다. 詩話의 지적대로 참으로 공교한 대이다.

다음 用事의 예를 보기로 한다. 먼저 "歸來書甲子 憔悴降庚寅" 이 시의첫 句節은 陶淵明이 「歸去來辭」를 짓고 돌아가서 晋나라의 甲子, 즉 晋의年號를 사용하면서 節義를 지킨 故事이고, 둘째 句는 澤畔에 거닐며 시를읊다가 안색이 초췌해진 楚의 屈原이 庚寅年에 출생한 故事를 對句로 썼다.두 번째의 "子雲殊寂寞 伯始自中庸"은 漢나라 때 楊子雲이 隱居하여 『太玄經』을 지으면서 "寂寞으로 덕을 지킨다"는 故事와 역시 漢나라 胡廣(字가伯始)이 中庸에 능통했으므로 사람들이 "천하의 『중용』은 호광에게서 나온다" 故事를 잘 사용하여 시를 지었다. 세 번째의 "憂時如杞國 請始自燕臺"는 杞國사람이 하늘이 무너질까 걱정했다는 故事와 郭隗가 못난 자신부터먼저 등용해 보라는 말을 듣고 燕 昭王이 臺를 쌓고 곽외를 먼저 스승으로삼았더니 온 사방의 현자들이 다 모여들었다는 故事를 잘 용해하여 詩化한것이다.

2) 鍊字 · 鍊句에 苦心

牧隱은 鍊字 · 鍊句에도 심혈을 기울였다. 그가 젊은 시절에 中國에 遊學하면서 그 곳 文人才士들과 우열을 다투었다. 시를 지을 때는 一字 · 一句라도 法度가 森嚴해서 옛날 유명한 詩人들의 詩에 비해서 조금도 손색이 없었다는 것이다.

옛 사람들은 시를 지을 때 改作하기를 꺼리지 않아서 詩聖이라고 일컫는 杜甫같은 분도 그러했는데 牧隱도 마찬가지라는 것이다. 예를 들면 목은이 한번은 아들 種學과 함께 西州樓에 올라가서 "서쪽 숲의 돌성은 구름 속에 솟아있고, 정자 옆의 나무는 바람을 머금어 여름에도 오히려 싸늘하네(西林石堡入雲端 亭樹含風夏尙寒)"이란 시를 지었다. 그런데 이 樓를 떠나 얼마쯤 가다가 種學이 아버지에게 "여름에도 오히려〔尙〕서늘하네" 보다는 "여름에도 역시〔亦〕서늘하네" 라고 고치는 것이 낫지 않겠느냐고 하자, 牧隱은 "과연 네 말이 옳다" 하고 즉시 고치게 했다는 이야기다.

牧隱은 大詩人이지만 아들의 말을 받아들여 주저하지 않고 즉시 고친 것이다. 牧隱은 이 일 뿐만 아니라, 詩 한 수를 짓다가 부득이한 일로 중단하고 다음 날 다시 이어 지은 것을 시화에서 언급하고 있다

3. 俚俗語 使用의 評價

牧隱은 韓國의 俗談, 俗語, 風俗, 野史 等을 詩語 또는 詩의 素材로 삼는 경우가 많기 때문에 이를 두고 讚反兩論이 있다. 찬성하는 쪽에서는 固有의 民俗을 詩化했다는 것이고, 반대하는 쪽에서는 詩語가 典雅하지 못하다는 것이다. 그 例를 보면 다음과 같다.

"낮 말은 새가 듣고 밤 말은 쥐가 듣는다.", "늘어난 것은 몰라도 줄어든 것은 안다.", "전생에 가난하게 살면 후생에 부자로 산다.", "밭 전[田]字 같은 창이 입 구[口]字 같은 정원에 임해 있다." 라는 것은 거의 한국의

속담을 그대로 詩化한 것이다. 다음 俗語를 시 속에 담은 것도 있다. "참새가 동이 위로 날아간다.", "평계떡이 널빤지처럼 반반하다."에서 '동이', '평계떡' 이란 것이 그 예다.

그리고 민속을 소재로 한 시의 예는 "대나무를 깎아 메밀전을 꿰어서 장즙을 발라 불에 굽는다.", "맑은 하늘 여염집엔 새벽빛이 짙은데 계집아이는 머리를 빗고 옅은 화장하네.", "집집마다 죽을 보내어 풍속을 이루니, 백발의 이 늙은이 즐거움 속에 있네.", "아교같은 차진 쌀로 둥글게 빚어, 벼랑에서 나는 꿀을 발라 반질반질 빛이 나네. 여기에다 대추·밤·잣을 넣어서, 맛을 나게 하니 입안에서 녹네."

위에서 보이는 바와 같이 고유의 음식인 '메밀적[麵菜炙]'과 '동지 팥죽'을 나누어 먹던 일, 정월 보름달 찰밥을 해 먹던 일 등을 소재로 시를 지은 예이다.

4. 氣象과 風格에 對한 評

詩話에서 氣象이란 詩文의 氣韻과 風格을 의미한다. 이 말은 嚴羽의『滄浪詩話·詩辯』에서 "詩에 다섯 가지 法이 있으니, 體制·格力·氣象·興趣·音節이 그것이다."고 하여 詩의 五法 중에 氣象이 있다고 하였다. 기상이란 결국 그 詩에서 풍겨나오는 風格, 意境 또는 志氣의 형상, 氣味를 뜻한다.

그리고 風格이란 作品에서 표현된 格調의 特色이다. 이 말은 본래 사람의 風度나 品格 등을 가리키는 말인데 후에 문학작품에 사용하여 그 작품의 정신지기의 종합적이고 총체적인 풍모 또는 특성을 의미하게 되었다.

문학작품에서 이 풍격을 형성하는 데는 다양한 요소가 있겠지만, 크게 주관적인 요소의 객관적인 요소로 兩分하는 것이 일반적이다. 주관적인 요소란 작가 자신의 세계관이나 기질 등 자신의 조건을 가리키고, 객관적 요소란 작가가 생활한 환경과 시대적 상황에 따라 영향을 받는 것이다.

牧隱詩의 氣象은 氣象澜志 曠漠沖融之象 語峻壯 閑遠有味 屈注天潢 倒連 滄海 등이 보인다. 그리고 風格에 대해서는 渾厚, 沈痛, 工緻, 豪壯, 雄奇, 枯淡, 閑適, 渾博 등이 보인다. 이 외에 文集序文에서는 雄渾, 麗藻, 沖澹, 峻潔, 豪瞻, 嚴重, 奧深, 典雅 등이 보인다.

5. 牧隱詩의 位相

牧隱詩의 韓國 漢文學史上 位相에 對한 詩評도 그 例文이 나온다. 이를 요약해 보면 牧隱文學을 "眞詩聖", "眞可橫絶古今", "雄文大手"로 평가했다.

牧隱의 文學作品은 量的인 면에서도 많은 편이다. 詩稿 35卷, 文稿 20卷 중에 散文이 224首이고, 詩가 6千首 정도된다. 따라서 韓國 漢文學上 보기 드문 多作家이다. 그런데 詩評에서 지적한 것처럼 그의 작품은 아주 뛰어나 韓國 漢詩文學을 代表한다고 할 수 있다.

Ⅲ. 牧隱詩評을 通해 본 詩話의 性格

詩話의 槪念에 대해서『詩話學』('98) 創刊號에 蔡鎭楚 敎授의「詩話與詩話學」, 劉德重 敎授의「詩話範疇與詩話學」, 趙鍾業 敎授의「詩話의 廣義性」, 張寅彭 敎授의「詩話發展正義」等의 論文에서 정연한 논리로 심도 있게 연구되어, 그 이상 논의할 수가 없다. 하지만 본 논문에서는 실제 牧隱詩의 評을 통하여 詩話의 性格을 살필 수 있었다.

韓國의 詩話가 文獻上에 나타난 것은 高麗初인 文宗 때 지어진『均如傳』에서 한국시와 중국시를 비교 평설한 것이 있고, 그 후『三國遺事』에서 鄕歌를 비평한 글이 있지만 본격적인 詩評은 되지 못했다. 著書의 형태로 나타난 것이 高麗朝의『破閑集』, 李奎報의『白雲小說』, 崔滋의『補閑集』, 李齊賢의『櫟翁稗說』등이 나오면서 본격적인 詩話가 등장하기 시작한다. 하지만 이

것들은 歐陽脩가 말하는 "以資閑談" 하는 성격을 벗어나지 못했다.

朝鮮朝에 들어서 최초의 詩話集은 徐居正의『東人詩話』이다. 이는 高麗朝에 나온 破閑的인 잔부스러기 이야기거리가 아닌 專門的인 詩話集이란 데서 주목을 끈다. 이후 韓國 漢詩의 전성기라고 할 수 있는 宣祖代에서 肅宗末까지 詩話와 漫錄類가 많이 나오는데 그 類形을 보면, 一詩話, 一叢話, 一冷話, 一雜記, 一談寂記, 一瑣錄, 一摭言, 一漫錄, 一雜錄, 一漫筆, 一雜說, 一說林, 一記聞, 一野譚, 一軟談, 一筆談, 一清話, 一叢志, 一排語, 一詩評, 一雜識, 一詩則, 一僿說 等 다양한 명칭들이 있다. 이 중에서 詩話만 발췌하여『詩話叢林』이 나왔다. 그런데 趙鍾業 敎授의『韓國詩話叢編』17책은 이런 것을 총망라하여 韓國詩話라고 한 것이다. 郭紹虞처럼 詩話를 俠義로 規定하면 이런 資料들은 再考되어야 한다.

지금까지 牧隱詩의 後人詩評을 들어 보았다. 여기는 詩格·詩法·句法等 詩 創作에 관한 것뿐만 아니라 史部와 經部와도 통하는 문학 전반에 걸쳐 논의된 것이었다는 것을 알 수 있었다. 따라서 詩話는 조종업 교수의 지적처럼 '詩話의 廣義性'을 인정하지 않을 수 없다.

IV. 結 語

지금까지 牧隱 詩評의 樣相과 이를 통한 詩話의 性格을 살펴 보았다. 牧隱 詩評에 대해서는 첫째로, 牧隱이 麗末·鮮初라는 격변기에 살았기 때문에 현실과의 갈등이 많았다고 할 수 있는데 이와 관련된 시평들이 주목을 끈다. 그리고 그는 元나라에 遊學을 했기 때문에 元·明의 文人들과의 交遊가 누구보다도 많았다고 할 수 있는데 이 점에 대한 評을 볼 수 있고, 高麗末 蘇東坡 文學을 숭상한 경향과 당시 새로운 학문인 性理學이 들어왔기 때문에 이런 시대의 흐름과 목은시를 관계지어 평한 것은 중요한 의미를 가진다.

두 번째로 詩의 技巧·修辭에 대한 평으로 牧隱은 用事에 精切했고, 鍊字, 鍊句에 苦心했다고 한다. 세 번째로 牧隱은 俚俗語의 사용과 野史를 시의 소재로 삼았다는 것이다. 그 대목은 詩話가 문학 자체만 평하는 것이 아니라, 史部와도 통하는 것을 의미한다. 그리고 牧隱은 經書 用事도 잘 했다고 한다. 넷째로는 목은 시의 기상과 풍격에 대한 평이고, 마지막으로 목은 시의 문학사상과 위상을 논했다. 이와 같이 後人들의 評을 통하여 綜合的으로 牧隱詩를 再昭明해 볼 때 現代의 視角으로 볼 수 없었던 부분까지 총체적으로 이해할 수 있다.

이런 시평을 볼 때 詩話는 단순히 詩創作論에만 그치는 것이 아니다. 詩에 대한 총체적인 평이 있다는 것을 알 수 있다. 그러므로 문학 연구에서 작품 자체를 분석한 것도 중요하지만 과거의 詩話를 통해서 先人들의 評을 연구하는 것이 더욱 중요하다고 하겠다.

【評說資料】

Ⅱ. 1. 1)

① 按牧隱集 公以洪武己巳十二月 被譖出居長湍 庚午四月 又論前事 付處咸昌 八月到咸昌 寄三峰詩曰 "世利秋毫小 交情粥面濃 任敎中齟齬 百折水流東" 壬申四月 又貶 出居江外衿川 寄松軒詩曰 "儻賜山中郡 安心送夕陽" 猶望乞郡送老 六月 又居驪興龍寺 有泛舟至鸕鶿巖等詩 詩至於此 寄省郞諸兄十二絶 皆極悽惋感怨之思 有云 "聞說三郞方被劾 奈何天也奈何天" 又云 "白頭身世付長湍" 又云 "官途古今足危機 何怪衰年惹是非 再拜聖恩天地大 萬山殘雪掩柴扉" 又 "玄陵策上甲加寅 放牓辛朝始出身 坐數至今荒野去 滿庭靑紫絶無人" 似言甲寅科之人 以出辛朝 貶出不在也 又 "捉敗老翁唯四字 黜僧還恐似王輪" 又云 "松軒當國我流離 夢裡何曾有此思" 依托深矣 又云 "彈文直欲殺無赦 尙幸並生天地間" 似指三峰 太祖嘗就李穡 問其字及居室名 穡取桂花秋皎潔 字之曰仲潔 配桂莫如松 公所重者節義也 故扁其居曰 松軒云云 太祖崇儒重道 素厚牧老 牧老晚年遭謗 狼貝(狽) 幾至阽危 而卒保全之者 豈非素厚之力也歟

― 曹伸『謏聞瑣錄』24 ―

② 東坡平生功名出處 自比白香山 牧隱亦嘗以東坡自比 熙寧中王安石 以新法誤天下 東坡有山村五絶 有 "邇來三月食無鹽 過眼靑錢轉手空" 等句 坐譏時事謫南荒 謂其詩曰 烏臺詩案 牧隱謫長湍 寄省郞十首 有 "黜僧還恐似王輪 滿庭靑紫絶無人" 等句 爲臺官所彈 禍且不測 其視烏臺詩案 亦無幾矣

― 徐居正『東人詩話』上 ―

③ 元送孼僧來也 擧國震駭 我太祖 以偏師大破之 德興遁去 玄陵賞其功 凱還 命文靖及太祖 幷參大政 宣麻之日 玄陵喜謂左右曰 文官用李穡 武臣用李某 予之用人如何 太祖與文靖 交甚厚 請以軒名 文靖以松軒命之 而作說以勗之 又著桓祖碑文 後文靖流竄于外 子種學 種善俱遠謫 而門人鄭摠 鄭道傳 反攻不遺餘力 公作詩曰 "松軒當國我流離 夢裡何曾有此思 二鄭況聞參大議 一家完聚更何時" 首句可矜 而意則甚倨

― 許筠『惺叟詩話』15 ―

④ 詩貴含蓄不露 然微詞隱語不明白痛快 亦詩之大病 宋元豊八年三月 神宗崩 五月一日蘇軾題楊州竹西寺云 "此生已覺都無事 今歲仍逢大有年 山寺歸來聞好語 野花啼鳥亦欣然" 元祐間 趙君錫 等 構軾曰 軾不得志於神朝 今喜上賓有是句 哲宗疑之 恭讓朝 太祖輔政 牧隱貶長湍 "有松軒當國我流離 夢裡何曾有此思" 之句 朝議以語涉不遜 請論如法 事叵測 嗚呼以蘇李之大才 亦坐是病 詩可易言哉

— 徐居正 『東人詩話』上 —

⑤ 牧隱詩曰 "邇來物價皆騰踊 獨我文章不値錢" 又曰 "詩書未必皆君子 卿相由來起匹夫" 盖傷時之作也 按恭愍時 諫官上言 白丁驟拜卿相 皀隷濫處朝班 是矣

— 李晬光 『芝峰類說』 7 —

Ⅱ. 1. 2)

① 李牧隱穡 稼亭之子也 繼其父登第於中朝 名動天下 授翰林知制誥 歐陽玄 見而輕之 作一句嘲曰 "獸蹄鳥跡之途交於中國" 牧隱應聲曰 "雞鳴吠之聲達于四隣" 歐頗奇之 又吟一句曰 "持盃入海知多海" 牧隱對曰 "坐井觀天曰小天" 歐大驚曰 君天下奇才也 其入觀大明殿詩曰 "大闢明堂曉色寒 旌旗高拂玉闌干 雲開寶座聞天語 春滿霞觴奉聖歡 六合一家堯日月 三呼万歲漢衣冠 不知身世今安在 恐是靑冥控紫鸞" 詞極典雅 可爲唐人早朝之亞

— 洪萬宗 『小華詩評』 —

② 牧隱入元登第 黃甲三名 其第一則牛繼志 第二則曾堅也 牧隱東還 牛壯元作別詩曰 "我有丈夫淚 泣之不落三十年 今日離亭畔 爲君一洒春風前"

— 成俔 『慵齋叢話』 39 —

③ 文靖入元 中制科 應奉翰林 歐陽圭齋玄 虞道園集輩 皆推奬之 圭齋歎曰 吾衣鉢當從海外傳之於君也 其後 文靖困於王氏之末 流徙播遷 門生故吏 皆畔而下石 公嘗作詩曰 "衣鉢當從海外傳 圭齋一語尙琅然 近來物價皆翔貴 獨我文章不直錢" 盖自傷其遭時不淑也

— 許筠 『惺叟詩話』 14 —

④ 李穡入中國 應擧捷魁科 聲名動中國 到一寺 寺僧禮之曰 飽聞子東方文章士 爲中國第一科 今何幸見之 俄而有一人 持餅來饌之 僧遂作一句曰 "僧笑少來僧笑少" 使穡對之 僧笑 餠之別名也 穡倉卒不得對 謝而退曰 異日當更來報之 後遠遊千里外 見主人把瓶而

至 問 何物 答曰 客談也 客談 酒之別名也 穡大喜 遂對前日之句曰 "客談多至客談多"
半歲後 歸而說其僧 僧大嘉之曰 凡得對貴精 晚暮何傷 得一語之工 而不遠千里來報 此尤
奇之奇也

— 柳夢寅 『於于野談』 1 —

⑤ 牧隱初入元朝 文士稍輕之 嘲曰 "持杯入海知多海" 牧隱應聲曰 "坐井觀天曰小天"
嘲者更不續 嘗謁歐陽學士玄得印可 牧老晚有詩云 "衣鉢當從海外傳 圭齋一語尙琅然 邇
來物價皆翔貴 獨我文章不直錢" 盖嘆晚節之蹭蹬也

— 徐居正 『東人詩話』 下 —

⑥ 自古詩人好尙不同...居正嘗在鑾坡 以黃文獻公滔 祭酒儼 二詩示金乖崖守溫曰 孰優
金曰 胡優 又以益齋春亭二詩示曰 孰優 金曰 春亭優 又以牧隱双梅二詩示曰 孰優 金曰
双梅優 每問皆逆吾心 吾笑曰 胡之於黃 猶宋詩之於唐也 益齋入元朝 與閻復 姚燧 趙子昂
諸學士 比肩切磋 名動天下 牧隱中制科 圭齋學士有傳鉢之語 非春亭雙梅二子得嘗一臠 況
軼而過之耶 何子之取捨落落如是 乖崖撫吾背大笑曰 子非魚 焉知魚乎

— 徐居正 『東人詩話』 下 —

⑦ 宮殿朝謁之類 詩家多用富貴綺麗之語 如老杜早朝大明宮 岑參賈至之徒 和者非一
皆極艶麗 無爐頭寒乞之聲 牧隱天壽節 入朝大明宮詩 "大闢明堂曉色寒 旌旗高拂玉闌干
雲開寶座聞天語 春滿金巵奉聖懽 六合一家堯日月 三呼萬歲漢衣冠 不知身世今安在 疑是
靑冥控紫鸞" 通亭姜淮伯 亦赴赴南京 賦早朝奉天殿詩 "御溝楊柳正依依 月上觚稜玉漏遲
環佩丁當鵷鷺集 羽林磨戞虎賁馳 螭頭忽暗香烟動 鳳尾徐開彩仗移 稽首紅雲瞻肅穆 日光
先照萬年枝" 盖有得於賈杜諸公餘膍矣 宣德年間 牧隱之孫李文烈公季甸 赴燕京 朝罷出
掖 主客郎中 請賦早朝詩 文烈窘 書牧隱詩示之 主客大加稱賞 後通亭之孫姜文景公孟卿
將赴燕京 文烈戲曰 柰如華士試文何 文景應聲曰 吾家亦有通亭集 滿座絶倒

— 徐居正 『東人詩話』 上 —

⑧ 李文靖 "昨過永明寺" 之作 不雕飾 不探索 偶然而合於宮商 咏之神逸 許穎陽見之曰
你國亦有此作耶 其浮碧樓大篇 其曰 "門端尙懸高麗詩 當時已解中華字" 者 雖藐視東人
而亦服文靖之詩也

— 許筠 『惺叟詩話』 13 —

⑨ 許魏之來 朝廷議 令遠接使 從容告以宗係等辨誣事 仍以牧隱集中 桓祖大王及李仁
復墓碑示之 且曰 覽此 則國祖與李仁任 不爲一李 自可辨矣 盖李仁復爲李仁任兄故也 許
讀過曰 文章甚好 欲見此人詩篇 洪純彦對曰 詩集不來矣 浮碧樓中 有所製題咏 答曰 汝詩
寫之 純彦遂寫 "昨過永明寺 暫登浮碧樓 城空月一片 石老雲千秋 麟馬去不返 天孫何處遊
長嘯倚風磴 山靑江自流" 之詩 以呈 許吟諷良久曰 汝國安有如此之詩乎 其言似輕東國 而
心服牧隱之作也

— 魚叔權『稗官雜記』51 —

⑩ 凡詔使之來 平安館驛東人詩板 一切拔去 只留大同江船亭 鄭知常 "雨歇長堤草色
多" 之詩 湖陰云 牧隱公之浮碧樓詩 "昨過永明寺 今登浮碧樓 城空月一片 石老雲千秋"
云云 妙絶動人 倪天使頓足稱賞 此不及鄭詩乎 亦留而不去

— 權應仁『松溪漫錄』45 —

⑪ 麗朝作者各自成家 不可枚擧 趙石間云仡称麗朝詩十二家...各擅其名 而白雲之雄贍
牧隱之雅健 尤傑然者也 至若牧隱之浮碧樓詩一律 宮商自諧 天分絶倫 非學可到 頃歲朱太
史之藩之來 西坰柳根爲遠接使 許筠爲徙事官 太史問曰 道上館驛壁板 何無貴國人作乎 筠
曰 詔使所經 不敢以陋詩塵覽 故例去之 太史笑曰 國雖分華夷 詩豈有內外 况今天下一家
四海皆兄弟 俺與君俱落地爲天子臣庶 詎可以生於中國自誇乎 到平壤 見牧隱 "長嘯倚風
磴 山靑江自流" 之詩 終日吟咀 不能作詩 太史笑曰 日日得如此詩以進 則吾輩可息肩矣

— 洪萬宗『小華詩評』—

Ⅱ. 1. 3)

① 李陶隱崇仁 作鳴呼島詩 李牧隱穡 書之壁上 詠歎不已. 每曰 「求之中國 不易得.」
鄭道傳性猜愎 厭其言 嘗用盡心力 作鳴呼島 密令刊刻 印于唐紙 如古詩落簡者然. 待過數
年後 示牧隱曰 「疇昔 吾公見陶隱詩 推許甚過 僕於陳編中得見 此作似甚奇古 其翅陶隱
詩耶?」 牧隱讀下一遍徐曰 「此作何敢比論於陶隱乎?」 道傳曰 「然非今世人所可及.」
牧隱曰 「君輩亦可能矣.」 道傳大慚而退. 革命之後 陶隱被削職 流寓陰竹 道傳囑其道方
伯 假稱匿接於閑民 以大杖擊七十 遂死. 盖啣詩名在己上 而洩之. 小人情狀 可不痛哉. 此
言曾於尹海平月汀聞之.

— 梁慶遇『霽湖詩話』24 —

② 梅聖兪蘇子美齊名一時 二家詩格不同 蘇之筆力豪俊 以超邁橫絶爲奇 梅則研精覃思 以深遠閑淡爲高致 各臻所長 雖善論者 未易甲乙 然歐陽子 隱然以梅爲勝 李陶隱 鄭三峰 齊名一時 李淸新高古 而乏雄渾 鄭豪逸奔放 而少鍛鍊 互有上下 然牧老每當題評 先李而 後鄭 一日牧隱見陶隱嗚呼島詩 極口稱譽 間數日 三峰亦作嗚呼島詩 謁牧老曰 偶得此詩於 古人詩藁中 牧隱曰 此眞佳作 然君輩亦裕爲之 至如陶隱詩 不多得也 後三峰當國 牧隱屢 遭顚躓僅免其死 陶隱終踏其禍 論者以謂 未必非嗚呼島詩爲之崇也

— 徐居正『東人詩話』上 —

③ 李陶隱崇仁 在麗末諸學士中 最後進 文譽未著 一日 揭古畫障于壁 書一絶其上曰 "山北山南細路分 松花含雨落紛紛 道人汲水歸芽舍 一帶靑烟染白雲" 牧隱見之以爲逼唐 聲名遂盛

— 李晬光『芝峰類說』8 —

④ 論者 謂牧隱酷似東坡 間有發越處 或過之 有問陽村權先生者 先生笑曰 子歸讀東坡 前後赤壁賦 牧隱觀魚臺賦 自當知之矣 予謂古人以蘇老前後赤壁賦 爲一世萬古 則非後人 所可議擬也

— 徐居正『東人詩話』下 —

⑤ 高麗光顯以後 文士輩出 詞賦四六 穠纖富麗 非後人所及 但文辭議論 多有可議者 當是時 程朱輯註不行於東方 其論性命義理之奧 紕繆牴牾無足怪者 盖性理之學盛於宋 自 宋而上思孟而下 作者非一 唯李翶韓愈爲近正 況東方亦 忠烈以後輯註始行 學者駸駸入性 理之域 益齋而下稼亭 牧隱圃隱 三峰 陽村諸先生 相繼而作 倡明道學 文章氣習庶幾近古 而詩賦四六 亦自有優劣矣

— 徐居正『東人詩話』下 —

Ⅱ. 2. 1)

① 牧隱詩屬對工緻 如天只對日諸 黃嬋對玄天 黃甲對白丁 地忍對天然 黃間對白下 又 "如歸來書甲子 憔悴降庚寅", "子雲殊寂寞 伯始自中庸", "憂時如杞國 請始自燕臺", "江 山徵媚嫵 風月愈踈狂" 等語 用事精切

— 徐居正『東人詩話』下 —

② 牧隱 戲作同來僧渡溪墜馬失履詩云"山溪流入海 馬臥欲化龍 柱杖茫然忽落手 裟婆
盡濕春雲濃 折蘆老胡亦戲劇 飛錫羅漢稱神通 借問隻履在何地 定應不在葱嶺東 不須更踏
石頭路 自有一吸西江風"用事精切 詞語雅健 但恐僧之騎馬 不必柱杖在手 且着裟婆如何

－ 曺伸『謏聞瑣錄』6 －

③ 古人詩多用經書語 李師中云"夜如何其斗欲落 歲云暮矣天無晴"牧隱云"月獨有情
從我蔡 山多不俗起予商 木鐸二三何患子 舞雩六七詠歸童","王風幸矣興於魯 女樂胡然至
自齊"用事不窘 工緻可尙

－ 徐居正『東人詩話』上 －

④ 崔猊山詩曰"漏雲殘照雨絲絲"牧隱深味之 有膾炙猊山四句詩之句 頃見李大諫仁老
詩曰"薄雲漏日雨中明"猊山詩未必非點化也 然古人詩有偶同者 有因點化 而尤工者或 讀
古人詩已熟 往往恰得認爲己有者 此詩家常事 猊山豈窃人詩者哉

－ 徐居正『東人詩話』下 －

⑤ 半山詩"一水護田將綠繞 兩山排闥送靑來"前輩以謂 護田輩闥出漢書 用事精切 牧
隱詩"田園未得悠然逝 門巷何曾顯者來"陽村權先生曰 悠然逝 顯者來 皆出軻書 用事不
減半山 予嘗愛朱新仲詩"何以報之靑玉案 我姑酌彼黃金罍"李師中詩"詩成白也知無敵
花落虞兮可奈何"屬對妙絶 鄭雪谷誧詩"平生耻與噲等伍 後世必有楊雄知"屬對不讓二老

－ 徐居正『東人詩話』上 －

⑥ 牧隱詩云"奇懷雲藹藹 乘興夜沉沉"雲藹藹謂詩 夜沉沉謂酒 此用古人法 雙梅堂亦
云 林間無縫塔 盤上去毛鵝 牧老又云 "人心自古鶴州錢"以腰纏十萬貫 騎鶴上楊(揚)州
作三字 語新 雙梅堂詩"蝸引苔侵壁 蛙鳴水滿庭"

－ 曺伸『謏聞瑣錄』10 －

⑦ 牧隱詩 處身雙墨老 知命一彭殤 以一對雙亦奇 何害其用古意也

－ 徐居正『東人詩話』下 －

II. 2. 2)

① 古人謂子美夔洲以後詩尤好 盖愈老愈奇也 評者謂牧隱晚年之作 不如少時 僧竹澗曰

牧老少遊中原 與文人才士頡頏爭雄 爲詩文一字一句 法度森嚴 無愧於古之作者 晚年所作 汎濫縱橫 有不經意處 此老才高一世 傲睨東方 謂無人具眼者 敢如是 竹澗緇流之傑然者也

― 徐居正『東人詩話』下 ―

②古人詩不厭改 少陵詩聖也 其曰"桃花細逐楊花落 黃鳥時兼白鳥飛" 屢經刪改 牧隱嘗與子麟齋種學 登西州樓有題云"西林石堡入雲端 亭樹含風夏尙寒" 行至半途 種學曰 大人詩中尙字 不如亦字之穩 牧隱曰 果是也 促令返改之 尙亦雖一意 殊不如亦字尤穩

― 徐居正『東人詩話』上 ―

③牧老云 邀上黨韓公 登西峰賞花 旣而禮安君禹公 携至其第 設酌 默藥一聯曰"花開將爛熳 我老豈蕭條" 獻壽談笑 未暇成篇 適鄭達可 李士渭 金九容 李崇仁 崔彪 崔崇謙 廉廷秀 携酒過陋巷 家童走報 辭出馳歸 明日足成一詩云云 前輩之文酒遊會 宛然可想 此聯蓋本簡齋"拒霜花已吐 吾宇不悽凉"云

― 曺伸『謏聞瑣錄』41 ―

II. 3.

①牧隱自負才豪 但多用俚語以作詩 如雀畫傳言鼠夜傳 又"添不曾知減却知"又"前若貧居 後富居"又"田字窓臨口字庭"又"雀飛東海上"俗呼銅盆爲東海故云 又"平桂直如板"平桂蜜餅也 以麪和蜂蜜 捏成薄餅 廣半寸 長二三寸 煎成於香油 謂之平桂 或稱果子 今人以於喪祭婚姻賓宴 皆用此 釘器 高至一尺 治具而不及此 必以爲儉 盖自麗俗而然 又云"削竹串穿蕎麥餻 仍塗醬汁火邊燒"盖指麪菜炙也 俗以蕎麥麪 和雜菜 煎成餻 切而爲炙 塗醬而燒之 用之於素饌 謂之麪菜炙 俗節冬至 以豆粥相饋遺 公詩云"天淨閭閻曉色濃 小娥梳洗淡粧紅 家家相送成風俗 白髮衰翁樂在中"上元作糯米飯 和菓實甛蜜 相遺 詩云"粘米如膠結作團 調來崖蜜色爛斑 更敎棗栗幷松子 助發甛甘齒舌間"

― 曺伸『謏聞瑣錄』3 ―

②牧隱貞觀吟 豪健快壯 其一聯曰"謂是囊中一物耳 那知玄花落白羽"玄花言其目 白羽言其箭 世傳唐太宗伐高麗 至安市城 箭中其目而還 考唐書通鑑 皆不載此事 雖有之 當時史官必爲中國諱 無怪乎其不書也 但金富軾三國史亦不載 未知牧老何從得此

― 徐居正『東人詩話』下 ―

Ⅱ. 4.

① 牧隱之 “一點君山夕照紅 溟吞吳楚勢無窮 長風吹上黃昏月 銀燭紗籠暗淡中” 氣象
澷遠 可吞餘子

— 申欽『晴窓軟談』20 —

② 洞庭巴陵天下壯觀 騷人墨客題詠者多 如 “水涵天影澷 山拔地形高”, “四顧疑無地
中流忽有山 鳥飛應畏墮 帆過却如閑” 俱見稱於世 然不若孟襄陽 “氣蒸雲夢澤 波撼岳陽
城” 又不若少陵 “吳楚東南坼 乾坤日夜浮” 未知此老胸中 藏幾箇雲夢歟 牧隱吳中八景一
絶云 “一點君山夕照紅 溟吞吳楚勢無窮 長風吹上黃昏月 銀燭紗籠暗淡中” 其曠漠冲融之
氣 雖不及老杜徑庭 豈足多讓於前數聯哉

— 徐居正『東人詩話』上 —

③ 驪興淸心樓 古今題詠者多 辛巳日本東征天使詩云 “江淸徹見水中水 樓逈可觀山外
山” 世稱美句 以予謏見 山外山意好 其曰水中水 則前輩無此等語 語頗牽强 牧隱云 “捍水
功高馬巖石 浮天勢大龍門山” 語峻壯 柳巷云 “山中苦別懶殘子 郡裏來逢元次山” 語典實
日本釋梵齡云 “淸磬月高知遠寺 長林雲盡辨遙山” 語淸絶 圃隱鄭文忠公一絶云 烟 “雨空
濛滿一江 樓中宿客夜開窓 明朝上馬衝泥去 回首滄波白鳥雙” 河東鄭相國常云 諸詩固好
終不若此詩 閑遠有味

— 徐居正『東人詩話』下 —

④ 息菴金相公錫冑 嘗取東方詩人 自羅麗至我朝 各有品題 其評曰…牧隱李穡 屈注天
潢 倒連滄海…

— 任璟『玄湖瑣談』37 —

⑤ 稼亭牧隱父子 相繼中皇元制科 文章動天下 今二集盛行於世 牧隱之於稼亭 猶子美
之於審言 子瞻子由之於老泉 自有家法 評者曰 牧隱之詩 雄豪雅健 天分絶倫 非學可到
稼亭之詩 精深平淡優遊不迫 格律精嚴 自有優劣 具眼者辨之

— 徐居正『東人詩話』下 —

⑥ 近代詩 渾厚 如牧老 “風定樹容重 雨多苔色深”, “雨暗桑麻徑 秋深芋栗園”… 沈痛
如牧老 聞賊入西京詩 “豈謂便如此 茫然迷所爲”… 工緻 如牧老 “寵已極焉同衛鶴 技之盡

矣卽黔驢", "雨歇又來山變色 風吹欲止草生香", "墻外日光穿屋漏 簷間鳥影在屏風", "詩
成白也知無敵 花落虞兮可奈何"… 豪壯 如牧老 "城空月一片 石老雲千秋"… 雄奇 如牧
老 "喧枕枯其憐馬瘦 繞墙老蓿望人肥"… 閑適 如牧老 "夜冷狸奴近 天晴燕子高", "殘年
深閉戶 淸曉獨行庭"… 枯淡 如牧老 "破窓多月影 虛榻半松陰", "雨深病葉時時落 春去餘
花續續開"…

— 曺伸『諛聞瑣錄』42 —

⑦ 牧老詩閑適 如晨興詩曰 "湯沸風爐雀噪簷 老妻盥櫛試梅鹽 日高三丈紬衾暖 一片乾
坤屬黑甛" 春陰詩 "春陰漠漠午風輕 綠暗紅殘小院明 微雨乍來看不見 忽聞黃鳥兩三聲"
卽事云 "風定餘花猶自落 雲移小雨未全晴 墻頭粉蝶別枝去 屋角錦鳩深樹鳴" 絶句云 "松
舟向晚繫苔矼 落日微風滿一江 詩興浩然收不得 更呼明月倚蓬窓" 如蟬聲詩云 "細泉流月
葉號風 欲斷還連乍異同 曾記客程搔首立 滿山紅葉夕陽中" 狀物精巧 有無限意思 拾栗詩
"坐想山村栗正肥 金丸欲落映離離 乞身何日飄然去 拾得滿籠深夜歸" 可見欲歸之志

— 曺伸『諛聞瑣錄』9 —

⑧ 余以臆見忘論勝國與本朝之詩曰 麗代之雋者…李牧隱穡之渾博…

— 南龍翼『壺谷詩話』1 —

⑨ 竊嘗以謂 先生之於詩 不凝滯於一 衆體皆備 有雄渾者 有麗藻者 有冲澹者 有峻潔者
有豪以贍者 有嚴以重者 有奧而深者 有典而雅者 當合全集而觀之 可以想富哉之氣象 復何
事於精選哉

— 徐居正『牧隱集精選序』—

II. 5.

① 僧幻庵 書法妙絶 得晉體 一時求書者坌集 然所書必觀詩文 心肯然後 始下筆 廣平李
侍中仁任 得尹泙畫十二幅屏風 令茂松尹會宗作詩 倩幻庵筆之 庵曰 詩欲傳後 非牧老不
可 世有牧老 而敢題屏障者僭也 却折簡邀牧老于方丈 牧老曰 若邀老物 當用安和寺泉煎茶
牧老旣至卽席口號賦十二絶 筆勢生風 隨賦輒令庵書之 至膝王閣末句曰 "當日江神知我否
何時更借半帆風" 庵投筆大叫曰 政用王勃本色事 此最警絶 如牧老眞詩聖也 書訖 遂成三
絶 廣平珍藏之 後雲菴澄公淸叟 重修長城縣白菴寺樓 請名於三峰鄭先生 三峰名以克復而

記之 使其徒絶澗倫師 受楷於幻庵 庵曰 此非吾所書也 牧老在世 而敢爲長文大作歟 卽令
沙彌 偕絶澗往牧老請名若記 牧老訊絶澗 澗曰 寺在二水間 而水合于寺之源 東西分流 又
合于樓前爲淵然後出山 牧老曰 然則可名双溪樓 操筆記之 文無加點 其末有云 予老矣 明
月滿樓 無由宿其中 恨不少年爲客耳 幻庵受而書之 嘆曰 唐人詩有 “明月双溪水 春風八詠
樓 少年爲客處 今日送君遊”之句 此老政用此語 而無斧鑿痕 眞妙手也 牧老竟坐詩案 事叵
測 亦未必非幻庵輩爲崇也

— 徐居正 『東人詩話』 上 —

② 牧老云 近世 有改拙翁文者 因記段墨卿 淮西碑事 有詩 “刻物區區代化工 何顏地下
見文公 海東亦有雌雄手 獨向猊山吊拙翁” 可見牧老推重崔拙翁 以其文擬韓公 牧老洞庭
晩靄詩 “一點君山夕照紅 瀾吞吳楚勢無窮 長風吹上黃昏月 銀燭紗籠暗淡中” 於東方 眞可
橫絶古今

— 曺伸 『諛聞瑣錄』 56 —

③ 樂府句句字字皆協音律 古之能詩者尙難之 陳后山楊誠齋 皆以謂蘇子瞻樂詞雖工 要
非本色語 況不及東坡者乎 吾東方語音 與中國不同 李相國 李大諫 猊山 牧隱 皆以雄文大
手 未嘗措手 唯益齋備述衆體 法度森嚴 先生北學中原 師友淵源 必有所得者 近世學者
不學音律 先作樂府 欲爲東坡所不能 其爲誠齋后山之罪人明矣

— 徐居正 『東人詩話』 上 —

④ 牧隱待人不至詩曰 “新年無日不思家 豈有工夫管物華 寂寂小村來往斷 西山依舊夕
陽斜” 寫出蕭然意態 又云 “堂北堂前多老樹 最高樹上有鳴鳩” 又 “小婦掃落葉 盛之以破
箕 頂戴入廚去 主婦催暮炊” 又 “坐轎白沙地 掛巾靑松枝” 可謂言之容易 卽見如畫

— 曺伸 『諛聞瑣錄』 14 —

<『詩話學』 제3・4집 합집, 2001.>

性理學과 圃隱의 詩

Ⅰ. 序言

圃隱 鄭夢周를 평하여 '理學', '節義', '文章' 등 三節을 갖춘 분이라고 한다. 이에 따라 圃隱 연구도 思想, 政治, 文學 등 각방면에서 이루어지고 있다. 어느 하나 중요하지 않은 것이 없겠지만, 현재까지의 연구 경향은 思想과 文學에 치중하고 있다. 먼저 '70년대와 '80년대에 쓰여진 논문을 살펴보면 대개 다음과 같다.

포은 시에 대한 연구는 필자의 논문이 있고[1], 사상과 기타 방면에 관한 연구로는 金周漢 등의 논문이 있다.[2] 한편 포은 절의 문제를 둘러싸고 논란이 벌어지기도 하였다.[3] 90년대에 와서도 다수의 연구업적이 축적되었다.[4]

이와 같이 필자는 20년 전에 처음으로 圃隱 연구를 시도했다. 지금 와서 보면 소략하여 논문이라 할 정도도 못되지만, 그래도 圃隱 문학연구로는 최초의 것이 아닌가 한다. 이후 圃隱 연구가 다각도로 이루어져 지금은 20편

---

1) 李炳赫, 「圃隱의 詩文學과 三隱에 대한 詩考」, 『釜山工專論文集』, 1975.
2) 金周漢, 「鄭圃隱文學觀의 背景과 梗槪」, 『人文研究』 제7집 4호, 嶺南大 人文科學研究所, 1985.
3) 李載浩 : 「鄭圃隱 非忠臣論에 대한 檢討」, 『釜大史學』 제7집, 1983.
4) 李炳赫 : 「鄭圃隱의 詩文學─性理學的인 傾向을 중심으로─」, 『韓國의 漢文學』, 民音社 1990.
　　嚴慶欽 : 「鄭夢周의 使明行詩에 관한 考察」, 『石堂論叢』 제7집, 동아대, 1991.
　　卞鍾鉉 : 「圃隱 鄭夢周漢詩의 風格과 題材」, 『韓國漢文學研究』 제15집, 1992.
　　李相益 : 「鄭圃隱의 性理之學에 대한 探索」, 『한국철학논문집』2, 1992 등의 논문이 쓰여졌고, 1992년 『圃隱思想研究論叢』1輯(圃隱思想研究院)에는 9편의 논문이 실려 있다. 이 책자에 실린 것은 文學, 政治, 經濟, 思想에 관한 논문들이다.

을 상회하는 연구논문이 쓰여졌다.

포은을 일러 '理學의 祖'라고 한다. 이 말은 우리나라 성리학의 開祖, 또는 元祖라는 뜻이다. 朝鮮朝에 와서 포은을 文廟에 配享하려 했을 때 포은의 업적에 대해 대개 두 가지 측면에서의 평가가 있는데 성리학의 개조와 상례의 정비자로 파악하고 있다.[5] 따라서 포은 문학의 연구는 성리학과 연관하여 이루어져야 마땅하다. 다만 포은의 작품은 남은 것이 많지 않고, 성리학을 작품의 소재로 혹은 주제로 명확하게 드러낸 것이 적어 연구에 상당한 어려움이 있다. 필자는 두 차례에 걸쳐 포은을 다루었는데, 처음에는 포은의 문학을 포괄적으로 논했고, 두번째로는 시에 나타난 성리학적 성격만을 논했다. 본 논문에서는 이제까지의 논의에서 미진했던 것을 보완하여 고찰해 보려고 한다.

먼저 포은의 성리학적인 시가 창작된 사상적 배경, 즉 성리학적 세계관의 형성을 살피고, 다음으로 성리학적 세계관이 작품에 어떻게 형상화 되었는가를 고찰하겠다. 마지막으로 여기서 얻은 성과를 토대로 하여 포은시가 후대의 성리학적 성격의 시와 어떤 관계가 있는지를 간단히 언급할 것이다.

Ⅱ. 圃隱詩의 性理學的 創作 背景

포은시의 성리학적 성격을 이해하기 위하여 먼저 포은 시대의 성리학에 대해 살펴 볼 필요가 있겠다. 고려의 성리학은 忠烈王 이전 北宋을 통해 받아들였다는 견해도 있으나 朱子學은 忠烈王 16년(1290) 安珦에 의해 전래 되었다는 것이 정설이다. 高麗末은 국교인 佛教가 타락·부패하여 새로운 국가 지도이념이 필요한 시기였고, 한편 고려에 직접 간접으로 영향력을

---

5) 『中宗實錄』 十二卷 五年 庚午 十. "辛丑, 御朝講, 正言李脅曰, 前朝鄭夢周, 人皆謂東方理學之宗, 東方喪禮久廢矣. 夢周始加考定, 如崔致遠·薛聰·安裕, 亦皆配享文廟, 以夢周依致遠等例, 從祀廟庭, 則足以興起人材."

행사하던 元은 朱子學을 숭상하고 있었다. 이 두 요인이 성리학 수용의 역사적 계기가 되었던 것이다. 처음 安珦이 배워온 것은 朱子學이었으나, 그 후 白頤正이 程·朱性理學을 본격적으로 수용했다. 또 權溥는 『四書集註』를 간행해 朱子學의 보급을 촉진했다. 당시 성리학의 학문적 계보는 다음과 같다.

$$
安珦 \rightarrow \begin{bmatrix} 權溥 \\ 白頤正 \\ 李瑱 \end{bmatrix} \rightarrow 李齊賢 \rightarrow 李穀 \rightarrow \begin{bmatrix} 李穡 \\ \\ 圃隱 \end{bmatrix}
$$

위의 표에서 알 수 있는 바와 같이 이들은 모두 師生, 朋友, 또는 親戚間이다. 權溥는 李齊賢의 知貢擧이자 장인이다. 또 白頤正의 딸은 李齊賢의 둘째 며느리이다. 이진은 李齊賢의 아버지요, 李穀은 李穡의 아버지이다. 이처럼 성리학은 學統과 血統으로 얽힌 그룹에 의해 연마되고 보급되었다.

고려말 성리학의 본격적인 연구는 공민왕 16년(1367)에 崇文館 옛 터에 成均館을 창건하고 牧隱을 大司成을 삼고 圃隱과 金九容, 朴宜中, 李崇仁을 學官을 삼아 明倫堂에서 經書를 강론하면서 부터이다. 이때 牧隱의 나이는 40세, 포은은 30세로 모두 학구적 열의에 찬 청장년 학자였다. 목은이 포은에 대해 '橫說竪說 無非當理'라고 한 것도 이 무렵의 일이다. 포은은 30대에 이미 우리 나라 성리학의 開祖가 되었던 것이다.

포은의 시는 使行에서 지어진 것이 많기 때문에 그의 使行活動을 살펴볼 필요가 있다. 麗末 성리학자는 元의 수도 燕京에 주로 내왕하며 유학한 사람 내지 이에 동조한 親元派와 明의 수도 金陵(南京)에 내왕한 사람 내지 이에 동조한 親明派로 나눌 수 있다. 前者는 安珦, 白頤正, 權溥, 李齊賢, 李穀, 李穡 등이고, 後者는 鄭夢周, 李崇仁, 鄭道傳, 權近 등이다. 후자에 속했던 포은은 北元의 사신을 맞아들이지 말자는 「請勿迎元使疏」을 올렸고, 明에 사신으로 간 일도 많았다.

이에 포은의 使行活動을 구체적으로 살펴보기로 한다. 먼저 明에 사신으로 가게 된 경위부터 살펴보겠다. 공민왕 17년(1368) 1월에 중국 남방에서 일어난 한족인 朱元璋이 明을 건국하자 같은 해 8월 元의 順帝는 大都(北京)를 버리고 上都인 開平府로 달아났다. 공민왕 18년(1369) 4월 明의 太祖 朱元璋은 使臣 偰斯를 고려에 파견했고, 이 해 5월에는 고려에서는 元 順帝의 '至正年號'까지 사용을 정지했으며, 8월에는 明에 聖節使(皇帝의 탄생일 축하하는 사신)를 보냈다. 공민왕 19년(1370)에 명의 太祖는 偰斯를 보내어 공민왕을 册封하고, 7월에 고려에서는 明 태조의 연호인 洪武 年號를 시행했으며, 8월에는 服色도 明의 것으로 바꾸었다. 이 때 元 順帝는 上都에서 應昌(察哈爾北部地)으로 달아나 그곳에서 죽고 그 뒤를 이은 昭宗이 明軍의 추격을 받아 和林(蒙古庫倫西南)으로 달아나 명맥만 남았으니 이것이 北元이다.[6] 포은은 이미 쇠망한 北元보다는 새로 일어난 明과 친할 것을 주장했다. 때문에 포은은 明에 자주 사신으로 가게 되었다. 그의 사행을 간단히 정리해 보면 다음과 같다.

1차 사행. 포은이 36세(1372, 공민왕 21)되던 해 3월에 고려에서 洪師範을 중국 南京에 보내어 蜀을 평정한 것을 축하했는데, 포은은 書狀官으로 수행했다. 8월에 돌아오던 중에 海中에서 바람을 만나 明으로 되돌아갔다가 다음 해의 7월에 귀국했다. 이 때 사행 기간은 1년이 넘었다.

2차 사행. 46세(1382, 우왕 8)되던 해의 4월에 進貢使로 明京에 가다가 遼東에 도착하자 歲貢이 定額에 차지 못한다고 하여 遼東都司가 입국을 거절하므로 요동에서 되돌아왔다.

3차 사행. 역시 같은 해 11월에 請諡使로 또 明京으로 떠나 다음해 1월에 遼東에 이르렀는데 遼東都司가 황제의 조칙이 있다고 핑계하고서 禮物만 받고 들여놓지 않으므로 되돌아왔다.

---

6) 李載浩, 「麗鮮 交替期에 鄭圃隱이 남긴 事功」, 『圃隱思想硏究論叢』, 1992 참조.

4차 사행. 48세(1384, 우왕 10)되던 해의 7월에 포은은 사신으로 임명되어 明으로 가서 聖節을 賀禮하고 恭愍王의 諡號와 禑王의 承襲을 奏請하였다.

이보다 앞서 공민왕 23년(1374) 9월에 고려에 왔던 明의 사신 林密, 蔡斌 등이 본국으로 돌아가는데 고려에서는 金義(胡人)를 시켜 그를 호송하게 했다. 그런데 蔡斌과 金義가 서로 反目하여, 그 해 11월에 이들 일행이 요동의 開州站에 도착하자 김의는 蔡斌을 살해하고 北元으로 달아났다. 이 때문에 고려에서 告訃, 請諡 및 承襲의 일로 明에 보낸 張子溫과 閔伯壹 등이 본국으로 도망하여 왔다. 이 해(우왕 즉위년) 12월에 金湑를 北元에 보내어 공민왕의 喪事를 알리고, 다음 해(1375, 우왕 1) 1월에는 告喪 請諡 및 承襲의 일로 崔源을 明으로 보냈다.

한편 고려는 李仁任이 國政을 맡으면서 北元과 明과의 兩端外交를 취하였다. 禑王 3년(1377) 2월에 北元에서 사신을 보내 고려왕을 책봉하니 北元의 宣光年號를 시행했고, 다음 해인 우왕 4년(1378) 3월에 明에 사신을 보내어 공민왕의 시호와 우왕의 承襲을 요청하고 9월에는 다시 明의 洪武 年號를 시행했다.

이처럼 당시 국제관계는 미묘하였다. 특히 김의가 明의 사신을 죽이고 北元으로 도망간 사건으로 인해 고려와 明의 관계는 극도로 악화되었다. 明의 太祖는 고려에 군사적인 위협을 가하여 세공을 늘리게 했고, 이에 5년간의 세공을 약속대로 이행하지 않았다고 하여 사신 洪尙載, 金寶生, 李子庸 등을 곤장으로 쳐서 먼 곳으로 유배시켰다. 상황이 이렇게 되자 고려에서는 성절사로 가는 것을 기피했다. 최후에 陳平仲을 보내기로 하니, 그는 權臣인 林堅味에게 노비 수십명을 뇌물로 주고 병을 핑계로 모면하려 했다. 이에 임견미가 포은을 추천했다. 우왕은 포은을 불러서 "근래 우리 나라가 명나라에 책망을 당한 것은 모두가 대신의 잘못이다. 그대는 고금의 일을 널리 통하고, 또 나의 의도도 상세히 알고 있다. 지금 陳平仲은 병으로 갈 수가 없으므로 그대를 대신 보내려고 하니 그대의 의사는 어떠한가?"라고 하자,

포은은 곧 대답하기를 "君父의 명령은 물불도 가리지 않을 것인데 하물며 천자에게 조회가는 일이겠습니까. 그러나 우리나라와 南京과의 거리는 8천 리나 되니 渤海에서 순풍을 기다리는 것을 제외하고는 실제 90일 路程이 되는데 지금 聖節까지는 겨우 60일밖에 남지 않았습니다. 순풍을 기다리는 것이 10일이라면 남은 일수는 겨우 50일밖에 남지 않았으니, 이것이 저의 걱정입니다"고 했다. 우왕이 그러면 "어느날 길을 떠나겠는가"하고 묻자, "어찌 밤을 새울 수 있겠습니까."하고 곧 떠나 밤낮으로 달려 聖節日에 表文을 바쳤다. 황제는 표문을 보고 날짜를 헤아려보며 말하기를, "그대 나라 신하들이 서로가 사고를 핑계삼아 이곳에 오기를 좋아하지 않았으므로 날짜가 촉박해서야 그대를 보내었구나. 그대는 지난번에 蜀을 평정한 것을 축하하러 온 사람이 아닌가."라고 했다. 포은은 그 때 배가 부서졌던 상황을 자세히 아뢰니, 황제는 "그렇다면 그대는 응당 중국어를 알겠구나." 하고 특별히 위로하고 禮部에 명령하여 우대하여 보내게 하고, 마침내 洪尙載 등을 석방하여 고려로 돌려보냈다. 포은은 일을 마치고 다음 해 4월에 명나라에서 돌아왔다.

5차 사행. 50세(1386, 우왕 12) 되던 해의 2월에 포은은 明에 사신으로 가서 歲貢의 감면을 요청했다. 2년 전에 포은이 明에 갔을 때 明帝의 마음을 감동시키는 외교의 능력이 있었기 때문에 또 보냈던 것이다. 포은은 과연 5년 동안 未納된 歲貢과 增定된 歲貢을 면제받았다. 그리고 冠帶, 朝服, 便服도 청했다. 이 때 지은 皇都詩 4수가 남아 있고, 그 외에도 范光湖를 건너 중국의 명승지를 두루 돌아본 기행시가 있었는데, 목은의 「書江南紀行詩稿 後」에 창작 상황이 잘 나타나 있다. 이 해 7월에 明에서 본국으로 돌아왔다.

6차 사행. 51세(1387, 우왕 13)되던 해의 12월에 朝聘을 통할 것을 청하여 명의 서울로 떠났는데, 다음 해 1월에 요동에 도착하자 都司가 들어놓지 않으므로 되돌아왔다.

이상에서 살핀 바와 같이 포은은 明으로 여섯 번의 사행을 떠났는데 세

번은 요동에서 되돌아오고, 세 번은 明京까지 다녀왔다. 즉 우왕 8년(1382, 포은 46세)에 두 번과 우왕 13년(1387, 51세)에는 요동에서 되돌아 온 것이다. 그러나 明京에까지 들어간 것은 첫 번째는 공민왕 21년(1372, 壬子 36세) 3월에 출국하여 다음 해 7월에 귀국했으며, 두 번째는 우왕 10년(1384, 甲子 48세) 7월에 출국하여 다음 해 4월에 귀국했고, 세 번째는 우왕 12년(1386, 丙寅 50세) 2월에 출국하여 그 해 7월에 귀국했다.

이 때마다 모두 시가 있었을 것은 틀림없다. 그런데 포은의 아들 鄭宗誠의 기록에 의하면 '선인께서 네 번 明京에 가서 모두 시가 있었으나, 「丙寅錄」(1386, 우왕 12)만 書狀官 韓尙質의 손수 기록에 의하여 남아 있고 나머지는 모두 전하시 않는다'고 했다. 그러나 「丙寅錄」보다 14년 전인 壬子年에 지은 시가 반대로 「丙寅錄」보다 뒤에 실려 있으니 반드시 「丙寅錄」만 남은 것은 아니다. 이처럼 포은은 누차 중국 대륙을 누볐으므로 그의 시에는 호방한 기풍이 현저히 드러난다. 그러면서도 명나라의 새로운 문물을 접하여 쇠퇴한 고려를 부흥시키고자 하는 의지가 성리학적인 사상과 함께 시에 역력히 나타난다. 이것이 작품으로 나타난 것이 호방한 풍격, 유교문명에의 염원, 성리학적인 제성격이라고 할 수 있다.

Ⅲ. 圃隱詩의 性理學的 性格

1. 圃隱詩의 風格

포은 시의 성리학적인 경향을 파악하기 위해서 먼저 지금까지 포은 시의 평가에 대해 살펴 볼 필요가 있다. 표를 보이면 다음과 같다.

	評　　　語	評　者	出　　　　　典
1	豪放峻潔	高麗史	鄭夢周 列傳
2	豪放傑出	許　筠	惺叟詩話(詩話叢林)
3	音節跌宕, 盛唐風格	〃	〃
4	翩翩豪擧	〃	〃
5	風流豪宕, 酷似樂府	〃	〃
6	豪暢	南龍翼	壺谷詩話(詩話叢林)
7	豪邁峻壯, 橫放傑出	卞季良	東人詩話下
8	豪放, 飄逸	河　崙	圃隱先生詩卷序
9	本性情, 該物理	卞季良	〃
10	豪爽卓越, 豪逸秀發	朴信謹	〃
11	雄深雅健, 渾厚和平	權　採	
12	豪逸雅健, 雄深和厚 本性情, 該物理	盧守愼	〃
13	性情之發, 憂國愛君 傷時感物, 出處去就 好惡悲憤, 溫柔敦厚	曹好益	圃隱先生集重刊跋
14	豪爽卓越	李　穡	三峰集卷四(李牧隱送子虛詩序卷後題)
15	躍鱗淸流, 飛翼天衢	任　璟	玄湖瑣談(詩話叢林)
16	唐詩中高品	洪萬宗	小華詩評上

위에서 인용된 評語를 司空圖의 「二十四詩品」과 관련 짓는다면, 포은의 시는 '雄渾'과 '豪放'으로 요약할 수 있다. 朱東潤처럼 「二十四品」을 '陰柔之美'와 '陽剛之美'로 大別한다면, 포은 시는 '陽剛的'인 미에 해당될 것이다. 다만 유의해야 할 사실은 포은 시에 대한 평가가 그의 작품 전체를 대상으로 하지 못했다는 점이다. 현재『포은집』에 수록된 작품은 원래 작품의 극히 일부분이기 때문이다.

포은의 아들 鄭宗誠의 「圃隱集跋」7)에 의하면, 포은은 본래 시문이 많았

---

7) 鄭宗誠, 「圃隱先生詩集跋」. "吾先人所著詩文, 不爲不多, 然自以不滿其意, 旋作旋棄, 而間

으나 마음에 차지 않는다며 짓는 대로 모두 버렸고, 그런대로 수록한 것도
적지 않았으나 불행히 변고를 당하여 거의 다 잃어버렸다는 것이다. 이로
볼 때 위의 시평들은 백에 한둘을 대상으로 이루어진 것이라고 할 수 있다.
또 백에 한둘 정도 남은 작품도 거의 중국과 일본의 使行에서 쓰여진 기행시
라는 것을 고려해야 한다. 일본 사행시의 경우를 간단히 들어 보기로 한다.
포은이 41세(1377, 우왕 3)되던 해의 9월 일본에 사신으로 갔다가 다음 해
7월에 돌아왔다. 이 때 쓰여진 기행시는 포은의 4형제 중 막내인 鄭蹈가
抄錄한 13수뿐이고 나머지는 모두 잃어버렸다고 한다. 포은은 일본에서 1년
가까이 머물렀는데, 그 곳 승려들이 포은을 존경하여 가마에 태워 다니며
명승고적을 구경시켰고, 그들이 포은의 시를 구하고자 하여 모여들면 즉석
에서 지어주기도 했다고 하는데, 이 때 시가 겨우 13수밖에 남아 있지 않으
니 참으로 백에 한둘에 지나지 않는다는 말도 과장이 아니다.

　이처럼 대다수 작품이 상실된 사정은 그의 시에 대한 평가와 밀접한 관계
가 있다. 남아 전하는 그의 대다수 작품은 사행에서 지어진 것이며 작품의
평가도 이것을 주 대상으로 하고 있다. 그러나 창작배경이 사행이라 해서
작품이 반드시 호방하다는 논리는 성립되지 않는다. 여행으로 일어나는 감
회란 憂愁일 수도 있고, 괴로움일 수도 있으며, 회고일 수도 있다. 하필이면
포은의 사행시가 호방한 품격을 띠게 되었던가. 이것은 개인적인 취향도
있겠지만 역사의 주체자로 새롭게 등장한 신흥사대부로서의 포부와 기개의

有收錄, 亦且不少, 不幸遭家之故, 遺失殆盡 今所存者, 特百中之一二耳. 其使日本所作, 只
得叔父司宰令蹈所抄錄, 十三首而已, 餘皆逸. 又其平日所作, 爲諸家所藏者, 及洪武丙寅奉
使大明行錄, 皆門人咸平定公傳霖所鳩集而歸之者也. 宗誠又得若干首, 摠三百三首, 先人四
赴京師, 俱有所作, 丙寅之錄, 幸賴書狀官, 韓文烈公尙質手錄, 而不失, 餘則不傳焉深恨, 如
文烈公者, 世不多得也, 宗誠幸奉遺體, 悲不自勝, 遂正其差謬次其先後, 藏之巾衍久矣. 越
正統丁巳秋, 我主上殿下, 微覽嘉歎, 命右承旨權採, 序其卷端, 以示褒獎之意, 恩出望外, 驚
感無措, 豈唯小臣感激思效萬一, 冥冥之中亦必有感泣而圖報者矣. 於是倩工鋟梓, 以壽其傳,
庶幾益廣我, 聖上褒節義重文獻之大德於無窮云. 正統四年, 已未, 三月, 日. 折衝將軍, 龍武
侍衛司, 上護軍, 兼知兵曹事, 男 宗誠謹跋."

시적 분출로 봄직 하다. 사행시에서 성리학과 직접적인 연관성을 찾기란 어려우나 그 기저에는 성리학을 사상적 무기로 하여 새로운 역사창출의 주인공이 되고자 하는 의식이 깔려 있는 것이다. 이렇게 본다면 호방한 포은 시의 품격 역시 성리학과 직접적이지는 않으나, 상당한 함수관계에 있는 것으로 보인다.

2. 儒敎 文明에의 念願

포은 시의 성리학적 경향에 대한 연구는 「讀易」을 비롯한 4수의 시에 집중되었다. 이들 작품은 예로부터 性理學的이라는 詩評이 있었을 뿐만 아니라 시어 자체가 성리학 용어이거나 작품의 문면에서 성리학과의 관계를 유추하기 용이하여 포은 시와 성리학과의 관계를 설명하는데 매우 중요한 표본이 되었던 것이다. 그러나 이 4수의 시에 대한 지나친 강조는 도리어 포은의 시세계를 편협하게 이해하기 쉽다. 만약 이 시기 성리학의 수용과 한시의 관련성을 성리학 용어가 시어로 채택된 것이나, 혹은 성리학적인 것으로 유추될 수가 있는 것을 수사 등에서만 찾는다면 도리어 이 시기 성리학과 한시의 관계를 편협하게 이해하게 될 것이다. 따라서 보다 넓은 시각에서 이 문제를 재검토할 필요가 있다. 즉, 성리학이란 학문자체와 시를 지나치게 경직되게 연관짓지 말고, 유학사상 전반과 시를 관련지어 설명할 필요가 있는 것이다. 성리학도 결국은 유학의 이념이 극도로 추상화된 것이기 때문이다. 이런 시각에서 본다면 포은 시는 성리학과 관련성이 확대될 것이다.

고려말 성리학의 수용이란 결국 유학에 의한 사회와 문화의 재구성 내지 창조로 볼 수 있다. 즉, 유교적 문명의 창조 그리고 그것에 대한 염원의 표출인 것이다. 성리학적인 문학도 여말・선초라는 역사적 전환기에 있어서 성리학을 사상적 무기로 한 지식인의 의식세계를 형상화한 것이다.

儒教는 堯·舜과 夏·殷·周 三代의 禹·湯·文·武·周公을 거쳐 孔子가 이를 集大成한 것이다. 이후 漢唐儒學을 거쳐 宋明儒學으로 전해진다. 우리 나라에서는 정치를 말할 때는 三代의 이상적인 정치를 내세우고, 文物制度를 말할 때는 周公의 制禮作樂을 말한다. 그리고 孔子·孟子는 이를 집대성하고 후세에 도를 전한 성인으로 추앙한다. 唐代에 와서는 漢代에서 宋代로 넘어가는 과도기에 韓愈와 같은 인물이 있기는 하나 성리학자라기보다는 문인으로 인식되었다. 한유 이후 宋代에 와서 발달한 新儒學은 우리나라의 사상과 문학에 지대한 영향을 끼친다.

그러면 포은의 시에서 儒教文明에 대한 염원은 어떻게 나타나는가? 포은의 시어 중에 '吾道', 또는 '斯文', '雅音'이란 말을 즐겨 사용한다. 더 구체적으로는 堯·舜·禹·湯과 孔子·孟子의 고사들이 자주 보인다. 즉, 유교의 도통인 동시에 이들에게서 이루어졌던 유교 문명 내지 문화에 대한 염원의 반영인 것이다. 먼저 堯·舜의 용사를 예를 들어본다.

> 文治를 숭상하는 天子 어진 선비를 등용하니　　右文天子用儒賢,
> 인물과 風流가 신선과 같구나.　　　　　　　人物風流望似仙.
> 한 書札 열 줄의 天子의 詔書 전해오니　　一札十行傳漢詔,
> 三韓의 억년에 堯임금 시대 축하하네.　　　三韓億載祝堯年.
> 들판 아이들 서로 불러 紗帽 구경하고　　　野童相喚看紗帽,
> 나룻터의 사공들도 그림배를 저어가네.　　　津吏來迎鷁畵船.
> 이별한 후 그대를 어디에서 생각할까.　　　別後思君何處是,
> 璧雍의 가을 물결 맑은 곳에 있으리.[8]　　璧雍秋水正淸漣.

이 시는 明나라 사신인 張溥가 고려에 왔다가 귀국할 때 포은이 지어준 「送張學錄溥還朝」라는 送別詩이다. 송별시이면서도 堯임금시대의 태평성대를 구가한 것이다. 포은이 親明派라는 것은 위에서도 지적했다. 쇠망해가는 元보다는 새로 일어나는 明과 가까워지기를 희망했다. 이 시에서도

---

8) 「送張學錄溥還朝」, 『圃隱集』卷二.

明이 일어나면서 文治를 숭상하여 儒賢을 등용했다는 것과 요임금 시대와
같이 태평시대를 이룩한 것을 읊었다. 그리고 張溥는 辟雍, 즉 太學에 종사
하는 '學錄'이라는 官員이다. 포은과 마찬가지로 학문에 종사하는 사람이다.
그는 고려말에 사신으로 와서 「陶隱集跋」(1385, 우왕 11)을 지은 일도 있고
麗末 문인과는 친면이 있는 사람이다. 따라서 포은의 시는 조용하면서도
旭日升天하는 것과 같은 희망에 찬 기상이다. 이와 같은 일련의 시들은 국내
의 일들을 소재로 해서 지은 것보다는 明과의 관계에서 지은 것이 많다.
또 당시 명의 사신으로 고려말 문인들과 교분이 두터웠던 周倬에게 지어준
「乙丑九日　贈天使周倬」이란 시도 있다.

중국에 좋은 선비 있어	中州有佳士,
仁과 義를 佩服했네.	佩服仁與義.
조용히 堯・舜의 道를 강론하고	從容講唐虞,
조석으로 天子를 모시는구나.	朝夕侍天子.
천자는 먼 곳의 사람 생각하여	天子念遠人,
천명을 받아 덕화를 선포하구나.	受命宣德意.
만 리 길을 달리고 달려	行行萬館里,
扶桑의 가지에 말을 매었네.	繫馬扶桑枝.
번득이는 그 烏紗帽는	翻然烏紗帽,
海東의 모퉁이에 비치네.	色映東海陲.
온 나라가 은총을 입으니	擧國被寵榮,
만물이 빛이 나구나.	萬物生光輝.
수레 멈추고 잠깐 서로 만나니	傾蓋一相見,
정과 친분이 옛 친구 같구나.	情親如舊知.
날마다 높은 담론 듣고	日日接高論,
부지런히 깊은 이치 연구하네.9)	亹亹窮玄微.

이 시에서 乙丑年은 禑王 11년(1385)으로 포은이 49세되는 해이다. 周倬
도 張溥와 마찬가지로 麗末 문인과는 가까워 「陶隱集序文」을 지은 일이

9) 「乙丑九月贈天使周倬」,『圃隱集』卷二.

있다. 위에서 예로 든 두 시가 모두 명나라 사신에게 지어 준 것이어서 유사한 분위기를 느낄 수 있다. 특히 포은은 胡服(元나라의 복장)을 바꾸어 華制(明나라의 복장)로 만든 분이다. 두 시에 모두 烏紗帽를 들고 있는 것도 이와 관계가 있는 것이다. 그러면서 堯·舜 시대의 문물을 欽仰하고 있다. 이는 당시 先進文化國인 明과 관계되는 시에서 더욱 많이 나타난다. 「皇都」 시 4수 중에 두번째 시에서도 역시 위의 시와 같은 느낌을 준다. 그 끝귀절만 들어보면 다음과 같다.

> 이로부터 三韓은 皇帝의 힘을 입어　　　　　　從此三韓蒙帝力,
> 밭 갈고 우물 파서 모두 편히 잠자리라.10)　　耕田鑿井總安眠.

'제 밭 갈아 제 밥 먹고, 제 우물 파서 제 물 마시며, 擊壤歌를 부르니 帝力이 나에게 무슨 상관이 있느냐'는 堯임금 시대의 일을 用事로 쓰고 있다. 바로 堯·舜 시대의 至治를 구가한 것이다. 이 시들은 모두 새로 일어난 明의 문화와 관계 지은 것이기는 하지만 포은의 堯·舜 시대의 태평성대를 이상으로 여기는 사상의 표출임에는 틀림없다. 禹임금에 대해서도 역시 明과의 관계되는 시에 주로 나타나는 것이 특징이다. 「常州除夜 呈諸書狀官」이란 시의 한 구절에 다음과 같은 것이 있다.

> 漢나라 禮樂은 새로운 儀式을 보겠고　　　漢家禮樂觀新儀,
> 禹貢의 山川에는 古跡을 찾겠네.11)　　　　禹貢山川尋古跡.

여기서 「禹貢」은 『書經』의 篇名으로 중국 九州의 山川 형세를 논한 글이다. 따라서 이 시에서 「禹貢」 山川이란 「禹貢」 속에 기록되어 있는 산천이란 뜻이다. 결국 禹王과 관계 있는 말로 夏王朝의 번성한 때의 이상적인 세계를 그리워하고 있었다는 것을 알 수 있다. 앞구절의 禮樂이라는 말과 함께 연관시켜 보면 그 뜻이 더욱 분명해진다. 이상적인 禮樂文物을 明나라를 통해서

---

10) 「皇都四首」, 『圃隱集』 卷一.
11) 「常州除夜呈諸書狀官」, 『圃隱集』 卷一.

그려본 것이다. 이를 더욱 명확하게 말해 주는 것은 「寄浙東佩玉齋 郯士安」
이란 시이다.

예로써 나아가고 義로써 물러나며	進以禮兮退以義,
큰 띠에 홀 꽂고 아름다운 비녀 꽂았구나.[12]	紳搢笏兮戴華簪.

　이 시 역시 明의 衣冠文物과 禮義를 소재로 한 것이다. 포은은 어디까지
나 武보다는 文治를 중요시했기 때문이다. "전쟁이 온 세상에 가득하니,
어느날 문덕을 닦을까."라는 시[13]도 이를 뒷받침한다.

　지금까지 堯 · 舜 · 禹가 포은 시에 나타난 것을 살펴보았다. 이 세 왕을
시 속에 읊고 있는 것은 포은이 태평성대의 禮樂文物을 그리고 있는 것을
알 수 있다. 다음은 湯王과 武王에 대해서다. 포은은 「高郵城」시에서 먼저
그 성의 주변 풍광의 아름다운 경치를 묘사하고, 천자가 나라 걱정으로 精兵
을 보내어 이곳을 지키게 한 사정을 서술하고 있다. 지난 때는 호걸들이
이곳의 험준한 것을 믿고 흉악한 짓을 했지만 "끝내는 백성을 몰아 湯 · 武
가 되었다."라는 글구가 있다.[14] 그런데 湯王과 武王은 본래 혁명을 한 임금
이다. 湯王은 夏의 폭군인 桀王을 내치고 商(후일 殷이라고 고침.)을 세운
始祖이다. 그리고 武王 發은 殷의 폭군 紂王을 토벌하고 주나라를 세운 임금
이다. 이들은 모두 덕망이 높은 임금으로 일컫는다. 포은은 湯王과 武王이
어지러운 나라를 멸망시키고 새로운 왕조를 건설했듯이 明이 元을 내치고
새로운 밝은 천지가 된 것을 축하한 것이다. 이는 고려말 어지러운 세상을
바로잡았으면 하는 기대심이 깔려 있다고 보아도 좋을 것이다. 이 외에도
明의 文化를 칭찬하는 글구는 자주 나타난다.

---

12) 「寄浙東佩玉齋郯士安」, 『圃隱集』 卷三, 雜著.
13) 「至咸州次惕若齋詩」, 『圃隱集』 卷二. "干戈盈四海, 何日是修文."
14) 「高郵城」, 『圃隱集』 卷一. "畢竟驅民爲湯武."

① 오늘날 周南의 王化에 가깝다.[15]　　　　今日周南王化近

② 大明의 聲敎가 동쪽 바다에 미쳤다.[16]　　大明聲敎曁東溟

③ 만약 왕의 교화가 아니었던들　　　　　　苟非同王化,
　　이 모임 어찌 있었으랴.[17]　　　　　　　此會可得耶.

　여기에서 보이는 바와 같이 '王化', '聲敎' 등의 시어를 쓰고 있다. 모두
明과 관계되는 글이기는 하나 포은이 이상적으로 그리는 일이 이 시어를
통해서 나타난 것이다.

　지금까지는 주로 孔子 이전의 인물에 대해서 살펴본 것이다. 모두 이상적
인 도덕정치를 담은 내용이었다는 것을 알 수 있다. 다음으로 포은 시에
儒敎를 집대성한 孔子는 어떻게 나타나는가? 그 예를 들어보면 다음과 같다.

① 슬프구나, 三韓의 멀리 온 나그네가　　　怊悵三韓遠遊客,
　　나루터 묻고 보니 농부에게 부끄럽구나.[18]　間津還愧耦而耕.

② 伯鯈에게는 꿈에 난초를 전해 주고　　　伯魚曾夢蕙,
　　공자께서는 이를 보고 마음 상하셨네.[19]　尼父爲心傷.

③ 殷나라에서는 傅說을 얻고　　　　　　　殷家得傅說,
　　孔子는 꿈속에서 周公을 보았네.[20]　　　孔氏見周公.

④ 沂水에 목욕하니 늦은 봄 생각하고　　　沂浴思春暮,
　　湯의 盤銘 외우니 日日新 떠오르네.[21]　湯銘誦日新.

---

15)「戲贈偕行年少」,『圃隱集』卷一.
16)「送周簿倬還朝」,『圃隱集』卷二.
17)「王坊驛贈遼東程鎭撫載」,『圃隱集』卷一.
18)「宿贛楡縣」,『圃隱集』卷一.
19)「蘭坡四詠次陶隱陽村韻」,『圃隱集』卷二. 이 시에서 원문집에「伯魚」는「伯鯈」의 잘못
　　이다.『左傳』宣公 三年 참조.
20)「夢」,『圃隱集』卷一.
21)「湯浴」,『圃隱集』卷一.

⑤ 목욕 마치니 몸과 마음 말끔하여　　　　浴罷身心淨無累,
　　舞雩에서 읊으며 돌아오는 흥취 유유하구나.22)　舞雩歸興信悠然.

⑥ 어찌 소 잡는 칼로 武城을 다스리랴　　　焉用牛刀宰武城,
　　음악소리 정치교화 한꺼번에 이름났네.23)　絃歌政化摠聞名.

⑦ 聖門의 천 년 후에 후손을 만나보니　　　聖門千載見雲仍,
　　한 마디 은미한 말 듣고 승복하겠네.24)　一聽微言爲服膺.

⑧ 옛날부터 이런 이치 따지기 어려우니　　　古來此理終難詰,
　　성인이신 孔子도 伯魚에게 곡하였네.25)　孔聖猶曾哭伯魚.

　포은의 시에서 孔子와 관계가 있는 詩句는 모두 들었다. 그 내용들을 살펴
보면 ①은『論語・微子』제 18에서 인용한 것으로 隱者인 長沮와 桀溺의
古事이다. 포은은 현실 타개를 위하여 조용히 은거하지 못하고 세상에 두루
돌아다니는 것이 이들에게 부끄럽다는 것이다. ②는『琴操』에 孔子가 지은
「猗蘭操」의 古事를 말한다. 공자가 제후들에게 두루 돌아다녔으나 등용해
주지 않으므로 衛로부터 魯로 돌아갔는데 깊은 골짜기에 난초가 홀로 무성
한 것을 보고 어진 사람이 때를 만나지 못한 것을 비유하여 지은 것이다.
이 시의 수제와는 큰 관계가 없지만 공자가 현실에서 뜻을 펴지 못하고
이상을 추구하는 것은 앞의 시와 동일하다고 하겠다. ③은『論語・述而』제
7에서 孔子가 周公의 道를 행하고자 하여 항상 오매불망했기 때문에 꿈속에
서 周公을 보았다는 것이다. 위에서 든 세 구절의 시들은 모두 孔子가 이상
을 실현해 보려는 노력을 보인 것들인데 포은의 시에서 모두 용사로 사용하
고 있다. ④와 ⑤는『論語・先進』제 11에서 공자가 제자들에게 각자의 소원
을 물었을 때 曾點이 대답한 말이고, '日新'은『大學・傳』二章에서 나온

22)「成州留元日沐浴」,『圃隱集』卷二.
23)「次榮州板上韻」,『圃隱集』卷二.
24)「贈孔主事」,『圃隱集』卷一.
25)「哭李密直種德」,『圃隱集』卷二.

말이다. 이는 현실적인 문제가 아니라, 인간의 내면적인 문제를 말한 대목이다. 물욕에 얽매이지 않고 灑落한 마음 가짐이 중요하다는 것이다. ⑥은 『論語·陽貨』제 17에서 공자의 제자인 子游가 武城宰가 되었을 때 禮樂으로 고을을 다스렸다는 고사이다. 포은 사상의 전반에 깔려 있는 예악을 존숭하는 그대로이다. ⑦ ⑧은 공자와 관계있는 고사를 포은이 많이 사용하고 있는 예를 보이기 위함이다.

이상에서 인용한 孔子와 관계되는 글의 내용을 요약해 보면 孔子가 포부를 펴 보려고 하나 현실과 맞지 않는데 대한 갈등과 물욕에 얽매이는 것보다 天理 流行의 灑落한 마음 가짐과 禮樂으로 백성을 교화시키는 내용들이다. 春秋時代나 고려말이나 모두 어지러운 말세적인 세태였기 때문에 포은의 시에도 이렇게 나타난 것이라고 할 수 있다. 그러므로 포은의 문학관에 시로써 민간풍속을 살피는 採詩觀이 나온다. 觀察使로 지방에 나가면 지방의 風謠를 채집하여 정치 반성 자료를 삼아야 한다는 것이다. 全五倫을 慶尙道 觀察使로 보내면서 지어준 시에 "마음은 맑아 제사 일 대신할 만하고 風謠 채집하는 책임 무겁기도 하다."라는 구절이 있다.26) 孔子의 刪詩 정신이나 朱子의 詩經觀이나 다를 바 없다.

이상에서 포은의 儒敎의 道統觀과 유교문명에의 염원에 대해서 살펴보았다. 포은 자신이 道統問題에 대하여 따로 견해를 보인 것이 아니라, 詩에 散在해 있는 것을 정리했기 때문에 논리적인 비약이 있을 수 있다. 그러나 우연히도 포은의 시에는 堯·舜·禹·湯·文·武·周公·孔子·孟子를 거쳐 新儒學으로 넘어가는 사상의 흐름이 역력하게 나타난다. 포은의 이름에 대한 유래도 이와 무관하지 않다. 포은의 어머니가 난초화분을 안고 있다가 깨뜨리는 꿈을 꾸고 포은을 낳았다고 하여 처음 이름을 '夢蘭'이라고 했다. 이는 포은의 시에 있는 것처럼 鄭穆公의 어머니가 꿈에 '蘭'을 받고 목공을 낳았다고 하여 목공의 이름을 蘭이라고 지은 일과 같다. 포은이 9세

---

26)「送全五倫掌令出按慶尙」,『圃隱集』卷二. "心淸代祀事, 任重採風謠."

때 역시 어머니의 꿈에 龍이 배나무에 올라가는 것을 보고 놀라 깨어 찾아보니 포은이므로 '夢龍'이라고 이름을 고쳤다. 이 이름은 유교와 깊은 관계가 있다고 하기가 어렵지만 다음의 경우는 다르다. 冠禮를 마친 후 '夢周'라고 고쳤다는 것이다. 어릴 때의 이름은 어른들이 지어주기 때문에 본인의 의사와 관계가 없다. 그러나 冠禮 후의 이름은 아무리 어른이 지어준다고 해도 아주 못마땅할 때는 본인의 의사가 어느 정도 반영될 수도 있다. 그런데 孔子가 젊었을 때 자나 깨나 周公의 道를 행하려는 마음이 있었기 때문에 꿈에 周公을 보았다는 고사에 따라 '夢周'라고 한 데는 깊은 뜻이 있다. 孔子가 道를 행하려는 뜻이 포은에게도 잠재해 있었던 것이다. 이로서 포은의 이상적인 정치, 즉 유교문명을 그리워하고 있는 것을 살펴보았다. 다음 宋代의 성리학 쪽에 더 나아가서 고찰하기로 한다.

3. 朱子學的인 實踐과 修養

朱子學이라고 하면 대개 理氣論·心性論·格物致知論 등 성리철학을 대표로 지칭하는 경우가 많다.그러나 광의로 말할 때 여기는 朱子의 禮學도 함께 포함된다. 고려말에 新儒學이 처음으로 들어왔을 때에는 내면세계를 탐구하는 성리학보다 오히려 실천윤리적인 면을 더 중요시했다. 성리학이란 본래 '人性과 天理'를 탐구하는 학문이다. 그래서 '性命義理之學', 또는 '性命理氣之學'이라고 한다. 즉 하늘이 부여한 '命', 사물이 부여받은 '性', 이 性命에서 나오는 '理', 道德에서 나오는 '義', 또는 부여받은 바의 '氣' 등을 탐구하는 학문이다. 따라서 고려말에 宋나라의 新儒學이 들어왔을 때 처음에는 이와 같은 철학적인 면에 경도되면서도 실천적인 윤리를 소홀히 하지 않았다. 그러나 또 포은의 朱子學的인 實踐倫理觀이 강하게 나타난다는 것은 대부분이 피상적으로 알려져 있다. 포은 자신이 이 점에 대해서 직접 의견을 말한 문헌을 검토해볼 필요가 있다. 그 중에서 가장 중요한

것은 포은이 經筵에서 임금님께 올린 「經筵啓辭」와 『高麗史・禮志』에 나오
는 「祭儀」이다. 먼저 「啓辭」부터 보면 다음과 같다.

> 儒子의 道는 날마다 쓰이는 일상적인 일이어서 음식 먹고 남녀끼리
> 살아가는 것은 사람마다 같은 바로, 堯・舜의 道도 역시 여기에서 벗어
> 나지 않습니다. 一動, 一靜, 一語, 一默이 그 바름을 얻으면, 그것이 바
> 로 堯・舜의 道이요, 처음부터 매우 높고 행하기 어려운 것이 아닙니
> 다. 그런데 저 불교는 그렇지 않아 친척을 떠나고 남녀의 인연을 끊으
> 며, 바위 구멍 속에 홀로 앉아 풀로 만든 옷을 입고 나무 열매를 먹으
> 며 觀空寂滅을 주장으로 삼으니, 이것이 어찌 사람의 일상적인 도리이
> 겠습니까?27)

이 글은 본래 유교를 논하려는 글이 아니다. 포은이 54세(1390, 恭讓王
2)때 공양왕이 중 粲英을 맞아 스승으로 삼으려 했기 때문에 여기에 반대하
여 올린 글이다. 여기서 儒子의 道를 말한 것은 바로 朱子의 實踐倫理 그대
로이다. 朱子는 성리학자이면서도 실천윤리를 강조했다. 포은이 고려말 불
교의 폐단과 함께 허물어진 윤리를 바로잡으려고 주장한 대표적인 예가
바로 이 글이다.

또 포은이 19세(1355)에 아버지 상을 당하여, 廬墓 3년으로 상을 마쳤
고28), 29세(1365)에 어머니 상을 당하였을 때도 역시 廬墓 3년으로 상을
마쳤다. 이 때 喪制가 문란했으나 포은만이 廬墓로 禮를 다했으므로 30세
때 孝子旌閭를 내렸다. 후일 포은이 고려를 위해 충성을 다한 것도 이와
같은 가정의 효에서 비롯한 것이다.

또 포은은 54세(1390) 때 士大夫와 庶人도 朱子『家禮』를 모방하여 家廟
를 세우고 神主를 만들어 조상에게 제사 지내게 했다. 당시에 상례와 제례에

---

27) 『高麗史・列傳』第三十 鄭夢周. "儒者之道, 皆日用平常之事, 飮食男女, 人所同也, 至理
存焉, 堯舜之道, 亦不外此, 動靜語默之得其正, 卽是堯舜之道, 初非甚高難行, 彼佛氏之敎,
則不然, 辭親戚絶男女, 獨坐巖穴, 草衣木食, 觀空寂滅爲宗, 是豈平常之道."
28) 『圃隱年譜』에는 아버지 喪으로 되어있으나, 「行狀」에는 어머니 喪으로 되어 있다.

모두 불교 의식을 따랐기 때문에 포은이 이를 개혁한 것이다. 이로 해서 우리 나라 禮俗이 크게 달라지게 되었다. 지금 『高麗史·禮樂志』五에 실려 있는 「祭儀」는 尤菴의 考證을 거쳐 포은이 지은 것이라고 하여 『포은집』에 실려 있다.29) 이런 업적을 『王朝實錄』에서는 다음과 같이 말하고 있다.

① 의논하기를 우리나라는 역사가 오래이나 그 사이에 儒子들이 대부분 문장을 숭상하여 학문을 할 것을 몰랐다. 다만 鄭夢周만이 초연히 마음에서 깨쳐 성리학을 창도하여 밝혀내었으니 진실로 이른바 우리 나라 理學의 개조로 文廟에 從事하는 것이 참으로 부끄러울 것이 없습니다.30)

② 曹繼商 등이 의논하기를 鄭夢周가 우리 나라 理學의 개조가 되어 안으로 五部學堂을 세우고 밖으로 鄕校를 건설한 것이 모두 그의 계획입니다. 그 당시에 喪制가 크게 허물어졌는데 家廟를 세우고 삼년상을 행하게 했으니 斯文에 공로가 큽니다.31)

①은 포은의 성리학적인 공적을 말한 것이고 ②는 喪禮에 관한 것이다. 이와 같이 포은의 사상이 주자학적이라는 것은 조선조에서 널리 인정하고 있는 바이다. 그러나 유감스럽게 이런 충효 경향의 작품은 전하지 않는다. 굳이 예를 든다면 그의 시조인 「丹心歌」를 들 수 있다.

이상에서 살펴본 바와 같이 포은은 주자 『家禮』를 실천윤리의 강령을 삼고 이를 실천하여 孝子 旌閭까지 받았다. 후일 고려를 대표하는 충신이 된 것도 이와 무관하지 않다.

다음은 성리학적인 경학관과 성리학적 수양에 대해서다. 먼저 경학관부

---

29) 『圃隱集·續集』卷一에 「祭儀」를 실어두고, "尤庵亦謂麗史祭儀, 出於先生之手無疑云, 故附見于此."라 했다.

30) 『中宗實錄』二十九卷 十二月丁丑 八月. "議曰, 吾東方, 歷世雖久, 其間儒者, 率以文章相尙, 莫知所以爲學, 而獨夢周超然自得於心, 倡明聖理之學, 誠所謂東方理學之祖, 其從祀文廟固無愧矣."

31) 『中宗實錄』二十九卷 十二年 丁丑 八月. "曺繼商等議, 鄭夢周爲東方理學之祖, 內建五部學堂, 外設鄕校, 皆其規畫, 當其時, 喪制大毁而立家廟行三年之喪, 其有功斯文大矣."

터 살펴보기로 하겠다. 咸傳霖은 포은의「行狀」에서 그 학문을 말하여 "群書를 널리 보고,『中庸』과『大學』을 외었다. 그 이치를 연구하여 그 앎을 지극한데까지 이르게 했으며, 자신을 돌이켜 실천에 옮겨 진실이 쌓이고 힘씀이 오래되자 濂洛의 전승되지 못하는 심오한 道를 깨쳤다."고 했다.[32] 평소에 포은을 직접 모신 제자의 말이니 어느 글보다도 신빙성이 있다고 할 수 있다. 經書 중에서 철학적인 내용을 담은 것은『大學』과『中庸』이기 때문에 두 책에 역점을 두고 말한 것이다.

이와 같은 견해는 鄭道傳에게도 나타난다. 그의 기록에 따르면 포은은 詞章은 末藝이고 心身을 닦는 학설이『大學』과『中庸』에 있다고 한 것은 위의 咸傳霖의 기록과 일치한다. 이보다 정도전은 포은의 經書에 대한 태도를 더 상세히 밝혀 놓았다. 즉 포은은『大學』의 提綱와『中庸』의 會極에서 道를 밝히고 道를 전하는 깊은 뜻을 깨쳤으며,『論語』와『孟子』에서 操存涵養하는 요령과 體驗 擴充하는 방법을 깨달았다고 했다. 포은이 鄭道傳에게『孟子』를 보내어 주면서 읽으라고 한 것도 이 때문이다. 특히『大學』과『中庸』에 관심을 보이면서도 이와 같이 四書 전반에 걸쳐 모두 道에 관한 측면과 心身의 修養 측면에 주력하였다. 三經 중에『周易』에서는 先天과 後天이 서로 體와 用이 되는 것을 알고,『書經』에서는 精一執中이 歷代帝王의 傳授하는 心法이 되는 것을 알았으며,『詩經』에서는 民彝와 物則이 교훈에 근본했다고 하여 포은의 三經에 대한 학문적인 경향을 말했다. 포은의 四書 三經에 대한 태도는 訓詁註釋적인 것도 아니요, 詞章的인 것은 더욱 아니다. 오직 철학적인 내용의 탐구이다. 특히 그는『春秋』에서는 道義와 功利의 나누어짐을 분별하여 우리 나라에서는 이 이치를 아는 사람은 포은을 제외하고는 거의 없다고 했다.[33] 즉 孔子의『春秋』筆法을 본받았다는 것이다. 포은의 시를 통해서 經書에 대한 태도를 살펴보기로 한다.

---

32) 咸傳霖,「行狀」,『圃隱集』卷4 附錄. "少有大志, 好學不倦, 博覽群書, 日誦中庸大學, 窮理以致其知, 反躬以踐其實, 眞積力久, 獨得濂洛不傳之秘."

33) 鄭道傳,「圃隱奉使稿序」,『三峰集』卷三. 이 글은 圃隱이 50세 되던 해(1386, 우왕 12년)에 다섯 번째로 明에 使臣으로 갈 때 지은 것이다.

① 풍채와 모습은 후배를 기울이고   風儀傾後輩,
   經術은 바로 나의 스승이네.34)   經術卽吾師.

② 다시 六籍을 갖고 창앞에서 읽으며   更將六籍窓前讀,
   손수 붉은 먹을 갈아 같고 다름 상고하네.35)   手自研朱考異同.

①의 시는 敎諭인 徐宣을 이별하면서 지은 시이다. 敎諭를 이별하면서 지은 시이기 때문이겠지만 經術을 높이 평가한 것을 알 수 있다. ②는 東窓, 陶隱, 若齋, 遁村 등 네 사람에게 시를 지어 주면서 포은의 自敍詩도 한 수 붙인 것이 있는데 여기에 인용한 것은 그 중에서 陶隱에게 지어준 시이다. 六籍(六經－詩經, 書經, 易經, 春秋, 禮記, 樂記)을 실제 읽은 것은 도은이지만 포은의 관심이 여기에 많았던 것을 알 수 있다. 이 외에도 「浩然卷子」란 시에서는 『孟子』의 浩然之氣와 『中庸』의 鳶魚의 활발한 묘리를 말한 것이 보인다. 이는 필자가 전에 쓴 논문에 상세히 언급한 적이 있으므로 다시 되풀이하지 않는다.36) 이와 같이 포은의 경학관은 身心修養의 성리학적이라는 것을 알 수 있다.

이제 포은의 성리학적 수양에 대해서 살펴보기로 한다. 이를 포은은 '身心之學'이라고 했다. '身心之學'이란 몸과 마음을 닦는 학문이란 뜻이다. 본래는 鄭道傳이 「圃隱奉使稿序」에서 閔子復에게서 포은의 말을 듣고 기록하면서 「身心之學」이라고 했다.37) 즉 誠意 正心 修身의 학문으로 聲律 對偶의 詞章的인 말과 對稱되는 의미를 갖는다. 포은은 사장적인 면보다는 身心을 닦는 학문, 인간 내면의 세계를 추구하는 학문에 마음을 돌렸기 때문이다. 따라서 또 포은은 글씨를 쓰는데도 存心養性을 잊지 않았다.

　　마음에 오로지 잘 쓰려고 하면 도리어 미혹하게 되고
　　　　　　　　　　　　　心專姸好飜成惑,

---

34) 「膠水縣別徐敎諭宣」, 『圃隱集』 卷一.
35) 「次遁村韻呈四君子·右陶隱」, 『圃隱集』 卷二.
36) 李炳赫, 「鄭夢周의 詩文學－性理學的인 傾向을 中心으로－」, 『한국의 漢文學』, 民音社, 1991.
37) 鄭道傳, 「圃隱奉使稿序」, 『三峰集』 卷三.

기운이 멋을 내려면 사악한데로 들어가네.　　　氣欲縱橫更入邪.
이 두 곳에 빠지지 아니하고 묘한 비결 전하는 것이 있으니
　　　　　　　　　　　　　　　　　　　　不落兩邊傳妙訣,
붓끝에 살아 있는 용과 뱀을 써 가는 것이네.38)　毫端寫出活龍蛇.

이 시는 글씨를 어떻게 쓸 것인가 하는 「寫字」라는 시이다. 이 시 한
수로는 크게 문제 삼을 만한 것이 없어 보인다. 그러나 다음 朱子(1130~
1200)의 글과 대조해 보면 그 의미가 선명해진다.

붓을 잡고 먹을 적셔　　　　　　　　　　握筆濡毫,
종이를 펴고 글씨를 써갈 때　　　　　　　伸紙行墨.
전일한 마음 그 안에 있어　　　　　　　　一在其中,
한 점씩 한 획씩 그어가네.　　　　　　　　點點畵畵.
마음을 멋대로 가지면 거칠게 되고　　　　放意則荒,
곱게 쓰려고 하면 미혹하게 되네.　　　　　取姸則惑.
반드시 마음 써야 할 것이 있으니　　　　　必有事焉,
신명함이 바로 그 덕일세.39)　　　　　　　神明厥德.

이는 朱子의 「書字銘」이다. 위의 포은의 시와 대조해보면 하나는 시이고
하나는 銘일 뿐, 내용은 동일하다. 두 글에서 모두 放意, 取姸은 하지 말라는
것이다. 특히 朱子의 글은 宋代의 성리학자들의 대표적인 글만 모은 『濂洛
風雅』에 실려 있기 때문에 의의가 있다. 더욱이 글씨를 쓸 때는 매우 조심스
럽게 하는 것은 글씨를 잘 쓰려는 것이 아니라, 이것 역시 마음 공부로
본 것이다.

唐나라의 文章에 흔히 三變이 있었다고 한다. 王安石의 經術, 蘇軾의 議
論, 程氏(程顥 程頤)의 性理가 그것이다. 포은의 문학을 이에 비추어 보면
經術의 면과 性理學的인 면이 모두 보인다. 性理學的인 것은 항을 달리하여
살펴보기로 한다.

---

38)「寫字」,『圃隱集』卷二.
39)「書字銘」,『朱子大全』85. 이 銘 앞에 "明道先生曰, 其書字時甚敬, 非是要字好, 只此是
　學."이라는 詩序가 있다.

4. 性理的인 詩

포은 시의 성리학적인 경향에 대해서 필자가 일차적으로 시도한 것은
「圃隱의 詩文學과 三隱에 대하여」40)라는 논문이다. 이 글에서 포은 문집에
실려 있는 「古川一鄕士論」의 글을 인용하여 포은의 성리학적인 경향의 시
가 네 수 정도라는 것을 밝혔다. 그 후 이를 수용한 글들이 있다. 그러나
이 글을 발표한 지가 너무 오래되어 두 번째 「鄭夢周의 詩文學 – 性理學的인
傾向을 중심으로 –」41)라는 논문을 다시 썼다. 이 글에서 필자는 종전의 논
문에 따라 「讀易」・「湖中觀魚」・「冬至吟」・「浩然卷子」 등 네 수를 중심으
로 살펴보고, 「讀易寄子安大臨兩先生 有感世道故云」도 함께 예를 들어 살
펴보았다. 그리고 이 밖에도 「復州館中井」・「冬夜讀春秋」라는 시도 성리학
적인 경향에 가깝다고 지적했다. 위에서 지적했듯이 성리학적인 시가 4수라
는 것은 다음에 근거해서이다.

① 애석하구나, 환난의 나머지에 지은 바의 시와 문이 거의 없어져
버려 후학들로 하여금 그 緖論을 찾을 수 없게 되었다. 다행히 1권에
기록되어 있는 「讀易」・「觀魚」・「冬至」・「浩然」 등의 시는 모두 성리
학적인 작품이다.42)

② 일찍이 포은의 글을 살펴보니 시가 303편이다. 그 가운데 성리학
적인 작품은 다만 네 수뿐인데 그 가운데 서 하나가 遁村의 詩卷을 영
탄하여 지은 것이다.43)

여기서 ①과 ②는 어감상으로 뜻이 약간의 차이가 있다. ①에서는 4수를
모두 성리학적인 작품이라고 했으니 이 외에도 성리학적인 작품이 있을

---

40) 이병혁, 위의 논문.
41) 이병혁, 『석전 이병주박사 고희기념논총』, 1990. 『한국의 한문학』, 1991.
42) 『圃隱集』 卷四. 附錄 古川一鄕士論. "惜乎, 喪亂之餘, 所著詩文, 遺失殆盡, 使來學, 不得
尋其緖論, 其幸存一卷集中所錄, 「讀易」・「觀魚」・「冬至」・「浩然」 等篇, 皆性理之作也."
43) 『遁村遺稿』 卷四, 附錄下, 師友淵源錄. "嘗考圃隱先生文, 詩凡三百三篇, 其中性理之作,
只四篇, 而其一詠歎遁村詩卷而作也."

수도 있다는 뜻이 된다. 그러나 ②는 遁村의 「師友淵源錄」에서 나왔기 때문
에 어디까지나 遁村을 성리학적으로 높이 평가하려는 시각에서 쓴 글이다.
그러므로 성리학적인 작품은 오직 4수밖에 없는데 그 중에 한 수가 遁村과
관계되는 시라는 것이다. 이 글대로 보면 성리학적인 시는 분명히 4수밖에
안되는 것이다. 이런 과정을 겪으면서 포은의 성리학적인 시는 4수로 굳어
지게 되었다. 그러면 포은의 성리학적인 시의 연구도 이 선을 벗어나지 못한
다는 결론이 나온다. 따라서 필자도 종전에 이 이론을 따라 위의 4수를
중심으로 살펴보았던 것이다. 그러나 그 후 계속 포은의 시를 읽다가 보니
정도의 차이는 있을지라도 이 4수 외에도 성리학적인 경향을 띠고 있다는
것을 느낄 수 있었다. 실제 시를 예로 들어가면서 살펴보기로 한다.

> 연꽃 사랑하던 周敦頤는 「愛蓮說」을 남겼고　　愛花周氏曾留說,
> 종자 심던 韓愈도 詩를 지었네.44)　　種實韓公亦有詩.

이 시의 제목이 「食藕」이니 연뿌리를 먹으면서 지은 것이다. 연꽃에 얽힌
故事를 들자니 周敦頤(1017~1073)의 「愛蓮說」의 고사가 나왔겠지만 포은
이 평소에 이에 대한 관심이 없었더라면 불가능한 일이다. 周敦頤는 「愛蓮
說」 뿐만 아니라, 「太極圖說」로 宋代 性理學의 開祖이다. 그의 「愛蓮說」은
그가 廬山에 살 때 지은 것이다. 濂溪라는 시내에 연꽃이 자생하고 있었는데
이에 서당을 짓고 「愛蓮堂」 또는 「濂溪堂」이라고 했다. 周敦頤가 이 서당에
거처한 후에 「愛蓮說」을 지었다. 이 글은 『華嚴經』에서 영향을 받은 것이라
는 주장이 있으나45), 성리학자들에게 지대한 영향을 주었다. 따라서 포은의
이 시도 성리학적인 관계가 있는 시라고 할 수 있다.

더 나아가서 포은은 『周易』의 사상을 詩化한 것이 많다. 그 제목만 들어보
면 ①「復州館中井」, ②「賀李秀才登第還鄕三十韻」, ③「遁村卷子詩」, ④「冬

---

44) 「食藕」, 『圃隱集』, 卷一.
45) 박완식 역, 『송명이학사1』, 이론과 실천, 1993, pp.97~99.

至吟」, ⑤「讀易寄子安大臨兩先生有感世道故云」, ⑥「讀易」, ⑦「惕若齋銘」
등이 있다. 여기서 ④, ⑤, ⑥은 필자의 종전의 논문에서 모두 논의된 것이고
나머지의 시는 별로 관심을 갖지 않았던 것들이다. 그러므로 여기서 이 시를
예로 들어가면서 살펴보기로 한다. ①의 시를 예로 들어보면 다음과 같다.

누구가 이 復州館을 지어 놓고	伊誰修館宇,
담장의 동쪽에 우물을 팠을까.	鑿井在墻東.
붉은 해는 하늘 위로 가고	赤日行天上,
맑은 샘은 땅밑에서 솟네.	淸泉出地中.
오가는 이는 베 짜는 실처럼 분주한데	往來紛似織,
물을 떠 마시니 이로움이 한이 없네.	酌飮利無窮.
『周易』을 완상하며 卦象을 살펴보니	玩易曾觀象,
그의 만물 구제해 준 공로 알겠구나.46)	知渠濟物功.

이 시는 復州館의 우물을 보고 지은 것이다. 우물은 하나의 사물에 지나지
않는 것인데 여기에 의미를 부여한 것은 『周易』의 「井卦」와 연관시킨 것이
다. 이 괘의 「彖辭」에는 "두레박을 물 속에 넣어서 그 물을 떠올리는 것이
우물이다. 우물은 사람을 길러 끝이 없다."47)고 했다. 여기서 "끝이 없다.(不
窮)"는 이 말이 포은 시에서는 '無窮'으로 바뀌어 나타난다. 또 포은이 「彖辭」를
살펴보았다고 하는데, 「井卦」의 「象辭」는 "나무 위에 물이 있는 것이 '정괘'
이다. 군자는 이 卦象을 보고 백성을 위로하며 서로 돕고 기르는 것을 권한
다."48)는 것이라고 했다. 물이 인간에 이로움을 주는 것은 지극히 초보적인
상식이지만 포은은 이를 심도 있게 『周易』의 「卦象」을 통해서 설명하고
있다. 그리고 宋나라 何基의 「潛夫井銘」과도 관계가 있는 듯하다. 何基는
黃幹(1152~1221)의 문인으로 저서에 『周易啓蒙』과 『近思錄發揮』 등을 남
긴 宋代의 性理學者이다. 이 「潛夫井銘」도 역시 『周易』 井卦의 철학적인 의

---

46) 「復州館中井」, 『圃隱集』 卷一.
47) 『周易』, 井卦. "彖曰, 巽乎水而上水井. 井養而不窮也."
48) 『周易』 井卦. "象曰, 木上有水井, 君子以 勞民勸相."

미를 담고 있다.

또 ②의 시에서는 "『周易』을 완미하여 정미한 곳을 꿰뚫었다.(玩易貫精微)"라는 시 역시 같은 맥락에서 이해할 수 있다. ③의 시에서는 「明夷卦」와 「遯卦」의 내용으로 시를 지은 것이며 ⑦은 「乾卦」의 내용으로 銘을 지은 것이다.

그러므로 牧隱은 이 점에 대해서 높이 평가하고 있다. 그의 「憶鄭散騎」라는 시의 3수 중에 첫 수에서 "光風霽月같은 鄭圃隱은 홀로 예전 책 연구하여 끊어진 전통을 이었네."라고 하여 黃庭堅이 周敦頤의 인품을 칭송할 때 쓰던 '광풍제월'이라는 말을 그대로 포은에게 쓰고 있다. 그리고 제3수째에서는, "늘그막에 『周易』을 공부하며 伊川을 사모하고, 伏羲氏 『周易』으로 邵雍을 이었네."49)라고 하여 『周易』을 깊이 연구한 것을 칭찬했다. 그만큼 포은은 易理에 달통하여 시에도 그대로 반영된 것이다. 이는 마치 邵雍 시의 분위기를 느끼게 한다.

다음은 마음의 本質에 대한 견해를 살펴보기로 한다.

물 위에 땅이 있고	水上有地,
땅에서 샘이 솟네.	地以出泉.
시내 되고 바다 되어	溪兮海兮,
부족함이 없네.	無餘欠焉.
마음은 본래 빈 것으로	心兮本虛,
곧고도 맑네.	直哉有淸.
서리와 눈은	能霜與雪,
그대를 옥처럼 만드네.	玉女于成.
上人은 여기서 무엇을 취했는가	上人何取乎此,
하나는 사물의 묘한 이치를 살펴봄이요,	一以觀物之妙,
하나는 道가 행함의 貞固함에 짝되게 함이네.50)	一以配行道之貞.

---

49) 「憶鄭散騎」, 『牧隱詩稿』卷十五. "光風霽月鄭烏川, 獨究遺編續不傳. … 老來學易慕伊川, 羲畫仍將繼邵傳."…

50) 「隱溪霜竹軒卷子」, 『圃隱集』卷三, 雜著.

이 글은 「隱溪霜竹軒卷子」라는 제목으로 僧侶에게 지어준 것이다. 따라서 佛家的인 내용과 성리학적인 내용이 혼합되어 있다. 宋代의 성리학이 불교의 영향을 받았듯이[51] 포은의 이 글도 불교와 관계가 깊다. 「隱溪」의 '溪'에서는 시내물의 맑음을 맑은 마음에 비유하고, 「霜竹軒」의 '霜'에서는 서리와 같은 고난을 이겨내면 옥같은 인간이 된다는 것이다. 물에서는 묘한 이치를 관찰하고 서리에서는 어려움을 이겨내는 貞固함을 취하라는 것이다. 그런데 여기서 "옥처럼 만드네.(玉女于成)"라는 말은 깊은 뜻을 담고 있다. 즉 宋代의 성리학자 張橫渠의 「西銘」에 "하늘이 인간에게 貧賤과 근심 걱정을 내려주는 것은 그로 하여금 시련을 통하여 훌륭한 옥같은 인간이 되게 함이다.(貧賤憂戚 庸玉女於成也)"라는 글을 그대로 인용하고 있다. 특히 이 「西銘」은 宋代의 철학사상을 간결하게 서술한 것으로 周敦頤의 「太極圖說」과 함께 宋學의 雙璧이라 할 정도로 뜻깊은 글이다. 또 견고함에 짝되게 함이라는 글은 周易 乾卦의 '貞固足以幹事'라는 말과도 같은 느낌을 준다.

그리고 '마음은 본래 텅빈 것'(心兮本虛)은 程頤의 「四勿箴」 중 「視箴」에서는 "마음은 본래 텅빈 것이어서 사물에 응해감에 자취가 없다.(心兮本虛 應物無跡)"라는 글을 그대로 시어로 사용하고 있다. 이와 같이 포은은 성리학적인 이론을 뒷받침으로 마음의 본질을 표현했다. 더 나아가서 다음과 같은 글이 있다.

하늘같이 둥글게 넓고 커서 가이 없고 거울같이 비쳐서 미묘함에 통했다'는 이 말은 불교에서는 道와 마음에 비유한 것인데 유교에서도 이치에 가깝다고 인정한다. 그러나 그 둥글음이 가히 만 가지 일에 응해가며, 그 비침이 가히 정미한 뜻을 통할 수 있는가? 내가 영취산 설법에 참여하여 부처에게 따져 물어보지 못한 것이 한스럽구나.[52]

51) 熊琬, 『宋代理學與佛學之探討』(朱子理學與佛學之探討), 文津出版社, 1985.
52) 「圓照卷子」, 『圃隱集』 卷三, 雜著. "如天之圓, 廣大無邊. 如鏡之照, 了達微妙. 此浮屠之所以喻道與心, 吾家許之以理. 然其圓也可以應萬事乎. 其照也可以窮精義乎. 吾恨不得時遭乎靈山之會, 詰一語黃面老子."

거울을 道와 마음에 비유한 것은 불교에서 시작하였지만 이에 영향을 받아 성리학자들도 늘 써오는 말이다. 朱子의 시 중에서 마음을 닦는 것을 옛 거울을 닦는데 비유한 시가 있다.

옛 거울 닦는 데는 옛 방법 있으니	古鏡重磨要古方,
눈 밝아 두루 미쳐 햇빛과 다투네,	眼明偏與日爭光.
그 밝고 밝음 바로 그대의 길 밝히니	明明直照君家路,
幷州를 가르켜 고향을 삼지 말라.53)	莫指幷州作故鄕.

옛 거울이 오래 동안 매몰되어도 본체는 어둡지 않은 것이다. 거듭 갈고 닦으면 그 본체는 드러난다. 마음도 이와 마찬가지니 마음을 갈고 닦아 第二의 고향인 幷州를 고향이라 하듯이 헛갈림이 없이 正路를 가야 한다는 것이다. 이 외에도 朱子는 사람의 마음은 虛明하여 거울과 같다고 한 글이 있다.54) 이 시의 영향으로 退溪는 『古鏡重磨方』이란 책을 엮고, 이에 대해 시를 지은 일이 있다. 포은은 宋代의 성리학자들처럼 마음은 虛靈하면서도 거울처럼 만물에 비치는 것으로 파악하였다.

다음은 유교와 불교의 교리를 비교한 설리적인 시를 살펴보기로 한다.

크고 작은 것이 만 갈래 갈라졌으나	鉅細紛萬殊,
찬란한 이치 여기에 있네.	燦然斯有理.
처리하기를 참으로 극진히 하면	處之苟臻極,
사물과 내가 표리가 없는 것이네.	物我無表裏.
불교의 이치는 이와 달라서	浮屠異於此,
공허한데 의거하여 현묘한 뜻 말하네.	懸空譚妙旨.
모두가 환각과 망령으로 돌아가서	一切歸幻妄,
임금과 아버지가 머물 곳 잃었네.	君父失所止.
이로부터 천백 년이 지나가도록	自是千百年,
비난하는 말이 벌떼처럼 일어나네.	論議竟蜂起.

---

53) 「送林熙之詩五首」, 『朱子大全』 卷六.
54) 「答黃子耕」, 『朱子大全』 五十一.

上人은 본래 마음을 비운 사람이니　　　上人虛心者,
원하노니 이를 바로잡았으면.55)　　　願言求正是.

　이 시 역시 승려에게 지어준 「幻菴卷子」라는 글이다. 시의 내용은 '理一分殊'를 말한 것이다. 이 이론은 程頤에서 시작하여 朱子가 발전시킨 이론이다. 아무리 크고 작은 분잡한 일이라도 이치에 맞게 극진히 처리해 가면 표리가 없는 법인데, 불교는 환각과 망녕된 짓을 하기 때문에 임금과 부모의 설 자리를 잃게 되고 儒・佛이 서로 다투게 된다는 것이다. 포은은 때로는 불교를 수용하는 일면이 있으면서도 성리학적인 논리로 배척한다.
　이와 반대로 성리학과 불교를 융화시켜 쓴 성리학적인 시가 있다.

靜이 백년을 묶여 있으나　　　　　靜爲百年縛,
動과는 터럭 하나 차이네.　　　　　動向一毫差.
山僧은 여기에 잘 힘써서　　　　　山僧善用力,
생동하는 기운 龍과 뱀 같네.56)　　活潑如龍蛇.

　이 시의 제목은 「性無動」, 즉 '性'은 '動'하지 않는다는 것이다. 이 말은 본래 성리학에서 흔히 쓰는 용어이지만 불교에서도 쓰고 있는 말이다. 退溪의 「性學十圖」 중에 第六圖가 「心統性情圖」이다. 여기서도 寂然하여 움직이지 않는 것이 性이라고 했다(寂然不動爲性). 이것이 「性無動」 즉 靜이다. 그러나 動과 靜을 터럭 하나의 차이로 動에서 靜이 되고 靜에서 動이 되는 것이다. 靜에서 잘 길러야 생기 넘치는 動이 되는 것이다.
　이상에서 포은 시의 성격, 즉 포은시의 품격, 유교문명에의 염원, 주자학적인 실천과 수양, 성리학적인 시의 경향에 대해서 살펴보았다. 그러면 장을 달리하여 이러한 시의 후대의 영향관계를 살펴보기로 하겠다.

---

55) 「幻庵卷子」, 『圃隱集』 卷二.
56) 「性無動」, 『圃隱集』 卷二.

Ⅳ. 圃隱詩風의 後代 繼承

포은이 산 시대는 정치적으로 王朝의 交替, 사상적으로 儒佛交替의 격변기였다. 그러므로 포은은 문인이기 이전에 사상가요, 정치인이며, 외교관이었다. 이는 포은 뿐만 아니라 이 시대 지식인들의 공통적인 생활상이었다고 할 수 있다. 이러한 시대상을 감안한다면 포은의 시만 가지고 후대에 누구가 계승했다고 꼬집어서 말하기는 힘든다. 그보다는 그와 相從한 交友關係와 학통을 살펴서 사상적인 영향관계를 안 다음에 이러한 사유 속에서 이루어진 문학을 파악하는 것이 더 효과적일 것이다.

麗末 文人들의 문집을 통해서 포은과 詩文이 자주 왕래한 사람을 조사해 보면 牧隱 李穡(1328~1396), 惕若齋 金九容(1338~1384), 三峰 鄭道傳(1314~1388), 陶隱 李崇仁(1349~1392), 遁村 李集(1314~1388), 陽村 權近(1352~1409) 등이 있다. 그리고 鄭道傳 쪽의 기록에 의하면 정도전은 李穡의 門下에 유학했고 정몽주(1337~1392), 李存吾(1342~1371), 金齊顏, 朴宜中, 尹紹宗(1345~1393) 등과 친했다고 한다.[57] 이를 보면 결국 위의 詩文 왕래자와 큰 차이가 없다. 또 정도전이 29세(1370, 庚戌)되던 해의 여름에 그가 成均博士가 되었는데 이 때 李穡이 成均館 大司成이고 金九容, 鄭夢周, 朴尙衷, 朴宜中, 李崇仁 등이 教官으로 있으면서 鄭道傳을 추천하여 이루어진 일이고 이 때 程朱性理學이 처음으로 일어났다고 한다.[58] 이와 같이 몇 가지 문헌을 조사해 보면 그들의 교우관계는 비슷하게 나타난다.

그러면 이들이 당시 성리학을 누구와 어떻게 연구했는가. 이를 권근은 牧隱「行狀」과「三峰集 序文」에서 각각 다음과 같이 말하고 있다.

---

57)『三峰集』卷14 附錄 事實.
58) 위의 책.

① 辛丑年(1361) 紅巾賊 兵亂을 겪은 후로 학교 교육이 폐하고 해이해졌다. 왕이 이를 부흥시키고자 하여 崇文館 옛 터에 成均館을 고쳐 짓고 강의할 사람이 적다고 하여 당시 經術에 정통한 선비인 永嘉 金九容, 烏川 鄭夢周, 潘陽 朴尙衷, 密陽 朴宜中, 京山 李崇仁 등을 선발하였는데 이들은 다른 관직으로 學官을 겸하게 하고 公(李穡)으로 館長을 삼으니 다른 벼슬로 大司成을 겸한 것은 公으로부터 시작 되었다. 이듬해 戊申년 봄에 사방에서 학자들이 모여들었다. 諸公들은 經書를 나누어 맡아 수업했는데 매일 강의가 끝나면 의문나는 점을 서로 논란하여 지극히 미묘한 곳까지 연구했다. 공은 기쁜 얼굴로 그 중간에 처하여 분석하고 절충하여 반드시 程・朱의 뜻에 맞게 힘써 밤새도록 피곤함을 잊었다. 이에 우리 나라 性理學이 크게 일어나 학자들이 記誦詞章의 습성을 버리고 身心 性命의 이치를 연구하여 聖人의 道를 높힐줄 알고 異端에 현혹되지 않으며 義理를 바로잡고 功利를 꾀하지 않아 儒風과 學術이 찬란하게 一新되었으니 이는 모두 선생(李穡)이 가르친 공이었다.[59]

② 우리 座主 牧隱 先生이 일찌기 家庭의 교훈을 받들어 元나라의 大學에 입학하여 正大하고 精微한 학문을 극진히 연구하여 돌아오니 선비들이 모두 宗主로 받들었다. 圃隱 鄭公・陶隱 李公・三峰 鄭公・潘陽 朴公(尙衷)・茂松 尹公(紹宗)과 같은 이는 모두 심오한 경지에 오른 사람들이다. 삼봉은 포은・도은과 더욱 서로 친하여 강론하고 절차탁마하여 깨친 바가 많다.[60]

---

59) 「牧隱 行狀」,『陽村集』卷40. "初自辛丑經兵之後, 學校廢弛, 王欲復興, 改創成均于崇文館之舊址, 以講授員少, 擇一時經術之士若永嘉金九容・烏川鄭夢周・潘陽朴尙衷・密陽朴宜中・京山李崇仁等, 皆以他官兼學官, 以公爲之長, 兼大司成, 自公始也. 明年戊申春, 四方學者坌集, 諸公分經授業, 每日講畢, 相與論難疑義, 各臻其極, 公怡然中處, 辨析折衷, 必務合於程朱之旨, 竟夕忘倦. 於是東方性理之學大興, 學者祛其記誦詞章之習, 而窮身心性命之理, 知宗斯道而不惑於異端, 欲正其義而不謀於功利, 儒風學術煥然一新, 皆先生敎誨之力也."

60) 「三峰集序」,『陽村集』卷16. "吾座主牧隱先生, 早承家訓, 得齒廢雍, 以極正大精微之學. 既還, 儒士皆宗之, 若圃隱鄭公・陶隱李公・三峰鄭公・潘陽朴公(尙衷)・茂松尹公(紹宗), 皆其升堂者也. 三峰與圃隱・陶隱尤相親善, 講論切磋, 益有所得."

이상에서 인용한 글은 牧隱과 座主 門生間인 權近이 지은 것이기 때문에
목은을 중심으로 서술하고 있다. 그러나 그 내용을 요약해 보면 麗末 성리학
을 탐구한 사람들은 분명히 한 그룹을 형성하고 있다. 그런데 중요한 것은
포은의 학문적 경향을 누가 어떻게 계승했는가 하는 것이다. 위에 열거한
일군의 문인학자들 중에서 鮮初에까지 살아서 활동한 사람은 정도전과 권
근이다. 정도전은 포은보다 5세 아래이고 권근은 포은보다 15세 아래이다.
이 둘은 포은과 師弟관계는 아니지만 포은과의 學緣은 아주 깊었던 사람들
이다. 특히 정도전은 포은에게서 '身心之學'을 처음 들었다고 자술하고 있
다. 또 포은은 권근의 아우 權遇의 좌주였으므로, 권우는 「座主圃隱相國宅
席上」이라는 시도 남아 있다. 그만큼 이들은 학문적, 인간적으로 가까운
사이였으므로 포은의 문학적인 경향은 이들을 통해서 조선초로 이어갔다고
할 수 있다. 여기서 개별 연구는 피하겠지만 간단히 예만 들어보기로 한다.

정도전의 성리학에 관한 저술 중에는 「心問」·「天答」 2편과 「心·氣·
理」 3편만으로도 학문적 경향을 알 수 있다. 그리고 그는 宋나라의 神宗을
평하여 다음과 같이 말한 적이 있다.

> 神宗朝에 濂溪 周子(周敦頤)가 도학을 창도하여 밝히자, 두 程夫子
> (程顥, 程頤)가 뒤따라 호응하여 도학의 융성함이 더욱 넓어졌다. 위로
> 공자, 맹자의 천년토록 전승되지 못하던 심오한 도를 이어받고 아래로
> 후인의 만세토록 무궁한 학문을 열었으니 실로 앞사람보다 빛나고 후
> 인도 따라갈 수 없는 일이었다. 이 때에 邵康節(邵雍)·張橫渠(張載)·
> 司馬溫公(司馬光)과 같은 이가 또 理學의 淵藪가 되었는데 우뚝하여 미
> 칠 수 없다. 아, 가령 하늘이 그 사이에 王安石을 내지 않고 이 여러 君
> 子들로 하여금 斯道로 천자를 도와 큰 일을 할 수 있는 뜻을 성취토록
> 했다면 나는 그 世道를 唐·虞(堯·舜)의 융성했던 때에 올려 놓았을
> 것이라고 생각한다. 어찌하여 그리하지 못했던가. 애석한 일이로다.61)

---

61) 『三峰集』卷12, 經濟文鑑, 別集下, 宋 神宗. "當神宗朝, 濂溪周子倡明道學, 兩程夫子從而
和之, 道學之盛益大以肆, 上以續孔孟千載不傳之秘, 下以開後人萬世無窮之學, 實光前而絶
後也. 同時如康節邵子·橫渠張子·司馬溫公, 又爲理學之淵藪, 卓卓乎其不可及者, 嗚呼,

이 글을 통하여 보면 그의 정치 이념은 송대의 성리학적 도학 정치였다는 것을 알 수 있다. 이러한 사상이 사상으로서만 끝나지 않고 시세계에도 어느 정도 투영되고 있다. 아래의 「觀物齋」란 시가 그 한 예이다.

천지를 부앙하는 한 道人이	俯仰乾坤一道人,
이 마음 물과 같이 티끌이 없네.	此心如水淡無塵.
高齋의 蒲團 위에 앉았노라니	高齋坐斷蒲團上,
한가한 날 뜰에 풀만 절로 봄이네.[62]	閒日中庭草自春.

이 시에서 집이름을 '觀物齋'라고 한 것 부터가 邵雍의 '觀物吟'과 관계가 깊다. 그리고 이 시에서 우주 속에서 인간의 의미를 찾으려는 것과 마음을 담담한 물에 비긴 것은 성리학자들이 흔히 쓰는 객관적 상관물을 통해 잔잔한 心性을 표현하는 수법이다.

권근의 성리학적인 경향은 「入學圖說」로 대변되며 이는 조선조 성리학계에 지대한 영향을 끼쳤다. 그의 「有感」시 二首 중 둘 째수에

우주를 俯仰함에 이 몸이 있어	俯仰堪輿有此身,
어찌 物則을 塵根(불교의 六根・六塵)에 맡길손가.	那將物則委根塵.
적적한 洙泗(공자의 학문을 의미함)의 은미한 말 끊어지니	寥寥洙泗微言報,
邪說만 가로 흘러 백성을 현혹시키네.[63]	邪說旁流久惑民.

이 시 역시 정도전과 마찬가지로 철학적인 성격을 띠고 있다. 그러나 이들은 여말・선초에 절의를 지키기보다 현실에 참여한 문인들이다. 조선조에서는 절의를 강조했기 때문에 오히려 포은의 학통을 말할 때는 冶隱을 든다. 그러므로 야은에 대해서 조금 살펴보기로 한다.

使天不生安石於其間, 而使諸君子以斯道相天子, 以成就其大有爲之志, 吾知其蹐世於唐
虞之盛矣, 奈之何其不然也? 惜哉.'
62)「觀物齋」,『三峰集』卷二.
63)「有感」,『陽村集』卷四.

우리나라 性理學의 學統과 道統에 대해서는 이미 깊이 있는 논문이 나왔
다.[64] 그리고 지금까지 포은 학문의 후대의 계승을 말할 때 대개 圃隱 → 冶隱
→ 金叔滋 → 金宗直 → 金宏弼 → 趙光祖의 등식으로 되어 있다. 그런데 여
기에 대해 문제를 제기하기도 한다. 다음의 글구 때문이다.

> 庚戌年에 商山 고을의 司錄으로 있는 朴賁의 관사로 찾아가서『論
> 語』·『孟子』등의 책을 읽고 처음으로 성리학을 들었다. … 이내 牧隱·
> 圃隱·陽村 제선생의 門下에 유학하여 처음으로 '至論'을 들었다.[65]

이 글에서 보면 冶隱이 처음으로 성리학을 들은 것은 朴賁에게서였고,
다시 牧隱, 圃隱, 陽村에게 유학하여 '至論'을 들은 것으로 되어 있다. 즉
初學은 朴賁에게서이고 더 깊은 학문은 세 선생에게서 들은 것이란 뜻이다.
그런데 이 경술년(1370, 공민왕 19)은 야은의 18세 때이다. 역시 그의「年譜」의
18세 조에는

> 선생의 나이가 18세에 朴賁에게 찾아가서『論語』·『孟子』등의 책
> 을 읽고 서울에 가서 아버님을 뵙고 牧隱· 圃隱· 陽村 제선생의 門
> 下에 유학하여 처음으로 성리의 이론을 들었다.[66]

여기서「行狀」과「年譜」를 비교해보면 분명히 차이가 있다.「行狀」에서는
朴賁에게서 성리학을 처음으로 들은 것으로 되어 있으나,「年譜」에는 그렇
지 않다. 또「行狀」에 다음과 같은 글이 있다.

> 癸亥年에 司馬監試에 제 4등으로 합격했다. 이로부터 학문이 날마다
> 나아가고 도가 더욱 밝았다. 날마다 陽村의 문하에 유학했다. 陽村이
> 사람들에게 이르기를 나의 문하에 와서 공부하는 사람이 몇 명 있지만
> 그 중에 길재가 독보이다.[67]

---

64) 崔根德,「韓國性理學의 道統과 鄭圃隱」,『圃隱思想硏究論叢』, 1992.

65) 朴瑞生,「冶隱行狀」,『冶隱言行拾遺』. "歲庚戌, 就商山司錄朴賁衙, 讀論孟等書, 始聞性
理之學 … 因遊牧隱·圃隱·陽村諸先生之門, 始聞至論."

66) 위의 책(年譜). "洪武三年庚戌, 先生年十八, 就朴賁讀論孟等書, 覲父于京師, 遊牧隱·圃
隱·陽諸先生之門, 始聞性理至論."

이 癸亥(1383, 禑王 9)는 冶隱의 31세 되는 해이다. 이 글대로 보면 冶隱은
주로 權近에게서 공부한 것으로 된다. 또 冶隱의 行狀에 의하면 그가 57세
때 (1409, 乙丑, 太宗 9)에 陽村이 별세했다는 소식을 듣고 눈물을 흘리며
옛날에 백성이 君·師·父로 해서 살기 때문에 이 셋을 꼭 같이 섬겼는데,
지금은 君과 父를 위해서는 상복을 입어도 스승을 위해서 상복을 입는 사람
은 없다고 탄식하면서 心喪 3년을 입었다. 그리고 후일 冶隱이 65세 되던
해(1417, 乙酉, 太宗 17)에 朴賁이 별세했을 때 역시 心喪 3년을 입었다.
冶隱의 「行狀」과 「年譜」에 의하면 冶隱이 배운 사람은 朴賁, 牧隱, 圃隱,
陽村이다. 그런데 朴賁, 陽村 두 사람에게는 스승의 예로 섬겨 별세한 후에
까지 心喪 3년을 입었다. 그리고 恭讓王 2년(1390) 冶隱이 38세 때 고려가
망할 것을 예측하고 고향으로 돌아갈 때 牧隱에게 들려 그 뜻을 말하니
牧隱이 간절히 대하고 시를 지어준 일이 있다.

이상의 일들을 가지고 볼 때, 당시 어떤 사정으로 그렇게 했는지는 추측하
기 어려우나 포은과는 그렇게 가깝지 않은 것 같은 인상을 준다. 그러나
그의 「行狀」에서 포은 등에게 至論을 들었다는 말과 「年譜」에서는 처음으
로 포은 등에게서 성리학을 공부한 것으로 되어 있다. 그러므로 아무리 心喪
삼 년은 입지 않았더라도 포은의 학통과 무관하다고 할 수 없다. 또 고려말
문인들은 어느 특정인에게만 배운 것이 아니다. 따라서 포은의 학통은 정도
전과 권근과 같은 현실적인 정치인과 이와 반대의 길을 택한 야은에게로
이어진다. 야은의 시에 성리학적인 분위기를 많이 느낄 수 있는 것도 이와
무관하지 않다.

그리고 포은의 직접적인 영향이라고는 보기 어렵지만 우리 나라 성리학
적인 계열의 시를 말할 때 빼어 놓을 수 없는 사람은 徐敬德(1489~1546)이
다. 그는 '학문은 오로지 周敦頤와 邵雍을 근본으로 삼고, 시 역시 邵雍의

---

67) 위의 책(行狀). "癸亥, 中司馬監試, 第四名, 自是學益就道益明, 日遊陽村門, 陽村語人曰,
　　踵余門承學者 有幾人, 吉再父, 其獨得也."

『擊壤集』을 본받았다.'[68]고 한다. 따라서 그의 시는 대부분 소옹시의 분위기를 느낄 수 있다. 특히 「觀易吟」·「冬至吟」은 시 제목까지도 소옹과 포은의 것과 일치한다. 그리고 「觀易偶得首尾詩以示學易輩諸賢」·「笑戲」·「體述邵堯夫首尾吟聊表尙友千古之思」에서는 소옹의 135수의 「首尾吟」시를 읽고 장난삼아 자신의 견해를 말해 본다는 뜻으로 '吟戲' 또는 '笑戲'라는 詩語를 써가면서 읊고 있다. 그만큼 그는 소옹의 시를 깊이 이해했다는 뜻이 된다.

이는 晦齋(1491~1533)도 마찬가지다. 그의 「次朱文公武夷五曲韻」(卷一)·「觀物」(卷二)·「觀心」(卷二)·「存養」(卷二) 등의 시는 주렴계와 소옹의 분위기를 느낄 수 있다. 이 시들 역시 포은 계열의 철학적인 시이다.

「朝鮮王朝實錄」의 索引에 의하면 圃隱에 대해 언급한 곳이 159회이다. 이것만 보더라도 포은의 위상을 짐작할 수 있다. 그만큼 포은은 조선조에서 忠義 또는 성리학의 표상이었다. 이 많은 내용들은 일일이 언급할 수도 없다. 다만 이 글의 내용과 관계가 깊은 것 하나만 들어본다.

> 우리나라는 고려 정몽주가 끊어진 학문을 처음으로 창도함으로부터 조선조 金宏弼, 鄭汝昌, 趙光祖, 李彦迪이 서로 이어 일어나 斯道를 강론하여 밝히고 經傳의 뜻을 발휘했다.[69]

이 글을 보더라도 포은을 거쳐 조선조의 金宗直을 이어 李晦齋 등 성리학적인 문학으로 이어가는 것으로 알 수 있다. 다시 退溪, 율곡 시대에 와서 우리나라 성리학적인 문학이 더욱 심화된 것이다. 그리고 尤菴에 와서 절정기에 달했다고 할 수 있다. 우암은 포은집 서문에서 朱子, 圃隱, 冶隱, 金叔滋, 金宗直, 金宏弼, 趙光祖로 이어 가는 淵源을 밝히고 포은을 우리 나라 성리학의 開祖로 보고 있는 것으로도 알 수 있다.

---

68) 『花潭集』 卷3, 附錄1, 遺事. "花潭講學, 專以周邵爲宗, 詩亦效法擊壤."
69) 『宣朝實錄』 卷221. 41年 戊申 2月. "我國, 自高麗鄭夢周, 始倡絶學, 至本朝, 金宏弼·鄭汝昌·趙光祖 李彦迪, 相繼而起, 講明斯道, 發揮經傳."

V. 結語

이상에서 포은 시의 성리학적인 경향에 대해 살펴보았다. 포은의 성리학적인 시가 4수라는 것을 필자가 종전에 밝힌 이후 계속 이 정도의 선에서 논의되어 왔다. 그러나 문학은 어떤 선을 그어서 어느 정도는 성리학적인 시이고 어느 정도는 비성리학적인 시라고 확연히 구분 짓기는 어려운 면이 있다. 따라서 본 논고에서는 흔히 한시에서 말하는 '吟風詠月'이나 '詠物詩'가 아니라, 우리의 삶의 현장으로부터 인간의 내면세계를 탐구하려는 시를 모두 고찰하였다. 위에서 논의된 내용을 간추려 보면 다음과 같다.

첫째, 포은시의 사상적인 창작 배경부터 고찰했다. 여기서는 포은사상의 전반적인 고찰이 아니라 성리학적인 측면에서 포은 이전의 시대적인 상황과 포은의 성리학적인 세계관의 형성면에 대해서 살펴보았다. 포은은 30세에 국학 교수로 '橫說竪說 無非當理'라 할 정도로 탁월한 성리학자였다. 그러나 그는 많은 작품이 유실되었고 그나마 대부분 외교관으로 명나라와 일본에 다니면서 지은 작품이기 때문에 성리학적인 작품은 많지 않다.

둘째, 포은 시에 대한 연구이다. 포은 시에 대하여 과거의 詩評을 검토해 보면 공통적으로 豪放으로 나타난다. 詩評에서 말하는 '陽剛之美'이다. 본래 시의 風格이란 시가의 내용과 형식이 융합되어 나타나는 총체적인 풍모인데 先天的인 才性과 氣質, 그리고 후천적인 학문과 개인적인 습성 또는 체험에 따라 형성된다고 할 때, 포은의 豪放 역시 개인적인 氣質과 중국 使行의 체험과 성리학적인 사고에서 이루어진 것이다. 그러나 포은의 시는 많이 유실되고 남은 것도 대부분 使行 길에서 지은 것이기 때문에 그 전모를 파악하기가 어렵다. 그 사상성을 배제한 채, 문학적인 측면에서만 평하면 이렇게 될 수밖에 없다. 그렇지만 사상성과 연계선상에서 보면 그렇지도 않다. 포은은 문인이기 이전에 정치인이요 우리 나라 성리학의 개조이다. 따라서 그의 시는 吟風詠月과는 달리 이상적인 정치를 구현해 보려는 의지가 보이고, 또 人性과 天理를 추구해 보려 했다. 정치적인 면에서는 堯, 舜과 夏, 殷, 周 三代를 이상으로 여겨 그의 시에 堯, 舜, 禹, 湯, 文, 武, 周公을 등장시키고 성인으로는 孔子, 孟子가 자주 나타난다. 그러나 포은은 이보다 性理學的인 경향이 더 짙다. 이에 따라 朱子學的인 실천윤리가 강하게 반영된다. 그 예로 朱子의『家禮』에 따라 士大夫와 庶人도 家廟를 세우게 하고 자신도 父母의 무덤에 6년간 廬墓를 살았으며 孝子旌閭까지 받았다. 다음으로 經書를 보는 태도도 단순히 訓話語釋이나 일반적인 지식을 위해서가 아니라, 心身을 닦는 性理學인 측면에 역점을 두었다.『經書』중에서『大學』·『中庸』·『周易』을 강조하는 것도 이 때문이다. 또 포은의 성리학적인 시를 지금까지는 「讀易」·「湖中觀魚」·「冬至吟」·「浩然卷子」등과 그 외 두어 수만이 논의의 대상이 되었다. 그렇지만 이 외에도 性理的인 시가 상당히 많은 것을 살폈다. 포은은 說理的인 시에서 불교와 연관시켜 말한 것이 몇 수 있다. 이것은 宋代의 성리학 자체가 불교의 영향을 받은 것과 깊은 관계가 있다.

끝으로 포은 시의 후대의 영향이다. 포은의 학통을 계승한 이는 현실에 참여한 정치인인 정도전·권근과 이와 반대의 길을 택한 야은으로 이어간다. 그리고 이 계열의 시는 서경덕·회재·퇴계·율곡 등으로 내려가면서 더욱 심화 확대되고 우암에 이르러 그 절정에 달했다.

<『釜山漢文學研究』제9집, 1995>

・第 3 部・

韓國科文

韓國科文硏究(Ⅰ)

─ 詩·賦를 中心으로 ─

Ⅰ. 序言

우리 漢文學은 科擧와 떼어서 생각할 수 없을 정도로 서로 밀접한 관계를 가지고 있다. 過去의 文人이라면 科擧를 통하지 않은 사람이 없었고, 또, 科擧에 합격하기 위해서는 청장년기에 科文에 관심을 가져 보지 않은 사람이 없었기 때문이다.

그런데, 이 科文은 오늘날 대학입시의 논술고사 문제처럼 지나치게 틀에 짜인 形式이 있었기 때문에, 이에 대해서는 긍정적인 면보다는 부정적인 면으로 많이 보아 왔다. 그 한 예를 보면 다음과 같다.

> 우리나라 科擧의 글은 그 폐단이 심하다. 四·六文이 쓸데없이 길어 완전히 行文과 같고, 이른바 行文은 또 公事場 문자와 같다. 詩·賦에 는 入題·鋪敍·回題 등의 격식이 있는데, 더욱 文章家의 체제와는 완 전히 다르다. 그러므로, 科擧에 합격하여도 결국 글을 짓지 못하는 사 람이 되는데, 어찌 세상에 유용함이 있겠는가? 반드시 크게 체제를 바 꾼 후에 옳을 것이다.[1]

---

1) 『燃藜室記述』 別集 卷9. 官職典故(科擧2). "我國科擧之文, 其弊甚矣. 四六冗長, 全似行文, 所謂行文, 又似公事場文字. 詩賦有入題·鋪叙·回題等式 尤與文章家體樣全別, 故雖決科, 遂爲不文之人. 何其致用於世乎? 必大變機軸而後可矣."

이와 같이 科文의 폐단을 지적하고 있다. 또 柳得恭은 科文의 폐단을 지적하는 「科弊策」을 지었다. 이에 의하면 科文에는 詩・賦・表・策・疑・義・論 등 七種이 있는데, 모두 바로잡아야 하겠지만, 꼭 변경하지 아니할 수 없는 것은 詩와 賦라고 했다. 모여서 科擧 공부를 하고 詩에 名聲이 있으나, 五・七言 律詩를 한 수 지어 보라고 하면 어쩔 줄을 모른다고 비난하고 있다.[2] 이런 견해는 科擧에 登科한 사람만 그리했을 뿐만 아니라, 科擧에 落榜한 사람은 더욱 심했다. 그리하여 한국 한문학을 본격적으로 연구하고 있는 오늘날에 와서도 이 방면에 대해서는 별로 관심을 가지지 않는다. 너무 形式에 맞추어 지은 시험 문제지인 이 글에 文學的인 意義가 있겠느냐는 의문에 대해서는 일단 수긍하지 않을 수 없다.

그러나 過去의 우리 문인들은 반드시 科擧를 통과해야 했다는 점과 몇백년을 두고 장기간 이런 형식의 글을 사용했다는 것을 상기하면 이 방면의 연구는 꼭 필요하다. 그러므로 이 글을 쓰기로 했다. 순서는 高麗朝 科擧를 실시한 이후, 科擧에 채택된 글의 종류를 살펴보고, 다음에 그 形式・출제 경향・文學的 意義 등을 고찰하기로 한다.

Ⅱ. 科文의 種類

1. 高麗의 科文

高麗의 科文을 살펴보기에 앞서 먼저 언급해야 할 것이 있다. 우리나라 科擧制度를 거슬러 올라가면 新羅 元聖王 4년(788)에 실시한 '讀書三品科'에까지 논의될 수 있다. 그러나, 新羅는 骨品制度가 支配하던 社會였고, 考試科目도 後代의 것처럼 복잡하지 않다.

---

2) 柳得恭, 『冷齋集』 卷13. 科弊策.

　　4년 봄에 처음으로 讀書三品을 정하여 벼슬길에 나아가게 했는데,
①『春秋左氏傳』과 『文選』을 읽어서 능히 그 뜻을 통하고, 겸하여 『論
語』와 『孝經』에 밝은 사람은 상등으로 하고, ②『曲禮』・『論語』・『孝經』
을 읽은 사람은 중등으로 하며, ③『曲禮』・『孝經』을 읽은 사람은 하등
으로 하고, 五經・三史・諸子百家의 글에 널리 통하는 사람은 관등을
뛰어 올려 쓰기로 했다.[3]

　여기서 주목되는 것은 三品에 모두 經學 중심이란 것과 글을 창작하는
것이 아니라 명칭 그대로 讀書하는 것이라는 점이다. 다만 이 중에 유일하게
문학 작품이 끼어 있는 것은 上品에 『文選』이다. 『文選』에는 39類로 나눌
수 있는 폭넓은 문학 작품이 실려 있다. 이후 『文選』에 대한 관심은 高麗初
光宗代 科擧制 실시 때까지 나타난다.

　그러면 高麗 光宗代 본격적인 科擧制가 실시된 후의 考試 科目의 실태는
어떠한가? 지금까지 논의된 당시의 考試 科目을 요약해서 보면 다음과 같다.[4]

[高麗의 科別 및 試驗科目]

科　別	試　驗　科　目
製 述 業	經義・詩・賦・頌・策・論.
明 經 業	書・易・詩・春秋・禮記.
三 禮 業	禮記・周禮・儀禮.
三 傳 業	左傳・公羊傳・穀梁傳.
明 法 業	律・令.

---

3) 『三國史記・新羅本紀』 第10 元聖王. "四年春, 始定讀書三品以出身, 讀春秋左氏傳, 若禮
　記, 若文選, 而能通其義, 兼明論語・孝經者爲上. 讀曲禮・論語・孝經者爲中. 讀曲禮・孝
　經者爲下. 若博通五經・三史・諸子百家者, 超擢用之."
4) 李成茂, 「韓國의 科擧制度」, 한국일보사, 1976. pp.183~185.
　　＿＿＿, 『韓國의 科擧制度』, 集文堂, 1994.
　　曹佐鎬, 「麗代의 科擧制度」, 『歷史學報』 第10, 1958.
　　＿＿＿, 『韓國科擧制度史研究』, 범우사, 1996.
　　　『高麗史・志』27. 選擧 1.

科 別	試 驗 科 目
明 算 業	九章十條·綴述四條·三開三條·謝家三條.
明 書 業	說文六條·五經字樣四條·書品長短詩一首·眞書·行書·篆書·印文一窠
醫 業	素問經八條·甲乙經二條·本草經七條·明堂經三條·脈經十卷·針經九卷·難經一卷·炙經.
呪 噤 業	脈經十條·劉涓子方十條·瘡疽論七卷·明堂經三卷·針經·本草經.
地 理 業	新集地理經十條·劉氏書十條·地理決經八卷·經緯令二卷·地鏡經四卷·口示經四卷·胎藏經一卷·謌決一卷·蕭氏書十卷.
何 論 業	眞書奏狀·何論·孝經·曲禮·律.

이와 같이, 11種이 있지마는 製述科와 明經科 외는 雜科로 취급했고, 또 高麗시대에는 明經科보다는 製述科를 중요시했다. 여기서 필자가 살펴보려고 하는 것도 經學을 시험 보는 明經科가 아니라, 작문을 시험 보는 製述科이다. 그러므로 製述科의 科目만 따로 떼어서 보기로 한다. 製述科의 科目은 시대에 따라 조금씩 달리 쓰였으므로, 이를 표로 보이면 다음과 같다.[5]

[製述科의 考試科目]

年 代	初 場	中 場	終 場
光宗 9年	詩·賦·頌 및 時務策		
穆宗 7年	禮經 10條	詩·賦	時務策
顯宗 10年	禮經 10條	詩·賦	論
睿宗 5年	詩	賦	策
仁宗 14年	經義	詩·賦	論·策 중에 하나.
仁宗 17年	經義	論·策 중에 하나.	詩·賦
毅宗 8年	論·策(迭試)	經義	詩·賦
忠穆王卽位年	六經義·四書疑	古賦	策
禑王 2年	六經義·四書疑	詩	賦

---

5) 趙東元,「麗代科學의 豫備考試와 本考試에 대한 考察」,『圓光大 論文集』第8輯, 1974. p.234.

高麗는 穆宗 이후부터 初場에 합격해야 中場에 응시할 수 있고, 中場에 합격해야 終場에 응시할 수 있는 三場連卷法을 썼다. 그리고 대개 초장에 經義, 중장에 詩・賦, 종장에 時務策을 시험본 것이다. 이 考試科目 중에서 문학면에서 연구대상으로 삼을 수 있는 것은 詩・賦・頌・策・論 등을 들 수 있다.

2. 朝鮮의 科文

朝鮮朝에는 모든 제도면에서 정비되었기 때문에 이에 따라 科文도 더 복잡하다. 그보다 근본적인 문제로, 관인이 되려면 첫째 경학에 정통해야 하고, 둘째 문예에 능해야 하며, 셋째 時務에 밝아야 하는 것이다.[6] 즉, 먼저 기초 교육인 經學을 익히고, 다음에 문예를 익혀 자기 표현을 자유로이 하며, 끝으로 時務에 대한 경륜이 있어야 한다는 것이다. 여기에 자연히 초장에는 옛날 교과서인 經術을 시험 보이고, 중장에는 당시 한문학 양식 중에 대표적인 詩・賦와 실용문인 表를 시험 보이며 종장에서는 時務策을 시험 보이게 된 것이다. 그러나 이것도 때에 따라 조금씩 변동이 있었다. 초장은 經學을 시험 보이기 때문에 디 보충하여 설명할 필요가 없고, 중장과 종장만 들어보면 다음과 같다.

[朝鮮朝 文科考試 科目]

年 代	初 場	中 場	終 場
太宗元年 七月		表・章・古賦	策
太宗七年 三月		論・表 중1, 判1	策
世宗十七年 六月		表1, 賦・排律十韻詩 중1	策

---

6) 曹佐鎬, 「李朝 式年 文科考」, 『成均館大 大東文化研究』第10輯, 1975. p.17
  『弘濟全書』卷11, 「科試引」에서는 "試以經書, 蓋古明經之意也. 試以表賦, 博學宏詞之規也. 試以對策, 言極諫之義也."라 하여 ①明經 ②博學宏詞 ③直言極諫의 意義를 찾았다.

年 代	初 場	中 場	終 場
世祖二年 三月		表・箋 중1, 教・詔 중1	策(歷代와 時務 번갈아)
經國大典		賦・頌・銘・箴・記중1表・箋 중1	策
續大典(英祖二十年)		賦1, 表・箋 중1	策

여기서 초장에 보는 經義는 그만두고 중장에서는 詩・賦・箴・銘・頌・
記・表・箋・教・詔・論 등과 종장에서 策文을 시험 본 것을 알 수 있다.
그러면 科詩를 주로 사용한 進士試의 科目을 보기로 한다.

[進士試의 考試科目]

年　　　代	科　　　目
世宗七	賦1, 排律十韻詩1
文宗二年 四月	古賦1, 古詩・律詩 중1
經國大典	賦1, 古詩・銘・箴 중1
續大典(英祖二十年)	賦 詩1

이와 같이, 進士試에서는 詩・賦를 주로 시험 보았다. 이 항에서는 科舉시
험에 사용하던 글을 科文의 種類별로 살펴보았다. 그러면 아래에서 內容과
形式 면에 대해서 고찰하기로 한다.

Ⅲ. 科文의 形式

1. 科詩

지금까지 科文의 종류만을 살펴보았다. 이 항에서는 科文 중에 대표적인
詩를 먼저 살펴보고 賦도 잠깐 보기로 한다.

그러면 高麗時代의 科詩 形式부터 살펴보기로 한다. 高麗는 德宗 즉위년
(1031)에 처음으로 國子監試를 설치하여 賦와 六韻詩・十韻詩로 시험 보았
는데, 이것을 成均試라고도 하고 南省試라고도 했다.7) 文宗 25년(1071)에는
다만 六韻詩와 十韻詩로 시험 보았다. 이후에도 주로 詩와 賦로 시험을 보이
면서 詩는 六韻보다는 十韻詩를 사용하는 때가 많은 듯하다. 毅宗代에 十韻
詩를 사용한 회수가 7번, 明宗代에 9번이다. 특히 明宗 19년(1189)에는 이
十韻詩로 李奎報 등 61명을 선발했다. 그리고 神宗代에 6번, 熙宗代 3번,
康宗代 2번, 高宗代에 22번, 元宗代 3번, 忠烈王代 8번, 忠肅王代 1번, 忠穆
王代 1번, 恭愍王代 1번이다. 여기서 忠肅王 7년과 恭愍王 14년에는 古賦와
十韻詩로 시험 보았지마는 그 외는 모두 詩賦와 十韻詩로 시험 보았다.8)
이를 보아 十韻詩를 많이 사용한 것을 알 수 있다.

이와 같이 麗代의 科詩는 六韻八脚詩와 十韻詩를 주로 사용했는데, 그
形式은 어떠했을까? 六韻詩는 일반 漢詩에서는 잘 쓰이지 않는 形式이나,
顯宗 15년(1024)에 製述科에 五言 六韻詩 1首로 시험 보였다는 기록으로
보아, 이 詩의 形式은 五言 12句의 形式인 것 같다.9) 그러나 이 외의 平仄法
및 기타 形式은 알 수 없다.

다음 十韻詩는 牧隱의 「十韻詩序」에 言及이 되어 있다. 牧隱이 이를 '百字
科'라 한 것을 보면 이것은 五言 20句로 古詩와 비슷한 形式인 듯하다. 그리
고 六韻八脚詩와 현격한 차이도 없다고 한다. 또 이 序文의 內容으로 보아
당시 百字十韻의 科詩를 모은 책을 많이 筆寫하여 사용한 듯하다.10)

---

7) 『高麗史』志卷28, 選擧20.

8) 『高麗史』卷74, 志卷28, 選擧2.

9) 『高麗史』志第29, 選擧1.

10) 李穡, 「十韻詩序」, 『牧隱文稿』卷8 序. "百字科, 未知所從起也. 我國家興文治, 敎養多方,
引之以簡易之術, 動之以繁華之寵, 所以擊蒙而俾之求益也. 於戱, 先王作人之盛心, 何其遠
哉? 近世以百字科進者多矣, 悅軒趙先生, 尤其傑然者也. 自念辛巳科, 予年十四, 亦由是科,
得爲松亭門生, 平生雖無可稱. 然比之六韻八脚, 亦不天地懸隔矣, 其於國家設科取士之意,
又不至於大戾矣. 今舅氏金有暘, 將由是科試於有司, 求舊本, 因記興國寺法泉方丈獲嘗寓目

이상으로 高麗 科擧에 사용되던 詩, 즉 古詩・六韻詩・十韻詩 중에 六韻詩와 十韻詩의 形式을 살펴보았다.

다음 朝鮮朝의 科詩를 살펴보기로 한다. 朝鮮朝의 科體의 詩는 國初에 卞季良이 만든 程式이라고 한다. 그러나 鮮初부터 이 程式의 詩를 그대로 출제하지는 않았던 것 같다. 이는 柳得恭이 지적한 것처럼 國初에는 科擧에 十韻詩를 사용하다가 端宗朝에 古詩로 바꾸고 수 백년 후에 聲律과 格調가 변했다는 것에서도 알 수 있다.11) 또 南九萬은 다음과 같이 말했다.

> 嘉靖 丙午년의 進士의 初試 會試의 시험지 두 권을 보니, 대개 그 字
> 句에 있어서는 平聲・仄聲의 구속도 없고, 鋪置에 있어서는 入題・回
> 題의 程式이 없이 마음대로 지은 것이 마치 唐・宋人의 歌行과 같다.12)

이 嘉靖 丙午는 明宗 1년(1546)이다. 이를 보면 明宗 初年 경까지는 詩・賦의 平仄과 入題・回題 등의 程式이 엄격하지 않았음을 알 수 있다. 그러나 光海君 때 李睟光의『芝峰類說』에서 科文에 대한 언급이 있는데, 여기서는 사정이 다르다. 즉, 科文에는 詩・賦에 入題・鋪叙・回題 등의 程式이 있어서 일반 문장가의 체재와는 다르다고 했다.13) 다시 英・正 時代에 와서 科文은 最高潮에 달했다.

그러면 科文의 形式的인 특징은 어떠했을까? 먼저 句數를 보면, 正格이 18句이다. 이것은『大典會通』,『王朝實錄』등에 나타난다. 따라서 시험 시간에 쫓겨 15・6句를 짓는 경우가 있는데 이것은 뽑지 말라고 했다. 뿐만 아니라, 시험 시간에 너무 일찍 시험지를 제출하는 것마저도 못하게 했다.14)

是集, 令持册移書, 書其端倅後有考焉.
11) 柳得恭.『冷齋集』卷13.「科弊策」.
12)『增補文獻備考』卷187, 選擧考4. "南九萬曰, 觀嘉靖丙午進士初試會試, 試券二度, 則蓋其字句無平聲仄聲之拘, 鋪置無入題回題之式, 隨意說去, 如唐宋人歌行."
13) 李睟光,『芝峰類說』卷8, 文章部1 文. "詩賦有入題・鋪叙・回題等式, 尤與文章家體樣全別, 故遂得決科, 遂爲不文之人, 何以致用於世乎? 必大變機軸而可矣."
14)『弘齋全書』卷33 敎, "大比科先呈時限議定敎."

아래에서 실제 科詩를 들어 구체적인 形式을 고찰하기로 한다.

	①	②	③
1	첫구(書頭)¹⁾ 劍痕欲磨春江碧, 恨水年年花血瀉.	첫구받침(둘째구) 林烟曳雨郭南村, 竹風吹燈堂北榭.	入題 黃昏環佩乍延竚, 走燐飛螢凄上下.
	④	⑤	⑥
2	鋪頭(元題) 樓頭月上可憐宵, 江上初逢李上舍.	鋪頭받침(원제받침, 影事) 冤魂悽帶九原羞, 苦語寒生五更架.	鋪頭느림(느림) 阿娘豈識嶺南樓? 千里曾隨大人駕.
	⑦	⑧	⑨
3	첫목 深閨慣讀內則篇, 貞玉芳姿年未嫁.	첫목받침 良宵一違姆氏訓, 翫月寧知乳媼詐?	첫목느림 芙蓉堂外依小檻, 花拂西垣人影乍.
	⑩	⑪	⑫
4	두목 刀頭驚散斷臂魂, 竹根空埋冤血化.	두목받침 西風未返父母國, 紫恨猶思丹靑借.	回題(둘째목느림) 篁林烟雨帶血靑, 我欲呈冤人自怕.
	⑬	⑭	⑮
5	세목(回題) 南郊幾送太守魂? 東閣頻看殘梅謝.	세목받침 書燈耿耿照心白, 鬼語啾啾啼血夜.	세목느림 床頭水呪寂無聲, 手裡丹砂點易罷.
	⑯	⑰	⑱
6	네목 三生泣訴此地冤, 翫花初心玉指乍.	네목받침 平頭尙在雁鶩庭, 子有霜鋩應不赦.	네목느림 幽脩鬼訴說冤罷, 微月梅庭花影亞.

① 칼 흔적 없애려 해도 봄 강물 푸르러 있고
　　한 맺힌 피에 젖은 강물 해마다 흘러가네.
② 숲 속 자욱한 안개는 비를 몰아 남촌에 쏟아지고
　　대숲 바람은 등불에 불어 북당에 몰아치네.
③ 황혼에 아랑의 혼 잠깐 머뭇거리니

도깨비 불 반딧불 처량히도 오르내리네.
④ 영남루 위에 달뜨는 가련한 밤
　남천강 위에서 처음으로 이상사를 만났네.
⑤ 저승의 슬픈 원혼 수줍은 마음으로
　괴로운 말하려니 깊은 밤에 찬바람이 생겨나네.
⑥ 아랑아씨 그 어찌 영남루를 알았으랴
　천리 멀고 먼 길 아버님 따라왔네.
⑦ 깊은 규중에 「내칙편」 부지런히 읽어
　정옥같은 고운 자태 시집 못간 나이라네.
⑧ 달 밝은 하루 밤에 스승의 훈계 잠깐 어기고
　달구경 나간 일이 유모의 속임인 줄 알았으랴.
⑨ 부용당 밖 작은 난간에 기대었으니
　서쪽 담 위에 꽃 흔들리자, 사람 그림자 얼른 하네.
⑩ 칼끝에 팔 달아난, 놀라 흩어진 혼이 되어
　대숲 속에 속절없이 원통한 피 묻었구나.
⑪ 서풍에 아직껏 부모 옆에 못 돌아가도
　붉은 원한은 그래도 정절 알려지기 생각했네.
⑫ 대숲의 연기와 비는 핏빛 띠어 푸르렀으니
　나의 원한 하소연하려니 사람들은 놀라 죽네.
⑬ 남쪽 들에 몇 번이나 태수의 영혼 보내었던고
　동각에는 헛되이 매화만 피고 지네.
⑭ 책상 앞의 가물거리는 등불 마음을 비쳐 줄 때
　귀신 소리 흐느끼며 피눈물로 울던 그 밤.
⑮ 상두에는 소생시킬 물로 빌 이 없고
　손안에 단사는 주역에 점치기 마쳤구나.
⑯ 삼생의 원통함을 흐느끼며 하소할 때
　꽃구경하던 그 밤처럼 손가락 입에 빠네.
⑰ 나 해치던 그 종놈은 아직도 아전의 자리에 있으니
　그대의 서릿발 칼날 그냥 두지 않으리라.
⑱ 깊고 깊은 저승 원한 하소를 마치니
　지는 달 매화가지에 걸려 꽃 그림자 구부러졌네.[15]

---

15) 이 시는 기록에 따라 차이가 있으므로 여기서는 이가원『韓國漢文學史』에서 重引하였다.

위에서 예로 든 詩의 形式을 보면 마치 3句 6名처럼 되어 있다. 즉 대개의 詩는 1句 또는 2句씩으로 한 단락을 이룬다. 그러나 科詩는 3句씩으로 한 단락을 이루고 있다.

여기서 句에 대한 개념도 문제가 있다. 요즘은 絶句詩 한 수를 4句라고 한다. 그러나 絶句의 內容을 보면 두 句씩 합해서 하나의 뜻이 된다. 그러므로 과거에는 요즘의 한 句를 한 짝이라고 해서 안짝과 바깥짝을 합해서 한 句라고 하는 수가 많다. 따라서 오늘날 絶句를 과거에는 흔히 2句의 詩라고 한다.

이렇게 보면 科詩는 3句씩으로 한 단락이 되는 셈이다. 그리하여 3句 6名 식으로 되어 18句로 짜여져 있다. 여기서 넘나드는 것도 있지마는, 이것은『大典會通』에서 합격시키지 말라고 명시했다.

韻字는 題目 중에서 한 자를 落點하면, 그 글자와 같은 韻을 써야 한다. 특히 元題에 가서는 그 글자가 바로 韻字로 쓰여야 한다. 위에서 예로 든 詩에서「月夜逢李上舍泣說前生冤債」에서 '舍'에 낙점이 되었으므로, '舍'字가 속해 있는 去聲 '禡'韻을 썼다. 그리고 元題에 가서 '江上初逢李上舍'라 하고 '舍'를 그대로 썼다. 물론 간혹 여기에서 어긋나는 것도 있기는 하지마는 科文을 지어 본 사람의 말을 직접 들어보면 이 규칙을 지키는 것으로 원칙을 삼았다고 한다. 그러나, 李栗谷의 進士 初試 壯元 詩인「送項梁渡江」은 19句이고, 역시 그의 進士 覆試 詩인「捉月圖」는 20句이며[16], 鄭松江의 辛酉榜 第五名 합격시인「老病有孤舟」는 23句로, 이런 形式들을 그대로 지키지도 않았다.[17] 이를 보면 초기에는 이런 形式들은 엄격하지 않았던 것 같다.

또 科文은 對仗(句)으로 된 것이 많은데, 3句 1조 중에 제2구는 거의 對句로 써야 한다.

---

16)『栗谷全書拾遺』卷1.
17)『松江別集』卷1, 七言古詩.

科文의 平仄法은 그림으로 보이면 다음과 같다.

※ ○는 平聲, ●는 仄聲, ◎는 韻字임.

즉 첫짝에 2平 3仄, 나머지 두 자는 平聲이나, 이는 平仄을 보지 않아도
되며, 둘째 짝은 3平, 다음에 仄, 다음 韻字로 된다. 여기서 연속되는 平平이
나 仄仄은 한 자 정도 다른 聲으로 바꿀 수 있지마는 첫짝 5째 자의 仄聲과
다음 짝 5째 자의 平聲은 변동이 없어야 한다. 이것은 안밖 平·仄을 대립시
켜 詩唱에 도움을 주기 위해서 라고 한다. 이 平仄法은 入題부터 보는 것을
원칙을 삼으면서 바꾸지 않고 18句까지 같은 방법으로 반복하여 쓴다.

출제는 주로 故事에서 많이 나오면서 아주 광범위하다. 科擧를 보기 위해
서 만든 예상과 습작집인 『同人』이란 책을 보면 『小學』에서부터 시작하여
經學은 『大學』·『論語』·『孟子』·『詩經』·『書經』·『易經』·『禮記』·『春
秋』·『周禮』·『儀禮』와 史學에서는 『史記』·『漢書』·『史略』·『通鑑』 등
과 기타 『名臣錄』·『八大家』·『近思錄』 등 다양하게 문제를 삼았다. 몇 개
만 예를 들면 다음과 같다.

『小學』 ; 「鬱鬱含晚翠」

『大學』 ; 「德潤身」

『論語』 ; 「行有餘力則以學文」

『孟子』 ; 「亦有仁義而已矣」

『中庸』 ; 「憂道學之失其傳作中庸」

『詩經』 ; 「入此室處」

『書經』 ; 「以殷仲春」

『易經』 ; 「雲從龍風從虎」

『禮記』 ; 「德盛而國治」

『春秋』 ; 「春秋首書春王」

『周禮』 ; 「大比」

『史記』；「鴻溝以東爲楚以西爲漢」

『漢書』；「文德者帝王之利器」

『八大家』；「歐陽子方夜讀書聞有聲自西南(秋聲賦)」

『近思錄』；「自然皆有春意」

채점 방법은 『經國大典』에 賦의 경우를 보면 ①上上-9分 ②上中-8分 ③上下-7分 ④中上(二上)-6分 ⑤中中(二中)-5分 ⑥中下(二下)-4分 ⑦下上(三上)-3分 ⑧下中(三中)-2分 ⑨下下(三下)-1分으로 나누어 최상 9分에서 최하 1分까지로 했다. 그러나, 이 다음에 2分의 1점에 해당하는 '次上'과 4分에 1점에 해당하는 '次中', 그 다음에 '次下'가 있다. 三下 이상을 합격시키는 것이 古例이지마는 그 이하도 합격시켰던 것 같다.[18] 明宗 8년에는 「次中」이상은 특명으로 급제시킨 일이 있다.[19] 요즘 白日場에서도 次上이면 대개 壯元을 시키는데, 이것을 옛날 科擧制度에서 유래한 것이다.

채점 방법에서 科擧의 당락이 좌우될 만큼 중요시한 대목은 入題라고 한다. 이 대목은 누가 어떻게 지었다는 많은 일화들이 남아 있다. 다음으로 본 것은 回題였다고 한다. 회제에서는 詩의 구성법을 볼 수 있기 때문이다. 가령 詩의 제목이 「綠陰芳草勝花時」인데 회제에 가서 제목의 뜻을 돌아보아 "如令紅綠戰于野 人樹將軍功必高(만약 紅色과 綠色으로 들판에서 싸우게 하면 大樹將軍의 공이 반드시 높을 것이다.)"라고 지은 것을 우수한 작품이라고 했다. 綠陰과 芳草가 꽃 필 때보다 나으니, 만약 紅色인 꽃과 綠色인 나무로 싸우게 한다면 '大樹將軍'이 이길 것이라고 한 것이다. 여기서 나무를 擬人化해서 大樹將軍이라고 한 것도 기묘한 技法이지마는, 또 실제 인물로 大樹將軍의 故事가 있다. 이는 後漢 때 일로 諸將들이 서로 자신의 공로를 앞내세워 다투며 떠들어대어도 馮異라는 將軍만은 공로를 다투지 않고

---

18) 『增補文獻備考』卷186, 選擧3, 明宗 13年. "謹按凡科次, 自上之上中下, 二上中下, 三上中下, 至次 上中下, 更外有十四等, 上之等, 其用其廢不可攷, 取三下上, 謂之入格者, 亦古例, 近規則卽日放榜, 與節制外, 皆取更以上者, 未知創於何時也."

19) 『燃藜室記述』別集 卷9 官職典故(科擧3). "特命次中以上, 皆賜第, 臺啓爭執, 不允."

혼자 나무 밑에 앉아서 쉬고 있었기 때문에 '大樹將軍'이라고 붙여진 別名이다. 제목의 뜻을 돌아보면서도 절묘한 用事를 했기 때문에 기교로서 크게 성공한 작품이라고 평한다. 科詩의 形式의 중요한 부분을 살펴보기 위해서 채점 기준까지를 언급했다.

2. 科賦

科擧의 詩를 더 심도있게 파악하기 위해서 여기서 賦도 조금 언급하기로 한다. 賦는 본래 辭와 비슷한 문체였으므로 이를 通稱해서 辭·賦라 하고, 나누어서 말할 때는 楚辭 漢賦라고 한다. 우리 科擧에는 辭보다 賦가 주로 출제되었다. 그러므로, 賦에 대해서만 잠깐 언급하기로 한다.

賦는 결국 楚辭의 영향으로 漢 武帝 때에 이룩된 문학이다. 明의 徐師曾은 그의 『文體明辯』에서 賦를 四體로 나누어 「一曰 古賦, 二曰 俳賦, 三曰 文賦, 四曰 律賦」라고 했다.[20] 즉, 漢代의 것을 古賦, 六朝時代의 것을 俳賦, 唐代의 것을 律賦, 宋代의 것을 文賦라고 한 것이다. 漢代의 것을 古賦라고 한 것은 漢·魏의 글을 古文이라 하는 것과 같은 뜻인데 그 구성은 序頭, 本文, 終結의 三段으로 되었으며, 直敍보다는 問答體이다. 俳賦는 西晉의 潘岳과 陸機에서 시작하여 騈儷와 彫琢에 힘쓰던 六朝時代에 성행했으므로, 騈賦라고도 한다. 漢代의 古賦에서 서두와 종결을 빼고 중간의 對句 부분을 강조한 것이다. 그러므로 徐師曾은 俳賦는 文辭만을 숭상하여 情意를 잃었다. 그러므로, 이를 읽는 이가 감흥을 일으키는 미묘한 뜻을 느끼지 못한다고 했다.[21] 그만큼 內容보다 對偶의 形式에 얽매인 문학이다. 律賦는 唐·宋에 와서 賦體를 科擧의 考試科目으로 채택하면서 程式化된 것이다. 여기에는 限韻뿐만 아니라, 音律諧協 對偶精切 등 聲律을 중요시했다. 끝으로 文賦는

---

20) 徐師曾, 『文體明辯』卷3~5.
21) 徐師曾, 『文體明辯』卷3. "夫排賦尙辭, 而失於情, 故讀之者, 無興起之妙趣."
　　賦는 李家源, 『韓國漢文學史』와 李鍾燦, 『漢文學槪論』에도 언급되어 있다.

宋의 歐陽脩 이후 騈儷文 배격, 古文復興運動과 시대를 같이 한 문학이다. 徐師曾은 文賦의 특징을 지적하여서 理論을 숭상하여 辭意를 잃었다고 했다.[22] 즉 외형적인 美辭麗句보다는 內容을 중시한 문학이란 것이다. 그러나 宋 이후에 이는 다시 科賦와 합쳐진 律賦의 형태로 행해진다.

그러면 우리나라의 賦文學은 어떠한가? 新羅에 있어서 賦文學은 유일하게 崔致遠의 「詠曉賦」가 전한다. 이것은 律賦의 한 형태로 晩唐에서 宋代 文賦로 이어지는 변모를 보여준다.

高麗朝에 와서는 개인의 문집과『東文選』에 많은 賦文學이 전하고 있어 賦文學 연구의 좋은 재료가 되고 있다. 律賦의 형태로는 金富軾의 「仲尼鳳賦」, 古賦의 형태로는 崔滋의 「三都賦」, 文賦의 형태로는 李奎報의 「畏賦」 등 다양하게 있다. 그리고 高麗時代에 科試에 출제된 賦는 古賦와 律賦이다.

朝鮮朝에 와서는 古賦가 없는 것은 아니지마는 科賦가 주류를 이루었다고 할 수 있다. 이 科賦는 우리나라의 독특한 문학 형태라고 할 수 있다. 그리고 科試에서는 주로 科賦가 출제되었다. 이 科賦의 형식에 대해서는 『芝峰類說』에 의하면 入題・舖叙・回題 등의 程式이 있어서 일반 문장 체제와는 다르기 때문에 科擧에 합격한 사람이라도 글을 못한다고 했다.[23] 더 구체적인 형식을 보면, 題目은 대부분 역사적인 사실이나, 옛 詩文 중에서 한 句를 따서 정한다. 그리고, 1句는 6言이며 前三言과 後三言 사이에 "以・於・之・其・與・兮・乎" 등 虛字를 넣는다. 또 한 편은 30句씩으로 했다. 이 규칙은 아주 엄격하게 지켰던 것 같다.『大典會通』에 賦는 30句가 되지 않으면 뽑지 말라는 기록이 있고[24], 또 科擧의 글은 옛날부터 규정이 있어 賦는 30句를 지어야 하는데 근래에 와서 시험지를 속히 제출하기 위하여 대부분 形式에 맞지 않는 것이 많으니 이것을 낙제시켜야 한다고 했다.[25]

---

22) 徐師曾, 위의 책. "文賦尙理, 而失於辭."
23) 李晬光,『芝峰類說』卷8, 文章部1 文體.
24)『大典會通』卷3, 禮典(補).
25)『正祖實錄』卷26, 12年 己酉.

특히 賦의 경우 26·7句밖에 되지 않는 것을 지적하고 있다.[26] 이를 보더라도 科賦의 形式은 꼭 30句를 지켜야 했던 것을 알 수 있다. 이상에서 科詩를 파악하기 위하여 이와 가장 가까운 문학이라 할 수 있는 賦를 조금 언급한 것이다.

Ⅳ. 科文의 出題傾向

科文의 出題傾向은 당시 출제된 試題들을 보면 쉽게 알 수가 있다. 그런데 이 科題들은 모두 찾아내기도 힘들뿐 아니라, 찾아낸다고 해도 여기서 일일이 언급할 수 없다.

먼저 高麗時代의 試題와 거기에 얽힌 內容들을 몇 개만 들어보기로 한다. 먼저 詩題를 보면 高宗 14년(1227) 3월에 庾敬玄이 시험을 주관하면서 "相如一奮其氣 威信敵國(相如가 한 번 그 기세를 분발하니 적국에 위신을 떨쳤다.)"이라고 十韻詩의 제목을 내었다. 한 수험생이 解題를 해 줄 것을 청하므로, 庾敬玄이 '信'字의 뜻을 잘못 '誠信'의 뜻으로 해석하니, 한 수험생이 나와 詰難하고 是非하므로 庾敬玄이 내쳐서, 당시 사람들이 비웃었다고 한다.[27] 중국 故事에서 출제하면서 자신도 모르는 과오를 범한 것이다.

賦의 경우를 보면 仁宗 9년(1131) 四月에 崔滋盛이 知貢擧가 되고 林存이 同知貢擧가 되어, 林存이 賦題를 내면서 "聖人耐以天下爲家(성인은 능히 천하로써 一家를 삼는다.)"라고 『禮記』에서 출제했다. 諫官이 아뢰기는 '耐'字는 옛날 '能'자로 '奴登切'인데, 이제 '奴'로써 대신 韻을 삼는 것은 옳지 않으니 다른 사람에게 명하여 다시 시험을 보자고 했다. 仁宗은 이를 허락하지 않고, 이내 崔滋盛에게 명하여 다시 시험 보게 했다. 또 試題를 내기를 "天道不閑而能久(천도는 한가롭지 않되 능히 오래 간다.)"라고 했다. 諫官이

---

26) 『備邊司謄錄』 147, 正祖 13年 4月 20日.
27) 『高麗史』, 志卷28, 選擧2.

또 아뢰기를 『禮記』에 상고해 보면 "天道不閉而能久(천도는 막혀 있지 않으므로 능히 오래 간다.)"라고 하였는데, 鄕本 『家語』에 '不閉'를 '不閑'이라고 한 것은 잘못인데도 지금 貢院에서 正經을 상고하지 않고 錯本에 의거하여 출제하였으니, 두 貢擧를 파직하고 이 해의 科擧마저 정지하자고 했으나, 仁宗은 허락하지 않았다.[28]

또, 忠烈王 13년(1287) 5월에 林貞杞가 시험을 주관하면서 律賦의 제목을 "太宗好堯舜之道如魚依水不可暫無(태종이 요·순의 도를 좋아하기를 물고기가 물에 의지하듯 하여 잠시도 없을 수 없다.)"라 하고, "好堯舜道不可暫無"로 韻을 삼았다. 여러 수험생들이 韻 중에 여섯 글자가 모두 仄音이니 어떻게 해야겠느냐고 했다. 林貞杞가 부끄러워하여 고치기를 "好堯之道如魚依水(堯의 道를 좋아하기를 물고기가 물에 의지하는 것과 같다.)"라고 했다. 여러 수험생들이 또 나와 말하기를 韻 중에 다섯 글자가 모두 平音이니 어떻게 해야겠느냐고 했다. 林貞杞가 크게 부끄러워하여 다시 "好堯舜道如魚依水(堯·舜의 道를 좋아하기를 물고기가 물에 의지함과 같이 한다.)"라고 고쳤다.[29] 이와 같이 현실적인 소재가 아니라, 이상적인 옛 聖人의 治法을 출제하면서 오류를 범하기도 했다.

그리고, 賦를 지으면서도 이를 옛 古文이 아닌 것을 한스럽게 여긴 것이 있다. 牧隱은 17세에 東堂試에서 「和氏璧賦」, 후에 또 東堂試에서 「黃河賦」, 鄕試에서 「琬圭賦」, 會試에서 「九章賦」를 지었는데 "모두 古文이 아니고 나의 본의도 아니다고 하면서, 그러나 이렇게 하지 않고는 부모를 봉양할 수 없으니 슬픈 일이다."라고 했다.[30] 여기서 제목들이 보여주는 것은 모두 中國的이며 太古的인 것들이다.

---

28) 『高麗史』, 志卷28, 選擧2.

29) 『高麗史』, 志卷28, 選擧2.

30) 『牧隱集』 "予年十七歲, 赴東堂, 賦和氏璧, 二十一歲, 入燕都國學月課, 吳伯尙先生賞予賦, 每日可教, 旣歸赴癸巳東堂, 賦黃河, 鄕試賦琬圭, 會試賦九章, 今皆不錄, 非古文也, 非吾志也, 非吾志, 而出身于此, 非此, 無階於榮養耳, 嗚呼悲哉."

이상으로 高麗時代의 科擧에 출제된 詩·賦의 題目들을 들고, 그 內容을 살핌으로써, 당시 科文의 출제 경향을 대충 살폈다. 다음 朝鮮朝에는 『燃藜室記述』에 실려 있는 登科摠目에 나타나 있다.[31] 이를 후면에 표로 보이기로 한다.

이 표에 나타난 것은 大科試의 제목들이다. 따라서 表·策이 주가 되어 있다. 그리고, 律詩 賦 頌 箋 詔 論 등의 제목들도 볼 수 있다. 이들 제목에서 보여 주듯이 內容은 名賢들의 故事에서 많이 문제된 것을 알 수 있다. 그러나, 鄕試의 제목들은 이처럼 잘 기록된 곳이 없다. 이 제목들도 모두 찾으면 여기서 보려는 科詩 科賦의 출제 경향을 더 자세히 알 수 있을 것이다. 그러나, 앞 항에서 예로 든 『同人』에 나타난 글들의 출제 경향과 이 大科 科題들을 종합해 보아도 결국 高麗와 朝鮮朝의 科詩 科賦의 출제 경향은 大同小異한 경향이다.

V. 科文의 文學的 意義

科文의 文學的 가치를 인정하느냐, 그렇지 않느냐에 대해서는 대개 부정적인 면에서 보는 경우가 많다. 이것은 중국의 경우도 마찬가지이다. 중국의 八股文은 明初에 科文으로 사용하기 위해 제정한 것인데, 그 지나친 형식주의적인 문체는 자유로운 창의에 위배되는 점이 없지 않음을 지적한다.[32]

高麗朝의 李齊賢은 科擧制度 자체는 높이 평가하지마는 科文은 浮華之文을 창도하여서 후세에 그 폐단이 말할 수 없이 많음을 지적했다.[33] 그리고 李穡도 科擧의 융성으로 政理의 氣像이 더욱 나타나게 되고, 愚夫愚婦도 모두 科擧의 좋은 점을 알아 자식들을 科擧에 합격하도록 힘쓰게 한다고

---

31) 正祖 때의 科題는 「弘濟全書 補遺」 臨軒題錄에 상세히 나와 있다.
32) 金學主, 『中國文學槪論』, 新雅社, 1983 四版. p.185.
33) 『增補文獻備考』 卷184, 選擧考1.

했다. 또 이로 해서 薰陶漸漬하여 집집마다 독서하여 科擧에 합격하도록
하니, 雙冀와 王融의 공이 크다고 했다.[34] 이렇게 科擧制度 자체는 높이
평가하면서 글이 古體가 아닌 것을 애석히 여겼다. 李齊賢과 李穡은 政治人
이면서 古文家이기 때문에 科文이 현실 정치에 도움을 주지 못할 뿐만 아니
라, 古文도 아니라는 지적은 당연한 일이다. 이후 朝鮮朝의 性理學者들의
科弊에 대한 지적은 李栗谷의 策文 등에서와 같이 많은 예가 있다. 또, 實學
派에 와서도 계속 지적되었다. 그러나 正祖는 科文은 비록 시험을 치르는
수단에 지나지 않는 글이지마는 잘 지은 것은 間架가 整齊되고 結搆가 정밀
하여 古文에 못지않는 것이 있고, 어떤 것은 자신도 모르게 몇 번이고 諷誦
한다고 높이 평가했다.[35] 그러면 科文의 긍정적인 면과 부정적인 양면을
함께 지적한 石北 申光洙의 글을 들어 본다.

> 行詩란 우리나라 科體이다. 조선조 초에 卞春亭이 科場의 各體를 창
> 제하면서 시 역시 入題·舖頭·回題 등의 법이 있어 선비를 뽑는 程式
> 이 되어서 4백년 이래로 科擧 공부하는 사람이 이 길을 벗어나지 않았
> 다. 어릴 때부터 이를 익혀 여기에 능한 사람을 才士라고 하여 시인의
> 性情의 학문이 있는 것을 알지 못했다. 그러므로, 朝鮮朝 이래로 비록
> 館閣文에 뛰어난 솜씨라도, 그 시가 대개 千篇一套여서 淺陋하여 볼 수
> 가 없다. 우리나라 시는 風氣에 구애되었을 뿐만 아니라, 역시 科體에
> 얽매인 것이다. 그러나, 그 문체로서 논한다면 역시 묘한 곳이 있으니
> 音節이 鏗鏘하고 의미가 新巧하며 묘사의 교묘함과 裁制의 뛰어남은
> 어찌 쉽게 말할 수 있겠는가? 權聖直君이 그 친구들 중에 辛未년 이후
> 에 科文에 유명한 사람 3십 여명에 사람마다 5수씩 1백 1십 5수를 모
> 았다. 시에 명성이 있는 사람으로서 여기에 실리지 못한 것은 「僬續補」

---

34) 위의 책.
35) 『弘齋全書』卷161, 日得錄. "予嘗以爲科文, 也自不易, 蓋以其有程有式, 有不可胡亂走作
  也. 雖無可觀, 是以數十前傑篇觀之, 類皆間架齊整, 結搆精密, 比諸今之所謂古文, 工拙當
  如何也."
  『弘齋全書』卷162, 日得錄. "功令不過科曰文字, 藏否不足論, 而試券中, 或見句作之合意者,
  不覺欣然爲之諷誦屢過."

가 나오기를 기다린다. 한 번 책을 펴면 群玉의 府庫와 波斯의 백화점에 들어간 것과 같아 사람의 눈을 아찔하게 하여 어쩔 줄을 모르게 하니 어찌 이렇게 성대한가? 어찌 이른바 사람마다 上乘을 달리고 집집마다 連城의 보배를 가진 것이 아니겠는가? 그러나 子雲과 같은 이도 詞賦를 낮게 보아 彫蟲小技라 하여 壯夫가 하지 않는다고 했는데 하물며 科體이랴? 비록 교묘하기가 세상에서 일컫는 바 金·李같은 이도 진사만 되고 나면 科文은 버리고 인쇄를 하지 않는데 어찌해서 제군들은 공연히 여기에 마음을 쓰는가? 나도 역시 科擧에 마음을 둔지 3십 년에 세상에서 시에 능한 사람이라고 일컬으나, 중세 이후로 깨끗이 流俗에서 벗어나서 古人의 시를 공부하고 싶었다. 그러나, 淫聲美色과 같이 중독이 깊고 습관이 고질화되어, 마침내 風雅의 道에 들 수 없었다. 그러므로, 명성만 더욱 성하고 부끄러움만 더욱 심하니 韓退之의 이른바 크게 부끄럽고 작게 부끄럽다는 말과 같다. 제군들의 재주에, 그 나이와 힘으로 고동하고 분발하여 科文 공부하는 힘을 옮겨 이른바 옛사람의 시를 공부하면 한 시대에 울연하여 국가에 명성을 날리고 大雅를 진흥시킬 사람이 장차 여기에서 나올 것이라고 나는 안다. 어찌 淫俗의 길에만 힘써 무리를 지어 달릴 것이 있겠는가? 王世貞이 말하기를 高麗 사람들의 시는 무슨 법인지 나는 모르겠다고 했다. 錢謙益은 말하기를 高麗 사람과는 唱和하지 말라고 했다. 제군들은 高麗 사람으로 그것이 부끄럽지 않은가? 원컨대 聖直君은 나의 말로써 서로 알리기를 바란다.[36]

---

36) 申光洙,「近藝雋選序」,『石北集』卷15. "行詩者, 我國之科體也. 國初, 卞春亭刱科場各體, 詩亦有入題·舖頭·回題等法, 爲取士之程式. 四百年爲擧業者, 不外是塗, 習自童艸, 能於是者, 號才士, 不復知有詩人性情之學, 故國朝以來, 雖館閣鉅手, 其詩大抵千篇一套, 淺陋不足觀. 我國之詩, 不惟風氣所局, 亦由科體之爲異已, 然自其體論之, 亦有妙焉, 音節鏗鏘, 意味新巧, 模寫之工, 裁製之能, 亦豈易言哉? 權君聖直, 哀其儕友中, 自辛未以後, 有名科詩者, 三十餘人, 人各五首, 合一百五十五首, 有能聲而不與者, 待得儁續補. 一開卷, 如登群玉之府, 入波斯之市, 使人眩不暇應接, 何其盛也? 豈所謂人驅上乘, 家握連城者耶? 然子雲薄詞賦爲彫蟲小技, 壯夫不爲, 況科體乎? 雖工如世所稱金李, 得進士則筌蹄耳, 不足以災木, 何諸君之枉用心也? 不佞亦游場屋之十年, 世所稱能詩者, 中歲瞿然欲自拔於流俗, 治古人之詩, 然如淫聲美色, 中毒深結痼癮, 卒無得於風雅之道, 故名益盛而愧益甚, 退之所云大慚小慚是也. 以諸君之才, 乘其年力, 鼓而自奮, 移夫攻擧業者, 求所謂古人之詩, 則吾知蔚然一

이 글은 朝鮮朝에서 科文의 일인자로 손꼽는 石北 申光洙의 科文에 대한 견해다. 그의 말대로 科文은 부정적인 면과 긍정적인 면으로 나누어 볼 수 있다. 부정적인 면으로는 科詩는 風雅의 古詩가 아니라는 것이다. 반면에 긍정적인 면으로는 音節, 意味 묘사 등이 뛰어나 群玉의 府庫와 波斯의 백화점에 들어간 것과 같아 사람의 눈을 眩然하게 한다는 것이다. 그러므로, 이것만으로도 科文의 문학적 意義를 인정하지 않을 수 없다.

이와 같이 科文이 표현의 기교면에 뛰어나게 된 것은 몇 가지 이유가 있다. 첫째 출제 자체가 故事와 관계가 깊은 데다가 일정한 形式 안에 작자의 의사를 표현하려니 자연히 內容보다 形式적인 기교에 중점을 두었다. 다음으로 科文은 어디까지나 시험에 합격하기 위한 것이므로 시험관의 눈에 들어야 한다는 점이다. 그러기 위해서는 일상적인 언어보다는 기발한 느낌을 주는 絶妙한 句絶들이 있어야 한다. 특히 科擧의 當落은 入題에 있었으므로, 여기에는 눈에 뜨이는 글구가 있어야 한다. 다음 元題에 가서는 題目에 落點된 글자를 韻字로 넣어 써야 하고, 回題에 가서는 題目과 호응관계 등에 유의하여야 한다. 많은 시험지를 다 보지 않더라도 이런 것 몇 개만 보면 합격 여부는 결정된다. 그러므로, 內容보다는 형식적인 표현 기교면의 발달을 가져온 것이다. 이것이 극단적으로 가면 戱作詩로 흐르게 된다. 科文과 戱作詩로 金笠과 맞먹는 黃五의 「拔劍斬蛇」란 시 한 수를 들어 본다. 소재는 漢나라 劉邦의 故事에서 가져 왔다. 劉邦이 漢王이 되기 이전에, 밤에 술에 취하여 澤中으로 지나면서 먼저 한 사람을 보내어 앞서 가게 했더니 그 사람이 돌아와서 아뢰기를 큰 뱀이 길을 가로막고 있으니 돌아가자고 했다. 劉邦이 壯士가 가는데 무엇이 두려울 것이 있겠느냐 하면서 가다가 칼을 뽑아 뱀을 베어 두 동강을 내어 버렸다. 뒤따라오던 사람이 뱀을 벤 곳을 지나니, 한 늙은 할머니가 울고 있었다. 왜 우느냐고 물으니, 내

代, 嗚國家而振大雅者, 其將在斯, 顧弊弊然群騖於淫俗之途乎? 王世貞曰, 高麗人詩, 吾未知其何法. 錢謙益曰, 勿與高麗人唱和, 諸君高麗人也, 不恥諸? 願聖直以吾言告之."

아들은 白帝子(秦始皇을 의미함)인데 지금 赤帝子(漢 劉邦을 의미함)에게 죽음을 당했다고 했다. 사람들이 거짓말한다고 그에게 매를 치려 하니 늙은 할머니는 사라져 버렸다. 뒤따라가던 사람이 이 사실을 劉邦에게 알리니, 劉邦은 자신이 임금이 될 것을 자부했고 그를 추종하던 사람들도 劉邦을 두려워했다고 한다.[37]

여섯 마리의 닭을 제비새끼처럼 다 잡아먹었으니,	嚼盡六鷄如燕雛,
너의 죄는 베어야 마땅한데 길마저 가로막구나.	爾罪當斬況遮道.
꽃나무 가지에 초회왕 혼은 춤추며 내려 앉고	花枝舞下楚懷王,
단풍잎에는 연나라 장사 노래하며 돌아가네.	楓葉歌歸燕壯士.
劉邦의 청룡보검 무지개처럼 뽑아드니	青龍寶氣拔如紅,
古萬의 中原 땅에 제일 큰 뱀 죽었구나.	萬古中原死一蛇.
秦末에 태어나 三尺劍 손에 드니	生於秦末袖三尺,
白帝의 精魂이 뱀 되었다 하는구나.	百帝精神云有蛇.
博浪의 鐵椎에는 화살처럼 도망가고,	金椎博浪走如矢,
廬山의 다진 흙은 담장같이 둘러있네.	土杵驪山環似墻.
阿房宮 대들보 위에 대낮에 서렸으니,	阿房大樑白日盤,
여섯 나라 개구리들 소름끼쳐 소리 못내네.	六國群蛙寒不鳴.
王媼의 봄의 술은 고래처럼 들이키고,	王婆春酒吸如鯨,
大澤의 가을 바람에 만 리의 기운 내뿜네.	大澤秋風噓萬里.
가슴 속은 삼천 세계도 개미같이 보이고,	胸中若蟻三千地,
눈에는 온 천지도 돈짝만 하네.	眼外如錢天百二.
어디서 온 한 마리의 뱀 비스듬이 누웠나	何來一物臥偃蹇,
대장부의 걸음 앞에 당돌도 하구나.	大丈夫前唐突其.
函谷關에 머리 가로지르니 밤에 달빛이 없고,	頭橫函谷夜無月,

---

[37] 『漢書』卷1, 高祖紀.

長城에 꼬리 걸치니 하늘에는 비 오려 하네.   尾掛長城天欲雨.

李斯의 허리 벤 일은 秦나라의 법이라.   腰斬李斯爾家法,

지금 이 천지에 나도 그 일대로 두 동강 내었다.[38]   天地今秋吾用之.

이는 科詩에서 조금 벗어났지마는 科詩의 亞流인 古風詩이다. 秦始皇을 뱀에 비유하여, 진시황이 六國을 倂呑한 것을 뱀이 여섯 마리의 닭을 잡아먹은 데 비유했다. 남의 집 닭을 잡아먹은 죄만도 큰데 길마저 가로막고 누웠으니 죽어 마땅하다는 것이다. 阿房宮 대들보 위에 뱀이 서리고 누웠을 때는 6國의 제후들이 힘을 펴지 못하는 것을 찬 기운이 도는 뱀앞에 개구리로 표현했다. 또 뱀이 函谷關에 머리를 대고 누웠으니 밤에 달빛이 없고, 만리장성에 꼬리를 내걸고 있으니 하늘에 비가 오려 한다고 한 것은, 대개 뱀은 구름이 낀 低氣壓인 날에 담장 위에 잘 나타나는 특성을 묘사했다. 진시황의 행적과 뱀의 생태를 생기 있게 묘사한 장면이라고 할 수 있다. 그러면서 끝에 가서는 秦나라에서 李斯의 허리를 베어 두 동강으로 낸 일과 뱀을 두 동강으로 낸 일을 결부시키면서 너의 법대로라고 표현한 기묘한 用事에는 웃음을 자아내게 한다. 또 科文은 위의 形式을 論한 항에서도 지적했듯이 對句로 써야 할 곳이 많다. 따라서 이 對句를 맞추기 위한 逸話는 수없이 많다. 이 중에 두 개만 예를 들어보기로 한다.

① 風寒北海武拱手 月明東窓文出頭(바람이 차가운 北海에는 蘇武가 팔짱을 끼고 섰는데, 달이 밝은 동창에는 文氏가 머리를 내미네.)

② 以越金之懷春 非宋玉之悲秋(越金이 봄을 그리워하는 마음이요, 宋玉이 가을을 슬퍼하는 것이 아니로다.)

---

38) 黃五, 「拔劍斬蛇」.

　여기서 ①의 안짝은 漢나라 蘇武의 故事를 用事로 한 詩이다. 그가 한 武帝 때 匈奴에 使臣으로 갔다가 北海에서 19년간 억류당하여 겪은 일이다. 여기서 蘇武의 '武'에 맞는 對를 쓰기 위하여 '文'자로 써서 '文出頭'라고 한 것이다. 그러나, '文'은 故事가 없어 지어낸 것이다. ②의 바깥짝은 宋玉의 '悲秋賦'를 소재로 하면서 '宋玉'에 맞는 대를 '越金'이라고 한 것이다. 여기서 '越金'은 故事가 없기 때문에 몰래 자기 집 식모의 이름을 써서 科擧에 합격했다는 일화가 있다. '文：武'의 대와 '宋玉：越金'의 대에서 마치 실존 인물이 있는 것처럼 속아넘어가지 않을 수 없다. 이런 표현을 통해서 보면 科文의 기교상의 특징만은 인정하지 않을 수 없다.

　그러나, 이것이 극단으로 흐르게 되면 金笠의 詩와 같은 戱作詩의 경향으로 나타난다.39) 金笠의 시는 內容면에서 諷刺的인 면이 있기는 하지마는 技法은 모두 科文에서 출발한 것이다. 科文을 抄錄한 筆寫本들의 끝에 보면 으레히 金笠의 詩가 끼어 있는 것은 이를 말해 준다. 金笠이 하도 科文에 名聲이 높기 때문에 魯積이란 사람이 그를 질투하여 關西地方에서 내쫓아 버리기 위해서 「論鄭嘉山守節事 歎金益淳罪通于天」이라는 詩를 지어 金笠을 다시는 關西地方에 나타나지 못하게 했다.40) 이 이야기는 金笠이 당시에 얼마나 科詩에 뛰어났는가를 말해 준다. 그러나, 이렇게 뛰어난 金笠의 科詩에의 재능은 戱作詩로 나타난다. 따라서 朝鮮朝 후기로 오면서 金笠은 기교파의 戱作詩 대표자로 되었다. 심지어 栗谷의 「花石亭」 詩마저도 金笠詩集에 들어 있는 책이 있다.41) 이와 같이, 科文은 戱作詩와 불가분의 관계가

39) 林熒澤 「朝鮮末 知識人의 分化와 文學의 戱作傾向」, 『전환기의 동아시아문학』, 창작과 비평사, 1985. p.41에서도 지적한 적이 있다.
40) 姜斅錫, 『大東奇聞』 卷4. 「金炳淵絶關西行」 "金炳淵, 安東人, 其祖益淳, 以宣川府使, 純祖壬申, 降於西賊洪景來, 遂伏誅, 其家因爲廢族. 炳淵自以謂天地之間罪人, 嘗戴笠不仰見天日, 故世以金笠稱焉. 善功令詩, 鳴於世, 祥遊於關西, 關西有魯積者, 亦善功令詩, 不及於金笠, 意欲逐之, 作嘲金益淳詩, 名於世…金笠見此詩, 引一大白, 朗吟曰, 眞善作也, 因嘔血, 不復踏關西地."
41) 朴容九 譯編, 『金笠詩選』, 正音文庫 156, 1977, p.163에서 李栗谷의 「花石亭」 시가 「安邊登飄然亭」이란 제목으로 실려 있다.

있기 때문에 과문을 필사해 둔 책 끝에는 戲作詩 몇 수씩은 실려있는 것을
볼 수 있다.

　이상에서 科詩의 文學的 또는 文學史的 意義를 살펴보았다. 결국 科文은 內
容보다 形式을 중요시하는 문학이기 때문에, 이를 배격하려는 경향이 있었으나
그 기교면의 우수성은 인정하지 않을 수 없다. 그리고, 문학사적으로는 科詩가
戲作詩의 경향으로 흘러 金笠 黃五 등에 이르러 結晶을 보게 되었다.

VI. 結　語

　우리나라 科文에 대해서는 지금까지 긍정적인 면보다 부정적인 면으로
보아 왔다. 이것은 당시 政治人 性理學者 實學派의 학자 등 모두 공통적인
견해였다. 이에 따라 한국 한문학을 본격적으로 연구하고 있는 오늘날에
와서도 이 방면에 대해서는 도외시하는 실정이다. 그러므로 본 논문에서는
우리나라 科文을 종합적으로 검토하기 위해서 科文의 種類와 形式, 그리고
出題傾向을 살펴보고, 끝으로 그 문학적 意義를 밝혀보려 한 것이다. 그러면
서도 너무 방대함을 피하기 위하여 科文중에서 핵심이 되는 詩와 賦를 중심
으로 했다. 지금까지 논의된 내용을 요약 결론지으면 다음과 같다.

　먼저 科文의 종류로 高麗시대에는 詩 • 賦 • 頌 • 策 • 論을 들 수 있다.
이는 製述科, 明經科, 雜科 중에서 문학 창작을 위주로 하는 製述科의 경우
다. 朝鮮朝에서는 小科와 大科의 경우가 다르다. 大科의 시험과목으로는
詩 • 賦 • 箴 • 銘 • 頌 • 表 • 箋 • 論 • 記 • 教 • 詔 • 策 등이 쓰였다. 반면에
進士試인 小科에는 詩賦 중심이었다. 그리고, 科詩는 英 • 正代에 와서 최고
조에 달했다.

　科詩의 形式은 高麗朝와 朝鮮朝가 다르다. 고려는 古詩도 사용했지마는,
대개 六韻詩와 十韻를 주로 사용했다. 六韻詩는 五言 12句의 詩이며, 十韻詩
는 五言 20句의 詩이다. 朝鮮朝의 科詩는 3句 6名식으로 짜인 18句의 詩이

다. 18句에 미달할 경우에는 科擧에 합격시키지 말라고 했다. 韻은 제목 중에서 落點한 것으로 하면서 元題에 가서는 그 글자를 그대로 韻字로 사용해야 한다. 또, 3句씩 한 단락으로 하면서 둘째 句인 가운데 句는 對句로 써야 한다. 平仄은 안짝은 2平, 3仄, 2平으로 하고, 바깥짝은 2仄, 3平, 仄, 다음에 韻을 원칙으로 한다. 18句를 모두 이런 방법으로 한다. 入題는 본론으로 들어가는 것이기 때문에 중요한 의미를 갖고, 回題는 제목과 상응해야 한다. 이 대목이 거의 채점의 초점이 된다.

高麗時代의 科擧에 사용된 賦는 古賦와 律賦였다. 賦는 본래 古賦·排賦·律賦·文賦가 있는데, 高麗朝의 科擧에는 律賦가 많이 사용된 듯하다. 조선조의 科擧에 쓰인 賦는 入題 舖敍 回題 등의 程式이 있으며, 六言 一句로 30句가 정격이다. 30句 미달은 합격시키지 않는다.

出題傾向은 高麗時代의 것은 깊이 알기 어려우나, 몇몇 詩·賦를 보면 현실적인 문제보다 故事를 소재로 하고 있음을 알 수 있다. 朝鮮朝에는 科榜擖目을 토대로 하여 大科의 試題는 거의 알 수 있다. 이에 의하면 時務를 論하는 策文을 제외하고는 거의 經傳과 史書에서 출제되었다.

끝으로 科文의 문학적 意義는 문학의 기교를 극도로 끌어올렸다는 점에서 일단 인정하지 않을 수 없다. 제한된 형식에 시험관의 눈에 뜨이도록 하기 위해서는 기발한 착상과 참신한 시어의 사용이 필요하기 때문에 자연히 문학의 내용면보다 형식적인 기교면에 발전을 가져온 것이다. 그런데, 이런 경향이 극단적으로 가서는 金笠 黃五 등과 같이 戱作詩로 나타난다. 이들은 당시 科詩의 일인자이면서 戱作詩의 일인자이다. 작자 미상의 戱作詩는 거의 이들의 작품으로 관주하는 것도 이 때문이다. 그러므로, 科詩의 문학사적 맥락은 바로 朝鮮朝 후기의 戱作詩와 연결된다. 이와 같이, 科詩는 문학적으로나 문학사적으로 중요한 意義를 가지고 있다.

<『東洋學』 제16집, 1986>

【試題 圖表】

太宗　　11年：策 － 策；治道本末

　　　　14年：策 － 殿策；天人相感之道

　　　　　　：策 － 親策；時務 知人 任人 － 親試謁聖

　　　　16年：策 － 忠孝之策 － 親試

　　　　　　：策 － 忠孝策 － 親臨重試

世宗　　 2年：策 － 殿策, 務農 禮讓 城郭 水軍 － 式年

　　　　 9年：表·策 － 表；請免金銀方物, 策；制田之法 － 登極親試

　　　　11年：箋 － 本朝 贊成權近 進七月篇圖一箋 － 親試謁聖

　　　　16年：策 － 謁聖親試

　　　　17年：策 － 殿策；宗學·戶口牌·兵農 － 式年

　　　　20年：策 － 殿策；王政損益 － 式年(始設進士試)

　　　　32年：策 － 御題策；求賢 從諫 寡慾 勤政 － 式年

文宗　　元年：策 － 殿策；學要治道 － 卽位 增廣

端宗　　元年：策 － 殿策；守成難 － 式年(改十韻詩爲古詩)

　　　　 2年：策 － 殿策；兵·食 － 增廣

世祖　　 2年：策 － 殿策；賢才·冗官·城郭 － 增廣

　　　　 3年：策 － 殿策；盜賊·六畜·軍器 － 重試

　　　　 5年：策 － 殿策 － 式年

　　　　 7年：策 － 殿策；我國四方虛實 － 別試

　　　　 8年：策 － 殿策；文武 － 式年

　　　　　　：策 － 殿策；禮樂用人 － 別試謁聖

　　　　12年：策 － 殿策；巡省 － 高城別試

　　　　　　：策 － 策；治世之能臣, 亂世之奸雄 － 拔英試

　　　　14年：策 － 御題殿策 － 重試

睿宗   元年 : 表·策 - 試表策有能兼製者許之, 卽位慶

成宗   8年 : 表 - 本朝請許收買弓角表 - 親試
       11年 : 表 - 唐宰相 乞貸韓愈貶潮州表 - 親試
       13年 : 策 - 策 ; 正統 - 親試
       16年 : 策 - 策問 ; 綱與目 - 別試

燕山   12年 : 律詩 - 七律 ; 鞦韆 - 別試

中宗   8年 : 表·頌·策 - 表 ; 唐魏徵請行仁政, 頌; 帝賚良弼, 策; 酒禍 -
             別試(講經始此)
       10年 : 策 - 殿策 ; 洪範 - 別試
       23년 : 頌 - ?   - 驪州別試
       29年 : 論 - 王道論 - 別試
       30年 : 表 - 虞伯益 請任賢勿貳表 - 視學別試
       33年 : 表 - 本朝禮曹請撰東國名臣言行錄表 - 別試

明宗   8年 : 策 - 殿策 治效 - 別試
       14年 : 頌 - 順昌奏捷頌 - 庭試
       15年 : 策 - 殿策 用人 - 別試
       20年 : 表 - 周太保 請勿受旅獒表 - 謁聖

宣祖   2年 : 表 - 周群臣 賀得二老表 - 謁聖
            : 表 - 宋趙槩 進諫林表 - 別試
        5年 : 表 - 宋知江州周述 請以九經賜白鹿洞書院 - 春塘臺親試
            : 表 - 宋司馬光 請盡仁明武之道 - 別試
        6年 : 表 - 漢四皓謝命調護太子表 - 謁聖
        7年 : 表 - 高麗 請勿通女眞表 - 別試
        9年 : 表 - 唐四門博士韓愈 進元和聖德詩表 - 別試
            : 表 - 唐杜甫 謝墨制許許自省家表 - 重試
       10年 : 表 - 宋彭思永 請勿內降官資表 - 謁聖
       12年 : 策 - 殿策 ; 六弊 - 式年
       13年 : 表 - 宋程頤等 進修正學制 - 謁聖
            : 策 - 殿策 ; 財用·任人 - 別試

　　　16年 : 策 － 殿策 ; 兵・食 － 別試

　　　　　　: 策 － 策 制治 保邦 － 庭試

　　　17年 : 表 － 宋張齊賢 進條陳十策表 － 親試

　　　　　　: 策 － 殿策 ; 推是心 行是政 － 別試

　　　19年 : 表 － 唐李泌 乞還山表 － 謁聖

　　　　　　: 策 － 殿策 ; 六經 － 別試

　　　21年 : 表 － 漢鄭衆 謝拜軍司馬 － 謁聖

　　　23年 : 表 － 宋趙普 請勿先下太原 － 增廣

　　　24年 : 策 － 殿策 ; 洪範 － 別試

　　　27年 : 表 － 明韓取善 請運糧救朝鮮 － 庭試

　　　　　　: 表 － 夏群臣 賀菲衣惡食 － 庭試

　　　　　　: 表 － 朝鮮 請留教師數人 訓鍊軍民 － 別試

　　　28年 : 表 － 宋張浚 請親臨建康 以動中原之心 － 別試

　　　　　　: 表 － 宋范鎭 請使中書 樞密 三司通知兵民財 以制國用 － 別試

　　　29年 : 表 － 唐李泌 請命韓皐 歸省其父 － 庭試

　　　30年 : 表 － 漢諸葛亮 請勿自菲薄 塞忠諫之路 － 重試

　　　　　　: 表 － 唐東川節度使高崇文 謝賜詔書征蜀專制諸軍 － 慕華館庭試

　　　　　　: 表 － 漢班超 謝徵還京師 － 謁聖

　　　32年 : 表 － 唐李泌 謝命作蓬萊院 － 庭試

　　　　　　: 策 － 殿策 ; 人才 － 別試

　　　33年 : 策 － 策, 畏民 － 別試

　　　35年 : 論 － 漢文帝 與匈奴和親論 － 謁聖

　　　　　　: 策 － 策, 九經八條 － 別試

　　　36年 : 策 － 策, 祭祀 － 庭試

　　　　　　: 策 － 策, 安危 治亂 － 式年

　　　38年 : 詔勅 － 唐太宗 復位魏徵踣碑詔(詔制 雖國典所載 久廢不用 故因

　　　　　　傳教始用) － 庭試

　　　41年 : 表 － 唐郭子儀 謝封汾陽王 － 重試

　　　　　　: 策 － 策, 酒・侈 － 別試

光海君　元年 : 策 － 策, 愼終于始 － 增廣

　　　　2年 : 策 － 策, 錢幣 － 式年

　　　　　　: 表 － 宋翰林學士歐陽修 請勿以枏木成文太平字 宣示中外 － 謁聖

```
        : 策 - 策, 崇道學 - 別試
   3年 : 策 - 殿策, 時措 - 別試
   4年 : 策 - 殿策, 俗尙 - 式年
        : 策 - 殿策, 史記 - 增廣
   5年 : 頌 - 澶淵却虜頌(刻燭試士) - 謁聖
        : 策 - 殿策 官制 - 增廣
   7年 : 表 - 漢鄭均 謝幸其舍 賜尙書祿 - 謁聖
   8年 : 策 - 殿策, 籍田 - 增廣
        : 表 - 唐群臣 謝賜楡柳火 - 謁聖
        : 策 - 殿策, 褒功 - 別試
        : 表 - 漢校尉習隆 請立諸葛廟於沔陽 - 重試
   9年 : 策 - 本朝禮曹 請依平安道士民之願 建立箕子崇仁殿碑 以闡仁賢
          之化 - 謁聖
  10年 : 表 - 唐中書令李晟 謝令左右 扶上馬 - 庭試
        : 策 - 殿策, 頒祿 - 增廣
  11年 : 表 - 本道平安道走回軍等 請自作先鋒 直擣奴穴 - 謁聖
        : 表 - 唐陸贄 辭考功郎中 - 庭試
  12年 : 表 - 漢群臣 賀積甲齊山 - 庭試
  13年 : 表 - 本朝訓練都監 進忠烈錄 - 庭試
        : 表 - 漢姜肱 辭詔圖其形 - 謁聖

仁祖   元年 : 箴 - 愼終于始箴 - 謁聖
        : 策 - 紀綱 - 庭試
    2年 : 表 - 宋李綱 請治張邦昌 僭逆之罪 - 公州庭試
        : 策 - 天者不言之聖人 - 增廣
    3年 : 策 - 殿策 ; 悔 - 別試
    4年 : 箴 - 守成箴 - 庭試
        : ? - 漢蕭何 謝不治自追韓信之罪 - 重試
    5年 : 頌 - 舞干羽于兩堦頌 - 江都庭試
        : 頌 - 殷夏啓聖頌 - 全州庭試
        : 論 - 刪後無詩論 - 庭試
        : 策 - 殿策 ; 戰・守・和 - 式年
    6年 : 策 - 殿策 ; 順天心 - 別試
```

　：策 － 殿策；修身 • 安民 • 制敵 － 別試

　：表 － 漢華陰承嘉 請以朱雲 試爲諫議大夫 － 謁聖

7年：策 － 殿策；體天道 － 別試

　：頌 － 平蚩尤頌 － 庭試

8年：策 － 殿策；安民 － 式年

　：策 － 殿策；復讐雪恥 － 別試

9年：策 － 殿策；城池 － 別試

10年：銘 － 禹鼎銘 － 謁聖

11年：策 － 殿策；六經宗旨 － 增廣

12年：策 － 殿策；君臣相與 － 別試

13年：箴 － 見賢思齊箴 － 謁聖

14年：策 － 殿策；識時務 － 別試

15年：表 － 漢求賢良 • 方正 • 直言 • 極諫之士 － 庭試

　：論 － 危者安其位論 － 庭試

16年：表 － 宋張九成 請勿憂畏自阻剛大爲心 － 庭試

17年：表 － 唐賀命毀金銀器玩 以補軍器 － 謁聖

　：策 － 殿策；將相 － 別試

19年：表 － 漢樂叔 謝封華城君 － 庭試

20年：箴 － 莫見于隱箴 － 庭試

22年：表 － 漢侍中金日磾 謝封柂侯 － 庭試

　：策 － 殿策；變通 － 別試

23年：策 － 殿策；官爵 － 別試

24年：表 － 漢夏侯勝 謝拜諫議大夫 諭以無懲前事 － 重試

　：賦 － 民猶水賦 － 庭試

26年：表 － 漢貢禹 請令侍中以下 勿爲私販賣 與民爭利 － 庭試

孝宗　2年：賦 － 古之爲政愛人爲大賦 － 庭試

　：銘 － 南薰琴銘 － 謁聖

　：策 － 殿策；八弊 － 別試

3年：策 － 殿策；星變 － 增廣

4年：表 － 漢賀命太常博士及諸儒會白虎觀 議五經同異親制臨決 － 謁聖

　：策 － 殿策；一字 － 別試

5年：表 － 唐諸衛將士謝令習射於顯德殿庭仍謝親諭 － 庭試

　　　　　：策 － 殿策；志者萬事之根柢 － 式年

　　6年：賦 － 齋居決事賦 － 庭試

　　7年：策 － 殿策；求言・育才・窒慾 － 別試

　　　　　：表 － 殿傅說謝令置左右朝夕納誨 － 重試

　　8年：表 － 漢太尉張禹請勿冒險遠遊 － 謁聖

顯宗　元年：表 － 唐楊炎請天下財賦盡歸左藏 － 增廣

　　3年：表 － 魯臧孫辰請告糴於齊 － 增廣

　　　　　：表 － 宋張浚請以合天心爲學之本 － 庭試

　　4年：箴 － 念終始典于學箴 － ?

　　5年：銘 － 士塏銘 － 春塘臺庭試

　　　　　：賦 － 龍興江賦 － 別試

　　6年：表 － 唐陸象先謝褒以歲寒松栢 － 庭試

　　　　　：論 － 守成難於創業論 － 別試

　　7年：表 － 周召公請不作無益 害有益表 － 式年

　　　　　：策 － 巡狩策 － 別試

　　　　　：策 － 體統策 － 別試

　　　　　：表 － 漢太常桓榮 謝下車擁經親問起居 － 重試

　　9年：策 － 爲治必法三代策 － 別試

　　　　　：制誥 － 唐拜裵度同平章事制 － 庭試

　　10年：賦 － 檀君祠賦 － 別試

　　　　　：策 － 經術試士策 － 式年

　　　　　：賦 － 璣衡齊七政賦 － 庭試

　　11年：策 － 殿策；備豫 － 別試

　　12年：賦 － 至日開關賦 － 庭試

　　13年：策 － 殿策；人才盛衰 － 別試

　　14年：銘 － 養心閣銘 － 春塘臺庭試

　　　　　：賦 － 大風安不忘危賦 － 式年

肅宗　1年：表 － 周召公請疾敬德祈天永命 － 式年

　　　　　：論 － 君德成就責經筵 － 增廣

　　2年：表 － 宋處士雷次宗 謝親行其第 令以巾褠 賜賚甚厚 － 庭試

　　　　　：銘 － 湯盤銘 － 謁聖

4年 : 賦 － 天地節而四時成賦 － 庭試

5年 : 表 － 漢英布 謝帳御・飲食・從官, 皆如王所 － 庭試

　 : 表 － 唐考功郎中陸贄 請於大赦書詔之辭無所避忌 － 重試

　 : 表 － 虞伯益 請罔咈百姓 以從己之欲 － 式年

6年 : 箴 － 所其無逸箴 － 庭試

　 : 表 － 漢大將衛青 辭封三子爲侯表 － 庭試

　 : 策 － 殿策；法古 － 別試

7年 : 表 － 漢韓信 請以義兵從思東歸之士 － 謁聖

　 : 策 － 殿策；災畏 － 式年

8年 : 表 － 漢郎署長馮唐 謝不治妄言觸諱之罪更召論論將 － 庭試

9年 : 策 － 殿策；敬德祈命 － 增廣

10年 : 表 － 隋太常卿牛弘 請修葺中國舊音悉停魏周邊裔之聲 － 庭試

　 : 賦 － 反風起禾賦 － 式年

12年 : 表 － 商伊尹 進咸有一德 － 春塘臺庭試

　 : 表 － 唐左散騎常侍李泌 請勿以安西・北庭兩鎭 棄與吐蕃 － 別試

　 : 表 － 唐裴無量 請克謹天戒・納忠遠諛・亟寢東都幸行 － 重試

　 : 賦 － 地利不如人和賦 － 別試

　 : 表 － 宋趙抃 謝諭以匹馬入蜀 爲治簡易 遂拜參知政事 － 庭試

13年 : 表 － 漢諸葛亮請以前漢興隆爲法 後漢傾頹爲戒 － 謁聖

　 : 策 － 殿策；時有不可之時 － 式年

15年 : 表 － 唐淮西民人等 謝給復二年 － 增廣

16年 : 表 － 宋右相王淮 請朱熹荒政 是行其所學 宜進職以徵 － 庭試

17年 : 策 － 殿策；賑政 － 增廣

　 : 策 － 本朝儒生等 謝令承旨宣讀備忘記 特加戒諭 － 謁聖

19年 : 策 － 殿策；設學養士 － 式年

　 : 表 － 漢賀禁章奏浮辭 － 謁聖

　 : 頌 － 賜民今年田租之半頌 － 庭試

20年 : 表 － 唐同平章事宋璟 請復貞觀舊制 令諸司對仗奏事 － 謁聖

　 : 策 － 殿策；便宜 － 別試

21年 : 賦 － 王者奉三無私賦 － 別試

　 : 策 － 殿策；大典 － 別試

22年 : 表 － 宋參知政事范仲淹・樞密副使富弼等, 謝命分主西北邊事表

　　　　　　　－ 庭試

　　　：頌 － 玄圭告成功頌 － 式年

23年：表 － 蜀漢 賀卽皇帝位 以諸葛亮爲丞相表 － 庭試

　　　：表 － 唐同平章事李泌 請勿言天命 － 重試

24年：表 － 本朝賀開拓疆土設置六鎭 － 春塘臺試

25年：表 － 宋蘇軾 請追收買浙燈之命 將來放燈 只如舊例 凡游觀宴好
　　　　　　　賜與之類 務從儉約 － 庭試

　　　：詔勅 － 命羲和欽若昊天 － 式年

　　　：表 － 周尙父進丹書表－增廣

26年：表 － 唐司徒中書令裵度 謝命入知政事 勞賜旁午表 － 春塘臺試

28年：表 － 皇明大臣 賀詔求賢 復出示御製擬猗蘭操 － 謁聖

　　　：賦 － 用賢無敵是長城賦 － 別試

　　　：箴 － 不愧于屋漏箴 － 式年

　　　：策 － 殿策；無敵國外患 國恒亡 － 別試

30年：表 － 漢周勃 謝褒以安劉必勃 － 春塘臺庭試

31年：表 － 天道下濟而光明 － 式年

　　　：表 － 漢諸葛亮 請親信貞亮死節之臣 － 別試

　　　：表 － 漢陳平 請以決獄問廷尉 錢穀問治粟內史 － 增廣

32年：表 － 周周公 進洛師圖 － 庭試

33年：表 － 皇明刑部主事李海瑞 謝命釋出獄 還其官－別試

34年：賦 － 春和議賑貨賦 － 式年

35年：表 － 宋國子博士李覺 謝親享太學 講易之泰卦改判國子監 － 謁
　　　　　　　聖別試

36年：表 － 宋參知政事畢士安 謝論以行且相卿 因問誰可與同進者 － 增廣

　　　：表 － 宋眞德秀 請製欹器置諸座側 － 庭試

37年：賦 － 言行君子所以動天地賦 － 式年

38年：表 － 漢勃海太守龔曹王生 謝拜水衡丞 以褒顯襲邃 － 庭試

39年：表 － 宋王縉 請飭躬省之意 詔大臣以燮理之事 － 增廣

40年：表 － 宋蘇軾 請於至日 法先王 奉若天道 用之國與身 － 增廣

41年：賦 － 江漢朝宗于海賦 － 式年

43年：賦 － 秋月照寒水賦 － 別科

　　　：賦 － 草上之風必偃賦 － 別科

　　　　　：賦 － 文武幷用長久之術賦 － 別科

　　　　　：表 － 楚宋玉 謝諭以善哉論事 使之更陳庶人之風 － 庭試

　　　　　：表 － 漢周勃 辭右丞相 － 重試

　　　　　：賦 － 獨朝周賦 － 式年

　　44年：表 － 唐裵復 謝詔其父 論以父忠子孝 終喪必且爲翰林 － 庭試

　　45年：策 － 勤逸 － 別試

　　　　　：表 － 漢韓信 謝諭以丞相數言將軍 將軍何以敎寡人計策 － 增廣

　　　　　：表 － 宋賀得商頌十六篇於周太師 歸祀先王 － 庭試

景宗　　1年：表 － 宋蘇軾 請御試對策 勿取阿諛順旨者 以示陛下不諱切道之意
　　　　　　　 － 庭試

　　　　　：策 － 殿策；農 － 式年

　　　　　：策 － 城池 － 增廣

　　　2年：表 － 宋蘇軾 請解秣馬 以須東方之明 徐行九軌之道 － 庭試

　　　　　：表 － 宋賀以孫奭所上無逸圖 施于講讀閣 又詔蔡襄 寫無逸篇于閣
　　　　　　　 屛 － 謁聖別試

　　　3年：表 － 宋知陝州寇準 謝不治生日造山棚之罪 論以止是駃耳 － 別試

　　　　　：箋 － 越范蠡 乞從會稽之罪箋 － 庭試

　　　　　：論 － 盡信書 不如無書論 － 式年

英祖　　1年：賦 － 成性·存存 道義之門賦 － 庭試

　　　　　：表 － 宋胡安國 進春秋傳 － 增廣

　　　　　：表 － 宋賀唐季百年之後始擧立儲之禮 － 庭試

　　　2年：賦 － 地利不如人和賦 － 別試

　　　　　：銘 － 禹鼎銘 － 式年

　　　　　：表 － 宋文天祥 謝御集英殿 賜進士及第 － 謁聖

　　　3年：頌 － 蟒衣 覲先王頌 － 庭試

　　　　　：律詩 － 阜財解民慍律 － 重試

　　　4年：箴 － 安不忘危箴 － 春塘臺試

　　　　　：賦 － 在泮獻馘賦 － 別試

　　　　　：表 － 周周公 請勿誤庶獄 庶愼克詰戎兵 以觀文王之耿光 以揚武
　　　　　　　　王之大烈表 － 別試

　　　　　：製誥 － 宋拜富弼 同平章事制 － 庭試

5年 : 賦 － 春秋 王度之權衡賦 － 式年
6年 : 箋 － 本朝纂修廳 進先朝寶鑑 仍請克勤克敬 繼述先王之至德 休
　　　揚先王之洪烈 － 庭試
7年 : 策 － 七弊法制·田賦·良役·軍政·錢貨·太學 朝政 － 庭試
　　 : 賦 － 親耕賦 － 別試
8年 : 頌 － 本支百世頌 － 庭試
9年 : 表 － 唐李光弼 謝拜太尉統八路行營 － 謁聖
　　 : 表 － 漢群臣 賀親行勞軍 － 式年
10年 : 表 － 周召虎 請矢其文德 治此四國表 － 庭試
　　　: 表 － 本朝 請修明大典 復列聖之舊章 培養太學 以正多士之趨向
　　　　表 － 春塘臺試
11年 : 賦 － 周雖舊邦 其命維新賦 － 增廣
　　　: 賦 － 讀書如鍊丹賦 － 式年
　　　: 賦 － 肇開鴻業賦 － 庭試
12年 : 表 － 漢賀長樂宮成表 － 庭試
　　　: 賦 － 先知稼穡之艱難 乃逸賦 － 庭試
　　　: 銘 － 明倫堂銘 － 謁聖
13年 : 策 － 良役策 － 別試
　　　: 制誥 － 唐依韓信故事 拜渾城副元帥制 － 重試
14年 : 賦 － 濟濟多士 文王以寧賦 － 式年
15年 : 銘 － 耕根車銘 － 謁聖
　　　: 賦 － 內修外攘 如直內方外賦 － 庭試
16年 : 賦 － 大哉 乾元賦 － 庭試
　　　: 表 － 漢 賀圖畫中興功臣二十八將於雲台御駕臨幸 － 謁聖
　　　: 賦 － 感古都賦(初出江南春色手中傳賦以擧子不知解題改題) －
　　　　庭試
　　　: 表 － 皇明侍郎丘濬 進大學衍義補表 － 增廣
17年 : 銘 － 五絃琴銘 － 式年
18年 : 策 － 良役·學校·軍政·用錢貨 － 庭試
19年 : 賦 － 喜雨觀德賦 － 謁聖
　　　: 賦 － 百兩御之賦 － 庭試
20年 : 銘 － 古鏡銘－春塘台庭試

: 賦 − 岐山鳴鳳賦 − 式年
: 賦 − 射虎石賦 − 庭試
21年 : 賦 − 吉甫作頌 穆如淸風賦 − 庭試
22年 : 表 − 周賀麟趾 關雎之應表 − 庭試
: 表 − 漢卓茂 謝拜褒德侯表 − 春塘臺謁聖
: 詔勅 − 作舟車 以濟不通詔 − 重試
: 賦 − 朝天石賦 − 別試
: 表 − 本朝宗臣 進列聖御製 − 春塘台試
: 賦 − 開拓六鎭賦 − 咸鏡道別試
23年 : 賦 − 饁彼南畝 田畯至喜賦 − 式年
: 賦 − 作抑戒詩 朝夕諷誦賦 − 庭試
24年 : 表 − 唐張公藝 謝幸宅問能睦族之道 − 春塘臺庭試
25年 : 賦 − 觀豊閣賦 − 春塘臺謁聖
26年 : 銘 − 樓鍾銘 − 式年
: 賦 − 明命赫然賦 − 謁聖
: 賦 − 今朝竹牖向陽開 − 溫陽庭試
27年 : ? − 孝悌也者爲仁之本 − 春塘臺庭試
: 賦 − 咬得菜根賦 − 庭試
28年 : ? − 愛親敬長 修齊之本 − 庭試
29年 : 表 − 皇明丘濬 進大學衍義補表 − 春塘臺謁聖
: 賦 − 瑟彼玉瓚 黃流在中賦 − 庭試
: 賦 − 草龍珠帳賦 − 庭試
: 賦 − 定太陽出入賦 − 式年
30年 : 詩 − 緝熙敬止詩 − 庭試
: 策 − 本朝廟堂之臣 請嚴科規 正士習 − 增廣
31年 : 賦 − 協和萬邦賦 − 咸鏡道別科
: 賦 − 經始靈臺賦 − 庭試
: 賦 − 玄酒大羹賦 − 庭試
32年 : 賦 − 日監在玆賦 − 庭試
: 賦 − 善養老賦 − 庭試
: 表 − 漢趙充國 進金城方略表 − 式年
: 策 − 元會策 − 庭試

33年 : 賦 － 雖欲孝 誰爲孝賦 － 庭試
　　 : 賦 － 三代氣像 何比管樂賦 － 庭試
　　 : 表 － 漢張良 謝封留表 － 重試
34年 : 銘 － 金鑑銘 － 式年
　　 : 賦 － 憶耆老科賦 － 別試
　　 : 賦 － 祗拜啓聖祠賦 － 春塘臺謁聖
　　 : 賦 － 戒太康賦 － 庭試
37年 : 策 － 科制策 － 庭試
38年 : 表 － 周康叔 封謝命爲衛侯表 － 春塘臺謁聖
　　 : 賦 － 德輶如毛賦 － 式年
　　 : 表 － 漢霍光 謝拜大司馬大將軍表 － 庭試
39年 : 賦 － 詢玆黃髮賦 － 耆老庭試
　　 : 論 － 扶杖聽詔論 － 增廣
40年 : 賦 － 風泉賦 － 忠良試
　　 : 賦 － 抑爲保障賦 － 江華別試
　　 : 賦 － 利見大人賦 － 庭試
41年 : 賦 － 此年此科 於戲幾回 追憶昔年臨殿興懷賦 － 式年
　　 : 賦 － 子曰吾與點也賦 － 謁聖
42年 : 賦 － 暮年自省益勉賦 － 庭試
　　 : 箋 － 本朝 賀受九章八音之賜箋 － 重試
　　 : 策 － 忠孝策 － 庭試
　　 : 詔 － 春詔 － 庭試
　　 : 賦 － 停車坐愛楓林晩賦 － 庭試
43年 : 箋 － 本朝太學生 賀親耕親蠶敎民衣食箋 － 庭試
　　 : 賦 － 庶民子來賦 － 謁聖
　　 : 賦 － 憶昔追慕萬倍賦 － 重試
44年 : 賦 － 親極滋味賦 － 式年
　　 : 賦 － 春塘秋色古今同賦 － 庭試
45年 : 賦 － 至誠相孚 予見文孫賦 － 庭試
　　 : 賦 － 君臣耆耈賦 － 庭試
　　 : 賦 － 吾民 衣與食 專在蚕與耕賦 － 庭試
46年 : 賦 － 蒼蠅月光賦 － 庭試

47年 : 賦 － 我愛其禮賦 － 庭試
   : 賦 － 膽欲大心欲小賦 － 式年
   : 賦 － 戒深太康賦 － 庭試
48年 : 詩 － 本朝耆老諸臣 進衛武公抑戒詩 － 耆老科
   : 賦 － 無黨・無偏 王道平平 無偏・無黨 王道蕩蕩賦 － 別試
   : 賦 － 坐南薰殿 彈五絃琴賦 － 庭試
49年 : 賦 － 仁親 以爲寶賦 － 增廣
   : 賦 － 瞻彼淇澳 綠竹猗猗賦 － 庭試
50年 : 表 － 本朝經筵特進官進二典三謨於勤政殿前 － 登俊試
   : 賦 － 有志者 事竟成賦 － 式年
   : 賦 － 與歲同春賦 － 庭試
   : 賦 － 元元賦 － 平安道道科
   : 賦 － 咸吉道賦 － 咸鏡道道科
   : 賦 － 臘雪驗豊上辛祈穀 － 增廣
51年 : 賦 － 五倫中忠孝先賦 － 庭試
   : 表 － 東漢中興諸將 謝圖畫二十八將於南宮雲台表 － 庭試
   : 賦 － 坐南薰殿 元凱侍賦 － 殿試
   : 賦 － 夢得良弼賦 － 賢良科
   : 賦 － 一人元良 萬邦以貞賦 － 庭試
52年 : 賦 － 年豊頌賦 － 耆老科

正祖 即位年 : 表 － 唐賀立石靈州 刻以雪恥酬百王 除凶報千古 － 重試
  元年 : 論 － 仁人 能惡人論 － 式年
     : 策 － 信者 人君之大寶策 － 庭試
  2年 : 策 － 義利策 － 庭試
  3年 : 賦 － 在德不在險 － 南漢別試
  4年 : 論 － 命龍于末論 － 式年
  6年 : 表 － 東漢 賀過魯祀孔子及七十二弟子 御講堂 命太子諸生 說經
      表 － 謁聖
     : 賦 － 比黃河賦 － 平安道別試
     : 賦 － 天一生水賦 － 咸鏡道 別試
     : 箋 － 本朝內閣諸臣 謝賜繫馬樹棗箋 － 庭試
  7年 : 表 － 本朝宗親 文武百官等 賀寶鑑稱慶擧世室躋享之禮 元子定號

　　　　之命 － 增廣

　　　：策 － 知人則哲 能官人 － 庭試

　8年：銘 － 重熙堂銘 － 庭試

　　　：表 － 周賀配后稷於圜丘 宗祀文王於明堂 以備尊尊親親之義表
　　　　　 － 庭試

　　　：賦 － 于汝極錫汝保極賦 － 庭試

　9年：銘 － 大成殿銘 － 謁聖

　　　：表 － 唐尉遲敬德 謝於躍馬翼蔽之日 論以衆人訌公必叛 我獨保明
　　　　　　 福善有徵 何相報之速也 賜金銀一篋表 － 庭試

　　　：銘 － 恩賜出銘 －

10年：表 － 宋曹彬 謝江南征行日 禁中賜酒沃其面 撫其背 戒勿暴掠 論
　　　　　　 以平定日 授以使相印表 － 別試

　　　：詔勅 － 唐封郭子儀 汾陽王詔 － 重試

　　　：賦 － 鳳凰鳴矣于彼高岡 梧桐生矣于彼朝陽賦 － 式年

11年：賦 － 爲此春酒 以介眉壽賦 － 庭試

　　　：賦 － 天作高山賦 － 謁聖

　　　：賦 － 子輿視夜賦 － 春塘臺

14年：賦 － 股肱郡賦 － 別試

　　　：賦 － 自生民以來 未有盛於夫子賦 － 謁聖

　　　：頌 － 一人元良 萬邦以貞頌 － 增廣

16年：銘 － 三角山銘 － 式年

18年：賦 － 文武吉甫賦 － 謁聖

　　　：賦 － 君曰卜爾萬壽無疆賦 － 春塘臺庭試

韓國科文硏究(Ⅱ)

– 表·策文을 중심으로–

Ⅰ. 序 言

過去 우리 文人들은 科擧와의 관계를 떠나서 생각할 수 없다. 그리고 여기에 쓰이던 科文역시 단순히 시험 문제지로만 취급하여 문학적인 가치를 인정하지 않는 것도 부당하다. 물론 科文은 내용보다 형식적인 기교면에만 지나치게 강조했기 때문에 이에 대한 폐단을 지적한 사람이 한둘이 아니다. 政治人·道學者는 물론이요, 조선조 후기의 實學派에 와서는 더욱 심했다. 이에 따라 요즘에 와서도 이 科文은 문학 연구에서 거의 눈을 돌리지 않는 실정이다.

그러므로, 필자는 일차적으로 科文에서 중심이 되는 詩와 賦을 중심으로 「韓國科文硏究」라는 글을 정리하여 高麗와 朝鮮朝의 科文의 종류, 형식, 출제 경향, 문학적 意義 등을 종합적으로 검토한 논문을 발표한 일이 있다. 그러나 科文에 쓰이던 글은 科文 六體라 하여, 詩·賦·表·策·義·疑 등을 중심으로 보았고, 柳得恭은 여기에다가 論을 더하여 七體를 말했다. 또, 고려조의 製述科에 사용되던 글은 詩·賦·頌·策·論 등이 있었고, 조선조에는 詩·賦·箴·銘·表·策·箋·論·記·教·詔 등 많은 종류를 사용했다. 이들에 대해서는 앞으로 그 형식과 문학적인 특성을 하나하나 밝혀내야 할 것이다. 여기서는 전에 발표한 논문에 이어 表·策의 형식만 고찰하기로 한다.

Ⅱ. 表·策의 形式

1. 表文의 形式

表는 奏議類에 속하는 글이다. 그런데 崔滋는 이를 "表는 그 정성을 진달하는 것."[1]이라고 했다. 그리고 『文體明辨』에서는 "表는 나타내며[標也], 명료[明也]하게 하여 임금에게 아뢰는 것"이라고 했다.[2] 즉, 옛날에는 임금에게 말을 올리는 것을 「上書」라 했으나, 漢나라에서 禮儀를 정할 때 4종류로 나누었는데, 그 세째가 「表」였다. 表는 처음에는 요청을 진정하는 것뿐이었는데, 후에 그 범위가 넓어 論諫·請勸·進獻·推薦·慶賀·慰安·辭解·陳謝·訟理·彈劾 등이 있었다.

그 문체는 古體·唐體·宋體로 나누는데, 漢·晉 때는 散文을 많이 쓰고, 唐·宋 때는 四·六 騈儷文을 많이 썼다. 또 唐의 表文은 雄渾한 기풍이 있고, 宋은 精切하면서 明暢한 旨趣가 있었다.

우리 나라 表文의 예는 오래전부터 있었다. 『舊唐書』의 백제조에는 백제에 「表」가 있었다는 기록이 있고, 『三國史記』에도 表文이 보인다. 崔致遠의 『桂苑筆耕』에는 賀表 10首, 謝表 7首, 請表 3首 등 모두 20首의 表文이 보인다. 高麗朝에서는 중국과 미묘한 對外關係 속에서 이 表文은 官人들의 필수적인 실용문으로 등장했다. 조선조에서는 더욱 중요시되어 科舉 中場에 주요 과목으로 채택되었다.

그런데, 조선조의 科試에 쓰인 表文은 ①請表 ②謝表 ③賀表 ④進表 ⑤乞表 ⑥辭表 등이 있었다. 아래에서 순서대로 형식을 보기로 한다.[3]

---

1) 崔滋, 『補閑集』中. "表以達其誠"
2) 徐師曾, 『文體明辨』卷24. 表.
3) 表文의 형식에 대해서 간행된 책은 찾지 못했고, 여러 가지 필사본을 조사하여 정리한 것이다.

1) 請表

請表는 임금에게 요청을 하는 글이다.

① ┌ ○○○○方仰○○之治,
　 └ ○○○○盍察○○之懇

② ┌ 不越乎此,
　 └ 敢陳于王.

③ 欽 ┌ 撫覽萬機,
　　 └ 憂勤一念.

④ ┌ 法周王○○之德恒軫○○之猷,
　 └ 休殷后○○之規咸仰○○之美.

■ 初 項

⑤ ┌ 念聖德方懋於○○,
　 └ 而○○尙欠於○○.

⑥ ┌ 至化克闡於○○無非○○之道,
　 └ ○○猶遲於○○奈乏○○之謨.

⑦ ┌ 當○○○○之辰尙闕○○之效,
　 └ 逮○○○○之際孰知○○之要.

■ 次 項

⑧ ┌ 迨我后軫○○之治,
　 └ 顧顧此事急○○之術.

⑨ ┌ ○○○○○政當之期,
　 └ ○○○○○詎忽之策.

⑩ ┌ 推向來○○之○○盖緣○○之○○,
　 └ 在日○○之○○寧緩○○之○○.

■ 回　上

⑪ ┌ 肆陳○○之道,
　 └ 冀許○○之方.

⑫ ┌ ○○○○宜思○○之美,
　 └ ○○○○盍循○○之忱.

⑬ ┌ 苟不能○○○○○克著○○之效,
　 └ 則所以○○○○○庸致○○之功.

■ 回　題

⑭ ┌ 竊附古人○○之謨,
　 └ 要贊重宸○○之化.

⑮ ┌ ○○之○○政急豈意之○○,
　 └ ○○之○○斯存實合之○○.

⑯ ┌ 雖○○之○○尙可爲監,
　 └ 矧○○之○○寧忽存戒.

⑰ ┌ 臣所請也,
　 └ 后其庶哉.

⑱ 望 ┌ 加聖三思,
　　 └ 納愚一得.

⑲ ┌ 特軫○○之念,
　 └ 克下○○之音.

⑳ 則　┌○○○○○奚佀○○之道,
　　　└○○○○○庶致○○之休.

㉑ 當　┌益勵披丹,
　　　└無替建白.

㉒　　┌斷斷無技縱乏告后之謨,
　　　└贊贊思襄庶殫格君之惘.

2) 謝表

謝表는 임금에게 謝恩하는 글이다.

① 　┌○○○○○方感○○之眷,
　　└○○○○○猥荷○○之恩.

② 　┌君雖○○,
　　└臣實○○.

③ 念　┌際○○之時,
　　　└乏○○之譽.

④ 　┌少日○○臣自愧於○○,
　　└中歲○○人或讒於○○.

■ 初 項

⑤ 　┌幸際聖后○○○○○之辰,
　　└愧乏微臣○○○○○之術.

⑥ 　┌盛化聞○○之道縱仰○○之方,
　　└微才蔑○○之觀安有○○之策.

⑦ ┌ 同跡○○之○○非無○○之誠,
　 └ 才愧○○之○○若爲○○之道.

■ 次 項

⑧ ┌ 迨玆○○之日,
　 └ 臣切○○之忱.

⑨ ┌ ○○○於○○固知○○之聖念,
　 └ ○○○於○○焉有○○之奇才.

⑩ ┌ 仰重宸○○○之衷縱思○○○之術,
　 └ 顧平日○○○之跡敢望○○○之私.

■ 回 上

⑪ ┌ 何圖○○聖念,
　 └ 特降○○溫綸.

⑫ ┌ ○○○○○○旣軫○○之方,
　 └ ○○○○○○更侈○○之渥.

⑬ ┌ 盖我后○○之德克推○○之圖,
　 └ 故今日○○之恩至及○○之跡.

■ 回 題

⑭ ┌ 榮同○○○之事,
　 └ 恩踰○○○之規.

⑮ ┌ 始也○○之○○每切○○之歎,
　 └ 今焉○○之○○實感○○之私.

⑯
　┌○○○上雖軫○○○之道,
　└○○○臣實慚○○○之譽.

⑰ 遇
　┌誕膺寶命,
　└丕闡瑤圖

⑱
　┌同寅協恭體堯皇時雍之化,
　└孔壬何畏追虞帝則哲之明.

⑲
　┌遂今駑資,
　└亦被鴻渥.

⑳ 不
　┌俯竭微悃,
　└仰答殊私.

㉑
　┌爲官擇人贊襄之道,
　└事君無隱匡救之忱.

3) 賀表

賀表는 국가에 경사가 있을 때 축하하는 글이다.

①
　┌○○○○○方仰○○之化,
　└○○○○○聿覩○○之休.

②
　┌未之前聞,
　└今而後見.

③ 欽
　┌若辰居北, (東方有聖, 丕承謨烈.)
　└恭己正南. (南面圖治. 足臨聰明.)

④
　┌聖德難名囿萬品於熙皡,
　└天工其代轉一氣於陶匀.

■ **初 項**

⑤ ┌ 窃念人辟○○之功,
  └ 必致邦家○○之效.

⑥ ┌ 聖德懋○○之道必貴○○○之謨,
  └ 洪化闡○○之治期致○○○之美.

⑦ ┌ 肆昔周王之○○克著○○之○○,
  └ 亦粤漢帝之○○爰有○○之○○.

■ **次 項**

⑧ ┌ 迨我后撫○○之化,
  └ 而今日軫○○之規.

⑨ ┌ ○○之至化方隆非無○○之盛,
  └ ○○之聖念惟切每思○○之方.

⑩ ┌ 仰一代○○之治政當○○之際,
  └ 顧向來○○之舉詎無○○之圖.

■ **回 上**

⑪ ┌ 果然○○之辰,
  └ 乃見○○之慶.

⑫ ┌ ○○○○○既軫○○之謨,
  └ ○○○○○爰致○○之美.

⑬ ┌ 盖聖后○○之念恒思○○之規,
  └ 故今日○○之休式著○○之盛.

■ 回　題

⑭ ┌ 是所謂○○○也,
　 └ 孰不曰○○○乎.

⑮ ┌ 始也○○之○○幾切○○之望,
　 └ 今焉○○之○○實幸○○之期.

⑯ ┌ 苟非○○之聖衷克軫○○之道,
　 └ 則何○○之盛事以致○○之功.

⑰ ┌ 曷不休哉,
　 └ 猗歟盛矣.

⑱ 念 ┌ 俱以駑質,
　　 └ 幸際鴻休.

⑲ ┌ 斷斷無他縱乏賛襄之譽,
　 └ 欣欣有喜庶殫慶忭之忱.

4) 進　表

諸葛亮의 「出師表」와 같이 임금에게 進言하는 것이다.

① ┌ ○○○○○方仰○○之化,
　 └ ○○○○○敢效進御之忱.

② ┌ 豈小補乎,
　 └ 此大略也.

③ 欽 ┌ 大有爲主,
　　 └ 同人于宗.

④ ┌ 追虞帝○○之心治謨克正,
　 └ 體周王○○之義敎化大行.

■ 初 項

⑤ 言念○○之治,
爲○○之術.

⑥ ○○之○○○○○奚但○○之力,
○○之○○○○○尢爲○○之剌.

⑦ 昔聖王○○於○○重賴○○之○○,
亦後人○○於○○可知○○之○○.

■ 次 項

⑧ 肆聖念軫○○之治,
而微臣承○○之音.

⑨ ○○○○○歷叙○○○之○○,
○○○○○悉采○○○之○○.

⑩ 追中宸○○○之要俾述用申休之美,
追當日○○○之義敢緩備乙覽之規.

■ 回 上

⑪ 兹將一部之○○,
敢陣九重之○○.

⑫ 一一○○之○瞭然目中,
歷歷○○之○示於掌上.

⑬ ○○之○○○○○庶幾○○○○,
○○之○○○○○亦足○○○○.

■ 回 題

⑭
　窃附古人○○之意,
　要體重宸○○之心.

⑮
　聖化方懋於治今○○○○,
　美制要贊於視古○○○○.

⑯
　○○○○方見○○之道,
　○○○○寧忽○○之方.

⑰
　茲瀝蟻忱,
　敢陳螭陛.

⑱ 念
　才慚魯莽,
　舉切陳篇.

⑲
　金鸞側跡久幸依日之末,
　琬琰摛筆庶幾揚人之休.

5) 乞 表

내직에서 外職으로 나가기를 청하는 乞郡이나, 늙어서 관계에서 물러나기를 청하는 乞退 등의 글이다.

①
　○○○○○方切○○之懼,
　○○○○○盍收○○之音.

②
　敢致懇祈,
　乞垂矜允.

③ 念
　奮身窮遠,
　遭時聖明.

④
奔走東西粗免夷險之不擇,
歷試中外實乏才能之足稱.

■ 初 項

⑤
顧以○○○○之踪,
猥荷○○○○之命.

⑥
○○○○於○○實無○○之○,
○○○○於○○若爲晉身之道.

⑦
情勢自念縱荷恩命之甚勤,
進退俱難尤多私忱之轉迫.

■ 次 項

⑧
荷念○○○○之事,
抑有○○○○之規.

⑨
○○○○之○○尙多○○之意,
○○○○之○○其奈○○之忱.

⑩
以○○○○之誠非無○○○之望,
顧○○○○之悃自難○○○之情.

■ 回 上

⑪
肆陳疾聲之呼,
冀許○○之願.

⑫
○○○○○旣切○○之○,
○○○○○盍察○○之○.

⑬
○○之願政切敢諗私情之難言,
○○之誠采深惟冀聖明之垂察.

■回 題

⑭　┌ 今若許○○而○○,
　　└ 臣切斯○○而○○.

⑮　┌ 有天自天義雖急於承奉,
　　└ 無望○○情實難於○○.

⑯　┌ 顧○○○○之踪實出○○之悃,
　　└ 惟○○○○之日庶遂○○之心.

⑰　┌ 惟帝念哉,
　　└ 是臣願也.

⑱ 望　┌ 曲垂聖念,
　　　└ 俯察愚衷.

⑲　┌ 特寢○○之音,
　　└ 俾遂○○之志.

⑳ 則　┌ 不俟終日可遂○○○之○,
　　　└ 得扮高風庶幾○○○之○.

㉑ 當　┌ 拜手知感,
　　　└ 銘骨不忘.

㉒　┌ 日迫西山縱乏烏鳥之樂,
　　└ 心懸北闕寧弛犬馬之誠.

6) 辭 表

謝意를 표하는 글이다.

①　┌ ○○○○愧乏○○之術,
　　└ ○○○○敢陳○○之忱.

② ┌ 不虞之榮,
　└ 難晋者義.

③ 念 ┌ 猥以無似,
　　 └ 幸際有爲.

④ ┌ 十年被○○之恩志不在於○○,
　└ 平日感○○之德誠則切於○○.

■ 初 項

⑤ ┌ 頃當○○○○○之辰,
　└ 猥荷○○○○○之寵.

⑥ ┌ ○○○之○○政仰之謨,
　└ ○○○之○○叨侈之命.

⑦ ┌ 吾君之恩惟大縱幸○○之○,
　└ 人臣之義自知詎忽○○之○.

■ 次 項

⑧ ┌ 第玆○○之○○,
　└ 實恐○○之○○.

⑨ ┌ ○○○○○惟知而○○,
　└ ○○○○○敢忘而○○.

⑩ ┌ 聖主做○○之治縱仰○○之○○,
　└ 匹夫守○○之志其奈○○之難强.

■ 回 上

⑪ ┌ 何圖○○聖念,
　└ 特降○○溫綸.

⑫
┌ ○○○○○既軫○○之方,
└ ○○○○○更侈○○之渥.

⑬
┌ 盖我后○○之德克推○○○之圖,
└ 故今日○○之恩至及○○○之跡.

■ 回　題

⑭
┌ 盖愚忱實難於○○,
└ 故微懇敢瀆於○○.

⑮
┌ ○○○○縱感○○之深眷,
└ ○○○○敢蹈○○之舊官.

⑯
┌ 惟當時○○之恩尙難久冒,
└ 矧今日○○之寵豈效妄居.

⑰
┌ 稽首之辭,
└ 由心之懇.

⑱ 望
┌ 廓天地度,
└ 恢黈纊聰.

⑲
┌ 特收○○之音,
└ 俾免○○之謗.

⑳ 則
┌ 使人不枉厥性士無屈己之歎,
└ 事君能盡其忠朝多勵翼之彦.

㉑ 當
┌ 竭其魯鈍,
└ 奉以周旋.

㉒
┌ 桐江一絲縱未扶九鼎之重,
└ 華封三祝庶可頌萬壽之遐.

위에서 예로 든 표문의 형식은,

請表 : 欽惟(三皇洪惟, 諸侯恭惟.) 皇帝陛下(三代列國則我后, 本朝至主上
　　　殿下.) 臣伏望則臣謹當

謝表 :　伏念臣玆蓋伏遇皇帝陛下臣敢不

賀表 :　欽惟　皇帝陛下(群臣則臣字下, 皆有等字.) 伏念臣

進表 :　欽惟　皇帝陛下　伏念臣

乞表 :　伏念臣　臣伏望則臣謹當

辭表 :　伏念臣　臣伏望則臣謹當

등으로 요약할 수 있다. 한편 ‘詔制’는 “皇帝若曰(上古帝三代, 我朝王.)
於戲(故玆詔示, 想宜知悉.)”로 쓴다.

위의 예문에서 알 수 있듯이 用語들은 대개 이런 套語들이 많이 쓰인다.
그리고, 句數는 대개 20句 內外이며, 문체는 騈儷文으로 되어 있다. 따라서
특히 對句가 강조된다. 對句는 여섯 종류로 나누는데 ①正名對(天地:日明),
②同類對(瓊琚:玉石), ③連珠對(明明:赫赫), ④借字對(伍相:千軍), ⑤就句對
(一麾五郡餘十載以臨民:白首丹心歸肜闕而遇主), ⑥不對對(自有生民以來:未
如今日之盛) 등이 있다.

表文의 平仄法은 다음과 같다.[4]

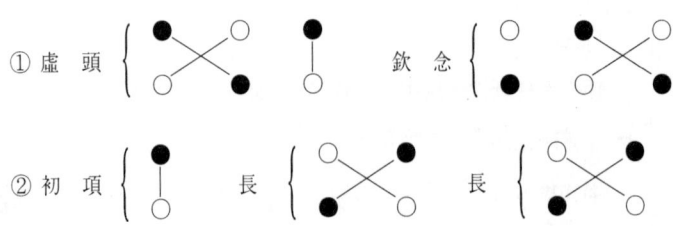

---

4) 이와 같이 연속 반복되는 平仄法을 흔히 “가새簾, 가위簾, 가사簾”이라고 한다. 안 짝
　과 바깥 짝의 우수글자 음운의 높낮이가 가위 다리 모양으로 서로 어긋맞게 섞어 바
　뀌도록 한 데서 유래한 말이다.

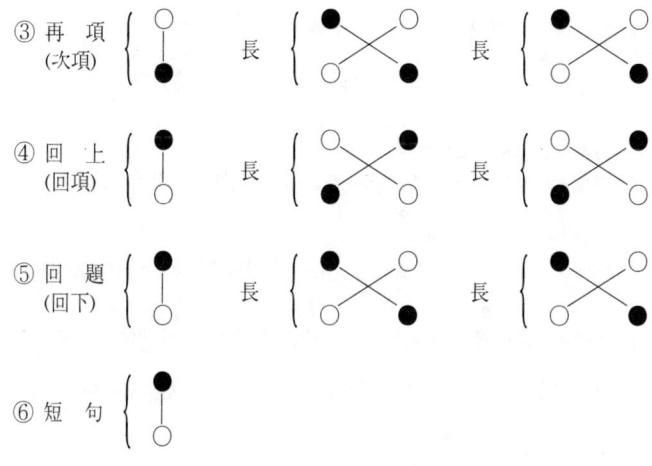

③ 再 項 (-次項)　長　長

④ 回 上 (回項)　長　長

⑤ 回 題 (回下)　長　長

⑥ 短 句

※ ○는 平聲, ●은 仄聲이다.

科試에 쓰는 表文은 이상과 같은 平仄法(廉 高低法)을 쓴다. 다음은 과시에 '二中'을 받아 壯元한 表文을 들어 그 형식을 보기로 한다. 이것은 金萬重(1637~1692)이 29세 때 壯元한 表文이다.

(擬)唐陸象先謝諭以歲寒松柏表5) (당나라 육상선이 겨울의 소나무와 잣나무 같다는 유시로 표창한 것을 감사하다. 모의로 지은 표문.)

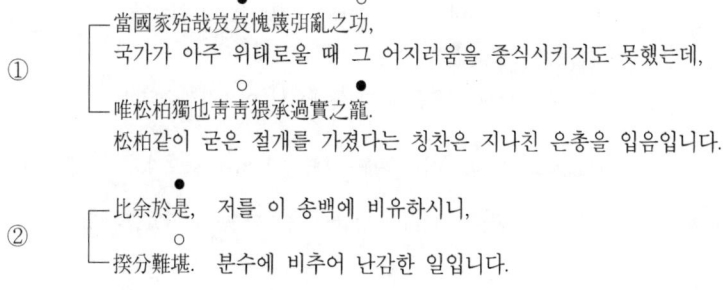

①　當國家殆哉岌岌愧薆弭亂之功,
　　국가가 아주 위태로울 때 그 어지러움을 종식시키지도 못했는데,
　　唯松柏獨也青青猥承過實之寵.
　　松柏같이 굳은 절개를 가졌다는 칭찬은 지나친 은총을 입음입니다.

②　比余於是, 　저를 이 송백에 비유하시니,
　　揆分難堪. 　분수에 비추어 난감한 일입니다.

5) 金萬重, 『西浦集』卷9.

③ 伏念
以樗櫟材, 가만히 생각건대 쓸모 없는 저의 재주로,
忝槐棘列. 三公九卿의 자리에 앉은 일 부끄럽습니다.

④
每慚素食敢稱大厦之棟樑,
언제나 녹봉만 먹는 일 부끄러움을 느끼는데 감히 큰 집에 동량이라 칭하랴,
生逢聖朝羞側沁園之桃李.
聖朝를 만나 沁園의 桃李같은 소인배의 옆에 있기는 수치로 여겼습니다.

⑤
屬玆謳歌之歸啓, 칭송하는 노래가 啓에게로 돌아가는 때 당하여,
遽見管蔡之流言. 管叔·蔡叔의 근거없는 소문 만났습니다.

⑥
亂臣何代無豈意近出,
亂臣이 어느 시대엔들 없으리오만 어찌 가까이에서 나올 줄 알았으랴,
此言奚爲至所不忍聞.
이런 헛소문이 어찌해서 이르러 오는가 차마 들을 수 없습니다.

⑦
弑君父必不從焉粗陳逆順之勢,
君父를 시해하는 일은 따를 수 없으므로 逆順의 사세를 대략 밝혀 말했고,
以口舌誠難爭也莫折陰凶之謨.
口舌로 다툴 수 없어서 음흉한 꾀를 꺾지 못했습니다.

⑧
縱寸心可質於神明,
이 寸心은 귀신에게 물어보아도 부끄러울 것 없으나,
奈微功無補於社稷.
微功이 社稷에 도움을 주지 못했으니 어찌하겠습니까?

⑨
何圖內亂之底定, 어찌 內亂을 평정할 일 꾀했으랴,
反紆聖上之過褒. 도리어 임금의 표창만 받게 되었습니다.

⑩
下玉音之丁寧引物而爲喩,
丁寧한 玉音 내릴 때 松柏 끌어 비유했으니,

譬草木之區別所貴者不凋.
초목 중에 松柏의 달리 비유됨은 추위에도 마르지 않기 때문입니다.

⑪
雨露旣濡孰無芬華之悅目,
雨露에 젖었으니 芬華의 기쁨을 누가 모르랴,

霰雪交集方知勁直之出天.
눈서리 몰아칠 때 松柏의 出天의 절개를 알 수 있습니다.

⑫
惟誠臣處板蕩者然,
다만 微誠의 신하 板蕩의 亂을 당했지만,

故孔聖發歲寒之歎.
孔子님은 추운 겨울을 겪어야 송백의 지조를 안다고 탄식했습니다.

⑬
顧玆魯莽之賤質,　생각하면 이 노둔한 재질로,

素無樹立之可稱.　본래 세운 공로도 일컬을 만한 것이 없습니다.

⑭
先正北軍未效奏事之長史,
먼저 北軍을 평정하매 일을 아뢰는 長史를 본받지 못했고,

能斷大義深慚進刀之左丞.
능히 大義를 결정하매 칼을 올린 左丞에 부끄럽습니다.

⑮
臨大節而不渝何有於我,
大節에 임하여 변하지 않음이 나에게 무엇이 있으랴,

占小善而必錄乃諭以玆.
작은 善行도 반드시 기록하니 이런 유시가 있었습니다.

⑯
濫被華袞之榮,　외람되이 빛나는 영광을 입으니,

徒增隕越之志.　다만 무너지는 듯 하는 마음만 더합니다.

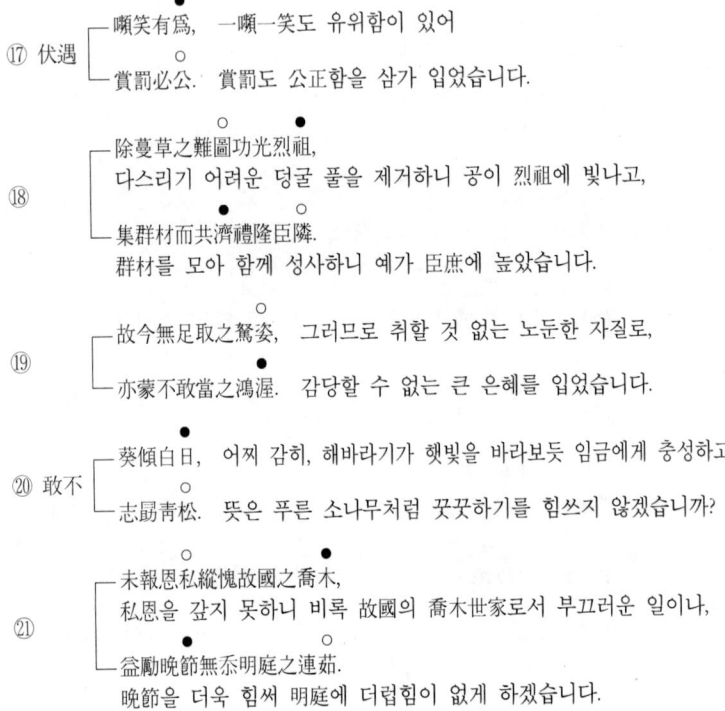

⑰ 伏遇 ┌ 嚬笑有爲,　一嚬一笑도 유위함이 있어
　　　　 └ 賞罰必公.　賞罰도 公正함을 삼가 입었습니다.

⑱ ┌ 除蔓草之難圖功光烈祖,
　　 다스리기 어려운 덩굴 풀을 제거하니 공이 烈祖에 빛나고,
　 └ 集群材而共濟禮隆臣隣.
　　 群材를 모아 함께 성사하니 예가 臣庶에 높았습니다.

⑲ ┌ 故今無足取之駑姿,　그러므로 취할 것 없는 노둔한 자질로,
　 └ 亦蒙不敢當之鴻渥.　감당할 수 없는 큰 은혜를 입었습니다.

⑳ 敢不 ┌ 葵傾白日,　어찌 감히, 해바라기가 햇빛을 바라보듯 임금에게 충성하고,
　　　　└ 志勵靑松.　뜻은 푸른 소나무처럼 꿋꿋하기를 힘쓰지 않겠습니까?

㉑ ┌ 未報恩私縱愧故國之喬木,
　　 私恩을 갚지 못하니 비록 故國의 喬木世家로서 부끄러운 일이나,
　 └ 益勵晩節無忝明庭之連茹.
　　 晩節을 더욱 힘써 明庭에 더럽힘이 없게 하겠습니다.

　이 글은 顯宗 6년(1665, 乙巳) 4월에 庭試에서 「二中一5分」의 점수를 받아 壯元을 한 金萬重의 表文이다. 글의 題目은 唐나라의 古事에서 나왔다. 唐 玄宗이 太子로 있을 때 太平公主가 태자를 폐하려 하므로 陸象先이 이에 반대했다. 후에 玄宗이 태평공주의 黨을 처단하고 육상선을 불러 松柏의 절개가 있다고 칭찬했다. 김만중은 육상선의 이 은혜에 감사하는 擬作의 謝表로 壯元을 한 것이다.

　형식면에서 보면 위에서 예로 보인 작품과 句數에 약간의 차이가 있다. 대개 短句 1句, 長句 2句씩 반복으로 연속되는 것이 보통인데, 김만중의 表文을 여기에 조금 어긋난다. 그러나, 總句數와 平仄法은 표준형에 차이가 없다. 끝으로 表文의 형식에서 四病(平頭·双聲·犯尾·疊韻)은 피해야 한다.

2. 策文의 形式

策文 역시 奏議類에 속하는 글이다. 策이란 「簡」과 같은 뜻으로, 대쪽에 쓰는 簡策의 뜻이다.[6]

策의 종류를 보면 對策 · 射策 · 制策 · 試策 · 進策 등으로 나눈다. 對策은 漢代 官吏登用 試驗에 쓰던 것으로, 정치 또는 經義에서 문제를 내어 답하게 하는 것이다. 漢 武帝 때 董仲舒를 시험한 데서 시작되었다. 射策은 對策과 비슷한 것으로, 역시 漢代 科擧에 사용했던 것이다. 經書의 疑義 또는 정치 상의 時務策에 관한 여러 문제를 여러 개의 대조각(策)에 써서 應試者로 하여금 하나씩 쏘아 맞히게 하고, 그 대쪽각에서 나온 문제에 대하여 답안을 쓰게 하는 것이다. 制策은 科擧에서 천자가 친히 내리는 문제이며, 試策이란 시험볼 때의 策文이란 뜻이고, 進策은 策文을 올린다는 뜻이다. 『文體明辨』에서는 制策, 試策, 進策으로 분류했다.

우리 나라에서는 일반 策文과 科試에서 쓰이는 殿策文으로 나누어 볼 수 있다. 아래에서 科試에 쓰이던 策文의 形式만을 보기로 한다.[7]

① 虛頭

策文은 물음에 대한 답이므로, 첫머리에 "臣對…"로 시작하면서 그 요점을 총괄하여 말한다.(摠言其要領). 그리고, 이 虛頭의 끝맺음의 대의는 대개 "臣雖不佞, 實感斯會, 請略陳瞽說, 以對揚休命之萬一."로 끝난다.

② 中頭

中頭 역시 그 요점을 총괄하여 서술하는 것(摠言其要領)으로 "臣伏讀聖策…竊伏惟…"로 시작한다. 다시 여기서 ㉠"盖…"를 써서 그 대의를 말하고

6) 徐師曾, 『文體明辨』卷34.
　　劉勰, 『文心雕龍』卷5.
7) 策文의 형식에 대해서도 간행된 책은 찾지 못했고, 몇몇 필사본을 참고하여 정리한 것이다.

(言其大旨), ㉡ "肆…" 또는 "是以…"를 써서 다음 "逐條"에 호응한다.(應其逐條). ㉢ "雖然"(應其設弊)·"嗚乎"(聳動其文) - 救弊張本의 형식을 취한다. ㉣ "然則…"·"必也…"(皆言救弊) 등의 순서로 된다.

③ 逐條(對偶最精)

여기서는 "臣請援古而證之…"으로 시작하여 "伏惟殿下其監于玆"로 結語를 맺는다. 다시 "當今(務異於衆)"으로 연결된다.

④ 設弊(務盡敷衍)

⑤ 救弊(務從簡略)·措語(引此喩彼)

救弊는 "嗚乎…苟殿下誠能…"의 형식을 취한다.

⑥ 篇終(言其別意)

終結을 "…伏願殿下, 留神焉. 臣謹對"로 結語를 맺는다.

이상과 같이 크게 6조문으로 나누어진다. 하지만 여기에 책문을 실제로 예문을 들어 설명하는 것은 생략한다. 책문은 너무 길어서 예를 들기 부적당하기 때문이다.

III. 結語

우리 漢文學에서 科文의 문학적 意義를 고찰하기 위하여 그 형식부터 고찰해 보았다. 科文은 본래 지나친 형식에 얽매인 글이므로 이에 대해서 문학적인 意義를 부여하지 않으려 했다. 그러나, 科擧에 應試者들은 이런 제약된 형식 속에 어떻게 새로운 내용을 담느냐는 데 苦心도 컸을 것이다. 그만큼 科文은 문학을 기교면에서 끌어올렸다는 것은 부인할 수 없다. 그러므로, 본고에서는 表 · 策의 형식과 그 특성을 고찰했다. 위에서 밝힌 주요한 내용을 간추리면 다음과 같다.

먼저 表文의 종류는 ①請 ②謝 ③進 ④賀 ⑤乞 ⑥辭 등이 있다. 이들의 句數는 대개 20句 內外이고, 短句 1句와 長句 2句씩으로 된 騈儷文이다. 따라서 여기에는 6종의 對句를 썼고, 平仄法은 "가위"염을 썼다.

다음으로 策文의 종류는 對策 · 射策 · 制策 · 試策 · 進策 등의 명칭이 있다. 그런데, 우리 科試에 쓰이던 科策은 아주 틀에 맞는 형식이 있었다. 즉 古事 혹은 時務에 대한 試題의 물음이 나오면 처음에 「臣對…」로 시작되는 虛頭를 비롯하여 中頭, 逐條, 設弊, 救弊, 篇終 등 6조목으로 나누어 답안을 작성한다. 그러니 이 형식은 응시자들의 머리 속에 그대로 박혀 있었을 것이다. 表文은 바로 실용문에 해당하므로 중장에서 시험 보이고, 策文은 대개 時務에 대한 경륜을 알아 보기 위한 것이므로 종장에서 시험 보였다. 登科한 官人들은 물론이고, 落榜한 文人들도 初年에 익힌 科文의 관습은 그들의 문학작품에 그대로 남았을 것이다. 그러므로, 科文의 형식을 고찰하는 것을 한문학 연구에 중요한 의미가 있다고 할 것이다.

<原題『科文의 形式』: 『釜山漢文學研究』 제2집, 1987>

韓國科文研究(Ⅲ)

─ 賦를 中心으로 ─

Ⅰ. 序言

우리 나라 科擧에 사용하던 글인 科文에 대해서는 고려조 이후로 늘 부정적인 견해만 보인다. 科擧에 사용하던 글을 程文, 帖括, 功令, 時文, 場屋文, 擧業文 등으로 표현하고 있는 데서도 알 수 있듯이 이는 시험에 사용하던 글인 만큼 지나치게 형식에 얽매였기 때문이다. 따라서 科文은 독창적인 문학이 될 수 없다고 여겼던 것이다.

그러나 우리 나라 과거제도가 생긴 이후부터 정치인이건 문인이건 科擧를 통과하지 않은 사람이 없었고, 과거에 뜻을 이루지 못하고 초야에 묻혀 사는 문인이라 할지라도 청장년 시절에는 과거에 관심을 가져보지 않은 사람이 없었으며, 이러한 科文을 지어 보지 않은 사람도 거의 없었다. 따라서 科擧에 합격했거나 못했거나 간에 감수성이 빠른 청장년 시절에 익힌 科文의 여습이 평생토록 그들의 문학생활에 영향을 준 사실은 의심의 여지가 없다. 이런 점을 고려하면 科文이 단순히 오늘날 시험의 답안지에 불과하다거나 그 습작과정이 오늘날 입시문제의 연습과 같다고 보아 넘길 수 없다.

과거에 대한 연구는 문학보다는 역사적인 면에서의 연구 업적이 많이 나왔다.[1] 이에서는 韓國科擧制度 전반에 걸친 깊이 있는 연구가 이루어졌지

---

1) 許興植, 『高麗科擧制度史研究』, 一潮閣, 1981.

　　歷史學會 編, 『科擧』, 一潮閣, 1981.

만 문학적인 측면은 도외시 되었다. 우리와는 달리 중국에서는 과거제도에 대해서 역사적인 면과 문학적인 면까지 함께 다루고 있다.[2] 그리고 臺灣에서도 이 방면의 연구가 상당히 보이며, 대만대학에서는 『明代前期八股文形構研究』(1987)라는 박사학위 논문도 보인다.

필자는 그동안 「韓國科文研究」[3]라는 논문을 써서 과문에 대한 전반적인 내용을 논술했고, 이어 「科文의 形式考」[4]란 글에서는 表·策問을 중심으로 고찰했다. 그러나 이것은 과문연구의 시작에 불과하다. 필자가 이 방면에 대해서 모은 기본 자료만 해도 수백 권에 달한다. 이런 자료들을 검토해 볼 때 과거에 관련된 詩話와 說話까지도 연구해야 할 분야라고 여겨진다. 일본인이 쓰고 우리 나라에 번역된 『중국의 시험지옥─과거(科擧)』라는 책에서도 설화적인 요소가 많이 삽입되어 있는데 우리 나라에서도 이에 못지 않은 많은 자료들이 있다. 선입견으로 과문은 문학적인 요소가 부족하다고 매도하지만 모두 그런 것만은 아니다. 正祖는 과문이 형식에 얽매여 논할 것은 없지만 試券 중에는 마음에 드는 구절이 있어 자신도 모르는 사이에 흔연히 諷誦한다고 했다.[5]

이런 문제점들을 고려하여 본 논고에서는 종전 연구에 이어 科賦를 고찰하기로 한다. 순서는 먼저 科賦의 형식을 살펴보고, 다음 科賦의 역대 출제 경향과 실제 작품을 통한 문학적인 성격을 고찰하기로 한다.

　李成茂, 『韓國의 科擧制度』, 集文堂, 1994.
　曺佐鎬, 『韓國科擧制度史研究』, 범우사, 1996.
2) 金 諍, 『科擧制度與中國文化』, 上海 人民出版社, 1996.
　吳宗國, 『唐代科擧制度研究』, 中國 遼寧大學出版社, 1997.
　王凱符, 『八股文槪說』, 中國 和平出版社, 1991.
　啓 功, 『說八股』, 北京 師範大學出版社, 1992.
　鄭雲鄉, 『淸代八股文』, 中國 人民大學出版社, 1994.
3) 李炳赫, 「韓國科文研究」, 『東洋學』제16집, 단국대학교, 1986.
4) ──, 「科文의 形式考」, 『釜山漢文學研究』제2집, 부산한문학회, 1987.
5) 『弘齋全書』, 卷62, 「日得錄」. "功令不過科臼文字, 臧否不足論, 而詩券中, 或句作之合意者, 不覺欣然爲之諷誦屢過."

II. 科賦의 形式과 性格

1. 科賦의 形式

科賦에 대해서 필자가 종전에 피상적으로 한 번 정리한 적이 있다.[6] 그러나 본 논고에서는 科賦의 문학적인 성격을 파악하기 위하여 다시 科賦의 형식에 대해 살펴보기로 한다. 서언에서 지적했듯이 지금까지 科文의 문학적인 성격을 고찰하지 않은 것은 결국 그것이 지나치게 형식에 얽매인 '기계적인 생산품'이었기 때문이다. 그러면 이 科賦가 어떤 형식을 취하고 있기에 그런 대우를 받게 되었을까?

중국에서 辭賦가 변천한 과정을 보면 ①騷賦(楚辭) ②短賦(荀賦) ③古賦(漢賦) ④俳賦(魏晉南北賦) ⑤律賦(唐宋賦) ⑥散賦(宋賦) ⑦股賦(明淸賦) 등으로 보고 있다[7]. 그런데 賦를 말할 때, 賦 하나만 들어서 말하기보다 '辭賦'라는 말을 쓰게 되는데 이것은 중국 남방 楚나라 지방의 가요에서 발생한 楚辭와 여기서 발전한 賦계열의 운문을 총칭해서 써 왔기 때문이다. 또 屈原계열의 서정적인 작품을 騷라 하고 서사적인 작품을 賦라고 구분하여 騷賦라고도 했다. 이렇게 하여 전국시대 屈原이나 宋玉계의 騷賦, 漢代의 古賦, 六朝時代의 排賦, 唐代의 律賦, 宋代의 文賦, 明淸代의 股賦로 변천해 갔다.

그러나 우리 나라에서는 이와 같은 과정을 밟아서 발전해간 것은 아니다. 우리 나라 문인들은 시대에 관계 없이 辭賦와 古賦 또는 文賦에 관심을 많이 두었고 표현기법을 요하는 律賦는 科賦를 짓는 사람들이 선호했다. 우리 문학사에서 최초로 나타나는 賦는 신라말 최치원의 「詠曉賦」인데 전편이 對偶로 되어 있고 韻도 달아서 唐代 律賦의 형식을 취했지만 晩唐에서 六朝의 四六文으로 변해가면서 宋代의 文賦로 이어가는 형식을 취했다. 고려시대에 처음으로 나타나는 金富軾의 「仲尼鳳賦」, 「啞鷄賦」 등은 전편이

---

6) 이병혁, 위의 「한국과문연구」.
7) 李曰剛, 『辭賦流變史』, 台灣 文津出版社.

對偶로 律賦의 형식을 취하고 있으며, 李奎報, 崔滋 등은 古賦 또는 文賦의 형식을 선호했다. 조선조에는 습작은 주로 律賦, 科賦를 했지만 문집에 전하는 것은 거의 古賦, 文賦이다. 科賦는 내용보다 형식을 중요시했기 때문에 문학으로 인정받기 어려웠고 문집에도 잘 싣지 않았다. 현재도 휴지더미 속에 썩고 있는 많은 科賦 습작품들은 美辭麗句의 기교적인 가치는 뛰어나지만 내용을 인정받지 못했기 때문이다. 조선조 선비들은 經世致用과 성리학을 존숭하면서도 한편으로는 科擧라는 관문을 통과하기 위해서 부득이 이런 科文을 숭상했던 것이다.

여기서 중요한 것은 科賦의 형식이다. 이는 아래에서 실례를 들겠지만 句法은 1句 6言으로, 前 三言 後 二言이며, 그 사이에 '以・於・之・其・與・兮・乎' 등의 虛字를 넣는다. 그리고 構成法은 『芝峰類說』에서 다음과 같이 말하고 있다.

> 우리 나라 科擧에 사용하는 글은 그 폐단이 매우 심하다. 四六體의 문장이 지나치게 길어 완전히 行文과 같은데, 이른바 行文은 또 公事場의 글과 같다. 詩賦는 入題, 鋪敍, 回題 등의 형식이 있어 더욱 문장가의 체제와 전혀 다르다. 그러므로 비록 科擧에 급제하더라도 글을 지을 줄 모르는 사람이 되는데 어찌 세상에 쓰이겠는가. 반드시 체제를 크게 바꾼 후에 가할 것이다.[8]

여기서 科擧에 사용하던 글이 지나치게 형식에 얽매였기 때문에 문장가의 글과 다르고 세상에 쓰일 수도 없다고 했다. 이런 형식 중에서도 가장 중요한 것이 破題였다. 중국에서는 唐宋 詩賦나 明清 八股文에서 처음 발단하는 二句 혹은 三四句를 破題라 했지만 경우에 따라 일반 八股文에서는 起首句를 破題라고 했다. 이 파제는 그 제목의 요점을 설파해야 하기 때문에

---

8) 李睟光, 「文章部」, 1, 『芝峰類說』卷8. "我國科擧之文, 其弊甚矣, 四六冗長, 全似行文, 所謂 行文, 又似公事場文字. 詩賦有入題・鋪敍・回題等式, 尤與文章家體樣全別, 故雖得決科, 遂爲不文之人, 何以致用於世乎? 必大變機軸而後可矣."

붙여진 이름이다. 채점관이 많은 시험지를 다 읽을 수 없어 요점이 되는
이 破題만 보아도 전편을 파악할 수 있어야 한다는 것이다. 그런데 우리
科賦는 주로 제 四句째를 파제로 삼았다고 하나 사람에 따라 제5구 또는
제6구를 파제로 하던 경우도 있었던 것 같다.

다음으로 파제에 얽힌 이야기를 하나 들어보기로 한다. 漢宣帝 甘露 3년
(庚午. B.C. 51)에 麒麟閣을 짓고 11功臣의 초상화를 그려 여기에 붙이면서
제일 첫 번째가 霍光이고 마지막이 蘇武였다. 소무는 漢 武帝 때 匈奴에
사신으로 갔는데 그들이 아무리 위협해도 뜻을 굽히지 않으므로 사람이
살지 않는 北海로 추방당하여 19년 동안이나 그 곳에서 절의를 지키다가
돌아온 사람이다. 그러므로 '蘇武之節'이라고 하면 匈奴들이 다 알 정도로
유명한 데도 한나라 기린각의 11명 중에 제일 끝에 붙어 있다. 그 이유는
유명한 사람을 제일 끝에 붙임으로써 흉노가 와서 볼 때 한나라에는 그만큼
인재가 많다는 것을 과시하기 위해서였다. 이를 소재로 "소무를 제일 뒤에
그렸다"는 뜻의 「後示蘇武」가 출제되었다. 파제에서는 한 구절로 이를 멋스
럽게 잘 요약 설파해야 한다. 이 파제가 '以朝廷之足武 故繪事之後蘇'이다.
즉 조정에 武人의 인재가 많은 것을 보이기 위해 일부러 초상화를 그릴
때 소무를 제일 뒤에 그렸다는 것이다. 더욱이 『論語·八佾』에 그림 그리는
일은 흰 바탕이 마련된 후에야 그림을 그릴 수 있다는 '繪事後素'를 잘 用事
化했다.[9] 그러므로 이 파제만 보고 나머지는 보지 않아도 전편을 짐작할
수 있다는 것이다. 또 『孟子·萬章下』에 伯夷는 聖德의 맑은 자이고, 伊尹은
聖德의 自任한 자이고, 柳下惠는 성덕의 화합한 자이고, 孔子는 성덕의 時宜
에 따라 적절한 자이다 「伯夷聖之淸者也 伊尹聖之任者也 柳下惠聖之和者也
孔子聖之時者也」라는 것이 출제되었다. 이 네 사람의 특징을 파제에서 12
자로 요약 설파해야 한다. 그 유명한 예가 '登白世而俟百 彼一時而此一'이
다.[10] '백세 위에 올라서 백세 아래를 내려다 보니 저도 한 때요 이도 한

---

9) 『論語·八佾』. "子夏, 問曰, 巧笑倩兮, 美目盼兮, 素以爲絢兮, 何謂也? 子曰, 繪事後素."

때'라는 것이다. 시간을 통관해서 함축한 기교도 뛰어나려니와 『孟子・公孫 丑下』에 나오는 '彼一時 此一時也'를 잘 용사화한 묘미가 있다.11) 이와 같이 科賦는 그 구성을 잘 살리면서 특히 파제에 유의해야 한다.

科賦의 句數는 적게는 30구이고 습작에는 40구 내외가 많으며, 많게는 60구까지 있다. 『大典會通』에서 賦는 30구가 되지 않으면 뽑지 말라는 기록 이 있고, 다른 글에서도 30구를 요구하는 글들이 보인다.

끝으로 限韻에 대해서 보면 律賦는 근체시와 다름없이 한 韻을 썼다. 따라 서 우리 나라에서는 지방에 따라 이를 詩的인 賦라고 하여 詩賦라는 말까지 있었다. 그만큼 시의 限韻과 비슷하기 때문에 붙여진 이름이다. 그러나 운자 를 바꾸어서 쓰는 換韻도 보인다. 이와 달리 후대의 科賦에서는 대부분 押韻 을 하지 않았다.

2. 科賦의 出題傾向

科文의 試題는 대개 經書의 유명한 구절, 한국 또는 중국의 역사적인 고 사, 유명한 시 구절 등에서 한 구절 뽑아 정하는 경우가 많다. 조선조의 大科의 試題에 대해서는 필자가 이미 조사하여 발표한 적이 있다.12) 그러므 로 여기서는 科賦의 제목만을 뽑아서 출제경향을 살펴보면서 이울러 과거 시험에서 무엇을 추구했던가를 살펴보기로 한다.

---

10) 『孟子 萬章下』. "孟子曰, 伯夷, 聖之淸者也, 伊尹, 聖之任者也, 柳下惠, 聖之和者也, 孔子, 聖之時者也."

　『孟子 公孫丑下』. "孟子 去齊, 充虞, 路問曰, 夫子若有不豫然, 前日, 虞聞諸夫子, 曰, 君子, 不怨天尤人. 曰, 彼一時 此一時也."

11) 이는 필자의 어릴 때 한문 스승이신 靜軒 郭鐘千(1895~1970) 선생께서 필자에게 科 文을 가르쳐 주시면서 이러한 類의 이야기를 많이 하셨는데 여기서 위의 두 예만 적 었다.

12) 이병혁, 위의 「한국고문연구」.

조선조 최초의 과시제목으로 알 수 있는 것은 太宗 11년(1411)에「治道本末」이라는 策文이며, 이후 주로 表·策·箋 등이 많이 나타나고, 간혹 論·頌·詔·箴 등도 보인다. 그러나 賦가 처음 시제로 나타난 것은 仁祖 24년(1646)이다. 이 해 10월에 庭試에서 백성은 물과 같고 임금은 배와 같은데 물은 배를 띄워 주기도 하고 전복시키기도 한다는「民猶水」라는 제목이 처음으로 보인다. 조선전기에는 국기를 다지면서 외국과의 사신도 자주 다녀야 했기 때문에 공문서의 성격을 띤 表文과 자신의 견해를 펼 수 있는 策文을 출제한 경우가 많은 것 같다.13) 그러나 임란 후 사회가 변함에 따라 과문의 경향도 달라진 듯하다. 賦가 출제된 것을 조사해 보면 仁祖朝 1회, 孝宗朝 2회, 顯宗朝 5회, 肅宗朝 12회, 英祖朝 73회, 正祖朝 12회로 나타난다. 여기서 알 수 있는 바와 같이 조선전기에는 賦를 출제하지 않다가 후기로 넘어 오면서 많이 나타난다. 다만 영조는 재위기간이 길었기 때문에 더욱 그 회수가 많다. 정조의「科文引」에 의하면 본래 과거의 시험은 성균관에서『四書·五經』,『通鑑』을 시험보는 第一場, 여기에서 禮曹로 보내어 다시 表章과 古賦로 시험보는 中章, 策問을 시험보는 終章 등이 있었는데, 이 三場을 통과하여 합격한 33명을 吏曹에 이송하여 등용하게 했다. 처음 경서를 시험보는 것은 옛날 경서에 밝은 사람을 등용한다는 明經科의 뜻이고, 表와 賦를 시험보는 것은 학문에 해박하고 문장에 능통한 사람을 뽑는 博學宏詞科의 의미이며, 表를 시험보는 것은 直言으로 남김 없이 간쟁하라는 뜻이었다고 했다.14) 이것이 賦를 출제하게 된 이유였다.

科賦에 출제된 중요한 내용을 보이면 다음과 같다. 먼저『小學』에서 출제

---

13) 조선조 科擧에는 初場에 經術, 中場에 詩·賦·表, 終場에 時務策을 시험 보는 규정을 정해 두었으나 그대로 지키지 않은 듯하다.

14)「春邸錄」,「科試引」,『弘齋全書』卷4. “擇經明行修者, 開具年貫, 及所通經書, 登于成均館, 試四書五經通鑑, 第其高下, 是爲第一場. 送之禮曹, 更試表章古賦, 是爲中場. 試策問, 是爲終場. 通三場入格者, 三十三人, 送于吏曹, 量才擇用焉, 於乎盛哉! 試以經書, 蓋古明經之意也. 試以表賦, 博學宏詞之規也. 試以對策, 直言極諫之義也.”

된 것을 보면, 영조 27년에 『小學・善行』에서 나물 뿌리를 먹으려 하면 모든 일을 할 수 있다는 「咬得菜根」이 출제되었다. 이것은 검소하고 담박한 생활을 강조한 것이다. 또 영조 47년에『小學・嘉言』에서 담은 크고자 하되 마음은 작고자 한다는 孫思邈의 말인 「膽欲大心欲小」가 출제되었는데 이는 일에 조심하라는 뜻이다. 이와 같이『小學』에서는 「가언편」과 「선행편」에서 검소한 생활과 조심스럽게 살라는 내용이 출제되었다.

　『論語』에서는 「草上之風必偃」(肅宗 43, 論語・顏淵), 「吾與點也」(英祖 41, 論語・先進), 「我愛其禮」(英祖 47, 論語・八佾)가 출제되었는데 여기서는 정치문제, 인성문제, 예의문제 등을 고루 출제하고 있다.

　『孟子』에서는 「地利不如人和」(肅宗 12년, 孟子・公孫丑下), 「地利不如人和」(英祖 2, 孟子・公孫丑下), 「善養老」(英祖 32, 孟子・離婁上, 盡心上), 「自生民以來 未有盛於夫子」(正朝14, 孟子・公孫丑上) 등이 출제되었다. 맹자가 인화를 중요시한 것은 숙종조와 영조조에 두 번이나 동일하게 출제되었고, 文王과 紂王을 대립시켜 문왕의 선정을 찬미한 것과 맹자가 공자를 예찬한 것도 출제되었다.

　『詩經』에서는 20여회나 출제되었는데 이것은 科賦의 문학성을 고려할 때 경서 중에서 유일하게 문학작품을 수록한『詩經』을 출제하지 않을 수 없었기 때문이다. 그러나 단순히 사장적인 것만 취한 것이 아니라 그 내용도 상당히 고려한 것 같다. 「在泮獻馘」(영조 4, 魯頌), 「周雖舊邦其命維新」(영조 11, 大雅 文王), 「濟濟多士文王以寧」(영조 14, 大雅 文王), 「百兩御之」(영조 19, 國風 召南), 「饁彼南畝田畯至喜」(영조 23, 豳風 七月), 「作抑戒詩朝夕諷誦」(영조 23, 大雅 抑), 「明命赫然」(영조 26, 大雅 文王), 「瑟彼玉瓚黃流在中」(영조 29, 大雅 旱麓), 「經始靈臺」(영조 31, 大雅 靈臺), 「日鑑在茲」(영조 32, 周頌 敬之), 「德輶如毛」(영조 38, 大雅 烝民), 「風泉」(영조 40, 檜風 匪風, 曹風 下泉), 「庶民子來」(영조 43, 大雅 靈臺), 「蒼蠅月光」(영조 46, 齊風鷄鳴), 「深戒太康」(영조 47, 唐風 蟋蟀), 「瞻彼淇澳綠竹猗猗」(영조 49, 衛風

淇澳),「鳳凰鳴矣于彼高岡 梧桐生矣于彼朝陽」(정조 8, 大雅 卷阿),「爲此春
酒以介眉壽」(정조 11 豳風 七月),「天作高山」(정조 13, 周頌 天作),「子興視
夜」(정조 13, 鄭風 女曰鷄鳴),「文武吉甫」(정조 18, 小雅 六月),「君曰卜爾萬
壽無疆」(정조 18, 豳風 七月) 등이 그 예들이다.

이와 같이 『시경』에서는 주로 雅와 頌에서 출제되었다. 이는 군신간에
태평성대를 구가하고자 하는 심정의 표출이라고 할 수 있다. 다음으로 농업
을 중시하는 「豳風詩」와 건전한 부부관계를 바라는 「鷄鳴篇」에서 출제되고
있다. 賦의 형식뿐만 아니라 내용을 상당히 고려한 것이다. 특히 주목되는
것은 영조조에 '維新' 정치를 희구한 것이다.

『書經』에서는 「璣衡齊七政」(현종 10, 虞書 舜典),「反風起禾」(숙종 10,
周書 金縢),「先知稼穡之艱難乃逸」(영조 12, 周書 無逸),「協和萬邦」(영조
31, 虞書 堯典),「詢玆黃髮」(영조 39, 周書 秦誓),「無黨無偏王道平平無偏無
黨王道蕩蕩」(영조 48, 周書 洪範),「一人元良 萬邦以貞」(영조 51, 商書 咸有
一德) 등이 출제되었다. 여기서는 堯舜政治의 구현과 지도자로서 경계해야
하는 문제들이 출제되었다.

『周易』에서는 「至日閉關」(현종 12, 復卦),「成性存存 道義之門」(영조 원
년, 繫辭上),「內修外攘如直內方外」(영조 14, 坤卦),「大哉乾元」(영조 16, 乾
卦),「利見大人」(영조 39, 乾卦),「天一生水」(정조 6, 繫辭八) 등이 출제되었
다. 이와 같이 『周易』에서는 주로 철학적인 내용이 출제되었다. 그리고 『春
秋左傳』에서는 영조 元年에 「春秋王道之權衡」이 출제되었고, 『禮記』에서
도 몇 문제 출제된 것이 보인다. 그리고 朱子의 詩句 중에서 「秋月照寒水」
(숙종 43),「今朝竹牖向陽開」(영조 26)와 唐詩에서 「停車座愛楓林晚」(영조
42)가 보인다. 특히 朱子의 詩가 출제된 것은 당시에 주자에 대한 관심도를
보여주며 唐詩의 유행도 알 수 있게 한다. 이 외에 聖賢의 故事, 중국의
역사적인 사건들이 출제되고 있다.

우리 나라 역사에 대해서는 현종 5년에 「龍興江」이 출제되었는데, 이는

함경도 永興에 있는 강으로 이태조가 일어난 고장이라고 해서 붙여진 이름
이다. 그리고 현종 10년에는 「檀君祠」란 제목이 출제되었다. 孝宗이 北伐政
策을 이루지 못하고 승하하자 왕위를 계승한 顯宗 역시 배청감정과 함께
우리 민족의 뿌리에 관심을 돌린 듯하다. 영조 11년에는 「肇開鴻業」이 출제
되었는데 역시 조선조 개국의 정신을 되새겼으며, 영조 21년 4월에는 「朝天
石」이 출제되었는데, 이는 평안도에서 보인 별시라는 이유도 있겠지만, 역
시 옛 동명왕의 전설을 출제하고 있다. 동년 8월에는 「開拓六鎭」이라는 제
목이 출제되었고, 영조 45년에는 「至誠相孚 予見文孫」이 출제되었다. 이는
영조가 思悼世子를 죽인 후 세자의 아들인 正祖를 世孫으로 책봉하여 그를
지극히 사랑하고 세손 역시 할아버지를 잘 받들어 祖孫間의 지성이 서로
통했다는 뜻이다. 영조 50년 9월에는 함경도 道科에서 「咸吉道」가 출제되었
고, 11월에는 「臘雪驗豊 上辛祈穀」이라는 제목을 출제하여 우리 나라 향토
애와 농사짓는 일에 관심을 보이고 있다. 특히 정조 6년에 별시에서 「比黃河」를
출제했는데 箕子가 평양에 도읍을 정하고 대동강을 중국의 황하에 비한
것을 말한다. 임병양난을 겪은 후 배청감정과 함께 주체적인 면으로 눈을
돌린 것을 알 수 있다.

지금까지 논의된 것을 요약하면, 科賦는 조선전기에는 보이지 않았다가
仁祖朝에 나타나기 시작한다. 이와 같이 科賦는 조선후기에 많이 나타난
문학성 짙은 작품인 것이다. 특히 경서에서는 『시경』이 비교적 많이 출제되
면서 정치인으로서 귀감이 될 만한 내용을 많이 볼 수 있고, 중국의 역사에
서 출제된 것도 있지만 주로 위정자로서 갖추어야 할 덕목이 많이 출제되었
다. 그리고 과문은 단순히 중국고사 위주라는 고정관념에서 벗어나 현종,
영조, 정조 때에 이르러 우리의 주체적인 면에 눈을 돌리고 있는 사실도
여간 주목되지 않는다.[15]

---

15) 科學의 出題는 『燃藜室記述・別集』9,「官職典故・科學二・科學三・登擧摠目」에서 조
　　사했는데 正祖까지만 수록되어 있어 그 이후의 것은 계산하지 못했다.

3. 科賦의 文學的 性格

科賦의 문학적인 성격을 파악하기 위하여 다음의 실례를 들어보기로 하겠다. 科賦는 시대에 따른 차이, 개인에 따른 차이가 있을 수 있다. 그리고 과부의 습작이나 試紙는 필자가 상당히 갖고 있지만, 비교적 보존상태가 좋은 글을 골라 들어보기로 한다.

齊의 韶가 角音과 徵音 아름다우니	齊韶美於角徵,
임금과 신하 서로 즐김이 옳은 일이네.	趣君臣之相悅.
나라에 공로 있어 솥에 새겨 넣고	功存社而鼎彛,
금석 같은 맹약은 문서 창고에 있네.	盟在府而金石.
汾水 가의 뜰에 鄭의 음악 익히니	汾沮廣以鄭聲,
제후의 집안 三面에 악기 아름다워라.	曲縣家而增美.
어떤 정치를 하여 이렇게 되었는가?	待何政而致此,
특별한 대우로 너에게 나누어 주네.	表異數而分汝.
오랑캐와 화친하는 계책 그대의 꾀이니	和戎策而賴子,
마치 모든 음악이 조화를 이루는 듯.	譬諸樂之咸諧.
虞箴에다 五利를 경계한 것 존경스럽고	欽虞箴於五利,
세 번 군사 일으켜 楚나라에 개선했네.	旋楚凱於三駕.
한 번 군사의 규율 잘도 바로잡았으니	臧師律於一匡,
과인이 그 은혜를 많이 받았네.	寡人多於受賜.
여파가 이웃에까지 미쳐 가서	餘波及於服隣,
온전한 악기 정나라에서 왔네.	樂之全而來鄭
뜰에 가득 늘어 놓은 종과 경쇠	登庭實於磬鐘,
배우에 음탕한 음악도 섞여 있네.	間桑音於優倡.
누구의 힘으로 이렇게 되었는가?	伊誰力於得此,
朕만이 혼자서 들을 수 없구나.	朕不可乎獨聽.
魏絳 같이 어진 이 정치를 보좌하니	賢如絳而佐治,
그 음악 소리 듣고 공로를 알겠네.	聞其樂而知功.
큰 계책은 아홉 번 제후를 규합했고	逌洪猷於合九,
특이한 공훈은 八音을 조화했네.	耆奇勳於諧八.

임금님 마음 그렇게도 잊지 못하여　　宸心篤於不忘,
그대와 함께 즐기고자 하였구나.　　　願與子而同樂.
수레와 의복 차림은 虞와 다르지만　　庸車服而異虞,
鍾鼓로 올림은 周나라를 따르리라.　　饗鍾鼓而從周.
그 공로 커서 음악이 갖추어졌으니　　其功大者樂備,
朕이 반을 갖고 그대에게 반을 주노라.　朕有半而卿又.
군왕의 뜰에는 돌 악기 치고　　　　　君王庭而石拊,
대부의 집안에는 金聲을 연주하네.　　大夫家而金奏.
양양하게 흘러 나오는 그 화음　　　　洋洋乎其致和,
일일이 살펴보고 반을 나누었네.　　　貫歷覽而中分.
조정에서는 그대 얻은 것 기뻐하고　　同朝喜於得子,
他國에선 공로에 보답해 악기 보내네.　異方音而酬勳.
다시 명령하여 은총을 내리시어　　　申其命於寵錫,
아름다운 음악을 나누어 주네.　　　　樂云乎哉分之.
큰 공로에 보답하여 반을 나누니　　　全功酬以半部,
상이 그 공로에 미치지 못하네.　　　賞不及於其勞.
생황과 큰 종을 섞어 연주하니　　　　笙鏞以而間矣,
상하가 모두 함께 즐기네.　　　　　　上下與而同之.
그대가 기뻐서 즐기고 편히 여기니　　君欣欣而樂康,
나누어 준 반으로 즐기는 것이네.　　　其半所以自娛
일부를 나누어 주는 특이한 은혜　　　分一部之異渥,
그대의 집에서 三命을 받아 들였네.　　聽三命之卿家.
황황히 울려나는 경쇠 소리　　　　　喤喤頒以磬聲,
어진 자도 역시 이를 즐기는 것이네.　亦樂此於賢者.
公庭 밖에 私家가 있으니　　　　　　公庭外而有家,
좋은 음악 소리에 오랫동안 서 있네.　懷好音而延佇.
저와 같이 높은 경지 이루었기에　　　惟如彼而致遠,
아, 이로써 공로에 보답했네.　　　　羌以是而酬勞.
새 짐승도 음악에 맞추어 춤을 추니　蹌鳥獸而律呂,
고금에 없는 그 은혜로구나.　　　　曠今古而恩禮.
진나라에서 크게 악부를 여니　　　　汾天闢以樂府,
그대가 이룬 것을 그대가 받았네.　　子所致而子受.

모두가 갖추어졌다고 할 수 있으니	亦云備於全部,
임금님 하사한 것 참으로 아름답네.	聿信美於君賜.
오늘을 기뻐하여 무릎을 치며	台今日而擊節,
이 글에 감탄의 뜻 붙이노라.	寓一歎於斯賦.

<賜以樂之半>

科賦의 전편을 보이기 위하여 긴 글을 인용하였다. 작자, 소재, 형식, 기교 등을 검토하여 그 문학적인 성격을 살펴보기로 한다. 작자는 그 名紙에 상세히 기록되어 있다. 작자는 幼學 鄭煥弼(正祖 戊午 1798, 3, 25 – 哲宗 己未 1859, 5, 7)로 62세에 별세한 분인데, 字는 潤汝요, 號는 梧潭이다. 이 글은 그가 37세(純祖 甲午, 1834) 때에 지었다. 그는 河東 鄭氏로 咸陽에 살았으며 一蠹 鄭汝昌 선생의 12代 종손이다. 父는 折衝將軍 行龍驤衛副護軍 東老이고, 祖는 通政大夫 行淸河縣監 兼慶州鎭管兵馬節制都尉 德濟이며, 曾祖는 朝奉大夫 行宗廟署奉事 鎭華이다. 그리고 外祖는 學生 安東 權海中이다. 그러므로 그는 경남지방에서 대표적인 명문가 출신이며 당대의 名儒인 蘆沙 奇正鎭과도 道義之交였다고 한다.

다음 試紙에 보면 접수번호는 '五天'이라고 되어 있고, 점수는 '次下'이다. 대개 '次上' 정도는 되어야 합격 권내에 들어가는데, 좋은 성적은 아니다. 그러나 '進士試 二等 第十八人'이란 附箋紙가 붙어 있는 것을 보면 이 글이 小科에 합격한 시험지임을 알 수 있다. 제목은 「賜以樂之半」인데, 이것은 본래 『春秋左傳』의 '晉侯以樂之半 賜魏絳'에서 약간 바꾸어서 출제한 것이다. 그러므로 이 글의 배경을 이해하지 않고는 이 賦의 깊은 뜻을 알기 어렵다.

이 글의 출전과 역사적인 배경을 보기로 한다. 魏絳은 春秋時代 晉나라에서 벼슬하여 卿이 된 사람으로 그 행적은 『춘추좌전』成公 18년, 襄公 3·4·9·10·11·13·18년조에 잘 나타나 있다. 제목에서 암시하듯이 그는 晉侯(悼公)를 섬긴 사람이다. 그런데 그는 襄公 3년에 晉悼公의 아우 楊干이 行軍을 잘못했다는 죄를 물어 그의 御僕을 죽였다. 양공이 화를 내어 위강을 죽이려 하자 그는 공평무사하게 일을 처리했음을 말한다. 이 때 도공은 그가 형벌을 이용하여 백성을 잘 다스린다고 여겨 오히려 예우를 했다. 이렇게 하여 그는 정계에 진출하게 되었다.

또 그는 晉侯의 마음을 사로잡을 기회가 왔다. 魯나라 襄公 4년에 無終國의 임금인 嘉父가 孟樂을 사신으로 魏絳을 통하여 虎豹의 가죽을 晉侯에게 바치고 자기의 나라를 위시한 여러 유목부락의 戎狄들과 화친할 것을 요청했다. 이때 晉侯는 戎狄은 탐욕이 많으므로 정벌하는 것만 못하다고 했다. 위강은 지금 제후들이 복종해 오는 이 때에 덕을 베풀어 그들과 화목할 것을 권유했다. 그리고 위강은 有窮 后羿의 고사를 들어 진후에게 간쟁했다. 이 有窮은 國名이지만 사실은 조그마한 部落에 지나지 않았고 后는 君이란 뜻이지만 당시 酋長에 지나지 않았다. 그러나 그는 夏나라가 쇠약할 때 夏相의 왕위를 찬탈하여 왕이 된 인물이다. 그 후 자신의 활솜씨만 믿고 나라를 다스리는 일에는 소홀하며 사냥에 빠져 어진 신하를 버리고 寒浞이라는 신하를 등용하여 국정은 더욱 어지럽게 되었다. 그러나 羿는 여전히 마음을 고쳐먹지 않다가 결국 부하에게 죽음을 당한 일을 들어 간쟁했다. 어진 신하는 등용하지 않고 사냥에 빠졌다가 나라를 잃었다는 일을 일일이 예를 들어 간쟁했다. 그만큼 그는 충직한 신하였다.

그는 이에 그치지 않고 이어 사냥을 관장하는 관원인 虞人의 箴을 들어 晉侯에게 간쟁한다. 즉 周나라 辛甲이 武王의 太史가 되었을 때 百官에게 명령을 내려 관직마다 제 맡은 바의 직무에 따라 왕의 잘못을 경계하는 글을 지으라고 했다. 이때 虞人이 올린 箴이 이른바「虞人箴」으로 그 내용은 사냥에 빠지지 말아야 한다는 것인데 이 글로 인해 한문학사상에 箴이 문체의 하나로 등장한 것이다. 당시에 晉侯가 사냥을 좋아했기 때문에 위강은 羿의 고사와 함께 虞人의 箴으로 간쟁한 것이다. 이와 같이 왕의 사냥에 대한 경계는 우리 나라의『三國史記』「金后稷傳」에도 나오고『龍飛御天歌』의 마지막 장인 125장에서도 夏나라 太康이 洛水에 사냥갔다가 有窮 后羿에게 폐위당한 일을 거울 삼으라고 했다. 晉侯는 이 간쟁을 받아들이고 융적과 화친을 해야 하는가 하고 묻자 그는 화친을 하면 五利가 있다고 했다. 첫째 융적들은 유목생활을 하면서 財貨를 중시하는 반면 토지는 경시하기 때문에 그들의 토지를 쉽게 매입할 수 있으며, 둘째 변경에 걱정할 일이 없어 안심하고 들판에서 농사지을 수 있고, 셋째 그들이 진나라를 섬기게 되면 사방의 이웃 나라들이 진동하게 되고 천하의 제후들도 두려워 복종하게 될 것이고, 넷째 덕으로 그들을 평안하게 하면 군졸들이 노력할 일이 없어지고 무기를 정비하지 않아도 될 것이며, 다섯째 옛날 后羿를 거울 삼아 도덕과 법률에 맞는 일을 하면 먼 나라는 조회오고 가까운 나라는 진나라를 편히 여길 것이라 했다.

晉侯는 이를 기뻐하여 魏絳을 시켜 소수민족의 유목부락인들인 戎狄과 맹약을 맺고 民事를 닦으며 농사철을 피하여 사냥을 하게 했다. 또 양공 9년에 진후는 전쟁에 지친 백성들을 휴식시킬 방법을 모의하자 위강은 그들에게 은혜를 베풀고 노역을 면제시켜 줄 것과 米穀・流通・山林・절약정책을 시행하도록 하자 일년만에 모두 절도를 지키게 되었다. 그 후 세 번이나 군사를 일으켰지만 楚나라는 晉나라와 다툴 수가 없었다. 그러기 때문에 魏絳이 죽은 후에 시호를 莊子라고 했다.

지금까지 이 賦를 파악하기 위하여 晉侯와 魏絳에 관계, 또는 위의 科賦의 내용과 관계되는 역사적인 사실에 대해서 살펴보았다. 그러면 여기서 科賦의 제목이 나온 대목을 보기로 한다. 『春秋左傳』 襄公 11년조에 鄭나라 사람이 晉나라 悼公에게 뇌물을 보내왔는데 師悝・師觸・師蠲 등 악사 세 사람과 廣車・軘車 각 15승과 그 외 甲兵을 갖춘 여러 兵車 100승과 반주하는 鍾 32개와 鎛・磬과 女樂 16인을 선물했다. 晉侯 悼公이 그 악기의 半(女樂 16인 歌鍾 16계)을 나누어 魏絳에게 하사했다. 이것이 바로 위 科賦의 제목이 된 것이다. 그러면 왜 진후가 위강에게 이렇게 많은 선물을 했는가? 이는 위에서 언급한 내용에서도 어느 정도 알 수 있는 바와 같이 그는 국가에 공로가 많았기 때문이었다. 그리고 중요한 것은 진후가 이를 하사하면서 한 말이다. "그대가 나에게 여러 戎狄들과 화친을 맺게 하여 중국을 바로 잡아 8년 동안에 9차례(九合) 제후들과 화합했다.[16] 이들이 화합한 것이 마치 음악의 화음과 같으니 그대와 함께 이를 즐겨보세."라고 했다. 그러나 위강은 이를 받지 않으려고 사양했다. "대저 융적과 화친한 것은 晉나라의 복이요, 8년 동안 9번이나 제후들과 화합했는데 제후들이 순종한 것은 임금 님의 존엄함과 몇몇 신하들의 공로 때문이요, 제가 여기에 무슨 힘이 있었겠 습니까? 그러니 임금님께선 그 음악을 편히 즐기면서 일생을 마치시기 바랍 니다. 『詩經・小雅 采菽』에 '즐거운 군자여 천자의 나라를 안정시키리로다. 즐거운 군자여 복록이 모이리로다. 멀리서 복종한 신하들 역시 임금님을 따르네.'라고 했습니다. 대저 음악으로써 덕을 편안히 하고 義로서 처리하며 禮로서 행하고 信으로써 지키며 仁으로서 힘쓰는 것입니다. 그런 후에 나라 를 안정시킬 수 있고 복록이 모여 들 수 있으며 먼 곳의 사람들이 복종해 오게 할 수 있는 것이니 이것이 이른바 임금님과 제가 함께 즐기는 것입니 다. 또 『書經・逸書』에 이르길 편안한 데 거처하면서 위태로울 때를 생각할 것이니 생각하면 대비가 있어야 하고 대비가 있어야 후한이 없는 것이라고 했으니 감히 이것으로써 규범을 삼으십시오."라고 했다. 여기서 魏絳은 어 떤 인물인가를 알 수 있다. 국가에 대내외적으로 많은 공로가 있었음에도 그 공은 임금에게로 돌린다. 이에 悼公은 다시 말하길 "그대의 가르침을 감히 받아들이지 않겠는가? 만약 그대가 없었다면 戎狄과 화친할 수 없었을 것이고 黃河의 남쪽으로 건너가서 鄭나라를 복종시킬 수도 없었을 것이다. 대저 상을 주는 것은 나라의 법도이다. 맹서한 문서를 두는 곳에 비장해 두고 폐하지 않을 것이니 그대는 이 명령을 받으라."고 했다. 그러자 魏絳이

---

16) 楊伯峻 編 『春秋左傳注』襄公 11년 조에 ①襄公 5년 戚에서 맹약, 城棣에서 회합. ②7 년 鄶에서 회합. ③8년 邢血에서 회합. ④戲에서 맹약. ⑤10년 柤에서 회합. ⑥동년 虎 牢에서 수비. ⑦11년 亳城에서 맹약. ⑧동년 蕭魚에서 회합 등을 들었다. 그리고 九合 이나 七合이냐에 대해서 학설을 달리하는 것도 들었다.

비로소 金石의 樂器를 소유하게 되었으니 大夫에게 공로가 있으면 악기를 하사하는 것이 禮이다. 음악은 백성을 화락하게 하기 때문에 신하들에게 하사하여 그들의 선조를 섬기게 한 것이다. 大夫의 제사에 음악을 하사하는 것은 물론 공로가 있는 자에게 한정해서 행하는 것이다. 이와 같이 魏絳은 나라에 공로가 있었기 때문에 鄭나라에서 보낸 악기의 반을 하사하여 선조의 제사에 사용하게 했다.

이와 같이 이 科賦는 晉侯가 魏絳에게 樂器를 하사한 역사적인 사실을 소재로 하여 지은 것이다. 위강은 국가에 큰 공로가 있었고 晉侯는 이를 보답하기 위해 아무에게나 주지 않는 악기를 하사한 것이다. 이런 소재로 글을 짓는 응시자는 과연 사상이 배제된 단편적인 지식이나 기교만으로 가능했겠는가? 아무리 程式의 글이지만 그 속에 군신간의 도리나 정치인으로서 포부가 없다면 불가능한 것이다. 따라서 이를 단순히 기계적으로 짜여진 문자유희와 같은 작품으로만 볼 수 없을 것이다. 역대 科賦에 출제된 제목을 통해서도 보았듯이 科賦는 비현실적인 고사만 출제한 것은 아니다.

다음으로 여기서 예시한 科賦의 형식을 보면 句數는 정확하게 30句이다. 물론 한 句란 안짝과 바깥 짝을 합해서 하는 말이다. 그리고 句의 짜임 역시 前 三言, 後 二言 사이에 虛字를 삽입하여 六言으로 되어 있고, 전편의 구성법도 앞의 항에서 언급한 科賦의 형식에 어긋남이 없다. 이와 같이 형식면에서 볼 때 이 글이 科賦의 공통적인 특징을 모두 구비하고 있었지만 왜 '次下'의 성적밖에 받지 못한 것일까? 여기서 우리는 작품의 서술을 문제삼지 않을 수 없다. 첫째 위의 과부의 형식에서 살펴본 것과 같은 파제의 선명성이 결여되었다. 다음으로 이 글은 문장가의 글이라기보다 학자의 글로 평면적인 서술로 그쳤다. 즉 경이적인 전개와 표현 없이 그저 논리적으로 서술했기 때문에 흠잡을 데는 없어도 높은 점수를 받지 못한 듯하다.

하지만 기교면에서 보면 특히 用事에 탁월하다. 짜여진 틀 속에서 자신만의 독창적인 기법으로 전개해 가려면 남다른 기법을 요하기 때문이다. 이 역시 본 예시문의 특징이라기보다 科賦의 공통적인 조건이다. 본 예시문의 소재 자체가 『춘추좌전』에서 나왔기 때문에 용어들도 여기서 나온 것이 많다. 하지만 天衣無縫으로 그 다듬은 흔적을 찾기 어렵다. 다만 '虞箴', '五利', '三駕', '九合' 등은 원전에서 나온 말을 그대로 사용하고 있지만 모두 재창조된 새로운 느낌을 준다. 예시한 글이 음악과 관계가 깊기 때문에 『書經』 중에서 음악과 관계 있는 말들을 잘 용사화했다. 『論語・述而』에서 '子在齊聞韶', 『孟子・梁惠王上』에서 '賢者樂此', 『孟子・梁惠王下』에서 '與民同樂, 『書經・舜典』에서 '八音克諧', 『書經・益稷』에서 '鳥獸蹌蹌', 『書經・益稷』에서 '予擊石拊', 『禮記・樂音』에서 '桑間音' 등등을 용해해서 잘 용사화했다. 이런 기교 역시 科賦의 공통적인 특징이다.

이상에서 科賦의 내용・소재・형식・기교 등을 통해서 그 문학적인 성격을 살펴보았다. 결국 科賦는 정치인으로서 갖추어야 할 해박한 지식과 소양 그리고 문예 능력을 시험보는데 사용한 글이다. 따라서 科賦는 敍情的인 요소와 敍事的인 요소를 혼합한 문학이었고, 아울러 敎述的 요소가 우세한 장르이다. 위의 예문에서 보았듯이 科賦는 우리 歌辭文學과 유사한 글로 詩와 비슷하면서도 시는 아니다. 서정적인 요소와 서사적인 요소를 共有하고 있기 때문이다. 특히 이 예문은 魏絳의 정치적인 행적을 서사적으로 전개하고 있다. 글의 소재를 『春秋左傳』에서 가져왔기 때문에 역사적인 사건을 英雄敍事詩처럼 전개하고 있다. 그러나 소재를 옛 시구에서 가져왔다면 서정적인 면이 더 짙었을 것이다. 그리고 글의 내용면에서는 어디까지나 정치인으로서 갖추어야 할 人生觀・政治觀이 드러나야 하기 때문에 敎述的인 경향으로 될 수밖에 없었다.

III. 結語

지금까지 우리 科文 중에서 科賦에 대해 고찰했다. 그 주요 내용을 요약 결론지으면 다음과 같다.

첫째, 科賦 형식에 대해서이다. 중국에서 賦는 騷賦, 古賦, 排賦, 律賦, 文賦, 股賦 등으로 발전해 갔지만 우리 나라에서는 꼭 이런 과정을 밟은 것이 아니다. 문인들은 주로 騷賦, 古賦, 文賦를 선호했고, 조선조에서는 科賦가 나타나는데 이는 排賦, 律賦, 股賦에서 새로 생겨난 형식이다. 그 구성은 入題, 鋪敍, 回題 등의 형식이 있었으나 과거 당락은 주로 破題에 있었다. 채점관이 많은 시험지를 일일이 보기에 힘이 들어 破題만 보고도 당락을 결정 지을 수 있어야 하기 때문이다. 句數는 30구에서 60구까지 있었으나, 과거에서는 30구 이하는 금지시켰다.

둘째, 科賦의 출제경향이다. 科賦가 조선조의 과거시험에 나타난 것은 仁祖 24년부터이다. 필자의 조사에 의하면 仁祖 1, 孝宗 2, 顯宗 5, 肅宗 5, 英祖 73, 正朝 12회로 나타난다. 특히 英祖는 재위기간이 길었기 때문에 출제 회수도 많았다. 조선전기에는 表, 策, 箋 등이 주로 출제되다가 후기에 갈수록 賦의 출제가 많이 보인다. 조선조의 과거 규정인 初場에 經術, 中場에 詩 · 賦 · 表, 終場에 時務策을 시험보는 것을 그대로 준수하지 않은 듯하다. 전기에는 국기를 다지면서 공문서의 성격을 띤 글에 힘쓰다가 후기로 접어들면서 작품의 내용적인 측면, 즉 문예적인 글에 눈을 돌린 것을 알수 있다. 특히 경서 중에서는 『詩經』이 많이 출제된 것도 같은 선상에서이해할 수 있다. 그러나 科賦는 단순히 수사적인 면보다 위정자로서 알아야할 내용, 즉 博學宏詞에 역점을 두고 있다. 그리고 현종, 영조, 정조에 가면서 단군, 동명왕, 육진개척 등 주체적인 면에 눈을 돌리면서 대동강과 중국의 황하를 비교하는 것도 보이는데 조선후기 문학경향을 파악하는데 귀중한 자료가 된다.

셋째, 科賦의 문학적인 성격이다. 여기에서는 실제작품, 즉 「賜以樂之半」
을 예로 들어 보였는데, 이는 一蠹 鄭汝昌의 12대 종손이 지은 것으로 구한
말의 대표적인 과부이다. 과부는 많은 서정적 요소와 서사적인 요소를 융합
하여 새로이 창조한 교술장르의 성격이 짙은 문학의 한 갈래이다. 따라서
과문이라 하면 으레히 시험을 통과하기 위한 시험지로 형식에 얽매여 문학
성이나 내용성이 없는 것으로 보아 넘기는 것은 잘못이다. 표현의 기교를
발전시킨 동시에 내용에 있어서도 정치인으로서 새로운 정치관을 피력한
것을 볼 때 문학의 敎示的 기능의 측면에서 예사로 보아 넘길 수 없는 글이
다. 특히 『춘추좌전』 魏絳의 일은 정치인에게 큰 의미를 던져 준다. 외적과
의 화해와 예악으로 나라를 다스리려고 한 의도는 만고에 변할 수 없는
정치철학이기 때문이다.

<『東洋漢文學硏究』 제12집, 1998.>

漢文教育

傳統 漢文 敎育

- 漢文 懸吐를 中心으로 -

Ⅰ. 序言

필자는 漢文 懸吐에 대한 글을 이미 다른 곳에 발표한 적이 있다.[1] 발표를 하고 보니 마음에 들지 않아 다시 수정·보완하여 발표하기로 한다.

한문은 口語가 아니라 文語이다. 이는 우리나라 뿐만 아니라 한문의 본고 장인 중국에서도 마찬가지이다. 따라서 현대의 실생활 언어와는 동떨어진 글이다. 이런 글을 학습하는 데에 있어 우리는 과거의 학습방법인 현토식과 현대 문법적인 방법을 병용하고 있고, 중국에서는 서구 여러 언어들처럼 표점을 찍어서 문장의 이해를 돕고 있다. 표점 찍기에 대한 전문적인 저서로 『古文的標點斷句和翻譯』[2]과 『古文標點例析』[3] 같은 것이 그 예다.

그런데 한문이 문어이기는 하나 중국의 경우는 자기 나라의 언어인 만큼 표점만으로도 문장 파악이 가능하다. 반면 우리는 아무리 표점을 잘 찍어 놓아도 한국어의 첨가적 특성 때문에 관계어로 연결되어야 우리말의 인식 구조에 보다 자연스럽다. 과거 우리 선조들이 한문에 토를 달아 읽은 것도 이 때문이다.

---

1) 이병혁, 「漢文科 敎敎·學習과 懸吐 指導」, 『新漢文科敎育論』, 石泉 鄭愚相博士 古稀紀 念 論文集 刊行委員會, 1999.
2) 趙國璽, 『古文的標點斷句和翻譯』, 中國 東北師範大學 出版社, 1988.
3) 王邁, 『古文標點例析』, 中國 語文出版社, 1992.

본 논고는 한문을 학습하는 사람들에게 한문의 현토 방법을 바로 알도록 하려는 목적에서 쓰는 글이다. 과거 우리의 한문학습 방법은 多讀하여 文理를 터득함으로써 한문을 우리의 文語로 자유롭게 사용하도록 하는 것이었다. 하지만 지금은 생활환경으로나 시간적 여건으로나 이 방법을 그대로 답습하기는 어려운 실정이다. 그러면 현대적인 언어학습 방법으로 문법과 문장 부호를 중요시하여야 할 것인데, 토를 단다면 과거로 되돌아가는 것이 아닌가 하는 의문을 가질 수도 있다. 하지만 현토에 의한 한문 학습은 현대적인 방법에다가 다른 나라에는 없는 과거 학습 방법을 하나 더 첨가 사용하여 효율적으로 한문을 익히자고 함이지, 옛 것만 옳다는 것은 아니다. 우리가 과거의 것을 무조건 부정하는 것은 선현들의 지혜를 잘 이해하지 못해서이다. 선현들의 지혜를 최대한 되살리면서 새로운 방법을 활용해야 할 것이다. 그런데도 한문의 토에 대하여서는 조종업 교수가 『漢文通釋』4)에서 언급한 이후 체계적으로 논의된 글이 보이지 않는다.

본 논고에서는 토의 개념과 그 필요성을 살펴보고, 다음으로 우리 국어와 한문과는 어떻게 연결되는가 하는 한문의 현토 방법을 고찰해 보기로 한다.

II. 吐의 概念과 必要性

한문을 읽을 때 일차적으로 표점이 없더라도 문장이 끊어지는 곳을 알아야 하고 다음으로 토를 달 줄 알아야 한다. 그런데 토를 달려면 토란 무엇이며, 왜 토를 달았는가 하는 것부터 이해해야 한다. '토(吐)'의 사전적인 뜻은 "한문을 우리말 식으로 읽을 때 구절 끝에 문법적 관계를 나타내기 위하여 덧붙이는 것"이다. 이것을 잘못하면 口訣, 吏讀, 句讀와 혼동하기 쉽다. 구결이란 "한자의 일부분을 따서 한문의 구절 끝에 다는 우리말 식의 토"이다.

---

4) 趙鍾業, 『漢文通釋』, 螢雪出版社, 1975.

예를 들면 한자의 '爲'의 머리와 '古'의 끝 부분을 따서 ㅂ(하고)라고 읽는 것과 같은 것이다. 이는 한글 창제 이전부터 있었는데, 서당에서는 이런 방법을 조선조까지 장기간 사용했다. 본래 '口訣'의 口는 '口語'란 뜻이고, 訣은 '글귀를 알기 쉽게 끊는다'는 뜻이다. 결국 구결은 우리말 구어로 한문에 토를 달아 읽는 것이니 한자의 일부분을 따서 토를 만들었지만 우리말 토와 같다. 그리고 '吏讀'는 "한자의 음과 뜻을 빌어서 우리말을 적는 표기체계"이다. 그리하여 한문에 우리말을 첨가하는 표기체계를 포괄하여 이르게 되었다. 더 풀이해서 말하면 吏는 '官吏'란 뜻이고, 讀는 '귀절 두', '토 두'이므로 조선조에서 '이두'라 하면 대개 하급관리들이 사용하던 쉬운 우리말 식의 공문서 형식을 지칭하는 경우가 많았다. 句讀는 이와 다르다. 句란 "한 구절이 끊어지는 곳(凡成文語絶處謂之句)"이고, 讀는 "말은 끊어지지 않았지만 점을 쳐 나누어서 읽기에 편리하게 하는 것(語未絶而點分之以便誦詠謂之讀)"이다. 구두점은 한문 자체를 분석적으로 파악하기 위한 방편이지만 나머지는 모두 한문을 우리말의 특성에 맞추어 援用했던 것들이다.

이 중에서 우리가 주목해야 할 것은 '토'이다. 위에서 보았던 토를 더 쉽게 요약하면 "한문 체언에 붙는 우리말 조사와 한문 어간에 붙는 우리말 어미"라 하겠다. 그러므로 한문은 토를 단 대로 해석하고 해석하는 대로 토를 다는 것이다. 그런데 지금 교과서에서는 한 문장 안에서 토 다르고 해석 다른 곳이 많이 있다. 공부하는 사람들에게 공연히 토를 달게 하는 이중 부담만 주고 한문학습에 도움을 주지 못하는 형식적인 토달기는 무의미하다. 어디까지나 한문의 문법적인 관계를 우리말로 쉽게 연결시켜 주는 토의 기능을 잘 살려 한문을 우리의 인식구조에 맞게 이해하도록 하는 일이 중요하다.

이상에서 토의 개념과 토의 기능을 살펴 본 결과 현토는 독특한 우리나라 한문학습 방법이었다는 것을 알 수 있었다. 그러나 토를 다는 것이

학습에 부담이 된다면 토를 달지 말아야 한다. 일부에서는 다른 외국어 학습에는 토를 달지 않으니 한문에도 토를 달지 말자는 주장도 나오고 있다. 이는 우리가 근대화 이후 서구의 여러 외국어를 많이 접하게 되면서 이 학습 방법을 그대로 따르자는 데서 나온 의견이다.

사실 말에는 토를 붙일 수 없다. 말은 소리가 중요하기 때문에 말에 토를 붙이면 말이 성립하지 않는다. 영어에 토를 달면 영어가 아닐 것이다. 하지만 한문은 앞에서도 말했듯이 口語가 아니라 文語이기 때문에 소리 말을 공부하는 것이 아니라, 내용 파악이 중요하다. 또 서구인들은 한문에 토를 달지 않아도 잘 이해하는데 왜 우리만 토를 달 필요가 있는가 하는 의문을 제기할 수도 있다. 하지만 그들이 토를 달지 않아도 되는 것은 인구어의 문장구조와 중국어의 그것이 유사하기 때문이며, 서구인들은 형식적으로 토를 달지 않았을 뿐, 문맥 파악에 있어서는 굴절이라는 그들 나름의 인식 방법을 빌어 한문을 이해할 것이다. 이와 마찬가지로 현토는 우리의 언어적 특성에 맞추어 우리의 인식 방법에 따라 한문을 이해하도록 돕는 것이다. 즉 한문의 특성인 고립어를 우리말의 특성인 첨가어로 바꾸어 학습하는 것이다.

우리나라 토의 역사는 아주 오래되었다. 중세 사회에는 한문이 동아시아의 공통문어였기 때문에 한문에 토를 달아서 우리의 문어로 사용했다. 한문과 국어를 연결시키는 방법은 결국 이두에서 구결로, 구결에서 오늘날의 토로 변한 것이니, 이는 바로 漢主國從體의 우리 문장이요, 여기에 토를 더 많이 붙인 것이 國漢文竝用의 문장이 되며, 한자를 빼면 한글 전용문이 된다. 따라서 현토는 외국어 학습이 아니라, 한문을 우리말로 사용하던 한 방법이었다고 해도 과언이 아니다.

다음으로 제기되는 의문은 한문에도 문법요소가 있기 때문에 그대로 읽으면 되는데, 토를 달 필요가 있겠느냐는 주장이다. 왜냐하면 내용을 알아야 토를 달 수 있고, 토를 단 후에 내용을 아는 것이 아니라고 할 수 있기 때문이다. 하지만 이것은 문법도 마찬가지이다. 내용을 알아야 문법적인 설명이 가능하지, 문법을 안 후에 내용을 파악하는 경우는 드물다. 그렇다고 문법을 공부하지 말자고는 아무도 말하지 않는다. 어떤 문법요소에 문맥이 어떻게 끊어지는가를 파악하여 여기에 우리말을 연결시킨 것이 토이다. 토를 단다는 것은 한문을 우리말화해서 읽는 것이기 때문에 토를 제대로 달지 못한다는 것은 문맥을 제대로 파악하지 못했다는 뜻이다. 학생들에게 문법요소만 가르쳤을 때와 어떤 문법요소에 우리말이 어떻게 연결되었는가를 이해시켰을 때의 학습효과는 분명히 다를 것이다. 즉 토의 기능을 이해시켰을 때 한문 학습의 효과는 보다 향상될 것이다.

현대사회와 같이 복잡하지 않았던 고대에는 지금처럼 세밀하게 분화된 언어를 사용하지 않아도 의사소통에 큰 지장이 없었다. 그래서 한문에도 문법요소가 있기는 하지만 그 내용은 대부분 문맥에 의지하여 해석되었다. 이 문맥을 파악하는 것을 옛날에는 文理가 난다고 했는데, 이 문리는 주관적인 경우가 많다. 옛날 관청에서 판결문을 어떻게 읽느냐에 따라 누가 승소를 하느냐가 달라지는 설화들이 있는 것도 이 때문이다. 여기서 『通鑑節要』의 한 예를 들어보기로 한다.

後漢 孝靈帝 中平 2년(A.D. 185)에 崔烈이 왕실의 유모를 통해서 돈 5백만 냥을 헌납하고 司徒가 되었는데, 제수받는 날 임금이 측근자를 돌아보면서 말하기를 "조금 더 (벼슬을) 아끼지 않은 것이 후회스럽구나. 잘 했으면 천만 냥도 받을 수 있었을 터인데…"라고 했다. 이 대목의 원문은 다음과 같다.

"崔烈이 因傅母하여 入錢五百萬하고 得爲司徒러니 及拜日에 帝ㅣ顧謂親幸者曰 悔不小靳 可至千萬"[5]

이 글의 끝 구절에 토를 아래와 같이 네 가지로 달고 있다.

5) 『通鑑節要』21.

예1) 悔不小靳이라 可至千萬이로다(조금 더 아끼지 않은 것이 후회스럽
　　다. 천만 냥도 받을 수 있었을 것이로다.)

예2) 悔不小靳이로다 可至千萬이라하더라(조금 더 아끼지 않은 것이 후
　　회스럽구나. 천만 냥도 받을 수 있었을 것이라고 하더라.)

예3) 悔不小靳일서 可至千萬이로다(조금 더 아끼지 않은 것이 후회스럽
　　구나! 천만 냥을 받을 수 있었을 것이로다.)

예4) 悔不小靳이럿다 可至千萬할껄(조금 더 아끼지 않은 것이 후회스럽
　　구나! 천만 냥을 받을 수 있었을 것을….)

이 중에서 가장 생동감 있게 단 토는 예4)이다. 어떻게 하면 문맥을 실감
나게 파악하겠느냐에 고심한 흔적을 볼 수 있다. 예1)~예3)의 토는 필사본
『通吐』와 그 외 인쇄된 책들에 있는 것이고, 예4)는 奇蘆沙 奇正鎭(1798~
1876)翁이 붙인 토라고 기억된다.[6] 이만큼 문맥을 정확히 파악하기란 여간
어렵지 않다.

끝으로 현대는 감정이 분화되고 그에 따라 조사나 어미의 쓰임도 다양하
기 때문에 과거의 제한된 몇 개의 토로는 문장 해독이 불가능하므로 토를
붙이는 것이 오히려 문장 이해에 방해가 된다고 주장하기도 한다. 그러나
위에서 토의 기능을 살펴보았듯이 토는 한문을 우리말화해서 쉽게 익히는
방법이다. 그리고 토는 반드시 古語로 사용해야 되는 것은 아니다. 오히려 한문
고전에서 옛스러운 토를 달았을 때에는 현대어로 쉽게 설명을 하여야 한다.

이와 같이 토의 기능은 한문과 한글을 연결시켜 주는 것이다. 한문에
토를 달아 이해하는 방식은 처음에는 번거로운 작업인 듯 느껴지겠지만
우리말 인식구조에 맞게 한문을 이해함으로써 훨씬 능률적인 번역을 돕는
다. 이러한 문맥 파악은 일찍부터 수련할수록 좋다. 또한 한문학습에는 낭독
과 낭송이 필요한데, 여기에도 토는 꼭 필요하다.

---

6) 필자가 秋淵 權龍鉉(1899~1988)선생에게 들은 것 같으나 분명한 기억은 나지 않는다.

III. 懸吐의 實際

한문의 토가 몇 개나 될까? 여기서 그 수를 따질 필요는 없다. 『四書 · 三經』에 토가 몇 개나 사용되었는가 하는 것은 중요하지 않다. 한문의 토가 되는 우리말의 조사와 어미 또한 시대에 따라 달라지기 때문이다. 과거에 토의 종류가 많지 않다는 것은 당시에 사용하던 조사나 어미의 수가 그만큼 적었다는 것을 뜻한다. 문어에는 典雅한 말을 쓰기 때문에 생활어가 모두 토로 사용되지 않았으며, 조사나 어미와 같은 문법형태들은 현대에 이르러 사고가 복잡해지면서 점차 분화되었기 때문이다. 하지만 『書經』과 같은 古文에는 후대에 사용하지 않는 복합토들이 많이 쓰이고 있다. 그만큼 어려운 옛 글을 정확히 파악하기 위해서다. 과거의 이런 옛스러운 토는 현대어로 어떤 뜻인가 하는 것만 알면 되는 것이다. 그러면 순서대로 한문의 토를 우리 국어의 문법체계와 관련지어 산문과 시로 나누어 살펴보기로 한다.

1. 散文의 懸吐

토란 결국 한문에 붙는 우리말이므로 한문의 이해와 함께 국어의 문법도 알아야 한다. 다음에서 한문 산문과 시의 토를 국어문법의 조사와 어미 접속사에 관련지어 살펴보기로 한다.[7]

1) 助詞形의 吐

가) 主語 밑에 다는 吐－이, 가

주격조사는 주어와 서술어와의 관계를 나타내는 것이다. 고어에서는 '이, ㅣ'가 있었고, 현대에는 '이, 가'가 있다.

---

7) 국어문법 체계는 최현배 『우리말본』과 허웅 『국어학』을 많이 참고했다.

예1) 子ㅣ 曰 學而時習之면 不亦說乎아(공자가 말씀하시기를 "배우고 때때로 그것을 익히면 또한 기쁘지 아니하겠는가?"라고 하셨다.)8)

　　㉠ 자 + ㅣ + 왈 = 재왈

　　㉡ 자 + ㅣ + 왈 = 자왈('ㅣ'는 발음하지 않음)

예2) 林放이 問禮之本한대 子ㅣ曰 大哉라 問이여! 禮ㅣ 與其奢론 寧儉이요 喪이 與其易也론 寧戚이니라(임방이 예의 근본을 물으니 공자가 말씀하시기를 "훌륭하구나, 질문이여! 예는 그 사치함보다는 차라리 검소해야 하고, 상례는 형식에 익숙하기보다는 차라리 슬퍼해야 한다."고 하셨다.)9)

　　예1)의 경우 옛날에는 ㉠·㉡ 두 가지 중에서 어느 것으로 읽어야 하느냐에 대해 학파간에 주장이 달랐다. 艮齋 田愚(1841~1922)선생을 중심으로 한 기호지방에서는 '재'를 속음으로 보아 주로 ㉡으로 읽었고, 영남지방과 그 외의 지방에서는 ㉠으로 읽는 경향이 많았다. 하지만 오늘날은 '재왈', '자왈', '자가 왈', '자께서 왈' 중에서 어느 것으로 읽느냐가 중요한 것이 아니라, 말한 주체가 '공자'라는 사실이 중요하다. 종결사 '－也ㅣ니라' 도 '야이니라', '얘니라' 중에서 어느 것으로 읽느냐는 논란이 많았는데 이것도 위의 주격조사와 같은 견해에서다.

　　이와 같이 주격 '토'는 두 가지가 사용되었다. 古語로 올라갈수록 주어와 서술어와의 관계만 나타내었을 뿐 미묘한 감정의 차이를 나타내는 보조사는 발달하지 못했다. 이것은 현재 手話에서도 마찬가지다. 그리고 고어에서 주격토는 '이', 혹은 '이'의 변이형인 'ㅣ'만 쓰였으나, 현재에는 '가'도 함께 쓰이고 있다. 고어의 경우, 앞 글자에 받침이 있으면 '이'를 붙이고, 받침이 없으면 'ㅣ'로 붙였으나, 현대어로 보면 받침이 없을 때에는 '가'로 하는 것이 옳다.

---

8) 『論語』 學而 第一.

9) 『論語』 八佾 第三.

나) 主題를 나타내는 吐 - 은, 는

'이 · 가 · 은 · 는'이 모두 주격조사인 것처럼 보이지만 그렇지 않다.

  ㉠ 철수가 오고 있다   - 중립서술(전제 없이 사실대로의 서술)
  ㉡ 철수만이 오고 있다   - 總記敍述(오로지 누구가 오고 있다는
              서술)
  ㉢ 철수는 오고 있다   - 주제(철수에 대해서 물었을 때의 답
              에 해당하는 서술)
  ㉣ 이 책은 줄 수 없다   - 대조(선택적인 서술)

여기서 ㉠ · ㉡은 주격 조사이고, ㉢ · ㉣은 보조사인데, 보조사 중에서도
㉢은 주제, ㉣은 대조의 뜻을 나타낸다.

  예1) 君子는 務本이니 本立而道生하나니 孝弟也者는 其爲仁之本與인져
    (군자는 근본에 힘쓰는 것이니 근본이 서야 道가 생겨나니, 孝와
    弟란 그 仁을 행하는 근본인 것이다.)10)

  예2) 如其禮樂엔 以俟君子하리이다(그 예악에 대해서는 군자를 기다리
    겠습니다.)11)

한문을 번역하는 데는 격조사와 보조사를 구분하는 것이 좋다. 그리고
예2)처럼 복합토(에 + 는)가 많다는 것에도 유의해야 한다.

다) 冠形語 밑에 다는 吐 - 의

한문에 다는 관형격 토는 많지 않다. 명사와 명사 사이에 '之'가 들어가
'兄弟之間'처럼 쓰이기 때문이다. 하지만 그 예가 없는 것은 아니다.

  예1) 馬援의 兄子嚴敦이 竝喜譏議而通輕俠客하더니(마원의 형의 아들
    인 엄과 돈이 모두 비판하고 논평하기를 좋아하고 경박하고 호협
    한 사람들과 교제하더니…)12)

---

10) 『論語』 學而 第一.
11) 『論語』 先進 第十一.

예2) 虞는 舜의 氏니 因以爲有天下之號也라(우는 순의 씨니 인하여 천
　　하를 소유한 칭호로 삼았다.)[13]

이런 경우 토를 달지 않으면 문장이 명확하지 않으므로 관형격의 토를
달았다. 엄격히 토를 달면 '兄의 子인 嚴과 敦이'라 해야 옳지만 문장의
리듬을 고려하여 이렇게 하지 않았다. 오늘날은 문법적 관계를 분명히 하기
위해 이런 토를 달아도 무방하다.

라) 目的語 밑에 다는 吐 - 을, 를

국어에서와 마찬가지로 목적어 다음에는 '을, 를'이 온다. 그런데 '서술어
+목적어·보어'의 순서로 되었을 때는 우리말 어순에 맞지 않기 때문에
목적어나 보어 다음에 토를 달지 않고, 다만 '목적어·보어+서술어'로 도
치되었을 때에만 토를 단다.

예) 今其全書를 雖不可見이나 而雜出於傳記者 ㅣ 亦多언마는(지금 그
　　완전한 책을 비록 볼 수는 없으나 傳記에 섞여 나오는 것이 역시
　　많건마는…)[14]

이와 같이 목적어가 먼저 오고 서술어가 연결되면 '을, 를' 토를 붙였다.
이와 달리 '今雖不可見其全書'라고 할 때에는 목적격 토가 들어갈 수 없다.
한편 '-을(를)如'로 많이 쓰인다. 예를 들면 "學之不已를 如鳥數飛也(공부
하는 것을 그치지 않기를 새가 자주 나는 것과 같다)"가 그것이다.

마) 기구·자격을 나타내는 吐 - (으)로써, (으)로

예) 晉國에 有難이어든 而無以尹鐸으로 爲少하고 無以晉陽으로 爲遠하
　　고 必以爲歸라하더니(진나라에 재난이 있거든 너는 윤탁을 가벼이
　　여기지 말고 진양을 멀게 여기지 말고 반드시 그 곳으로 가야 한다
　　고 하더니…)[15]

---

12) 『小學』嘉言 第五.
13) 『書經』卷一 虞書註.
14) 『小學·書題』.

前置介詞 '以' 아래에는 '-(으)로' 토를 많이 단다.

바) 부르는 말 밑에 다는 吐-아, 야, 어, 여

국어에서는 呼格助詞라고 하는데 다음과 같은 예들이 있다.

예1) 點아 爾는 何如오(점아 너는 어떻게 하겠는가?)16)

예2) 帝日 契아 百姓이 不親하며 五品이 不遜일새 汝作司徒ㅣ니 敬敷
五敎호대 在寬하라(皇帝 舜이 말하기를 "설아 백성이 친목하지 않
고 오품[오륜]이 순행하지 않으므로 너를 사도로 삼았으니 공경히
오륜을 펴되 너그러움에 있게 하라"고 하셨다.)17)

예1)은 공자가 제자인 曾點을 불러서 그의 태도를 물은 것이고, 예2) 역시
舜임금이 신하 契을 불러 이야기한 것이다.

사) 補語 밑에 다는 吐-에

보어 밑에 모두 토를 다는 것이 아니다. 여기서는 대표적인 '에'토만 예를
들어보기로 한다.

예1) 子ㅣ 日 回也는 非助我者也로다 於吾言에 無所不說이온여(공자께
서 말씀하시기를 "안회는 나를 돕는 자가 아니로구나! 나의 말에
대해 기뻐하지 않은 바가 없구려"라고 하셨다.)18)

예2) 孟子ㅣ 對日 於傳에 有之하니이다(孟子께서 대답하기를 "전에 있
습니다"라고 하셨다.)19)

예3) 今不取면 後世에 必爲子孫憂하리이다(지금 취하지 않으면 후세에
반드시 자손의 근심거리가 될 것입니다)20)

---

15) 『通鑑節要』1.
16) 『論語』先進 第十一.
17) 『書經』卷一 舜典.
18) 『論語』先進 第十一.
19) 『孟子』梁惠王 下.

예4) 五畝之宅<u>에</u> 樹之以桑<u>이면</u> 五十者 ㅣ 可以衣錦矣<u>며</u>(5묘의 집 가에
뽕나무를 심으면 50세 된 자가 비단옷을 입을 수 있으며…)[21]

보격 토는 보어 밑에 붙이는 것이다. 보어의 개념이 한문과 국어가 다르
다. 다만 보어 밑에 많이 쓰이는 '에'는 시간·장소·사물·사람·사건 등
에 두루 사용된다. '於'자는 우리말 '에'에 해당한다. 목적어의 경우와 마찬
가지로 보어가 먼저 나오고 서술어가 뒤에 나올 때만 '에'토를 단다. 예를
들어 '無所不說於吾言'이라 하면 토를 붙일 곳이 없다. 한편 '於'자를 때로
는 '을, 를'이란 뜻으로도 읽었기 때문에 옛날 서당에서는 이 자를 '를(늘)
어(於)'라고 읽었다. 즉 "三年을 無改於父之道라야 可謂孝矣니라(3년 동안
아버지께서 행하던 道를 고치지 말아야 효라 할 수 있다.)"『論語·學而』라
는 글에서 '於'는 본래 아버지께서 행하던 道에 대해서라는 뜻이지만 "아버
지께서 행하던 道를"이라고 번역한다. 이와 같은 글에는 吐를 붙일 수가 없다.
국어에서는 '에'를 그 의미적 차이에 따라 처소격, 향진격, 여격 등으로
나누지만 한문에서는 모두 보어 밑에 쓰이는 토이고, 국어에서는 '이, 가'를
쓰임에 따라 변성격조사로 보기도 하지만 한문에서는 변성격도 설정할 필
요가 없다. 국어의 비교격조사도 介詞(於, 于)와 연계동사(如, 若, 猶)를 사용
하기 때문에 토가 붙지 않는다.

아) 共同과 接續을 나타내는 吐-과, 와, (으)로

예1) 蘇子與客<u>으로</u> 泛舟遊於赤壁之下할새 淸風은 徐來하고 水波는 不
興이라(소자가 손님과 더불어 배를 띄워 적벽강 아래 노는데 맑은
바람은 살랑살랑 불어오고 물결도 잔잔하였다.)[22]

이처럼 前置介詞 '與' 아래에는 '-(으)로' 토를 많이 단다.

---

20)『論語』季氏 第十六.
21)『孟子』梁惠王 上.
22) 蘇東坡,「赤壁賦」.

예2) 周有八士하니 伯達과 伯适과 仲突과 仲忽과 叔夜와 叔夏와 叔隨
　　와 季騧니라(주나라에 여덟 선비가 있으니 백달과 백괄과 중돌과
　　중홀과 숙야와 숙하와 숙수와 계와니라.)23)

예3) 逸民은 伯夷와 叔齊와 虞仲과 夷逸과 朱張과 柳下惠와 少連이니라(일민
　　은 백이와 숙제와 우중과 이일과 주장과 유하혜와 소련이니라.)24)

예4) 修身也와 尊賢也와 親親也와… 懷諸侯也니라(몸을 닦음과 어진
　　이를 높임과 친족을 친히 함과…제후를 은혜롭게 함이니라.)25)

이와 같이 연속적으로 나열된 체언을 끊어주지 않으면 이해하기 힘들기
때문에 우리말 토를 넣어 우리말 식으로 이어줌으로써 문맥을 분명하게
해준다. 이 토는 예4)처럼 명사형 밑에 붙일 수도 있다.

자) 疑問・反語 밑에 다는 吐 ―가(아), 고(오)

의문대명사(誰, 孰, 詎), 의문부사(何, 惡, 安, 豈, 幾, 胡, 奚, 曷, 庸, 那,
盍, 如何, 奈何, 若何, 何若), 의문종결사(乎, 哉, 耶, 歟, 諸) 등의 밑에 붙이는
토이다. 국어의 경우 앞에 의문사가 있을 때는 '―고(오)'로 쓰고, 의문사가
없을 때는 '―가(아)'형을 구분 선택하지만 한문 토에서는 이런 법칙보다
다만 문맥의 흐름과 어감에 따라 이들 토를 달았다.

예1) 汝爲周南召南矣乎아(네가 주남과 소남을 배웠느냐?)26)

예2) 男兒二十에 未平國이면 後世誰稱大丈夫리오(남아가 20세에 나라
　　를 평정하지 못하면 후세에 누가 대장부라고 일컫겠는가?)27)

---

23) 『論語』 微子 第十八.
24) 『論語』 微子 第十八.
25) 『中庸』 20장.
26) 『論語』 陽貨 第十七.
27) 南怡 「北征」.

예1)은 의문문이고, 예2)는 반어문이다. 이 의문문과 반어문의 차이는 국어문법에서도 설명하기가 어렵고 다만 내용상으로 판별해야 한다. 국어의 문법체계대로 엄격히 말하면 이는 모두 조사형의 토가 아니라 의문형 어미의 토다. 한문의 토에서 조사와 어미의 구분은 중요하지 않기 때문에 이 항에서 함께 다루었다.

차) 感歎語 밑에 다는 吐 — 아, 여, 뎌, ㅆ녀, 라

감탄문은 感歎詞(於, 嗚呼, 嗟乎, 噫, 唉, 於戲, 猗歟)와 終結詞(乎, 歟, 夫, 哉, 矣, 也)로 된 경우가 많다.

예1) 王曰 惡라 是何言也오(왕이 말했다. 아, 이 웬 말인가!)[28]

예2) 善哉라 問이여(훌륭하구나! 물음이여.)[29]

여기서 전자는 '감탄사 + 이다 → 이라, 구나, 도다'로 변한 것이므로 엄격히 말하면 조사형의 토라기보다 어미형의 토이다. 하지만 고립어인 감탄사에 첨가어인 토를 단 특수성 때문에 이 항에서 설명했다. 후자는 감탄형에 우리말 어미의 토가 들어간 경우이다. 감탄을 나타내는 토는 거의 감탄형 어미이다. 하지만 한문에서는 조사형 토냐 어미형 토냐를 따질 것 없이 감탄을 나타내는 토란 것만 알면 된다.

카) 윗말을 補助하는 데 다는 吐 — 도

국어에서는 보조사가 10여 종이나 되지만, 한문의 토로 사용하는 것은 많지 않다.

예1) 孟子 ㅣ曰 魚도 我所欲也며 熊掌도 亦我所欲也언마는 二者를 不可得兼인댄 舍魚而取熊掌者也로리라(맹자가 말씀하시기를 "고기도

---

28) 『孟子』公孫丑 上.
29) 『論語』顏淵 第十二.

　　　　내가 원하는 바이고 웅장도 역시 내가 원하는 바이지만 이 두 가
　　　　지를 겸하여 가질 수 없을 것 같으면 魚物을 버리고 熊掌을 취하
　　　　겠다.”고 하였다.)[30]

　국어에서는 '도'라는 조사도 '동일', '역동'으로 구분하지만 모두 역시
동일하다는 뜻이다. 한문 토에서는 이렇게 세분할 필요가 없다.
　보조사 중에 '시작'과 '到及'은 다음과 같다.

　　　예2) 自王公以下로　至於庶人之子弟희　皆入小學이라(왕공　이하로부터
　　　　　서인의 자제에 이르기까지 모두 소학교에 들어갔다.)[31]

　前置介詞 '自' 아래에는 '−(으)로' 토를 많이 단다. '희'라는 토는 현대어
의 '까지'에 해당한다.
　보조사 중에 강세토는 다음과 같다.

　　　예3) 稽于衆하여　舍己從人하며　不虐無告하며　不廢困窮은　惟帝사　時克
　　　　　이러시니라(여러 사람들에게 상고하여 자기의 단점을 버리고 남의
　　　　　장점을 따르며 하소연할 곳 없는 자들을 학대하지 않으며 곤궁한
　　　　　자들을 폐하지 않는 것은 다만 帝堯만이 이에 능하셨다.)[32]

　　　　帝曰　毋하라　惟汝사　諧니라(帝舜이 말씀하시기를 "그러지 말아라
　　　　　오직 너만이 이에 합당하다."고 하셨다.)[33]

　'사'는 현대어로 '아'로 바뀌었다. 경상도방언에 지금도 '내사 모르겠다'
는 古語形의 흔적이 남아 있다.

---

30) 『孟子』告子 上.
31) 『大學・序』.
32) 『書經』卷二 大禹謨.
33) 『書經』卷二 大禹謨.

2) 語尾形의 吐

가) 終結語尾의 吐

(1) 서술형 어미의 吐—다, 라

현대 국어의 서술형 어미만 붙이면 된다. 한문도 국어처럼 명사, 동사, 형용사의 서술어가 있다.

> 예) 子曰 惟仁者아 能好人하며 能惡人이니라 (공자께서 말씀하시기를
> "오직 어진 자만이 남을 사랑하며 남을 미워할 수 있을 것이다."고
> 하셨다.)34)

와 같이 끝나는 문장에 붙이는 토이다.

(2) 감탄형 어미의 吐—도다

> 예) 悠哉悠哉라 輾轉反側하소라(그리움이 끝이 없어 이리저리 뒤척이네.)35)

여기서 '하소라'는 '하노라'라는 감탄형어미의 토이다.

(3) 의문형 어미의 吐—아

이는 위의 의문·반어 토에서 설명한 바와 같다.

> 예) 子見夫子乎아(노인장께서는 우리 선생님을 보셨습니까?)36)

와 같이 '아'는 의문을 나타내는 토이다.

(4) 명령·청유형 어미의 吐—하라

'—하지 말라', 또는 '—하라'는 명령문의 토를 말한다. '無·不·莫·勿', 또는 '請' 등의 끝에 쓰인다.

---

34) 『論語』里仁 第四.
35) 『詩經』卷一「關雎」.
36) 『論語』微子 第十八.

예1) 無道人之短하라(남의 단점을 말하지 말아라.)

예2) 帝아 念哉하소서(임금이시여 생각하소서.)37)

예3) 故로 曰 仁者無敵이라하니 王請勿疑하소서(그러므로 어진 자는 대
　　적할 사람이 없다고 한 것이니 왕께서는 의심하지 마소서.)38)

예1)은 낮은 사람에게 말할 때 쓰는 토이고, 예2)는 높은 사람에게 말할
때 쓰는 토이다. 한문에서는 청유형의 토는 따로 발달되지 못하고, 예3)처럼
소원과 명령형으로 함께 썼다.

나) 轉成語尾의 吐

전성어미란 동사가 부사형, 관형사형, 명사형 어미로 바뀌는 것을 말한다.

예1) 惟朕小子 ㅣ 其新(親)逆호미 我國家禮에 亦宜之라하시고(나 소자가
　　친히 公을 맞이함이 우리 국가의 예에 또한 마땅하다 하시고…)39)

예2) 越在外服한 侯甸男衛邦伯과 越在內服한 百僚庶尹과(외복에 있는
　　후・전・남・위의 제후와 방백 및 내복에 있는 백료와 서윤과…)40)

예3) 其所厚者에 薄이오 所薄者에 厚하리 未之有也니라(그 후하게 할
　　것에 박하게 하고 그 박하게 할 것에 후하게 하는 자는 있지 아니
　　하니라.)41)

예1)에서 '맞이함'이라는 명사형으로 전성하여 여기에 주격을 나타내는
'이' 토를 붙였고, 예2)는 관형사형으로 전성한 토를 붙였으며, 예3) 역시
관형사형으로 전성하여 '할+이(人)+이(토 생략)'로 된 것이다.

---

37) 『書經』 卷二 大禹謨.
38) 『孟子』 梁惠王 上.
39) 『書經』 卷七 金縢.
40) 『書經』 卷七 酒誥.
41) 『大學』 經一章.

다) 連結語尾의 吐

국어는 연결형어미가 아주 다양하다. 그리고 한문은 주부와 술부만 찾아
내면 해독이 가능한데 주어는 생략되어도 서술어의 생략은 거의 없다. 이에
따라 연결형 어미에 해당하는 토가 많다. 이를 국어와 관련지어 살펴보기로
한다.

(1) 拘束形 語尾의 吐

구속형이란 동사가 앞 문장의 서술어로 끝나지 않고 뒤에 오는 문장을
이으면서 그 내용(사건)을 제약하는 어미이다.

① 假定을 나타내는 吐 ─면

'若, 如, 苟' 밑에 쓰나, 문맥상으로 이런 글자가 없더라도 가정형의 문장
에 쓰인다.

> 예1) 苟非吾之所有면 雖一毫라도 莫取어늘(만약 나의 소유가 아니면 비
> 록 터럭 하나라도 취할 수 없거늘…)[42]

> 예2) 若要久ㅣ댄 須是恭敬이니 君臣朋友ㅣ 皆當以敬爲主也ㅣ니라(만약
> 오래 가기를 바란다면 모름지기 공경해야 하니 군신간과 붕우간
> 에는 모두 마땅히 공경을 주장으로 삼아야 한다.)[43]

> 예3) 人一能之어든 己百之하며 人十能之어든 己千之니라(남이 한 번에
> 능하거든 나는 백 번을 하며 남이 열 번에 능하거든 나는 천 번을
> 해야 한다.)[44]

예1)의 '─면'은 조건이고, 예2)의 '─인댄'은 '─일 것 같으면'의 뜻이며,
예3)의 '─어든'은 선택적인 뜻이다. '─댄'은 다음과 같이 쓰이기도 한다.

---

42) 蘇東坡,「赤壁賦」.
43)『小學』嘉言 第五.
44)『中庸』20章.

㉠ 若……인댄須是

㉡ ………인댄須先

㉢ 譬……컨댄猶

㉣ ………댄不如

'-댄'은 "…할 것 같으면, 마땅히 …해야 한다" 라는 뜻이므로 이와 같이 호응관계를 갖는다.

② 事由를 나타내는 吐 - ㄹ새, 니, 거늘

예1) 與中國으로 不相流通일새(중국과 통하지 아니 하므로…)[45]

예2) 有所不行하니 知和而和요 不以禮節之면 亦不可行也니라(행하지 못할 것이 있으니 화를 알아서 화만 하고 예로써 절제하지 않으면 이 또한 행할 수 없다.)[46]

예3) 父作之어늘 子述之하시니라(아버지께서 시작하셨거늘 아들이 계술하였다.)[47]

위의 예문에서 '-하니'와 '-어늘'은 과거에 '主 · 客토'라고 했다. '-하니'는 "누구가 …하니, 어떤 결과가 나왔다"는 뜻이고, '-어늘'은 "누가 어떻게 하거늘 내가 어떻게 했다."는 뜻으로 객체와 주체가 분명히 다른 문장 사이에 들어가기 때문이다. 그리고 '-하니 盖'로 호응하는 경우가 많다. 이것은 '…했으니, 아마 이런 것이다'는 뜻이다. 여기서 다음과 같은 것은 구분해서 토를 달아야 한다.

㉠ ……이니 ……

……이러니 ……

……이나 ……

45)『訓民正音 · 序』.

46)『論語』學而 第一.

47)『中庸』18章.

······이라야

ⓛ ······하니 ······

······하더니(터니) ······

······하나 ······

······하여야 ······

㉠은 윗 말의 명사와 연결될 때 쓰이고, ⓛ은 윗 말의 동사와 연결하여 '하다류의 동사'가 될 때 쓰인다.

그리고 때로는 '—이라'도 종결 어미가 아니라, 구속형 어미로 쓰일 때가 많다. "겨울이 온지라, 날이 춥다."고 할 때, '온지라'는 '왔기 때문에'란 뜻이다. 한문에 이런 토를 많이 사용했다.

> 예) 上焉者는 雖善이나 無徵이니 無徵<u>이라</u> 不信이요 不信<u>이라</u> 民弗從
> 이니라(상고시대의 것은 비록 좋으나 증거할 만한 것이 없으니 증
> 거할 만한 것이 없기 때문에 믿지 않고 믿지 않기 때문에 백성들이
> 따르지 않는다.)[48]

한문을 번역할 때에 이런 토에 특히 유의해야 한다.

③ 必要를 나타내는 吐 —아야(어야)

> 예1) 臣克艱厥臣<u>이라사</u> 政乃乂하여 黎民이 敏德하리이다(신하가 신하
> 됨을 어렵게 여겨야 정사가 비로소 다스려져서 서민들이 덕에 속
> 히 교화될 것입니다.)[49]

> 예2) 官占先蔽志<u>오사</u> 昆命于元龜하나니(관점은 먼저 자기의 뜻을 결
> 정하고 나서 큰 거북에게 명한다.)[50]
> 惟精惟一<u>하여사</u> 允執厥中하리라(오직 정하게 하고 전일하여야
> 진실로 중도를 잡을 것이다.)[51]

---

48) 『中庸』 29章.

49) 『書經』 卷二 大禹謨.

50) 『書經』 卷二 大禹謨.

이 '사'가 붙는 경우는 "須當 …라사, 惟(唯, 維) …사(아)/라야 …乃"로
호응된다. 이는 "…해야만 …그제야" 라는 뜻이다.

(2) 放任形 語尾의 吐 − 나(사실), 언정(양보), 건마는(사실), 거니와(사
실), (오)도

방임형이란 동사가 앞 문장의 서술어로 끝나지 않고 위에 오는 문장을
이으면서 그 내용(사건)의 제약을 풀어 놓는 어미이다.

> 예1) 寧飮建業水언정 不食武昌魚라(차라리 건업의 물을 마실지언정 무
> 창의 물고기는 먹지 않겠다.)52)
> 寧爲鷄口언정 無爲牛後라(차라리 닭의 입이 될지언정 소의 궁둥이
> 는 되지 말아야 한다.)53)

> 예2) 或이 疑如此오도 亦有不得祿者어니와(혹자는, 이와 같이 하고서도
> 녹을 얻지 못하는 자가 있는 것을 의심했지만…)54)

이 '도' 토의 쓰임을 예시하면 다음과 같다.

  ㉠ 雖(以)……라도亦
  ㉡ ……………도亦
  ㉢ 雖…………도……
  ㉣ …………도苟
  ㉤ …………라도若
  ㉥ …………라도猶
  ㉦ …………라도尙
  ㉧ 至於………하여도

와 같이 호응해서 많이 쓰인다.

---

51) 『書經』 卷二 大禹謨.
52) 『三國志・晋紀』 武帝 泰始 二年.
53) 『通鑑節要』1.
54) 『論語』 爲政 第二 註.

(3) 羅列形 語尾의 吐 - 고, 며

'-하고', '-하며'는 국어 문법에서도 명확한 구분이 없다. 하지만 '-하고'는 공간적이면서 대립성이 강하고, '-하며'는 시간적이면서 연속적인 동작에 쓰인다. 또, 같은 문장에서는 동일한 반복을 피하기 위해서 한 번 '-하고'하면, 다음은 '-하며'라고 한다.

> 예1) 寬則得衆<u>하고</u> 信則民任焉<u>하고</u> 敏則有功<u>하고</u> 公則說이니라(너그러
> 우면 대중의 마음을 얻고 신의가 있으면 백성들이 신임하고 민첩
> 하면 공적이 있고 공정하면 백성들이 기뻐한다.)[55]

> 예2) 謹權量<u>하며</u> 審法度<u>하며</u> 修廢官하신대 四方之政이 行焉하니라(저
> 울과 헤아림을 삼가며 법도를 살피며 폐지된 관직을 다시 설치하
> 니 사방의 정치가 행해졌다.)[56]

다음의 토는 구분해서 써야 한다.

> ㉠ ……이요 ……이며
> ㉡ ……하고 ……하며

에서 ㉠은 윗말의 명사와 연결될 때 쓰인다. 예를 들면 "이것은 책이요, 이것은 칼이요, 이것은 붓이요…"와 같은 예이다. ㉡은 윗말의 동사와 합하여 '하다류의 동사'가 될 때 쓰인다. 하지만 혼용되는 경우도 있다.

> 예) 質勝文則野 ㅣ오 文勝質則史 ㅣ니 文質이 彬彬然後에 君子 ㅣ니라(바
> 탕이 꾸밈보다 더하면 野하게 되고 꾸밈이 바탕보다 더하면 화사
> 하게 되는 것이니 꾸밈과 바탕이 잘 조화한 연후에 군자이다.)[57]

여기서 '野하고', '史하니'로 하지 않고, '野요', '史니'로 읽은 것은 이를 名詞句처럼 인식한 것이다. 한편, '이요'는 '-이요, 非-'로 쓰는 경우가 많다. '…가 아니요, …이다' 라는 뜻이다.

---

55) 『論語』 堯曰 第二十.
56) 『論語』 堯曰 第二十.
57) 『論語』 雍也 第六.

(4) 說明形 語尾의 吐 - 더니(러니)

"과거에 …하더니, 지금은 어떻게 한다."는 말에 쓰인다.

> 예) 曾子養曾晳하되 必有酒肉<u>하더니</u> 將徹할새 必請所與하시며 問有餘
> 어든 必曰有라하더시다(증자가 증석을 봉양할 적에 반드시 밥상에
> 주육이 있었는데, 장차 밥상을 치울 적에 증자는 반드시 "누구에게
> 주시겠습니까?"하고 청했으며, 증석이 "남은 것이 있느냐?"하고 물
> 으면 반드시 "있습니다"하고 대답하셨다.)[58]
>
> ㉠ ……하더니今……
> ㉡ ……하더니將……
> ㉢ ……하더니及……

등으로 쓰이는 경우가 많다.

(5) 比較形 語尾의 吐 - 곤, 온

> 예) 禮與其奢也론 寧儉이요(예는 사치함보다는 차라리 검소해야 하
> 고…)[59]

비교형 어미의 토는 與, 況, 矧과 호응하여 쓰이는데, 與가 '보다는 여'이
므로 대개 다음과 같은 예가 많다.

> ① 與其……온寧
> ② 與其……온孰與(……온孰若, ……온豈若)
> ③ 與其……온無寧……乎

이 '온'은 현대어로 ' - 보다는'의 뜻이다.

(6) 選擇形 語尾의 吐 - 나, 든지

> 예) 凡語中所載如此類者는 不知何謂라 或古有之<u>어나</u> 或夫子嘗言之<u>어나</u>
> 를 不可考也라(무릇 『논어』 중에 기재된 내용으로 이와 같은 유들

---

58) 『孟子』 離婁 上.
59) 『論語』 八佾 第三.

은 무엇을 말한 것인지 알 수 없다. 혹은 옛적에 있었거나 혹은 공
자께서 일찍이 말씀하셨거나 한 것을 상고할 수 없다.)[60]

위의 '－어나'의 토 대신 '－인지'의 토를 붙일 수도 있다.

(7) 然後形 語尾의 吐－에(에야)

예) 子ㅣ曰　歲寒然後에　知松柏之後彫也니라(공자께서　말씀하시기를
"날씨가 추워진 뒤에야 소나무와 잣나무가 뒤에 시듦을 알 수 있
다."고 하셨다.)[61]

(8) 中斷形 語尾의 吐－다가

예) 其母曰 他日笞에 子未嘗泣이라가 今泣은 何也오(그의 어머니가 말
하기를 "다른 날에 매를 칠 때에는 네가 일찍이 울지 않았다가 이
제 우는 것은 무엇 때문인가?")[62]
所謂大臣者는 以道事君하다가 不可則止하나니(이른바 대신이란 도
로써 임금을 섬기다가 불가하면 그만두는 것이니…)[63]

ㄱ ……라가後……

ㄴ ……(이라)가今……

ㄷ ……(이라)가及至……

와 같이 호응관계를 이룬다. '전에 …하다가, 지금은 …한다' 는데 쓰이기
때문이다.

(9) 到及形 語尾의 吐－도록

예) 項羽使人有功當封에 刻印이 刓도록 忍不能予라가 卒以取敗하니 亦
其驗也라(항우가 사람에게 일을 시켜 공로가 있어 봉작하게 됨에
새긴 인장이 망가지도록 차마 주지 않다가 끝내는 패망을 자초하
였으니 이것 역시 그 증험이다.)[64]

---

60) 『論語』 季氏　第十六 註.
61) 『論語』 子罕 第九.
62) 『小學』 稽古 第四.
63) 『論語』 先進 第十一.

　지금까지 吐의 개념과 기능, 또는 현토의 방법을 우리 국어문법과 관련지어 체언과 조사, 어간과 어미의 관점에서 살펴보았다. 아래에서 항을 달리하여 접속사형의 토를 살펴보기로 한다.

3) 接續詞形의 吐

　위에서 조사형 토와 어미형 토를 살펴보았다. 다음에는 句, 또는 문장과의 관계를 나타내는 접속사와 호응해서 쓰이던 대표적인 토를 보기로 한다. 국어문법에서 접속사에 대한 체계적인 분류가 없기 때문에 이를 국어문법에 의거하여 서술하지 못하고 대표적인 몇 글자만 예를 든다.

　가) 순접

　(1) 則

　　　　㉠ 若……면……
　　　　㉡ 苟……면……
　　　　㉢ ……면則……

　위의 '若, 苟'는 "만약…한다면"으로 호응관계를 갖기 때문에 토가 '…면'이 된다. '則'자는 "… 만일 …한다면 곧"이란 뜻을 갖고 있다. 그러므로 기호지방에서는 '則'자 자체를 중시하여 "人不忠信이면則事皆無實(사람이 충신하지 못하면 일마다 모두 실상이 없다.)"『論語・學而 注』과 같이 토를 달아 읽는다. 그러나 영남지방을 위시하여 다른 지방에서는 '則'자 자체에 '…면'이란 뜻이 내포되어 있다고 보아 '人不忠信則事皆無實'이라는 식으로 읽기도 한다. 여기서 '－면 則'이라고 하면 접속사형의 토가 되고, '－면'의 뜻으로만 읽으면 가정을 나타내는 구속형 어미의 토가 된다. 그만큼 토의 유무에 관계없이 한문을 국어처럼 쉽게 이해했던 것이다. 결국 가정의 뜻이 강하면 '－면' 토를 달고, 語氣的일 때는 토를 달지 않았다. 옛날에는 낭송을

---

64) 『論語』堯曰 第二十 註.

하는 성조와 관계가 깊었기 때문에 지역에 따라 차이가 난다.

(2) 以

> 예) 天必命之하사 以爲億兆之君師하여 使之治而敎하여 以復其性케
> 하시니(하늘이 반드시 그에게 명하여 억조창생의 군주와 스승으
> 로 삼아 그로 하여금 백성을 다스려 가르쳐서 그 본성을 회복하
> 게 하시니)[65]

'以'가 순차적으로 접속의 의미를 가질 때 그 앞에 '-하여' 라는 토를
단다. 하지만 문장이 간단할 때는 '以' 자체에 '…하여' 라는 뜻을 내포하고
있기 때문에 토를 달지 않는다. 그리고 기호지방에서는 한문의 원형을 중시
하여 '以' 위에 토를 달지 않았으나 영남이나 다른 지방에서는 더 국어화하
여 토를 많이 다는 것이 특징이다. 그리고 祝・祭文類에 吐를 달지 않는
것도 漢文의 原形을 중요시해서이다.

나) 역접

◎ 然

> 예) 或微妙而難見耳라 然이나 人莫不有是形이라(혹은 미묘하여 보기가
> 어렵다. 그러나 사람이면 이 형체를 가지고 있지 않은 이가 없다.)[66]

이와 같이 '-라然이나' 로 달지만, 성조에 따라 '-이나然이나' 로 달기
도 한다. 이것도 기호 지방에서는 전자를 많이 택하고 영남이나 다른 지방에
서는 후자로 많이 읽는다. 한편 '-나' 토는 "雖愚나 必明하며(비록 어리석
으나 반드시 밝아지며)『中庸』20장"과 같이 '雖-나' 로 호응하여 쓰이는
일이 많다. 이 외에도 '-나' 토는 다음과 같이 호응 관계를 이루는 경우가
많다.

---

65) 『大學・序』.
66) 『中庸・序』.

㉠ ……나 然이나

㉡ ……나(而)

㉢ ……나 但

'－이다. 그러나'로 읽으면 접속사형의 토가 되고, '－하(이)나'로 읽으면 방임형 어미의 토가 된다.

다) 순접・역접

◎ 而

예1) 本立而道生하나니(근본이 서야 도가 생겨나는 것이니…)[67]
子ㅣ曰 善人을 吾不得而見之矣어든 得見有恒者면 斯可矣니라(공자께서 말씀하시기를 "내가 그런 사람을 만나 볼 수 없으면 恒心이 있는 자만이라도 만나보면 된다"라고 하셨다.)[68]

예2) 爲人謀而不忠乎아(남을 위해 일을 꾀함에 충실하지 않았는가?)[69]
與朋友交호대 言而有信이면(친구와 사귀되 말할 때에 신의가 있으면…)[70]
三十而立하고(서른 살 때에 자립하였고…)[71]

예3) 子曰 學而時習之면 不亦說乎아(공자께서 말씀하시기를 "배우고 때때로 그것을 익히면 또한 기쁘지 않겠는가?"라고 하셨다.)[72]
敬事而信하며 節用而愛人하며(일에 공경하고 신의가 있으며 쓰기를 절약하고 백성을 사랑하며…)[73]
謹而信하며(삼가고 신실하며…)[74]

---

67) 『論語』學而 第一.
68) 『論語』述而 第七.
69) 『論語』學而 第一.
70) 『論語』學而 第一.
71) 『論語』爲政 第二.
72) 『論語』學而 第一.
73) 『論語』學而 第一.
74) 『論語』學而 第一.

예4) 人不知而不慍이면 不亦君子乎아(남이 알아주지 않더라도 화내지
　　아니하면 또한 군자가 아니겠는가?)[75]
　　貧而無諂하며 富而無驕면 何如니잇고(가난하나 아첨함이 없고 부
　　자가 되어도 교만함이 없으면 어떻겠습니까?)[76]

예5) 溺於貧富之中하여 而不知所以自守라(빈부 가운데 빠져 스스로 지
　　킬 줄을 몰랐다.)[77]

예6) 其爲人也孝弟요 而好犯上者鮮矣니(그 사람됨이 효하고 공경스러
　　우면서 윗사람에게 거역하기를 좋아하는 사람은 적으니…)[78]

예7) 夫子斥其非하시고 而特惡其佞也시니라(공자께서 그 그름을 배척
　　하시고 그 말재주를 미워하신 것이다.)[79]

　위의 글에서 예1)과 예2)의 예는 '而'자가 어미처럼 쓰였기 때문에 토가
들어갈 수 없다. 예3)과 예4)는 접속의 기능이 있어 전자는 순접이고 후자는
역접이다. 그러나 그 기능이 약하여 성조기능, 즉 語氣詞와 같은 역할 밖에
하지 못하므로 토는 달지 않는다. 특히 한문은 낭독과 낭송을 중요시하기
때문에 때로는 토가 꼭 들어가야 할 자리에까지 그것을 생략하는 '默吐'
현상도 있다. 예5)와 예6)은 접속사로서의 기능이 강하기 때문에 그 앞에
토를 붙인다. 다만 예5)는 시간적 순차적이기 때문에 '－하여' 토를 붙이고,
예6)은 명사 아래 붙었기 때문에 '－요'를 붙였으며, 예7)은 대등 독립적이
면서 동사 斥과 연결하여 '하다류의 동사'가 되기 때문에 '－하고'라는 토를
달았다. 그러나 지방에 따라 '夫子斥其非而特惡佞也'라는 식으로 읽어 토를
달지 않을 수도 있다.

---

75) 『論語』 學而 第一.
76) 『論語』 學而 第一.
77) 『論語』 學而 第一 註.
78) 『論語』 學而 第一.
79) 『論語』 先進 第十一 註.

라) 이유

◎ 故

　예1) 武王도 亦然이라 故로 未盡善이라(무왕 역시 그러했다. 그러므로
　　　 지극히 좋지는 못하다.)

　예2) 武王도 亦然故로 未盡善이라(무왕 역시 그러했으므로 지극히 좋지
　　　 는 못하다.)[80]

이와 같이 두 가지 토가 가능하다. 지방에서는 후자로 읽는 경우가 많지만 중국에서는 '故' 앞에 표점을 찍고, 기호지방에서는 '－이라, 故로' 라고 많이 읽는다. 이것 역시 기호지방에서는 한문 자체를 중요시하고 지방에서는 국어 쪽으로 접근시킨 것이다.

　　㉠ ……이라故로
　　㉡ ……이라是故로
　　㉢ ……이라是以로
　　㉣ ……ㄹ 새故로
　　㉤ ……ㄹ 새是以로

이와 같이 연결된다. 그런데 잘못된 교과서의 예를 들면 다음과 같은 것이 있다.

　　"松江關東別曲前後思美人歌는　乃我東之離騷이나　而以其不可以文字
　　寫之하니 故로 惟樂人輩가 口相授受하고"[81]

<hr>

80) 『論語』八佾 第三 註.
81) H社, 高下, 1992. p.121. 현행 중·고교 교과서를 모두 구하기가 어려워 주로 본인이
　　소장하고 있는 제5차 교육과정 때 사용하던 것을 예문으로 든다. 그리고 집필자 개인
　　의 성명을 밝히기가 미안해서 출판사 이름만 쓰면서, 그것도 'A社, B社 ……'식으로
　　익명으로 했다. 중학교는 학년마다 교과서가 있기 때문에 '中1, 中2, 中3'으로 하고 고
　　등학교는 '上, 下' 2책으로 된 것이 많기 때문에 '高上, 高下'로 쓰기로 한다.

이것을 풀이하면 "송강의 「관동별곡」, 「전·후미인가」는 바로 우리 나라 「이소경」이나 그것은 문자로써 기록하지 못했다. 그러므로 다만 樂人들만이 서로 입으로 전하고…"라는 뜻이다. 문형은 "以…故" 형식이다. 그러므로 "以文字寫之라故로"라고 하든지, "以文字寫之故로"라고 토를 달아야 한다. 여기서 '－이라 故로'라고 하면 접속사형의 토가 되고, '－므로'라고만 해석하면 사유를 나타내는 구속형 어미의 토가 된다.

마) 조건

◎ 但

예) 子夏之言이 迫狹하니 子張이 譏之是也로되 但其言이 亦有過高之弊라(자하의 말이 너무 박절하고 좁으니 자장의 비난이 옳지만 다만 자장의 말 역시 지나치게 높은 폐단이 있다.)[82]

와 같이 '但' 앞에는 '－로되', '－나' 등의 토를 많이 단다. 그러나 기호지방에서는 '－라, 但'으로 읽는 경우가 많고 영남지방에서는 '－로되, 但'으로 읽는 경우가 많다. 영남지방에서는 한문이 더 국어화 또는 토속화된 것이다. '－라, 但'으로 읽으면 접속사형의 토가 되고, '－로되, 但'으로 읽으면 방임형어미의 토가 된다.

바) 其他

◎ 使役助動詞(使, 令, 俾) 아래에는 '－(으)로' 토를 많이 단다.

예1) 趙簡子使尹鐸으로 爲晉陽한대(조간자가 윤탁으로 하여금 진양을 다스리게 했는데…)[83]

예2) 遂令天下父母心으로 不重生男重生女라(마침내 온 세상 부모의 마음으로 생남하기를 중히 여기지 않고 딸 낳기를 중히 여기게 했네.)[84]

---

82) 『論語』 子張 第十九 註.
83) 『通鑑節要』 1.

예3) 俾爲師者로 知所以敎하며(스승된 자로 하여금 가르칠 바를 알게
　　하며…)85)

위에서 살펴본 조사형의 토, 어미형의 토, 접속사형의 토 이외에는 그
예가 많지 않은 관계로 사역조동사 밑에 다는 토는 항을 따로 설정하지
않고 여기에서 붙여 설명했다.

지금까지 한문의 토에 대해서 살펴본 바와 같이 한문의 토는 바로 우리말
체언의 조사와 어간의 어미라는 것을 알 수 있었다. 그러므로 토 다르고
해석이 달라서는 안된다. 한 교과서의 예를 들면, "善與人交하되 久而敬之
니라.86)" 라는 글은 『論語 · 公冶長』의 "子曰 晏平仲은 善與人交로다 久而
敬之온여(공자께서 말씀하시기를 안평중은 남과 잘 사귀는구나! 오래도록
서로 공경하니.)에서 인용한 것이다. 이 글은 감탄문인데 위의 교과서처럼 토를
달면 무슨 뜻인지 알 수가 없다. 이럴 바에는 아예 토를 달지 말아야 한다.
이상에서 산문의 토를 우리 국어와 관련지어 살펴보았다. 다음에 한시의
토를 살펴보기로 한다.

2. 詩의 懸吐

1) 絶句의 吐

먼저 絶句詩의 토부터 보기로 한다.
　　㉠ ……하니　㉡ ……이라
　　㉢ ……하니　㉣ ……이라
위와 같이 토를 다는 것이 일반적이다. 하지만 시는 미묘한 감정을 표현하
는 것이기 때문에 토를 유연하게 다는 경우가 많다.

---

84) 白樂天, 「長恨歌」.
85) 『小學』立敎 第一.
86) P社, 中3, 1992, p.43.

馬上에逢寒食하니　　　途中에屬暮春이라(을)
可憐江浦望하니　　　　不見洛橋人이라(을)[87]

일반적으로 괄호 밖의 것을 읽지만 때론 괄호 안의 것을 읽기도 했다. 여기서 '을(를)' 토는 영탄의 의미를 내포하고 있다. 그러므로 특히 詩唱을 할 때에는 반드시 이 토를 달았다. 시에서는 끝 구절에 단정의 토를 달지 않고, 영탄의 토를 달아 읊으면서 여유있게 그 뜻을 음미하게 했다. 그리고 이 절구 시는 분명히 4句로 되었다. 하지만 지방에 따라 이를 2句라고 하는 경우도 있다. 우리 가사문학이 짝으로 이루어졌듯이 한시도 앞에 것을 안 짝이라고 하고, 뒤에 것을 바깥 짝이라 하여 이 두 짝을 합하여 한 句로 보았기 때문이다. 따라서 안 짝의 토는 대부분 '－하니'로, 바깥 짝의 토는 '－(이)라'로 다는 경우가 많다. 그러나 한시를 지나치게 토의 틀 안에 넣으려 하면 오류를 범하기 쉽다.

渭城朝雨浥輕塵하니　　客舍靑靑柳色新이라
勸君更進一杯酒하노니　西出陽關無故人이라.[88]

여기서 '하노니'라는 토에 유의해 보면 '하노니'는 현대어로 '하니'이다. "내가 술을 다시 그대에 올리니…"의 다음에 이어지는 말은 어떤 행동이 뒷따라야 할 것이다. 그런데 이어지는 말은 그대가 陽關으로 나가면 친구가 없다고 했다. 국어 문법상으로 뜻이 연결되지 않는다. 그래서 옛날에는 거의 "勸君更進一杯酒는(또는 '키는')"이라 달았다. '키는'은 '…하는 것은' 이라는 뜻이다. 즉 내가 그대에게 한 잔 술을 더 권하는 것은 먼 양관으로 나가면 술 권할 친구가 없을 것이기 때문이란 것이다. 그래서 여기에 토는 '－하노니'보다는 '－는(키는)'을 많이 단다.

朱子의 「武夷櫂歌」는 七言絶句의 連作으로 첫 首는 序詩이고, 나머지는

87) 宋之問, 「途中寒食」.
88) 王維, 「送元二使安西」. (H社, 高下, 1992. p.57)

武夷九曲의 全景을 생동감 있게 묘사한 연작시이다. 그 내용은 보는 이에
따라 儒家, 佛家, 道家 등의 사상을 표현한시, 또는 단순한 景物을 읊은
因物起興의 山水詩 등으로 나누어 볼 수 있다. 즉, 退溪 李滉(1501~1570),
高峰 奇大升(1527~1572)처럼 山水詩로 보는 경향이 있는가 하면 河西 金
麟厚(1510~1560), 浦渚 趙翼(1579~1655)처럼 入道次第의 造道詩로 보는
載道論的인 경향, 또는 谷雲 金壽增(1624~1701)처럼 道家的 武陵桃源을
연결시키려는 경향이 있기 때문이다. 이를 어느 면에서 보느냐에 따라 내용
이 달라지고 토도 달라질 수가 있다. 하지만 이는 景物交融의 시인 것만은
틀림없는 만큼 이에 맞추어 토를 달고 토에 맞게 해석하면 다음과 같다.
원제목은「淳熙甲辰中春 精舍閒居 戱作武夷櫂歌十首 呈諸同遊 相與一笑」
이다.

武夷山上에有仙靈하니　武夷山 위에 仙靈이 있는데
山下寒流曲曲淸이라　산 아래 寒流는 굽이굽이 맑구나.
欲識箇中奇絶處댄　이 중에 奇絶한 곳을 알고 싶으면
櫂歌閒聽兩三聲하라　한가로이 九曲 櫂歌 들어 보게나.

一曲(이라)溪邊上釣船하니　一曲, 시냇가에서 釣船에 오르니
幔亭峯影이蘸晴川이라　幔亭峯의 그림자가 맑은 내에 잠겨 있네.
虹橋一斷無消息하니　虹橋 한 번 끊어진 후 사람 소식 없으니
萬壑千巖이鎖翠烟이라　萬壑千巖만이 푸른 연기에 싸였구나.

二曲(이라)亭亭玉女峯은　二曲, 우뚝 솟은 저 玉女峯은
揷花臨水爲誰容고　꽃 꽂고 물가에 임해 누굴 위해 꾸몄는가?
道人이不復荒臺夢이라　道人이 다시 陽台夢을 꾸지 않는지라
興入前山翠幾重고　흥취만이 앞산 몇 겹이나 푸른 곳으로 드는지?

三曲은(이라)君看架壑船하라　三曲은 여러분들 架壑船 바위 보시오
不知停櫂幾何年고　노를 멈춘 지 몇 해이던고?
桑田海水今如許하니　桑田도 碧海됨이 이와 같으니
泡沫風燈敢自憐가　泡沫·風燈 같은 인생 가련히 여기랴?

四曲(이라)東西兩石巖에
　　四曲(金鷄岩), 東西에 우뚝 솟은 두쪽 바위[大藏峯과 仙釣台]
巖花垂露碧㲯㲯이라　　岩花가 이슬 맞아 푸르게 늘어졌네.
金鷄叫罷無人見하고　　金鷄 울음 끝나도 본 사람 없고
月滿空山水滿潭이라　　달빛은 空山에 가득, 물은 못[臥龍潭]에 가득하네.

五曲山高雲氣深하니　　五曲, 산[大隱屛峯]은 높아 雲氣가 깊으니
長時烟雨暗平林이라　　오랜 이슬비가 平林[平林渡]을 어둡게 하네.
林間에有客無人識하고　　숲속에 손님이 있어도 아는 이 없고
欸乃聲中萬古心이라　　노젓는 소리에 太古의 마음이네.

六曲蒼屛이遠碧灣하니　　六曲, 蒼屛[仙掌峯, 小隱屛峰]이 碧灣을 둘렀는데
茅茨終日掩柴關이라　　띠 집[武夷精舍]에 종일토록 사립문 닫고 있네.
客來倚櫂巖花落하니　　손님 와서 배 띄울 제 岩花가 떨어지니
猿鳥不驚春意閒이라　　猿鳥는 놀라지 않고 春意만 한가롭네.

七曲移船上碧灘하니　　七曲, 배를 저어 碧灘[獺控灘]으로 올라가니
隱屛仙掌을更回看이라　　隱屛峯·仙掌峯을 다시 되돌아 보네.
却憐昨夜峯頭雨가　　어여뻐라, 지난밤 峯頭에 내린 비가
添得飛泉幾道寒고　　飛泉의 몇 가닥이나 차가운 물결에 보태었는가?

八曲風烟이勢欲開하니　　八曲, 바람과 연기 형세가 열리려 하니
鼓樓巖下에水縈洄라　　鼓樓岩 아래(에) 물결이 굽이쳐 도네.
莫言此處에無佳景하라　　이곳에 佳景이 없다고 말하지 말라
自是遊人이不上來라　　이는 遊人이 제 아니 올랐기 때문이네.

九曲이將窮眼豁然하니　　九曲이 다하려 하자 시야가 툭 트이니
桑麻雨露見平川이라　　桑麻에 내린 雨露 平川(地名)이 보이네.
漁郎이更覓桃源路하니　　漁郎이 다시 桃源으로 가는 길 찾으니
除是人間別有天이라　　이곳이 바로 인간의 별천지로세.[89]

※( )안의 토는 성조에 따라 달기도 하고 달지 않을 수도 있다.

---

89) 『朱子大全』卷 九.

이 시의 내용을 파악하는데 도움을 줄 수 있는 중국 서적은 董天工의
『武夷山志』, 祝穆의 『武夷山記』, 劉槃의 『櫂歌詩註』, 武夷山朱熹硏究中心編의
『武夷勝景理學遺迹考』[90] 등이 있고, 한국 서적은 退溪의 「閒讀武夷志次九
曲櫂歌韻十首」(『退溪全書』卷1), 「答金成甫德鷗別紙」(同 卷13), 高峰의 「高
峰退溪往復書」, 河西 金麟厚의 「吟示景范仲明」(『河西全集』卷10), 浦渚 趙翼
의 「武夷櫂歌十首解」(『浦渚集』卷22), 「讀退溪高峰論武夷詩書」, 星湖 李瀷
의 「次武夷九曲圖」(『星湖先生文集』卷37), 果齋 李敎宇의 『雅誦集解』등이 있
다. 한편 국문학 연구에서는 李敏弘 敎授의 『士林派文學硏究』(1985), 「朝鮮
朝 中期 선비들의 詩意識－朱子詩의 評釋을 중심으로－」(1999) 등이 있다.

이 시에서 가장 문제가 되는 것은 九曲의 마지막 구절에 나오는 ‘除是’이
다. 이 해석에 따라 내용이 달라지기 때문이다. 同春 宋浚吉(1606~1672)의
『語錄解』에 “‘除是’는 일란 말고. ‘除是人間別有天’ 是를 除하고 人間에 各
別히 天이 있도다. 又 이리 마다. 猶須是也. 又 俗稱除是非之語.”라고 해석했
다. 그런데 이 ‘除是’는 ‘除非’와도 같이 쓰이는 宋代의 口語이다. 역시 같은
책에서 “‘除非’는 與除是同. 又 그러치 아니커든 말라. 又只是之義.”로 해석
했다. 또 중국의 『漢語大詞典』이나, 대만의 『中文大辭典』에서는 아예 ‘除是’
라는 말은 나오지 않고 ‘除非’만 나온다. 『한어대사전』에서 ‘除非’는 “‘다만
(猶只有)’. ‘유일조건의 표시(表示唯一的 條件)’”라 했고, 『중문대사전』에서
“‘除非’는 除는 이를 제외한다는 뜻이고, 非는 아니다는 뜻이다. 두 말을
겹쳐 사용할 때는 이를 제하면 없다는 뜻이다(除, 謂除此以外, 非, 不也.
兩字疊用, 有除此則不之意.)”라고 했다. 그리고 현대 중국어 사전인 『중한사
전』(고려대, 1989)에 “‘除是’는 접속사로 (이것을) 제외하고는. 이것이 아니
라면.=[除非]”라 했고, 除非도 역시 접속사로 “①다만…함으로써만이 비로
소. 오직…하여야(비로소). [유일한 조건을 표시함. 只有(단지)에 상당하는
말임.] ②…아니고서는…(지)않고서는. [계산에 넣지 않은 것을 표시함. 除了

90) 武夷山朱熹硏究中心編, 『武夷勝景理學遺迹考』, 1990.

제외하고(는)에 상당하는 말임]"의 뜻으로 해석했다. 한편 『宋元語言詞典』
(상해사서출판사, 1985)에서는 '除是'는 '除非'에 보라 하고 '除非'의 뜻은
'唯有'. '只有這樣'으로 풀이했다. 따라서 이를 참고하여 九曲 끝 句節을
해석해야 한다. 그리고 八曲의 '自是'는 宋代의 口語로 '제 이리'란 뜻이다.
이런 어학적인 지식의 토대 위에서 이 시를 파악해야 한다.

다음은 문맥상으로 보아 토가 달라지는 것을 보기로 한다. 그런데 이
시 九曲 끝 구절의 내용이 문제이다.

① 九曲이 끝나려 하자 桑麻가 우거져 있는 平川이 꼭 武陵桃源과 같아서
漁郎이 이 곳에 온다면 마치 桃源 길을 다시 찾는 듯하여 이곳이야 말로
별천지로 인간 세상이 아니라는 것이다. 따라서 九曲의 佳景을 찬미한 말
이외에는 별다른 뜻이 없다. (標補 : 竊詳詩意, 盖謂九曲將窮, 見此桑麻平川,
政如武陵山小口中, 土地平廣, 使漁郎到此, 怳若復尋桃源之路, 別有天地, 而
非人間, 李白詩云, 桃花流水杳然去, 別有天地非人間. 先生, 盖用此語, 止是贊
美佳境之辭, 而別無奧義也.)

② 九曲이야 말로 툭 트인 眞境인데 이를 두고 桃源의 길을 찾는다면
이는 인간세상이 아니요 별천지가 따로 있다는 뜻이니 학문을 비유해서
말한다면 이것은 異端으로 들어간다는 것이다.(高峰 則以爲九曲, 旣是豁然
眞境, 若舍此而, 更覓桃源路, 則非是人間, 而別有天, 以學問言之, 則是異端.)

③ 桃源別天地의 이야기를 인용하여 다시 眞源·妙處를 찾는 것이다.
이것을 정리하면 크게 두 가지로 나누어 볼 수 있다. 하나는 자연의 경지
를 읊은 시로 "漁郎이 다시 桃源으로 가는 길을 찾으니 이곳이 바로 인간의
별천지로세."라고 하여 九曲을 신선이 사는 별천지의 경지로 보는 것이다.
이는 현대 중국의 연구자들도 마찬가지다. "이 일대의 平川에 桑麻가 들판
을 덮었고, 또 良田과 美池가 있고, 집들이 整然하며 닭소리·개소리가 서로
들려 완전히 桃源의 경지로 꼭 朱熹의 「櫂歌」에서 읊은 바와 같다. 이곳을
버리고 다시 도원의 길을 찾는다면 이것은 다만 인간세상 밖에 別天地가

있게 되는 것이다."91)라고 했다. 결국 인간 세상 밖에 별천지가 있다면 모르겠거니와 이곳이야말로 도원경이란 것이다. 즉 이곳을 두고 별천지가 따로 있을 수 없다는 것이다. 그러면 吐는 위에서 붙인 바와 같이 된다. 또 달리 "어랑이 다시 도원으로 가는 길을 찾으니 이(平川) 밖에 별천지가 있는가 보다."로 읽기도 한다.

두 번째로 '除是'에 주목하여 入道次第 면에서 내용을 풀이하면 "어랑이 다시 도원으로 가는 길 찾으니, 이곳(桑麻 雨露의 平川)을 제외하고는 인간의 별천지(즉 異端)이라."고 보는 견해이다. 이렇게 하더라도 토는 변함이 없다. 浦渚 趙翼은 「武夷櫂歌十首解」에서 "「漁郞更覓桃源路 除是人間別有天」은 이곳이 仙境의 極處인데 만약 遊者가 그 일상적인 것[平常]을 싫어하여 다시 桃源을 찾는다면 이는 실수이다. 만약 道를 공부하는 사람이 道는 日用間에 있지 않다고 하여 특이한 일에서 찾으려고 한다면 도에서 멀어질 것이다. '除是'는 '오직'이란 뜻을 가진 '唯是'이니, 오직 인간세상의 別乾坤이 여기에 있는데 이에 桃源이 따로 있어서 찾을 수 있다는 것은 이런 이치는 없음을 말한 것이다. 아마 異端의 학문을 지적하여 그 허망함을 말한 것이다."92)라고 풀이한 것도 같은 맥락이다. 다만 "어랑이 다시 도원으로 가는 길을 찾는다면"이라고 할 때만 토가 "漁郞更覓桃源路하면"이라고 된다. 그리고 끝구절에서 이 곳을 두고 인간세상에 별천지가 따로 있을까?(除是人間別有天가?)로 읽으려는 사람도 있다. 이 밖에도 "漁郞이 更覓桃源路하나 除是人間別有天이라." (漁郞이 다시 桃源으로 가는 길 찾지만 이 곳이

---

91) 吳春發, 「九曲溪」, 『武夷勝境理學遺迹考』, 1990. p.185. "這一帶一馬平川, 桑麻蔽野, 又有良田美池, 屋舍儼然, 鷄犬之聲相聞, 全然是桃源景象, 正如朱熹棹歌所咏; 舍此而更覓桃源路, 那除非人間之外別有天地了."

92) 趙翼, 『浦渚集』卷二十二, "漁郞更覓桃源路, 除是人間別有天. 言此是仙境極處, 若遊者厭其平常, 而更求桃源, 則失之矣. 如學道者, 謂道不在日用間, 欲求爲奇特之事, 則去道遠矣. 除是, 猶言唯是也, 唯是人世間有別乾坤, 乃有桃源可覓處, 言其無此理也. 盖指異端之學, 而言其虛妄也."

바로 인간 세상 별천지로세.) 또는 "漁郞이 更覓桃源路하나 除是人間別有天가" (漁郞이 다시 桃源으로 가는 길 찾지만 이 곳 말고 인간 세상에 별천지가 있으랴?)로 읽는 사람도 있다. 하지만 문법적으로는 의문형으로 설명할 길이 없다. 그런데 한시는 안짝과 바깥 짝의 개념으로 파악하려는 경향이 있기 때문에 "…하니…이라"는 토를 많이 단다. 그래서 이 끝구에서도 '…하니, …이라'라고 토를 붙였다. 서시의 첫구와 六曲의 첫구에서 토는 '하니'라 달고 해석은 '－인대'로 했는데 이것도 같은 설명형어미이지만 성조를 고려하여 토는 '하니'라고 단다. 그리고 一曲부터 四曲까지는 '一曲이라, 二曲이라……' 는 식으로 토를 달았지만, 五曲부터는 달지 않았다. 이것은 朗讀 또는 朗誦할 때 聲調를 고려하여 이렇게 읽었기 때문에 지역에 따라서 달라질 수 있다.

2) 律詩의 吐

율시의 토는 다음과 같다.

㉠ ……하니	㉡ ……이라
㉢ ……하고(이요)	㉣ ……(이)라
㉤ ……하고(이요)	㉥ ……(이)라
㉦ ……하니	㉧ ……(이)라

라고 붙이는 것이 일반적이다. ㉠·㉡은 안짝과 바깥 짝이기 때문에 '－하니', '－이라'는 토를 많이 단다. 함련인 ㉢·㉣句와 경련인 ㉤·㉥句는 주로 對仗(對句)을 이루기 때문에 윗말이 동사일 때에는 '－하고' 토를, 명사일 때에는 '－이요' 토를 주로 단다. 끝의 ㉦·㉧句는 역시 안짝과 바깥짝이기 때문에 '－하니', '－(이)라' 토를 다는 경우가 많다. 하지만 시는 복잡한 감정의 표현물일 뿐만 아니라 낭송을 전제로 하기 때문에 성조를 감안하여 여기에서 벗어난 경우가 많다.

예1) 天增歲月人增壽요(하늘은 세월을 더하는데 사람은 수를 더하고)
　　春滿乾坤福滿家라(봄은 천지에 가득한데 복은 집안에 가득하네).「春帖」

예2) 春水는滿四澤이요(봄 물은 사방의 못에 가득하고)
　　夏雲은多奇峰이라(여름 구름은 기이한 봉우리 많구나)
　　秋月은揚明輝요(가을 달은 밝은 빛 날리고)
　　冬嶺엔秀孤松이라(겨울 산마루엔 외로운 소나무만 섰구나).93)

예3) 林亭에秋已晩하니(숲 속 정자에 가을이 이미 깊었으니)
　　騷客이意無窮이라(시인의 상념이 끝이 없어라.)
　　遠水는連天碧이요(멀리서 흐르는 강물은 하늘에 닿아 푸르고)
　　霜楓은向日紅이라(서리 맞은 단풍은 햇빛 받아 붉구나.)
　　山吐孤輪月이요(산 위엔 외로운 달 솟아 있고)
　　江含萬里風이라(강은 만 리의 바람 머금었네.)
　　塞鴻은何處去오(변방의 기러기는 어디로 가는가)
　　聲斷暮雲中이라(소리가 저녁 구름 속으로 사라지네.)94)

예1)은 '壽를 增하고'라고 해석하지만 이 시구를 하나의 명사구처럼 인식하여 안짝과 바깥 짝으로 보았기 때문에 '人增壽요'로 한 것이다. 예2)도 '四澤에 滿하고', '明輝를 揚하고'라 해석하지만 역시 명사구처럼 인식하여 '－이요'로 달았다. 예3) 역시 '天에 連하여 碧하고', '孤輪月을 吐했고'라고 해석하지만 토는 '－이요'이다. 시는 낭송에 성조가 중요하기 때문에 한 句를 명사구처럼 여긴 것이다. 그러나 모두 그런 것은 아니다. 꼭 '－하고'라고 해야 할 곳에는 '－이요'라 하지 않는다.

　　白首에放歌須縱酒하고(백발에 노래 부르며 술을 흠뻑 마시고)
　　靑春에作伴好還鄕이라(이 봄 벗삼아 고향으로 가리라.)95)

"모름지기 술을 흠뻑 마시고"라는 데서 '모름지기 須'자 다음에 동사인 '縱'字가 강하게 부각되므로 '－하고'라는 토를 달았다.

---

93) 陶淵明「四時」,『陶詩』卷三.
94) 栗谷,「花石亭」,『栗谷全書』卷一.
95) 杜甫,「聞官軍收河南河北」,『杜詩』十一.

韓公이本意築三城키는(한공이 세 성을 쌓은 본의는)
擬絶天驕拔漢旆터니(이라)(한나라 침범하는 오랑캐 막으려 한 것이었는데)
豈謂盡煩回紇馬하여(아)(어찌 알았으랴, 회흘의 군사를 데려와서)
翻然遠救朔方兵고(라)(북녘의 관군을 구해낼 줄을.)
胡來에不覺潼關隘라(요)(안록산 쳐들어 오니 험준한 동관 소용 없구나)
龍起에猶聞晉水淸이라(숙종이 일어나자 하북이 평정되었네.)
獨使至尊으로憂社稷하니(임금으로 하여금 나라 걱정 하게 하니)
諸君은何以答昇平고(그대들 무엇으로 그 은혜에 보답할고?).[96]

이와 같이 산문처럼 토를 달기도 하고 시의 리듬을 살리기 위해 괄호 안의 토를 달기도 한다. 이 괄호 밖의 토는 필자가 靜軒 郭鍾千(1895~1970) 선생에게서 『虞註杜律』을 공부할 때 이렇게 배웠다.

㉠ 洛城을一別四千里라(낙성을 떠나와 사천 리로구나)
  胡騎長驅五六年이라(오랑캐 날뛴 지도 5·6년이네.)
㉡ 洛城을一別四千里하니(낙성을 떠나와 사천 리되니)
  胡騎長驅五六年이라(오랑캐 날뛴 지도 5·6년이네.)
㉢ 洛城을一別四千里이요(낙성을 떠나와 사천 리 먼 길이요)
  胡騎長驅五六年이라(오랑캐 날뛴 지도 5·6년이네.)[97]

이와 같이 세 종류의 토를 달았는데 이 중에 ㉠을 많이 읽었지만 이 시는 對仗이 분명하므로 ㉢으로 읽는 것이 정확하다. 이 토는 李載浩 교수님께서 晦山 安鼎呂(1871~1939)선생에게서 배운 것이라며 필자에게 알려준 것이다.

다음은 요즘 중·고교 교과서에서 토를 잘못 단 실례를 몇 개 보기로 한다.

水國秋光暮요 驚寒雁陣高라
憂心輾轉夜에 殘月照弓刀라.[98]

---

96) 杜甫,「諸將」五首,『杜詩』十五.
97) 杜甫,「恨別」,『杜詩』, 八.
98) 李舜臣,「閑山島夜吟」. (T社, 高上, 1992, p.110)

위의 시를 번역하면 다음과 같다.

> 물 세상 한산도에 늦가을 드니
> 추위에 놀란 기러기 떼 높이 떴네.
> 나라 근심으로 뒤척이며 잠 못 이루는 밤
> 새벽 달이 활과 칼에 비추는구나.

이 내용대로 토를 달면 "水國에秋光暮하니 驚寒雁陣高라 憂心輾轉夜에 殘月이照弓刀라"고 해야 옳다. 앞의 2句는 對句가 아니기 때문이다. 그리고 한 句 안에 토를 달아도 무방하다. 기호지방에서는 한문 원형을 중시하여 한 句 안에 토를 달지 않는 경우도 있지만 지방에 갈수록 국어화하여 토를 다는 경향이 많다. 중국과 접경인 북한에서는 두음법칙도 적용하지 않듯이 기호지방에서는 중국과 왕래가 빈번했으므로 가급적 중국의 원형을 중시하지만 중국과 먼 지방으로 갈수록 토속화하는 경향이라고 할 수 있다. 더욱이 이 교과서의 필자는 "水國秋光暮요"라 하고 "한산섬 물 바다에 가을 빛이 저무니…"로 풀이했으니 토 다르고 해석이 다른 예이다.

> 長安一片月이요 萬戶擣衣聲이라
> 秋風吹不盡하니 總是玉關情이라
> 何日平胡虜하여 良人罷遠征고.[99]

이 시를 번역하면 다음과 같다.

> 장안의 한 조각 달빛 아래
> 집집마다 다듬이 소리로구나.
> 가을 바람 그칠 줄 모르고 부니
> 모두가 옥문관의 임그린 정.
> 어느 날 오랑캐 평정하고
> 우리 님 원정에서 돌아오시려나?

---

99) 李白, 「子夜吳歌」. (K社, 高下, 1992. p.73)

위의 내용에 따라 토를 달면 "長安一片月에 萬戶擣衣聲이라 秋風이吹不
盡하니 總是玉關情이라 何日에平胡虜하고 良人이罷遠征고"라고 해야 한다.

> 春眠不覺曉러니 處處聞啼鳥라
> 夜來風雨聲에 花落知多少라.[100]

이 시를 풀이하면 다음과 같다.

> 봄 졸음에 새벽이 된 줄도 몰랐더니
> 곳곳에 새 지저귀는 소리 들리는구나.
> 지난 밤 비바람 소리에
> 꽃은 얼마나 떨어졌을까?

여기서 "不覺曉러니"는 "깨닫지 못했더니"의 뜻이므로 '―터니(했더니)'
로 읽고, 끝 구절은 의문문이기 때문에 "花落이知多少오"라고 토를 달아야
한다.

옛날에 이 구절을 두고 논란이 많았다. "夜來風雨聲을 花落으로知多少라"
하면 지난 밤 풍우소리를 낙화로 다소를 알았다는 뜻이 된다. 즉 작자가
귀머거리어서 밤새도록 비바람 소리를 듣지 못하고 있다가 아침에 일어나
낙화로써 지난 밤에 비바람이 많고 적었던 것을 알았다고 해석한 것이다.
또 "夜來風雨聲에 花落이 知多少오"라 하여 작자가 장님이어서 지난 밤
비바람 소리만 듣고 꽃이 얼마나 떨어졌는지를 보지 못했다는 뜻으로 해석
했다는 일화가 있다.

> 春雨細不滴하니 夜中微有聲이요
> 雪盡南溪漲하니 草芽多少生이라.[101]

이는 다른 교과서들에도 대부분 "―多少生이라"라고 달았다. 하지만 이
시를 번역하면 다음과 같다.

---

100) 孟浩然, 「春曉」. (H社, 高上, 1992. p.46)
101) 鄭夢周, 「春興」. (T社, 高1, 1987. p.53)

봄비가 부슬부슬 방울 듣지 않더니
밤 중에야 가느다랗게 소리 들리네.
눈 녹고 앞 시냇물 불었으리니
새싹은 얼마쯤 돋아났는지?

이 내용대로 토를 달면 "春雨細不滴터니 夜中에 微有聲이라 雪盡南溪漲하니 草芽多少生고"라고 해야 한다.

松下問童子하니 言師採藥去라
只在此山中인데 雲深不知處라.[102]

이 시를 풀이하면 다음과 같다.

소나무 아래에서 동자에게 물으니
"스승님은 약 캐러 가셨습니다.
다만 이 산 속에 계시겠지만
구름이 깊어 가신 곳 모르겠습니다."

이 내용에 맞추어 토를 달면 "松下에 問童子하니 言師採藥去라 只在此山中로되(언마로) 雲深不知處라"로 된다. 이 시는 내용보다 회화적으로 이미지화 시킨 기교 면에서 높이 평가했다. 道士가 깊은 구름 속에 약 캐러 간 것을 표현했기 때문에 중요한 것은 마지막 구절이다. 이를 강조하기 위해서는 "이 산 속에 계실 것인데"라는 설명형 어미보다는 "이 산 속에 계시겠지만"이란 방임형 어미로 해석해야 시의 멋이 살아난다. 따라서 토를 '－로되'로 달아야 한다. 한편 이 시를 옛날 서당에서 첫 구는 작자의 물음으로, 둘째 구는 동자의 답으로, 나머지 두 구는 작자의 상상으로 보기도 했으나 요즘 중국에서도 필자가 번역한 것처럼 첫 구는 작자의 물음으로, 나머지는 모두 동자가 답한 것으로 해석한다.

---

102) 賈島, 「訪道者不遇」, (P社, 中2, 1992. p.77). 이 시의 제목을 唐詩에서는 「訪隱者不遇」라 하는데 『古文眞寶』에서는 「訪道者不遇」라 되어 있다.

위에서 살펴본 바와 같이 시의 토는 산문에 비하여 훨씬 유연성이 있게 달았다. 하지만 내용상으로 문맥의 흐름을 연결시켜 주는 토는 분명히 달아 줄 필요가 있다.

3) 古詩의 吐

절구와 율시에 이어 古詩의 토를 보기로 한다.

臨高臺臨高臺하니	높은 臺에 올라, 높은 대에 올라 보니
迢遞絶浮埃라	아득히 먼지 속에 솟아 있구나.
瑤軒綺構何崔嵬오	구슬 난간 화려한 건물 어찌 그리 높은가?
鸞歌鳳吹清且哀라	鸞의 노래, 鳳의 통소 맑고도 슬퍼라.
俯瞰長安道하니	長安의 길을 굽어보니
萋萋御溝草라	무성한 대궐 안 도랑의 풀이로다.
斜對甘泉路하니	비스듬히 甘泉의 길 대하니
蒼蒼茂陵樹라	푸르고 푸른 茂陵의 수목들이네.
高臺四望同하니	高臺의 사방 경치 모두 아름다우니
佳氣鬱葱葱이라	상서로운 기운 울울히 무성하구나.
紫閣丹樓는紛照耀하고	紫閣과 丹樓는 어지러이 비치고
璧房錦殿은相玲瓏이라	璧房과 錦殿은 서로 영롱하네.
東迷長樂觀이요	동쪽으로 長樂觀 아득하고
西指未央宮이라	서쪽으로 未央宮 가리키네.
赤城에映朝日이요	赤城에 아침 해 비치고
綠樹는搖春風이라	푸른 나무는 봄바람에 흔들리네.
旗亭百隊는開新市하고	많고 많은 술집들은 新市를 열었고
甲第千甍은分戚里라	천이 넘는 좋은 집들 戚里를 나누었네.
朱輪翠蓋는不勝春이요	붉은 수레, 푸른 일산 봄기운 못이기고
疊榭層楹은相對起라	첩첩한 臺榭, 높은 집들 마주보고 섰구나.
復有青樓大道中하니	또 큰 길 가에 靑樓가 있으니
繡戶文牕雕綺櫳이라	수놓은 창호, 문채있는 창문, 아로새긴 난간이네.
錦衾은晝不襞하고	비단 이불은 낮에도 주름이 잡히지 않았고
羅幃는夕未空이라	비단 휘장에는 밤에도 비어 있지 않구나.

歌屛은朝掩翠하고	노래 부르던 곳의 병풍은 아침의 푸른빛 가리고
粧鏡에晩窺紅이라	화장하는 거울에는 늦게 홍안을 엿보구나.
爲君安寶髻하니	그대 위해 머리를 손질하니
蛾眉罷花叢이라	초승달같이 아름다운 눈썹 꽃떨기 속에 떨어지네.
塵間狹路에黯將暮하니	티끌 속 좁은 길에 어두움이 찾아드니
雲開月色이明如素라	구름 걷자 달빛이 비단 같구나.
鴛鴦은池上에兩兩飛하고	원앙새는 못 위에서 짝지어 날고
鳳凰은樓下에雙雙度라	봉황새는 누각 아래에서 쌍쌍이 노니네.
物色이正如此하니	물색이 이와 같으니
佳期를那不顧아	좋은 때 생각하지 않으리.
銀鞍繡轂이盛繁華하니	은으로 장식한 안장, 수놓은 수레 이렇게 번화하니
可憐今夜에宿娼家라	어여뻐라, 오늘밤 娼家에 자게 되네.
娼家少婦야不須嚬하라	창가의 젊은 여인들아, 눈살 찌푸리지 말아라
東園桃李도片時春이라	東園에 핀 桃李도 잠시 동안의 봄이네.
君看舊日高臺處아(하라)	여러분들 옛날 高臺 있던 곳 보았는가?
栢梁銅雀에도生黃塵이라	栢梁臺와 銅雀臺에도 누른 먼지만 나네.[103]

이 시는『王子安集』卷2 七言古詩 편에 실려 있다. 하지만 옛날 鄕村에서
는 이 문집을 구해 읽기란 지극히 어려운 실정이고, 古風 또는 古詩라 하여
좋은 시만 뽑아서 필사하여 읽었다. 하도 많이, 또는 널리 읽혀 마치 우리
口語처럼 외우면서 낭만적이고 황홀한 詩境에 도취되기도 했다. 그런데 古
詩는 近體詩에 비해 형식이 자유롭기 때문에 위에서 본 바와 같이 '토' 역시
자유로왔던 것을 알 수 있다.

3. 箴의 懸吐

箴銘類는 주로 4・4調에 韻字를 붙인 글이다. 여기서 옛날 선비들이 朝夕
으로 읽고 외던「敬齋箴」을 들어 본다.

---

103) 唐 王勃,「臨高臺」,『王子安集』2.

正其衣冠하고(하며)   그 衣冠을 바르게 하며
尊其瞻視라(하여)   보는 눈매를 존엄하게 하여
潛心以居에(하여)   마음을 가라 앉히고 앉아
對越上帝라(하나니라)   상제를 대하듯 조심할 것이니라.

足容必重하고(하며)   걷는 모습은 반드시 무겁게 하며
手容必恭이라(하여)   손놀림은 반드시 공손히 하여
擇地而蹈에(하여)   땅을 가려서 밟아
折旋蟻封이라(하나니라)   좁은 길에서도 절도 있게 걸을 것이니라.

出門如賓하고(하며)   문 밖에 나서면 손님을 대하듯 조심하며
承事如祭라(하여)   일을 받들어 할 때는 제사를 지내듯 공경하여
戰戰兢兢하여(하여)   두려워하고 조심하여
罔敢或易이라(니라)   감히 혹시라도 소홀히 하지 말 것이니라.

守口如瓶하고(하며)   입을 다물기는 병에 마개를 막듯이 하며
防意如城이라(하여)   뜻을 막기는 성을 쌓아 적을 막듯이 하여
洞洞屬屬하여(하여)   진실하고 전일하여
罔敢或輕이라(이니라)   감히 혹시라도 가벼이 하지 말 것이니라.

不東以西하고(하며)   동쪽으로 가려다 서쪽으로 가지 말며
不南以北이라(하고)   남쪽으로 가려다 북쪽으로 가지 말고
當事而存에(하여)   일을 처리할 땐 마음을 간직하여
靡他其適이라(하나니라)   다른 일에 끌리지 않을 것이니라.

弗貳以二하고(하며)   두 가지 일이라 하여 두 마음을 가지지 말며
弗參以三이라(하고)   세 가지 일이라 하여 세 마음을 가지지 말고
惟心惟一에(하여)   오직 마음을 전일하게 가져
萬變是監이라(이니라)   만 가지 변화를 비추어 볼 것이니라.

從事於斯하면(ㅣ)   이런 일에 마음과 힘을 다하는 것이
是曰持敬이라(이니)   이른바 持敬이라 하는 것이니
動靜不違하고(하고)   一動一靜에도 어기지 말고
表裏交正이라(하나리라)   표리를 서로 바르게 해야 하느니라.

須臾有間하면(하면)	잠시라도 틈만 생기면
私欲萬端이라(이라)	私欲의 만 갈래가 침입하는지라
不火而熱하고(하고)	불 나지 않아도 뜨겁고
不冰而寒이라(하나니라)	얼음 얼지 않아도 차갑느니라.

豪釐有差하면(하면)	털끝만큼이라도 틀림이 있으면
天壤易處라(라)	하늘과 땅이 뒤바뀌게 되는지라
三綱이旣淪하고(하고)	三綱이 이미 침몰하고
九法이亦斁라(하나니라)	九法도 무너지느니라.

嗚呼小子아(아)	아, 소자들아!
念哉念哉어다(어다)	생각하고 공경할지어다.
墨卿司戒하여(하여)	먹으로 이 경계를 써서
敢告靈臺하노라(하노라)	감히 마음에 알리노라.[104]

괄호 밖의 토는 일반적으로 안짝과 바깥짝으로 인식하여 다는 법이다. 하지만 비록 韻字를 붙인 韻文이라도 산문처럼 의미상으로 연결하여 토를 붙일 수 있다. 이것이 괄호 안의 토이다. 이 토는 필자의 姑叔 潁溪 河炫碩 (1912~1978)公께서 松山 權載奎선생에게서 배운 토라며 필자에게 가르쳐 준 것이다. 이 「경재잠」의 내용을 상세히 풀이한 책은 李象靖(1710~1781) 의 『敬齋箴集說』을 들 수 있다.

Ⅳ. 結語

한문 학습에 있어 가장 올바른 길은 선조들이 축적한 경험을 최대한 살리면서 새로운 방법을 모색하는 것이다. 그런데 그 동안 일부에서는 전통적인 것을 부정하는 것이 진보적인 것처럼 여기는 경향도 없지 않았다. 이는 法古創新이 아니라 埋古創新이다. 한문을 가르치는 데 대표훈으로 읽지 말자느

---

104) 朱熹, 「敬齋箴」, 『朱子大全』卷八十五.

니, 토를 달아 읽지 말자느니 하는 주장도 있었다. 이는 서구 여러 언어들을 접하면서 더욱 팽배해진 생각이었다. 하지만 이제 반성해야 할 시점에 이르렀다. 수천년 전부터 한문을 우리말에 수용하려는 노력으로 이두, 구결, 토, 구두 등이 있었다. 우리는 이러한 노력을 부정적인 시각에서만 볼 것이 아니라 이런 고민 속에서 한문을 익혔던 선현들의 지혜를 찾아내어야 할 것이다. 그러므로 한문에 뜻을 둔 사람이면 토에 대하여 한번쯤 관심을 가져봄직하다.

이런 전제 아래에서 먼저 토의 개념과 기능을 살펴보고 다음으로 현토의 실제를 검토했다. 지금껏 토라고 하면 막연하게 옛스러운 '하야', '하노라', '거늘'…… 등으로만 잘못 알고 있는 경향이 많았다. 토를 요약해서 말하자면 한문 체언에 붙는 우리말 조사와 한문 어간에 붙이는 우리말 어미이다. 문장 사이의 연결관계를 다루는 접속사도 여기에 해당한다. 그러므로 토대로 해석하고, 해석대로 토를 다는 것은 한문을 우리말 인식구조 위에서 이해하는 바탕이다. 토 다르고 해석 다르다면 토를 붙이지 않는 것만 못하다. 한문을 문법적으로만 파악할 것이 아니라 그 토대 위에 우리말을 연결하는 방법도 함께 이해하는 것이 바람직하다. 아무리 어학적으로 잘 파악해도 우리말로 옮기지 못하면 학습 효과를 거둘 수 없다. 글이란 이해가 다르고 표현이 다르기 때문이다. 필자의 경험으로는 華僑 학생과 한국 학생에게 함께 한문을 강의하고, 시험을 치면 한국 학생의 성적이 나은 것을 많이 보았다. 그 이유는 이해의 심도는 중국학생이 나을 것인데도 한국말 표현과 문장 연결 방법이 서툴기 때문이다. 그만큼 문화가 다른 언어를 학습하는 데는 그 언어에 못지 않게 우리말로 표현하는 것이 중요하다. 한문에 토를 붙이는 것은 바로 이런 관점에서 보아야 한다. 다만 시는 감정의 표현물이기 때문에 토를 달기가 어려웠다. 따라서 시의 토는 유연성있게 다는 경우가 많았다. 그러나 토를 정확하게 붙인다는 것은 그 시를 정확히 파악했다는 뜻이기 때문에 이를 예사로 할 수는 없다.

토는 죽은 언어가 아니라, 우리 생활 속에 살아있는 언어다. 따라서 토는 단순한 조사와 어미 뿐만 아니라 두 개 이상이 합해진 복합토까지 있어 우리말 만큼이나 많다. 다만 옛날 토는 전아한 고형의 언어를 사용했기 때문에 생활언어와 거리가 있는 것으로 생각했을 뿐이다. 본고에서는 과거의 토보다 현재 실용적인 관점에서 고찰했다. 그러나 앞으로 우리의 언해본에 나타난 토를 모두 조사 연구하여 우리 조상들이 한문을 파악한 방법을 깊이 있게 고찰해야 할 것이며 이를 바탕으로 한문 이해에 도움이 되게 해야 할 것이다. 본고는 우선 試考에 불과하다.

<『漢字漢文敎育』 제6집, 2000.>

찾아보기

ㅂ

李炳赫

1937年 慶南 固城 出生.
釜山大學校 國語國文學科 卒業.
東亞大學校 大學院 文學博士.
現 釜山大學校 人文大學 漢文學科 名譽教授.
現 韓國漢字漢文教育學會 會長.
現 釜山廣域市 文化財委員.
<中興文藝獎章>(中華民國 臺灣省 文藝作家協會) 受章.
<大統領 國民褒章> 受章.
<教育功勞賞>(釜山市 및 韓國教總) 受賞.
<紅條勤政勳章> 受章.
<釜山廣域市 文化賞> 受賞

主要著書 및 譯書
『韓國文學概論』(共著), 三知院, 1995.
『麗末鮮初 漢文學의 再照明』, 太學社, 2003.
『高麗末 性理學受容期의 漢詩研究』(修訂版), 太學社,2003.
『中國紀行詩』, 도서출판 아디미디어사, 1998.
『退溪全書』(共譯), 退溪學研究院, 1989.
『牧隱集』(譯註), 高麗大學校 民族文化研究所, 1995.
『含章室散藁』(譯註), 釜山大學校 出版部, 2001.
『剪燈新話』(譯註), 太學社, 2002.

한국한문학의 탐구

인쇄일 초판 1쇄 2003년 05월 02일
      2쇄 2015년 06월 20일
발행일 초판 1쇄 2003년 05월 10일
      2쇄 2015년 06월 23일

지은이 이 병 혁
발행인 정 찬 용
발행처 국학자료원
등록일 2006.11.02 제2007-12호

서울시 강동구 성내동 447-11 현영빌딩 2층
Tel : 442-4623~4 Fax : 6499-3082
www. kookhak.co.kr
E- mail : kookhak2001@hanmail.net
ISBN 978-89-541-0053-3 *93810
가 격 27,000원

★저자와의 협의 하에 인지는 생략합니다.